桂堂
文库

# 透亮的纸窗

郑家建 著

人民出版社

责任编辑:詹素娟
封面设计:周涛勇

**图书在版编目(CIP)数据**

透亮的纸窗/郑家建 著. -北京:人民出版社,2014.8
ISBN 978 - 7 - 01 - 013879 - 4

Ⅰ.①透…　Ⅱ.①郑…　Ⅲ.①中国文学-现代文学-文学研究
　Ⅳ.①I206.6

中国版本图书馆 CIP 数据核字(2014)第 194335 号

**透亮的纸窗**
TOULIANG DE ZHICHUANG

郑家建　著

人民出版社 出版发行
(100706　北京市东城区隆福寺街 99 号)

北京中科印刷有限公司印刷　新华书店经销

2014 年 8 月第 1 版　2014 年 8 月北京第 1 次印刷
开本:710 毫米×1000 毫米 1/16　印张:24.25
字数:385 千字

ISBN 978 - 7 - 01 - 013879 - 4　定价:58.00 元

邮购地址 100706　北京市东城区隆福寺街 99 号
人民东方图书销售中心　电话 (010)65250042　65289539

# 序

福建师范大学是一所百年学府,肇始于1907年由清末帝师陈宝琛先生创立的福建优级师范学堂,开示福建高等教育的先河和师范教育的优良传统,又承传1908年筹设的福建华南女子文理学院和1915年兴办的福建协和大学两所教会大学的学科积淀,历经百年建设,发展成为东南名校。

我校中文系与校史一样源远流长,主要由福建优级师范学堂国文科、协和大学与华南女院等中文系科发展而来,于2000年改设文学院,现包括中国语言文学、秘书学和文化产业管理三系。文学院的学术源流,既呈现了陈宝琛、陈易园、严叔夏、董作宾、黄寿祺诸先贤奠定的传统国学,又涵衍着叶圣陶、郭绍虞、章靳以、胡山源、俞元桂等名家开拓的现代新学,堪称新旧交融,底蕴深厚。其中,长期为学科建设殚精竭虑而贡献卓著者,当推前后执掌中文系务三十年的经学宗师黄寿祺(号六庵)教授和现代文学史家俞元桂(号桂堂)教授。

随着改革开放的新时代进程,我校中国语言文学学科建设稳步发展,屡有创获。由六庵先生和桂堂先生分别领衔的中国古代文学和中国现当代文学学科,于1979年开始招收研究生,1981年经国务院学位委员会批准为全国首批硕士点;1995年中国语言文学学科由国家教委确认为国家文科基础学科人才培养和科学研究基地;1998年一举获得中国古代文学和中国现当代文学两个博士点,2000年又获汉语言文字学博士点,2001年设立中国语言文学博士后科研流动站,2003年获取中国语言文学一级学科博士授予权,2007年中国现当代文学被评为国家重点学科。此外,还有戏剧与影视学一级学科博士授予权和博士后科研流动站,国家级特色专业、人才培养模式创新实验区、教学团队各 1 个和精品课程 4 门,综合实力居全国同类院系的先进行列。

先师桂堂先生,1942 年毕业于协和大学,系国学名师陈易园、严叔夏先生之高足;1943 年考入中山大学研究院中国语言文学部,又师从文献学家李笠教授和文艺学家钟敬文教授;1946 年获文学硕士后,受严复哲嗣叔夏先生举荐回母校执教,直至退休。1956 年起任中文系副主任,协助六庵先生操持系务,1979 年接任系主任,至 1984 年卸任。先生从教五十年,早期讲授中国古代文学和文学批评史,1951 年起奉命转治现代文学,晚年创立现代散文研究方向,著有《中国现代散文史》、《桂堂述学》及散文集《晚晴漫步》、《晓月摇情》等,与六庵先生同为我校中文学科德高望重的鸿儒硕老。文学院此次策划出版两套学术文库,分别以两位先师的别号命名,不止为缅怀先师功德,更有传承光大学术门风的深长意味。

《桂堂文库》首批辑录 11 种,均来自我校现代文学学科群三代学者,包括文艺学、比较文学和语文教育学等学科。老一辈名师中,孙绍振教授以《文学的坚守与理论的突围》汇集他在中外文论、文艺美学和文本解读方面的精品力作,姚春树教授则以《中国现代杂文散文杂论》显示精鉴博识的特色。中年专家有 6 种,闽江学者特聘教授南帆的《表述与意义生产》畅论当代文论和文学研究的前沿关键问题,辜也平的《多维牵掣下的苦心雕镂》在巴金研究和传记文学探索上有所创获,席扬在《中国当代文学的"历史叙述"和"典型现象"》中阐发学科史和思潮史的新见,潘新和专门论述《"表现—存在论"语文学视界》,赖瑞云则细心探讨文学教育的《文本解读与多元有界》的理论与实践,拙作《现代散文学初探》只是附骥而已。新一代学人有郑家建的《透亮的纸窗》、葛桂录的《经典重释与中外文学关系新垦拓》和朱立立的《阅读华文离散叙事》,在各自领域显示学术锐气。原作俱在,可集中检阅我们学科建设的部分成果和治学风气,我作为当事人不宜在此饶舌,还是由读者独立阅读和评议吧。

汪文顶
二〇一四年夏于福建师范大学仓山校区

# 自 序

　　波德莱尔在散文诗《窗户》中写道："一扇被烛光照亮的窗户是最深沉、最神秘、最丰富、最黑暗、最炫人眼目的。"在我看来，时间就是这样一扇紧闭的窗，世人从未探得窗内的究竟。

　　惟有——

　　生命透亮它的纸窗，犹如穿帘而进的月光，蕴藉着阴晴圆缺，盈虚消长。

　　信念点亮它的寂寞，仿佛在瞬间挂落天际的奔星，敲击着旅人迅疾的足音。

　　理性映亮它的暗隅，恍若东方的微光，悄然之中唤醒沉睡的远方。

　　于是——

　　越过你伫立的背影，我看见，"在或明或暗的窗洞里，生命是活的，它在梦想，在受苦"，也在抗争，更在生长。

　　是为序。

郑家建
2014 年 3 月 7 日夜写于北京旅次

# 目 录
C O N T E N T S

上

# 论中国现代文学研究的再出发

具有学科意义的中国现代文学研究迄今已走过半个多世纪的历程，"早已不再年轻"。正如一个生命体的过程一样，这期间有生机、成长和收获，也有挫折、困惑甚至危机。站在今天的语境，讨论中国现代文学研究的再出发，并非要否定这一学科已取得的一系列重大成就，而是新旅程之前的一次整装待发。

## 问题的提出

首先就让我们重新来审视一下这一学科在深层次的结构上存在着哪些"问题"？这些问题是否会潜在地引发学科"危机"？在我们看来，下面几个因素的存在及其制约性是不能不正视的。

### （一）西方文化意识形态的制约

如果说在 20 世纪五六十年代，中国现代文学的研究主要受制于当时的政治意识形态的话，那么，80 年代以来，这一学科的研究在思想方法上主要是受制于西方文化意识形态。其主要表现就在于，研究者们自觉而热衷地使用西方的理论话语来研究中国现代文学，并认为西方文学（文化）中有的东西，在中国现代文学中都有所"体现"或"萌芽"。比如，80 年代中期，存在主义思潮开始引入中国学术界，鲁迅与存在主义的关系就成为对这一思潮直接反响的"热点"问题之一。大量研究论著的最终结论是:"鲁迅思想与存在主义有一致之处。"然而,问题却在于,即使不否定这样的事实:鲁迅思想的某些特征确实与存在主义相似,或鲁迅思想确实具有存在主义式的深度,但是,重要的不在于此,而在于其有别于存在主义的自我独立性,因为鲁迅永远不会是萨特第二或加缪第二。因此,鲁迅思想及其艺术的自身独特性又在何处? 这是我们更应该关注的问题之所在。可以肯定地说,鲁迅之所以成为"鲁迅",不在于他和世界思想史上某一位思想家或文学家相似或一致,而是有其独立的思想存在和存在形式。因此,这就提出中国现代文学研究中的理论话语、理论方法的"对象化"与"中国化"问题,即我们必须通过研究,给予中国现代作家一张自己的"身份证",而不是一张通往西方的"护照"。

## (二)普遍主义倾向

18世纪以来,由于科学技术的突飞猛进,在西方形成了一股强劲的科学主义信念,人们认定只要正确地使用科学方法或技术手段,就一定能找到隐藏在事物或现象背后所谓的具有本质性的"规律"。这种研究理论最早兴起于自然科学领域,后来就扩展到整个人文科学领域,甚至把已往的人文学研究方法拒于"科学方法"大门之外。受这一强势的研究理念的制约,中国现代文学研究也难逃此例。研究者们无论在文学史写作,还是在作家、作品的研究中,都义无反顾地确信,在文学史过程中,在作家、作品或文学运动、思潮、现象背后,必然存在着某种有待探寻、发现的"本质意义"或"某种规律性的特征"。当然,这种普遍主义的研究倾向表面上看起来,确有"一口吞尽长江水"的干脆、明快的气势,但是,这又恰好回避了历史存在的复杂性和多样性。且问,如果创作对于某个作家而言,仅仅是"情绪的体操",那么,文本中所谓的"本质意义"又何处追寻? 如果创作对处于某一语境的作家来说,仅仅是一种"无意义"的"游戏",那么,又何处握住"规律"这一只"看不见的手"呢? 在这方面,传统儒家对人的精神世界的多样性理解,对我们是有启发的:《论语》、《孟子》中一方面强调'士志于道','士尚志','士不可以不弘毅,任重而道远'等等严肃、超越的态度,另一方面也注重轻松活泼的精神,例如《论语》所说的'游于艺'便是明证,只有具备了'游'

的精神,知识分子才能够达到'乐道'、'乐学'的境界。《札记·学记》说:'不兴其艺,不能乐学。故君子之于学也,藏焉,修焉,息焉,游焉。夫然,故安其学而亲其师,乐其友而信其道。'这段话恰恰可以说明'士'或'君子'为什么要'游于艺'。孔子常常重视快乐的'乐',强调要保持一种开放的心灵,作到'毋意、毋必、毋固、毋我'地步。"① 过分地相信或强调文本背后的所谓"本质"意义,往往会走向相反的一面,即,使审美成为意义的附庸。台湾著名小说家张大春就曾表达过这样的疑问:有时候——不,很多时候,小说家自己也不得不被诱迫着在出版序言中,在演讲会场上,在访问纪录里留下失格的"串供"之辞,他会这样说:"在这篇小说里,我想表达的是……"倘若上面这一行的"……"果然存在,小说家又何必苦心孤诣地写一篇小说呢?为什么不索性"……"来得明白痛快呢?② 因此,为了回避研究中普遍主义的迷误,我们应该提倡一种"相对主义"的研究心态,正如程颐所说:"人心常要活,则周流无穷,而不滞于一隅。"也就是说,我们应该尊重文本中的"无意义"存在,允许作家的创作仅仅是"游于艺"而已。也许有一天,我们会在不经意间发现:"文学的本体论其实多么简单! 它是一个词在时间中的奇遇。"③

## (三)学科边界的无限制扩张而导致自我销蚀

由于中国现代文学产生的历史语境、发展过程与中国现代社会、政治、经济紧密相关,这就使得研究中国现代文学必然要涉及现代社会、政治、经济各因素的外在影响。20 世纪 80 年代以来,当中国现代文学研究重新起步时,这一学科就表现出一种"雄心壮志",研究者们把讨论的触角伸及中国现代思想史、政治史、经济史、社会史各领域,试图在这些领域都一试身手,有些研究者甚至在这些领域已"乐不思蜀",这样就使得这一学科负载着过多的非文学性的意义内涵。当然,自然科学的学科发展史表明,学科的交叉、融合往往是学科新生长的动力,但是,人文学科是否也遵循同样的学科发展规则

---

① 余英时:《论士衡史》,上海文艺出版社 1999 年版,第 3—4 页。
② 张大春:《小说稗类》,广西师范大学出版社 2004 年版,第 15 页。
③ 同上书,第 18 页。

呢？人文学科的交叉、融合是否有限度呢？交叉或融合的结果是否要以销蚀原学科界限为归宿呢？这种交叉或融合是否会有负面的效应呢？我们认为，这些担心或疑问并非不必要。在我们看来，无论如何，中国现代文学的研究，必须回答这样一个首要的问题：中国现代文学在它产生与发展的历程中，究竟提供了哪些新的审美经验、新的审美形式？检视已有的研究，在这方面并没有给出一个富有说服力的回答。当新兴的文化研究的理论方法引入中国现代文学研究时，更是使得众多的文本成为了文化分析的个案。"文学性"、"审美性"、"形式"等文学研究的基本范畴，在文化分析的框架内不断地被边缘化，"文学研究"成为五光十色的文化分析"百衲衣"上的一块可以拆洗的"布片"。审美的意义消失了，作者主体的存在消失了，呈现给我们的是"阶级"的概念、"权力"的概念、"性别"的概念、"种族"的概念。面对这种学科边界因扩张而自我销蚀的状况，我认为，中国现代文学研究应该有一次理论与方法的"瘦身运动"，应该把"恺撒的归恺撒，上帝的归上帝"，即重新确定自己的学科边界、学科范畴与学科架构。

任何一种学科危机都是逐步演化而成的，同时，"所谓的危机，也如医学上的所谓'极期'（crisis）一般，是生死的分歧，能一直得到死亡，也能由此至于恢复"[1]。虽然中国现代文学研究还未达到这生死攸关的路口，但是，保持一份清醒的心态是必需的。为此，我们提出了中国现代文学研究再出发的几个起点。

# 再出发一：以传统来诠释现代

以现代的学术观念、方法来研究中国传统思想、文化，在20世纪中国学术史上有许多成功的典范。比如，王国维的史学研究，傅斯年就认为，《观堂集林》中有许多作品，特别是《殷卜辞中所见先公先王考》和《续考》二文，皆可作为新式史学研究的"模范"。[2] 郭沫若也认为，尽管王国维"思想

---

①　鲁迅：《鲁迅全集》第四卷，人民文学出版社1981年版，第592页。

②　转引自许冠三：《新史学九十年》，岳麓书社2003年版，第82页。

情绪"若干方面还是"封建式的",但他的"研究学问的方式是近代式的",他所留下的知识遗产,就"好像一座崔巍的楼阁,在几千年来的旧学的城垒上,灿然放出一段异样的光辉"。① 陈寅恪也十分推崇王国维"取外来之观念与固有材料互相考证"。② 陈寅恪自己的学术研究也是如此,早在留学期间,他在《与妹书》中就断言:"如以西洋语言科学之法,为中藏文比较之学,则成效当较乾嘉诸老,更上一层。"③ 仅限 20 世纪文学研究的学术史,就有王国维的《红楼梦评论》、《宋元戏曲史》,胡适的《中国章回小说考证》,鲁迅的《中国小说史略》,陈寅恪的《论再生缘》、《元白诗笺证稿》,闻一多的《〈诗经〉研究》等,这些都是运用现代学术观念与方法来研究、发掘传统文学内涵的范例。既然可以用现代的学术观念、方法来诠释传统,那么,翻转一下思路,运用传统资源来诠释现代是否也是可行的呢? 在这里,我们必须先把这一思路与以往研究中所经常出现的诸如"中国现代文学与文学传统的关系研究"相区别开来。我们认为,后者的研究重点放在"现代"层面,其研究思路是"传统 / 现代"的二元式,并往往陷入一种"格义"式的比附。所谓的"格义之比较,乃以内典与外书相配拟"④,也就是说,这种研究模式强调的是现代文学中的某些因素在传统文学中也存在或者与传统有相似性。而我们这里所提出的"以传统来诠释现代",其思维的起点是放在"传统"这一面,就是要看一看传统的文学、美学资源以怎样的方式渗透进现代文学的审美样式和审美经验之中,存在下来并积淀为一种潜在而积极的审美源泉。我们通过这种立足于传统角度(旧)的观照,为的是发现那些现代(新)的东西。在这里,我试图举周作人关于中国现代散文的某些独到看法为例来加以分析。周作人在评论中国现代散文时,十分强调要把中国现代散文与明代的公安派、竟陵派散文联结起来。他说:"现在的小文与宋明诸人之作在文学上固然有点不同,但风致实是一致。或者又加上了一点西洋影响,使他有一种新气息而已。"⑤"我常这样想,现代的散文在新文学中受外

---

① 转引自许冠三:《新史学九十年》,岳麓书社 2003 年版,第 82 页。
② 陈寅恪:《金明馆丛稿二编》,三联书店 2001 年版,第 247 页。
③ 同上书,第 355 页。
④ 同上书,第 185 页。
⑤ 周作人:《中国新文学大系·散文一集》导言。

国的影响最少,这与其说是文学革命的,还不如说是文艺复兴的产物,虽然在文学发达的程途上复兴与革命是同一样的进展。在理学与古文没有全盛的时候,抒情的散文也已得到相当的发展,不过在学士大夫眼中自然也不很看得起。我们读明清有些名士派的文章,觉得与现代文的情趣几乎一致,思想上固然难免有若干距离,但如明人所表示的对于礼法的反动则又很有现代气息了。"①"现在的文学——现在只就散文说——与明代的有些相像,正是不足怪的,虽然没有模仿,或者也还很少有人去读明文,又因时代的关系在文学上很有欧化的地方,思想上也自然要比四百年前有了明显的改变。现代的散文好像是一条湮没在沙土下的河水,多少年后又在下流被掘了出来,这是一条古河,却又是新的。"②"这风致是属于中国文学的,是那样地旧而又这样地新。"③ 周作人强调明代公安派、竟陵派以来中国散文的源流对现代散文的滋养,从一个方面回答了中国现代文学史上的一个重大问题:为什么中国新文学的各种文体中,现代散文所取得的艺术成就在诗歌、小说、戏剧之上? 简单地说,这是否因为中国现代散文的创作潜在地与深厚的中国散文历史渊源接续上了呢? 也许正如周作人所说的那样:"我相信新散文的发达成功有两重的因缘,一是外援,一是内应,内应即是历史的言志派文艺运动之复兴,假如没有历史的基础,这成功不会这样容易……"④ 顺着周作人的这一思路,我们可以进而思考这样的问题:为什么中国现代小说中优秀作品多是那些充满意境和抒情氛围的文本,这与中国文学中的写意、抒情传统有何关系? 从中国文学中的写意、抒情传统出发,对中国现代小说的艺术特征能否有一个更内在、更丰富的把握呢? 这些问题耐人寻味。回到文学史,我们又将遇到一个更棘手的问题:在现代白话文确立之后,文言是否像人们所认为的那样已真正的"死亡"? 为什么我们在鲁迅、周作人等人的散文中能不断看出文言的"痕迹"的潜存? 而且常常正是因为有这些文言的"痕迹",才使得他们的散文、杂文的审美意味更加的"醇厚"。周作人就曾比较过三种不同的散

---

① 周作人:《中国新文学大系·散文一集》导言。
② 同上。
③ 同上。
④ 同上。

文文体的审美价值,他说:"据我个人的愚见,中国散文中现有几派,适之仲甫一派的文章清新明白,长于说理讲学,好像西瓜之有口皆甜,平伯废名一派涩如青果,志摩可以与冰心女士归在一派,仿佛是鸭儿梨的样子,流丽轻脆,在白话的基本上加入古文方言欧化种种成分,进而为一种富有表现力的文章。"①"我也看见有些纯粹口语体的文章,在受过新式中学教育的学生手里写得很是细腻流丽,是葆有造成新文体的可能,使小说戏剧有一种新发展,但是在论文,——不,或者不如说小品文,不专说理叙事而以抒情为主的,有人称他为絮语过的那种散文上,我想必须有涩味与简单味,这才耐读,所以他的文词还得变化一点,以口语为基本,再加上欧化语、古文、方言等分子,杂糅调和,适宜地或着荟地安排起来,有知识与趣味的两重统制,才可以造出有雅致的俗语文来。"②郭沫若在《庄子与鲁迅》一文中,举《庄子》为例,说明"鲁迅爱用庄子所独有的词汇,爱引庄子的话,爱取《庄子》书中的故事为题材而从事创作",其中有"词汇的引用","有完整的词句"的引用等,并一口气举了近三十个例子来充分说明鲁迅创作思想与艺术和庄子的关系。③从上述周氏兄弟的例子可以看出,现代白话文确立之后,文言在现代作家创作中的存在状态很值得深入讨论:文言是以一种怎样的方式存在? 文言的语言形式及其美感对现代白话文的审美创造又产生了哪些积极的影响? 我认为,这些都是开拓中国现代文学研究的再出发的重大课题。

## 再出发二:"明于知人心"

　　尽管有理论不断地在断言:"作者已经死亡。"但文本毕竟不可能"无"中生"有",它必然是出自某一个特定的作者之手。作者的个性、情感、意志和想象力必然要深刻地浸染在自己所创造的文本之中。古往今来的世界文学史概莫能外。正如鲁迅所言:"生命力受了压抑而生的苦闷懊恼乃是

①　周作人:《志摩纪念》,《新月》第四卷第一期,1931 年。
②　周作人:《中国新文学大系·散文一集》导言。
③　郭沫若:《庄子与鲁迅》,《中苏文化》(半月刊)第八卷第三、四期合刊,1941 年。

文艺的根柢,而其表现法乃是广义的象征主义。"[1] 因此,对文本的心理分析或精神分析是我们重建作者与文本之间有效通道的最重要的阐释方式。这一方法不仅在文学研究中大有作为,甚至在以社会、经济、政治、事件为对象的历史研究中也有广阔的施展空间。"从 20 世纪 50 年代末开始,不少心理学家和史学家都注意到有些历史现象非借重心理学不能得到彻底的理解,因此而有心理史学(Psychohistory)的兴起。当时心理学家艾理克逊(Erik Erikson)的影响尤大,因为他对马丁·路德和甘地的研究都属于史学作品,而《青年路德》一书更轰动一时,争议极大。'生命史'的概念便是他发展出来的。"[2] 著名史学家余英时就曾用心理分析与史学分析交互为用的方法研究南宋孝宗的心理历程,即他的认同危机、心理挫折以及这一系列心理向度对他的"末年之政"的深刻影响。[3]

请看余英时的分析:

他(孝宗)"小年极钝",高宗教他读书便吃足了苦,后来对他一直没有多大信心,以致"立储"事总是犹豫不决。内禅以后还是对他不放心,大事仍然抓在自己的手上。……在理性的层面,孝宗自然不能不接受父皇的无上权威,甚至还感激他的训诫和关切,但在潜意识中,反抗情绪的滋长则是不可避免的。孝宗对于高宗既"爱之深"也"恨之切"的情感冲突(即"ambivalence")在"三年之丧"这一具体问题上呈现得非常清楚:"三年之丧"确然表达了他所说的"大恩难报,情所不忍"一番心理;这是显意识层面之事,绝不可视为虚伪。但是为了强调自己所行"三年之丧"合乎"古礼",而发出"朕欲救千余载之弊"的责言,他实已站在胡寅一边,批评绍兴七年高宗行短丧之失了。这则出于潜意识的作祟。正如弗洛伊德所说,儿子长大了,父亲原有的伟大形象便开始改变;儿子对他会越来越不满,从而学着去批评他并重新估定他在社会的位置了。批评犹如露出水面冰山一角,指示我们下面还

① 鲁迅:《鲁迅全集》第十卷,人民文学出版社 1981 年版,第 235 页。
② 余英时:《朱熹的历史世界》,三联书店 2011 年版,第 699 页。
③ 同上书,第 740—764 页。

藏有因怨恨而起的巨大反抗力。在孝的文化之下，儿子的批评或"失言"（"slip"）已是非同小可，更何况出自皇帝之中！但孝宗毕竟生长在传统稳定的时代，他的反抗绝不能与现代决裂性的叛逆同日而语。在表面上，他们继承父业，先意承志，几乎无懈可击，因此才获得了"孝"的谥号。心理史学并不否认"父慈子孝"可以是客观的历史事实，更不视此为假象而蓄意加以摧毁。不过它要更进一步，探测"父慈子孝"的下层是不是也存在着压抑与反抗。父子之间的冲突往往标志着世代之间的争持（"generational strife"），因而构成了历史的一种动力……从绍兴二年（1132 年）到淳熙十四年（1187 年），孝宗一直生活在高宗的巨大身影之下，他的心理发展的道路充满着崎岖和曲折。在这一漫长的心理历程中，他承受了数不尽的委屈，因而也积累了强劲的抗力；这股抗力在高宗死后破堤而出，终于激起了政海的波澜。①

　　余英时在《朱熹的历史世界》一书中以翔实的史料和深入的心理分析，解答了南宋政治史上的系列疑问："孝宗为什么在淳熙十四年十月高宗死后忽然决定要大事更改？这个更改的性质是什么？既然决心更改，孝宗为什么又决定在一年之后（十六年二月）禅位于光宗？他的部署不能不说是相当周密，但是为什么经光宗一朝，更改的构想竟丝毫不能展布？"②余英时在书中创造性地以心理史学施之于孝宗、光宗的研究，为学术界解开了一个困惑已久的历史之谜。

　　历史研究强调"不溢美、不隐恶"的客观性、公正性品格，十分警惕"心理决定论"倾向，即使在研究中引进心理分析方法，那也只能是有限度的，有条件的，否则，"稍一不慎，便会流于荒诞不经"③。但我相信在心理分析方面，文学研究应该更有作为才是。因为，文学说到底，其根本是一种"人学"。在这里，我以鲁迅对魏晋文学的研究为例来尝试说明这一研究方法的功能与意义。魏晋时期，在阮籍、嵇康等人身上表现出一种惊人的矛盾性。比如，嵇

---

① 余英时：《朱熹的历史世界》，三联书店 2011 年版，第 745—746 页。

② 同上书，第 682 页。

③ 同上书，第 395 页。

康是那样高傲的人，而在《家诫》中教子却要他庸庸碌碌 ①，为什么会有这种矛盾性呢？且看鲁迅的分析：

> 嵇阮的罪名，一向说他们毁坏礼教。但据我个人的意见，这判断是错的。魏晋时代，崇奉礼教的看来似乎很不错，而实在是毁坏礼教，不信礼教的。表面上毁坏礼教者，实则倒是承认礼教，太相信礼教。因为魏晋时所谓崇奉礼教，是用以自利，那崇奉也不过偶然崇奉，如曹操杀孔融，司马懿杀嵇康都是因为他们和不孝有关，但实在曹操司马懿何尝是著名的孝子，不过将这个名义，加罪于反对自己的人罢了。于是老实人以为如何利用，亵渎了礼教，不平之极，无计可施，激而变成不谈礼教，不信礼教，甚至反对礼教。——但其实不过是态度，至于他们的本心，恐怕倒是相信礼教，当作宝贝，比曹操、司马懿们要迂执得多。
>
> ……
>
> 于此可见魏晋的破坏礼教者，实在是相信礼教到固执之极的。②

鲁迅以其锐利无比的眼光，看出了隐藏在嵇、阮等人内心深处的隐痛，看到了他们人格中深深沉埋的另一面，这种的分析真有"直指本心"的穿透感。同时，鲁迅还借此批判中国传统文化"明于礼义而陋于知人心"，他说："大凡明于礼义，就一定要陋于知人心的，所以古代有许多人受了很大的冤枉。"③因此，"明于知人心"，应该是我们文学研究的一个重要的追求目标。这里，我们以鲁迅研究中的一个个案，来进一步探讨"明于知人心"的重要性。大家知道，鲁迅从 1909 年 8 月结束日本留学生活回国，到 1918 年创作《狂人日记》，参与"五四"新文化运动，这期间有整整十年时间，这是鲁迅寂寞的十年，他说："只是我自己的寂寞是不可不驱除的，因为这于我太痛苦。我于是用了种种方法来麻醉自己的灵魂，使我沉入国民中，使我回到古代去，后来也亲历或旁观过几样更寂寞、更悲哀的事，都为我所不愿追怀，甘心使他们和我的脑一同消灭在泥土里的，但我的麻醉法却也似乎已经奏了功，再没有青

---

① 鲁迅：《魏晋风度及文章与药及酒之关系》。
② 同上。
③ 同上。

年时候的慷慨激昂的意思了。"① 鲁迅在这寂寞的十年间,生活动荡,南北播迁,同时,这期间"又见过辛亥革命,见过二次革命,见过袁世凯称帝,张勋复辟,看来看去,就看得怀疑起来,于是失望,颓唐得很了"②。但是,对于这寂寞十年,除了少量的书信和日记外,鲁迅并没有留下多少文字材料可以让我们重建这十年的心路历程:当沉入国民中时,他想到了什么? 寂寞与悲哀的交织,又是如何使他陷入希望与绝望的煎熬之中? 种种麻醉法真的奏了功吗? 这寂寞的十年,鲁迅留给我们的是无穷无尽的想象。而我们认为,这寂寞的十年对鲁迅后来的思想发展具有深刻甚至决定性的影响:在这寂寞的十年间,鲁迅的内心世界中已形成了一系列对中国历史、文化独特的看法,否则,我们就无法理解为什么鲁迅刚一登上"五四"文坛,就表现出超乎常人的深邃而独到的思想深度。人们不禁要问:在这寂寞的十年间,鲁迅有着怎样的内心体验? 这些内心体验又使他形成怎样的思想判断和思维方式? 这是我们进入鲁迅精神世界的一个重要关口。然而,从现有的鲁迅研究成果来看,对这寂寞十年的研究还十分薄弱。③ 而我们认为,没有这寂寞的十年,就不可能有完整的鲁迅。不从这寂寞的十年出发,所有对鲁迅的思想研究,都可能是无源之水。

　　顺着"知人心"的思路,我们认为,中国现代文学研究还有许多领域可以开掘。比如,对于周作人的散文,一般的读者都看重他的闲适、冲淡、平和的风度,但周作人本人却不这样看,他说:"拙文貌似闲适,往往误人,唯一二旧友知其苦味,废名昔日文中曾约略说及,近见日本友人议论拙文,谓有时读之颇感其闷,鄙人甚感其言。"④ "小时候读贾谊《鵩鸟赋》,前面有两句云:'庚子日斜兮鵩集余舍,止于坐隅兮貌甚闲暇',心里觉得稀罕! 这怪鸟的态度真怪。后来过了多少年,才明白过来,闲适原来是忧郁的东西。喜剧的演者及作者往往过着阴暗的生活,也是人间的真相。"⑤ 难怪周作人常以"苦"

---

　　①　鲁迅:《〈呐喊〉自序》。
　　②　鲁迅:《〈自选集〉自序》。
　　③　参阅钱理群:《与鲁迅相遇》,北京大学出版社 2003 年版。钱理群在该书的第三讲中曾对这一问题做过论述,这在笔者所见的有关鲁迅寂寞十年的研究中是最具深度的。
　　④　周作人:《药味集·序》。
　　⑤　周作人:《风雨后谈·序》。

和"药"题篇名斋。著名学者温源宁说:"我们不该忘记,周先生还有另外一面。在他身上还有不少铁的因素。""不错,周先生正好就像一艘铁甲战舰,他有铁的优雅。"① 如何透过表面的平静与闲适,把握到隐藏在周作人散文、杂文背后的深深的忧郁、忧生悯乱的情怀、叛徒与隐士的矛盾,我认为,这是周作人研究的一个重大的关键问题。又比如,中国现代作家最后十年或二十年的研究也是一个十分有意义的问题。中国现代许多作家都跨越新旧两个时代。在 20 世纪五六十年代,由于政治意识形态的制约,许多现代作家都出现了创作的苦闷期,在这十年或二十年,许多作家很少创作或放弃创作,有的甚至离开文坛转向别的专业,如沈从文转向古代服饰研究。但是,即使是放弃或很少创作,并不意味着他们内心没有焦虑与苦闷,对历史的惶惑,对新时代的陌生感,对审美的自由想象与当下意识形态一律性的钳制,这一切都交错在他们的内心世界,使他们在新时代有"陌生感",在群众中有"异乡感"。沈从文、曹禺、老舍等人的最后十年或二十年,我认为,都深深地陷入了这种矛盾情感的煎熬之中。因此,研究这一时代的中国作家的内心世界,事实上是在研究共和国历史初期的知识分子精神史。我们认为,这是我们研究中国现代文学向当代转型时所必须具备的精神视野。

# 再出发三:回到问题史语境

冯友兰曾说《中国哲学史》有两种写法,一是"照着讲",一是"接着讲"。所谓的"照着讲",即对哲学史采取一种保守的、抱残守缺、泥古不化、拒绝进步的态度,而"接着讲"则是一种有因有革、推陈出新、继往开来的态度。② 事实上,当我们阅读某些中国现代文学研究论著时,常常看不到作者是在何种意义、何种程度上"接着"已有的成果"往下讲"。我认为,造成这种学术"现象"的根本原因有两方面:一是片面追求创新的心态。在自然科学领域,创新是建立在对已有研究范式的彻底摧毁之上,而在人文知识研

---

① 温源宁:《不够知己》,岳麓书社 2004 年版,第 375—376 页。
② 郑家栋等选编:《解析冯友兰》,社会科学文献出版社 2002 年版,第 154 页。

究领域,创新从根本上来说是一种深刻的继承,是一种对问题和思维的"同代性"的认同。著名史学家汤因比曾对这种"同代性"的现象表现出极大的兴趣。他说:"这些在基督纪元前第二个千年(希腊罗马),第四个千年(古埃及)和基督纪元后第一个千年(我们时代)出现的文明,完全是相互同代的。"由此而豁然悟到这种"对于所有文明在哲学上的同代性观念"①。二是缺乏回到问题史语境的研究意识。事实上,在人文科学领域,任何一个你所研究的对象或问题并非从你介入研究时才出现的,而是存在已久。这些问题或对象在其产生的初期语境中,关于它的阐释一般来说都是多义性的,正是这种多义性体现了事物的多面性和人们思维的丰富性。当然这种多义性随着阐释语境的变迁,其中的某一方面可能会被有意或无意遮蔽或抑制,另一方面则会被有意或无意地凸显出来。如果不了解这种因语境变迁而产生的阐释意义的消长,那么,你就不可能获知所研究对象或问题的真实内涵。比如,关于《故事新编》的讨论在20世纪50年代就曾有几次大规模的论争,当时的论争各方围绕《故事新编》中的"油滑"之义是"缺点"还是"优点",《故事新编》是否是历史小说等问题,争执不下,各执一说。事实上,这些问题在《故事新编》刚出版的20世纪30年代中后期就已有过激烈的论争,当时的论争各方都提出过许多富有创造性的阐释,只不过当时的争论各方的观点由于种种历史与意识形态的原因,后来消失在新中国的学术语境之外,所以,20世纪50年代的争论各方就很难接触到对这些问题的最初阐释。也就是说,当初阐释的多义性在共和国初期的政治意识形态的一律性语境中被有意地遮蔽住了。到了20世纪八九十年代,当我们重新讨论《故事新编》的"油滑"问题时,我们觉得20世纪三四十年代的论争依然具有十分重要的启发性。因此,一旦回到问题史语境,可以说,我们就回到一种充满活力,富有思维启发的源头。在这个意义之上,我们认为,现在学术界的许多论争,一旦双方都能心平气和地回到问题史语境,就会发现,对于许多争论的问题,早在很久以前,我们的前人就已努力地作出回答。同时,这些回答至今仍然不觉得过时。"日光之下并无新事",虽然我们不必如此悲观,但谨慎的保守,

① 转引自河清:《现代,太现代了!中国》,中国人民大学出版社2004年版,第312页。

可能会使我们"察明"学术研究中许多不必要的"浮躁"和"狂妄"。① 在这里,我们想起有关陈寅恪的一段轶事,据史学家毛子水回忆说,在柏林时,有一天,到陈寅恪的住处去看他,发现陈寅恪正在伏案读 Kaluza 的古英语文法。毛子水以为当时在德国已有较好的书,因而问他为什么费工夫读这样的一部老书。陈寅恪回答说,正因为它老的缘故。毛子水过后一想,觉得这并非戏言,因为"无论哪一种学问,都有几部好的老书。在许多地方后来的人自然说的更好的,但有许多地方,老书因为出自大家手笔,虽然过了好多年,想法和说法,都有可能发人深思处"②。同样的,关于问题的最初阐释,往往保存着当时人们对这一问题的新鲜的思考和亲近的感受,而这些新鲜感和亲近感是后人所无法亲炙的。

　　回到问题史语境,还有一层意义,就是重建问题的历史关系。中国现代文学史上的文学运动、文学现象和文学创作不仅与西方的文学思潮紧密关联,也与其自身的历史条件相关联,如社团、流派、刊物、师承,更不用说整体的社会环境,当我们把自己的研究对象和研究问题放在一个复杂关系的"场"中加以考量时,就会有许多新的发现。这方面的研究,已有许多成功的范例。比如,陈思和在《中国新文学整体观》一书中曾就战争文化心理对新文化的整体影响做了深入的探讨;钱理群在《"流亡者"文学的心理指归》一文中,从战时中国知识分子的精神生存状态来探讨抗战时期有关文学现象、文学特征产生的内在原因;李今在《"新感觉派"和(20 世纪)二三十年代好莱坞电影》一文中,从 20 世纪 20 年代好莱坞电影在上海滩的登陆这一文化传播事件来分析"新感觉派"小说的艺术特征。历史存在的关系总是十分复杂,它更接近于网络式的状态。史学家许冠三曾揭示一种所谓的"多元史络分析方法",即在历史研究中,"宜合语意分析与行为分析为一,并作贯通历史研究各层面之错综使用,既在史料考释上兼采行为分析,亦在史事重建与解释中参用语意分析。在宏观研究中,更须本系统论观点从事结构分析"③。就方法论而言,这对我们也是很有启发的,即我们只有把研究

---

① 　周作人:《伟大的捕风》。

② 　张杰等选编:《追忆陈寅恪》,社会科学文献出版社 1999 年版,第 17—18 页。

③ 　许冠三:《新史学九十年》,岳麓书社 2003 年版,第 514 页。

问题与研究对象放在这种网络式的关系"场"之中加以考量,我们才可能发现一种意义的多面性的存在。在这方面,社会学的某些研究非常有启发性,其中一个经典的范例就是法国社会学家马塞尔·毛斯的《论礼物:古代社会里交换的形式与根据》,在这篇论文中,毛斯认为:"在原始社会中部落与氏族之间的礼物交换是极其重要的,它构成了完整的社会事实,反映了社会生活的方方面面,即他们不仅仅是追逐利益的商业行为,而且还是一种涉及社会道德、宗教、法律等方面的现象,因而必须用非经济的方式来解释。"毛斯以"礼物"这一习以为常的现象为中介,对交换形式与社会结构之间的关系做出高度创造性的比较研究。① 这种网络式关系"场"的思维方法也已被引入政治史和文化史的研究领域。美国学者杜赞奇在其名著《文化、权利与国家——1900 到 1942 年的华北农村》一书中,力图打破历史学与社会学的间隔,从"大众文化"的角度提出了"权力的文化网络"等新概念,并且详细论证了国家权力是如何通过种种渠道(诸如商业团体、经纪人、庙会组织、宗教、神话及象征性资源)来深入社会底层的。② 思想史家艾尔曼则另辟蹊径,以常州今文学派为个案,"从经学、宗族、帝国正统意识形态三者互动的过程",来探讨今文经学的形成过程,并由此说明,"思想史的研究与政治史、社会史的研究一旦结合起来,中国学术史研究的内容将会是何等的丰满"③。事实上,关于中国现代文学的研究,一旦回到问题史的语境,并能建立起网络式的关系"场"的思维方法,那么,文学史的许多问题就将浮出历史地表。比如,进化论思想与中国现代文学中的激进主义思潮究竟有何联系? 中国现代社会危机与中国现代作家的革命情结以及中国现代文学的革命想象究竟有何联系? 城市的兴起以及青年知识分子涌向城市和中国现代文学的"异域想象"、"边地想象"究竟有何联系? 中国现代文学中的"在路上"意象与中国现代知识分子的流亡心态有何联系? 我认为,要回答这些问题,就必须回到一个真实、具体的历史环境,就必须有一种多重对话的思维图景,"必

---

① 马塞尔·毛斯:《社会学与人类学》,佘碧平译,上海译文出版社 2003 年版。引文见该书的"译者的话"。

② 杜赞奇:《文化、权力和国家》,王福明译,江苏人民出版社 1996 年版。引文见该书的"内容提要"。

③ 艾尔曼:《经学、政治和宗族》,赵刚译,江苏人民出版社 1998 年版,第 7 页。

神游冥想与立说之古人处于同一境界"①。陈寅恪就曾举过一个例子说："如某种伪材料,若径认为其所依托之时代及作者之真产物,固不可也; 但能考出其作伪时代及作者,即据以说明此时代及作者之思想,则变为一真材料矣。"② 也就是说,即使是"伪"材料,只要放回到作"伪"的语境,它也就成为一种"真"。这就使我们进而思考: 为什么在这时代会有人这样作伪? 作伪目的、意图是什么? 这种作伪能折射出一种怎样的意识形态要求? 面对一则考证材料,当它回到历史语境时,我们都能提出这么多的问题,更何况一个真实的文学文本,它必然包含着更多的历史讯息。因此,回到问题史语境,我们不仅在研究中可以"废物利用"③,而且,"益可藉此增加了解"④。

# 再出发四：重建理论话语、阐释对象与语境三者的同洽性

　　无论是理论研究,还是文学史研究,都需要使用术语、概念、范畴进行思维,虽然人文科学研究中的理论思维不像自然科学那样需要高度的抽象性,但术语、概念、范畴毕竟是必不可少的。问题的关键在于,人文科学中的任何一个术语、概念或范畴都源于特定的语境,都指涉着特定的阐释对象,都要受到特定的文化结构的制约。也就是说,它的阐释功能是有限度的,不是放之四海而皆准。如果语境变迁了或阐释对象发生位移了,那么,这些术语、概念或范畴的阐释限度、效力和内涵也必然要有所变化。然而,在我们的许多研究文章中,往往看不到这三者的同洽性。也许在一篇论文中,你可能会看到作者同时使用属于古代文论、马列文论和西方文论系统的术语、概念或范畴。在这里,我们并非指责这种对术语、概念或范畴的综合使用,只是提醒说,当你使用这些术语、概念或范畴时,首先要作出明确的界定: 你是在何种意义

---

① 陈寅恪:《冯友兰〈中国哲学史〉(上册) 审查报告》。
② 同上。
③ 同上。
④ 同上。

层面,何种理论向度上使用它们？它们与自己的阐释对象之间是否具有兼容性？如果不具备这种兼容性,那么,又将对这些术语、概念或范畴做出何种的调整？是放弃它还是转换它？事实上,对我们来说,许多术语、概念或范畴到了我们的笔下,就像一枚使用很久的硬币一样,成色、图案都已模糊,或者是一枚外国硬币,很难进入特定的流通与交换的领域。同样的,在中国现代文学研究领域中,我们也经常面对着这种窘境。研究者往往是不加鉴别地使用一套外在于中国现代文学语境的术语、概念或范畴来阐释中国现代文学,这样,我们的研究常常会陷入一种牵强附会、方枘圆凿的困境。这正如金岳霖先生对胡适的《中国哲学史大纲》所做的批评那样:"胡适之先生的《中国哲学史大纲》就是根据一种哲学的主张而写出来的,我们看那本书的时候,难免一种奇怪的印象,有的时候简直觉得那本书的作者是一个研究中国思想的美国人;胡适先生对于他最得意的思想,让他们保存古色,他总觉得不行,一定要把他们安插到近代学说里面,他才觉得舒服。同时西洋哲学与名学又非胡先生之所长,所以在他兼论中西学说的时候,就不免牵强附会。"① 所以,金岳霖很欣赏冯友兰写作《中国哲学史》时所秉持的态度:"冯先生的态度也是以中国哲学史为在中国的哲学史;但他没有以一种哲学的成见来写中国哲学史。"② 事实上,我们现在的许多文学史研究论著,很接近于胡适的《中国哲学史大纲》的思路,即以一套外在于中国现代文学史的理论话语、范畴或框架来阐释历史自身的复杂性。比如,目前在中国现代文学研究领域有一个十分流行的概念——"民族国家"。大家知道:"一般意义上说,'国家'主要是一个政治概念,以权力为核心;'民族'则基本是一个种族与文化的概念,以共同祖先、语言、生活方式、精神传统为其主要内容。"③ 作为独立的"民族国家"的概念首先出现于西方近代政治史上,由于地理、种族、宗教等因素,在西方社会政治生活中,"民族"与"国家"之间的认同感是紧密联结的。④ 而在中国,这种联结似乎比较松散,比如,顾炎武在《日知录·正

---

① 金岳霖:《冯友兰〈中国哲学史〉审查报告》。
② 同上。
③ 余英时:《论士衡史》,上海文艺出版社 1999 年版,第 96 页。
④ 汪晖:《现代中国思想的兴起·导论》,三联书店 2004 年版。

始》中就写道:"有亡国有亡天下。亡国与亡天下奚辨? 曰:易姓改号,谓之
亡国。仁义充塞,而至于率兽食人,人将相食,谓之亡天下……是故知保天下
然后知保其国。保国者其君其臣,肉食者谋之。得天下者,匹夫之贱与有责
焉耳矣者。"① 可见,在中国传统文化语境中,"民族与国家的认同之间,是有
着巨大的鸿沟"②。然而,我们现在的许多论著,却不加区别地使用"民族国
家"这一概念,来分析中国现代文学的某些创作现象,显然就会出现许多语
境与意义上的冲突。相反的,如果我们在研究中尽可能地考虑到术语、概念
或范畴与阐释对象、语境三者之间的同洽性,就会发现许多意想不到的新见
解。比如,当我们讨论鲁迅学术思想的知识谱系时,很自然就追溯到魏晋,
进而溯源到先秦思想、学术,但我认为,从知识谱系的内在相关性来说,鲁迅
的学术、思想更接近于明清以来的浙东学术。对于这一点,目前的研究并不
充分。但在 1938 年版的《鲁迅全集·序》中,蔡元培就指出:"鲁迅先生本
受清代学者的濡染,所以他杂集会稽郡故书、校嵇康集,辑谢后承书,编汉碑
帖、六朝墓志目录、六朝造像目录等,全用清儒家法。"③ 大家知道,鲁迅在日
本留学期间曾师事章太炎,"而章太炎少时曾师事俞越,并受到全祖望、章学
诚的影响,后来成为经古文派的最后一位大师"④。从师承的角度,我们可以
梳理出鲁迅与浙东学术关系的一条清晰的脉络。另一方面,鲁迅学术研究的
专精,鲁迅对历史的敏感与独到见解等都与浙东学派的主要特征如"浙东贵
专家"、"浙东之学,言性命者必究于史"⑤ 很相似。所以,我认为,如果能建
立从明清的浙东学术上推到晚唐再到魏晋,最后上溯到先秦这样的知识谱系
的话,那么,对鲁迅思想创造的历史源泉就会有一种更恰切,也更内在、更系
统的阐释。除了文学研究,事实上,在历史研究中也十分强调这种理论话语、
阐释对象和语境三者同洽性,余英时曾把这种同洽性称之为"内在的理路"。
这里,举两个例子说明历史研究中这种"同洽性"或"内在理路"的重要功
能。比如,顾颉刚运用研究民间故事的方法来研究古史。通过对孟姜女故事

---

① 转引自余英时:《论士衡史》,上海文艺出版社 1999 年版,第 99 页。
② 同上。
③ 蔡元培:《鲁迅全集·序》。
④ 王元化:《思辨录》,上海古籍出版社 2004 年版,第 133—134 页。
⑤ 章学诚:《文史通义·浙东学术》。

的研究,他"亲切知道",这些小故事的若干情节和流变辙迹,与古史传说颇有相似之处。像古史一样,它也顺随"文化中心的迁流"而变动,承"各地的时势和风俗而改变",凭"民众的情感和想象而发展"。这令他恍然大悟:"研究古史也尽可能应用研究故事的方法。"[①] 另一个例子,就是余英时对清代思想史所做的一个新解释。一说起清代思想学术的特征,我们马上会说:"反理学,反玄谈,不喜欢讲心性。"[②] 但追问下去:为什么会出现这些特征?一般的阐释是认为受文字狱的影响:清代思想禁忌森严,统治者大兴文字狱,使得"家有智慧,大凑于说经,亦以纾死"[③]。但余英时不满足于这一说法,他认为,除了思想禁忌、文字狱等这些"外缘之外,还应该特别注意思想史的内在发展,即每一个特定的思想传统本身都有一套问题,需要不断解决,这些问题,有的暂时解决了,有的没有解决;有的当时重要,后来不重要,而且旧问题又产生新问题,如此流传不已。这中间是有线索条理可寻的"[④]。如清代学术思想史上出现的几个概念:经学即理学、经世致用、闻见之知、六经皆史等,都与宋以来儒学的内在发展紧密相关,只有把这些概念还原到具体的历史语境,才会找出"宋明理学和清代的学术的共同生命之所在"[⑤]。也就是说,要阐释清代学术史,就必须使用宋明以来的儒家学术规范、范畴来加以分析,单纯地借助外缘的解释,可能就会有隔膜。中国现代文学语境有自己的独特术语、概念或范畴以及独特的表达方式。我们认为,如果能找到这些属于中国现代文学语境的内在知识和精神结构的术语、概念、范畴及表现方式,并加以分析、界定、阐释,然后再回到这个历史复杂性本身,那么,你就会发现某些真正属于这历史的内涵。比如,朱光潜、宗白华都是现代著名的美学家,他们二位都对中国传统美学和文学发表过许多精辟的见解,我个人的感受是,朱光潜由于较大程度地借助西方的美学话语,他对中国美学和文学的认识可能比宗白华来得明快、简捷,却似乎隔了一层。对此,鲁迅在写

①　转引自许冠三:《新史学九十年》,岳麓书社 2003 年版,第 197—198 页。
②　余英时:《清代思想史的一个新解释》,收入《余英时文集》第二卷,广西师范大学出版社 2004 年版。
③　同上。
④　同上。
⑤　同上。

于 1935 年的《"题未定草"（六至九）》中，针对朱光潜借助古希腊美学中的"静穆"说来分析陶渊明的诗歌的做法，曾提出尖锐的批评意见。而宗白华的《意境》一书，虽然较多地运用感悟性的表达方式，但他更接近于中国传统美学的精髓。我认为，造成这种区别的根本原因就在于，宗白华比较重视所使用的分析概念、术语或范畴与中国传统美学和文学语境的最大程度的同洽性。同样的，我们的再出发，就在于能否真正潜入中国现代文学存在的历史语境，找到这些存在于当时语境中的概念、范畴和表达方式，并对它重新进行阐释，发现它们与对象、语境之间的同洽性，从而建立起一套相互联系、相互深化的概念系统。我认为，这是建立中国现代诗学的理论基础。

# 结语：漫长的旅程

学术研究的过程就如一次攀登，从数学的角度来说，两点之间的直线距离最短最快，然而，人文学术的研究过程也许更看重的是另一面："慢"与"长"。因此，从上述几个起点的再出发，可能选择的是一条最长的途径，但我们可以借此领略到更多的沿途风光；可能选择的是一条最崎岖的道路，但我们可以因此感受到更多的探险之乐；可能选择的是一条最艰难的路途，但我们可以由此满怀着回到历史深处的激动。

# 论 20 世纪中国小说研究的几个生长点

　　科学哲学家库恩在他出版于 1963 年的《科学革命的结构》一书中，曾阐述了这样的一个科学史图景：科学首先是在"范式"支配下，为解决"范式"所提出的疑点进行的高度定向的研究活动，这是科学的常规活动；只有当已有的"范式"不足以应付新的问题的挑战时，这个常规的发展才会暂时中断，科学便因此陷入危机，最后导致新"范式"取代旧"范式"的科学革命。[①] 虽然，库恩在这里说的是自然科学的发展史，但这一理论对人文科学研究的反思也不无启发。就中国现代文学研究而言，目前正处于一个相对稳定的常规状态，并且，这一状态可能还会延续较长的一段时间。当然，这并不意味着在这一时期内，我们将毫无作为。明智的姿态应该是不断地寻找新的学术生长点，从而加速新"范式"革命的到来。在这里，我就以 20 世纪中国小说研究为个案，提出几个可能的生长点加以讨论。

## 一、小说诗学研究

　　20 世纪中国小说研究，一直是 20 世纪中国文学研究中一个十分活跃且

---

　　① 《中国大百科全书·哲学Ⅰ》，中国大百科全书出版社 1987 年版，第 434 页。

学术积累相当深厚的领域。单就现代小说史的编纂而言,从 1984 年 1 月第一部的《中国现代小说史》面世,至今已有十余部的《中国现代小说史》出版,至于专题性的或单篇的现代小说论著更是不计其数。① 近年来,随着研究进展的深入和研究队伍的不断扩大,关于 20 世纪中国小说的研究,无论在研究的思路、视野,还是在研究方法、格局等方面都显示出前所未有的活力,也呈现出更加多样、开放的特点。② 如小说的叙述学、文体学、修辞学、风格学研究日益受到重视。在这种生机勃勃的研究进展中,一些需要在理论上作出回应、总结的问题,也随之变得急切、尖锐起来:其一,已有的研究明显地表现出过多地依靠西方的概念、方法,而没有充分地考虑到 20 世纪中国小说自身独特的艺术特征和汉语文学的审美传统对这些概念、方法的适应性。其二,由于从方法、概念出发,作品文本成为了附着在理论之"皮"上的"毛",尽管看起来绚丽多彩,精致迷人,然而却是零落的,没有生命力的。因此,我认为,在研究中,无论你运用的是何种高深精密的理论方法,我们首先面对的应该是一部神气贯注、生动鲜活的艺术作品,而不是相反。有鉴于此,20世纪中国小说研究的合理思路应该是:通过对 20 世纪中国小说经典文本的细致解读,找到一套新的意义"亮点",然后提升出一套新的诗学理论构想。我认为,这是 20 世纪中国小说诗学研究的基本思维路线。

　　在我的研究构想中,所谓的诗学研究是指围绕文学作品的结构、技巧、叙述方法、文体特征、风格类型等审美形式系统的理论研究,简言之,就是紧紧抓住"有意味的形式"这一中心环节,立足于对 20 世纪中国小说经典文本进行精细的分析。具体地说,这种文本分析主要是围绕小说文本的内在形式的三个层面而展开:一是意象、隐喻、象征、意境等艺术表现层面;二是叙述方法、结构、技巧、模式等叙述层面;三是抒情、诗化、反讽、滑稽模仿等文体层面。当然,对每一个小说文本的诗学研究而言,其具体方式是复杂、多样的。

　　我的诗学研究之所以集中选取这三个层面,是基于这样几方面的思考:

　　第一,小说是一种叙述性的文学样式,因此,叙述层面的研究,不仅是其

　　①　参阅黄修己:《中国新文学史编纂史》,北京大学出版社 1995 年版。
　　②　参阅王晓明主编:《二十世纪中国文学史论》,东方出版中心 2003 年版。王德威:《现代中国小说十讲》,复旦大学出版社 2003 年版。

文本自身内在的形式要求,而且也是小说诗学研究的核心功能。从理论上说,小说叙述研究可以分成两个类型,一是主题叙述学研究,即侧重于对故事或叙述内容进行分类、抽象,并从中概括出某些类型模式。二是形式叙述学研究,即把叙述作为与戏剧和一些文学外的非叙述形式相对立的故事"表现"形式来分析。① 相比而言,小说诗学研究更侧重于后者即形式叙述学。一般地说,形式叙述学研究所涉及的问题有叙述结构、叙述时间、叙述语式、叙述视角、叙述者、叙述模式、叙述情境、叙述语法等。而这其中的任何一项又包含众多的更加具体的子项:如关于叙述结构的问题,就有顺叙、倒叙和预叙,而倒叙又有内倒叙、外倒叙、异故事倒叙、同故事倒叙,预叙有内预叙、外预叙等;叙述视点的问题有全知视点、限知视点,有内视点、外视点、聚焦、零聚焦、内聚焦、外聚焦等;叙述时间的问题有时序、时长、频率等。② 当然,我们还可以列举出更多的关于小说叙述诗学所涉及的问题。事实上,这其中的任何一个问题落实到 20 世纪中国小说文本中,又存在许多"变体"。毫不夸张地说,每一个问题都可以写成一部有关 20 世纪中国小说叙述学的著作:诸如 20 世纪中国小说叙述中的倒叙研究, 20 世纪中国小说叙述中的限知视点研究, 20 世纪中国小说叙述中的叙述频率研究等。

第二,就我个人的阅读经验而言,20 世纪中国小说创作,在长篇小说中出色的作品为数不多,与短篇小说相比更是逊色不少。不知你是否注意到了这一现象:20 世纪中国小说创作中的优秀的短篇小说往往是那些在艺术创造上比较强调意境、情调等诗意特征的作品。我想,产生这样艺术现象的原因,很大程度上是由于 20 世纪中国小说与汉语文学审美传统的内在关系。因此,在艺术表现层面上,我特别选择了"意象、隐喻、象征、意境"这些与传统诗学密切相关的审美范畴,这样就有助于我们更充分地把握 20 世纪中国小说在诗学形式上的传统性与民族风格。曾几何时,在不少中国小说家的内心深处都有一个审美取向,那就是,要把小说写得像西方小说,比如茅盾之于左拉,路翎之于罗曼·罗兰,莫言之于马尔克斯⋯⋯但是,我想,这些小说即使写得再完美,也仅仅是相像而已。——文学史的真实是,只有那些善于

① 王先霈、王又平主编:《文学批评术语词典》,上海文艺出版社 1999 年版,第 293 页。
② 参阅上书,第 292—339 页。

从传统美学资源中汲取养分的小说家才能创造出自己独特的风格,如沈从文之于湘西文化,废名像唐人写绝句一样写小说①,汪曾祺对传统笔记的"仿写"等,都是成功的范例。在这里,我不得不提到一个作家:高行健,尽管对于高行健获得诺贝尔文学奖,国内学术界评价不一,但是,有一点高行健是明智的:当他置身在西方语境时,他创作的小说特别充满东方的叙事智慧,充满着玄思、情调和悠远的意境,这些诗学特征在西方小说传统中是相当少见,他的《灵山》力图展示的就是一种充满东方精神与色彩的叙述风格,正如他自己所言:"西方传统哲学的思辨,即所谓形而上学,发源于西方语言,这种语言不妨称为分析性语言。而汉语以词序的关联为结构,则引发出另一种东方哲学,也即玄学。东西文化的差异首先来自这两种不同的语言体系。然而,无论哪种哲学,归根结蒂,都不过呈现为语言的表述,恰如文学。……我认为汉语摆脱了政治与伦理教化之后,依然可以生出浸透东方精神的一种现代文学……我这《灵山》在追索心迹的时候,避免作任何静态的心理分析,只诉诸冥想,游思在言语中而意在言外。……我在语言上下的功夫,与其说精心修辞,不如说务求流畅,哪怕是我自己发明的结构复杂的句式,我也力求仅凭听觉便获得某种语感,读者硬去释义,大可不必,这方面,我应该承认,《庄子》和汉译《金刚经》的语言对我启发极大。道家与禅宗,我以为,体现了中国文化最纯粹的精神,通过游戏语言,把这种精神发挥得十分精致。我以一个现代人的感受,企图用现代汉语,再一番陈述。"②我想,这是他获奖的一个重要的因素。试想,如果高行健把自己的小说写得像法国的"新小说",那么,诺贝尔桂冠是绝不会落到他的头上。

　　第三,严家炎曾指出,20 世纪中国小说在艺术形式上,长期保持着一种开放、实验、多变的势头,这不仅表现为各种形式、体裁的多元并存,还表现为20 世纪中国小说在其艺术进程中广泛吸收融合了其他文学形式(如诗歌、抒情散文、报告文学、日记、书信等)以及其他艺术形式(如电影、戏剧)的某些特点。③因此,文体层面的研究,是探讨 20 世纪中国小说在艺术形式的

---

① 废名:《废名小说选·序》,人民文学出版社 1957 年版。
② 高行健:《没有主义》,香港天地图书有限公司 1996 年版,第 175 页。
③ 严家炎:《世纪的足音》,作家出版社 1996 年版,第 19 页。

独创性、丰富性、复杂性的最重要的组成部分。我一直有一个似乎武断的想法：那就是，优秀的小说家总是把小说写得像小说，而伟大的小说家总是把小说写得不像小说。汪曾祺在 20 世纪 40 年代曾说道："我们宁可一个短篇小说像诗，像散文，像戏，什么也不像也行，可是不愿它太像个小说，那只是注定它的死灭。"① 高行健在 20 世纪 80 年代也有一个类似的说法。他说："未来的小说艺术将不再限于小说本身，还可以容纳其他艺术类别的成分。前面谈到了未来的小说中音乐、绘画的成分，谈到了哲学、政治、历史、伦理这些社会科学直接进入小说的途径，也还谈到了对文学创作过程的研究如何体现到小说艺术中去。文学的其他类别诗、散文和戏剧同小说的亲缘关系如何贴近，就更容易融合到小说艺术中去了。现代作家已经有过这种尝试，中国、外国都有人在做了。"② 对于高行健所提到的这些尝试，在 20 世纪中国小说研究中，都有学者讨论到了，尤其对小说与诗歌、散文、戏剧、日记、书信等文体交融的审美现象的研究，成果还比较丰富，当然，后来者也还可以继续深化。在这里，我要特别提到两个还未受到足够重视的文体交融现象：一是传统的"笔记体"对中国现代作家的影响；二是现代小说家对神话、传说、历史或野史题材的"仿写"。比如，沈从文的小说创作、汪曾祺的小说创作以及林斤澜的小说创作，都值得从这两个角度做些探讨。

我认为，上述的诗学研究的构想具有较大的生长性：

第一，精神诗学层面。从文本的诗学形式与创作主体的内在关系这一维度来看，一个文本的诗学形式的背后总是深刻地凝聚着一个作家的思维方式、情感方式和艺术观念，可以说，在艺术形式的内部已深深地锲进了一个作家全部的精神内涵。③ 因此，我认为，从诗学形式的切入与展开，将为我们探讨 20 世纪中国作家（知识分子）的精神世界提供一个内在的"窗口"，正因为一个作家对诗学形式的感知、体验、表现、创新往往是在一种不自觉甚至是无意识的状态中完成。所以，比起以往的从内容→创作主体的研究路线，

---

①　汪曾祺：《短篇小说的本质》，天津《益世报》（文学周刊）第四十三期，1947 年。此处见于《二十世纪中国小说理论资料》第四卷，北京大学出版社 1997 年版。

②　高行健：《现代小说技巧初探》，花城出版社 1981 年版，第 124—125 页。

③　参阅钱理群：《心灵的探寻》，上海文艺出版社 1988 年版，第 18—23 页。

这样从诗学形式→创作主体的研究路线更具有说服力。

第二,类型诗学层面。在具体、细致的文本分析基础上,探寻20世纪中国小说在艺术创造上的内在相似性,从而总结出20世纪中国小说史上几个重要的小说类型及其诗学特征。回顾已有这方面的研究成果,可以看出,都存在着一个普遍的缺陷,那就是,在类型划分标准上过于随意,比如,对于同一部小说,为了研究与论述的方便,可以从题材、体裁、形式等不同角度加以不同的界定与命名。这一现象在鲁迅小说研究中尤其突出。比如,《狂人日记》从体裁上说,它可以归入日记体小说;从寓意形式上说,它又可以归入象征小说;从寓意内涵上说,它又可以归入哲理小说——当然,还可以继续划分下去。在这里,我对类型诗学的研究提出这样一个思路:即对小说的类型划分,首先要从形式上入手;其次,界定它的形式特征;再次,在形式特征中再界定它的主要特征;最后以它的主要特征作为归类的依据。如果这样划分的话,就像数学除法中寻找最大的公分母,那么,你所依据的类型原则既具有个体特征的,又具有普通性的概括力。丹纳在《艺术哲学》中就曾提倡过这种的类型研究方法论。[①]

第三,历史诗学层面。由于上述的诗学研究充分注意到20世纪中国小说家在审美创造性方面与汉语文学传统的本质联系,所以它是一种历史诗学的研究视野。当然,在历史诗学研究中,我们除了要注意分析联系性的一面之外,同时也要敏感地观察变异性、差异性,甚至断裂性的一面,如历史诗学中的转义性问题、元叙述问题、建构性问题、重新书写的问题、谱系性问题等。[②]在这方面,《故事新编》就是一部十分典型的文本,从某种意义上说,这部小说是在对历史经典和传统的深刻继承与创造性背离的矛盾过程中确立了自己的"经典性":它既是元叙述的,又是转义性的;既是解构的,又是建构的;既是重新书写的,又存在内在延续的谱系性。

在我的整个的研究设想和即将展开的研究过程中,诗学研究既是一种研究方法,也是一种研究目的。因为只有这样立足于诗学形式而展开的文本分析,才可能对20世纪中国小说家的艺术创造经验有一种细致的理论分析、阐释和总结,从而逐步建立"20世纪中国小说诗学"。

---

① 丹纳:《艺术哲学》,傅雷译,《傅雷译文集》第十五卷,安徽文艺出版社1994年版。

② 参阅王先霈、王又平主编:《文学批评术语词典》,上海文艺出版社1999年版,第630—655页。

## 二、小说的哲学分析

据著名作家汪曾祺的回忆，20 世纪 40 年代，哲学家金岳霖在西南联大曾做过一次题目是《小说和哲学》的演讲，大家原以为金先生一定会讲出一番道理。不料金先生讲了半天，结论却是：小说和哲学没有关系。有人问：那么《红楼梦》呢？金先生说：“《红楼梦》里的哲学不是哲学。”①——真的如此吗？确实，在严格的逻辑关系上，小说和哲学是两回事。《红楼梦》中确实不存在严格意义上的“哲学”。但是，哲学所用的哲理性的玄学思维方式和文学所用的以形象显现真理的诗学思维方式②，在“掌握世界”（黑格尔语）的过程中必然存在着互相渗透、互相交融、互相深化的复杂关系。这一点在中西方哲学史和文论史上都有十分典型的范例，如柏拉图的对话，内容涉及哲学、伦理、政治、教育、文学、语言、艺术等诸多方面，并且这些对话本身就是一篇篇优美的散文，所以有人说：“虽然在希腊的历史上，对话这种体裁不是柏拉图第一个使用，但柏拉图使这种写作形式得到完整，所以应该把发明对话并使之富有文采功劳归于他。”③朱光潜在《柏拉图文艺对话集》的“译后记”中也说道：“在柏拉图手里，对话体运用得特别灵活，不从抽象概念而从具体事例出发，生动鲜明，以浅喻深，由近及远，去伪存真，层层深入，使人不但看到思想的最后成就或结论，而且看到活的思想的辩证发展过程，柏拉图树立了这种对话的典范，后来许多思想家都采用过这种形式，但是至今没有人能赶上他。柏拉图对话是希腊文学中的一个卓越的贡献。”④在中国历史上，先秦诸子散文常常是用文学的审美形式包裹着丰富的哲学内涵。《庄子》就是一种典范，它“以谬悠之说，荒唐之言，无端崖之辞，时恣纵而不傥，不以觭见之也。以天下为沉浊，不可与庄语，以卮言为曼衍，以重言为真，以寓言为广。”⑤可

---

① 汪曾祺：《金岳霖先生》，《汪曾祺全集》第四卷，北京师范大学出版社 1998 年版。
② 参阅黑格尔：《美学》第三卷下册，朱光潜译，商务印书馆 1991 年版。
③ 王晓朝：《柏拉图全集·中译者导言》，人民出版社 2002 年版。
④ 此处转引自王晓朝：《柏拉图全集·中译者导言》，人民出版社 2002 年版。
⑤ 《庄子·天下篇》。

见,《庄子》既是一部充满玄思妙想的哲学典籍,又是一部文采斐然,想象力超拔的散文经典,在中国哲学史和文学史上均占据重要的地位。尤其在西方,从 19 世纪开始,文学理论中的这种哲思与诗性相互渗透、交融、深化的特征越来越明显,并深刻地影响了当代西方文学批评的理论、方法和实践。如荷尔德林、狄尔泰、尼采、柏格森、弗洛伊德、荣格、海德格尔、本亚明、萨特、加缪、福柯、德里达等哲学家都写过对文学进行哲学分析的经典之作。① 在中国,汉代以降由于儒家意识形态的强势地位的确立,这种诗学的哲性化和哲学的诗性化的表达传统日渐式微。到了近代,王国维在 20 世纪初期撰写的《〈红楼梦〉评论》,还是成功地开启了中国文学的哲学分析的新路子,此后,鲁迅的《魏晋风度及文章与药及酒之关系》、陈寅恪的《陶渊明之思想与清淡之关系》都具有文学之哲学分析的底色。

从上述理论史的背景出发,在我的研究构想中,小说的哲学分析可以从三个方面展开。

## (一)建构"小说的哲学分析"的理论基础

从某种意义上说,小说与哲学都是人类身临困境(物质的、精神的)时的一种思考、追寻和表达,因此,它们之间必然存在着生存论和世界观上的相似性和相通性。② 小说家常常以其敏锐的观察力、丰富的想象力比起哲学家来说更具有预见性和超越性。③ 小说家略萨就把小说的起源归结为一种"反抗精神",他说:"这个会编造人物和故事的早熟才能,即作家抱负的起点,它的起源是什么呢?我想答案是:反抗精神。我坚信:凡是刻苦创作与现实生活不同生活的人们,就用这种间接的方式表示对这一现实生活的拒绝和批评,表示用这样的拒绝和批评以及自己的想象和希望制造出来的世界替代现实世界的愿望。……关于现实生活的这种怀疑态度,即文学存在的秘密理由——也是文学抱负存在的理由,决定了文学能够给我们提供关于特定时代

---

① 朱立元总主编:《二十世纪西方美学经典文本》(四卷),复旦大学出版社 2001 年版。刘小枫主编:《人类困境中的审美精神》,东方出版中心 1994 年版。

② 参阅刘小枫主编:《人类困境中的审美精神·前言》,东方出版中心 1994 年版。

③ 同上。

的唯一的证据。”"因此在历史上,西班牙宗教裁判所是不信任虚构小说的,并对它实行严格的书刊审查,甚至在长达三百年的时间里禁止整个美洲殖民地出售小说。其借口是那些胡说八道的故事会分散印第安人对上帝的信仰,对于一个以神权统治的社会来说,这是唯一重要的事。与宗教裁判所一样,任何企图控制公民生活的政府和政权,都对小说表示了同样的不信任,都对小说采取监视的态度,都使用限制手段:书刊审查。前者和后者都没有搞错:透过那无害的表面,编造小说是一种享受自由和对那些企图取消小说的人——无论教会还是政府——的反抗方式。”① 事实上,鲁迅早在20世纪20年代就表达过相似的意见,尽管他并不是专门就小说而言,他说:"我每每觉到文艺和政治时时在冲突之中,文艺和革命原不是相反的,二者之间,倒有不安于现状的同一。惟政治是要维持现状,自然和不安于现状的文艺处在不同的方向。"② "文艺家的话其实还是社会的话,他不过感觉灵敏,早感到早说出来(有时,他说得太早,连社会也反对他、也排轧他)。"③ 小说家与哲学家一起面对自然、社会、人生等根本性问题,相互支援,相互启发,共同推动了人类对真理和对自我的认识与发现。④ 我认为,这种共生、互动的结构关系是小说的哲学分析的理论基础。探寻、论证和建构这种理论基础,也就成为我们研究的首要任务。

## (二)探讨"小说的哲学分析"的方法论

在这里,问题的关键在于:必须找到小说与哲学在批评实践中真正的遇合点。正如有论者所言,集中反映着时代思想、文化和精神面貌的哲学,不是由个别作家作品形成的,并且是不以它的意志为转移的,所以,相对于具体小说家、小说作品来说,一个时代的哲学思想、哲学精神是外在的。但是,作为个体的小说家,小说作品又不能脱离时代及其哲学思想、哲学精神的。⑤ 比如,一个小说家的思维方式、情感方式和艺术观念总是被他的时代所存在着

---

① 马里奥·巴尔加斯·略萨:《给青年小说家的信》,上海译文出版社2004年版,第5—9页。
② 鲁迅:《文艺与政治的歧途》,《鲁迅全集》第七卷,人民文学出版社1981年版。
③ 同上。
④ 参阅刘小枫主编:《人类困境中的审美精神·前言》,东方出版中心1994年版。
⑤ 参阅王元化:《思辨录·辰辑上》,上海古籍出版社2004年版,第296—326页。

的普遍性的哲学思想、哲学精神所浸染,所以,在这个意义上说,哲学思想、哲学精神又是内在的。① 换言之,具有普遍性的哲学思想和哲学精神给具体的小说创造注入深刻的世界观内涵。同时,小说创作又把一个时代的哲学思想和哲学精神加以个性化和精粹化,甚至呈现一种预见性、超越性的启示。② 如卡夫卡的小说以独特的变形艺术、隐喻形式和象征诗学表达了对西方社会异化的极度敏感与深刻恐惧。因此,我认为"小说的哲学分析"必须建立起一种形式美学的方法论,即必须是通过小说文本的审美方式(包括语言层面、文本结构层面、叙述方法层面和文体、风格层面等审美形式系统)来阐发小说中的哲学思想和哲学精神。③ 也就是说,"小说的哲学分析"的批评路线应该是从审美形式→思想内涵的过程。只有这样,才能有效防止以哲学分析取代审美感悟、发现、体验和想象的批评偏颇。④ 为此,我建议引进两个概念:一是诗性智慧,二是哲性诗学。所谓的诗性智慧,源自意大利学者维柯的《新科学》,最初的涵义是指"见诸诗歌中的智慧,即多神教始初的智慧,应发端于玄学;这并不是现代学者那种理性和抽象的玄学,而是初人所特有的那种感性和幻象的玄学"。后来的学者又对这一概念的内涵加以充实、发展,如霍克斯所说:"在诗性智慧中可以清楚地看到那种独特和永恒的人类特性,它表现为创造各种神话和以隐喻的方式使用语言的能力和必要性;不是直接对待这个世界,而是间接地通过其他手段,即不是精确地而是'诗意地'对待这个世界。"⑤ 如福克纳的小说,就充满着这种诗性智慧,他的《我弥留之际》一书,被评论界认为:"作品中的人的状况颇似《旧约》中所刻划的人类状况:人在自己亦难以阐明的历史中极其痛苦地摸索前进。"⑥《押沙龙,押沙龙》中的故事结构与《圣经》有某些隐约相似之处,具有《旧约》的原始色彩与悲剧结构。⑦ 在《喧哗与骚动》中,能明显地看到"神话模

---

① 参阅王元化:《思辨录·辰辑上》,上海古籍出版社 2004 年版,第 296—326 页。

② 参阅赵宪章:《也谈思想史与文学史》,《中华读书报》2001 年 11 月 28 日。《语言·形式·本体》,《文体与形式》,人民文学出版社 2004 年版。

③ 同上。

④ 同上。

⑤ 参阅王先霈、王又平主编:《文学批评术语词典》,上海文艺出版社 1999 年版,第 526—527 页。

⑥ 参阅李文俊:《我弥留之际·译者序》,上海译文出版社 2004 年版。

⑦ 参阅李文俊:《押沙龙,押沙龙·译者序》,上海译文出版社 2004 年版。

式"。① 而所谓的哲性诗学,是指在"现代世界发生巨大变化时,哲学的价值追问和意义求索出现了危机,而诗学则担当了沉重的生命意义之思"②。"在文化转型的话语危机中,哲性诗学以其对危机的透悟而成为精神的寓所,在诗性智慧和哲化诗意中表达对同一问题的思考:人能够成为什么? 生命能达到何种境界? 人如何在自由的思想中选择最真诚的东西? 如何在自己的历史和传统中找到自己的本源? 进而思考人应该以何种方式存在并领悟真理?"③——萨特和加缪等人的小说在这方面特别有代表性。④

### (三)"小说的哲学分析"的基本范畴

鲁迅曾说,从小说看民族性是一个不错的题目。陈寅恪也曾批评道:"全国大学研究国文者,皆不求通解及剖析吾民族所承受文化之内容。"⑤ 因此,对 20 世纪中国小说进行哲学分析,就成为上述理论构想是否有效的"试金石"。比如,就有论者认为:20 世纪中国小说中就存在"个性与共性关系的问题"、"自我与世界关系的问题"、"存在与技术关系的问题"、"拒绝与认同关系的问题"、"个人与历史关系的问题"、"虚无与意义关系的问题"等。⑥ 从文学史的实际状况来看,有的作家的创作明显地偏重上述问题中的某一方面,如以郁达夫为代表的创造社小说,显然就较多地纠结在"个性与共性关系"的矛盾之中;20 世纪 20 年代的乡土小说则更多地挣扎于"拒绝与认同"的痛苦之中。然而,更多作家的情况则十分复杂:如在沈从文的小说中所表达的现代性与反现代性的焦虑,命运与偶然的冲突,永恒与瞬息的交替,尤其在沈从文的 20 世纪 40 年代小说中,这一系列的哲学问题以一种隐喻、梦魇般的小说话语表达出来,其中灵与肉、理想与现实、神性与欲望的

---

① 参阅李文俊:《喧哗与骚动·译者序》,上海译文出版社 2004 年版。

② 王岳川:《二十世纪西方哲性诗学》,北京大学出版社 1999 年版,第 1 页。

③ 同上。

④ 《萨特文集》(七卷),人民文学出版社 2000 年版。《加缪全集》(四卷),河北教育出版社 2002 年版。

⑤ 陈寅恪:《吾国学术之现状及清华之职责》,《金明馆丛稿二编》,三联书店 2001 年版。

⑥ 肖鹰:《当代文学中的哲学问题》(打印稿),见北京大学中文系博士后科研流动站博士后报告。

种种矛盾更是成为他思考的核心命题。又如在鲁迅小说中,上述四个方面的纠结、缠绕和不可纾解,深刻地形成一种紧张的张力结构:如《狂人日记》就是一部个人与历史关系的寓言;《伤逝》表达的是一种拒绝与认同的困境,《孤独者》中"魏连殳"命运是自我与世界异化与疏离的缩影。我想,对鲁迅小说做一些哲学的分析,一定会产生出十分独特的意义来。

## 三、小说阅读史与教育史的研究

约在三年多前,我读到了日本学者藤井省三的一部极富创造性的著作——《鲁迅〈故乡〉阅读史》,书中这样写道:"在《故乡》发表至今的七十余年间,接触过这篇作品的读者大约多达十几亿。面对不同历史时期的读者,民国时期的文艺批评家、教科书编者和国语教师对作品作出了解释,进入人民共和国,某些官员强化了对作品的解释。无论是服膺于诸种诱导还是与其对立,读者都是从自身所处的时代状况出发对作品进行新的阅读。在这个意义上,可以将《故乡》称作被不断改写,不断更新的文本……在民国时期,知识阶级将其作为建设国民国家的、具有原形性质的故事来解释的。中华人民共和国成立之后,共产党又将《故乡》作为社会主义建设的神话性作品来阅读。在中华民国与中华人民共和国两个时期,《故乡》都是叙述国家建设的意识形态小说。本书的写作是为了考察《故乡》这一在 20 世纪的中国被不断重构的文本被阅读的历史,同时也是一种描述七十年间以《故乡》为坐标的国家意识形态框架的尝试。"[1] 在书中,作者同时提示出自己研究这一问题的理论资源是本尼迪克特·安德森的想象共同体理论。安德森认为:"作为影像被心灵世界描绘出来的想象性的政治共同体。""无论是多么小的国家的国民,尽管作为构成这个国家的一员他们与其大多数同胞互不了解、未曾谋面或者互不关心,但在每个人的心中都映现着共享圣餐的影像。"[2] 具体地说,建构这一"想象的共同体"有许多种方式:在形式上,有意识形态的方式、宗教的方式和文化认同的方式。在功能上,有制度的强制性,有伦理

---

① 藤井省三:《鲁迅〈故乡〉阅读史·引言》,新世界出版社 2002 年版。
② 同上。

的教化性；在心理结构上，有知识的，有情感的，有意志的。但是无论何种方式，文学教育和文学阅读在这一建构过程都发挥着十分重要的功能，甚至有人夸张地说："伟大的艺术和思想作品，在塑造一个国家的生活中具有决定的作用。"① 这种强调文学教育重要性的理论在西方思想界、文学界和教育界由来已久：在英国，代表性人物是19世纪诗人与批评家马修·阿诺德，他认为，人们正生活在一个日益败坏的时代，在这个时代里，宗教的影响逐渐衰退，商业主义、工业化和一个庸俗的中产阶级的兴起破坏了传统，使真正的教育变得困难，只有研究古典文学著作才能拯救这种文化危机。在德国，歌德、席勒等浪漫主义作家，都是重视和倡导文学教育的先驱，他们的思想直接影响了后来的洪堡特的人文教育理念。在法国，人文主义思想家蒙田就十分重视古典语文的教育，在他的《随笔集》里处处闪耀着人文教育的理念之光，在美国，由于受到阿诺德的影响，白壁德等新人文主义学者都十分重视文学教育，1902年，霍普金斯大学教授威尔逊·布赖顿，在美国现代语言协会主席的就职演讲中宣称："一个国家的语文学的力量和健全状况是该国思想和精神活力的衡量标准。"②

　　同样的，在现代中国的思想界、文学界、教育界，许多有识之士都十分重视文学教育，如王国维的《论教育之宗旨》、《国学丛刊序》、《论哲学家与美术家之天职》、《奏定经学科大学文学科大学章程书后》，蔡元培的《大学改制之事实及理由》、《在国语讲习所的演说》、《我在北京大学的经历》，胡适的《中学国文的教授》、《再论中学国文的教授》；吴宓的《文学与人生》等文章，都是现代中国有关文学教育的重要理论文献。必须承认，小说的阅读及其所具有的教育功能历来都是文学教育的主要方式之一。美国学者瓦特在其名著《小说的兴起》一书中认为："我们已经看到，小说的形式现实主义包括多方面对现行文学传统的突破，使那种在英国比在其他地方发生得更早、更彻底的突破成为可能的诸种原因中，非常重要的原因是18世纪读者大众的变化。……读者阶层的逐渐扩大影响着以他们为对象的文学的发

---

①　参阅罗岗的博士学位论文中有关"文学史与文学教育"关系的研究（打印稿），藏华东师大中文系图书资料室。另外，参阅罗岗：《文学史与文学教育》，《上海文化》1995年第5期；《解释历史的力量》，《面具背后》，上海教育出版社2002年版。

②　同上。

展。……小说,连同新闻的兴起,是读者变化的影响最主要例证。"① 因此,从小说的阅读史角度来探讨它对"想象的共同体"的建构意义,可能将是一个比较有新意的研究视角。这一问题的深入展开,可以从以下几个方面入手:

第一,理论层面。

在当代西方,由于受到福柯的学科与规训理论、布迪厄的文学场理论和伊格尔顿的审美意识形态理论的直接影响,理论界对"文学教育"的研究,已经从一般性的理论倡导,深入到了思想史与制度史领域,进而把"文学教育"作为一种隐秘而复杂地呈现"知识——权力关系"的对象来加以分析,力图从"文学教育"这个微观历史的角度,来探讨其背后的社会、历史、文化和知识的创制、建构过程。② 在这个理论逻辑的推衍上,我认为,关于小说阅读史的研究,应该是一个有意义的个案。

第二,历史层面。

新文学作家在回忆自己的文学创作道路时,一般都会提到自己小时候如何从阅读小说而开始对文学产生兴趣。在今天,小说阅读在文学阅读、文学教育乃至素质教育中的重要性正日益显豁起来。然而,如何从阅读史角度,重新叙述我国小说的发展历程,从中总结出可以借鉴的经验和教训? 如何在学理层面上,总结中西方已有的小说阅读理论,从而为当前我国的小说阅读、文学阅读与教育提供有力的理论资源? 如何在与西方当代理论的对话中,探索出一条适合我国具体情况的小说阅读和教育的理论与实践的新路子? 这些都是历史层面所要回答的问题。

第三,现实层面。

即从共时性的视角,考察当前我国小说阅读与小说教育的具体状况。为此,可以设定一些可以作为试点的区域、学校、年龄、性别来作为调查对象,向他们发出调查问卷。回收后,运用数理统计学的方法和计算机手段,使调查的结果图表化、数据化。西方社会不仅有漫长的小说阅读与小说教育的历

---

① 伊恩·P．瓦特:《小说的兴起》,三联书店 1992 年版,第 33 页。

② 参阅罗岗的博士学位论文中有关"文学史与文学教育"关系的研究(打印稿),藏华东师大中文系图书资料室。另外,参阅罗岗:《文学史与文学教育》,《上海文化》1995 年第 5 期;《解释历史中的力量》,《面具背后》,上海教育出版社 2002 年版。

史,而且拥有一整套完整的小说阅读与小说教育的理念、方式、技术,这些都是我们可以借鉴的资源。

如果说历史描述需要的是历史研究和文献研究的功力,现状调查需要的是数理统计学和社会调查学等跨学科的方法,那么,理论探讨,则是这一选题中最具有学术挑战性的一个方面,它将涉及小说阅读与意识形态、小说阅读与地域文化、小说阅读与知识传统、小说阅读与现代传播等方面。当然,所有的论述都将围绕一个核心的理论问题:小说阅读在如何受到意识形态、知识传统和现代传播等因素的制约与影响的同时,又是如何与它们之间达成一种互动的、共振性的、建构性的微妙关系。[①] 也就是说,对小说阅读的理论探讨已不是一种简单的技术分析,而是需要在研究视野上把它与教育史、思想史、制度史,以及话语分析、历史阐述等有机地结合起来。[②] 这种有机结合的研究视野,正是我们所努力追求的。在这方面,我曾读过一本十分有趣的理论著作:《小说的政治阅读》,它的理论视角、思路和分析方法,都值得我们的研究加以借鉴。[③]

小说的阅读史和教育史的研究,在研究方法上应该注意:一是强调微观的技术分析与宏观的思想研究相结合。二是强调运用数理统计的方法,使小说阅读的社会调查科学化、数据化。三是强调研究的现实性与理论性相结合。总之,试图通过这种研究为“想象共同体”的研究提供一种具体、可行的文学史支撑,同时,它也不是一般的对小说阅读的历史描述和现状调查,而是力求在理论层面上为小说阅读的内涵、功能、机制、意义做一个深入而崭新的探索。我们相信,调查研究的现实活力与理论探讨的有机结合,将赋予这一研究构想以充沛的学术生机和广阔的学术生长空间。

---

① 参阅罗岗的博士学位论文中有关“文学史与文学教育”关系的研究(打印稿),华东师大中文系图书资料室。另外,参阅罗岗:《文学史与文学教育》,《上海文化》1995 年第 5 期;《解释历史的力量》,《面具背后》,上海教育出版社 2002 年版。

② 同上。

③ 雅克·里纳尔:《小说的政治阅读——阿兰·罗伯·格里耶的嫉妒》,湖南文艺出版社 2000 年版。

# 中国现代性问题的起源语境
## ——以中国传统空间知觉方式的变迁为观察点

在哲学的意义上,时间和空间是指运动着的物质的存在方式和基本属性,前者体现了物质运动的顺序性和持续性,后者则体现了物质存在的伸展性和广延性。[①] 同时,从人类认知的角度来看,时间与空间又是人类感知世界的两种基本方式。对此,康德在他的《纯粹理性批判》中曾明确地说道:"是以在先验感性论中,吾人第一、须从感性中取去悟性由其概念所思维之一切事物,使感性单独孤立,于是除经验直观以外无一物存留。第二、吾人又须从经验直观中取去属于感觉之一切事物,于是除感性所能先天的唯一提供之纯粹直观及现象之纯然方式以外,无一物存留。在此种研究途程中,将发现有两种感性直观之纯粹方式,用为先天的知识原理,即空间与时间。"[②] 这段话也许过于抽象了一些,事实上,在康德看来,空间和时间,不是概念,而是我们知觉器官的一部分,是"直观"的两种形式。正如罗素在《西方哲学史》中所做的一个形象性阐释:假如你总戴着蓝色眼镜,那么,可以肯定,你看到的一切都是蓝的。同样,由于你在精神上老是戴着一副空间眼镜,你一定永远看到一切东西都在空间中。[③] 正因为时间和空间与我们的存在具有如此

---

[①] 参阅杨义:《中国叙事学》,人民出版社 1998 年版,第 120 页。
[②] 康德:《纯粹理性批判》,蓝公武译,商务印书馆 1997 年版,第 50—51 页。
[③] 罗素:《西方哲学史》(下册),马元德译,商务印书馆 1997 年版,第 250 页。

深刻的联系,因此,对于时间与空间的感知、沉思与表达,一直是人类哲学、科学、思想和艺术创造的重要内涵之一。比如,在中国,春秋时期,《国语·楚语下》中就记述了楚昭王问询的一段话:"《周书》所谓重、黎实使天地不通者,何也? 若无然,民将能登天乎?"战国时代的《庄子·天运》一开篇就问道:"天其运乎? 地其处乎? 日月其争于所乎? 孰主张是? 孰维纲是? 孰居无事推而行是?……"在《管子·九宇》和《鬼谷子·符言》中也是直截了当地问道:"一曰天之,二曰地之,三曰人之,四方、上下、左右、前后,荧惑之处安在?"当然,古人的这种时空追问能成为旷世奇音的,当推《楚辞·天问》:"遂古之初,谁传道之? 上下未形,何由考之? 冥昭瞢暗,谁能极之? 冯翼惟象,何以识之……"①——这些对时间、空间的追问、沉思,千百年来,一直回荡在中国人的心灵世界之中,可以说是"与日月兮齐光"。同样的,在西方,古希腊的赫拉克利特就曾断言:一切皆流,无物常住,就形象地表达了他对时空的思考。古罗马的奥古斯丁就说过:时间究竟是什么? 没有人问我,我倒清楚,有人问我,我想说明,便茫然不解。②——这是一种永恒的疑惑,它困扰着所有人类的智慧。因为在这其中,对时间感知的背后,渗透的是人类如何理解、把握自身的历史。而在对空间的感知中,则显示出人类如何地把握、感知、建构自我与周围世界的关系。③ 它的意义就如王逸在《楚辞·天问》的《补注》中所言:"天地事物之忧,不可胜穷……天固不可问,聊以寄吾之意耳。"也就是说,在对时空的具体知觉之中,将折射出人类精神结构中感受、想象和超越的深刻图景。所以,我以为,从时空的知觉形式来切入思想史的研究,将会展示出一幅独特的理论前景,这也将是一个富有生机的研究方法。

# 一

　　当然,人类对时间的知觉和对空间的知觉,不是到了近代才具有的,也不

①　引文转见钱锺书:《管锥编》第二册,中华书局 1986 年版,第 607 页。
②　奥古斯丁:《忏悔录》,商务印书馆 1963 年版,第 242 页。
③　参阅汪晖:《旧影与新知》,辽宁教育出版社 1996 年版,第 179 页。

是从康德式的抽象哲学出发的。应该说,它在早期人类生活中就形成了。人类是从日常的生活起居,昼夜的更替,四时变化和对日月星辰的观察,开始形成他们的时间知觉和空间知觉。[①] 法国心理学家古约尔在对原始部落心理的长期研究后,得出的结论就认为:人的时间意识是人对世界体验的漫长演化过程的产物,例如,"未来"这一时间意识的形成就依赖于感觉的积累,它与古代人判断未来事件能力的增长密切相关。从尼安德特人埋葬死者的活动到后来人类制造准备将来使用的各种工具(如带钩的鱼叉、鱼钩和带针眼的针等)都是由于对未来的考察。[②] 同样的,人类空间知觉的产生也是相类似。可以想象,在远古时代,人类首先意识到的是自己处在一个茫茫大地上,一个渺小的生命,这种"大"与"小"的相对性体验是人类空间知觉的第一次感知。为了生存的需要,人类无时无刻不在防范四周危险物的侵袭,这样,就在自己与外界之间建立起一种关系,这是人类空间知觉的第二次感知。由于分工的产生,个体开始逐渐地意识到自己在一定空间内的作用和责任,这是人类空间知觉的第三次感知。由此,人类建构起了一个初步完整的空间知觉方式。然而,随着分工的进一步发展,生产工具的不断发明,语言和文化的进步,导致了人类生活形态出现分化,并呈现出地域性和民族性的特征,这就决定了每一个人的时间知觉和空间知觉不仅有着人类的普遍性、共通性,同时,也有着因民族、历史、地域、文化等特殊性因素而产生的区别性特征。

　　虽然上面我们对人类的时间知觉和空间知觉的最早起源的追溯,只能是推测性的。但从现有的典籍和考古发现的情况来看,我们还是能够把握和描述出早期人类的时间知觉和空间知觉的基本形态和特征。比如,在中国,据《尸子》一书的记载,中国人在战国时期就提出了"上下四方曰宇,往来古今曰宙"的说法,这里的"宇"和"宙"就是时间和空间的概念。后期墨家在《经上》和《经说上、下》中也提出:"宇,弥异所也"、"宙,蒙东西南北";"久,弥异时也"、"久,合古今旦莫"。这里的"宇"和"久"也就是空间和时间的概念。后期墨家还认识到空间、时间与具体实物的运动存在一

---

①　杨义:《中国叙事学》,人民出版社1998年版,第76页。

②　转引自G.J.威特罗:《时间的本质》,科学出版社1982年版,第23页。

定联系,空间与时间二者之间也存在一定联系,指出:"远近,修也;先后,久也。民行修必以久也。"还猜测到空间和时间都是有限和无限的统一,指出:"穷,域不容尺,有穷;莫不容尺,无穷。""久,有穷,无穷。"① 当然,对于早期中国人的时空观来说,表达相对比较完整的思想,应该算是《淮南子·齐俗训》中的一段论述:"朴至大者无形状,道至眇者无度量。故天之圆也不得规,地之方也不得矩。往古今来谓之宙,四方上下谓之宇。道在其间,而莫知其所。"②

我们再来看看在考古发现中所呈现的早期中国人的时空观念。比如,近年发现的青铜器上的铭文,由铭文上赐命的词句,包括善尽职守不可辱于先祖,并且最后一定会有"子子孙孙永保用"的字样,张光直认为,这说明了早期中国人已经意识到时间的世代延续性。1987 年 6 月,在安徽含山凌家滩的一座史前墓葬中,发现了一组玉龟和玉版。玉版是方形的,上画图形,用矢形标出八方,李学勤认为,这是"天圆地方"这种古老的宇宙观念的体现。③

在西方,从公元前 6 世纪到公元前 3 世纪,古希腊的思想家如泰勒士、毕达格拉斯、亚里士多德、欧几里德、阿基米德等人都发展和补充了很多的几何学原理,并形成了一个较为严密的体系。在这一体系中,物体的形状及它们之间的相互排列关系被抽象为点、直线、平面、线段、角、圆角等概念。这种对物体空间特性的描述,后来在欧几里德几何学中被普遍化为:空间在所有点上和方向上的同类性和连续性。同时,他们在对天文的观察中,也形成了许多关于宇宙的整体模型。比如,毕达格拉斯学派从数的观点来思考天体的运动,认为圆球形是最完美的立体几何形状,因此宇宙必定是球形的,所有的天体都以匀速围绕着圆形轨道运动。后来,柏拉图的学生欧多克索又提出了同心球宇宙模型,在这个模型中,地球是宇宙的中心,日月和行星都在同心透明球体上绕地球运行,这些都说明了古希腊人对空间的思考已经达到了一个比较成熟的阶段。④

———————————
① 参阅《中国大百科全书·中国哲学卷》第二册,中国大百科全书出版社 1987 年版,第422 页。
② 转引自杨义:《中国叙事学》,人民出版社 1998 年版,第 121 页。
③ 李学勤:《走出疑古时代》,辽宁大学出版社 1997 年版,第 117 页。
④ 参阅杨河:《时间概念史研究》,北京大学出版社 1998 年版,第 10 页。

　　从上面材料的分析,可以看出,人类的时—空意识从最早的混沌、朦胧已发展到一种比较清晰、逻辑的表述,说明了人们对外在世界的变动不居和内在生命的永恒交替、流逝,已经有了一种秩序性的整理。同时,对自己与外界的距离、关联,以及自己的"在场"的位置性,有了一种框架性的确认。从此,人类的时—空意识,一端就联结着对宇宙的想象与体验,另一端就联结着对自己在特定的意义空间内的位置、责任和作用的确定。就是仗着这一"阿里阿德涅线团"①,人类才摸索着走出了混沌初开时的"迷宫"。

　　在这里,更值得注意的是,在人类早期的空间—时间意识中,空间往往比时间获得更多的关注。也就是说,在关于空间—时间的表述形态中,空间往往是置于表述顺序的第一位置。为什么会这样呢?这是一个在哲学史、科学史和心理学史上都是十分有意义的问题。前苏联学者符·约·斯维杰尔斯基认为:"这是因为分析时间的特性困难多,而且似乎实际的必要也比较少。"② 英国学者 C. J. 威特罗则从科学史的角度分析了这个问题:"许多数学家和物理学家也对时间的真正意义抱怀疑态度。相比之下,他们对空间的概念要喜爱得多,这在某种程度上是因为空间在我们面前是整体出现的,而时间则是一点一点来到的。过去只能从不可靠的记忆来回顾,'将来'是不可知的,只有'现在'可以直接经验。"③ 然而,在我看来,这其中潜藏着的则是一个关于个人存在的认同感的问题。个人作为一个主体,正如巴赫金所言:"我的的确确存在着,……我以唯一而不可重复的方式参与存在,我在唯一的存在中占据着唯一的、不可重复的、不可替代的、他人无法进入的位置。""我的唯一的位置,就是我存在之在场的基础。"④ 正是这种唯一的位置存在感,促使主体在生命的进程中,不断地反思、建构和认同自己与外界的关系,自己与事件的关系。因此,空间的感知就在本源上与人类的存在感紧紧地融合在一起,成为了人类第一性的知觉形式。

　　这种空间—时间的时空知觉形式,对早期人类的思维方式和文化形态,

---

① 阿里阿德涅:古希腊神话中弥诺斯和帕西淮之女,她有一个线团帮助忒修斯走出迷宫。
② 符·约·斯维杰尔斯基:《空间与时间》,上海人民出版社 1959 年版,第 11 页。
③ G. L. 威特罗:《时间的本质》,科学出版社 1982 年版,第 116 页。
④ 巴赫金:《巴赫金全集》第一卷,河北教育出版社 1998 年版,第 41 页。

都具有极其重要的影响。比如,在西方,荷马史诗《奥德修纪》主要是以奥德赛回乡这一空间变换的方式来结构整部史诗的叙事。赫西俄多斯的《神谱》,是把神的谱系与宇宙的起源(空间)联系在一起的。据赫西俄多斯说,最初产生的是卡俄斯(洪荒混沌),然后是该亚(大地)、塔耳塔洛斯(地狱)和厄洛斯(爱情)。由卡俄斯生厄瑞波斯(黑暗)和尼克斯(黑夜),两者结合产生埃德耳(光明)、赫墨斯(白昼),大地生海,与天结合又生河,海、天、河各有其神所司,而后天降雨使生命萌芽于自然之中。①

　　在中国,从今人对原始宗教的研究表明,"巫"是中国原始宗教中的一个很重要角色,并且,"巫"的诞生早于"史"。"史"的功能是"记事"(偏向时间知觉),而巫的功能是"绝地天通"(空间上下的自由能力)。② 从巫到史,不仅说明早期人类已经从"巫觋"之中走出,进入一个理性叙事萌芽的阶段,而且也说明了空间知觉作为第一性的感知形态,已经融合了时间知觉。这一点,在中国原始神话思维中也可以看出,比如,空间位置的"域外性"一直是原始神话思维、神话想象的一种重要方式。如《史记》中曾记载邹衍的一段话:"乃探观阴阳消息,而作怪迂之变,《终始》、《大圣》之篇十余万言。其语闳大不经,必先验小物,推而大之,至于无垠……"可见,这种"先验小物,推而大之"的空间推衍的思维方式是古人一个重要的对外界的感知方式。所以,按邹衍的理论,才有可能把"九州"向外扩大,变九个"九州",再把这九个"九州",再向外推衍,变成八十一个"九州"。

## 二

　　正如我们在上面已经强调指出的那样,由于生存环境的差异,分工的发展以及语言、文化的差异,人类早期的时间—空间知觉的一致性开始逐渐分化,各自民族性、地域性和历史性等具有区别意义的特征就占据着决定性的地位。因此,我们现在有必要把研究的视线集中在中国传统的空间知觉的特

---

① 参阅《神话词典》,商务印书馆 1985 年版,第 271 页。
② 参阅陈来:《古代宗教与伦理》,三联书店 1997 年版。

征及其演变上来。

　　我以为,中国传统空间知觉的特征可以从以下几个方面来探讨:

　　第一,中国人对空间的知觉总是呼应着对天地之道和宇宙秩序的想象与建构。比如,《礼记·礼运》中就说道:"夫礼必本于天。"《郊特牲》中又说:"取法于天,是以尊天而亲地也。"《墨子》中也说:"(圣王)既以天为法,动作有为必度于天。"《文子》中也说:"能戴大圆者履大方,……是故真人托期与灵台而归居于物之初。""帝者体太一,王者法阴阳,霸者则四时。"① 从这些扼要的引述中可以看出,以天地之道和宇宙秩序来建构和想象空间形式,是中国古代一个基本的空间知觉形态。这样的一种空间知觉形态在一些考古发现中也能够得到说明,最典型的是近几年在新石器时代遗址所发现的"玉琮",它的外部被雕成方形,这与古人对大地的想象相类似;它的内部又是圆形,这与古人对天穹的想象相类似,而且它的中间是空的。据张光直研究,"琮是天地贯通的象征,也便是贯通天地的一项手段或法器"②。又比如,在凌家滩考古发现的玉版上面,有一个奇特的图形,任何人乍看之下,都会联想到八卦,所以,李学勤得出结论说:"我们可以认为,玉版的图纹和所谓'规矩纹'是一脉相承的,所体现的是中国远古以来(天圆地方)的宇宙观念。"③ 所以,在《吕氏春秋》中,就有这样的一段话:"天道圜,地道方,圣王法之,所以立上下。"④ 由于这种通过对天地之道和宇宙秩序的想象来建构自己对空间的基本范畴和感知方式,而这种天地之道和宇宙秩序又被想象成"天圆地方",所以,"圆"与"方"就成了中国人空间知觉的基本范畴。而这对中国人的秩序感、结构感的生成具有本体性的意义。对此,著名学者许倬云则做了一个哲学化的概括:"中国人总认为宇宙秩序有条有理,时间从零点开始,而宇宙的结构是一层层的同心圆","中国的时空观念是由抽象形上向形下具象推衍的,因而忽略了很多不对称不和谐的东西。但它有一个特长即整齐有序,而且容易归于本原之'一',这与从具体形下一层

　　① 此处引文转见于葛兆光:《天崩地裂》,《上海文化》1995年第2期。在本文写作过程中,有许多材料和观点是直接得益于葛先生著作的启发,特此说明并致谢。

　　② 张光直:《中国青铜时代二集》,三联书店1990年版,第71页。

　　③ 李学勤:《走出疑古时代》,辽宁大学出版社1997年版,第119页。

　　④ 此处引文转见于葛兆光:《天崩地裂》,《上海文化》1995年第2期。

层总结而上的方法不同"。① 这种"圆"、"方"的空间知觉的基本范畴不仅渗透到中国人生活的各个方面,而且对中国人的思维方式也产生了极其重要的影响:"在中国人的思想里,这个天地所表现的宇宙秩序要比一个哲学的或政治的概念宽广得多,当一个古代人面对世界的时候,这个秩序也就是他的时间和空间的框架;无论他是在处理自然问题还是在处理社会问题的时候,他都会不由自主地用这个框架来观照,在这个框架的背后隐隐约约支持它的就是人们头上的'苍穹'和脚下的'大地'。"②

　　第二,这种空间知觉的基本形式,从根本上塑造了中国人的伦理秩序,或者说,是中国人伦理秩序观的宇宙论基础。既然,中国人所设想的空间——宇宙秩序是一层一层的同心圆,天体围绕北极旋转而成一个圆,地则类似井或亚字形的一个方,天地都有一个中心。这个中心就是超越时空而存在的一个点,那就是一个永恒的不动点,或者说是同心圆的圆心。③ 那么,相对应的,在现实的社会结构中,就很容易拟想出一套以皇权为中心,不断向外推衍的差序格局,或者可以这样说,这种以皇权为中心的不断外衍的差序格局只是整个天道秩序的一部分或一种表现形式。这种空间知觉的伦理化,在汉代,由于阴阳家的不断改造,得到了最完善的表述和概括。"……唯天子受命于天,天下受命于天子。""王道之纲可求于天。"这样,世俗的社会结构,仿佛成了天道秩序的一个巨大的投影,这就进一步地强化了世俗社会结构中的等级制的合理性和权威性,这样的一套天地之道与世俗结构的对应理念,成为了中国封建社会的等级制的先验性的基础。"天网恢恢,疏而不漏",即使想造反的人,多少也得三思而行。

　　第三,另一方面,中国人在对空间运动的理解上,又表现出极大的灵活性。对于这一点,我们只要以古代哲学对"易"和"道"的诠解为例,即可说明。《易纬乾凿度》云:"易一名而含三义,所谓易也,变易也,不易也。"郑玄依此义作《易赞》及《易论》云:"易一名而含三义:易简一也,变易二也,不易三也。"钱锺书在《管锥编》第一册中对此作了进一步的论述:"'易

----

① 许倬云:《中国文化与世界文化》,贵州人民出版社 1991 年版,第 84 页。
② 葛兆光:《天崩地裂》,《上海文化》1995 年第 2 期。
③ 同上。

一名而含三义'者,兼背出与并行之分训而同时合训也。《系辞》下云:'为道也屡迁,变动不居……不可为典要,唯变所适,变易之谓也;又云:'初率其辞,而揆其方,既有典常',不易与简易之谓也。足征三义之骖靳而非背驰,然而经生滋惑焉。"接着,他引了张尔岐《蒿庵闲话》中的一段话,然后评论道:"盖苛察文义,而未洞究事理,不知变不失常。一而能殊,用动体静,固古人言天运之老生常谈。"① 从"易"一字含三义可以看出,中国古人对物体在空间的变易与不易、变与常、动与静,往往采用一种辩证的、灵活的知觉方式。这一特点,在对"道"的诠释上,也许表现得更有意思些。《老子·二五章》中云:"字之曰道,强为之名曰大,大曰逝,逝曰远,远曰反。"对《老子》中的这段话,钱锺书在《管锥编》第二册中,有一段精彩的分析:"《老子》用'反'字,乃背出分训之同时合训,足与'奥伏赫变'(aufheben)齐功比美,当使黑格尔自惭于吾汉语而失言者也。反有两义:一者,正反之反,违反也;二者,往反(返)之反、回反(返)也。……黑格尔曰矛盾乃一切事物之究竟动力与生机,曰辩证法可象以圆形,端末衔接,其往亦即其还,曰道真见诸反履而返复,曰思惟运行如圆之旋,数十百言均《老子》一句之衍义。"② 正因为中国古人在对空间运动的感知上表现出如此自由往返的灵活性,所以它为中国士大夫应付社会和自我危机提供了一种理论上的依据。比如,《吕氏春秋·大乐》中云:"天地车轮,终则复始,极则复反。"又《圆道》中云:"圆周复杂,无所稽留。"又《博志》中云:"全则必缺,极则必反,盈则必亏。"又《似顺论》中云:"事多似倒而顺,多似顺而倒,有知顺为倒,倒之为顺者,则可与言化矣。至长反短,至短反长,天之道也。"又如《淮南子·原道训》中云:"轮转而无废,水流而不止,钧旋毂转,周而复匝。"又《主术训》中云:"智欲圆者,环复转运,终始无端。"这些话都含有一个共同的逻辑,那就是由空间的"轮转"、"环流"来解释人生的悲欢离合,这种运用人生体验的空间化的方式来解释所谓命运和必然性,来纾解自我心灵的痛苦,就成为中国士大夫的一个重要

---

① 钱锺书:《管锥编》第一册,中华书局 1986 年版,第 6—7 页。
② 钱锺书:《管锥编》第二册,中华书局 1986 年版,第 444—448 页。

的人生策略。① 也许,在这个意义上,就能说明为什么是道家的思想而不是儒家的思想对危机中的中国士大夫特别有吸引力。在我看来,正是因为道家的著作和思想中有一种独特的对空间想象的自由感和超越感。

第四,既然对于空间的知觉,总是与"天道"、"天运"这些具有本体性与超越性的概念联系在一起,那就很自然地刺激了中国古人对"空间"的艺术想象力。这又可分为两种形态:其一,中国古人常常迷恋于对新空间的创建和想象。比如,《庄子》中的空间形态和空间想象,就具有相当的典型性。这种想象和创建的冲动,成为中国文人士大夫标志性的精神特征。这也就是为什么与西方人相比,中国的神话虽然诞生的时间比较迟缓,但神话思维和神话创造却一直连绵不绝。从《山海经》、《穆天子传》到《西游记》甚至《红楼梦》,神话性的创造和想象都让中国士大夫迷恋不已。因为在神话中,总是能很自如地创造出一个新的空间,在这一新的空间中,人们可以自由想象,可以超越世俗生活的种种规范,幻想性地满足自己无法在现实中获得实现的种种理想和要求。在这里,人们就心满意足地建立起一种与新的空间的想象性关系。其二,中国古人在其文学表现中,都喜欢描写幽明两界的相通性。比如,刘义庆《幽明录》中就写有这样的一个情节:三国魏的经学大师王弼注《易经》时,嘲笑东汉经学大师郑玄为"老奴无意(趣)",夜间就听到著屐声,是郑玄来责备他:"君年少,何以轻穿凿文句,而妄讥诮老子邪?"遂使王弼"心生畏恶,少年遇厉疾而卒"②。表现这种幽明两界的相通性,特别在中国小说、戏曲中,能找到众多的例子,中国文人就是通过这种方式来寄托自己或复仇或冥想或祈愿的精神要求。

## 三

应该说,这种"天圆地方"的空间知觉形式和宇宙秩序从汉代到明代的一千余年间,都未曾遭到大的挑战。可是,在明末,当西洋传教士来到

---

① 进一步的论述可参阅余英时:《士与中国文化》,上海人民出版社 1987 年版。阎步克:《士大夫政治演生史稿》,北京大学出版社 1996 年版。

② 参阅杨义:《中国古典小说史论》,中国社会科学出版社 1995 年版,第 123 页。

中国之后,它就遇到了严重的麻烦,这一点最深刻地体现在中西文化交流的历史语境中。①

　　首先是知识形态学上的冲击。因为"传教士所传授的有关天球,一次成功地创世,时空的有限性等观点都与他们的神学相吻合,却与中国人的世界观背道而驰,……对时空构造的解释,自上古以来就是皇权中的主要特权之一"②。这下子对中国人的空间知觉的冲击,真可谓严重极了。《利玛窦中国札记》中就真实地记述了这一情景:"利玛窦神父是用对中国人来说新奇的欧洲科学知识震惊了整个中国哲学界的,以充分的和逻辑的推理证明了它的新颖的真理。经过了这么多的世纪之后,他们才从他那里第一次知道大地是圆的。从前他们坚信一个古老的格言'天圆地方'。"③这种来自异域文化的新的空间知觉形式,其所内含着的新的异己的力量,很快就被当时的一些人意识到了。接受的人有,如方以智在《物理小识》卷二《天汉》中,就以西人所说的"以(望)远镜细测天汉皆细星"来否定传统说法。在《通雅》卷十一中,就曾用西人"天学"知识来批评传统的"星土分野"说。当然,抗拒的人也有,当时一位名叫张广湉的人,就在他写的《避邪摘要略议》中称,西洋人的天学,是鼓励中国人"私习天文,伪造历日",在当时,这可是一件大罪,并说,"假令我国中崇彼教,势必斥毁孔孟之经传,断灭尧舜之道统"④。

　　其次,当西方列强挟持着船坚炮利来到中国的时候,对于中国人来说,对"西方"的空间感知,不仅是从原来的无知、模糊转到了被迫承认,急于探知的阶段,更重要的是,这时,中国人对"西方"的空间感知,已经不得不从天朝大国转到承认"夷夏平等",进而是惧"夷"、畏"夷"。这就有如薛福成曾忧心忡忡地说过的那样,如今已是"华夷隔绝之天下变为中外联属之天下",虽尧舜复生,也不能闭关独治,何况西人早已将中国逼入御变无能的地步。⑤这时,对中国人来说,世界不仅是正在走向中国,而且是蛮不讲理地撞向中国。这正如钱锺书的一个形象化比喻:"'中国走向世界',也可以说是

---

①　葛兆光:《天崩地裂》,《上海文化》1995年第2期。

②　谢和耐:《中国和基督教》,上海古籍出版社1991年版,第90—91页。

③　《利玛窦中国札记》,中华书局1983年版,第347页。

④　参阅葛兆光:《天崩地裂》,《上海文化》1995年第2期。

⑤　参阅薛福成:《筹洋刍议》。

'世界走向中国',咱们开门走出去,正由于外面有人敲门、推门,甚至破门跳窗进来。"①

最后,随着清王朝的解体,进一步地摧毁了传统空间秩序的稳定感。古老中国终于沦落到"天崩地裂"的危机理念之中,这只要读一读那些前清遗老的诗文,悲愤之情,惶惑之思,真可谓血泪淋漓。这一系列的变动对中国人的空间知觉的冲击不可谓不深刻,不可谓不强烈。这种天崩地裂的感受图景,把中国人挤到一种岌岌可危的边沿性境地。可以说,"边沿性"感受,是贯穿着中国近现代思想史的全部进程。我以为,中国近现代思想史的许多特征,都能从这种内在感受中得到一种历史心理学的解释。比如,为什么原来是建立在时间不可重复性地向前运动这一理念基础上的进化论思想,到了中国,却成为一个中国人观照、反省自己国家与民族在世界体系中位置的空间参照性思想,在我看来,正是因为"边沿性"空间知觉在其中起着作用。当然,当时的一些敏锐的思想家就已经深感到中国传统空间知觉方式的"滞后性"。比如,梁启超就这样说道:"歌白尼以前,天文家皆谓日绕地球,及歌氏兴,乃反其说,于是众星之位置虽依旧,而所以观察之者乃大异……空间时间二者,实吾感觉力中所固有之定理,所赖以综合一切序次一切,皆此具也。苟其无之,则吾终无术以整顿诸感觉而使之就绪。"② 在我看来,这种表述只有那些时间—空间知觉方式受到严重挑战的人,才会具有如此敏锐而深刻的认识。

## 四

对于中国近代知识分子来说,这时他们的空间知觉,已经是从外到里,从表层到深层,都受到了严重的挑战。在他们的意识中,这已是一个充满不稳定感的,动荡的危机的生存空间,这样的一种空间知觉是他们所不习惯的,所不堪重负的。这种感受,在当时许多知识分子笔下都有着焦虑性的体验和清晰、急切的表述。康有为在那著名的《强学会序》中,开头就说:"俄北瞰,

---

① 钱锺书:《钱锺书散文全编》,浙江文艺出版社 1998 年版,第 460 页。
② 《近世第一大哲康德之学说》,梁启超《饮冰室合集》《文集》第十三册,中华书局 1936 年版。

英西睒,法南瞵,日东眈,处四强邻之中而为中国,岌岌哉。"① 郑观应在《盛世危言》中的一个附录里,也是痛心疾呼:"中国之时局危矣!……若犹晏然相安,漠然坐视,因未有不为犹太、波兰、印度之绪也。"② 而严复在《国闻报》上发表的《有如三保》,更是忧心忡忡地说道:"世变之法将有灭种之祸,不仅亡国而已。"③ 这不仅仅是一般性的忧患之思,在这些焦虑和忧患的背后,是一种对已有的习惯化的感知方式的危机感。④ 也就是说,传统的、稳固的、秩序化的空间感、秩序感被动摇了,代之而起是一种无方向感、无中心感。虽然,中国传统社会也曾多次沦于异族统治之下,中国传统的士大夫也能够很快地重建起这种秩序感和稳定感的空间知觉,这些心理策略和文化策略甚至已成为一种文化的"集体无意识"。但是,对于中国近代知识分子来说,这次的情况却有些特殊和复杂,因为在这时,已经不存在像过去那样的文化资源的优越感和自信力,他们深知自己现在所遭遇的"文化"或"文明",不是过去的那种"夷"。然而,在这种情形下,他们内在的应付危机的方式又是什么呢?——还是回到老路子上去,即极力去创建、想象一个新的空间形态来应付眼前的危机,来寄托自己的乌托邦式的理想。很显然,如果改革必须是自上而下的方式,必须得到统治者的支持,那么,提前想象一套改革后的中国前景,这不仅是一种复杂的政治策略,也是一种内在冲动。因为,这一方面能打动统治阶层的心,以求取得他们的支持,另一方面也是为自己鼓劲。⑤ 所以,王韬就很肯定地说:"中国地方万里,才智之士数十万,五六十年而后,西学既精,天下其宗中国乎。"⑥ 薛福成则断言:"安得以天地将泄之秘,而谓西人独擅之乎?又安知百数十年后,中国不更架其上乎?……以中国人之才智,视西人安在其不可以相胜也。"⑦ 康有为更是信心十足地向光绪帝说道:"泰西变法至迟也,故自培根至今,五百年而治艺乃

---

① 陈永正编注:《康有为诗文选》,广东人民出版社 1983 年版,第 469 页。

② 夏东元编:《郑观应集》(上册),上海人民出版社 1982 年版,第 343 页。

③ 王栻编:《严复集》第一册,中华书局 1986 年版,第 96 页。

④ 参阅王晓明:《从奏章到小说》,《钱谷融先生教学著述六十周年纪念论文集》,浙江文艺出版社 1998 年版。

⑤ 同上。

⑥ 王韬:《救时刍议》,《万国公报》第四十三期,1892 年。

⑦ 薛福成:《变法》,郑振铎编《晚清文选》,上海书店 1987 年影印本,第 219 页。

成,日本之步武泰西至速也,故自维新至今,三十年治艺已成……吾今取之至近之日本,察其变法之条理先后,则吾之治,可三年而成,尤为捷疾也。"① "皇上若采臣言,中国之治法,可计日而待也。"② 在这些有关中国改革后的前景的想象中,动荡的、不稳定的、危机的空间感消失了,中国人的心灵在这种前景(空间)的想象中又获得乐观的安居。在这里,特别值得注意的是,他们都声称,改革后的中国必将称霸世界,重新回到那个永恒的世界中心。王韬明确地断言,西方将在重新强大起来的中国面前"俯首以听命"。③ 康有为作一首《爱国歌》,共12段,其中第11段说:"唯我有霸国之资格兮,横览大地无与我颉颃。我何幸生此第一大国兮,神气王长。"第10段的结尾,则干脆以这样的口气作结:"纵横绝五州兮,看黄龙旗之飞舞。"④ 一幅天朝老大的神气又跃然纸上,传统的空间知觉方式又一次占了上风。尽管这种对中国前景的想象,已经被渲染得如此美妙诱人,梁启超似乎觉得还不过瘾,就亲自改用旧小说的形式,干脆取名为《新中国未来纪》。这部小说虽然只是开了一个头,并没有写完,但它的大纲已经拟就。请看,这部小说的大纲是这样的:"其结构,先于南方有一省独立,……权争之后,各省即应之,……合为一联邦大共和国。……国力之富冠绝全球,寻以西藏、蒙古主权问题与俄罗斯开战端……大破俄军,复有民间志士,以私人资格暗助俄罗斯虚无党覆其专制政府。最后因英、美、荷兰诸国殖民地虐待黄人问题,几酿成人种战争。……中国为主盟,协同日本、菲律宾诸国,互整军备……卒在中国开一万国和平会议,中国宰相为议长,议定黄白两种人权利平等,互相亲睦种种条款,而此书亦以此结局矣。"⑤ 在这种前景想象之中,中国又回到世界秩序的中心,并以此来想象性地建构世界的新格局和新秩序,在这一派乐观的前景中,我们不无隐隐约约地看到传统空间知觉的复活。

　　然而,历史情境到了这一时期,已经变得不可逆转了,所以,越是在那种

---

① 陈永正编注:《康有为诗文选》,广东人民出版社1983年版,第439页。

② 同上。

③ 王韬:《弢园尺牍续钞》第三卷,此处转引自王晓明:《从奏章到小说》。

④ 康有为:《万木草堂诗集》,上海人民出版社1996年版。此处转引自王晓明:《从奏章到小说》。

⑤ 梁启超:《中国唯一之文学报(新小说)》,《新民丛报》第十四号,1902年。此处转引自王晓明:《从奏章到小说》。

慷慨激昂、信心十足的言辞背后，我们就越能把握到一种混乱迷茫的图景。你看，他们为了突出中国的中心地位，不惜毫无方位感地对诸多国家进行随心所欲的拼合。你可能会对他们在地理学知识上的随意性而感到困惑。[①]但是，这里正隐含着他们为了给最高统治者和自己鼓劲的一派苦心。所以，在某种意义上说，中国一旦不能走出这种古老的空间知觉的方式，要想完成自身的近代化进程，是相当困难的。因为它首先遇到的就是自己的根深蒂固的空间知觉的障碍。

## 五

从空间知觉方式的变迁及其内在矛盾性的角度来思考中国近现代思想史的特征，我以为，这可能将是一个新思路。如果说，"现代性"的问题，在西方语境中，首先是一个时间性问题[②]，那么，在我看来，中国的古老世界在遭遇"现代性"的时候，它首先遇到的则是一个空间性问题：一个从"天圆地方"到"天崩地裂"的急剧变迁的问题。所以，我以为，从空间知觉的边沿性特征入手，这是我们探究曲曲折折、重重叠叠的中国近现代思想史的一个比较好的位置。当然，这也是我目前思考、研究中国文学现代性的起源语境的一个基本的历史思想和理论视野。

---

　　①　参阅郭双林：《西潮激荡下的晚清地理学》，北京大学出版社 2000 年版；邹振环：《晚清西方地理学在中国》，上海古籍出版社 2000 年版。
　　②　汪晖：《韦伯与中国的现代性问题》，《汪晖自选集》，广西师范大学出版社 1997 年版。

# 置身于思想史背景的"五四"

## 上篇　历史的探源：中国早期启蒙思想与"五四"

### 一

如果说，"五四"是那汹涌澎湃的历史洪流中的一个浪头，那么，这一浪高过一浪的洪流，是源自何处？又奔向何方？要回答这个问题，我以为，就必须进行历史的探源。当然，思想史的研究不可能像水文工作那样强调和追求明确性和预测性，因此，要清晰地描绘出一幅"五四"思潮的水文图示，是十分困难的。事实上，这幅图中不仅有潜流，有支流，而且它们往往又是曲曲折折，若断若续的。尽管如此，在它们纵横交错之中，一条贯穿始终的水脉，我们还是能够把握到的，那就是自明末清初以来的中国启蒙思潮。我以为，"五四"是这股启蒙思潮在历史的转弯处所激荡开来的一抹最绚丽灿烂的浪花。把中国的启蒙思潮追溯到明末清初之际，这是日益令学术界发生兴趣的问题。庞朴先生在他近年发表的一篇文章中就认为："中国明清之际出现过启蒙思潮或者叫早期启蒙思潮。"[1] 日本学者沟口雄三则认为，"如果就中国来看中国的近代历程"，那么明末清初政治上的君主观的变化，与经济上田

---

① 庞朴：《方以智的圆而神》，《传统文化与现代化》1996 年第 4 期。

制论的变化,"应被视为清末变化的根源","从这里寻找中国近代的萌芽,不是没有根据"。① 对"五四"思想的历史探源一直是"五四"研究中一个比较重要的问题,并且已经形成了一个把"五四"放在鸦片战争以来的中国近代化进程中,来加以讨论、分析和叙述的思想史学框架。② 但是,在这里,我为什么要把"五四"思潮溯源到明末清初? 是仅仅为了把思想史的渊源再向前推进"一小步"吗? 这种向前溯源的思路对我们重新思考"五四",又能带来什么新的东西?

我以为,要回答这些问题,首先必须回到"什么是启蒙"这一思想命题的本身。

在 18 世纪德国,报刊常常会就一些重要的,而在理论上还未获得回答的问题,征求读者的答案。按惯例,1784 年 12 月,《柏林月刊》收到一份对"何为启蒙"的回答,答案是如此的铿锵有力:"启蒙精神就是敢于认知。"③ 说这句话的人,就是康德。从此,这就成为关于启蒙的含义深远的定义。然而(1)要认知什么? (2)怎样认知? (3)谁在认知? (4)认知主体是否首先需要自我认知? ——我以为,这些提问是康德这个定义中所必然内含着的"问题意识"。在思想史的进程中,正是人们对这四个"问题意识"的不断回应,才生生不息地赋予这个命题以深刻的生命力。但是,必须指出的是,并不是在任何的思想史语境中,这四个"问题意识"都处于平衡的相互自洽的状态,而往往是处于相互联结、相互制衡、相互配置的动态结构之中。也就是说,在有的历史语境中,也许前两个"问题意识"起主导作用,居于结构的中心,另两个则处于边缘位置,起支援性配置作用。或者相反,比如,在 18 世纪的西方启蒙时代,(3)、(4)两个"问题意识"就是主导性的"问题意识"。就如康德所指出的那样:"启蒙运动就是人类脱离自己所加之于自己的不成熟状态。不成熟状态就是不经别人的引导,就对运用自己的理智无能为力。当其原因不在于缺乏理智,而在于不经别人的引导就缺乏勇气与决

---

① 沟口雄三:《中国的思想》,中国社会科学出版社 1995 年版,第 111 页。

② 关于这方面的研究可参见胡绳:《从鸦片战争到五四运动》,人民出版社 1981 年版;彭明:《五四运动史》,人民出版社 1984 年版。

③ 参阅福柯:《知识考古学》,三联书店 1998 年版。

心去加以运用时,那么,这种不成熟状态就是自己加之于自己的了。Sapere aude！要有勇气运用你自己的理智！这就是启蒙运动的口号。"① 在康德说这段话的时代,科学已经在人们的日常生活和精神生活的许多领域取得了重大的胜利,但宗教仍然是一个顽固的堡垒,一个囚禁思想自由的堡垒,而在康德看来,这一堡垒最终的摧毁,是要依靠主体的自我解放。这就犹如武器就放在面前,起义的号角也已吹响,这时,就看你敢不敢抓起它。然而,对于中国语境来说,这四个"问题意识"则是显得同样的急切和重要。这种特殊的状态,造成了中国启蒙思想的命题结构内在的挤压、胶着、牵制、对峙,并且不断积累的内部矛盾极有可能导致结构的解体。所以,我以为,中国启蒙困境的根本问题,就在于我们一直没有建立起一个合理的反思、解决这一"问题意识"的历史思维结构。在我看来,这种的矛盾性和挤压性在明末清初就出现了。我以为,提出这一历史视野是很重要的:一方面,能为我们研究"五四"新文化思想,创造一个"长时段"的历史感。所谓的"长时段",按布罗代尔的说法,就是一系列的反复运动,其中包括变异、回归、衰变、整治和停滞,或用社会学术语来说,即构成、解构、重构。② 另一方面,它能够提供一种新的思想史的价值资源,有助于我们从多角度和多层面来重新理解、反思"五四"的个性及其问题。

## 二

现在,就让我们将目光转向明末清初:一段特殊的岁月。

晚明是中国历史上政治暴虐最为惨重的一个时期,鲁迅就形象地说过:"大明一朝,以剥皮始,以剥皮终,可谓始终不变。"③ 充斥于当时士人笔下的都是一些杀气腾腾,惊心动魄的体验:"劫末之后,怨对相夺。拈草树为刀

---

① 康德:《历史理性批判文集》,何兆武译,商务印书馆 1997 年版,第 22 页。
② 布罗代尔:《15 至 18 世纪的物质文明、经济和资本主义》第三卷,三联书店 1993 年版,第 722 页。
③ 鲁迅:《鲁迅全集》第六卷,人民文学出版社 1981 年版,第 167 页。

兵,指骨肉为仇敌。虫以二口自啮,马以两首相残。"①远比这更为剀切的感受是:"杀牛之惨,戒惧迫蹙,血肉淋漓而已;杀人之惨,则有战惧而不暇,迫蹙而无地,血肉淋漓充满世间而莫测其际者;何也?杀牛者,刀砧而已;杀人者,不止一刀砧也。"②但是,在这"刀途血路",最不适于生存的时代里,却不屈不挠地生长出了一种倔强的精神力量和极具深度的智慧,这种情景,就像丹纳在《艺术哲学》中所运用过的一个比喻:那燃烧的火盆,干枯的木柴因燃烧而爆出阵阵的爆裂声,同时,就在这火星四溅的刹那燃成灰烬,然而,整个时代的思想火势却因此更旺了,不断增长的热度极有可能引起遍地的大火。我以为,正是晚明这种特殊的遭遇和困境,为中国早期启蒙思想的生成,准备了特殊的精神条件,燃起了思想的爝火,并在早期中国启蒙思想的"问题意识"及其结构方式上,打下深深的印记,同时,这一切也都潜在地暗示着中国启蒙思想的困境之所在。在我看来,"五四"启蒙思想所内在的一系列思想方式和困境,都能在这里找到历史的根据。

## 三

首先,对于明末清初这些中国早期启蒙知识分子来说,对自我精神的存在方式进行一次最为深切的逼视和反省,成为了一个重要的"问题意识",一个充满危机感和时代感的问题。对此,顾炎武、黄宗羲、王夫之这三大儒,都有独到的洞见,而其中尤以王夫之的反省最为犀利,也最具深度。比如,他在《读通鉴论》中就说道:"有宋诸大儒疾败类之贫贱,念民生之困瘁,率尚威严,纠虔吏治,其持论既然,而临官驭吏,亦以扶贫弱,锄豪猾为己任,甚则醉饮之愆,帷帱之失,书箧之馈,无所不用其举劾,用快舆论之心……听惰民无已之怨讟,信士大夫不平之指摘,辱荐绅以难全之名节,责中材以下以不可忍之清贫,矜纤芥之聪明,立难缨之威武……当世之有全人者,其能几也?……

---

① 钱谦益:《牧斋有学集》卷四十一。此处引文转见赵园:《明清之际士大夫研究》,北京大学出版社 1999 年版。

② 张尔岐:《蒿庵集》卷三。此处引文转见赵园:《明清之际士大夫研究》,版本同上。

后世之为君子者,十九而为申、韩,鉴于此,而其失不可掩已。"① 正如赵园所指出的那样,在这里,王夫之以锐利的眼光,在一向被誉为正统士大夫典范的循史的言论、作为上,用他那无情的笔锋不断地挖掘,不断地刮,不断地刨,像铁锹刨地似的,暴露出传统士大夫精神上的缺陷,即那种隐藏在清誉之下的残忍性和"申韩"人格。"王夫之看出了明代士风的偏执,黢刻——不但殊乏宽裕,且舆论常含杀气,少的正是儒家所珍视的中和气象。他更由政治暴虐,追索造成上述人性缺损之深因。""不妨认为,明代政治的暴虐,其间特殊的政治文化现象,引发了富于深度的怀疑与批判;而'易代'提供了契机,使对于一个历史时代的反顾、审视成为可能。"② 这种通过自我批判来进行社会批判"一身二任焉"的特点,典型地体现了早期中国思想启蒙者的尴尬处境。然而,我们必须进一步探讨:为什么会造成这种困境? 其根源又何在? 在这里,我以王夫之作为一个典型个案来加以分析。虽然,王夫之的学问规模博大,但他"二百多年没有传人"③。可见在当时,他的意义和影响并不在于学术,而是那些借史事来发表的"往往迥异流俗"的立论,以及从中所体现出的"他的特别眼光"。④ 就在这些"立论"和"眼光"中,体现了他锐利深刻的精神洞察力。我以为,他对中国启蒙思想史的意义和影响就内含在这里。梁启超在《清代学术概论》中曾说道:"夫之著书极多……不落'习气',不'守一先生之言'。其《读通鉴论》、《宋论》,往往有新解,为近代学子所喜诵习……其乡后学谭嗣同之思想,受其影响最多。"⑤ 也就是说,在《读通鉴论》和《宋论》中,最集中、最深刻地体现了王夫之那些富有怀疑和批判性的独特的"士论"的深刻思想,正是这些"士论"扣动了后来的启蒙者的神经,引发了精神的共鸣。从这里可以看出那条潜伏在历史进程中的"问题意识",即作为启蒙主体的士人的自我认知的要求和方式,这样,

---

①　王夫之:《读通鉴论》卷二十二。此处引文转见赵园:《明清之际士大夫研究》,北京大学出版社 1999 年版。

②　赵园:《明清之际士大夫研究》,北京大学出版社 1999 年版,第 21—22 页。这里需要说明的是,我在写作本文时,这部书的第一章"易代之际士人经验反省"给予我许多的启发,特此致谢。

③　梁启超:《中国近三百年学术史》,东方出版社 1996 年版,第 100 页。

④　同上书,第 90—100 页。

⑤　梁启超:《清代学术概论》,上海古籍出版社 1998 年版,第 19 页。

我们就进入到了中国启蒙思想语境的内在悖论性。在中国传统的政治——文化结构中,对知识分子来说,强调和塑造的是"以吏为师"和"为王者师"的角色认同。这样,不仅近代意义的独立的"知识分子"根本无法在这一稳定、自洽的结构中产生,而且这一结构内在的文化积淀和心理趋迫,甚至会不自觉地成为启蒙的精神障碍。因此,我以为,明末清初士人对自我精神存在的逼视和反省,是中国启蒙者的主体性的自我启蒙。不论他们对此是自觉还是不自觉,这都是一种不得不产生的"悖论性"。历史的悲剧不仅在于这种启蒙主体的自我启蒙成为了中国早期启蒙的"问题意识"结构中第一位的重要的问题,而且这种"悖论性"并没有在后来的历史进程中得到解决,在我看来,除鲁迅等极少数知识分子外,大多数的启蒙思想者对此根本就缺乏清醒的反省。我们可以看到,在鲁迅关于知识分子主题的小说、杂文中,这种"悖论性"一次又一次被清醒而又痛苦地审视着,鲁迅在 20 年代中期,还痛切地说道"中国没有俄国式的智识阶级",这段话,至今还让我们警醒不已。

## 四

进一步地说,这种"悖论性"之所以不得不产生,另一个根本原因,就在于中国启蒙思想的资源性匮乏。这里,我们就接触到了中国早期启蒙思想的第二个特征:重建价值资源的矛盾性,也就是说,缺乏回应"怎样认知"这一"问题意识"的一套方法论和思想基础。

我以为,要深入探讨这一问题,做一些比较思想史的尝试是必要的。在这里,我们把它与西方启蒙思想兴起时的历史状况做些简略比较,也许就会看得更分明。14 世纪末,文艺复兴首先在南意大利兴起,从当时的"制度、风俗、语言、艺术上面可以看出,在中世纪最阴暗艰苦的黑夜里,古文明已经在这块土地上挣扎出来,苏醒过来,野蛮人的足迹像冬雪一样消融了"[①]。到了 15 世纪的最后 25 年和 16 世纪最初的三四十年,则更是一个辉煌的时代,一个"人的全面发现的时代"。正如丹纳所指出的那样:

---

① 丹纳:《艺术哲学》,傅雷译,安徽文艺出版社 1986 年版,第 118—119 页。

　　文艺复兴是一个绝无仅有的时期,介乎中世纪与现代之间,介乎文化幼稚与文化过渡之间,介乎赤裸裸的本能世界和成熟的观念世界之间。人已经不是一个粗野的肉食兽的动物,只想活动筋骨了,但还没有成为书房和客厅里纯粹的头脑,只会运用推理和语言。他兼有两种性质,有野蛮人的强烈与持久的思想,也有文明人的尖锐而细致的好奇心。他像野蛮人一样用形象思索,像文明人一样懂得布置与配合。

　　像野蛮人一样,他追求感官的快乐;像文明人一样,他要求比粗俗的快乐高一级的快乐。他胃口很旺,但讲究精致。他关心事物的外表,但要求完善。他固然欣赏大艺术家作品的美丽的形体,但那些形体不过把装满在他脑子里的模糊的形象揭露出来,让他心中所蕴蓄的暧昧的本能得到满足。①

随着人文主义思想的广泛传播,在文艺复兴晚期,近代哲学和近代科学得到了迅速的发展,进一步廓清了中世纪文化所笼罩在欧洲大地和欧洲精神上的阴雾。黑夜过去了,黎明的号角吹响了。"科学以意想不到的力量一下子重新兴起;并且以神奇的速度发展起来。"② 这一切都为启蒙时代的到来,扫清了障碍,"人享到了安乐、窥见了幸福,惯于把安乐与幸福看做分内之物。所得越多就越苛求;而所求竟过于所得。同时实验科学大为发展,教育日益普及,自由的思想越来越大胆;信仰问题以前是由传统解决了的,如今摆脱了传统,自以为单凭才智就能得到崇高的真理。大家觉得道德、宗教、政治,无一不成问题,便在每一条路上摸索,探求。"③ 这一切都为启蒙运动在全欧洲的兴起,准备了丰富的思想资源和精神条件。这正像卡西尔所指出的:"启蒙思想家的学说有赖于前数世纪的思想积累,这一点是当时的人们没有充分认识到的。启蒙哲学只是继承了那几个世纪的遗产,对于这一遗产,已进行了整理,去粗取精,有所发挥和说明。"④

　　然而,对于中国明末清初的一代启蒙思想家们来说,却绝对没有这么幸

① 丹纳:《艺术哲学》,傅雷译,安徽文艺出版社1986年版,第142—143页。
② 恩格斯:《自然辩证法》,人民出版社1971年版。
③ 同①,第97页。
④ 卡西勒:《启蒙哲学》,顾伟铭等译,山东人民出版社1988年版,第2页。

运的历史馈赠。

让我们来看看 17 世纪中国的情形。1644 年 4 月 25 日,午夜刚过,崇祯皇帝在一个忠心耿耿的太监陪同下,爬上御花园里的一座小山,自缢身亡。在这四十几天前,李自成在西安称王,国号顺。在这四十天后,满族将军多尔衮的前锋军队先行到达京都,当天下午,多尔衮就住进了紫禁城。① 从此,开始了一个新王朝的东征西伐,一个旧王朝的影子般的流亡与逃窜。这一系列的社会动荡,把当时的士人无情地抛进苦难和不安之中。因此,他们思想启蒙的语境和问题也就困难得多,复杂得多。一般地说,欧洲的启蒙思想运动一个最重要的特征,就是挣脱了中世纪文化的枷锁,打倒了一切违反人的理性的权威原则。这正如恩格斯在《反杜林论》中所指出的:"在法国为行将到来的革命启发过人们头脑的那些伟大人物,本身都是非常革命的。他们不承认任何外界的权威,不管这种权威是什么样的。宗教、自然观、社会、国家制度,一切都受到了最无情的批判;一切都必须在理性的法庭面前为自己的存在作辩护或者放弃存在的权利,思维着的悟性成了衡量一切的唯一尺度……从今以后,迷信,偏私,特权和压迫,必将为永恒的真理,为永恒的正义,为基于自然的平等和不可剥夺的人权所排挤。"② 而对于晚明一代的启蒙思想家来说,他们面临的是:一方面是正统王朝的崩溃,另一方面是异族的入侵。因此,他们的一个自觉意识到的思想使命,就是维护和重建传统文化及其价值的权威性和神圣性,以此作为抗议的方式,力求在文化和精神上摆脱政治上沦陷于异族的屈辱感。我以为,这种政治危机——文化抗议的心态,是从近代一直延伸到"五四"以来,愈演愈烈的关于"中体西用"和关于"东西方文化"等一系列论争的历史心理的秘密。

但是,仅仅说明这一点是不够的,接下来的问题则是更严峻:他们所要维护和重建的这一套价值和权威原则,究竟是什么?他们又是怎样的寻找到这种重建的资源?它们可靠吗?它们能否承担起这种重建的重任呢?在这里,历史又一次显示出它的无情和苛刻。对于这些早期中国启蒙思想者来说,很显然,相隔不远的理学已经颓败、堕落得满目疮痍,不仅不足以依持,而

---

① 参阅崔瑞德、牟复礼:《剑桥中国明代史》,中国社会科学出版社 1992 年版。

② 恩格斯:《反杜林论》,人民出版社 1972 年版。

且还必须加以严厉的批判。对此首施猛烈攻击的是大儒顾炎武。他在《与友人论学书》中说道:"今之君子则不然。聚宾客门人之学者数十百人,'譬诸草木,区以别矣',而一皆与之言心言性。舍多学而识,以求一贯之方,置四海之困穷而不言,而终日讲危微精一之说,是必其道之高于夫子,而其门弟子之贤于子贡,桃东鲁而直接二帝之心传者也。我弗敢知也。"[①] 他在《日知录·十八》中把这一思想说得更尖锐:"今之学者,偶有所窥,则欲尽废先儒之说而驾其上;不学则借'一贯'之言以文其陋,无行则逃之'性命'之乡以使人不可诘。"[②] 在对旧学派进行锋芒峻露的攻击同时,顾炎武也树起了"经学即理学"的新旗帜,他说道:"古今安得别有所谓理学者? 经学即理学也。自有舍经学以言理学者,而邪说以起。"[③] 顾炎武的这一思想对当时思想界的影响,不可谓不巨大,"实四五百年来思想界之一大解放"[④]。然而,问题就在这里,早期启蒙思想家试图通过对"经学"的建设性研究,来重建启蒙思想资源,并开启中国近代启蒙思想之先河,这一思路正像梁启超所一语道破的那样:"以经学代理学,是推翻一偶像而别供一偶像。"[⑤] 也就是说,这种重建并没有抛弃或打破原有的价值传统和权威原则,只不过找到了一种新的权威原则。骨子里还是老路子,这就是早期启蒙思想的困境之所在。如果进一步的讨论,那么,我们就会发现这种困境在"五四"一代像梁漱溟这样的思想家身上也表现出内在的相似性,正如有论者所指出的那样:"甚至象梁启超,谭嗣同和其他对官方儒学正统的某些重要原则的批判者,他们似乎仍感到,自己可以从儒家形而上学和中国传统的其他部分找到一种超然的依据,以此攻击各种既成制度和公认正统观念的绝对主张。与那种'中国传统'与'现代西方'的截然两分法的看法相反,他们继续在中国思潮和西方思潮之间寻找各种类似性的相融性。毋庸置疑,这种类似和相融性的发现常常是

---

① 据《四部丛刊》本影潘刻《亭林文集》卷三。
② 顾炎武:《日知录·十八》。
③ 全祖望:《亭林先生神道表·引》。
④ 梁启超:《清代学术概沦》,上海古籍出版社 1998 年版,第 11 页。
⑤ 同上。

出于民族自尊心的理由而牵强所致。"① 若再往更深一层来看,这种思想困境对明末清初的知识分子来说,不仅不可能在逻辑上得到疏解,而且,更是成为一种精神性的迷惘,这就使得在他们的身上表现出深刻的悲剧性。随着明王朝的日渐衰败,到了晚明,一代学风"考其思想之本质,则所研究之对象,乃纯在昭昭灵灵不可捉摸之一物。浮夸之辈,撷拾虚辞以相夸煽,乃甚易易。故晚明'狂禅'一派,至于'满街皆是圣人','酒色财气不碍菩提路',道德堕落极矣。重以制科帖括,笼罩天下,学者但习此种影响因袭之谈,便足以取富贵,弋名誉,举国靡然化之,则相率于不学,且无所用心"②。可见,传统知识分子一向追求的精神存在的基本价值和准则这时已荡然无存。而易代之际,尤易看出人心的变迁,因此,如何使这些基本的价值准则得以重新确立和坚守,就成为严峻的命题。而颠沛流离的生活,使他们最深切体验到的则是"死"、"生"这样的大关口,大选择。这两方面的体验,对他们来说,都是一样的刻骨铭心,于是,精神和意志在他们心灵深处不断撞击,并闪耀出明亮的火花。很自然地,他们就把基本价值的重建放在了"生"、"死"这块尖锐的试金石上。但是,在这里,我们不禁要追问道:他们所追求的"死"又是一种怎样的状态呢?据赵园在《明清之际士大夫研究》一书统计,翻开晚明一代的文集,其中诸如"死社稷"、"死封疆"、"王辱臣死"、"城亡与亡"、"不济,以死继之"、"有死无贰"、"我久欠一死矣"、"吾此心安者死耳"、"不能死节,靦颜苟活"、"恨其不能死"、"以死为道"、"所以处死之道"、"义所当死、死贤于生;义所当生、生贤于死",如此慷慨悲愤,触目惊心的话语,比比皆是。这样,就把一个精神价值的重建转化成一个政治伦理学问题。也就是说,把一个人精神存在的最起码的条件,狭隘地转化成一种对个人政治情操的考验。而更具有悲剧性的是,正是他们所誓死捍卫的这套"死节"、"死义"的政治伦理制造了他们自己的"死地"。在这里,历史同时成为了这个"死结"的系铃人和解铃人。在他们的身上已经能看到后来的"戊戌六君子"的身影,就是这样,鲜血在昭示着勇气的同时,也昭示着悲剧。这

① 史华兹:《五四运动的反省·导言》,《五四:文化的阐释与评价》,山西人民出版社 1989年版,第 6 页。

② 梁启超:《清代学术概论》,上海古籍出版社 1998 年版,第 8 页。

时,我不禁想起鲁迅小说《孤独者》中的主人公魏连殳临死时,留在嘴边的那一丝冷笑——他冷笑什么?……

## 五

除了用生命去捍卫之外,早期启蒙思想者还能找到什么样的资源? 个体的生命毕竟是孤独的、脆弱的。他们渴望能找到一种比个体更长久,更稳定的东西。自然的,他们就把寻找的目光投向了历史,这一点在中西方启蒙思想史上,有着它内在的相似性。在西方,"18世纪哲学从一开始就把自然问题和历史问题视为不可分割的统一体。它力图用同样的思想工具处理这两类问题。它力图对自然和历史提出同样的问题,运用同一种普遍的'理性'方法"①。比如,孟德斯鸠就写有《罗马盛衰原因论》,而伏尔泰更是"工作得像个矿工;要在'这种种错误虚妄的密西西比长河'中寻找有关人类真实历史的真理之金沙。年复一年,他埋头从事于准备工作,一部《俄国史》,一部《查理十二史》,《路易十四时代》以及《路易十二时代》"②。

同样的,在中国,"明清之际的各大师,大率都重视史学——或广义的史学,即文献学。试一阅亭林、犁州、船山诸家著述目录,便可以看出这种潮流"③。就是在明亡不久,那些不肯仕清的士人就写有诸多的"亲历实录"。其中以李清的《南渡录》,顾炎武的《圣安纪事》,王夫之的《永历实录》,黄宗羲的《弘光实录钞》、《行朝录》,钱澄之的《所知录》,屈大均的《皇明四朝成仁录》等,最为著名。除此之外,明亡之后更有大量野史在民间流传,虽屡经清廷禁毁,"留存者尚百数十种",可见数量之多④,以至于"治明史者常厌野史之多"⑤。虽然,中西方启蒙思想家都表现出对历史的兴趣,但是,我们很快就会发现,这种相似性是如此的表层,而更深的裂痕,早已在嘎

---

① 卡西勒:《启蒙哲学》,顾伟铭等译,山东人民出版社1988年版,第194页。
② 威尔·杜兰特:《哲学的故事》,三联书店1988年版,第307页。
③ 梁启超:《中国近三百年学术史》,东方出版社1996年版,第337页。
④ 参阅崔瑞德、牟复礼:《剑桥中国明代史》,中国社会科学出版社1992年版。
⑤ 梁启超:《中国近三百年学术史》,东方出版社1996年版,第337页。

嘎作响。即在深层的历史理念上,两者之间却有着很大差异。就在这差异之中,我们将接触到中国早期启蒙思想的第三个特征:隐喻的历史观。

在西方启蒙时代,那些大师们都介入了历史的写作,但是,无论是孟德斯鸠还是伏尔泰,他们对一般人所津津乐道的历史事实的细节都没有兴趣。一个典型的例子就是,1740 年,瑞典牧师诺贝尔出版了一部叙述查理十二统治时期的渊博著作,并且在书中指出伏尔泰的《查理十二史》的许多错误。伏尔泰在回信中,却这样写道:"五十年前被焚毁的斯德哥尔摩城堡的教堂坐落在宫殿新建的北翼……当时每逢布道日,教堂的座位上就覆盖着蓝色的织锦,这些座位有些是橡木的,有些则是胡桃木的。……知道这一切对于欧洲来说也许是一桩重要的事情。我们很愿意相信,彻底了解查理十二在其下加冕的高台中没有假的黄金,知道华盖的高度,以及它是否是由教会提供的红布或蓝布装饰起来的,这些都是无比重要的……所有这一切,对于那些一门心思想知道王公大人们的兴趣的人可能有其价值……一个历史学家有许多责任。"① 那么,在伏尔泰看来,历史学家的责任是什么? 那就是,他们要开辟的是一条通往历史哲学的道路,正如孟德斯鸠所宣称的那样:"我建立了一些原则。我看见了:个别情况是服从这些原则的,仿佛是由这些原则引申出来的,所有各国的历史都不过是由这些原则而来的结果。"② 他的历史著作《罗马衰亡原因论》的写作,就是要证明他关于国家演化和发展的历史原则,他在书中这样写道:"支配着全世界的并不是命运。……有一些一般的原因,它们或者是道德方面的,或者是生理方面,这些原因在每一个王国里都发生作用,它们使这个王国兴起,并保持住它,或者是使它覆灭。一切偶发事件都是受制于这些原因的。如果仍然是一次战败,这就是说一次特殊的原因摧毁了一个国家,那就必然还有个一般的原因,使得这个国家会在一次战斗中灭亡。"③ 对历史哲学的追求,伏尔泰更是说得理直气壮,直截了当:"只有哲学家才配学历史。"④ "在所有的国家里,历史都因无稽之谈被搞得面目全非,

---

① 转引自卡西勒:《启蒙哲学》,顾伟铭等译,山东人民出版社 1988 年版,第 216 页。
② 孟德斯鸠:《罗马盛衰原因论》,婉玲译,商务印书馆 1962 年版,第 102 页。
③ 同上。
④ 转引自威尔·杜兰特:《哲学的故事》,三联书店 1988 年版,第 307 页。

直到最后,哲学才开始给人以启蒙。"①18世纪启蒙哲学在历史领域的贡献,"总的来说,它提出了历史领域中关键性的哲学问题。它探讨了历史的'可能性'的条件,正像它探究自然科学的可能性的条件一样。"②它"致力于对历史获得清楚明白的观念,认清一般和特殊,观念和实在,法律和事实之间的关系,精确地划清它们之间的界限,力图由此而把握历史的意义"③。这种强调哲学和方法的历史观念,正是启蒙时代的理性精神的体现。对于他们来说,历史是一个被"征服的领域"。他们的胜利果实,就在于宣称:他们所发现的原则是"重大的,普通的和永存的"④。这样,他们一方面对历史(过去)进行了"祛魅";另一方面,又摆脱了对未来的不可知论。然而,在中国早期启蒙思想家那里,他们历史理念的感性色彩和体验色彩却要浓郁得多。如黄宗羲所称的:"国可灭,史不可灭,后之君子能无遗憾耶?"他们在历史写作中强调的是一种"寄托",一种"隐喻"。这一点,首先是在那些私人的历史著述中得到充分的体现。查继佐在其《罪惟录》自序中说道:"此书之作,始于甲申,成于壬子中,二十九年,寒暑晦明,风雨霜雪,舟车寝食,病痛患难,水溢火焦,泥涂鼠啮,零落破损,整饬补修。手草易数十次,耳采经数千人……"⑤可见其用心之苦之深,所以缪荃孙在《艺风堂文漫存》中说及查氏时,不禁感慨道:"东山身预庄氏史祸,复能自著此书,可谓有心人哉。"即使如"以明实录为本,遍查群籍,考订伪误,按实编年"的谈迁的史著《国榷》,也不免有许多深切的"寄托"。吴梅村曾记谈迁:"尝策蹇卫,襆被入西山,访旧朝遗迹,草述蒙茸,碑碣残落,故老仅存之口,得一字则囊笔疾书,若恐失之。会天大雪,道阻粮尽,忍饥寒而归,同舍生大笑之,弗顾。"⑥在这些私人史述中,"寄托"之情不妨流溢纸面,然而到了撰"国史"的时候,则需要一种更深的"隐喻",因为,此时是处于新王朝的语境中。如黄宗羲在为其弟子万斯同的《历代史表》作序时,就说道:"嗟乎!元之亡也,危素趋报

---

①　转引自威尔·杜兰特:《哲学的故事》,三联书店1988年版,第307页。
②　卡西勒:《启蒙哲学》,顾伟铭等译,山东人民出版社1988年版,第191—193页。
③　同上。
④　同上。
⑤　查继佐:《罪惟录》,浙江古籍出版社1986年版。
⑥　吴梅村:《吴梅村全集》卷三十三。

恩寺，将入井中。僧大梓云：'国史非公其知，公死是死国之史也。'素是以不死，后修《元史》，不闻素有一辞之赞，及明之亡，朝之任史事者众矣，顾独藉一草野之万季野以留之，不亦可慨也夫！"① 在这种特殊的遗民心境下，"前明遗献，大率皆惓惓于国史。梨洲这段话，足见其感慨之深"②。除了这种充满象征和仪式内涵的以"国史相托"之外，明末清初启蒙思想家的历史理念的"隐喻性"在其一系列史评、史论中，则表述得尤为充分。"在经由史论的'国运'追究中，士大夫追究着自身命运，弥漫于文字间的苍凉之感，与无可奈何的沉痛，令人可感到创伤之深，以史论为政论，本是士人议政的惯用策略；由明亡前后士人史论，可以看出一个朝代有关自身批判思想的积累过程：尽管警策如王夫之《读通鉴论》、《宋论》者并不多有。"③ 易代之际，面对历史，必然会有许多幽古之思和悲愤之情，历史寄托和历史隐喻，则是一种相对安全的叙述策略，但是，问题的复杂性却在于，隐藏在晚明一代士人历史思考的背后，是一种与新朝相对抗的政治性姿态，它力求通过历史叙述，获得自身存在"合理性"的证明，因此，他是面向过去的，并且只能是个体化的，在这个意义上说，他无法开辟出一条向前的，普遍性的，通往历史哲学的理性的道路。这样就显示出早期启蒙思想在历史资源上所内在的矛盾性：一方面，他们必须依靠这些历史资源，以获得自身存在的勇气和价值确认；另一方面，在新的语境下，他们又不得不采用隐喻的话语方式和思维方式。这样，就不可避免地削弱、含混了他们自身的力量。同时，这两方面都在他们的心灵中胶着，纠缠，乃至对峙。这个寄托、隐喻的"史结"，在后来的历史观发展过程中，一次又一次地浮现出来。在这里，我不禁想起鲁迅小说《在酒楼上》中的一个情节。主人公吕纬甫奉母亲之命，回到乡下，给已死去多年的小弟迁葬，小说中这样写道：

> 我站在雪中，决然指着他对土工说，"掘开来！"我实在是一个庸人，我这时觉得我的声音有些希奇，这命令也是一个在我一生中最为伟大的命令。但土工们却毫不骇怪，就动手掘下去了。待到掘着坟穴，我

---

① 黄宗羲：《南雷文约》卷四。
② 梁启超：《中国近三百年学术史》，东方出版社 1996 年版，第 58 页。
③ 赵园：《明清之际士大夫研究》，北京大学出版社 1999 年版，第 443 页。

便过去看,果然,橡木已经快要烂尽了,只剩下一堆木丝和小木片。我的心颤动着,自去拨开这些,很小心的,要看一看我的小兄弟。然而出乎意外!被褥,衣服,骨骼,什么也没有。我想,这些都消尽了,向来听说最难烂的是头发,也许还有罢。我便伏下去,在该是枕头所在的泥里仔仔细细的看,也是没有。踪影全无。

我以为,这是鲁迅小说中比较让人费解的一个情节,为什么虽然"我豫料那地下的应该早已朽烂了",但仍旧固执、决然地挖掘下来? 为什么"我会忽然觉得自己的命令有些伟大?"在我看来,这可以说是一个含义深远的历史"隐喻",这难道不是中国启蒙思想者的一种心态的象征吗? 过去的一切包括历史想象早已朽坏,然而,为了让自己和别人都能"心安些",我们还是必须面对、正视着这种"朽坏",也许,这就是一种伟大,一种充满稀奇感和荒诞感的伟大。

# 六

源头和流域沿岸长期的生态破坏和沙土流失,可能是造成洪灾的主要原因之一。在这个比喻性的意义上说,当我们把"五四"放在中国启蒙思想大背景下来加以反思时,明末清初的中国早期启蒙思想特征和困境,也许能提供我们一种根源性的反思视野和维度。这也许就像鲁迅那充满意味的题词:

过去的生命已经死亡。我对于这死亡有大欢喜,因为我借此知道它曾经存活,死亡的生命已经朽腐,我对于这朽腐有大欢喜,因为我借此知道还非空虚。

# 中篇　历史的潜流:清代学术、思想与"五四"

# 一

无论是就广度,还是深度来看,"五四"思潮都给后人留下了"惊涛拍岸,卷起千堆雪"的感受。当然,这一波澜壮阔的气势,绝非一时一地骤然造就的,而是在漫长的历史过程中,不断地汇聚各种各样的支流、潜流,从而"有容乃大"。因此,我以为,如果在充分注意历史"差异性"的前提下,来重新探讨"五四"思潮与清代以来的中国思想、学术的内在关系,那么,这种研究,一方面,使得我们能发现、描述出一条贯穿始终的历史"剧情主线",另一方面,对我们研究、反思"五四"思潮对传统的继承与转化及其内在特征,也将提供一个更加广阔的历史视野。正是基于这样的一种认识,我把这条"剧情主线"称为"历史的潜流",把西学的影响称为"历史的明流"。由于对于后者的研究,一直是学术界的热点问题,所以,这部分的写作将定位于对前者的集中讨论。

　　这里我首先要讨论到的是清代学术所内在的科学主义倾向对"五四"新文化思想的影响。在学术研究中,清人提倡、激励"重证据"的精神。只有从这个意义上,我们才可能理解清初的那些大儒们的学术作为。比如,顾炎武以 160 个证据证明"服"字古音读作"逼";阎百诗以十多年工夫考明《尚书》中的古文为伪作;钱大昕根据数十个例子考定古无轻唇音及舌头舌上之分;高邮王氏以 20 个例释"焉"字之通则。清儒追求"凡立一义,必凭证据;无证据而以臆度者,在所必摈"[①],这是一种在历史惨痛之后的思想选择,所以,在清人的致力于学术方法和规范重建的背后,总是深藏着人生的苦心。正如费燕峰所指出的:"清谈害实,始于魏晋,而固陋变中,盛于宋南北。自汉至唐,异说亦时有,然士安学同,中实尚属。至宋而后,齐遏意见,专事口舌,……又不降心将人情物理平居处事点勘离合,说者自说,事者自事,终为两断。一段好议论,美听而已……后儒所论,唯深山独处,乃可行之;城居郭聚,有室有家,必不能也。盖自性命之说出,而先王之三物六行亡矣。……学者所当痛心,而喜高好僻之儒,反持之而不下。无论其未尝得而空言也,果'静极'矣,'活泼泼地会'矣,'坐忘'矣,'心常在腔子里'矣,'即物之理无不穷,本心之大无不立,而良心无不致'矣,亦止与达摩面壁,天台止观同一门庭。……何补于国?何益于家?何关于政事?何救于民生?……学术蛊坏,世道偏颇,而夷狄寇盗之祸亦相挺而起……"[②]联系此时正是明

---

①　梁启超:《清代学术概论》,上海古籍出版社 1998 年版,第 47 页。
②　费燕峰:《费氏遗书·弘道书》卷中。

亡之后的历史现实,就可以体会到这段引言中后面的几句话,说得多么的痛切,在他们看来,抛弃"游谈无根"的空言,确立一种实证的学术精神,绝不仅仅是简单的学术规范的问题,而是一项重建精神价值和规范的大事。清初大儒们的这种重实证的学术精神,就很为后人所津津乐道。比如,胡适的《清代学者的治学方法》一文,就说道:"中国旧有的学术,只有清代的'朴学'确有'科学的精神'。他们用的方法总括起来,只是两点:(1)大胆的假设。(2)小心的求证。"在写下这段话的相隔两天后,胡适在《论国故学——答毛子水》中,更是要求他的学生们在整理国故中要继承这种"科学的方法",他说道:"'汉学家'所以能有国故学的大发明者,正因为他们用的方法无形之中都暗合科学的方法。钱大昕的古音之研究,王引之的《经传释词》,俞樾的《古书疑义举例》,都是科学方法的出产品。这还不是'自觉的'(Unconscious)科学方法已能有这样的成绩。我们若能用自觉的科学方法,加上许多防弊的法子,用来研究国故,将来的成绩一定更大了。"① 虽然,随着时间的推移,清初大儒强调实证背后的"苦心",已渐渐淡去,而作为强调学术规范和学术方法的另一面渐渐被凸显出来,但是,重证据的思想,已像一粒种子,在中国学者的心里播下,扎根,萌芽,开花,结果,它对中国人科学智慧的培育和成长,产生了潜在而深远的影响。这正如另一个治清学的大师梁启超所指出:"自经清代考证学派二百余年之训练,成为一种遗传,我国学子之头脑,渐趋于冷静缜密。此种性质,实为科学成立之根本要求。"② 也就是说,这种力求证据的精神为现代科学精神和科学方法在中国的确立,做了必要的历史训练和历史准备。在这一点上,胡适自己就有个"现身说法",他在《先秦名学史·前言》中就说道:"我始终坚持这一原则:如无充分的理由,就不承认某一著作,也不引用某一已被认可的著作中的段落。""另一个重要的问题,是关于原文的校勘和训释。在这方面,我充分利用了近二百年来我国学者们积累的研究成果。"蔡元培在为胡适著作作序时,就称胡适"禀有'汉学'的遗传性",并把"证明的方法"列为胡著《中国古代哲学史》的几处特长的首位。50年代末,胡适在一次"东西方哲学家会议"的演讲中,还自

① 胡适:《胡适文存》一集卷三,黄山书社1996年版。
② 梁启超:《清代学术概论》,上海古籍出版社1998年版,第106页。

信地说道,正是由于有一个"科学的传统,冷静而严格的探索的传统,严格的靠证据思想,靠证据研究的传统,大胆的怀疑,小心求证的传统,一个伟大的科学精神与方法的传统,使我们当代中国的儿女,在这个近代科学的新世界里不觉得困扰迷惑,反能够心安理得"①。必须指出的是,清初提倡的重证据的科学精神在进入清朝的稳定期之后,在清人的心智中,渐渐地发展成一个日益严密,执著,乃至僵硬的学术规范和学术方法。这也就是说,在后来,并没有人对重证据的背后的科学性作本体性的思考,也没有人把这种方法作为一种思考人生各个方面的尺度,这就犹如在"螺壳里做道场"一般,只是注重片面发展他们某一方面的智能,这样,原本充满生机与创造性的科学精神就逐渐萎缩成一种狭隘的"朴学"方法,在我看来,也正是这一点,使得当西方的科学理念在中国传播时,中国人对这一科学理念内在的复杂意义,往往采取断章取义,含混模糊的理解和接受方式。也就是说,我们不仅没有自觉地把它发展成一套丰富的科学思想体系,而且还使得科学的理念内涵变得十分的狭窄。

## 二

有清一代科学主义倾向的另一方面,就是怀疑精神。在这里,特别值得指出的是清初两位经学家阎百诗与胡朏明。阎百诗从 20 岁起就着手著《古文尚书疏证》,此后四十年间,随时增订。他"专辨东晋晚出之《古文尚书》六篇及同时出现之孔安国《尚书传》皆为伪书也"②。阎百诗的《古文尚书疏证》出版后,立即在思想界造成巨大的震动,"中国人向来对几部经书,完全在盲目信仰的状态之下。自《古文尚书疏证》出来,才知道这几件'传家宝'里头,也有些靠不住,非研究一下不可。研究之路一开,使相引于无穷。自此以后,今文和古文的相对研究,六经和诸子的相对研究,乃至中国经典和外国经典的相对研究,经典和'野人之语'的相对研究,都一层一层的开拓出来了。所以百诗的《古文尚书疏证》,不能不认为近三百年学术解放之第

---

① 胡适:《胡适文集》第十二卷,北京大学出版社 1998 年版,第 421 页。

② 梁启超:《清代学术概论》,上海古籍出版社 1998 年版,第 13 页。

一功臣"①。而胡胐明给清代思想界最大的影响,在于他的《易图明辨》,这部书是专辨宋儒所传"太极"、"先天"、"后天",所谓"河图"、"洛书"等种种矫诬之词,"胡氏此书,几将此等异说之来历,和盘托出,使其不复能依附经训以自重,此实思想之一大革命也。"② 梁启超在《清代学术概论》中,曾把阎、胡这两部书对清代思想方面的意义和影响与达尔文的《物种起源》和雷能的《耶稣基督传》做了比较,他说:"欧洲十九世纪中叶,英人达尔文之《种源论》,法人雷能之《耶稣基督传》先后两年出版,而全欧思想界为之大摇,基督教所受影响尤剧,夫达尔文自发表其生物学上之见解,于教宗何与? 然而被其影响者,教义之立脚点破也。雷能之传,极推挹基督,然反损其信仰者,基督从来不成为学问上之问题,自此遂成为问题也。明乎此间消息,则阎胡两君之书,在中国学术史上之价值,可以推见矣。"③ 这里,我们暂且不论这种比较是否合理,但是,他确实指出了阎、胡在学术上的怀疑精神的重要性。可以说,正是这两人开了后来"五四"时期疑古学派的先河。但是,我们不得不遗憾地看到,清代学人的这种怀疑精神只是在知识形态上的一种"辨伪"意识,它并没有带来一种对人的能力和信仰等更根本性问题的反思。也就是说,这种怀疑论仅仅是打击了躲在故纸堆中的"鬼",而没有去掉那些一直遮蔽着中国人的一系列虚假的价值和理念。对于这一点,我们只要把怀疑论在西方启蒙时代中所起的作用及其特征与中国近代的这种知识"辨伪"的怀疑精神做些比较,可能就会看得更分明。比如,英国哲学家休谟认为,我们根本无法证明知觉是由外物引起,还是由精神或者某种人们根本还不知道的东西引起的,因此建立在因果关系上的关于事实的知识,根本就不存在什么确定性。而康德更进一步地指出,人的知识能力是有一定极限的,根本无法达到"物自体"。④ 无论休谟还是康德,都在认识论的意义上,为怀疑论的存在和深化创造了巨大的空间。正因为我们的认识能力有如此巨大的缺陷,那么,任何一种宣称自身为绝对真理的事实和做法,看来都是

① 梁启超:《中国近三百年学术史》,东方出版社1996年版,第86页。
② 梁启超:《清代学术概论》,上海古籍出版社1998年版,第15页。
③ 同上。
④ 参阅罗素:《西方哲学史》,商务印书馆1997年版。

荒谬的。这样,就为人类的认识发展提出了不断进步和深化的要求。另一方面,18世纪的怀疑论,根据理性精神对旧宗教和旧信仰提出了质疑,正是在认识论和宗教信仰这两方面,怀疑论为西方近代的科学精神的进一步发展,扫清了道路。而清代学术的怀疑论倾向,只是停留在对几部"经典"的文本层面上的质疑,并没有人敢对这文本背后的那套"价值理念"提出质疑。当然,到了"五四"时期,这种潜在的怀疑论倾向已逐渐地突现出来,并且蔚为大观。比如,鲁迅小说中的"狂人"就喊出:"从来如此,便对么?"但是,必须指出的是,由于这种怀疑论不是建立在一种对人类认识能力的有限性这样一个本体论的基础上,所以,这种怀疑论在摧毁一个旧信仰的时候,就很容易被新的主义和新的信仰所替代。"五四"人物中,就很少有人像鲁迅在《野草》中那样坚决地说道:

> ……抉心自食,欲知本味,创痛酷烈,本味何能知?……
> ……痛定之后,徐徐食之,然其心已陈旧,本味又何由知……

我以为,这是现代中国人所能喊出的最伟大的怀疑论的宣言,而这其中却充满着创痛和绝望。

## 三

　　清代学术对"五四"新文化思想的第三个影响,就在于"诸子学"的悄然兴起。对于这一点,梁启超说得尤为精到:

> 　　其功尤钜者,则所校多先秦诸子,因此引起研究诸子学之兴味。盖自汉武罢黜百家以后,直至清之中叶,诸子学可谓全废。若荀若墨,以得罪孟子之故,几莫敢齿及。及考证学兴,引据惟古是尚,学者始思及六经以外,尚有如许可珍之籍。故王念孙《读书杂志》,已推勘及于诸子。其后俞樾亦著《诸子平议》,与《群经平议》并列,而汪(中),戴(震),卢(文弨),孙(星衍),毕(沅)诸贤,几遍取古籍而校之。夫校其文必寻其义,寻其义则新理出矣。汪中之《荀卿子通论》、《墨

子序》、《墨子后序》、孙星衍之《墨子序》，我辈今日读之，诚觉甚平易，然在当日，固发人之所未发，且言人所不敢言也。后此洪颐煊著《管子义证》，孙诒让著《墨子闲诂》，王先慎著《韩非子集释》，则跻诸经而为之注矣。及今而稍明达之学者，皆以子与经并重，思想蜕变之枢机，有掀彼而辟于此者，此类是已。①

这种诸子学的兴起，到"五四"时期，得到进一步的发展，钱穆在《国学概论》中谈及"最近期之学术思想"时，则称："言其承接旧传之部，则有诸子学之发明"②。"五四"时期，诸子则成了当时许多启蒙思想者用来作为反儒的手段。比如，胡适在《中国古代哲学史》中就对于老子以后的诸子，称"各有各的益处，都还他一个本来面目，是很平等"。当时的许多思想家，如鲁迅、胡适都对《墨子》产生了相当大的兴趣，以致《墨经》的研究成为一时之显学。当时被称为"只手打孔家店的老英雄"吴虞，就在一些批判性的非儒反孔的文章中，屡屡用老庄、墨子、文子、商鞅等人的言论，来作为抨击儒学纲常名教的武器③，这些都说明诸子学作为传统的一部分，在"五四"这一特殊时代中，所扮演的是非传统的角色，不过在这时，这种"非传统的力量"已不像在清代那样只是引而不发。但是，尽管如此，我们看到，这批判力量也是有限的，正如陈平原先生在《中国现代学术之建立》中指出的那样：很快地人们对诸子学的兴趣，就转化成对治子与治经的方法不同的兴趣，最明显的例子就是引发了章太炎和胡适之间关于治学方法的论争。④胡适认为："经与子同为古书，治之之法只有一途，即是用校勘学与训诂学的方法，以求本子的订正与古义的考订"⑤，而章太炎在复章士钊的信中，对此提出严厉的批评，并亮出自己的治子学方法，他说道："前因论《墨辩》事，言治经与治诸子不同法；昨弟出示适之来书，谓校勘训诂，为说经说诸子通则，并举王、俞两先生为例，按校勘训诂，治经治诸子，特最初的门径然也，经多陈事实，诸子多明

① 梁启超：《清代学术概论》，上海古籍出版社1998年版，第60页。
② 钱穆：《国学概论》，商务印书馆1998年版。
③ 参阅吴虞：《吴虞文录》，亚东图书馆1921年版。
④ 陈平原：《中国现代学术之建立》，北京大学出版社1998年版，第241页。
⑤ 胡适：《胡适文存》二集，黄山书社1996年版，第127页。

义理（此就大略言之,经中《周易》亦明义理,诸子中管、荀亦陈事实,然诸子专言事实,不及义理者绝少）。治此二部书者,处校勘训诂之后,即不得不各有所主。此其术有不得同者。故贾、马不能理诸子,而郭象、张湛不能治经。王、俞两先生,则暂为初步而已。"① 在这里,引起我兴趣的并非这场论争的来回、曲直。我希望的是,在对这场论争的分析中能发现隐蔽在这争论背后的某种思想理念。在深入探讨之前,我想把它与发生在 12 世纪经院哲学中的一场相似的论争,做一些简单的比较,即所谓的在哲学史上有名的"奥卡姆剃刀"。所谓的"奥卡姆剃刀",就是在面对着越来越繁琐的经院哲学时,奥卡姆提出:"能以较少者完成的事物若以较多者去作即是徒劳"这一说法,即后人概括为"如无必要,勿增实体"。这也就是说,某一门科学,如能不以这种或那种假设的实体来解释某一事物,那么我们就没有理由去假设它。② 这在逻辑分析中是一个最有成效的原则,也正是这一"奥卡姆剃刀"剃掉了生长在神学面目上的种种"蔓枝杂草",最终导致中世纪经院哲学的崩溃。我以为,胡适所强调的经学与子学在治学方法上一视同仁的思想,正是这种"奥卡姆剃刀"式的思维方式,表明的是一个已经脱离传统治学规范的现代知识分子的一种学术品格。我以为,不断被阐释的传统思想与传统知识,正像经院哲学一样,也不断制造许多含混不清的知识累积,它对中国人的整个心智的自由发展,也带来重负,它确实也需要来一下直截了当的"剃法"。所以,胡适在这场论争中的立场,从某种意义上说,正是现代理性和效率原则在学术方法上的反映。

# 四

虽然有清一代,是历史上文网最为森严的一个时代。但是,一种若继若断的人本主义思想还是像地下水一样,从岩层的断裂处或缝隙中时时渗出,给干枯、板结的大地以一点滋润,一点生机。这种人本主义思想由黄宗羲首发其旨,他在《明夷待访录》中写道:

---

① 此处转引自:《胡适文存》二集,黄山书社 1996 年版,第 127 页。
② 参阅罗素:《西方哲学史》,商务印书馆 1997 年版。

后之为君者，以天下之利尽归于己，天下之害尽归于人……使天下之人，不敢自私，不敢自利，以我之大私为天下之公。……视天下为莫大之产业……凡天下之无地而得安宁者，为有君也。……天下之人，怨恶其君，视之为寇仇，名之为独夫，固其所也。而小儒规规焉以君臣之义无所逃于天地之间，至桀纣之暴犹谓不当诛。……欲以如父如天之空名，禁人窥伺。①

他在《明夷待访录》的《原法》中，又进一步写道："后之人主，既得天下，惟恐其子孙之不能保有也，思患于未然而为之法。然则其所谓法者，一家之法，而非天下之法也……夫非法之法，前王不胜其利欲之私以创之，后王或不胜其利欲之私以坏之，坏之者固是以害天下，其创之者亦未始非害天下也……论者谓有治人无治法，吾谓有治法而后有治人。"对于黄宗羲的这些人本民权思想，梁启超曾评论道："此等论调，由今日观之，固甚普通甚肤浅，然在二百六七十年前，真极大胆之创论也。顾炎武见之而叹，谓三代之治可复。而后此梁启超、谭嗣同辈倡民权共和之说，则将其节钞印数万本，秘密散布，于晚清思想之骤变极有力焉。"② 当然，有清一代，对所谓"理学杀人"进行最愤慨的批判，高扬人本思想的思想家，应该算是戴震，这在他与友人的书中，就曾多次说道：

圣人之道，使天下无不达之情，求遂其欲，而天下治。后儒不知情之至于纤微无憾是谓理，而其所谓理者，同于酷吏所谓法。酷吏以法杀人，后儒以理杀人。乎舍法而论理，死矣，更无可救矣！③

他在另一封致友人的信中，更是开宗明义，矛头直指"程朱"，他说道："程朱以理为'如有物焉，得于天而具于心'，启天下后世人人凭在己之意见而执之曰'理'，以祸斯民。更渐以'无欲'之说，于得理益远，于执其意见益坚，而祸斯民益烈。岂理祸斯民哉？不自知为意见也。"④

---

① 黄宗羲：《明夷待访录·原君》。
② 梁启超：《清代学术概论》，上海古籍出版社 1998 年版，第 18 页。
③ 戴震：《东原文集》卷八。
④ 戴震：《戴氏遗书》九附录答彭进士书。

除了这些信函之外,他的这一人文主义思想表达得最为充分、最为深刻的是在于他的得意之作《孟子字义疏证》之中,在这部书中,戴震已经超越一般的考证学范围,充分表达了他的哲学思考,其核心就是要打破宋明理学的以"理"为主宰的思想束缚,恢复"情"与"欲"在人性中所应有的位置。他在《孟子字义疏证》中说道:

> "饮食男女,人之大欲存焉。"圣人治天下,体民之情,遂民之欲,而王道备。人知老、庄、释氏异于圣人,闻其无欲之说,犹未之信也。于宋儒,则信以为同于圣人;理欲之分,人人能言之。故今治人者,视古圣贤体民之情、遂民之欲,多出于鄙细隐曲,不措诸意,不足为怪。及其责以理也,不难举旷世之高节著于义而罪之。尊者以理责卑,长者以理责幼,贵者以理责贱,虽失谓之顺;卑者幼者贱者以理争之,虽得谓之逆。于是下之人不能以天下之同情、天下所同欲达之于上;上以理责其下,而在下之罪,人人不胜数。人死于法,犹有怜之者;死于理,其谁怜之所!①

随着朴学在治学方法上日益严密、规范,在一个个皓首穷经、曲肩弓背的大师的背影中,我们越来越发现整个民族在心智上的畸形。人性的温润枯涩了,智慧的灵光,也因过久地滞留在风尘仆仆的故纸堆中,而变得灰头垢面,黯淡无光。从一个民族智慧的健全生成的内在要求的角度来看,我们就可以看出,戴震这一思想的意义:《疏证》一书,字字精粹,综其内容,不外欲以'情感哲学'代'理性哲学',就此点论之,乃与欧洲文艺复兴时代之思潮之本质绝相类。盖当时人心,为基督教绝对禁欲主义所束缚,痛苦无比,既反乎人理而又不敢违。乃相与作伪,而道德反扫地以尽。文艺复兴之运动,乃采久阀窒之'希腊的情感主义'以药之。一旦解放,文化转一新方向以进行,则蓬勃而莫能御。戴震盖确有见于此,其志愿确欲为中国文化转一新方向。其哲学之立脚点,真可称二千年一大翻案。其论尊卑顺逆一段,实以平等精神,作伦理学上一大革命。"②虽然,后人可以不惜笔墨,给予如此崇高的

①　戴震:《孟子字义疏证》。
②　梁启超:《清代学术概论》,上海古籍出版社 1998 年版,第 43 页。

评价,但是,思想者的命运总是孤独的,尤其是那些具有反叛性的、批判性的思想家,更是如此。对戴震来说,"不幸他的哲学只落得及身而绝,不曾有继续发达的机会"①。在那个思想禁锢森严的时代,戴震的哲学就像汪洋大海中的一个孤岛,他并不像意大利文艺复兴时期的人文主义思想家那样,引起了广泛的影响。如果做个比较研究的话,我以为,它更近似于那一股潜伏在中世纪神学和中世纪知识分子之中的人文主义思想潜流。据法国著名的历史学家雅克·勒夫的研究,在 12 世纪有一个著名的沙特尔修道院,它是当时一个重要的科学中心,并形成了被后人称赞的"沙特尔"精神。所谓的"沙特尔"精神,首先是一种人本主义精神,这不仅是在引申的意义上这样说的。因为它依据古典文化构筑自己的学说,而且主要是由于它把"人"放在科学、哲学以及几乎也是神学的中心位置上。"沙特尔"精神为随之而来的文艺复兴埋下了伏线。② 就如同戴震的哲学为中国近代人文主义的兴起准备精神和思想素养一样。即使那是微弱的火星,但是,只要不熄灭,就会有再度燃烧的可能。比如,章太炎在《学隐》、《悲先戴》和《释戴》等文中,都曾引述戴震的一些言论,借题发挥,以申自己排满之志。③ 胡适也在自己的《戴东原哲学》中,高度赞扬戴震的"反理学",以此来响应"五四"的反对"孔家店"的思潮。值得深思的是,中国近代以来的人本主义的出发点和归宿点,更倾向于人道主义的这一面,而不像西方人文主义的出发点是"天赋理性"的人。据雅克·勒夫的研究,这种"天赋理性"的人,其内涵是指:就人自身来说,"人"也是一种自然,并顺顺当当的结合进世界的秩序之中,这种作为小宇宙的人的古老图像在西方人本主义思想中得到了新生,并获得一种深刻的意义,正是这种整体的、自然的人的理念,才赋予西方人本主义以深远的生命。④ 但是在中国,虽然在理论上发扬人本思想,然而,我们对"人"的自然的理解却依然知之甚微,所以,当我们重新来阅读"五四"时期的那些有关"人的发现"的文章时,仍感到一种含混和模糊。事实上,我们至今对

---

① 胡适:《胡适文集》第七卷,北京大学出版社 1998 年版,第 267 页。
② 雅克·勒夫:《中世纪知识分子》,商务印书馆 1996 年版,第 44 页。
③ 参阅陈平原:《中国现代学术之建立》,北京大学出版社 1998 年版。
④ 参阅雅克·勒夫:《中世纪知识分子》,商务印书馆 1996 年版。

"人"的内在复杂性,还是未能获得一种科学的、理性的分析和描述,在我们的思想家笔下,"人"的内涵更多的是一种抽象和玄学的内涵,这就极其可能为对于人和人类的思考的反智主义倾向,留下一丝的缝隙。

# 五

当我们把历史探究的视线再下移一些时候,就会发现,发生在近代的今文经学运动与"五四"思想的内在关系,这是一个十分复杂而有意义的问题。陈寅恪在回忆自己所亲历的清末思想界变动时,就曾说过这样一段意味深长而又不失公允的话:"曩以家世因缘,获闻在光绪京朝胜流之绪论。其时学术风气治经颇尚《公羊春秋》……后来今文《公羊》之学递演为改制疑古,流风所被,与近四十年间变幻之政治,殊有连系,……考自古世局之转移,往往起前人一时学术趋向之偏致,迨至后来,遂若惊雷破柱,怒涛振海之不可御遏。"① 从这段话中可以看出,今文经学运动在当时给思想界所造成的巨大的震撼力。

一般地,学术界都认为,今文经学启蒙大师是武进庄存与,庄存与"著《春秋正辞》,刊落训诂名物之末,专求所谓'微言大义'者,与戴(震)、段(玉裁),一派所取途径,全然不同。其同县后进刘逢禄继之,著《春秋公羊经传何氏释例》,凡何氏所谓非常异义可怪之论,如'张三世'、'通三统'、'绌周三鲁'、'受命改制'诸义,次第发明"②。当然,对后来今文经学的全面兴起,首倡之功者应推龚自珍与魏源。龚自珍"性跌宕,不细检行","喜为要渺之思,其文辞俶诡连犿,不为时人所善"③,但龚自珍仍然一意孤行,时常引《公羊》义讥切时政,诋排专制。虽然"自珍所学病在不深入,所有思想,仅引其绪止,又为瑰丽之辞所掩,意不豁达"④。但是,他的思想对晚清思想界具有很大的影响。对此,梁启超有过一段夫子自道:"光绪间所谓新学家

① 蒋天枢编:《陈寅恪先生编年事略》,上海古籍出版社 1998 年版。
② 梁启超:《清代学术概论》,上海古籍出版社 1998 年版,第 74—77 页。
③ 同上。
④ 同上。

者,大率人人皆经过宗龚氏之一时期,初读《定庵文集》,若受电然。"①这时期,另一个重要的今文经学家是魏源。魏源著《诗古辨》、《书古辨》等,大攻伪作。梁启超称他,"其言博辩,亦时有新理解","皆能自创新见,使古书顿带活气"。②龚、魏之时,中国社会大变局的端倪已经显露,但是,当时的人们却毫无感觉,君臣们正沉迷于康乾盛世的仪羡之中,而学者们正在故纸堆里,努力下着自己条分缕析的考证真功夫。而只有龚、魏这样一些思想家才隐隐约约感受到历史在悄悄地发生变化,正酝酿着一场旷古未见的大灾难。这些少数的敏感心灵"若不胜其忧危,恒相与指天画地,规天下大计。考证之学,本非其所好也。而固众所共习,则亦能之,能之而颇欲用以别辟国土,故虽言经学,而其精神与正统之为经学而治经学者则既有以异。自此,还皆好作经济谈,而最注意边事。自珍作《西域置行省议》,至光绪间实行,则今新疆也,又著《图志》,研究蒙古政治而附以论议,源有《元史》,有《海国图志》。治域外地理者源实为先驱。故后之治今文学者,喜以经术作政论,则龚、魏之遗风也"③。梁启超在这里梳理出一条清晰的今文经学承继、发展的历史线索,这是我们进一步探讨今文经学与"五四"思潮关系的知识前提。

今文经学的兴起,是激于清代社会、政治的潜在危机。而这一危机到19世纪末,经历两次战争(1883年中法战争和1894年中日战争),危机不仅全面爆发,而且,把一个一向自称为天朝的大帝国推向崩溃的边缘。在这种情况下,群情激愤,变革的呼声日炽。然而,传统规范依然表现出强有力的稳定性。所以,借助今文经学的大义,寻找变革的依据,就成为一种合法的选择。至此,今文经学已从一种学术思想发展为一种全面的思想运动,康有为成为执牛耳的大人物。梁启超在《清代学术概论》中曾以其如椽之笔评论了康有为的今文经学的三部著述:《新学伪经考》"诸所主张;是否悉当,且勿论。要之此说一出,而所产生影响有:第一,清学正统派之立脚点,根本摇动。第二,一切古书,皆须从新的检查估价。此实思想界之一大飓风也"。"有为第二部著述,《孔子改制考》。其第三部著述,《大同书》。若以《新学伪经考》比飓风,则

---

① 梁启超:《清代学术概论》,上海古籍出版社1998年版,第74—77页。
② 同上。
③ 同上。

此二书者,其火山大喷发也,其大地震也。"① 可见康氏今文经学理论在晚清思想界影响之深远。梁启超本人就是今文经学派宣传运动的一员大将。梁启超在自述中,在谈到他的政治思想经历时,说道:"越三年,而康有为以布衣上书被放归,举国目为怪,千秋,启超好奇,相将谒之,一见大服,遂执业为弟子,共请康开馆讲学,则所谓万木草堂是也。二人者学数月,则以其所闻昌言于学海堂,大诋诃旧学,与长老侪辈辩诘无虚日。居一年,乃闻所谓'大同义'者,喜欲狂,锐意谋宣传,有为谓非其时,然不禁也。"② 在谈及自己如何治今文经学时,梁启超又说道:"启超治《伪经考》,时不复慊于其之武断,后遂置不复道。其师好引纬书,以神秘性说孔子,启超亦不谓然,启超谓孔门之学,后衍为孟子、荀卿两派,荀传小康,孟传大同;汉代经师,不问为今文家古文家,皆出荀卿,二千年间,宗派屡变,壹皆盘旋荀学肘下,孟学绝而孔学亦衰。于是专以绌荀申孟为标帜,引《孟子》中诛责'民贼'、"独夫'、'善战服上刑'、'授田制产'义,谓大同精意所寄,日倡道之;又如《墨子》,诵说其'兼爱'、非攻诸论。"③

从现代学术规范的角度来看,今文经学有许多的疏漏,乃至谬论,但是,一旦我们进入的是历史研究,就不能用这些外在于历史的学术规范来评估它。在具体的历史语境中,"托古'其表,"改制"其里,才是今文经学的真实的面目。在我看来,今文经学的历史意义,就在于那些思想家试图通过它为自己在当时统治阶层看来"不合法"的变法主张,找到"合理"的依据,从而为自己思想的生存和传播,开辟一条生路。从这种复杂的策略中,我们可以感觉到,中国近代思想创造的语境之艰难和曲折。这也许就是中国近代以来思想变革的惯用的策略,也是极其矛盾的策略,为了"进一步",往往就以"退一小步"为前提。但是,我以为,今文经学的另一个影响,就在于它为后来的改革者提供一种思路,那就是思想史的"分身法"。最典型的是胡适,据唐德刚说,治近代学术史的人,多把胡适列入"古文家",胡适却向他说,绝对不承认这顶帽子,因为他讲的是科学方法,马融、郑玄懂啥科学呢?④ 从学术规

①　梁启超:《清代学术概论》,上海古籍出版社 1998 年版,第 78—79 页。
②　同上书,第 83—84 页。
③　同上。
④　转引自《胡适文集》第一卷,北京大学出版社 1998 年版,第 299 页。

范和学术方法的角度来看,胡适的治学方法的科学性超越古文家确实不可以道里计。但是,我以为,在胡适"科学方法"的背后,隐藏着今文经学家的思想冲动,虽然胡适曾多次撰文称颂清儒重证据精神,因为这符合他的"拿证据来的原则",但对于清儒的治学偏重归纳法,胡适就曾指摘其弊端说,"决不能把同类的例都收集齐了,然后下一大断案",因此必须以演绎法与之相济。而所谓胡适心中的"演绎法",即是他所说的"寻得几条少数同类的例子时,我们的心里就起了一种假设的原则",这假设的通则不是别的,正是他倡导的"大胆的假设"。所谓"大胆的假设",用他的说法,用的是一种"艺术",一种想象的功能,这难道不是与今文经学家的苦心有着异曲同工之妙吗?①

# 六

清代思想和学术对"五四"思想影响的第六个方面,就是贯穿有清一代自觉或不自觉的经世致用的思想意识。这种经世致用的文化心态,一方面,确定了清代学术内在的走向、选择和格局;另一方面,也把学术与政治的内部关系趋于特殊化。从某种意义上说,清代经世致用的思想是对正统儒家思想的回归,但是,对于政治、社会趋于动荡、腐败和崩溃的晚明和晚清来说,这种经世致用的思想都会很自然地转化成一种政治抗议和政治变革的思想学说。这种情况表面上看起来似乎是由于历史环境特殊性导致的,然而,在我看来,更确切地说,是中国传统儒家思想与特定的历史语境相激荡而爆发出的精神火花。

到了明清之际,儒学已蜕化成帖括派的僵化和清谈派的空疏,首先对此痛下针砭的,是清初诸大儒顾炎武、黄宗羲和王夫之,这三位大儒都是儒学内在转向的开拓者,置身在"易代"的历史语境,他们都深切地感到要加强学术、思想与社会事务的密切关系。我们在那种强调学术的"经世致用"之意识背后,可以看到一种"弘毅进取"、"振衰而起懦"的新的精神取向。他们必须驱散笼罩在儒学之上的那一套道教和佛家的气息,恢复他们精神想象

---

① 王元化先生在其《思辨随笔》的"胡适论清学"一节,曾提示过这一问题。可参看王元化:《思辨随笔》,上海文艺出版社1996年版。

中的"真儒的面貌"。顾炎武在与友人的书中就写道:"孔子删述六经,即伊尹,太公救民水火之心,故曰:载诸空言,不如见诸行事。……愚不揣,有见于此,凡文之不关于六经之指,当时之务者,一切不为。"① 可以说,他自己就是按照这种方式身体力行的。这在同时代或后人对他的评价中,都有重要的论述。潘次耕曾说他:"先生足迹半天下,所至交其贤豪长者,考其山川疾苦利病,如指诸掌。"② 全谢山也说过同样的话:"先生所至呼老兵逃卒,询其曲折,或与平日所闻不合,则即坊肆中发书而对勘之。"③ 正是这种致用的学术理念,使得"清代儒者以朴学自命以示别于文人,实炎武启之"④。并且,使得后人"以经术而影响于政体,亦远绍炎武之精神也"⑤。在经世致用的学术理念上,黄宗羲与顾炎武有着内在的一致性,黄宗羲的经世致用思想得之于东林传统,其记其父临死前的志节有云:"先生以开物成务为学,视天下之安危为安危,苟其人志不在宏济艰难,沾沾自顾,拣择题目,以卖声名,则直鄙之为硁硁小人。"⑥ 这其中不也表达了他自己对学术的认识和理念吗?全祖望在论黄宗羲的学术旨趣时就说道:"公谓:'明人讲学,袭语录之糟粕,不以六经为根柢,束书而从事于游谈。'故受业者必先穷经。经术所以经世,方不为迂儒之学,故兼令读史。"⑦ 清初大儒,讲求学术"致用",多是浸透着自己对社会和人生的深切体验之后的自觉追求,所以,在这些言论的字里行间,你总是能感受到一股忧患之思,一股身世之感,应该说,致用不是简单的、狭隘的、功利性的实用主义的内涵,它是一代学人的一种生命的存在方式,并以此来对抗环境的内忧外患。试读一下王夫之下面的这段话,你就能有更深的体会:

> 人之生也,君子而极乎圣,小人而极乎禽兽。苟不知所以生,不知所以死,则为善为恶,皆非性分之所固有,职分之所当为。下焉者何弗荡弃彝伦,以遂其苟且私利之欲。其销有耻之心而厌焉者,则见为寄生两间,

---

① 顾炎武:《亭林文集·与人书三》。
② 潘次耕:《〈日知录〉序》。
③ 全谢山:《鲒埼亭集·亭林先生神道表》。
④ 梁启超:《清代学术概论》,上海古籍出版社1998年版,第12页。
⑤ 同上。
⑥ 黄宗羲:《南雷文约》卷四。
⑦ 全谢山:《鲒埼亭集》卷十一。

去来无准,恶为赘疣,善亦弁髦。生无所从,而名与善皆属沤瀑,以求异于逐而不返之顽鄙。乃其究也不可以终日,则又必佚出猖狂,为无缚无碍之邪说,终归于无忌惮,自非究吾之所始与其所终,神之所化,鬼之所归,效天下之正而不容不惧以终始,恶能释其惑而使信于学?①

　　动荡的社会环境,使得人身的安全变得朝不保夕,使人对生命充荡着一种无常和无可把握的感觉,在这种社会心态下,很容易就会产生道德堕落的倾向,既然生命如此脆弱和转瞬即逝,何不及时享乐;另一方面,人因对生活和生命悲观、失望,往往会产生一种近乎惨酷的对社会的抗拒。一生困苦颠沛的王夫之,对这种社会心态有着比一般人更深切的理解、认识和感受,所以,他才会有如此明确的意识:"若要解决人生问题,先讲明人之所以生。若把这个问题囫囵躲过不讲,那么,人类生活之向上便无根据,无从鞭策。"② 在这个意义上,我以为,王夫之所指出的问题比起另两位大儒来说,来得更深切,也更是具有本体性的深度。事实上,中国人直到今天还没有解决好这个问题。

　　当然,处在明末清初一代的大儒,这种"经世致用"的思想意识是"发乎言见之行"的。这种经世致用的思想意识在清王权初建时期,是一种抗议性的潜在意识,但是,到清王朝稳固时期,这种意识也并没有因一种政治权力与意识形态强化和禁锢而消亡,即使在乾嘉学派最为鼎盛的时代,那时候的第一流学者也始终不能摆脱经世致用的思想意识。下面,我们只要举出几段相关的论述,犹可以想见那种流淌于线装书背后的情怀,那种支撑着他们终日伏案爬梳的信念。比如,洪榜在《戴先生行状》中说道:"先生(指戴震)把经世之才,其论治以富民为本。故常称《汉书》云:'王成、黄霸、朱邑、龚遂、召信臣等,所居民富,所去民思,生有荣号,死见奉祠,廪廪庶几德让君子之遗风。'先生未尝不三复斯言也。"③ 章太炎在论戴震之学时也说道:"震自幼为贩,转运千里,复具知民生隐曲,而上无一言之惠,故发愤著《原善》、《孟子字义疏证》,专务平恕。……如震所言,施于有政,上不苛,下无怨言,

---

① 　王夫之:《张子正蒙注·自序》。
② 　梁启超:《中国近三百年学术史》,东方出版社 1996 年版,第 98 页。
③ 　洪榜:《戴先生行状》。

不食孽殖,又以致刑措……夫言欲不可绝,欲当即为理者,斯固莅政之言,非纷身之典矣。"① 乾嘉学人中一向被誉为"谨饬"的钱大昕,在序明代袁帙所著的一部经世之作时也不免把自己"经世致用"的想法流溢笔端:"夫儒者之学在乎明体以致用,诗书艺礼皆经世之言也,《论语》二十篇,《孟子》七篇,论政者居其半。当时师弟子所讲求者,无非持身、处世、辞受、取予之节,而性与天道虽大贤犹不得而闻,儒者之务实用而不尚空谈如此。"②

此外,如出身贫穷的儒者汪中,"尝有志于用世,而耻为无用之学,敢于古今制度沿革民生利疾之事,皆博问而切穷之,以待一日之用"③。他在给毕沅的信中,更是把这个致用的信念说得情真意切,掷地有声:"子产治郑,西门豹治邺,汲黯治淮阳,黄霸治颍川,虞诩治朝歌,张金义治洛阳,并以良绩光于史册。公即兼其地,又并其政,邦家之光,民之父母。斯则中所企注者耳。中少日问学实顾宁人处士,故尝推之六经之旨,以合乎世用。"④

易代的语境,使得"经世致用"的思想内含着自身的双重性,即必须同时在"学术"和"致用"两方面进行强调。也就是说,在这一易代语境中,即使最"学术化"的建构,也是具有"致用"的苦心,因为,其学术化的要求是激于空疏的反拨,当然,这种"经世致用"的思想从晚明到晚清,经过了两次转向:一是乾嘉学人发挥学术化的品格,二是到了康有为、梁启超等人,强调的是致用的色彩,学术仅仅成为这种"致用"的内在依据和理论说明。在我看来,这两次分疏到了"五四"时期又整合在一起了。

# 下篇  20 世纪中国思想文化视野中的"五四"

## 一

就让我们从这样的一段话,开始我们思想探险的历程:

---

① 章太炎:《释戴》。
② 钱大昕:《潜研堂集》。
③ 此处转引自钱穆:《中国近三百年学术史》(下册) 第九章,商务印书馆 1996 年版。
④ 同上。

　　一八四八年有着一种决定性的精神上的意义。从这一年起,人们所感觉,所思考和所写的与以前就大不相同了。这一年是划分开我们这个世纪的文学的一条红色分界线,它开辟了一个时代。这是我们要加以纪念的年代,如同《圣经》上的禧年一样,为每个第五十年制定了一项古老的希伯来法律,在这一年要看到全国各地吹号,向全体居民宣布这一年为自由年。这一年,它那跳动迅速的脉搏,它那所有被遏制了的青春朝气,就如同《圣经》上那禧年一样,重新获得家园,赎回土地,"所有卖掉的一切要归还原主"。今天的年轻人依然能从这一年三月的日子里,从它十一月的日子汲取到经验。①

当我有机会读到勃兰兑斯的这段充满激情和庄严的叙述时,不禁有着一种怦然心动的感受,有着一种"回观当年"的向往,心绪几次的潮起潮落。当我平静时,我又不禁沉思,不禁追问道:在现代中国的精神历史上——

　　是哪一个年份有着这种相似的重要性?

　　有哪一个年份能够穿越岁月的迷失,依然焕发和昭示着生机?

　　又有哪一个日子,至今仍让我们深情的眷恋和回眸?

　　又是在哪一个日子,哪一棵古老文明的"铁树"绽开了自己"千年一遇"的花朵?

　　天地悠悠,岁月茫茫。

　　历史终于在回答:那就是,1919 年,5 月 4 日。

　　是的,就像 1848 年对现代欧洲来说一样,1919 年,对现代中国来说,"这是要加以纪念的年代,是令人悼念的年代,是标志了界线的年代"②。

　　然而,在它那日益远去的历史身影前,谁有过激扬文字呢?谁有过慷慨悲歌呢?谁又有过淋漓尽致的挥洒呢?是那话题本身的沉重呢?抑或说话者期望着更多的"言外之意"呢?

　　就让我们带着这些提问,来看看 20 世纪中国精神想象中的"五四"吧!看看这其中真实与虚构,庄严与荒诞,历史与现实,是如何的交织在一起。看

---

① 勃兰兑斯:《十九世纪文学主潮》第六分册,人民文学出版社 1997 年版,第 445 页。
② 同上书,第 444 页。

看在这幅"五四"的形象中,究竟凸现了什么,同时又抑制了什么。

从"五四"至今,每次逢五逢十的纪念,使得"五四"已成为一个庞大的知识生产群,一门跨越多学科、多领域的"显学"。当然,这其中就不免有真真假假、虚虚实实的交相辉映,并由此而共同塑造了"五四"的形象。然而,这种对"五四"的不断阐释和过度阐释,已经使得"五四"不堪重负。

蒙田曾说过:"对解释进行解释,甚于解释本身。"所以,我以为,重新审视、剥离这种"过度阐释",是我们进入"五四"研究的一个必要的前提,就如对冬末春初的一棵大树,有必要删芟那些枯枝,让阳光充分的流泻进来,让那些富有生命力的枝干能强劲地冲向天空。

从时间上看,对狭义性的"五四"的评论,是与"五四"一样漫长。在"五四"运动爆发不久,就有对"五四"运动的评论。据胡适考证,"五四运动"一词,最早是见于 1919 年 5 月 26 日的《每周评论》上一篇署名为"毅"(罗家伦)的文章《五四运动的精神》。[①] 此后,每当中国现代思想、文化历史进入一个特殊的、转折的时期,就总会不断地有文章出现,并逐渐形成了对于"五四"的"镜子"化的思维方式。也就是说,人们总是用"五四"时期的中国知识分子的作为、责任来反思、观照"当下"的知识分子的精神立场,以此来获得一种自我确认的视野。

但是,"五四"真正成为一门具有稳定的研究范式和翔实的史料积累的"显学",还是在新中国成立之后。所以,我们要对"五四"研究进行历史反思和检讨,首先必须要面对的就是这套充满意识形态性的阐释框架,其经典文本,就是毛泽东分别在 1939 年 5 月初发表的《五四运动》,5 月 4 日的讲话《中国青年运动的方向》和 1940 年 1 月 15 日发表的《新民主主义论》。这三篇文章,基本上确定了建国后中国大陆"五四"研究的阐释框架,其影响之深远,在今天的许多文字中,还能看到其思路的印痕。在这里,我准备以这三篇文字作为基础文本来加以细读,从而把握其阐释框架的内在理路、矛盾性和复杂性,在细读中,我将充分考虑到它们之间的互文性。

在《五四运动》中,文章一开头就写道:

---

① 胡适:《回忆五四》,《独立评论》第一四九期,1935 年。

　　　　三十年前的五四运动,表现中国反帝反封建的资产阶级民主革命已经发展到一个新阶段。五四运动成为文化革新运动,不过是中国反帝反封建的资产阶级民主革命的一种表现形式。由于那个时期新的社会力量的生长和发展,使中国反帝反封建的资产阶级民主革命出现了一个壮大了的阵营,这就是中国的工人阶级、学生群众和新兴的民族资产阶级组成的阵营。而在"五四"时期,英勇出现于运动先头的则有数十万的学生,这是五四运动比较辛亥革命进了一步的地方。

毛泽东对"五四"的这段论述具有历史性和框架性的意义。他后来在不同的历史时期所做的许多相关的阐述,都不外乎是对这一论述的具体阐发。他首先明确地指出,"五四"运动是中国资产阶级民主革命的一个新的起点,这就在中国现代政治革命的历史高度,确立了"五四"的重要性和标志性,这也是"五四"研究史上第一次赋予"五四"以如此崇高的历史内涵。在《新民主主义论》中,毛泽东进一步明确指出,"五四"运动是中国"旧民主主义"和"新民主主义"的分界线。这一论述,不能简单地看做是一种历史论断,事实上,它潜在地决定了"五四"研究中的正统性和规范性阐释的思路和方向。因此,在"五四"中寻找所谓的"新质"——新的世界观,新的历史观,新的思想的萌芽等等,就成为解放后大陆的"五四"研究的思维起点,同时,它也圈定了阐释的边界。在《五四运动》中,毛泽东又明确指出,"五四"是一场文化革新运动,但同时也把这场文化运动界定为是中国反帝反封建的资产阶级民主革命的一种表现形式,这样,就把文化思想的问题纳入政治革命的大框架内来加以定位。我以为,这一思路,在提升了"五四"的革命性的同时,也挤压和抽取了"五四"内涵中的思想文化容量。

　　在《新民主主义论》中,这一思维特征得到了进一步的强化:

　　　　在中国文化战线或思想战线上,"五四"以前和"五四"以后,构成两个不同的历史时期。在"五四"以前,中国文化战线上的斗争,是资产阶级的新文化和封建阶级的旧文化的斗争,在"五四"以前,学校与科举之争,新学与旧学之争,西学与中学之争,都带着这种性质。那时的所谓学校、新学、西学,基本上都是资产阶级代表所需要的自然科学和资产阶级的社会政治学说（论基本，是说那中间还夹杂了许多中国的封建余毒在内）。在当时，这种所谓新学的思想，有同中国封建思想作斗争的革命作用，是替旧时期的中国资产阶级民主革命服务的。可是，因为中国资产阶级的无力和世界已经进到帝国主义时代，这种资产阶级思想只能上阵打几个回合，就被外国帝国主义的强力思想和中国封建主义的复古思想的反动同盟所打退，被这个思想上的反动同盟军稍稍的反攻，所谓新学，就偃旗息鼓，宣告退却，失了灵魂，而只剩下它的躯壳了。旧资产阶级民主主义文化，在帝国主义时代，已经腐化，已经无力了，它的失败是必然的。"五四"以后则不然，在"五四"以后，中国产生了完全崭新的文化主力军，这就是中国共产党人所领导的共产主义的文化思想，即共产主义的宇宙观和社会革命论。

这段话太重要了，它不仅充分体现了毛泽东理论话语所特有的风格：即那种随意中含有锋芒，大概括小论证的逻辑结构和正反二元的思维术，而且对"五四"乃至中国现代思想文化史的研究也产生了深远的影响，所以，我才会如此大段的援引。如果说，在《五四运动》中，毛泽东对"五四"运动政治意义的确定，为"五四"研究划定了理论边界，那么，这段话就是给"五四"形象地套上了"紧身衣"，戴上了"有色眼镜"。从此，人们在研究中，就竭力把"五四"与所谓的"旧资产阶级民主主义文化"区别开来，同时，也简单化、抽象地把圣洁的"五四"与留有"余毒"的旧文化隔离开来，从此，人们研究的思维走上了被指定的独木桥。另一方面，就这样，在此后的"五四"的研究中，人们唯一可以做的事情就是为新的"宇宙观和社会革命论"寻找合理的、充分的说明。反思、怀疑和思维的多样性，在这里，就变得不可能了。历史在这样的思维图景中，呈现的是一种"新"与"旧"的断裂。思维的球体在这种阿基米德的"新"支点上，不是滚动得更自由，而是更不自由。

毛泽东的又一个有规范力的观点，就是关于"五四"运动中的阶级构成的分析，他说："这就是中国的工人阶级、学生群众和新兴的民族资产阶级组成的阵营"，而青年学生则起着先锋队的作用，在《中国青年运动的方向》中，毛泽东进一步说道："看一个青年是不是革命的，只有一个标准，这就是看他愿意不愿意,实行不实行和广大的工农群众结合在一起。"在这种观点的规范之下,必然会把众多"五四"人物划出"革命的队伍",其内在的逻辑延伸,就是,只要被划出"革命队伍"的,那也就没有什么可以研究的价值。所以,在很长一段时期内,中国大陆的"五四"研究,所限定的就是那么几个研究对象。

这套阐释框架是中国革命处于关键时刻形成的,所以,它一开始就依附于毛泽东对中国政治形势的分析上,中国共产党领导的革命的胜利,不但在政治上赋予了这套阐释框架的合法性和权威性。而且,这套阐释框架一经形成,随之就启动了大量的意识形态化的知识再生产。比如,大量回忆录的出版发行,每年 5 月 4 日的节庆,逢五逢十的庆典,和更多的、不计其数的研讨会,这一切都使得"五四"从一种历史和文化的研究对象,走向意识形态的普遍化、规范化、庆典化。尤其是这种庆典化,它极其有效地制造了相关的历史话语的权力。这种庆典化,就是对这种权力的展示和叙述,从而维护它的神圣性和权威性。但是,从"五四"研究正常化所应该具有的理论规范和尺度来看,我以为,这一套阐释框架的缺陷又是相当明显的。

第一,它误读了历史"现场"。诚然,我们已不可能在严格的时间意义上回到过去来对历史进行"重演"一番,但我们还是能够借助相关的"历史性"文献、叙述,来呈现"当时"的情景。确定历史的"真实性",是任何思想史研究的基本前提。然而,由于意识形态的强制性,使得"五四"研究常常介入一些有意或无意的虚构和对历史事实的偏离。比如,关于毛泽东在"五四"时期的活动,关于马克思主义在中国的传播,关于中国工人阶级在"五四"期间的觉醒状况等,在已有的许多文章中,关于这方面的历史叙述,在我看来,并不是全然真实的。

第二,这套阐释框架夸大了"新"、"旧"之间的断裂性。它把思想、文化的历史进程分割成"新"与"旧"的二元对立模式,更重要的是,这种二元对立模式中就隐含着相应的"好"与"坏","对"与"错"的价值判断。我以为,割断思想史的联结,把思想的发生理解成一种"裂变",这是不可思议的。这种二元对立的思维模式,因为是如此的尖锐、清晰和富有权威性,它一经形成,就表现出强劲的惯性和约束力,即使那些力图否定、批判这套阐释框架的理论思考,也无法摆脱它的影响。这正像列许登堡所说,模仿有正有负，"反其道以行也是一种模仿"。我以为，在林毓生关于"五四"整体性反传统的论述中，我们也能看到这种二元对立思维模式的影子。① 林毓生的理论论述，无论怎样的强调创造性转化，但是，他先在他自己的理论逻辑中设置两个对立的"极点"："传统"与"五四"，这就必然限制了他的研究的自由度。林毓生的研究成果一传到大陆，就引起大陆学术界的强烈反响，就我所读到的材料来看，这些反响都缺乏一种强有力的挑战性。我以为，问题的症结就在于，论争的双方都一样只能在"两点一线"的思维轨道上运思。同时，在其理论展开的过程中，都缺少必要的历史还原和历史叙述，而常常是一步到位地引进价值判断。更重要的原因就是，论者在事实发展的矛盾处，或者是思想转变的晦暗不明的地方，常常是用个人意志替换历史意志，用"后置"的价值和观念清理历史中的思想的矛盾性，并且，这种替换、清理，其结果常常又是曲意弥缝或强词夺理的，这就使得我们的研究心态和视野失去了本应该具有的从容反思和理解的风度。

第三，这套阐释框架在凸显一种符合意识形态要求的历史主题的同时，遮蔽了历史内在的复杂性、多样性。"五四"时期是一个东西方文化交融的时代，也是新旧冲突、调整、融合的时代，在这样一种开放的历史情景之中，思想和文化的存在必然是多样的，更重要的是，在这一时期，各种思想、文化是处于一种既冲突又融合，既排斥又对话，既有序又无序的状态，也许这种充满中间性的地带，呈胶着状的思想史状况，才是历史最真实的最深刻的面貌。因此，在这里，就要求思想史研究的话语方式也应该是说明性的，而非评判性的，每一个研究者都应该具有一种"转着看"的多维视角机制。

但是，尽管有如此之多的地方值得指摘，我以为，这个阐释框架还是迄今为止，在"五四"研究中最为稳固的，也仍然有着它强大的生命力。也就是说，在它的"内质"里，还是有思维的"亮点"在闪烁。其原因就在于：

第一，它有力地揭示"五四"反封建的思想"内核"。这不仅符合"五四"的历史本质，同时，也为"五四"研究在新的历史条件下提供了开放、生长的空间。因为，在 20 世纪中国的历史进程中，反封建这个任务一直未能

---

① 参阅林毓生：《中国意识的危机》，贵州人民出版社 1987 年版。

完成,依然任重道远。也正是因为这一点,使得"五四"总是在历史转型之中成为了一种象征,一种动力和一种资源。因此,"五四"的课题,总是与对现实的反思联系在一起,同时,也使得现实课题具有了一种历史的反思性。

第二,它确定了"五四"研究中几个必要的思维界桩。如"五四"运动的政治意义,"五四"时期新旧思想的关系,"五四"运动的主体构成,"五四"运动与中国现代历史的关系等。也就是说,尽管这个阐释框架在探讨这些基本问题时,它的运思方式有着内在的缺陷,但是,它所提出的这几个基本的讨论点,是任何一种"五四"阐释框架所无法绕开的"基点"。这就有如:无论理论大厦的结构、式样怎样的变化、更新,但是,地基总是稳定的,支撑大厦的"桩点"也总是确定的。

第三,这个阐释框架自觉地把自身放在俄国十月革命发生之后的世界文化变革的大构架之中。我以为,这就使得它的视野显得相当的开阔,它赋予了"五四"以特殊的意义内涵,即"五四"对现代文化批判的积极姿态。因为,十月革命在思想文化上,对以资产阶级文化为主体的现代文化,进行了深入的分析和批判,从而塑造了新的文化形态。因此,从世界文化的范围来看,"五四"是置身于这种批判性的新的世界历史文化建构之中。在过去的研究中,我们较多的集中在"五四"对传统文化的批判、反思上,而没有看到,作为现代形态的"五四",同时也内含着对现代文化批判的力量,这就是把"五四"纳入十月革命之后的世界文化变革的大构架中来加以思考,所必然具有的"题中之意"。我以为,在这一点上,"五四"将能够为我们反思、探讨现代性问题提供有价值的资源。

## 二

我们不应该在泼掉脏水的时候,连婴儿也泼掉。同样的,也不应该为了摧毁旧房子,就连地基也废弃不要了。"五四"是一个充满问题、思考和对话的时代,所以,相应地,后人对它的理解、思考和进入的方式也将是多元的。因此,我以为,有必要来分析一下另外几种在解放前就已存在,但后来一直被抑制的阐释框架。这几个框架虽然并不像第一个那样强有力,但在今天,当我们重新来反思它的时候,却依然能够发现诸多有价值的"亮点"。

这里首先要提到的是"中国文艺复兴说"。

对于这一"中国文艺复兴说"的"五四"阐释框架,提倡和讨论最有力的是作为当事人的胡适。胡适一向强调对"新文化运动"和"五四"运动作出区分。他认为,"'新文化运动'是一场中国的文艺复兴",他说道:"事实上语言文字的改革,只是一个(我们)曾一再提过的更大的文化运动之中,较早的,较重要的和比较成功的一环而已。这个更广大的文化运动有时被称为'新文化运动',意思是说中国古老的文化已经腐朽了。它必须要重新生长过。这一运动有时也叫做'新思想运动',那是着重于当代西洋新思想,新观念和新潮流的介绍。""我们如果回头试看一下欧洲的文艺复兴我们就知道,那是从新文学、新文艺、新科学和新宗教之诞生开始的,同时,欧洲的文艺复兴也促使现代欧洲民族国家之形成。因此欧洲文艺复兴之规模与当时中国的'新文化'运动,实在没有什么不同之处。"接着,胡适提出了支撑他的这个阐释框架的两个最重要的证据:一是"都清晰地看到欧洲文艺复兴时期对新语言、新文学、新(文化交通)工具——也就是新的自我表达的工具之需要";二是"中西双方(两个文艺复兴运动)还有一项极其相似之点,那便是一种对人类(男人和女人)一种解放的要求"。① 我以为胡适的这套阐释框架拓展了"五四"研究的广度和深度,使"五四"研究能够在一个比较广阔的比较文化的空间中伸展开来。但是,它所存在的问题也是一样的明显。

第一,这套阐释框架过多地关注那表现在中西方"文艺复兴"的历史结构上的相似性,即把中西方文艺复兴的历史思想特征,都概括为存在着一种"提倡……否定……"的模式,但没有看到它们有着各自不同的历史语境。在这里,如果我们把历史作为一个大文本来看待的话,那么,每一次对历史的重新阅读,人们阅读的立场和试图在文本中读出的"含义",都会是不同的。更重要的是,对于一个历史文本,在我看来,既可以采用"再叙述"的方式,也可以采用"反叙述"的方式。事实上,中西方在表层相似的历史文化"复兴"的背后,它们各自叙述的方式和叙述的立场是不同的。也许可以这样

---

① 胡适:《中国的文艺复兴》,曹艺等译,湖南人民出版社 1998 年版,第 38—39 页。

说,欧洲的文艺复兴接近于"再叙述","五四"新文化运动则更接近于"反叙述"。

第二,由于这套阐释框架内在地对思想文化具有亲和性和对政治意识形态的疏离感,所以,它必然地把"五四"运动理解为一种"政治干扰"。就如胡适所说的那样,"从我们所说的'中国文艺复兴'这个文化运动的观点来看,那场由北京学生们发动而为全国人民一致支持的,在1919年所发生的'五四'运动,实是这整个文化运动中的一项历史性的政治干扰,它把一个文化运动转变成一个政治运动"①。胡适之所以对"五四"得出了这样一种批判性的结论,我以为,正是这套阐释框架内在逻辑延伸的必然结果。这套阐释框架,由于把"五四"运动理解成一种单向度的政治行为,这样就把它与新文化运动割裂开来,而没有看到在那个共同的历史语境中,二者之间所存在思想、精神主题的一致性。在我看来,新文化运动是承接历史经验而来的,是在中国近现代政治性的大历史语境之中发生和展开的,而"五四"运动从某种意义上说,是它多年所培育的花蕾的一次美丽而热烈的绽放。

当然,指出任何一套业已形成的阐释框架的"松动"处是容易的。比如,40年代,李长之就对此提出了尖锐的批评。② 但是,这套"中国文艺复兴说"的阐释框架,并非胡适个人的思想创建,而是代表着中国现代自由主义知识分子的"五四"立场,并且有着其独特的建构过程,同时,这套阐释框架在中国现代思想进程中,也曾产生过"召唤性的力量"。这套阐释框架的最初建构是始于1918年冬开始筹办,1919年1月出版的《新潮》。该刊的刊名取为 The Renaissance,即文艺复兴之意。可以看出,这群在胡适指导下的年轻的北大学生已经认识到当时正在中国开展的思想文化运动与欧洲文艺复兴的相似之处。就在"五四"运动不久,1919年6月,蒋梦麟在谈欧洲文艺复兴时,称之为"解放运动",接着,他说,"最近的五四运动是朝着这种解放迈出的第一步"③。1933年胡适应芝加哥大学比较宗教学系"哈斯克讲座"之邀,做了题为"当代中国的文化走向"的讲演(出版时改名为

---

① 　胡适:《胡适文集》第一卷,北京大学出版社1998年版。

② 　参阅李长之:《迎中国的文艺复兴》,商务印书馆1946年版。

③ 　蒋梦麟:《改变我们对人生的态度》,《新教育》第五期,1919年。

《中国的文艺复兴》)。① 这标志着该阐释框架的全面建构。我以为,这一阐释框架的重要意义,就在于它可以与毛泽东的"新民主主义革命起点说"构成互相补充的关系。第一,这套阐释框架认识到"新文化运动"与传统内在的联系。胡适在《中国的文艺复兴》中就说道:"这场运动是由既了解他们自己的文化遗产,又力图用新的批判与探索的现代历史方法论去研究他们的文化遗产的人领导的。在这个意义上,它又是一场人文主义的运动。在所有这些方面,这场肇始于1917年,有时被称为'新文化运动','新思想运动','新潮'的新运动,都引起了中国青年一代的共鸣,被看成是预示着并表明了一个古老民族和一个古老文明的新生的运动。"② "以历史上看,中国的文艺复兴曾有好几次,但是因为,没有自觉因素,这些运动就只是革命性转变的自然过程,但从未达革命性转变之功,它们带来新的范型,但从未推翻旧范型,旧范型继续与它们共存,并最终消化它们。"③ 我以为,胡适在这里所指出的"新文化运动"对传统文化的继承与转化的方式和思路,对于我们今天的"五四"研究仍然是有启发性的。第二,这套阐释框架充分认识到,西方文明在新文化催生中所起的重要作用。由于"与陌生文明的接触带来了新的价值标准,人们可借此对本土文化进行重新审视,重新评价,而文化的自觉改革、更新就是此种价值转换的自然结果,没有与西方文明的紧密接触,就不可能有中国的文艺复兴"④。回过头来对照一下目前的研究现状,胡适这段话中所提出的问题和思路,我以为,在"五四"研究中至今仍然是十分薄弱的。事实上,在"五四"与外来文化关系上,我们还有许多的问题需要重新提问、思考和回答。我们还有许多路要走,还有许多的荆棘要穿越。

## 三

除了上述两种阐释框架外,还有一种对"五四"的阐释,我称之为"启

---

① 中译本于1998年由湖南人民出版社出版。
② 胡适:《中国的文艺复兴》,曹艺等译,湖南人民出版社1998年版,第38—39页。
③ 同上。
④ 同上。

蒙说"。应该说,这套阐释框架是最具广泛性的,也是最具批判性,同时,必须看到的是,这套阐释框架又最具有民间性。"启蒙说"充分表达了一部分中国现代知识分子对"五四"的精神想象。然而,这一套的阐释框架,其理论的命运又是最艰难的,尤其在建国之后的语境中,它只能成为了一种民间性思想的话语形态。但是,它在许多方面所达到的思考深度,在今天仍是具有启发性的。由于这方面的研究成果十分丰富,我这里只能选择以鲁迅对"五四"的论述和冯雪峰、胡风等人对鲁迅的论述为核心,也就是说,在许多敏感的历史时期,人们常常是从鲁迅那里汲取到启蒙的思想资源,或者是通过相关的鲁迅研究,获得对"五四"启蒙思路的承接。我以为,这种特殊方式的"暗合",不仅是鲁迅研究和"五四"研究中一个值得思考的现象,同时,在更广泛的意义上,对这一现象的研究,也能把握到 20 世纪中国一部分知识分子的精神生长的民间性和曲折性。

鲁迅最直接体现这种阐释思路的表述,主要是散见于他对创作于"五四"时期的自己或别人的作品的评论上,如《〈中国新文学大系〉小说二集·导言》,《自选集·自序》以及对"五四"时期曾共同作战过的朋友的回忆文章,如《对〈新潮〉的一部分意见》、《忆刘半农君》、《〈守常全集〉序》。当然,这一切都只是鲁迅关于"五四"启蒙思想的"显在"论述的一方面,我以为,更值得我们深思的是他对启蒙自身的质疑、绝望以及摆脱、反抗这种绝望的潜在的复杂的、深刻的另一面。如他与钱玄同的关于"铁屋子"的对话[①],如他在与许广平通信中关于"人道主义与个人的无治主义的消长起伏"的说法[②]。我以为,这些都将是我们重新反思"五四"启蒙复杂性的重要的思想资源,在中国现代历史上,还没有哪一个人,像鲁迅对"五四"启蒙的深刻性和复杂性的思考那样具有如此的深度和力量,还没有哪一个"五四"启蒙的承担者和现代知识分子进行过如此深刻的自我解剖和反省,正是在这一点上,鲁迅的思考显示出我们在上篇中所提到过的启蒙主体的自我启蒙、自我认知的问题意识及其在现代历史语境下的持续性。

正因为鲁迅代表了中国启蒙思想的最丰富同时也最复杂的内涵,所以,

---

① 鲁迅:《呐喊·自序》。
② 鲁迅 1925 年 5 月 18 日致许广平的信。

在某种意义上说,对鲁迅思想的深度阐释,也是一种对"五四"启蒙思想的继承和发扬。在这里,我们首先要谈到的是,在鲁迅研究史上,冯雪峰和瞿秋白对鲁迅启蒙思想内涵和意义的阐释。

1928年5月,冯雪峰写了著名的《革命与知识阶级》,在文章的第二部分《中国革命的现阶段》中,冯雪峰先是分析了"中国革命已到了如何的阶段",接着指出,"在这几个阶段间,中国知识阶级做工做得最好的,就只与封建势力斗争的一段上",即"五四"运动阶段,其中的代表就是鲁迅。在文章的第三部分中,他对此进行了具体的阐述。

> 实际上,鲁迅看见革命是比一般的知识阶级早一二年,不过他也常以"不胜辽远"似的眼光对无产阶级的,但无论如何,我们找不出空隙,可以断言鲁迅是诋谤过革命的。鲁迅自己,在艺术上是一个冷酷的感伤主义者,在文化批评上是一个理性主义者,因此,在艺术批评方面,鲁迅不遗余力地攻击传统的思想——在"五四""五卅"期间,知识阶级中,以个人论,做工做得最好的是鲁迅;但他没有在创作中暗示"国民性"、"人间黑暗"是和经济制度有关的,在批评上,对于无产阶级只是一个在旁边的说话者。所以鲁迅是理性主义者。到了现在,鲁迅做的工作是继续与封建势力斗争,仍立在向来的立场上,同时他常常反顾人道主义。
>
> 但是,反顾人道主义并非十分坏的事情。革命在它的手段上,因为必要,抛弃了人道主义;但在理想上,革命是无论如何都不肯抛弃彻底的人道主义。同样,革命也必须欢迎与封建势力继续斗争的一切友方的势力,革命自己也必须与封建势力斗争的。①

虽然,冯雪峰的这段论述,在今天看来,有很多误解和片面性,但是,他是较早地站在"五四"启蒙的立场,对鲁迅思想的价值和意义给予了充分的评价。②第二个对鲁迅启蒙思想作出比较全面、深入论述的代表人物,应该说是瞿秋白。这最重要的是体现在《鲁迅杂感选集·序言》之中。瞿秋白首先

---

① 冯雪峰:《革命与知识阶级》,《雪峰文集》第二卷,人民出版社1983年版,第291—292页。
② 参阅王富仁:《中国鲁迅研究的历史与现状》,浙江人民出版社1999年版。

通过阐释杂文这一文体在中国现代社会文化中的重要性,来高度评价了鲁迅杂文在中国现代社会历史中的战斗性和思想性,他说道:

> 鲁迅的杂感其实是一种"社会论文"——战斗的"阜利通"(feuilleton)。谁要是想一想这将近二十年的情形,他就可以懂得这种文体发生的原因。急遽的剧烈的社会斗争,使作家不能够从容的把他的思想和情感熔铸到创作里去,表现在具体的形象和典型里;同时,残酷的强暴的压力,又不允许作家的言论采取通常的形式。作家的幽默才能,就帮助他们用艺术的形式来表现他的政治立场,他的深刻的对于社会的观察,他的热烈的对于民众斗争的同情。不但这样,这里反映着"五四"以来中国的思想斗争的历史。杂感这种文体,将要因为鲁迅而变成文艺性的论文(阜利通——feuilleton)的代名词。自然,这不能够代替创作,然而它的特点是更直接的更迅速的反映社会上的日常事变。

瞿秋白另一个重要的观点就是,概括"五四"运动前鲁迅的思想特点:鲁迅在"五四"前的思想,进化论和个性主义还是他的基质。我以为,这既是对鲁迅的概括,也是对"五四"启蒙思想的某些本质的概括。

由于当时的革命实践的曲折和马克思主义的不成熟,因此,无论是冯雪峰,还是瞿秋白对鲁迅及其"五四"启蒙思想的认识,都存在着自身所无法克服的历史局限。[①] 我以为,接下来我们要谈到的胡风对鲁迅启蒙思想的论述,可能要相对深刻得多了。胡风在《从"有一分热,发一光"生长起来的——纪念鲁迅先生逝世七周年及文学活动四十周年》一文,先回顾了鲁迅一生的思想发展过程,对鲁迅在"五四"时的思想,他概括地指出:

> 在五四新文化运动里面,我只想指出在鲁迅身上的两个基本的特点。第一,只有他是带着深刻的思想远见来参加的……其次,由于这思想运用和过去的经验,只有他是带着高度的警觉性来参加的。

最后,他总结了鲁迅的思想特征,说道:

---

① 参阅王富仁:《中国鲁迅研究的历史与现状》,浙江人民出版社 1999 年版。

要接近鲁迅这一伟大的存在从他底作为意识形态的思想内容的一面当然能够取得丰富的财产,但从他底作为思想生命的人生态度的一面更能够汲取无穷的教训。我们现在所探讨的是后者,到这里就可以把握到一个中心的特征,那就是,他底内在的战斗要求和外在的战斗任务的完全合一,这可以和天地造化比美的宝贵的精神。这使得他和知识贩卖者急功好利者,看势立论者一切种种的新旧戏子们底生理构造没有一丝一毫的相同。①

1946 年胡风发表了另一篇重要的论文,对鲁迅的启蒙思想做了更富激情和深度的阐述,他说道:

鲁迅生于封建势力支配一切的中国社会,但却抓住了由于由市民社会发生期到没落期所到达的正确的思想结论。坚决地用这来争取祖国底进步和解放。这是他的第一个伟大的地方。"五四"运动以来,只有鲁迅一个人摇动了数千年黑暗传统,那原因就在他的从对于旧社会的深刻认识而来的现实主义的战斗精神里面。最后,鲁迅底战斗还有一个大的特点,那就是把"心"和"力"完全结合在一起。②

由于胡风自身浓郁的诗人气质,所以,他更理解,更倾心于鲁迅的精神动力学方面,更能突进到鲁迅思想火焰的核心,也让自己得到燃烧。所以,他的论述就比别人多一分热情,也多一分切肤之感。③

我以为,无论是冯雪峰、瞿秋白,还是胡风,他们对"五四"启蒙思想的阐释,与毛泽东的阐释框架,在理论上是能够相互补充的,由于特殊的历史原因,他们的阐释则被抑制了。但是,那也只是暂时地潜伏着,并没有消亡。这也就是为什么新时期在提倡"新启蒙"这一思想时,首先是在鲁迅研究上得到呼应,也是在鲁迅研究的进程中得到了深化。所以,我以为,"新启蒙"的说法,从某种意义上,是对冯雪峰、瞿秋白、胡风的三四十年代的启蒙思想阐

① 胡风:《胡风评论集》(中),人民文学出版社 1989 年版,第 338 页。
② 胡风:《关于鲁迅精神的二三基点》,《胡风评论集》(中),版本同上。
③ 参阅王富仁:《中国鲁迅研究的历史与现状》,浙江人民出版社 1999 年版。

释的更高意义上的回归,是一种"接着讲"的思想方式。因此,它在"五四"研究中,必然具有十分强劲的理论和思想生命力。

<h1 style="text-align:center">四</h1>

五月四日的示威游行,尽管满腔热血的青年学生痛殴了卖国者,火烧了赵家楼,但是,它在政治上并没有什么决定性的意义。封建王朝的崩溃和中华民国的成立是在这之前 8 年（1911）,袁世凯复辟的失败是在这之前三年,而中国共产党的成立又在这之后两年（1921）。但是,在现代中国的思想文化史上,这一天却是决定性的,它确是一个标志。就像那散落大地的种子,终于绽开了新芽,它预示春的到来。就像在一片低沉的和声中,那突然跳出的一个响亮的音符,于是,四周开始齐声合唱。就像长江大河滔滔洪水中那根屹立的水文标杆一样,它能测度出正奔腾而来的洪峰的流速、流量和高度。因此,在这个意义说,"五四"研究,一直是 20 世纪中国意识形态历史中一个敏感而重要的问题。"五四"的本身不仅作为一个思想文化的历史现象而存在,同时,对它的阐释也是一种对 20 世纪中国思想文化的积极建构,也许可以这样说,"五四"的研究史,可以看成一份 20 世纪中国文化思想变化的"晴雨表",一条潜伏在 20 世纪中国知识分子精神结构中的敏感的神经线,也可以看成是一个意识形态对立双方都试图占据的思想高地,这其中一个很重要的原因,就是"五四"与意识形态之关系。确实,在较长的历史时期中,由于狭隘的、强制性和功利性的意识形态作用,"五四"研究偏离了思想研究和学术研究所应该具有的反思性、批判性的角度。但是,排除"五四"研究的意识形态特征,我以为,这是另一种学术幻觉。因为就"五四"本身来看,它的产生目标和推动力就存在于深刻的意识形态性的历史语境之中。

# 文学史的叙述问题

## 一

随着现代人文教育体制的确立和发展,文学研究已成为这一日益细密化的学科体制中一个不断膨胀的知识生产群。比如,近一个世纪以来,人们对文学史的写作一直保持着强烈而持久的兴趣,就是这一知识生产的重要表征之一。先有王国维、胡适、鲁迅、郑振铎等大师们的垦拓、开创之功,后有源源不断、数量惊人的文学史著作的出版。① 这些日益积聚和丰富的学术资源,都预示着"文学史学"作为文学研究领域中的一个独立分支,将"呼之欲出"。同时,这也对建立"文学史学"提出了内在的学术要求。

然而,在这种生机勃勃的文学史研究和写作的学术格局中,一些原先潜伏着或者被有意忽视但又确实需要在理论上作出回应和总结的问题,也随之变得尖锐和急切起来:其一,已有的文学史研究和写作,多是借助于一般历史学(比如社会史、思想史甚至革命史)的观念、框架和理论模式,而没有充

---

① 1949 年前出版的各种文学史著作有 300 多种(据黄山书社 1986 年出版的《中国文学史书目提要》统计),1949 年到 1991 年间出版的各类文学史著作多达 578 部(据辽宁大学出版社 1992年出版的《中国文学史著作版本概览》统计)。1991 年至今(2000 年)出版的各类文学史著作虽然还没有人做过完整的统计,但估算起来至少也在 400 种左右,也就是说,全部加起来,在这一个世纪中出版的各类文学史著作竟达 1200 多种。

分考虑到文学史作为"文学"史和文学"史"的双重性。① (事实上,这种双重性正是文学史研究与写作的独特性之所在。) 其二,与此相关的另一个更深层的困境,是我们一向缺少把"文学史"作为一种独立的学术对象,进行深入的理性反思和理论建构,这样就使得文学史的学术个性经常摇摆于一般历史学和文学批评的两个极端之间,有时甚至成为某种意识形态的附庸或图解。

正是基于对上述的文学史研究、写作的现状和困境的理性反思,我提出了"文学史学的本体性研究"这一命题。我认为,这一命题的理论展开,其面临的最大困难就是,如何确定一套建构文学史学所必不可少的、基本性的理论话语体系,即确定"文学史学"作为一个独立的学科范畴所必要的理论范式:它的理论规范 (这其中又包括框架、特点、功能) 和话语方式。我的研究就从对建构文学史学的一些基本话语的讨论开始。著名文学理论家韦勒克在其名著《文学理论》一书中对此有过许多精辟的反思与见解,是我们思维拓展的重要资源。②

## 二

虽然任何一种的文学史写作都有自己的话语形态,但就话语方式来看,它与一般的历史著作并没有根本性的差别,从某种意义上说,二者都是一种叙述方式。那么,关于叙述的一些根本性问题,就成为我们进入文学史的具体写作之前首先要分析的对象。

### (一) 文学史的叙述框架问题

即应该如何把文学的历史演进放在一个相互联系的关系网络之中来加以叙述。应当承认,已有的大多数的文学史著作正如韦勒克所指出的:"要么就是社会史,要么就是文学作品所阐述的思想史,要么只是按编年顺序写下的具体作家、作品的印象和评价。"③ 因此,如何解决文学史叙述框架中的

---

① 　戴燕:《中国文学史:一个历史主义的神话》,《文学评论》1998 年第 5 期。进一步的讨论可参阅戴燕:《文学史的权力》,北京大学出版社 2002 年版。

② 　参阅韦勒克等:《文学理论》,三联书店 1984 年版。

③ 　同上。

几对矛盾：文化史（思想史、社会史）与诗学史之间的矛盾；具体作家、作品的独创性和文学传统的持续性、稳定性之间的矛盾；文学作品作为研究对象时的历史性和作为审美对象时的"现时性"之间的矛盾，就成为探讨文学史的叙述框架的核心问题。① 为此，我提出了共生互动框架说。所谓的共生互动框架说，就是在新的文学史叙述形态中，我们不能因噎废食，简单地把文化史（思想史、社会史）的内涵排除殆尽，而走向另一种极端，即只一味地关注形式、风格等诗学因素的演变过程。在这里，问题的关键在于：必须找到文化与诗学在历史进程中真正的耦合点。我认为，反映着时代面貌的具有普遍性的文化思想和文化精神，不是由于个别作家或作品形成的，并且是不以他（它）的意志为转移的。所以，相对于具体作家、作品来说，一个时代的文化思想、文化精神是外在的。但是，作为个体的作家、作品又不能脱离时代及其文化思想、文化精神的。比如，一个作家的思维方式、情感方式和艺术观念总是被他的时代那具有普遍性的文化思想、文化精神所浸染。所以，在这个意义上说，文化思想、文化精神又是内在的。换言之，具有普遍性的文化思想、文化精神给具体的诗学创造注入了丰富的意韵，同时，诗学创造又把一个时代的文化思想、文化精神加以个性化、典型化和精粹化。② 在整个历史过程中，文化和诗学一直是在不断地相互催生、相互交融、相互创造。这二者是处于一种共生、互动的内在关系之中。同样，独创性和文学传统之间的内在关系也是如此。独创性不是对传统的背离，任何一个作家都是在一个特定的传统内进行创作并采用它的种种技巧，纯粹的"空无依傍"的艺术创造是不可想象的。问题的关键就在于，任何一种真正的创造，都必须具有新的感性力量和艺术价值，正因为有了这种新的感性力量和艺术价值，才使文学传统作为一个变化的整体能够不断地增长着。③ 这也就像韦勒克所说的那样，一方面，正是与那个传统背景发生对照时，创造才可能被理解，被接受。另一方面，正是由于部分偏离已经形式化了的传统，创新才可能实现；在历史过程中，对一个具体作家、作品，读者、批评家和同时代的作家对它的看法总是

---

① 韦勒克等：《文学理论》，三联书店1984年版，第290页。

② 参阅王元化：《思辨随笔》，上海文艺出版社1994年版，第128—130页。

③ 同①，第296页。

在不断变化的。即解释、批评和鉴赏的过程从来没有完全中断过,并且看起来还将无限期地继续下去[①],于是,这些批评、阐释的资源极有可能连同那些具体作家、作品一起构成了文学史的对象。然而,对于一个文学史的叙述者来说,尽管拥有如此众多的阐释资源,但他仍然不能排除自己的"当代性"、"个人性"。[②] 因此,重要的是,必须在这种对象与阐释的历史性和叙述者的"当代性"、"个人性"之间建立起一种共生、互动的框架。也就是说,要求文学史的叙述者对所能接触到的尽可能多的过去和现在读者的印象进行本质的、客观的分析。(理论上是如此提倡的,但事实上这又是很难做到的。)同时,在对历史的叙述中,尽可能地在自己的叙述之中唤起那些作品的活跃的特性、激励人心的力量和形式的美感。[③] 我认为,这种强调共生、互动的叙述框架,能有力地改变已有的文学史叙述中的文化 / 诗学,独创性 / 传统,历史性 / 当代性的相互分离、静态的二元论思维方式,从而把对文学的历史叙述建立在一种综合的、整体的、动态的框架之中。当然,在这一新的叙述框架中,我们也必须警惕那种体系化的、扩张性的"文学史帝国"的方法论倾向。因为,所谓的框架不是一个包容万象的容器或实体,而是一种关系范畴。

## (二)文学史的叙述形态问题

即任何一个研究者都不可能把有关文学的一切过去都原封不动地搬上纸面。他必须有自己特殊的眼光、角度和价值立场。这里我们就接触到了文学史的叙述形态问题,这其中有两个影响深远的理论模式需要检讨:一个是认为文学的历史过程存在着一种从生到死的封闭进化过程。如陈平原所言:这一观念常常认为,一个文学类型或一种文体,一旦达到某种极致的阶段,就必然要枯萎、凋谢,最后消失。从"五四"新文化运动开始,进化的观念就逐渐被引入到文学史的叙述模式中,文学演进的历史被描述为如同生物体一样,经历萌芽、生长、开花、成熟、僵化到最后死亡的全过程。这一进化的历史观使得中国人有力地纠正了在过去的文学史叙述中过分拟古、崇古的价值取

---

① 韦勒克等:《文学理论》,三联书店 1984 年版,第 293 页。
② 同上书,第 294 页。
③ 同上书,第 295 页。

向,而获得一种强调运动、变迁和联系的动态的整体性的视野。但是,在这一文学史的叙述形态中,由于过分突出进化的必然和衰亡的命定,排除了文学演进过程中的偶然性和作家主观努力以及天才发挥的余地,因此,在这种文学史的叙述形态中,很难理解文学发展的多种可能性。① 第二个理论模式就像韦勒克所批评的那样,线性地认为文学的发展、演变是向一个目标接近的过程。即一种典型的历史目的论的观念。这一隐藏在文学史的叙述形态背后的历史目的论观念,在1949年到新时期之间出版的大量的文学史著作中,都曾留下很深刻的痕迹。比如,在这期间出版的众多的新文学史著作,都一致强调运用新民主主义理论来阐释新文学的发展的内在方向。这种历史目的论观念,其潜在的思维方式,是过分相信历史与逻辑的一致性。对此,王元化曾反思道,所谓的逻辑和历史的一致性,在黑格尔的哲学意义上,就是认为,人类的认识历程和逻辑的发展历程彼此相符,都是由低级向高级,由萌芽状态向成熟状态,不断向前推进。但是,如果过分相信逻辑推理,或以逻辑推理代替历史的实证研究,就会形成以抽象代替具体的弊端。历史的发展固然可以从中推导出某些逻辑性的规律,但历史和逻辑毕竟并不是同一的,后者不能代替前者,同时,历史的发展往往也不是可以根据逻辑推理,顺理成章地得出结论的。② 比如,由于这种历史目的论的影响,导致了在过去的几十年中,我们对中国现代文学有过许许多多的不同“定性”的理论兴趣,先是把中国现代文学定性为“新民主主义文学”,而后又提出中国现代文学是“现代化(性)的文学”,这些提法都隐含着某种所谓的“深层历史意识”:即相信纷繁复杂的文学现象背后(或者说深层)必然存在着某个具有“客观性”、“本质性”的东西,只要把这一东西“浮出海面”,我们就能梳理出一个历史结构来。这样,一方面就必然把作为精神活动的文学创作的丰富可能性化约成一种特定的状态。(事实上,我们根本不可能把充分个性化的文学想象与文学创作,用一种明确的方式加以确定。)另一方面,也把我们理解历史的多样性方式给简化了,或者说整合了。因为,既然历史叙述能够通过一个中心概念(无论是新民主主义,还是现代性)把一切现象逻辑地整合起

---

① 参阅陈平原:《小说史:理论与实践》,北京大学出版社1993年版,第159页。
② 参阅王元化:《思辨随笔》,上海文艺出版社1994年版,第128—130页。

来,那么,在此之后,我们除了对这一中心概念加以证实、推论之外,将毫无作为。鉴于上述两个方面的理论困境,我提出了感性—知性—理性这样一个不断演进深化的动态的文学史叙述形态:即从混沌的关于整体的表象开始(感性)—分析的理智所作的一些简单的规定(知性)—经过许多规定的综合而达到的多样性的统一(理性)。马克思曾把这样的一种分析模式和理论方法称为"由抽象上升到具体"的方法,并且指出这种方法"显然是科学的正确的方法"。[1] 如果我们把这一方法引入到文学史的叙述中,那么,就能够有效地避免进化论和历史目的论所潜在的形而上学的思维困境。具体地说,在文学史的叙述中,我们一方面要把具体的作家、作品与一般的历史价值与审美价值联系起来,但这并不是要把每一个具体的作家、作品贬黜为仅仅是一般历史价值或审美价值的样本,而是在这种一般历史价值或审美价值的背景下,发现具体作家、作者所内含的新的历史经验与审美经验,即要给个体以新的历史与美学意义。另一方面,也不是要把历史理解为一种直线前进的理论预设成一条不连续的无意义的流,而是既要保持历史中的具体作家的个性,同时又要呈现历史过程的多样性。[2] 也就是说,在新的文学史叙述形态中,感性—知性—理性这三个环节,缺一不可。而过去的文学史叙述,常常是在知性面前就止步了。其结果就是,在文学史的叙述中,或者不得不承认那种认为历史是无意义的变化的流的看法,或者不得不运用某些超文学的标准,即用一些绝对的、外部的标准来研究文学演进的历史进程。[3] 因此,只有运用这种"感性—知性—理性"的叙述形态,我们才能谈论历史进化,而且在对这一进化过程的叙述中,每一具体作家作品的个性和魅力又不被削弱。

## (三)文学史的叙述时间问题

这又包含着三个相关层面的内容。第一,关于文学史应该如何分期的问题。已有的文学史著作在分期上多数是采用依据政治变化进行分期的办法,也有少数著作采用依据历法上的世纪、年代等不同的分期,把文学史写成编

---

[1]　参阅王元化:《思辨随笔》,上海文艺出版社 1994 年版,第 121 页。

[2]　韦勒克等:《文学理论》,三联书店 1984 年版,第 296 页。

[3]　同上。

年史的样子。① 这两种分期的方法在某种意义上都有截断众流、简洁明快的方便之处。但是,文学史的发展有其自身的特殊性与规律性,即它的分期往往与政治史、历法的分期有不相一致的地方。当遇到这种情况时,许多文学史写作者会困惑不已:分期又该如何处理? 处理的依据是什么? 这都是值得探讨的。第二,与此相关的问题是,对于一个断代的文学史叙述来说,上、下限又该定在何处? 这就要求我们不仅需要辨别出一种传统惯例的衰退和另一种传统惯例的兴起,同时,还要探讨为什么这一传统惯例的变化会在某一特定的时代发生?② 第三,生存于两个不同时期的作家之间,又是如何相互影响,并且这种相互影响的历史痕迹又是如何在文学史的分期上留下许多模糊、交叉的地带。所以,仅仅以历法上或政治史的依据来划分文学史,是不足以解释文学变化的。因为,文学变化是一个复杂的历史过程,它随着场合的变迁而千变万化。这种变化,从某种意义上说,部分是由于内在的原因,由于文学既定规范的枯萎和对变化的渴望所引起,但也部分是由于外在的原因,由于社会的理智的和其他的文化变化所引起的。③ 我们说,把历史理解为一浪推一浪,一代胜一代的连续链,那只是一种历史幻觉,但是,从当前的文学史写作之中,我们却能很分明地看到当代人在不同程度上都染上了历史时间的焦虑症。一个最典型的例子,那就是,一方面,我们在文学史的叙述中,把历史时段划分得越来越短,越来越密;另一方面,在每一个限定的时段内,都努力寻找一种所谓的转换。我以为,目前人们正热衷讨论的所谓近代向现代的创造性转换这一课题,就存在着这种历史时间的焦虑症。因为我们不能从它们之间时段的相邻接这一外在特征,就推导出这其中必然存在着某种转换关系。所以,我以为,在讨论文学史的分期问题上,我们应该保持一种开放的心态,充分考虑到历史过程中的变异和转换。同时,也应该拉开更加广阔的历史长度来考察、叙述历史。

---

① 韦勒克等:《文学理论》,三联书店 1984 年版,第 303 页。
② 同上书,第 307 页。
③ 同上书,第 309 页。

中

# 知识之美
## ——论周作人散文中知识的审美建构

## 绪　论

　　周作人研究是一个极具挑战性的课题。近一个世纪以来,关于周作人,可谓是众说纷纭。撇开在特定的历史时期,由于政治性因素的干扰所造成极端片面化和简单化的误区不论,在某种意义上说,学术界已有的关周作人研究的任何一种说法,都是对周作人复杂性的一个侧面的接近,都是对周作人散文"貌似闲适"的风格背后的"苦味""苦闷"之心境的解读。在我看来,无论是接近的努力,还是解读的尝试,既与研究者对中国现代知识分子思想道路与历史命运的回望与反思相联结,又与研究者对自身处境的当下关怀相联结。因此,周作人研究的开放与封闭,活跃与沉寂,必然会隐隐约约地透露出具体时代的思想文化和历史语境转变的信息。

　　当下的学术语境是一个"话语饱和"、"范式多元"的时代,人文科学领域的任何一个课题研究都面临着讯息过剩但又创新乏力的尴尬处境。因此,今天选择这样一个课题来研究,它的难度就显得尤其突出:其一,周作人研究不是今天才开始,它已走过近一个世纪的学术历程,在时间长度上可以说与鲁迅研究一样漫长。在其曲折发展的学术史上,尽管它不像鲁迅研究那样名家辈出,名作纷呈,但毕竟已有许多重要的著作论文问世。尽管如此,但我认为,真正具有学术史意义的周作人研究,应该是以新时期为开端。它的标志就是学术界开始科学地而不是标签式地运用历史唯物主义和辩证唯物主义的理论与方法来看待、分析、评价周作人思想道路、艺术成就及历史功过。就学术成果而言,应以舒芜的《周作人的是非功过》和钱理群的《周作人论》为这方面的代表性著作。前者以唯理与审美的笔致具体而辩证地分析了周作人思想与艺术上的独特性、复杂性及历史命运。后者以鲁迅为参照视野,在比较中深入分析周作人的思想与人生历程,尽可能具体地展示出周作人的丰富性、复杂性。尽管这两部著作的出版均在 90 年代,但仍然是我们今天研究周作人不可或缺的参考文献。其二,周作人自身在思想、艺术、个性、经历等方面的复杂性、丰富性和特殊性,也为历来的研究设定了特有的难度:怎样的周作人才是"真实"的周作人? 或者说真实的周作人又是怎样的? 这是颇难回答却又耐人寻味的问题。回顾学术史,可以看出,在不同的历史阶段,都不乏有人尝试着去理解、去把握这一问题的"真实内核",这其中既有周作人的朋友、同事、学生,也有众多基于不同立场的研究者,但是,这些努力的结果常常是令人遗憾的。在他们的笔下,周作人的形象往往显得既清晰又模糊,既复杂又简单,既明确又动摇,这就更增加了对周作人认识的难度。在我所读过的相关文献中,有两个人的叙述让我记忆犹新:一是胡兰成,二是温源宁。学者胡兰成曾对周作人与鲁迅做过一个十分形象的对照,他说:"周作人是骨子里喜爱希腊风的庄严,海水一般清朗的一面的,因为回避庄严的另一面,风暴的力,风暴的愤怒与悲哀,所以接近了道家的严冷,而又为这严冷所惊,走到了儒家精神的严肃……我以为,周作人与鲁迅乃是一个人的两面,鲁迅也是喜爱希腊风的明快的。因为希腊风的明快是文艺复兴时代的生活气氛,也是五四时代的气氛,也是俄国十月革命的生活气氛。不过在时代的转变期,这种明快,不是表现于海水一般的平静,而是表现于风暴的力,风暴的愤怒与悲哀。"[①] 胡兰成认为"周作人与鲁迅乃是一个人的两面",初读起来,你可能会疑惑不解,但仔细体会,似乎又含义深远。这个说法让我想起卡尔维诺的短篇小说《分成两半的子爵》,小说讲述的是这样一

---

① 胡兰成:《中国文学史话》,上海社会科学院出版社 2004 年版,第 167 页。

个故事：一个人在战争中被弹片劈成两半，但这两半都奇迹般活着，他们生活在同一个乡村，其中一半在村里作恶多端，另一半则行善多多，这两个半个身子的人相互仇视，最后在一次决斗中，当他们把剑刺人彼此的身体时，奇迹发生了：主人公"梅达尔多就这样变归为一个完整的人，既不好也不坏，善与恶具备，也就是从表面上看来与被劈成两半之前并无区别"。卡尔维诺在这篇充满寓言性的小说中，揭示了善与恶、爱与恨的共生性，也许正是这种共生性才是人性本质之所在，才是人性的完整性之所在。无独有偶，当学者温源宁提起周作人时，也是把他同风浪，同海洋联系在一起，他也看到了清朗的另一面。他说："风浪！提到风浪，令人联想到海洋：提起海洋，又令人联想到舰艇。仿佛是命运的奇特讽刺，周先生这位散文作家，还确实曾经是一名海军军官学校的学员！但是，归根到底，又并不非常奇特。还有什么能比一艘铁甲战舰在海上乘风破浪更加优雅动人的呢？不错，周先生正好就像一艘铁甲战舰，他有铁的优雅！"① 如果我在这里问一句：何谓"铁的优雅"？可能最好的回答也只可意会，不可言传。值得注意的是，胡兰成和温源宁这两种形象性的说法有一种内在的一致性，即他们都敏锐地看到周作人思想、性格中同时存在着直面／回避、清朗／风暴、优雅／刚毅的双重特性，它们构成了周作人性格的两面。我认为，只有同时看到这两面性，才算是较为具体真实地接近周作人的丰富性。因此，在研究过程中，紧紧抓住研究对象思想性格的这种两面性特征并辩证地加以分析，是我们研究周作人不可缺少的理论分析方法。其三，周作人是个文化身份复杂多重的历史人物，这就给后人留下了动摇而歧义的文化想象和文化身份的认同感。但无论如何，周作人首先是一位有独特风格的散文大家，他所有的思想表达和文化身份表征都是借助个性化的散文风格和散文文体呈现出来。也就是说，散文创作对周作人而言，绝不是单纯的情绪表达。在精神意义上说，它是周作人作为启蒙思想家、文学家和学者的存在方式。他的散文创作及其文体就深层的价值结构而言，是以审美的方式来表现和确立作家自身的思想立场、思维方式、情感结构和文化身份。因此，关于周作人散文的研究必然是一种集知识、思想、文化、审

---

①　温源宁：《不够知己》，岳麓书社 2004 年版，第 176 页。

美等多维度多视野的整合性研究。

当我们对周作人研究的难度有了足够的理论分析之后,接下来的问题不是裹足不前,而是整装待发。在此,我们首先要确定三个问题:一是我们的研究起点是什么? 我认为,对周作人散文文本的解读与分析是这一切研究的出发点。二是周作人散文文本在话语方式、审美建构、审美风格和文体生成等方面具有怎样的特征呢? 三是对于这些特征的解读与分析又将怎样与周作人思想个性的特殊性、复杂性等要素联系在一起呢? 我认为,对这三个问题的展开,就构成论文内在的研究方向:即从文本出发,目标是要抵达一个隐藏在文本深层并内在于研究对象思想与人格的复杂内核。当然,这一过程不可能一蹴而就,研究者必须经历一系列从知识到审美,从话语方式到意义生成的分析环节。

如何清晰而具体地建构这一分析过程,就像一位登山者必须对攀登路线了然于胸一样,这是实现理论预设的关键。因此,这一建构过程也是本文研究路线的选择与确定过程。我认为,周作人对鲁迅小说散文的观察方式,在这一方面具有启示性。在鲁迅去世不久,周作人撰写了三篇题为《关于鲁迅》的文章。已有的鲁迅研究对这三篇文章似乎并不在意,但我认为,周作人在这三篇文章中所体现出来的观察、理解鲁迅的方式,具有方法论的意义。他说:"鲁迅写小说散文又有一特点,为别人所不能及者,即对于中国民族的深刻的观察。大约现代文人中对中国民族抱着那样一片黑暗的悲观的难得有第二吧。豫才从小喜欢'杂览',读野史最多,受影响亦最大,——譬如读过《曲洧旧闻》里的《因子巷》一则,谁会再忘记,会不与《一个小人物的忏悔》所记的事情同样的留下很深的印象呢? 在书本里得来的知识上面,又加上亲自从社会里得来的经验,结果便造成一种只有苦痛与黑暗的人生观,让他无条件(除艺术的感觉外)的发现出来,就是那些作品。……这是寄悲愤绝望于幽默。"① 我认为,这段话内含着周作人理解与分析鲁迅小说散文的三个层次:一是鲁迅小说散文的思想来源:书本里的知识与来自社会观察的人生经验。二是鲁迅小说散文的思想生成方式,即前述的来源内在地造成不

---

① 周作人:《关于鲁迅》,《瓜豆集》,河北教育出版社 2002 年版。

满、苦痛与黑暗的人生观。三是鲁迅小说散文的思想表达方式,即寄悲愤绝
望于幽默。(值得一提的是,李长之所著的《鲁迅批评》(1935 年版)一书,
其内在的逻辑结构与周作人此处的分析过程有极大的相似之处。)我认
为,这三个有机联系的层次所体现的内在结构,也是我们研究周作人散文
的思维结构,即周作人散文的思想之资源、周作人散文的思想生成方式、周
作人散文的思想表达方式。

　　既然我们已经确定了研究方向和研究路线,那么,如何迈开第一步就显
得成败攸关。现在我们可以回到问题的开端上来,当然,确定问题的开端,既
可以是关于周作人散文的风格与文体,也可以是关于周作人散文的中外文化
资源。但是,我的选择是关于周作人散文的话语方式。那么,周作人是如何
认识与评价自己散文的话语方式呢? 这其中是否内含着对我们的研究具有
启发性的要素呢? 且看下面的分析。周作人曾自我评价说:"我的头脑是散
文的,唯物的。"① 这句话看起来似乎并不经意,也没有引起研究者的足够注
意。但在我看来,却是意味深远的: 什么是"散文的"? 从字面的简单推理,
也许可以把"散文的"理解成"非诗性的"或"非诗化的"。显然,这还不
能准确地揭示出其中的内涵。从句法逻辑关系上看,"散文的"是与"我
的头脑"联系在一起,由此,我认为,此处所谓的"散文的"确指一种非情
绪的,非感性的,非想象性的思想方法和思想表达方式。它的具体特征应该
是理智性的,求真性的。在某种意义上说,只有这种理智性的思想方法和表
达方式才能揭示、理解、把握世界的"唯物性";同时,对于世界内在的"唯
物性"来说,只有这种理智性的思想方法和表达方法,才可能充分把握其唯
物性的实质和精髓,这就在理论思维的过程中形成了表达内容和表达方式
的统一性。我认为,这种"统一性"正是周作人散文话语方式的真实而独
特的形态特征。然而,创作是一种复杂的感性/理性、情感/理智、知识/想
象的审美过程,在这一过程中,审美内容与审美方式的统一性具有自己的表
现形态、媒介、机制。那么,具体落实到周作人散文,这种"表达方式的散文
式"与"表达内容的唯物性"之间中介是什么? 或者说,这种散文式与唯物

① 周作人:《〈桃园〉跋》,《永日集》,河北教育出版社 2002 年版。

性的统一性在文本中表现出来的重要的话语方式和话语特征是什么？我认为，主要表现为：在周作人散文中存在着大量对"知识"的引述与言说，这些引述与言说又常常被归约为一个看似浅显的概念"常识"。他曾说："我不信世上有一部经典，可以千百年来当人类的教训的，只有记载生物的生活现象的 Biologie（生物学）才可供我们参考，是人类行为的标准。"① 后来，他又在《〈一蒉轩笔记〉序》里进一步阐释道："常识分开来说，不外人性与物理，前者可以说是健全的道德，后者是正确的智识，合起来就可以称之为智慧。"周作人常称自己是一个爱智者，那么，周作人是如何获得这些"常识"（知识）？这些"常识"（知识）对周作人的思想生成具有怎样意义？这些"常识"（知识）在周作人散文中又是如何存在的？这种存在方式又是如何体现出独特的审美价值呢？因此，对周作人散文中"知识"的引述与言说之追踪，是我们的研究能够拾阶而上的"基石"。

# 一、知识之美

阅读周作人散文，给我直接的审美感触并不是常说的"浮躁凌厉"或"闲适平淡"，而是触目皆是的广征博引。周作人在散文中所表现出来的气象之开阔、见识之广博、文献之熟稔，令人钦佩不已。他在散文中多方征引，似乎信手拈来但无不恰到好处。对此，曹聚仁在一篇题为《苦茶》的文章中，曾引述朱自清的一段评论："有其渊博的学识，就没有他那通达的见地，而胸中通达的，又缺少学识，两者难得如周先生那样兼全。"可见朱、曹两人对周作人散文创作的这一特点的推崇。这里，我仅选择两个散文系列为例来加以说明。

## （一）"草木虫鱼"系列

这一系列散文名篇的创作在周作人创作历程中具有特殊意义，它是周作人宣称"文学无用论"之后尝试的另一种文学选择，正如他所言："我在此刻还觉得有许多事不想说，或是不好说，只可挑选一下再说，现在便姑且择定了

---

① 周作人：《祖先崇拜》，《谈虎集》，河北教育出版社 2002 年版。

草木虫鱼。"①尽管如此,在"草木虫鱼"系列中,周作人还是十分隐晦地表达了自己"不想说"的苦境和"不好说"的窘境。《金鱼》是"草木虫鱼"系列的第一篇,或许是刚尝试着创作这样文体的散文,周作人在文中对知识的展示似乎还有些生涩与节制,文中仅引用英国作家密伦关于"金鱼"的故事,更多的笔触则是回忆与联想。但是到了《虱子——草木虫鱼之二》,情况有了变化,文中仅直接引用的著作就有:罗素所著《结婚与道德》、洛威所著《我们是文明人》、褚人获所编《坚瓠集》、佛经《四分律》、小林一茶的诗。通过这些旧故新典和逸闻趣事,原本令人厌恶的虱子,在周作人笔下却让人觉得生趣盎然。作者借助人类文化史上关于"虱子"的各式各样的说法,展示了对生命的不同理解与感受。对于经历了政治血腥之后的作者来说,这种对生命的尊重和对生命的"威仪感",确是一种心灵的慰藉。《两株树——草木虫鱼之三》,写的是再平常不过的白杨与乌桕,但文本中的"白杨"与"乌桕"却大有文章可作,作者引用的著作就有:《古诗十九首》、谢在杭的《五杂俎》、《本草纲目》、《南史·萧惠开传》、《唐书·契苾何力传》、陆龟蒙的诗、《齐民要术》、《玄中记》、《群芳谱》、张继的《寒山诗》、王端履的《重论文斋笔录》、范寅的《越谚》、罗逸长的《青山记》、《篷窗续录》、汪日桢的《湖雅》、寺岛安良编的《和汉三才图会》。这些文献中既有关于白杨与乌桕的植物性特征的说明,又有关于这两种树的人文想象。从文章的内在审美结构来看,作者似乎更看重后者,这篇散文的审美魅力也更多是源于关于两株树的情感与想象。事实上,作者在文中极少抽象地描写"白杨"和"乌桕",而是把关于"白杨"或"乌桕"的知识和具体的情境性时间、地点、人物联系在一起,借助"树"的话题而展示自己的情感与思考。比如,文中在引用了《越谚》、《篷窗续录》、《青山记》中关于柏树的描写之后,作者说道:"这两节很能写出柏树之美,它的特色仿佛可以说是中国画的,不过此种景色自从我离了水乡的故国已经有三十年不曾看见了。"细心的读者,一定可以体会到文中隐约地透露出一种对乡土的怀念和一种长期漂泊在外的怅然。从散文创作的技巧来看,周作人这种情绪的流露,似乎是在不经意之间

---

①　周作人:《草木虫鱼·小引》,《看云集》,河北教育出版社 2002 年版。

勾起的一种情绪反应,让人觉得润物无声但又湿痕宛在。正是这种不露痕迹地从知识引述到情感抒写的巧妙过渡,才使得文中关于"树"的知识,充满了情感之思。《苋菜梗——草木虫鱼之四》,当我看到这个题目时,心头不免一紧,周作人究竟将如何妙手写来才能使这种民间中低贱的食物,让读者在阅读过程中能慢慢地"口舌生津"。且看文中的技巧,一开篇作者先是创设了一种特殊的情绪氛围:"近日从乡人处分得腌苋菜梗来吃,对于苋菜仿佛有一种旧雨之感。"而后,就一路引述他者之言,文中引述的著作有:郭注《尔雅》、《南史·王智深传》、《南史·蔡樽附传》、《本草纲目》、郭注《尔雅·释草》、郝懿行疏、《学圃余疏》、《群芳谱》、《酉阳杂俎》、《邵氏闻见录》、《草根谈》、《醉古堂剑扫》、《娑罗馆清言》。苋菜梗原是南方平民生活中再朴实不过的食物,但在周作人写来却是酸甜苦辣,五味俱全。借助所引用的文献,作者写出了苋菜不同的品类,关于苋菜食法的让人好奇的传说,苋菜梗的不同制法等。一株苋菜梗,在生活中谁也不会多注目片刻的食物,如此写来,则充满了生活的情趣,饱含着特定的生活态度和生活意志。从这篇散文的内在情感的逻辑关系来看,作者先由从乡人处分得苋菜梗而仿佛有一种旧雨之感,进而勾起了乡俗乡土之忆。在记忆中,作者突出了乡人生活之坚忍,在文章的最后以之对照在乱世生活中青年之耽溺。这样,苋菜梗就在散文内在情感结构的演进过程中不断增加生活与人文的意味,从"食物"渐渐蜕变为情感符号、文化符号,这一过程就是这篇散文的审美建构过程。《水里的东西——草木虫鱼之五》中引述的著作有:芥川龙之介的小说、柳田国男的《山岛民谭集》、冈田建文的《动物界灵异志》、《幽明录》。在周作人全部散文创作中,这可以算得上是一篇奇文,他通过对古今中外有关"河鬼"或"河伯"的传说与记录的引述,把一种不可见的"东西",写得形象生动,趣味盎然。更关键的是,作者的态度本质上是唯物的,但这种"唯物"不是机械与冷酷的,而是充满人情与人文性的关怀。他说:"是的,河水鬼大可不谈,但是河水鬼的信仰以及有这信仰的人却是值得注意的。我们平常只会梦想,所见的或是天堂,或是地狱,但总不大愿意来望一望这凡俗的人世,看这上边有些什么人,是怎么想。"这里的慨叹一方面饱含着周作人内心的一种寂寞感:也许只有这些关于不可见的东西的想象,才可能驱除自己在动荡人世间的苦痛,使之暂时得以忘却。另一方面也饱含着周作人对现实人生的关怀。寂寞与关怀、忘却与记忆、内心与现实、乌有之乡与当下处境,在他关于"河伯"的述说中,不可思议地缠绕在一起。同时,也体现了作为一个理性主义者,周作人试图通过对子虚乌有传说的解读来理解信仰来源的思想追求。《关于蝙蝠——草木虫鱼之七》是草木虫鱼系列的结响之章。文中引述的著作有:《和汉三才图会》、东京儿歌、北原白秋的《日本民谣》、雪如女士编的《北平歌谣集》、日本《俳句辞典》、Charles Derennes 所著的《蝙蝠的生活》。尽管表面上看,作者似乎感兴趣的是在于广征博引,但在艺术创造上,这篇散文仍有许多特异之处,值得我们细细推敲:首先在文体上,它是一篇书信,由于自己的学生沈启无有感于"年来只在外面漂泊,家乡的事事物物,表面上似乎来得疏阔,但精神上却也分外地觉得亲近。偶尔看见夏夜的蝙蝠,因而想起小时候听白发老人说'奶奶经'以及自己顽皮的故事,真大有不胜其今昔之感了"。于是写信给周作人说:"关于蝙蝠君的故事,我想先生知道的要多多许,写出来也定然有趣。何妨也就来谈谈这位'夜行者'呢?"沈启无信中的这一番话显然勾起周作人许多情思,唤醒了他知识储库中许多关于"蝙蝠"的传说与趣事。于是,他就以回信的方式写了这篇散文。其次,这篇散文的妙处还在于,作者没有用直接的笔触来写蝙蝠的生态,而是把更多的笔墨放在描写蝙蝠活动的背景,通过背景传达一种融和着寂寞的微淡的哀愁之心情、败残之感和历史忧愁之情调。第三,这篇散文在艺术技巧上还有一个不动声色的细微体贴处,即作者大量引用关于"蝙蝠"的儿歌和童谣,不禁使人油然而生一种乡土之思、一种时间之思:这只蝙蝠始终飞翔在作者暗淡寂寞的心灵天空,从今而后,每当黄昏到来之际,这只艺术世界中的蝙蝠总是带来一种行将日暮的情调——或忧或愁、若明若暗的思绪,牵扯着无数读者的梦境和夜思,这就是周作人散文能够超越时间鸿沟的审美魅力。

在创作了一系列关于草木虫鱼的散文之后,周作人还创作了《蚯蚓——续草木虫鱼之一》和《萤火——续草木虫鱼之二》,笔力更显苍老,心绪更多沧桑,智识更具透彻与练达。由于篇幅的原因,此处不再展开分析。我认为,草木虫鱼系列一方面充分展示了周作人关于生物界事物的知识,这些知识有时寄存于传说、史书、地志民俗之中，有时寄存于文人的创作之中，无论是哪一种形态，周作人都能娓娓道来，给人以知识的启迪。另一方面，这些生物界的事物在周作人的笔下都充满情趣和生机，弥漫着一种人文色彩。最为重要的是，草木虫鱼系列似乎还隐约地透露出周作人内在隐秘的创作动机，即在动荡的时代中，为自己的心灵和不安找到一种可以栖居的知识与审美的住处。因此，我们就不难理解这样的一个审美现象：在草木虫鱼系列之中，作者常常在文章结尾处情不自禁地把所写的事物与自己的故乡、自己的儿时、自己的记忆联系在一起，由此而幽幽暗暗地传达出一种淡泊、忧郁但又似乎可以把握、可以体会的乡土之思与生命之思。就散文艺术而言，如果没有这种从"知识存在"到乡土之思、生命之思的审美建构过程，那么，这些"草木虫鱼"只能是一系列科普小品或"知识小品"。

### （二）民间民俗系列

如果说草木虫鱼系列展示的是周作人散文中一股独特的情感之思与对生命之感念。那么，民间民俗系列，透露的则是周作人十分敏锐的对人世间、对人心、对凡人信仰的悲悯与同情的人文之思。就知识的审美建构方式而言，这两个系列散文的共同特征就是借助大量的文献征引和丰富的知识表述来隐曲地传达作者内在情感与思想。

关于民间民俗系列散文，我首先要分析的是《无生老母的消息》。就我的阅读经历来说，这是一篇百读不厌的散文。事实上，周作人自己对此也比较得意，他在晚年写给鲍耀明的信中曾明确说这篇散文是他"敝帚自珍"，"至今还是喜爱"的随笔之一。在文中作者引述了刘青园的《常谈》、黄壬谷的《破邪详辩》三卷、续又续三续各一卷、小林一茶的随笔集《俺的春天》、茂来女士的《西欧的巫教》、柳宗元的《柳州复大云寺记》等。作者通过大量的文献引述揭示出中国民间信仰中盛行无生老母崇拜的内在心理秘密："大概人类根本的信仰是母神崇拜，无论她是土神谷神，或是水神山神，以至转为人间的母子神，古今来一直为民众的信仰的对象。客观地说，母性的神秘是永远的，在主观的一面，人们对于母亲的爱总有一种追慕，虽然是非意识的也常以早离母怀为遗恨，隐约有回去的愿望随时表现，这种心理分析的说法我想很有道理。不但有些宗教的根源都从此发生,就是文学哲学上的秘密宗教思想,以神一或美为根,人从这里分出来,却又薪求回去,也可以说即是归乡或云还元。"作者这种对荒诞无稽的民间信仰之同情与理解,透露的是一种深厚的人性之体贴与人文之关怀。五四是一个科学与理性的时代,同样的,科学与理性是五四一代人最重要的思想与价值尺度。但是,有趣的是,在五四一代人中,常常充满着对"非科学"、"非理性"的关注与关怀。比如,五四之前,鲁迅就曾在《破恶声论》中大胆地宣称:"夫人在两间,若知识混沌,思虑简陋,斯无论已:倘其不安物质之生活,则自必有形上之需求。……虽中国志士谓之迷,而吾则谓此乃向上之民,欲离是有限相对之现世,以趣无限绝对之至上者也。人心必有所冯依,非信无以立,宗教之作,不可已矣……伪士当去,迷信可存,今日之急也。"① 鲁迅的这段话,实为周作人之先声。我认为,这种悖论式的精神结构是值得我们深思:人性的复杂和内心之奥秘常常是清晰而明确的"科学"与"理性"尺度所揭示不了的,人们要揭示人性内在的"暗物质",需要的是一种体验、同情与理解。尽管这是一种悖论,但恰恰是这种独特的精神结构,才构成五四一代人精神世界的宽广与深邃、科学与人性、理性与人道、精英与民间等因素共生共融的复杂格局,也正是这种独特的精神格局深刻地影响了这一代作家创作的人文情怀。就周作人散文而言,这种的情怀在《鬼的生长》一文中就体现得相当饱满。在这篇散文中尽管关于"鬼的生长"一事看似荒诞不经,但作者仍一本正经地大量引述古今中外关于鬼的生长的说法,仅引述的文献就有:纪昀的《如是我闻》、邵伯温的《闻见录》、俞曲园的《茶香室三钞》、钱鹤岑的《望杏楼志痛编补》等。在理性上,周作人并不相信有关鬼的生长的说法,但在内心深处,在人情的体贴上,在人性的理解上,他则希望有其事,正如他所言:"我不信鬼,而喜欢知道鬼的事情,此是一大矛盾也。虽然,我不信人死为鬼,却相信鬼后有人,我不懂什么是二气之良能,但鬼为生人喜惧愿望之投影则当不谬也。陶公千古旷达人,其《归园田居》云:'人生似幻化,终当归空无。'《神释》云:'应尽便须尽,无复更多虑。'《拟挽歌辞》中则云:'欲语口无音,欲视眼无光,昔在

---

① 鲁迅:《破恶声论》,《鲁迅全集》第八卷,人民文学出版社1981年版。

高堂寝,今宿荒草乡。'陶公于生死岂尚有迷恋,其如此说于文词上固亦大有情致,但以生前的感觉推想死后况味,正亦人情之常,出于自然者也。常人更执著于生存,对于自己及所亲之翳然而灭,不能信亦不愿信其灭也,故种种设想,以为必继续存在,其存在之状况则因人民地方以至各自的好恶而稍稍殊异,无所作为而自然流露,我们听人说鬼实即等于听其谈心矣。"说鬼谈虚,是中国传统士人的乐趣之一。苏东坡式的姑妄言之、姑妄听之的态度,是周作人比较欣赏的,这其中有超功利的意味。我想,如果在超功利的态度之中,能融进"听人说鬼实即等于听其谈心"的关怀,那么,流传在中国民间的许多事物都可以成为谈论的对象,都可以获得一种人文化的理解,这已不是一种简单的民间立场,更重要的是一种人文的立场。正如周作人所言:"传说上李夫人杨贵妃的故事,民俗上童男女死后被召为天帝使的信仰,都是无聊之极思,却也是真的人情之美的表现:我们知道这是迷信,但我确信这样虚幻的迷信里也自有美与善的分子存在。这于死者的家人亲友是怎样好的一种慰藉,倘若他们相信。"科学之知识因为有了这种情感的浸润,将在无声之中蜕去其坚硬的外壳,焕发其柔和的思想之光;理性之内核因为有了这种人文之思,才显得更加人道,更加人性;人生的幻灭之痛,生命的今昔存殁之感,灵魂有无的疑惑等等不幸,因为有了这种人文之思,似乎可以获得少许的慰藉和感怀。

　　必须指出的是,这种人文之思并没有减弱周作人散文中民间民俗系列散文的坚实而锐利的理性内核。唯理与求真的维度仍然是周作人永不放弃的解剖之刀。比如,《关于雷公》一文,作者对有关"雷公"的民间传说进行广征博引,仅直接引述的文献就有:《寄龛全集》、俞蛟的《梦厂杂著》、汪鼎的《雨韮庵笔记》、汪苶的《松烟小录》与《旅谭》、施山的《姜露庵笔记》、王应奎的《柳南随笔》、王充的《论衡》、桓谭的《新论》、谢在杭的《五杂俎》、日本14世纪的"狂言"里的《雷公》和日本滑稽小说《东海道中膝栗毛》等。在这些古今中外不同的关于"雷公"的说法中,作者重点选取其中的"阴谴说"来加以批判,他追问道:"阴谴说——我们姑且以雷殛恶人当作代表,何以在笔记书中那么猖獗,这是极重要也极有趣的问题,虽然不容易解决。中国文人当然是儒家,不知什么时候几乎全然沙门教(不是佛教)化了,方士思想的侵入原也早有……"从中国民间关于"雷公"的说法,可以看出传统儒家文化在历史流变过程中,其理性的内核是如何受到道教与方士思想的侵蚀,从而破坏了它的内在健全性。在《关于雷公》一文中,作者所运用的这种文化人类学式的考论,可以说是周作人民间民俗系列散文的文化批评的基本维度。在文章的结尾,作者还从中日两国民间对"雷公"的不同说法中,比较出两国国民不同的文化心理结构:"日本国民更多宗教情绪,而对于雷公多所狎侮,实在却更有亲近之感。中国人重实际的功利,宗教心很淡薄,本来也是一种特点,可是关于水火风雷都充满那些恐怖,所有记载与说明又都那么惨酷刻薄,正是一种病态心理,即可见精神之不健全。日本庶几有希腊的流风余韵,中国文人则专务创造出野蛮的新的战栗来,使人心愈益麻木萎缩,岂不哀哉。"这种对中外民间民俗所表现出来的深层国民文化心理结构差异性的关注,是周作人民间民俗系列散文的重要主题之一。关于这一主题的理性考量,甚至深刻地影响了周作人日本研究的转向。比如,在《关于祭神迎会》一文中,作者引述柳田国男的《日本之祭》、张岱的《陶庵梦忆》、范寅的《越谚》等文献,充分比较中日民间的祭神迎会的不同风俗,展示了一幅幅生动而具体的民间祭神迎会的风俗画。但作者真正的比较目的却在于通过这一幅幅的风景画,进而把握中日民间文化心理结构的差异之所在。他说:"日本国民富于宗教心,祭礼还是宗教仪式,而中国人是人间主义者,以为神亦是为人生而存在者,此二者之间正有不易渡越的壕堑。"在这里,关于民间民俗的知识或记忆从具体的历史形态深化为充满理性判断力和深邃感的历史与文化智慧,在这种历史与文化智慧的观照之中,知识、文化或记忆成为一种有意味的存在,散文中大量的关于民间民俗知识的引述,也在无形之中深化为一种文化批评或文明批评的话语方式,进而揭示出在它的深层所隐藏着民族的、文化的、历史的深刻差异性,正是抓住差异性,并加以透彻的理性分析和文化人类学的考论,才使得周作人散文具有一种逼人的智性之锋芒。

　　生命之感、人文之思与智性之锋芒,构成了周作人散文中知识之美的三种面相。尽管在分析过程中,我们对这三种面相加以分别论述,但事实上在周作人散文中,这三种面相常常是融合在一起,正是这种交融共生的形态,构成周作人散文独特的变幻的摇曳多姿的审美风格。

## 二、知识之源

读书人常感慨人生有限,学海无涯。浩如烟海的古今中外典籍,以有限的生命根本无法穷尽。人生历程就如白驹过隙,转瞬即逝。尽管生命是如此的短暂和渺小,但求知的好奇心与探索的意志一直在推动着人类阅读、思考的步伐,这就是思想的力量,也是思想的伟大之处。

当我们钦佩周作人知识广博的同时,也不免会追问:周作人散文中这种广博的知识是如何获得的? 这就不得不提到一个概念:"杂学",我认为,在周作人那里,"杂学"不仅仅是一种阅读方式或者说获取知识的方式,它更是一种具有价值意义的知识立场和文化建构的理念。周作人曾在一篇题为《我的杂学》的具有自传性的文章中,对自己的"杂学"做了概括,共计18类:"(一)古文;(二)小说;(三)古典文学;(四)外国小说;(五)希腊神话;(六)神话学与安特路朗;(七)文化人类学;(八)生物学;(九)儿童文学;(十)性的心理;(十一)蔼理斯的思想;(十二)医学史与妖术史;(十三)乡土研究与民艺;(十四)江户风物与浮世绘;(十五)川柳落语与滑稽本;(十六)俗曲与玩具;(十七)外国语;(十八)佛经。"①对一个常人而言,一生中若能钻研这18类中任何一个门类,都足以成就一门大的学问。令人惊讶的是,周作人在这18类杂学中都有自己的心得、自己的发现。这些心得与发现都内在地构成了他多元化的知识结构中的一个要素,形成了周作人独具特色的知识之源。对于今天的研究而言,只是简单地排列这18类知识形态是没有意义的。在这里,有些问题值得我们提出来加以分析:一是周作人式的知识分类是随意的吗? 如此分类的内在根据是什么? 现代分类学的研究告诉我们:对知识的分类是现代学科知识的理性化、系统化的重要标志。中国传统学术关于知识分类及其系统不仅有一套成熟的分类体系,而且有其内在的逻辑方式,即所谓的"四部之学"。它的确切含义,指的是由经、史、子、集四部为框架建构的一套包括众多知识门类,具有内在

---

① 周作人:《我的杂学》,《苦口甘口》,河北教育出版社2002年版。

逻辑关系的知识系统,并以《四库全书总目》之分类形式得以最后确定。到了晚清时期,"四部之学"的知识系统在西学东渐大潮冲击下,不断解体与分化。① 我认为,作为五四一代的历史人物,周作人不仅置身在这一知识系统从传统向近代转型的历史过程,而且体察到这一知识系统的分类方式转型的现代性意义,并分享这种转型过程所带来的知识分类的崭新的自由感。这是我们在分析五四一代历史人物的知识结构形成时,不能不看到的特异之处。值得一提的是,关于五四知识分子的知识结构和知识背景,现已渐渐引起一些研究者重视。二是这 18 类的知识形态既有主流、正统的知识话语,但更多的是一种非主流、非正统的知识话语。我认为,后者对建构周作人独特的文化身份具有十分重要的意义。著名哲学家福柯在《知识考古学》一书中,令人信服地揭示了知识与权力之间的复杂而微妙之关系,当然,这里所说的"知识"不局限于科学知识本身,它不是具体地指实证科学中的某一个分支,而是不同时代知识的构架(结构、形状、组织、体制等),换句话说,不是表面的知识而是深度的知识,不是做什么而是怎么做、或做的规则。② 按照福柯的这一理论发现,任何一种知识话语的表述和分类方式都受制于特定时代的权力结构,在某种意义上说,表述方式越清晰,分类方式越严整,意味该话语系统被监禁、规训、强制的力度越严厉,也意味着对他者的排斥、指责、抑制的可能性越强大。③ 因此,传统的知识系统及其分类,事实上在其深层乃是体现为一种潜在的权力结构,它规定了什么是正统、主流的价值,什么是知识者应遵循的表达规范。其目的只有一个,就是强制地向人们灌输一种权力结构所认可的"正确"的说话方式。这样的一套知识系统及分类就可能把大量其他的知识形态排除在外,其结果则限制了一个民族对知识新领域的冒险和对新知识的好奇心、创造。④ 因此,我认为,周作人这一独特分类方式看似随意,但内在仍有其现代性的知识分类的意义。行文到此,有一个相关的问题就自然地浮现出来:在五四一代作家的观念中,文体的界限是相当自由

①　关于"四部之学",主要参考左玉河:《从四部之学到七科之学》,上海书店出版社 2004 年版,第 4 页。

②　谢地坤主编:《西方哲学史》第七卷(下),凤凰出版社 2005 年版,第 1044 页。

③　同上书,第 1044—1045 页。

④　同上。

的。事实上,五四之后盛行的越来越清晰与明确的文体概念和文体分类方式,对创作的自由与想象力的解放都是一种束缚。对此,周作人是十分敏感的,以至于到了20世纪40年代,他还在提倡一种文体与思想都很驳杂的文体。

当然,周作人的这种"杂学"式知识结构的形成,不仅经历了漫长的积累过程,而且形成了相当个人化的经验。关于这种知识结构的形成过程与内在经验的形态学分析,对我们探讨五四一代知识分子的思想生成方式及其复杂过程有十分典型的意义。周作人曾以其一贯自谦而又不无自信的口吻多次谈及这一经验。比如,在《我学国文的经验》中,他说道:"我到十三岁的年底,读完了《论语》、《孟子》、《诗经》、《易》及《书经》的一部分。'经'可以算读得也不少了,虽然也不能算多,但是我总不会写,也看不懂书,至于礼教的精义尤其茫然,干脆一句话,以前所读之经于我毫无益处,后来的能够略写文字及养成一种道德观念,乃是全从别的方面来的。总结起来,我的国文的经验便只是这一点,从这里边也找不出什么学习的方法与过程,可以供别人的参考,除了这一个事实,便是我的国文都是从看小说来的,倘若看几本普通的文言书,写一点平易的文章,也可以说是有了运用国文的能力。现在轮到我教学生去理解国文,这可使我有点为难,因为我没有被教过这是怎样地理解的,怎么能去教人。如非教不可,那么我只好对他们说,请多看书。小说,曲,诗词,文,各种;新的,古的,文言,白话,本国,外国,各种;还有一层,好的,坏的,各种;都不可以不看,不然便不能知道文学与人生的全体,不能磨炼出一种精纯的趣味来。"①在周作人这段话里,有几点需要分析:其一,周作人认为自己的国学经验是得自于"经外",这显然是一种完全有别于传统的知识生成方式,它呈现的是一个处于知识系统从传统向近代转型过程的中国知识分子的特殊的思想与知识之路。反过来说,正是这种特殊的知识之路才可能建构起这一代人的有别于传统的现代性的思想与理论视野。其二,在传统知识系统中被排斥在外的"知识类型",如小说、杂书、俗曲等,在周作人的阅读构成中却成为主导形态。当然,周作人的知识之路是否真的像事后回忆那样一路通畅呢? 这是值得怀疑的问题,但有一点必须肯定,这样的知

① 周作人:《我学国文的经验》,《谈虎集》,河北教育出版社2002年版。

识生成方式必然会萌生出不同于按部就班的思想方法和文化想象力。正如福柯所揭示的那样:"不同文明时代种种话语霸权——这话语的词序与事物或做事情的秩序是同构的。它们之间的联结很简单,只是通过话语。"① 也就是说,如果话语一旦发生变迁或断裂,则就意味着文明史的断裂,在这样的语境中,人们突然不像从前那样说话了,老辈人听不懂小辈人说话了。② 那么,人们又是如何真正地感受到这种断裂及其深刻意义呢? 研究者又是如何分析这种文明史的断裂呢? 在福柯看来:"问题的关键在于,说话人或作者是否具有建立新关系的能力——能否想到新的关系,这是一种新的启蒙。辨别说话的能力,最简单的办法是观察说出不同语言用法的能力,用不同时代、不同人、不同学科、不同性质的问题交互说话的能力,把具有不同相貌排列方法的语言系列重新组合的能力,使别人无法为你说出来的话语归类的能力。"③ 如果我们把福柯的理论逻辑运用到对周作人知识生成方式的分析上,就可以看出,周作人得自经外与阅读小说的知识生成方式给予他丰富的、多样性的、关系的、差异的、距离的弥漫性知识空间,他的思想的创造力、想象力与解构力也就在这弥漫的自由的知识空间中充分迸发出来。我认为,这种知识之路对反思当下的文学教育与人文教育不失为一种有价值的资源。

周作人对自己的这种知识之路颇为看重,在前前后后的许多文章中,他都有意识地谈到类似的体会:"我的国文读通差不多全靠了看小说,经书实在并没有给了什么帮助,所以我对于耽读小说的事还是非感谢不可的。"④ "我学国文的经验,在十八九年前曾经写了一篇小文,约略说过……干脆一句话,以前所读之经于我毫无益处,后来的能够略写文字及养成一种道德观念,乃是全从别的方面来的。关于道德思想将来再说,现在只说读书,即是看了纸上的文字懂得所表现的意思,这种本领怎么学来呢? 简单的说,这是从小说看来的。"⑤ 小说真的具有像周作人所说的如此巨大的功能吗? 这是我们不得不提出的疑问。因为在传统的知识系统中,小说根本不是"学问"。换言

---

① 转引自谢地坤主编:《西方哲学史》第七卷(下),凤凰出版社 2005 年版,第 1048—1049 页。

② 同上

③ 同上。

④ 周作人:《小说的回忆》,《知堂乙酉文编》,河北教育出版社 2002 年版。

⑤ 周作人:《我的杂学》,《苦口甘口》,河北教育出版社 2002 年版。

之,关于小说的阅读,对周作人的知识生成究竟具有一种怎样的功能呢? 这是我们要回答的问题。在传统的阅读构成中,小说历来被视为"闲书",正统教育是不允许学童阅读小说的。但有趣的是,对小说阅读的兴趣却是无法遏制的,在某种意义上说,它深深地植根于人类的天性,正如周作人所经常引用的刘继庄《广阳杂记》中一段话所言:"余观世之小人,未有不好唱歌看戏者,此性天中之《诗》与《乐》也;未有不看小说,听说书者,此性天中之《书》与《春秋》也;未有不信占卜祀鬼神者,此性天中之《易》与《礼》也。"只有这样源于天性的知识形态,才可能生成像周作人所说的历久弥新的情感吸引力。那么,传统小说的吸引力又源自何处呢? 我认为,主要的原因在于: 传统小说在文化功能上,由于与底层经验、民间经验紧紧联结在一起,使得这一文体承载着许多现实的、感性的生活材料和思想材料,这对一个正在成长中的思想与心灵来说,犹如汲取到充满活力的生活之源;另一方面,传统小说在思想价值上,又常常表现为一种朴实的道德感或者价值关怀,由于这种道德感与价值关怀没有经受官方的正统的知识权力的删剪,它多是表现出独有的多义性、歧义性,这为心灵与思想的自由抉择提供一种难得的考验机会。当然,最重要的是,传统小说的想象方式与话语方式所传达出来的"狂欢"化文化想象力和文化激情,带给读者的是一种解放的力量,一种成长的力量,一种无所畏惧的探索勇气。

事实上,在周作人的阅读史上,小说阅读仅仅是阅读之开场或者说只是阅读构成的一小部分,除此之外,他还有许多的择取。比如,他在《关于竹枝词》一文中就明确说到:"不佞从小喜杂览,所喜读的品类本杂,而地志小书为其重要的一类,古迹名胜固复不恶,若所最爱者乃是风俗物产这一方面也。"[1] 他曾把自己的这种读书方法称为"非正宗的别择法"[2]。他说道:"这个非正宗的别择法一直维持下来,成为我择书看书的准则。这大要有八类。一是关于《诗经》、《论语》之类。二是小学书。即《说文》、《尔雅》、《方言》之类。三是文化史料类,非志书的地志,特别是关于岁时风土物产者。如《梦忆》、《清嘉录》、《思痛记》、《板桥杂记》等。四是年谱、日记、游记、

---

[1]　周作人:《关于竹枝词》,《过去的工作》,河北教育出版社 2002 年版。

[2]　周作人:《我的杂学》,《苦口甘口》,河北教育出版社 2002 年版。

家训、尺牍类。如《颜氏家训》、《入蜀记》等。五是博物书类。如《农书》、
《本草》、《诗疏》、《尔雅》各本。六是笔记类。范围甚广,子部杂家大部分
在此列。七是佛经之一部。特别是旧译《譬喻》、《因缘》、《本生》各经,
大小乘戒律,代表的语录等。八是乡贤著作。我以前常说看闲书代纸烟,这
是一句半真半假的话,我说闲书,是对于新旧各式的八股文而言,世间尊八股
是正经文学,那么我这些当然是闲书罢了,我顺应世人这样客气的说,其实在
我看来原都是很重要极严肃的东西。重复的说一句,我的读书是非正统的。
因此,常为世人所嫌憎,但是自己相信其有意义亦在于此。"① 值得注意的是,
这里提到了"非正宗的别择法"。那么,所谓的"正宗"又是什么? 当然是
中国传统读书人视为"大经大法"的经典。与中规中矩的正统阅读方式不
同,非正宗的别择带给周作人一种非正宗的阅读经验。就周作人所提到的许
多阅读种类来看,虽然并不全是传统知识系统中的异端,但确实有很大部分
是长期被正统知识系统视为"闲书"或不入流之读物。我认为,这种离经叛
道的阅读经验为周作人打开新的知识视野,尽管这种开辟并不以有意识地颠
覆传统知识结构为目的,但至少给予周作人以另一种眼光打量传统知识的正
统性。这种独特的阅读经验和阅读方式,在五四一代思想人物成长过程中都
有十分典型的表现,比如,周作人就说鲁迅"从小喜欢'杂览',读野史最多,
受影响亦最大"。我认为,选取从阅读构成与阅读结构的视角来分析中国现
代思想史的形成与发展,不失是一种有价值的研究视角。更重要的是,我们
要看到,当周作人描述自己的这种非正宗的别择时,在其所表现出来的自信
和自得的语调背后,充满着一种冲破正统知识藩篱的快感和自由感,这对于
我们这一代人日益学院化、规范化的阅读想象、阅读情境来说,真是一种久违
的感觉,一种清新而有活力的感觉。

　　尽管周作人在许多地方都自谦地强调自己的"自然科学的知识很是有
限,大约不过中学程度罢,关于人文科学也是同样的浅尝,无论那一部门都不
曾有过系统的研究",但必须指出,周作人的杂学并非泛滥无归,他有自己内
在的标准。对此,他曾在《苦竹杂记·后记》中有过一段明确的表述:"来

---

① 周作人:《拾遗》,《知堂回想录》(下),河北教育出版社 2002 年版。

书征文,无以应命。足下需要创作,而不佞只能写杂文,又大半抄书,则是文抄公也,二者相去岂不已远哉。但是不佞之抄却亦不易,夫天下之书多矣,不能一一抄之,则自然只能选取其一二,又从而录取其一二而已,此乃甚难事也。"① 接着,他十分肯定地谈到自己的选择标准:"因此,我看书时遇见正学的思想正宗的文章都望望然去之,真真连一眼都不瞟,如此便不知道翻过了多少页多少册,没有看到一点好处,徒然花费了好些光阴。我的标准是那样的宽而且窄,窄时网进不去,宽时又漏出去了,结果很难抓住看了中意,也就是可以抄的书。不问古今中外,我只喜欢兼具健全的物理与深厚的人情之思想,混合散文的朴实与骈文的华美之文,理想固难达到,少少具体者也就不肯轻易放过。"② 这段话经常被研究者所引述,它明确传达出周作人选择的标准。我们常常惊喜"开卷有益",又往往慨叹"沙多金少",这两种情形看似矛盾其实统一,其关键在于阅读者自身所具有的学识、判断力、鉴别力。正如周作人在《情诗》、《猥亵论》、《〈沉沦〉》、《文艺与道德》以及《净观》等文章中那样,反复强调阅读要有三种态度:艺术的自然、科学的冷静、道德的洁净。周作人自身就实践着这三种态度,其中关于物理与人情,始终是周作人论世知人、衡史论文的坚定不移的立足点,也是周作人进行文明批评和社会批评的基本尺度。

　　周作人曾以选读笔记为例,谈到自己对标准的坚持:"简单的说,要在文词可观之外再加思想宽大,见识明达,趣味渊雅,懂得人情物理,对于人生与自然能巨细都谈,虫鱼之微小,谣俗之琐屑,与生死大事同样的看待,却又当作家常话的说给大家听,庶乎其可矣。"③ 在这段话的意思中有两个关键词,就是"情理"与"常识",这也是周作人对选择标准的最简要概括。然而,究竟什么是"情理"呢? 对此,周作人曾有过自己的解释:"我觉得中国有顶好的事情,便是讲情理,其极坏的地方便是不讲情理。随处皆是物理人情,只要人去细心考察,能知者即可渐进为贤人,不知者终为愚人,恶人。"④ 显然,

　　① 　周作人:《苦竹杂记·后记》,《苦竹杂记》,河北教育出版社 2002 年版。
　　② 　同上。
　　③ 　周作人:《谈笔记》,《秉烛集》,河北教育出版社 2002 年版。
　　④ 　周作人:《情理》,《苦茶随笔》,河北教育出版社 2002 年版。

这里所谓的"情理",是指一种根据科学理性与人性要求的生活态度、生活立场和生活价值。这种生活态度、生活立场和生活价值由于受到旧传统的规范和道德约束以及知识权力的规训,变得十分单一、狭窄,乃至残酷无情。这种情形不利于中国人心灵与中国文化的健全与宽容的养成,也在一定程度上扼杀文化与心灵的成长的自由感。因此,在周作人看来,提倡"情理"就显得十分的必要。什么是"常识"呢? 按周作人的解说:"常识乃只是根据现代科学证明的普通知识,在初中的几种学科里原已略备,只须稍稍活用就是了。"[1] 这种对"常识"的重视,我认为,是来自周作人对伦理自然化的内在要求,周作人曾说过,中国须有两大改革,一是伦理之自然化,二是道义之事功化。[2] 且不说周作人在 20 世纪 40 年代说这番话时是否有替自己"落水"做辩解的真实心意。但是,关于伦理之自然化,确实是一种现代的科学理性,它对中国传统文化的现代转换具有重要的思想价值。五四新文化运动期间,曾发生了一场关于"科学与玄学"的人生观大论战,对这一论战的内在文化理路的分析,目前学术界做得并不充分,我认为,只有把这一论战放置在中国文化的大传统、大语境之中,才能发现其真实面相。中国传统文化中存在着一个奇怪现象:即常常把自然问题伦理化,伦理问题玄学化,形成科学与玄学的缠绕和纠结的复杂结构。自然问题的伦理化,就造成一味地抬高道德的诉求与伦理的规范,反过来也就遮蔽了人们对自然的探求。对自然的无知,从某种意义上说,就是对自身的无知,在这种无知情况下所产生的知识及想象必然是一种道德化的解说,并且,在具体的知识实践过程中,必然会把这种道德化的解说意识形态化地体现为一种律令式的主观意志,其结果就是产生了大量唯意志论的行为。因此,对于常识的呼唤,成为了建立一个理性社会所必须具备的最低标准。对于情理与常识的关注和提倡,体现了周作人作为一个中国的启蒙思想家的中国文化之立场,以及他对中国文化缺失性的深入理解。尽管他提出的情理与常识的标准是如此之微小与浅显,但却是深刻地切中时弊。直到今天,"情理"与"常识"的健全仍是中国文化良性成长的重要资源。

---

① 周作人:《常识》,《苦竹杂记》,河北教育出版社 2002 年版。
② 周作人:《道义之事功化》,《知堂乙酉文编》,河北教育出版社 2002 年版。

# 三、知识之刃

从阅读经验到知识生成,再到知识的再创造,这是一个复杂的心智运作过程,因为有了阅读经验并不等于具备了内在判断力的知识生成。同样的,知识生成若想获得自我更新、自我实现的力量,就必须把这种知识生成还原到具体的现实、经验或历史语境中加以考量,以磨砺其分析问题的锋芒。这一过程并不是在所有的读书人身上都能获得实现,只有坚持运思和实践在具体复杂的历史或经验世界中,这种知识生成所内在的意义与功能才可能上升成为一种智慧或者一种独到的眼光和视野。天下读书人多矣,但有智慧的人却万不一见,这不免让人沮丧。周作人是如何做到了这一智慧的展现呢?这让人羡慕,也让人深思。我认为,周作人在这方面的智慧表现具有许多的方式,但其中最重要的是他确立了知识生成和再创造过程的历史理性和批判维度,在这种历史理性和批判维度中,他共时性地并置了现实与历史、经验与理论、个别与普遍之间的矛盾性,并在这种矛盾性的文化冲突和裂缝中找到批判的意义与立场。周作人的这种寻找是一种批判性的寻找,是一种对矛盾性的深度解构与翻转,从而让事物显现其被长期遮蔽了的另一种面目。当然,我们并不是说任何的翻转或解构都是新的发现。就本文所讨论的问题而言,这种独特的解构性以及解构性所具有的批判维度带给周作人以十分锐利而独到的知识之刃。

这首先表现在周作人形成了对历史人物迥异时论的评价眼光。比如,他对顾炎武的评价就是一个突出的例子。顾炎武在明末清初思想界的地位,世所推崇。有清一代,许多学者都视其为开一代学风的大儒。近代学人梁启超、钱穆分别在《清代学术概论》、《中国近三百年学术史》等著作中颂扬有加。关于这一点,周作人不可能不知道,但他却有自己的评价。他说:"我最觉得奇怪的是顾亭林《日知录》,顾君的人品与学问是有定评的了,文章我看也写得很干净,那么这部举世推尊的《日知录》论理应该给我一个好印象,然而不然。我看了这书也觉得有几条是好的,有他的见识与思想,朴实可喜,看似寻常而别人无能说者,所以为佳,如卷十三中讲馆舍、街道、官树、桥梁、人聚诸篇皆是。但是我总感到他的儒教徒气，我不菲薄别人做儒家或法家道家，可是不可有宗教气而变成教徒，倘若如此则只好实行作揖主义，敬鬼神而远之矣。《日知录》卷十五'火葬'条下云：'宋以礼教立国而不能革火葬之俗，于其亡也乃有杨琏真伽之事。'这岂不象是庙祝巫婆的话，卷十八'李贽'、'钟惺'两条很明白地表出正统派的凶相。"① 在这里，关于周作人对《日知录》正面的评价，暂且不论。但我却有一个疑问：为什么周作人会指责《日知录》有"儒教徒气"，有"正统派凶相"呢？难道周作人不能理解《日知录》写作的历史语境吗？在明清之际易代的文化语境中，明末清初的士人笔下常常出现"戾气"、"躁竞"、"气矜"、"气激"等字样，正如赵园先生所言："以'戾气'概括明代尤其明末的时代氛围，有它异常的准确性。而'躁竞'等等，则是士处此时代的普遍姿态，又参与构成着'时代氛围'。"以周作人对这些士人的阅读，他一定能体会到这种"时代氛围"和在这种"时代氛围"中士人的内心苦衷。② 但是，一旦体察到在这种"时代氛围"中士人心灵世界的不宽容，周作人就会下意识地联系到自身的语境。因此，周作人对《日知录》的解读，总会让人联想到他对左翼文化的态度。我认为，这种潜在的情感逻辑正是周作人形成特殊的文化解读向度的内在原因。与评价顾炎武不同，周作人对傅青主、刘继庄、刘青园、郝兰皋等人则给予了较高的评价。他在《关于傅青山》一文中对"傅青山"这位"向来很少人注意"的明朝遗老的"特别的地方"进行了全面的评价："他的思想宽博，于儒道佛三者都能通达，故无偏执处。""渔洋的散文不无可取，但其见识与傅颜诸君比较，相去何其远耶。""我们读全谢山所著《事略》，见七十三老翁如何抗拒博学鸿词的征召，真令人肃然起敬，古人云，姜桂之性老而愈辣，傅先生足以当之矣。文章思想亦正如其人，但其辣处实实在在有他的一生涯做底子。"③ 傅山是明末清初思想界一位奇人，他"博及群书"、"道兼仙释"，却又"一意孤行"。尽管梁启超把他与顾、黄、王、李、颜并称"清初六大师"，

---

① 　周作人：《谈笔记》，《秉烛谈》，河北教育出版社2002年版。

② 　关于明清之际易代文化语境的讨论，主要参考赵园：《明清之际士大夫研究》，北京大学出版社1999年版，第4页。

③ 　周作人：《关于傅青主》，《风雨谈》，河北教育出版社2002年版。

但是,思想史和学术史上对他全面地认识与评价并不多见,因此,周作人的这篇文章确有特殊的学术价值。在这篇文章中周作人还说到刘继庄可以与傅青主相比,那么,刘继庄又是何许人也?周作人看重他的又是什么呢?周作人说道:"刘继庄颖悟绝人,博览,负大志;不仕,不肯为词章之学。生平志在利济天下后世,造就人才,而身家非所计,其气魄颇与顾亭林相似,但思想相通,气象阔大处还非顾君所能企及。"① 周作人在文中还对刘继庄的"气度之大,见识之深"多加赞扬,他说:"明季自李卓吾发难以来,思想渐见解放,大家肯根据物理人情加以考察,在文学方面公安袁氏兄弟说过类似的话,至金圣叹而大放厥词,继庄所说本来也沿着这一条道路,却因为是学者或经世家的立场,所以更为精练。"② 他最后说道:"紫庭所说横绝宇宙之胸襟眼界正是刘继庄所自有的……盖其心廓然大公,以天下为己任,使得志行乎时,建立当不在三代下,这意见我是极赞同的。虽然在满清时根本便不会得志,大概他的用心只在于养成后起的人而已吧。清季风气一转,俞理初蒋子潇龚定庵戴子高辈出,继庄学问始再见重于世。"③ 我们引述的这些高度评价,在周作人一贯节制的笔下是十分难得的,可见周作人对刘继庄之心仪。明清之际是一个易代的、动荡的历史文化语境,在这样的一个历史文化语境之中,一方面,中国传统知识分子陷入极度的精神危机之中,纠结在内心的危机意识,一旦无法驱除,就会不断刺激士论的声调,这样就难免有苛责之言,诛心之论。但这些士论又是一把双刃剑,它既刺中时弊,却又自伤锐气,正如钱谦益所亲身感受到的那样:"兵兴以来,海内之诗弥盛,要皆角声多,官声寡,阴律多,阳律寡;噍杀恚怒之音多,顺成嘽缓之音寡。繁声人破,君子有余忧焉。"④ 这话说得多么激切而沉痛。另一方面,易代的语境也促使某些有责任感的知识分子进行深度的历史反思,努力寻找明代灭亡的历史原因。当然,所有的这些寻找都是一种历史后设,只不过在明清之际,这种的历史探索与反思尤其显得悲壮与悲凉,也特别能显示出中国传统文化中"士"的精神血

---

① 周作人:《立春以前·〈广阳杂记〉》,河北教育出版社 2002 年版。
② 同上。
③ 同上。
④ 钱谦益:《施愚山诗集序》。

脉。因此,在明清易代的特殊历史时期,顺理成章地出现了一个蔚为壮观的
历史文化现象:即这一时期出现了一大批特别有个性、有思想、有决断力的
思想人物,如顾炎武、王夫之、黄宗羲等,他们展示了中国传统士大夫处在危
机处境时的精神风采和精神向度。从思想话语的生成语境来解读这一思想
史现象,也许能窥见一斑。在这一时期,由于出现了众多复杂的、惨痛的历史
事件与历史事变,这就为士论提供了无数可以阐释言说的空间,在不同的阐
释言说过程中,不仅表现了士大夫们各自不同的文化观念、文化立场,也展示
了各自不同的精神选择和人格气节。我认为,周作人在散文中为什么较多的
选择这一时期的历史人物加以评价并形成自己的评价方式,也可以从这方
面找到其内在原因:周作人始终把他自己所处的时代认为是近似明末,他在
《历史》一文中不无暗淡地说道:"假如有人要演崇弘时代的戏,不必请戏子
去扮,许多脚色都可以从社会里去请来,叫他们自己演。我恐怕也是明末什
么社里的一个人。"正是出于这种悲观的历史宿命论,周作人内心才有一种
自我拯救的自觉。他一方面担心着"故鬼重来"的陷阱,另一方面又努力在
历史中寻找回避的智慧。在某种意义上说,他试图追踪前贤的思想与个性,
其最深层的精神诉求就是为自己的当下生存,为自己的安身立命找到一种现
实选择的合理依据。

　　当然,在周作人对中国传统士人的评价中,有三个人物尤其引人注目,
即他所常常标举为中国思想界的三盏明灯:李贽、俞理初、王充。我们首先
来看周作人是如何评价李贽的? 周作人说道:"我说中国思想界有三贤,即
是汉王充,明李贽,清俞正燮,这个意见玄同甚是赞同的。我们生于衰世,犹
喜尚友古人,往往乱谈王仲任李卓吾俞理初如何如何,好像都是我们的友朋,
想起来未免可笑,其实以思想倾向论,不无多少因缘,自然不妨托熟一点。三
贤中唯李卓吾以思想得祸,其人似乎很激烈,实在却不尽然。据我看去他的
思想倒是颇和平公正的,只是世间历来的意见太歪曲了,所以反而显得奇异,
这就成为毁与祸的原因。思想的和平公正有什么凭据呢? 这只是有常识罢
了,说得更明白一点便是人情物理。懂得人情物理的人说出话来,无论表面
上是什么陈旧或新奇,其内容是一样的实在,有如真金不怕火烧,颠簸不破,
因为公正所以也就是和平。""我曾说看文人的思想不难,只须看他文中对

妇女如何说法即可明了。李卓吾的思想好处颇不少,其最明了的亦可在这里看出来。""李卓吾此种见解盖纯是常识,与《藏书》中之称赞卓文君正是一样,但世俗狂惑,闻之不免骇然,无名氏之批,犹礼科给事中张问达之疏耳,其词虽严,唯实在只是一声吆喝,却无意义者也。天下第一危险事乃是不肯说诳语,许多思想文字之狱皆从此出。本来附和俗论一声亦非大难事,而狷介者每不屑为,致蹈虎尾之危,可深慨也。""卓吾老子有何奇,也只是这一点常识,又加以洁癖,乃更至于以此杀身矣。""但只有常识,虽然白眼看天下读书人,如不多说话,也可括囊无咎,此上又有洁癖,则如饭中有蝇子,必哇出之为快,斯为祸大矣。""中国读书人喜评史,往往深文周纳,不近人情,又或论文,则咬文嚼字,如吟味制艺。卓吾所评乃随意插嘴,多有妙趣,又务为解放,即偶有指摘亦具情理,非漫然也。""他知道真的儒家通达人情物理,所言说必定平易近人,不涉于琐碎迂曲也。《焚书》卷三《童心说》中说的很妙,他以为经书中有些都只是圣人的迂阔门徒,懵懂弟子,记忆师说,有头无尾,得后遗前,笔之于书。此语虽近游戏,却也颇有意思,格以儒家忠恕之义,亦自不难辨别出来。"① 在明代的思想史、学术史上,李贽无论如何都是一位特异之士,从个性上说,李贽自谓"其性偏急,其色矜高,其词鄙俗,其心狂痴,其行率易"②。袁中道也认为他"本息机忘世、槁木死灰之人,念念在滋于古之忠臣义士、侠儿剑客,读其遗事亦为泣泪横流,痛哭滂沱而若不自禁"③。这样一个性张扬,感情奔放之人,"又不幸生当晚明专制政府恶化之时,上则权臣逆阉专国,下则科举道学坏才。愤世疾俗,养成满腔郁勃不平之气,激荡发泄,遂至无复分际范围。而王学左翼之'禅狂',既反抗束缚之倾向,复与李氏个性相投,于是推波助澜,其势不可遏止矣"④。但是,纵观周作人对李贽的评价,有意思的是,周作人似乎并不认可李贽思想与个性的张扬,他突显的则是李贽的"寻常处"。这显然与思想史、学术史上的一般性"定论"颇有抵触。那么,周作人为什么要如此评价李贽呢? 这其中是否存在一种潜对

---

① 周作人:《读〈初潭集〉》,《药堂杂文》,河北教育出版社 2002 年版。
② 转引自萧公权:《中国政治思想史》,新星出版社 2005 年版,第 377 页。
③ 同上。
④ 同上。

话的语境呢？我认为，这是十分值得分析的问题。思想史上的李贽是一个离经叛道的反叛者或者说"异端"的形象，在明代晚期的语境中，李贽的一系列言论确有惊世骇俗之效果，而正是这样的人物，周作人却说他只是说出朴实的人情物理而已。显然，这其中就隐藏着周作人自己对所谓人情物理的解读。仔细分析，我们可以看出周作人看重的是李贽说真话的勇气，那么，这又与周作人对所置身的文化语境中日益高涨的新八股化的社会文化风气的警惕有何关系呢？进一步来看，当评价李贽时，周作人特别同情他因文字而得祸。我认为，这种同情是出于周作人对自身的语境考量：面对日益壮大的左翼文学思潮和左翼文化压力，像周作人这样的自由主义作家，就难免于心有戚戚焉。从这些分析来看，在周作人对李贽的评价中确实交错着许多复杂的语境连通和潜对话的意向。如果研究者不能敏锐地看到这一点，那么，周作人笔下对历史人物与众不同的评论方式就很难让人理解。

在清代思想学术史上，俞理初也并不是一个特别突出的人物，但周作人却给予了他特别高的评价，这其中必然有许多值得深思的地方。我们先来分析周作人究竟看中俞理初思想的哪些特别的方面？并对他作出怎样的解读？他说："《类稿》的文章确实不十分容易读，却于学问无碍，至于好为妇人出脱，越缦老人虽然说的有点开玩笑的样子，在我以为正是他的一特色，没有别人及得的地方。记得老友饼斋说，蔡孑民先生在三十年前著《中国伦理学史》，说清朝思想界有三个大人物，即黄梨洲，戴东原，俞理初是也。蔡先生参与编辑年谱，在跋里说明崇拜俞君的理由，其第一点是'认识人权'，实即是他平等的两性观。""清朝三贤我亦都敬重，若问其次序，则我不能不先俞而后黄戴矣。我们生于二十世纪的中华民国，得自由接受性心理的知识，才能稍稍有所理解，而人既无多，话亦难说，妇人问题的究极属于危险思想，为老头子与其儿子们所不悦，故至于今终未见有好文章也。俞君生嘉道时而能直言如此，不得不说是智勇之士。"① 无论是明清思想史，还是学术史，方以智、顾炎武、王夫之、黄宗羲、戴震、颜元等人，都是必须专门论述的历史人物。相比而言，俞理初就不可能具有这样重要的历史地位。那么，周作人在自己

---

① 周作人:《关于俞理初》,《秉烛集》,河北教育出版社2002年版。

的评价中却有意抬高俞理初,其真实的意图是什么? 周作人对俞理初的再发现与再评价的尺度又是什么呢? 对于俞理初的全面思想、著述而言,周作人据以立论的这一尺度是断章取义,还是一以贯之呢? 这也是我们不得不提出的系列问题。很显然,对于俞理初的评价,周作人并非简单地位移历史上下文,他的立足点是经过现代科学洗礼的性心理学说,这就不免给人耳目一新之感。事实上,现代性心理学说在周作人思想结构中的重要意义,已有的研究并不充分。在我看来,它不仅使周作人从"妖精打架上想出道德来",而且,也使他"参透了人情物理,知识变成了智慧,成就了一种明净的观照"。除此之外,对俞理初文字的独具特色,周作人也是颂扬有加。他在《俞理初的诙谐》一文中这样写道:"俞君不是文人,但是我读了上文,觉得这在意思及文章上都很完善,实在是一篇上乘的文字。我虽然想学写文章,至今还不能写出能像这样的一篇来,自己觉得惭愧,却也受到一种激励。近来无事可为,重阅所收的清朝笔记,这一个月中间差不多检查了二十几种共四百余卷,结果才签出二百三十条,大约平均两卷取一条的比例。但是更使我觉得奇异的是,笔记的好材料,即是说根据我的常识与趣味的二重标准认为中选的,多不出于有名的文人学士的著述之中,却都在那些悃幅无华的学究们的书里,如俞理初的《癸巳存稿》、郝兰皋的《晒书堂笔录》是也。讲到学问与诗文,清初的顾亭林与王渔洋总要算是一个人物了,可是读他们的笔记,便觉得可取的地方没有如预料的那么多。为什么呢? 中国文人学士大抵各有他们的道统,或严肃的道学派或风流的才子派,虽自有其系统,而缺少温柔敦厚或淡泊宁静之趣,这在笔记文学中却是必要的,因此无论别的成绩如何,在这方面就难免很差了。这一点小事情却含有大意义,盖这里不但指示出看笔记的途径,同时也教了我写文章的方法也。——我读《存稿》,觉得另有一种特色,即是议论公平而文章乃多滑稽趣味,这也是很难得的事。"[1] 周作人非常看重文章中的滑稽趣味。他说,风俗诗"须记得有诙谐的风趣贯串其中,这才辛辣而仍有点蜜味"。"滑稽——或如近时所谓幽默,固然含有解纷之功用,就是在谈言微中上自有价值,可以存在,此正是天道恢恢所以为大也。"[2] 就是

---

① 周作人:《俞理初的诙谐》,《秉烛后谈》,河北教育出版社 2002 年版。

② 周作人:《北京的风俗谈》,《知堂乙酉文编》,河北教育出版社 2002 年版。

对自己的文章,周作人也很欣赏其中的"邪曲",甚至亲自动手编选了一部
《苦茶庵笑话选》,在《序》中全面阐发了自己对"笑话"、"猥亵"、"幽默"
的独特理解。在俞理初的杂文中,周作人找到艺术的同路人,这就不免欣喜
之色溢于言表。

　　无论是激赏俞理初的痛斥缠足、同情妇女命运的仁慈之心,还是倾心俞
理初杂文的独具魅力,周作人对俞理初的评价,显然是建立在多重的价值维
度之上。首先是俞理初思想中对儿童、妇女的态度,深得周作人之心。在某
种意义上说,关注儿童与妇女是周作人一生思想的核心价值之一,也是周作
人寻找思想史上的同道或进行历史评价的尺度之一。俞理初对传统妇女命
运的同情,对儿童天性的理解,在周作人看来,都是中国文化史上空谷足音,
是中国近代启蒙思想的先声。尽管如此,俞理初的妇女和儿童观与周作人仍
有重大差异。周作人关于妇女和儿童的思考是建立在现代性心理学与现代
儿童心理学之基础上,表达的是一种经过科学知识洗礼的人文关怀。这一
点,周作人是十分清醒的,他曾说:"我辈生在现代的民国,得以自由接受心理
的新知识,好像是拿来一节新树枝接在原有思想的老干上去。"然而,俞理初
的思想更多是基于一种对儒家"仁"的道德理想的把握。无视这种差异,我
们就无法正确评价周作人思想的深刻现代性。其次,周作人欣赏俞理初文章
中的趣味,即滑稽,这是基于周作人这种非常独特的审美追求,就像我们在上
文指出的那样,周作人在多篇文章都谈到了对文章中滑稽味的欣赏,甚至把
这种滑稽味理解成一种特殊的文化人格,从周作人对滑稽味的欣赏之中,我
们似乎也能窥见其独特的审美心灵。

　　中国传统文化历经两千多年始终保持着内在的稳定性,原因何在? 这是
文化史与思想史的一个大课题,关于这一点,学术界谈论较多的是中国传统
文化如何具有强大的同化力。汉魏与两宋思想对佛教的吸收,近代以来"中
学为体,西学为用"理念的倡导,都显示这一文化传统在面对外来影响时的
生命力与文化智慧。但我认为中国传统文化自身所孕育的自我批判意识与
自我批判能力,更是这一文化传统始终稳定存在与发展的另一种有力机制。
中国传统文化在任何一个时期都会产生源于自身的异端分子,这些异端分子
的存在,当时可能是一种破坏、消解的力量。但正是这种的自破坏、自消解的

方式,才可能使文化自身具有去蔽清源的能力。我认为,在某种意义上说,这种源于自身的去蔽清源的能力,对文化传统的价值调适尤其具有历史的深远意义,这也正是周作人看中俞理初的第三个方面,即俞理初对中国传统士人精神结构的批判:"'著者含毫呎墨,摇头转目,愚鄙之状见于纸上也。'可谓穷形极相。古今来此类层出不尽,惜无人为一一指出,良由常人难得之故。盖常人者无特别稀奇古怪的宗旨,只有普通的常识,即是向来所谓人情物理,寻常对于一切事物就只公平的看去,所见故较为平正真切,但因此亦遂与大多数的意思相左,有时也有反被称为怪人的可能,如汉孔文举、明李宏甫皆是,俞君正是幸而免耳。中国贤哲提倡中庸之道,现在想起来实在也很有道理,盖在中国最缺少的大约就是这个,一般文人学士差不多都有异人之禀,喜欢高谈阔论,讲他自己所不知道的话,宁过无不及,此莠书之所以多也。如平常的人,有常识与趣味,知道凡不合情理的事既非真实,亦不善美,不肯附和,或更辞而辟之,则更大有益世道人心矣。俞理初可以算是这样一个伟大的常人了,不客气的驳正俗说,而又多以诙谐的态度出之,这最使我佩服,只可惜上下三百年此种人不可多得,深恐只手不能满也。"[1] "根本物理人情,订正俗传曲说,如为人心世道计,其益当非浅鲜。若能有人多致力于此,更推广之由人事而及于物性,凡逆妇变猪以至雀人大水为蛤之类悉加以辨订,则利益亦盖广大,此盖为疾虚妄精神之现代化,当不愧称之为新《论衡》也。"[2] 从这段引文可以曲折地看出,俞理初深得周作人之心并非仅其"卓"识,而多是其"常"识。若是仔细揣摩,你不免会赞叹周作人的这种评价历史人物的眼光,自有他的特殊之处:中国文化结构及其教育体制,其最大的弊端即在于制造许多脱离实际的风气或培养中国士人的虚假的精英意识,从生活中来的经验常常被排斥为刍夫之议,不值一提,这样的结果便是文化的想象力与文化创造力极可能被扼杀在萌芽阶段。或许俞理初走的仍然是中国士大夫传统的知识之路,但他始终坚持这路是平凡的、现实的、人间性的,这也就是周作人所突出的俞理初的常识立场、常识思维。在某种意义上说,周作人对常识立场、常识思维的重视,也是其自身启蒙立场的历史投射。清代思想学术

---

① 周作人:《俞理初的诙谐》,《秉烛后谈》,河北教育出版社 2002 年版。

② 周作人:《俞理初论莠书》,《药堂杂文》,河北教育出版社 2002 年版。

史上的俞理初究竟是占据一种怎样的地位,周作人并不关心。在周作人眼中的俞理初是平凡的,正是这种建立在常识基础上的平凡,才成其伟大的常人。我们似乎也可以用同样的推理来评价,来把握周作人的知识立场,他那种建立在情理与常识基础上的知识立场,正是使他有别于所有学院式知识分子的特殊之处。

当周作人谈论李贽或俞理初时,他总会提及王充。王充作为一个历史人物在汉代学术史、思想史上的地位早有定论。一般来说,学术界都会阐述王充思想中的自然论、无神论和“实知”“知实”的理性精神,但是,王充思想中因幽暗混沌的天道观而形成的命定论,也让后人疑惑不已。① 我感兴趣的问题是,王充疾虚妄的精神究竟拨动周作人思想世界中的哪一根敏感神经?显然,周作人对理性功能及其意义有着一种特殊的意志力。他曾引用《旧约·传道书》中一段话:“我又专心察明智慧、狂妄和愚昧,乃知这也是捕风。因为多有智慧,就多有愁烦;加增知识,就加增忧伤。”接着他说道:“话虽如此,对于虚空的唯一的办法其实还只有虚空之追迹,而对于狂妄与愚昧之察明乃是这虚无的世间第一有趣味的事,在这里我不得不和传道者的意见分歧了。”② 可以说,察明同类之狂妄和愚昧,就是现代的疾虚妄精神,是理性的内在反叛力的表现。在某种意义上说,也是僵化的人类精神世界的叛徒性之表现。但我们不得不看到在周作人思想中另一种思想形式的存在,即周作人始终对民众信仰保持巨大的宽容性,对未知世界保持极具同情性的理解。这显然与这种疾虚妄的精神相矛盾,我认为,正是这种矛盾性使周作人内心不时陷入独有的紧张感。

关于王充的思想意义,周作人曾在《俞理初论莠书》一文这样说道:“从前我屡次说过,在过去二千年中,我所最为佩服的中国思想家共有三人,一是汉王充,二是明李贽,三是清俞正燮。这三个人的言论行事并不怎么相像,但是我佩服他们的理由却是一个,此即是王仲仁的疾虚妄的精神,这其余的两人也是共通的,虽然表现的方式未必一样。”③ 他在《启蒙思想》一文中又

---

① 徐复观:《西汉思想史》第二卷,华东师范大学出版社 2001 年版,第 384 页。
② 周作人:《伟大的捕风》,《看云集》,河北教育出版社 2002 年版。
③ 周作人:《俞理初论莠书》,《药堂杂文》,河北教育出版社 2002 年版。

说道："古人作文希望有功于人心世道,其实亦本是此意,问题乃在于所依据的标准,往往把这个弄颠倒了,药剂吃错,病反增进,认冥为明,妄加指示,则导人人于暗路,致诸祸害,正是极常见事也。但我想这问题也还简单,大小只须一个理,关于思想者但凭情理,但于人无损有益,非专为一等级设想者,皆善也,关于事物者但凭事理,凡与已知的事实不相违背,或可以常识推理知其然者,皆可谓真,由是进行,庶几近光而远冥矣。唯习俗相沿,方向未能悉正,后世虽有识者,欲为变易,其事甚难,其人遂不易得,二千年中曾找得三人,即后汉之王仲仁,明之李卓吾,清之俞理初,而世人不知重,或且迫害抹杀之,间尝写小文表扬,恐信受者极少,唯亡友烨斋表示同意而已。"尽管生活在一千多年前,但在王充疾虚妄的精神结构中却内含着十分重要的合理内核,潜伏着敏锐的传统知识分子的精神立场。按照萨伊德在《知识分子论》一书中对现代知识分子的定义:"他或她全身投注于批评意识,不愿接受简单的处方、现成的陈腔滥调,或迎合讨好、与人方便地肯定权势或传统者的说法或做法。永远不让似是而非的事物或约定俗成的观念带着走。"互读比参之下,你就会发现王充思想的独特魅力和周作人对之评价的信念之所在。后来他在另一篇文章中又说过相似的话:"上下古今自汉至于清代,我找到了三个人,这便是王充、李贽、俞正燮,是也,王仲仁的疾虚妄的精神,最显著的表现在《论衡》上,其实别的两人也是一样,李卓吾在《焚书》与《初潭集》,俞理初在《癸巳类稿》、《存稿》上所表示的正是同一的精神。他们未尝不知道多说真话的危险,只因通达物理人情,对于世间许多事物的错误不实看得太清楚,忍不住结果是不讨好,却也不在乎。这种爱真理的态度是最可高贵,学术思想的前进就靠此力量,只可惜在中国历史上不大多见耳。我尝称他们为中国思想界之三盏灯火,虽然很是辽远微弱,在后人却是贵重的引路的标识……对于这几位先贤我也正是如此,学是学不到,但疾虚妄,重情理,总作为我们的理想,随时注意,不敢不勉。"①周作人对李贽、俞理初和王充的高度评价,对许多治思想史的学者来说,可能有些结论是难以接受的,但是,如果我们能充分考量周作人这些言论的潜在语境与潜对话的意向,那么,对其中

---

① 周作人:《我的杂学》,《苦口甘口》,河北教育出版社 2002 年版。

的含义就可能有所把握。值得注意的是,当周作人说到这三者时,常把他们与自己的同时代人物蔡元培、钱玄同联系在一起,这种有意或无意的提示对我们的深入理解是十分重要的。周作人看重蔡元培与钱玄同的是他们身上所体现出来的深刻而鲜明的唯理主义精神,他曾说:"蔡先生事业成就彰彰在人耳目间;毋庸细说,若举提大纲,当可以中正一语该之,亦可以称之曰唯理主义。"①联系周作人在这时期对左翼思想"狂信"的指责,就可以看出他对唯理主义追崇的价值指向了。以赛亚·柏林在一部题为《刺猬和狐狸》的著作中,把人类思想史上的大师分成"刺猬"型和"狐狸"型,按照李欧梵先生的解读,所谓的"刺猬"型就是相信宇宙一切可以凭一个系统来解决,所谓的"狐狸"型就是不相信世界上的事情可以靠一个系统,或者纳入一个系统可以解决。我认为,周作人就是这样一只充满智慧的怀疑的现代思想界"狐狸",他不像"刺猬"那样具有刺激性、攻击性,更多的时候则是深藏在洞中,冷眼旁观,狡黠而睿智地打量,曲曲折折地发表自己的见解,他对李贽、俞理初、王充的评价就充分显示出这种曲折的狐狸型的思想方式。我认为,若是学术界看不到这种潜对话的意向,就无法真正的丰富而具体的把握周作人思想的独到之处。

# 结束语

我认为,"知识"话语及其审美建构在周作人的精神世界中具有三层含义:一是是建构一种健全的人生观的基础。他说:"大家都做善人,却几乎都不知道自己是人;或者自认为是'万物主灵'的人,却忘记了自己仍是一个生物。在这样的社会里,决不会发生真的自己解放运动的,我相信必须个人对自己有一种了解,才能立定主意去追求正当的人的生活。希腊哲人达勒思的格言道'知道你自己',可以说是最好的教训。"为此,他指出关于"认识自己"所必须具有的知识形态,即周作人所界定的常识主要有:"第一组,关于个人者",包括"人身生理"(特别是性知识)、"医学史"及"心理学",

---

① 周作人:《论蔡子民先生的事》,《药味集》,河北教育出版社 2002 年版。

以求从身心两方面了解人的个体；"第二组，关于人类及生物者"，包括"生物学"（包括进化遗传诸说）、"社会学"（内容广义的人类学、民俗学、文化发达史及社会学）、历史以及多侧面的展开"人类"的本质；"第三组，关于自然现象者"，包括"天文"、"地理"、"化学"，以求了解与人相关的一切自然现象，即人所生活的自然环境；"第四组，关于科学基本者，包括数学哲学，以求掌握科学的认识'人'及其生活的世界的基本工具"；"第五组，艺术"，包括神话学、童话，以求了解幼年时期的人类，还包括"文学、艺术、艺术史、艺术概论"，其目的在"将艺术的意义用于生活上，使大家有一点文学的风味"。① 这几方面的内容涉及到了健全的精神结构所必须具备的要素。显然，周作人是把这一系列知识形态作为建构合理的情、知、意的心智结构的基础资源。二是"知识"及其审美建构是周作人内心的一种需要。周作人在《自己的园地·旧序》中曾说道："我自己知道这些文字都有些拙劣生硬，但是还能说出我所想说的话：我平常喜欢寻求友人谈话，现在也就寻求想象的友人，请他们听我的无聊赖的闲谈。我已明知我过去的蔷薇色的梦都是虚幻，但是我还在寻求——这是人生的弱点——想象的友人，能够理解庸人之心的读者。我并不想这些文字会于别人有什么用处，或者可以给予多少愉悦，我只想表现凡庸的自己的一部分，此外并无别的目的……我因寂寞，在文学上寻求慰安，夹杂读书，胡乱作文，不值学人之一笑，但在自己总得了相当的效果了。"② 如果说写作是排遣寂寞的一种方法，那么，阅读则是一种结缘的方式。如果要问周作人为什么要以这样的方式结缘？也许，正像周作人自己回答的那样："这或者由于不安于孤寂的缘故吧。富贵子嗣是大众的愿望，不过这都有地方可以去求，如财神送子娘娘等处，然而此外还有一种苦痛却无法解除，即是上文所说的人生的孤寂。孔子曾说过，鸟兽不可与同群，吾非斯人之徒而谁与。人是喜群的，但他往往在人群中感到不可堪的寂寞，有如在庙会时挤在潮水般的人丛里，特别像是一片树叶，与一切绝缘而孤立着。念佛号的老公公老婆婆也不会不感到，或者比平常人还要深切吧，想用什么仪式来施行拔除，列位莫笑他们这几颗豆或小烧饼，有点近似小孩们的'办

① 周作人：《妇女运动与常识》，《谈虎集》，河北教育出版社 2002 年版。
② 周作人：《自己的园地·旧序》，《自己的园地》，河北教育出版社 2002 年版。

人家'，实在却是圣餐的面包蒲陶酒似的一种象征，很寄存着深重的情意呢。我现在去念佛拈豆，这自然是可以不必了，姑且以小文代之耳。""我自己写文章是属于哪一派呢？说兼爱固然够不上，为我也未必然，似乎这里有点儿缠夹，而结缘的豆乃仿佛似之，岂不奇哉。"① 纠缠在周作人内心的苦痛与驱除、寂寞与无奈、孤独与合群，这些矛盾性的情绪在这番话里一览无余。三是"知识"及审美建构对于周作人而言又是一个狐狸的洞穴：一方面，他找到了排遣寂寞的方式，在知识世界中他理解历史，但是，这种理解可能带来的是一种彻底悲观情绪与虚无的历史观，形成周作人式的暗淡的、无助的"历史循环感"，这种历史循环感不可避免地销蚀了他参与现实生活的愿望。另一方面，他在阅读中又找到了一种文化优越感，这种文化优越感进一步保护他日益犹豫不决的绅士立场，使他心安理得地以一种精英的姿态看待生活的纷扰与不安，看待现实的不满与屈辱。——就这样，周作人像鲁迅批评晚年的章太炎先生那样："退居于宁静的学者，用自己所营造的和别人所帮造的墙，和时代隔绝了。"②

① 周作人：《结缘豆》，《瓜豆集》，河北教育出版社 2002 年版。
② 鲁迅：《关于太炎先生二三事》，《鲁迅全集》第六卷，人民文学出版社 1981 年版。

# 鲁迅：边沿的世界

我曾在一篇文章《中国传统空间知觉方式的变迁与中国现代性问题的起源语境》(《东南学术》2001 年第 3 期）中阐述了这样一个观点：如果说，"现代性"的问题，在西方语境中，首先是一个时间性问题。那么，在我看来，中国的古老世界在遭遇"现代性"的时候，它首先遇到的则是一个空间性问题：一个从传统"天圆地方"的空间知觉方式到近代"天崩地裂"的空间知觉方式的急剧转变、动荡的历史过程，一个如何在新的空间知觉方式中进行自我认同与意义重建的问题。从空间知觉方式的变迁及其内在矛盾性的角度来思考中国近现代思想史的特征，这就成为我目前思考、研究鲁迅的一个基本的历史思想和理论视野。

## 一、边沿意识：一种生命存在的独特形态

在《影的告别》中，鲁迅写下了这样一段话：

> 然而，我终于彷徨于明暗之间，我不知道是黄昏还是黎明。我姑且举灰黑的手装作喝干一杯酒，我将在不知道时候的时候独自远行。
>
> 呜乎呜乎，倘若黄昏，黑夜自然会来沉没我，否则我要被白天消失，如果现是黎明。

在《颓败线的颤动》中,鲁迅塑造了这样一个形象:

> 她在深夜中尽走,一直走到无边的荒野;四面都是荒野,头上只有高天,并无一个虫鸟飞过。她赤身露体地,石像似的站在荒野的中央,于一刹那间照见过往的一切……她于是举两手尽量向天,口唇间漏出人与兽的,非人间所有,所以无词的言语。

在《死火》中,鲁迅又讲述了这样一个梦境:

> 我梦见自己在冰山间奔驰。
>
> ……
>
> 但我忽然坠在冰谷中。

在《怎么写》一文中,鲁迅叙述了这样一种心情:

> 我靠了石栏远眺,听得自己的心音,四远还仿佛有无量悲哀,苦恼,零落,死灭,都杂入这寂静中,使它变成药酒,加色、加味、加香。这时我曾经想要写,但不能写,无从写。

这些不同篇章中的四段话,从表面上看,它们之间并不存在着必然的联系。但是,细细一读,就能发现,它们在空间的知觉方式上却有着惊人的一致性:即都选择了一个敏感而特殊的边沿性位置——"明暗之间"、"无边的荒野"、"冰山与深谷"以及"石栏边"——来展开自己的隐喻和想象。从空间位置来看,这四处位置都是处在一个尽头或者说一个极限上。从对这些边沿性位置的体验来看,这里潜在的意味是:一个危机与逆转的关口,一个选择与弃绝的关口,一个疏离与进入的关口,一个充实与空虚、沉默与开口的关口。如果我们把分析的视野再扩展开来,那么就会发现,对于人类心理体验来说,这样的关口往往是主体的心理活动最活跃,最复杂的时刻。对于人类的认知与思维来说,处于这样的关口,往往会形成某种特别敏锐的观察、感受方式,会形成某种极其特殊、深刻的思维方式。对于人类的艺术想象来说,处在这样的关口就有如在艺术家的想象通道口上架起一个多棱镜,人性的秘密和生活的形象在这里变幻不息。因此,这种因主体存在、体验或选择的空间边沿性而创造出来的边沿性心理,边沿性思维和边沿性想象,已经成为世界思想史和文学(艺术)史上一个值得探讨的现象。

回溯文化史,我们会发现,人类的边沿性思维、边沿性心理、边沿性想象,源远流长,早在"苏拉格底的对话"中就已经存在。比如,在柏拉图的《苏格拉底申辩论》中,审判和等待宣布死刑的场景,决定了苏格拉底语言的特殊性质,他是作为站在边沿上的人进行答询式的自白,还有《斐多篇》里关于心灵永生的交谈,以及交谈中人物外表的和内心的波折跌宕,都是由生命临终的场景直接决定了的。这一点,后来在《卢奇安对话集》中全面发展成了一种所谓的"地狱边的对话"。[①] 这种对边沿性心理,边沿性思维和边沿性想象的艺术表现到了近现代,更是得到众多作家的青睐。波特莱尔在《窗户》中就曾想象过这样一种边沿性图景:"从打开的窗户外面向室内观看的人,决不会像一个从关着的窗户外面观看的人能见到那么多的事物。没有任何东西比一扇被烛光照亮的窗户更深邃,更神秘、更丰富、更阴郁、更灿烂夺目。在阳光下所能见到的一切往往不及在窗玻璃后面发生的事情那样有趣。在这黑暗的或是光亮的洞穴里,生命在延长,生命在做梦,生命在受苦。"托尔斯泰就是一位描写这种边沿性心理,边沿性思维和边沿性想象的伟大作家。比如,在《战争与和平》中,托尔斯泰描写了安德烈受重伤(一种生命的边沿)时的心理过程:"高高的天空,虽然不明朗,却仍然是无限高远,天空中静静地飘浮着灰色的云。……'多么安静,肃穆,多么庄严,完全不像我那样奔跑',安德烈公爵想:'不像我那样奔跑、呐喊、搏斗。完全不像法国兵和炮兵那样满脸带着愤怒和惊恐互相争夺扫帚,也完全不像那朵云彩在无限的高空中那样飘浮。为什么我以前没有见过这么高远的天空,一切都是空虚,一切都是欺骗。除了它之外什么都没有,什么都没有甚至连天空也没有,除了安静、肃静,什么也没有,谢谢上帝……'"像如此这般的对一个人处于生命或情感边沿时的心理和思想的变化、流动的想象与描写,在托尔斯泰作品中比比皆是。

如果说,对于波特莱尔来说,这种边沿性位置给予他的是更丰富、更瑰丽

---

① 参阅《巴赫金全集》第六卷,河北教育出版社 1998 年版,第 146 页。

的艺术想象力。那么,对于屠格涅夫来说,他在《门槛》这一边沿上发现了一个人作出选择,作出牺牲的艰难和勇气:"啊,你想跨进这门槛来作什么?你知道里面有什么东西在等着你?"茨威格更是一个善于想象与创造边沿性的艺术世界的大作家。他在小说《象棋的故事》中,描写了一个律师 B 博士在纳粹集中营这样一个空间和生命都处于边沿性的地方,是如何借助于一本棋谱,度过一段边沿性的精神生活。这部小说对那种人类处于边沿时的心理,描写得惊心动魄。他告诉人们:只有人类才可能不断忍受这种边沿感,也只有人类才可能借助自我的想象、智慧战胜这种边沿性所带来的空虚和焦虑。当然,在世界文学史和思想史上,集中体现这种边沿性思维、边沿性心理、边沿性想象,还有两个典型的例子。一个是陀思妥耶夫斯基,就在他临刑前(这是一个人的生命边沿),突然,又被宣布赦免死刑,这时他看到了教堂在晨曦中红光四射,好像为了天国的最后晚餐,神圣的朝霞染红了教堂外观。他望着教堂,突然有一种幸福的感觉,仿佛看到了在死的后面是神的生活。这是一种糅合着痛苦与甜美、危机与安详、希望与绝望的心情,一种渴望与寻找"神"的心情。① 正如巴赫金研究发现的那样,这一切都深刻地影响了他的小说创作的思想与风格。只要我们看一看《罪与罚》中拉斯柯尼科夫在用斧头砍死一个放高利贷的老太婆之后的一系列心理危机,看一看《卡拉马佐夫兄弟》中伊凡与"魔鬼"(伊凡心中的另一个自我)的对话,就会知道,这是一个有着多么博大而深刻的边沿感的作家,这些都是世界文学史和思想史上最为激动人心的篇章。另一个就是卡夫卡,《变形记》中的格里高尔·萨姆沙,有一天起床后发现自己变成一只大甲虫(一种处于人性的边沿);《城堡》中那个测量员 K,无论怎样都无法进入城堡(一种精神想象的边沿);《审判》中的约瑟夫·K,一天早晨一个无形的法庭代表闯进他家,宣布他"被捕"了,后来又被莫名其妙地处死(一种生命危险的边沿);《地洞》中,一只小动物即使躲到地洞里,仍感到四周有敌人侵袭,终日心惊胆战(一种生活空间的边沿)。

　　从上面我们对世界文学史与思想史上边沿性心理、边沿性想象与边沿性

---

　　① 参阅茨威格:《人类群星灿烂的时代》,三联书店 1987 年版。

思维的一个简要分析,可以见出,"边沿"这一空间知觉,内含着丰富而深刻的思想、精神、想象的内涵。当然,在另一方面,"边沿"这一概念,由于如此的常见和常用,就像一枚因使用过久而变得面目模糊的硬币一样。因此,我以为,有必要在这里对它的内涵从哲学与文化学等意义向度,做些简要的阐释。从哲学向度上看,边沿意识在纵轴上,它向上与超越性联系在一起,向下则与异化、荒诞等困境联结在一起;在横轴上,相对中心而言,边沿又是一种疏离,一种不信任,一种嘲讽和一种解构。从文化学向度上看,边沿意识体现的是一种独立的理性的精神和思想的存在方式。从艺术创作心理学来看,边沿意识又将带给一个作家以更自由和更具超越感的想象力。

让我们再一次回到鲁迅的精神世界。如果说,那个"靠了石栏远眺的人"是鲁迅的一种隐喻性自我形象的话,那么,当他站在这沉重的边沿上时,他究竟看到了什么?又想到了什么?这又怎样的深刻地影响了他的创作呢?这一切在世界文学史和思想史上又具有怎样的意义?每当我阅读鲁迅作品时,这种边沿性的体验和边沿性的空间感,一直攫住了我的心灵和想象。

在我看来,鲁迅的一生都处于这种边沿意识之中,更重要的是,他一生对这种边沿性都有着深切、敏锐的感受,有着一种独立、执着的坚守。——就这样,他以自己独特的人格和创作跃进了人类精神的深渊。

少年时代,家境的突然变故和急剧衰败,使得鲁迅过早地就感受到人世间的阴暗的一面。他在一篇回忆文章中,就谈到的一个细节:"我从一倍高的柜台外送上衣服或首饰去,在侮蔑里接了钱,再到一样高的柜台上给我久病的父亲去买药。"[①]——在写下这段话时,他人到中年,然而,他对那柜台的高度依然记得如此清晰,他对那"侮蔑"的眼光依然如此敏感,他对自己在柜台外(一种生活的边沿)的感受依然是如此的刻骨铭心,这一切,都让我震撼不已。他也曾感慨地说道:"有谁从小康人家而坠入困顿的么,我以为在这途路中,大概可以看见世人的真面目。"[②]多年之后,当有一次许广平在通信中,向他抱怨说亲戚的难缠时,他的回信却:"尝尝也好,因为更可以知道所谓亲戚本家是怎么一回事,知道世事可以更加真切了,倘永是在同一境

---

① 鲁迅:《呐喊·自序》。
② 同上。

遇,不忽而穷,忽而又有点收入,看世事就不能有这么多变化。"① 在广州时,有一次,当青年学生问他为什么憎恶旧社会时,他直截了当地回答道:"我小的时候,因为家境好,人们看我像王子一样,但是,一旦我家庭发生变故后,人们就把我看成叫花子都不如了,我感到这不是一个人住的社会,从那时起,我就恨这个社会。"② 由于这些世态的炎凉、人性的阴暗所造成的创伤,在他心智还不成熟然而又特别敏感的少年时代就强加于了他,使得他一生都背负着这种疏离感,再也摆脱不掉,并深深地影响了他往后的思想判断和情感气质。③ 所以,当他离开家乡,要进水师学堂,他却把这件事称为"仿佛是想走异路,逃异地,去寻求别样的人们"④。在离乡不久的家书中,他无比沉郁地表达了自己在旅次中特殊的"异乡人"的感受:"斜日将坠之时,暝色逼人,四顾满目非故乡之人,细聆荡耳皆异乡之语,一念及家乡万里,老亲弱弟必时时相语,谓今日当至某处矣,此时,真觉柔肠欲断,涕不可抑。"⑤ 如果说,到此为止,"异乡"感,边沿感,只是一种因环境的变迁而带来的生存的挫折感,只是一种少年人特别容易敏感到的心理创伤,只是在他的情感底色上刻下深浅不一的痕迹。那么,留学日本时期的《新生》的流产,使得他感到的则是自己的思想在时代的边沿性。他回忆说:"我感到未尝经验的无聊,是自此以后的事。我当初是不知其所以然的;后来想,凡有一人的主张,得了赞和,是促其前进的,得了反对,是促其奋斗的,独有叫喊于生人中,而生人并无反应,既非赞同,也无反对,如置身毫无边际的荒原,无可措手的了,这是怎样的悲哀呵,我于是以我所感到者为寂寞。"⑥ 值得指出的是,这时的"边沿性"已经不仅仅是一种渗透着寂寞、孤独和悲哀的感受,更重要的是,这种感受同时也渗透着作者对于整个时代的苦闷。《新生》的思想活动失败不久,母亲又递给了他一杯婚姻的苦酒,人生的失败接踵而来,让我们来听听他当时痛苦的心灵吧:"我于是用了种种法,来麻醉自己的灵魂,使我沉入于国民中,使我回

---

① 鲁迅 1926 年 10 月 28 日致许广平信,见《两地书》。
② 薛绥之主编:《鲁迅生平史料汇编》第四辑,天津人民出版社 1987 年版,第 359 页。
③ 参阅王晓明:《鲁迅传》,上海文艺出版社 1993 年版。
④ 鲁迅:《呐喊·自序》。
⑤ 鲁迅:《集外集拾遗补编》,《鲁迅全集》第七卷,人民文学出版社 1981 年版,第 467 页。
⑥ 鲁迅:《呐喊·自序》。

到古代去。"① 这时的鲁迅,如此深切地感到自己就处于人生的边沿,他甚至刻了一方石章,曰"竢堂",又给自己选了一个号,叫做"俟堂"。"竢"、"俟"都是"待死"的意思。如果一个人在人生的边沿上已经徘徊了这么久,并且,这种边沿感已经使他对自己都表示出一种弃绝的态度,那么,他又怎么会激昂、乐观呢? 那么,他又怎么不会对所有的一切都投以深深的怀疑目光呢?② 这种心境就有如傅雷对伦勃朗画作的体验,四周是如此的阴暗,总让人感到有一股飘忽、阴冷的气息正紧紧地逼来,画面中央有那么一道光线摇曳着穿过,然而,那一点微弱的亮光更使人看到光亮之外黑暗的广大、浓重,更能让人想象到画面人物朦胧的表情中,正隐藏着无限的悲哀,仿佛人生的灯盏正渐渐地暗淡,尽管还没有到了最后的熄灭,但已经临近,哪怕只要一丝的风,就有熄灭的可能。③

"五四"的浪潮终于把迟疑的鲁迅卷了进去。但是,我们在鲁迅"五四"的呐喊声中,更多的是听到他的绝望之声和反抗这绝望的挣扎之音。且不说《野草》中那些颓败、枯寂的意象,那些无词的言语,那些弥漫于文本中的沉重、凄厉的气氛,那些让人感到奇兀、凄绝的想象方式。事实上,整个的二十年代,鲁迅都处于这种"彷徨于明与暗之间"的边沿意识之中。1925 年,他对许广平说:"我所说的话,常与所想的不同,至于何以如此,则我已在《呐喊》的序上说过:不愿再将自己的思想,传染给别人。何以不愿,则因为我的思想太黑暗,而自己终不能确知是否正确之故。"④ 1926 年 11 月,他在《写在〈坟〉后面》中说道:"然而我至今终于不明白我一向是在做什么。比方做土工的罢,做着做着,而不明白是在筑台呢还在掘坑。所知道的是即使是筑台,也无非要将自己从那上面跌下来或者显示老死;倘是掘坑,那就当然不过是埋掉自己。"⑤ 这里的筑台、掘坑和跌死,都是一种边沿性的说法,都是对那种处于边沿上的危机感和疏离感、绝望感的隐喻。

1928 年,鲁迅同许广平来到上海,开始了他生活和生命的新阶段。在接

---

①    鲁迅:《呐喊·自序》。
②    参阅王晓明:《鲁迅传》,上海文艺出版社 1993 年版。
③    参阅傅雷:《世界美术名作二十讲》,三联书店 1985 年版。
④    鲁迅 1925 年 5 月 30 日致许广平信,见《两地书》。
⑤    鲁迅:《写在〈坟〉后面》。

下来的思想和文艺斗争中,他俨然成为左翼阵营的精神领袖。但这一切都无法使他"竦身一摇",摆脱开那种与他生命紧紧相连的边沿感,摆脱开那种总是用边沿性的眼光看待世界的思维方式,那种用边沿性的想象方式来揭穿社会假面的潜在冲动。1934 年 7 月 30 日,他在给日本朋友山本初枝的信中,就说道:"我有生以来,从未见过近来这样的黑暗,……非反抗不可。"[1] 同年 12 月 18 日,他在给杨霁云的信中,自称是在敌人和"战友"的夹攻下"横站"[2]。1935 年 4 月 23 日,他在给萧军、萧红的信中说道:"最令人寒心而且灰心的,是友军中的从背后来的暗箭,受伤之后,同一营垒中的快意的笑脸。"[3] 四个月后,他又说道:"使我自己说,我大约也还是一个破落户,不过思想较新。"[4] 到这里,他已把自己整个地放在中国知识分子的精神历史的"边沿"来加以看待和理解了。

从少年时代对自己的现实生活的边沿性的感知,到青年时代对自己生命的边沿性的感知,到中年时代对自己在时代思想中的边沿性的感知,再到晚年对自己在整个知识分子精神历史中的边沿性的感知,就是这样,鲁迅一步一步地把自己向边沿推进,同时又是不断地"加色,加味,加香",使自己对这种边沿的认识无限深化和丰富;就是这样,他一步一个脚印地让自己立定在边沿的位置,同时,又不断地坚守着自己独立的品格。著名德语作家《荒原狼》的作者,赫尔曼·海塞曾说过这样的一段话:

> 每当某种联想使我获得"耶稣"的印象,或者耶稣这个词语鸣响于我的耳畔,映入我的眼帘时,我在最初的一个瞬间所看见的绝不是十字架上的耶稣,或者是沙漠中的耶稣,或者是显示奇迹的耶稣,或者是复活的耶稣。而是看见在西客马尼花园饮下最后一杯孤独之酒的耶稣,此刻,死亡和更高的新生的痛苦撕裂着他的灵魂,他以临终前那种动人心弦的,孩子般祈盼慰藉的神态环视着他的门徒,试图在绝望的孤独中寻得一丝温暖和人间亲情,一种美丽稍纵即逝的幻觉,然而他的门徒都在

[1]　鲁迅 1934 年 7 月 30 日致山本初枝信。
[2]　鲁迅 1934 年 12 月 18 日致杨霁云信。
[3]　鲁迅 1935 年 4 月 23 日致萧军、萧红信。
[4]　鲁迅 1935 年 8 月 24 日致萧军信。

睡觉。就在痛苦无法忍受的时刻,他转身寻望这些志同道合的追随者,这些唯一追随他的门徒,他是如此的坦然,如此地充满人性,如此地忍受着痛苦,此刻,他比以往任何时候更接近他们。①

是的,就像那陀氏站在人生的边沿上,突然发现自己比任何时候都接近天国一样,就像伟大的基督,在此刻发现自己比任何时候更接于人性一样,尽管鲁迅一生都站在"边沿"上,然而,他比现代中国任何一个人都接近于他的民族,都深知他的民族的心灵,都憎恨那些灵魂不幸的老中国的儿女们,却又像他自己强调的那样,必须"像热烈地拥抱着所爱一样,更热情地拥抱着所憎——恰如赫尔库来斯的紧抱了巨人安太乌斯一样,因为要折断他的肋骨"②——他就是以这种独特的方式贴近和深吻着他脚下的大地,照拂着那些不幸的人们,正是在这一点上,鲁迅以反抗绝望的姿态走进了人类伟大人物的形象之列。

正因为他对边沿性有着如此强烈而深沉的体验,所以,鲁迅对中西方思想文化史上那些边沿性的人物,才会有着深沉的认同感,才会有着如此强大的思想穿透力,他在这些人物身上发现了别人所未能发现的思想内涵。这一点,从鲁迅对古籍与翻译作品的选择上,就看得很明显。在《域外小说集》中,鲁迅所译的安德烈夫的《谩》和《默》、迦尔洵的《四日》都充满着一种沉重、压抑的边沿感。他后来收录在《现代小说译丛》、《现代日本小说集》中的译作如《黯澹的烟霭里》、《幸福》、《三浦右卫门的最后》等,都是描写一种边沿性的人性与人生。在他译了《工人绥惠略夫》四年之后,在一次与许广平的通信中,他还这样评价小说中的主人公:"要救群众,而反被群众所迫害。终至成了单人,忿激之余,一转而仇视一切,无论对谁都开枪,自己也归于毁灭。"③可见,他对自己译笔下的人物的情感、思想、命运的边沿感有着多么深切的认同。又比如,鲁迅在《汉文学史纲要》的司马迁一节中,曾特意引述了司马迁《报任安书》中的一段话:

---

① 参见赫尔曼·海塞:《陀思妥耶夫斯基的上帝》,社会科学文献出版社 1999 年版,第 44 页。
② 鲁迅:《且介亭杂文二集·再论"文人相轻"》。
③ 鲁迅 1925 年 5 月 30 日致许广平信,见《两地书》。

　　……所以隐忍苟活，函粪土之中而不辞者，恨私心有所不尽，鄙没世而文采不表于后也。古者富贵而名摩灭不可胜记，惟倜傥非常之人称焉。盖西伯拘而演《周易》；仲尼厄而作《春秋》；屈原放逐，乃赋《离骚》；左丘失明，厥有《国语》，孙子膑脚，《兵法》修列。……《诗》三百篇，大抵圣贤发愤之所为作也。此人皆意有所郁结，不得通其道，故述往事，思来者。及如左丘明无目，孙子断足，终不可用，退论书策，以舒其愤，思垂空文以自见。仆窃不逊，近自托于无能之辞，网罗天下放失旧闻，考之行事，稽其成败兴坏之理，凡百三十篇。亦欲以究天人之际，通古今之变，成一家之言。草创未就，适会此祸，惜其不成，是以就极刑而无愠色。仆诚已著此书，藏之名山，传之其人，通邑大都，则仆偿前辱之责，虽万被戮，岂有悔哉？然此可为智者道，难为俗人言也！……

司马迁在这段话中特别点出古之圣贤正是处于边沿状态（无论是肢体还是生命）而激发了他们伟大的作为，并且只有这种边沿性的状态，才能真正使他们获得一种可为"智者道，难为俗人言"的智慧。就在引述司马迁的这段论述之后，鲁迅对司马迁评论道："恨为弄臣，寄心楮墨，感身世之戮辱，传畸人于千秋，虽背《春秋》之义，固不失为史家之绝唱，无韵之《离骚》矣。惟不拘于史法，不囿于字句，发于情，肆于心而为文……"可以见出，鲁迅对司马迁的身世之感，以及司马迁的这种身世之感对创作的影响，有着多么深刻的认同和理解。值得注意的是，鲁迅在这里把《史记》与《离骚》联系在一起，而这两部书，可以说，都是作者的人生境遇处于边沿时凭心而言、不遵守矩度的逸响伟辞。鲁迅就是如此敏锐地穿透了这种独特的创作心理秘密，就在这穿透之中，他照见了人类伟大的思想与艺术的创造本质。

　　那么，对鲁迅来说，其内在的这种边沿意识，带给他的是一种怎样的边沿性思维、边沿性心理和边沿性想象力呢？而这又对他的创作产生怎样的影响呢？

## 二、边沿意识与鲁迅的创作

　　我们可以做这样的一个设想：如果一个人置身于边沿性的空间位置上，

那么,在他的视觉图景之中,万物都将被整合进如下一个统一的平面二度空间之内,将形成如下图所示的视觉结构:

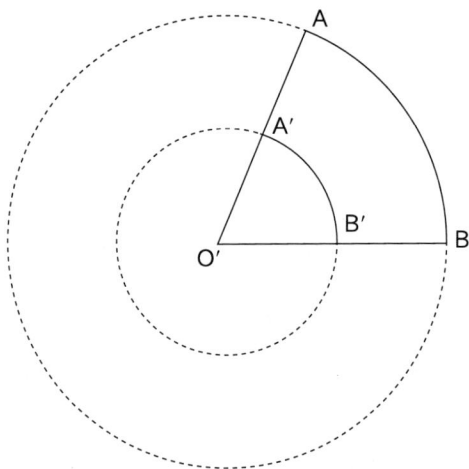

注:1. O′ 是指边沿性的空间位置。

　　2. A′O′B′ 是指第一层次的视野,在这一层次的视野中,事物呈现各自的多样性、
　　　联系性和比较性。

　　3. AO′B 是指第二层次的视野,在这一层次的视野中,事物被成像化。

　　如图所示,在这样的一个平面二度空间内,事物之间原来中断的、模糊的、甚至不存在的联系性、比照性就被建立起来。也就是说,这些被主体视觉所整合进同一空间内的事物,它们各自的多样性特征及其相互之间的矛盾性,由于有了联系、对比,就显示出来。这就犹如在一个舞台上,虽然已有了许多道具、布景,但在剧情还没有开演之前,它们充其量只是一些物品或画有图案的幕布,但一旦灯光照亮,音乐响起,情节开始了,那么,这一切都仿佛一下子被赋予了生命和意义,就成为了剧情中一个有机的组成部分。我以为,这就是边沿意识带来的第一个思维特征:它使得主体获得了一种善于在同时共存和相互作用、联系之中观察一切事物的思维能力。[1] 如果要对这一思维特征进行一个形象化的概括,那么,它就如释典《楞严经》中所说的那样:

---

① 参阅巴赫金:《拉伯雷的创作与中世纪和文艺复兴时期的民间文化》,《巴赫金全集》第六卷,河北教育出版社 1998 年版。

"道场中陈设,有八圆镜各安其方,又取八镜,覆悬虚空,与坛场所安之镜,方向相对,使其形影,重重相涉。"我以为,释典中所说的这种甲镜摄乙镜,而乙镜复摄甲镜之摄、交互映照的变动的、流转的方式,就很接近于边沿意识带来的对事物独特的观察、思维的方式,我称之为思维的"镜幻"化特征。我以为,这种镜幻化的思维方式、观察事物的方式,使得鲁迅对自己所面对的世界有着极其敏锐、极其深刻、极其丰富的感受力,极具陀思妥耶夫斯基式的思维方法,即"在别人只看到一种或千篇一律事物的地方,他却能看到众多而且丰富多彩的事物。别人只看到一种思想的地方,他却能发现,能感触到两种乃至多种思想,别人只看到一种品格的地方,他却能从中揭示出另一种相反品格的存在。一切看来平常的地方,然而在他的世界里变得复杂了,有了多种成分。在每一种声音里,他能听出两个相互争论的声音;在每一个表情里,他能看出消沉的神情,并且立刻准备变为另一种相反的表情;在每一个手势里,他同时能察觉到十足自信和疑虑不决;在每一个现象上,他能感知存在着深刻的双重性和多种含义"①。这也就像他曾经用自己独特的话语方式所表达过的那样:"自称盗贼的无须防,得其反倒是好人;自称正人君子的必须防,得其反则是盗贼。"② "我们所认为在崇拜偶像者,其中的有一部分其实并不然,他本人原不信偶像,不过将这来做傀儡罢了。和尚喝酒养婆娘,他最不信天堂地狱。巫师对人见鬼见神,但神鬼是怎样的东西,他自己的心里是明白的。"③ 当然,鲁迅的这种镜幻化的观察、思维才能尤其是在那些长篇杂文中得到了淋漓尽致的发挥。

例如,《论照相之类》这篇杂文,作者开头是以回忆者的口吻,漫不经心地叙述了S城的人们关于洋鬼子挖眼睛、挖心肝的纷纷扰扰的传说。这样的传说,在西方文明进入到中国内地时,是经常能遇到的,它常以扭曲、变形的方式糅合着当地迷信、传闻,捏造出一个个可惊可怖的传说来。鲁迅就是抓住这种传说"似是而非"、"以讹传讹"的特征,点出了传统社会在遭遇西

---

① 参阅巴赫金:《拉伯雷的创作与中世纪和文艺复兴时期的民间文化》,《巴赫金全集》第六卷,河北教育出版社1998年版。

② 鲁迅:《而已集·小杂感》。

③ 鲁迅:《集外集拾遗·通信（复张孟闻）》。

方文化时,所表现出来的"迷信"与"恐惧"相混杂的社会心理。这些笔墨戏拟了乡下老太太的无知的口吻、思维方式和话语方式,就在这种充满滑稽感、荒诞不经而又相当口语化的话语方式中,暗含着作者批判的锋芒。接着,作者有意设置了这样的一个疑问:"然而洋鬼子是吃腌眼睛来代腌菜的么?"答曰:"是不然,据说是应用的。一,用于电线……二,用于照相。"这段看似平常的自问自答,当然都是作者戏拟 S 城人们出于自身的迷信心理而设想出来的,然而,为什么眼睛能用于照相呢?——作者顺着这一思路俳问道——原来是"因为我们只要和别人对立,他的瞳子里一定有我的一个小照相的",这又是一种建立在乡下人经验上的推理。事实上,中国社会中的许多荒谬思想,就是建立在这样似是而非的推理之上,由此,作者的笔锋就深入到了对"国民性"中的思维方式的批判层面上来。接着,作者又从挖眼睛作为照相材料的情况转到照相形式有所谓的"二我图"、"求己图"等,从这些照相形式上,作者点出了其中隐藏着可怕的"绘图伦理学",那就是:"凡是人主,也容易变成奴隶,因为他一面既承认可做主人,一面就当然承认可做奴隶,所以威力一坠,就死心塌地,俯首帖耳于新主人之前了。"至此,鲁迅就从对一般性社会迷信心态的批判,推进到对深层次的文化心理结构的批判。在这逐层深化的解剖中,我们仿佛又听到鲁迅在年轻时所思索的问题的回声:为什么我们民族缺少"诚"与"爱"呢?——那是因为沦于异族的时间太久了。接着,作者又顺着关于照相的思路,联想到北京街头照相馆所常见梅兰芳的男扮女装相,最后点出这是由于中国人长期受到压抑而导致的文化心理的畸形变态和审美趣味的畸形变态。就是这样,作者看似漫不经心地把一些很常见的生活细节和生活现象整合在一起,让它们悄然之间发生了深刻的联系、对照,从而揭穿了隐藏在它们背后的心理特征。这些生活细节、生活现象,就如一面面小小的镜子,而作者就有如那一只"看不见的手",慢慢地在调整、设置这些镜子的位置、角度,让它们能够相互映照,从而把潜伏在它们背后的"东西"都相互的"亮相"出来。这里,可以顺带提及的是,在中国传统的叙事中常有一个隐喻,那就是,翻过镜子的背后,却发现一个截然不同的形象或结局,这说明了在中国传统叙事智慧中,已经有了一种"翻"过一面看人生的双重思维方式。现在,再让我们来看看另一篇杂文《由中国女人的脚,推定中国人之非中庸,又由此推定孔夫子有胃病("学匪"派考古学之一)》,这是鲁迅杂文中一篇独树一格的奇文。一九三三年,国民党当局提出要以"孔孟之道治国",鼓吹"中庸之道"是"天下独一无二的真理"。鲁迅则以"考古学"形式,这是作者有意识地为自己设置了一个边沿性的观察点,以便于把历史与现实,真实与想象,逻辑与谬误都能纳入一个共时性的空间,让它们之间比照、冲突,从而进行揭露和嘲讽。这篇奇文的深刻意义,在于启示人们在现实观察中,对国民党当局的反动宣传,要"正面文章反面看",要看透他们之所以鼓吹"中庸"正是由于他们"不中庸"。[1] 更重要的是,这里显示出鲁迅独特的镜幻化的思维方式。他往往不是简单的设置正—反或历史—现实这样双重的思维结构,而是充分调动了思维过程的正—反—正……历史—现实—历史……这样多重反复,多重映照,多重折射的方式,从而让对象穷形尽相,让揭露和批判的笔锋深入到对象心灵皱折的每一个角落,每一道缝隙之中。

　　鲁迅在谈到自己的思想特点时,一再说道:"我看事情太仔细,一仔细,即多疑虑。"[2] "我的习性不大好,每不肯相信表面上的事情",常有"疑心"。[3] 对于鲁迅这种"多疑"的思维方式,学术界有人借助于西方对爱因斯坦等自然科学家思维方式的概括,将其称之为"两面神思维"。"两面神"是指古罗马神话中的雅努斯(先是太阳神、后又成了门神),他有两副面孔:一幅看着过去,一副看着未来;一副年轻,另一幅年老。所谓"两面神思维"即是同时关注相反的两个方面,是一种"双向视角"。[4] 而我以为,用"镜幻化思维"也许更准确些,首先是因为这是鲁迅对事物的观察的一个基本范畴,他不是单一地关注形成过程,而是把所有的材料包括历史与现实都放在同一个存在的空间内,加以戏剧性的对比,加以流转性的观照。其次,鲁迅擅长于让材料的内涵转化成一种形象化的存在,通过形象自身的映照、折射来表现意义。第三,鲁迅的思维方式最深刻、最敏锐之处,就在于他能够揭示出人与事物背后所潜藏的折折叠叠的心理状态,就如人们在秋阳下晒冬衣一样,藏了一个

　　①　参阅姚春树:《杂文大师鲁迅的杂文》,《二十世纪中国杂文史》(上册),福建教育出版社1997年版,第273—306页。

　　②　鲁迅:《两地书·八》。

　　③　鲁迅:《两地书·十》。

　　④　参阅钱理群:《名作重读》,上海教育出版社1996年版,第39—40页。

季节的衣裳,只要一抖,就不仅散发出阵阵的霉味,更是风尘仆仆……

如果我们把人的思维也作为一个文本来看待的话,那么"镜幻化"指的是鲁迅的边沿性思维文本的内在结构方式,而我接下来要谈到的"镜像性",则是这个思维文本的"文体"形态。如果说,"镜幻化"是着眼于边沿性思维所整合成的视觉图景中的事物的联系性,对照性,矛盾性。那么,"镜像性"则是着眼于作家主体对这个视觉图像的完形、成像的能力。它是边沿性思维的第二层次,也是一个更具整体性的层次,正是在这一层次内,充分体现了鲁迅作为一个艺术家的天才。对此,鲁迅自己有一个很好的说明:"我的杂文,所写的常是一鼻,一嘴,一毛,但合起来,已几乎是或一形象的全体,不加什么也过得去的了。但画上一条尾巴,却见得更加完全。"① 这种镜像性的思维力量,最典型的体现就是,在鲁迅的杂文中,创造出许多充满内涵和隐喻的形象和意象,如"落水狗"、"叭儿狗"、"细腰蜂"、"夏三虫"、"挂着铃铎的山羊"、"火神爷"、"丧家的资本家的乏走狗"、"二丑"、"西崽"等形象,以及如"黑色的大染缸"、"小摆设"、"变戏法"等意象。② 瞿秋白对鲁迅创造的杂文形象给予了很高评价,认为"简直可以当做普通名词""认做社会上的某种典型"③。这些杂文形象不仅赋予杂文论旨以形象的生命和魅力,他(它)们自身就包含着丰富的社会内容,耐人寻味。如,"黑色的染缸"和"变戏法"是鲁迅杂文中反复出现的意象。在《两地书(四)》中,鲁迅说:"中国大约太老了,社会上事无大小,都恶劣不堪,像一只黑色的染缸,无论加进什么新东西去,都变成漆黑。可是除了再想法子来改革之外,也再没有别的路。"在《花边文学·偶感》中又说:"每一新制度,新学术,新名词,传入中国,便如落在黑色染缸,立刻乌黑一团,化为济私助焰之具,科学,亦不过其一而已。""此弊不去,中国是无药可救的。"这确是生动而精警的绝妙比喻。像"戏台小天地,天地大戏台""做戏"或"变戏法"这样一些在民间广泛流传,而又内涵丰富的意象,鲁迅的笔常常能"点石成金",让它们在

---

① 鲁迅:《准风月谈·后记》。

② 参阅姚春树:《杂文大师鲁迅的杂文》,《二十世纪中国杂文史》(上册),福建教育出版社1997年版,第273—306页。

③ 瞿秋白:《〈鲁迅杂感选集〉序言》。

自己的笔下生发出无限的喻义来，从而，让自己的思想批判的火花穿越喧嚣的现实生活，在读者的心灵中熠熠闪亮。如在《马上支日记》、《做宣传与做戏》、《现代史》、《变戏法》和《朋友》等杂文中，鲁迅就借用了这些独特的意象，来批评中国的国民性，揭露"国粹家"、"做戏的虚无党"，国民党的"宣传"及其"戏子的统治"，这既生动形象，又含不尽之意，确实有着一种"四两拨千斤"的审美震撼力。① 除了运用这些喻义深远的形象或意象外，鲁迅还特别擅长给对象起"绰号"和画漫画，在这方面，他有独特的心得，就如他在《且介亭杂文二集》的《五论"文人相轻"——明术》中所论述的那样："果戈理夸俄国人之善于给别人起名号——或者也是自夸——说是名号一出，就是你跑到天涯海角，它也要跟着你走，怎么摆也摆不脱。这正如传神的写意画，并不细画须眉，并不写上名字，不过寥寥几笔，而神情毕肖，只要见过被画者的人，一看就知道是谁；夸张了这人的特长——不论优点或弱点，却更知道这是谁。……批评一个人，得到结论，加以简括的名称，虽只寥寥数字，却很要很明确的判断力和表现的才能的。必须贴切，这才和被批判者不相离，这才会跟了他跑到天涯海角。"在我看来，世界文学史上，只有不多的几个作家在这方面的才能，能够与鲁迅相比肩。我们在拉伯雷的《巨人传》中，能看到这种才能的光辉痕迹，但失之夸张。在海涅的政治讽刺诗中，也能看到这种才情如电光一闪，但又太刺眼眩目，我们当然更熟悉的是果戈理了，但又觉得太滑稽了一些，失之隽永。鲁迅很赞赏"五四"时期钱玄同创造的"桐城谬种"和"选学妖孽"，认为只有他自己创造的"革命小贩"和"洋场恶少"相映成趣。其实除此之外，还有"捐班文人"、"粪帚文人"、"商定文豪"、"文坛鬼魅"等，也都是"寥寥几笔"，就把对象"神情毕肖"勾画出来，让他逃到"天涯海角"也甩不掉的。鲁迅常说自己喜欢"以小见大"，"借一斑而略窥全豹"，所以，在他的笔下，对象虽然只是一个小动作，一个眼神，一个表情，但已能让读者会心一笑或灵机一动或恍然大悟。鲁迅很重视对人物动作的描摹，他有时刻画某一类人物的某一动作，就能揭露某一类人的精神状态及其本质。比如，在《中国文坛上的鬼魅》中，鲁迅写到

---

① 参阅姚春树：《杂文大师鲁迅的杂文》，《二十世纪中国杂文史》（上册），福建教育出版社1997年版，第273—306页。

在第一次大革命失败后,国民党反动派进行血腥大屠杀,许多革命青年被送上绞刑架,而文学上的所谓"第三种人"中的某些人,则"拉"着那些脖子上套着绞索的青年的脚,仅这一动作就把"第三种人"的帮凶面目揭露无遗了。而像《推》、《踢》、《爬和撞》、《推的余淡》、《冲》等,则更是以集中夸张的方式,突出某一类人物的语言,有时是原话,有时是改造的,有时则是虚拟的。当年陈西滢鄙视中国人,说什么:"这样的中国人,呸!"鲁迅把这句话稍加分析之后,反唇相讥:"这样的中国人,呸!呸!!!"他的笔就如同古希腊神话中的那个法力无边的神,只看上一眼,对象就会变成石头。① 是的,在鲁迅的笔下,这些形象,只要被他描上一笔,哪怕是轻轻的一笔,对象就整体性地被成了像。就像一块石头,不,更像一个雕塑,让人感觉到它有形状,有色彩;触摸起来有质地,有棱角,虽然表面上是如此的凹凸不平,粗糙不一,但又栩栩如生,神情毕肖。因此,从某种意义上说,鲁迅不仅是一个历史和人性的伟大的摄影家,更是一个伟大的雕塑家。

　　站在地平线尽头的人,总会感觉到在极目远眺处,天空与大地是黏合在一起的;站在悬崖边的人,也会觉得天空与深渊是处于同一个垂直面上。这种独特的视觉误差,正是由于置身于空间边沿上所带来的一个特殊的视觉图景。在这里,上与下、远与近的距离都缩短了,融合了。在这样的一个视觉图景中,主体的想象力对外界就有了一种强大的"翻转"能力和超越能力,也就是说,世界在他的眼中,不仅变成了直观的对象了,变成了一个"它者",更重要的是,他还能把它转过来。想象一下,当你站在无边的大地尽头时,你会觉得,过往一切的纷争、名利都是可笑的,都不存在了。当你站在悬崖边时,你会觉得一切现实的苦难都不再可怕了,因为只要轻轻一跃,一切都将随风飘散。无论是处于这其中的哪一种位置上,你都会有一种抒情的冲动。所以,你会发现,在中外文学史上,天际尽头和悬崖边,这两种空间位置都是抒情诗人最喜欢选择的诗学地形。这是因为就在这边沿的瞬间,他感到了一种超越的自由。我以为,边沿意识在鲁迅创作的抒情方式上也留下了深深的印痕。这首先是形成了一种反讽式的抒情。所谓反讽,如果从一般性的技

---

　　① 参阅姚春树:《杂文大师鲁迅的杂文》,《二十世纪中国杂文史》(上册),福建教育出版社1997年版,第273—306页。

巧层面来理解，就是："表面上贬低而实际上提高读者对某一事物的评价，或表面上提高而实际上贬低读者对某一事物的评价。"[①] 美国学者韩南在《鲁迅小说的技巧》中，就是从技巧的层面对鲁迅小说中的反讽（在文中被译成反语）做了精彩的分析。但我以为，反讽在鲁迅的创作中并非仅仅是一种技巧，而更重要的是，它一方面体现了作为"它者"的世界如何被主体所感知，叙述和表现，另一方面，主体通过在价值立场上有意识地设置误差、误读，显示出他在心理和智慧上对"它者"世界的超越。因此说，反讽更主要是一种特殊的感受、体验和抒情的方式。这正如巴赫金在分析陀思妥耶夫斯基的小说时所概括的那样，其具体内涵是：其一，它是同一切道貌岸然的东西相敌对的；同一切自居为正统性，真理性的东西相敌对的，它充满着讽刺和批判的热情；它充满着一种对占统治地位的真理和权力的解构意识。其二，在表现形式上，它体现出一种"逆向"、"反向"的逻辑方式。其三，在艺术创造中，它有助于主体发挥虚构的自由，为作家艺术想象力的腾飞创造条件，帮助作家摆脱各种狭隘正统的审美观点的束缚，为作家用新的审美眼光观察，体会一切现存事物的相对性，并用独特的艺术形象和审美形式表现出来创造条件。其四，值得注意的是"反讽"并非单纯的否定性和单义性的，必须看到"反讽"这种特殊的抒情方式所具有的整体性、辩证性的特征。即它是保持肯定的东西于否定之中，保持前提的内容于结果之中。[②] 我以为，如果不了解"反讽"的这些特征，那就无法发现鲁迅小说内在的丰富性。比如《狂人日记》就是一个充满多重反讽的文本，我以为，这是一个很值得分析的文本。作者创作的本意是要暴露礼教和家族制度的黑暗，然而选取的主人公却是一个"狂人"，把一个伟大的时代主题，落在一个"失常"的人物身上，这里面就构成了第一重的反讽关系。即在正统的、规范的意识中被认定反常的"狂人"，反而是一个最具有深度和敏感的思想批判者。在"狂人"最疯狂的"发病"的心理时刻，他却恰恰表现出对社会最为清醒、敏锐的分析和批判，这就构成了第二重反讽关系。当"狂人"要劝他的兄弟改变过去"吃

① 韩南：《鲁迅小说的技巧》，《国外鲁迅研究》，北京大学出版社 1981 年版。
② 参阅巴赫金：《拉伯雷的创作与中世纪和文艺复兴时期的民间文化》，《巴赫金全集》第六卷，河北教育出版社 1998 年版。

人"的状况时,他却发现自己曾经也吃过人,这就构成第三重反讽关系。第四重的反讽关系则是体现在整个文本的结构形态上,即文言的"小序"与"白话"正文。我以为,这几重反讽把在一个有着漫长封建历史的社会中的人的觉醒与反抗的艰难性、矛盾性,曲折而又丰富地揭示出来。也正是借助于这种多重的反讽关系,鲁迅把一个先觉者的痛苦与寂寞,悲观与失望,反抗与忏悔,都表达了出来。我以为《狂人日记》不仅是鲁迅,而且是中国现代文学中一部最伟大的抒情小说,因为它把一个先觉者最痛苦的情绪抒写出来了,它把我们民族蓄蕴已久的悲愤表现出来了。我以为,正是有了这种借助反讽而获得的抒情,使得鲁迅那因长久的寂寞、孤独而不堪重负的心灵,得到了暂时的纾解和康复。如果没有创作《狂人日记》,我以为,鲁迅接下来的小说创作是不可理解的。请读一读接着而来的《孔乙己》,你就会发现,这其中即使有痛苦,有悲愤,然而,平静得多了,有如一道清凉而又有点寒意的河水漫过浅滩,这种情感在文体间如此悠悠地流着。而对于《狂人日记》来说,那其中的情感就有如那奔腾而来的激流,不断地汇聚在一个狭窄河道的出口。这情感之中不仅有个人的命运感,更有着整个民族的命运感,就有如激流中有泥沙、有砾石,它必须得到疏导。听!那浪声有如万马齐鸣;看!那水势正千钧一发。然而,一旦瞬间开闸放流,那么,这种蓄积已久的强大的势能所转化成的动能,极其可能把堤坝冲毁,所以,它需要借助于涵洞、导流明渠等多重渠道的泄洪。犹如这多重的反讽,一方面,最有效地疏解了情感的洪峰,另一方面,又不会导致自我崩毁。我以为《狂人日记》对整个中国现代文学创作心理的影响,是不可低估的。它有如女性分娩时,那阵阵撕心裂肺的痛苦声,在这阵痛之后,产妇则陷入了一种母性的宁静的成熟感之中。《狂人日记》达到了我们民族的一个心理的极限,一个体验的极限,而一个民族终于有一个人敢正视、承担这种极限,这就预示这个民族是清醒的,是有救的。可以说,这是中国20世纪文学中一个相当典型的现象。

在某种意义上《狂人日记》可以说是鲁迅小说中抒情的反讽性最为曲折、复杂,也最具有深度和文学史意义的艺术表现。所以,我以为,如果我们循着这样的思路,那么,对鲁迅其他小说的反讽分析,也就相对容易些。

与反讽相联系的鲁迅创作中的另外一种独特的抒情方式,那就是理趣化。"理趣"一词,早见于释典,如《成唯识论》卷四论"第八识":"证此识有理趣无边,恐有繁文,略述纲要。"又卷五论"第七识":"证有此识,理趣甚多。"最早把它转用到文艺批评上的是沈德潜:"盖'理趣'之旨,初以针砭僧诗,本曰'禅趣',后遂充类旁通,泛指说理。"清代史震林在《华阳散稿·自序》中说道:"诗文之道有四,理、事、情、景而已,理有理趣,事有事趣,情有情趣,景有景趣;趣者,生气与灵机也。"①在鲁迅研究中较早把"理趣"与鲁迅的创作联系在一起是朱自清先生。朱自清先生在《鲁迅先生的杂感》中说道:"鲁迅先生的《随感录》……还有一些'杂感',在笔者也是'百读不厌'的,这里吸引我的,一方面固然也是幽默,一方面却还有别的,就是那传统的称为'理趣',现在我们可以说是'理智的结晶'的,而这也就是诗。"这里,值得注意的是,朱先生已经看到了鲁迅杂文创作中的"理趣"是一种智慧形态与抒情形态相结合的结晶体。因此,我以为,从更根本上说,理趣是一种主体与世界之间所建立起来的超越性的新型的关系。即主体在理趣性的抒情方式中,无论在心理还是在智慧上都高出了他的世界。贺拉斯曾说:"含笑说真理,又有何妨呢?"在西方也有一个谚语,"为了对抗世界和命运的嘲弄,世界上还有什么比笑更强大的手段!面对这幅讽刺的假面,最强大的敌人也会感到恐惧"。历史学家米什莱在评价拉伯雷时就说过:"一个时代的天才及其先知般的力量,通过这种打趣逗乐的折射,得到淋漓尽致的展示。"②在这样的一个理趣化的主体抒情图景里,一切貌似神圣、权威和正统的事物都被脱冕了;一方面,小丑们在做着"末日"前最后的尽情地欢舞。另一方面,笑声代替了阴郁在四处激荡,让善良的人听出希望的预言,让真理破土而出,让罪恶匿迹遁形。③因此,可以说"理趣"作为一种主体对"它者"世界的叙述、表现、感知的方式,是有其世界观深度的。这正如马克思说过的,所有这些旧权力和旧真理的代表者,都不过是"真正的主角已经死去的那种世界制度的丑角"。19世纪末到20世纪的中国社会就像任何

---

①　转引自钱锺书:《管锥编》第三册,中华书局1986年版,第1145页。

②　参阅巴赫金:《拉伯雷的创作与中世纪和文艺复兴时期的民间文化》,《巴赫金全集》第六卷,河北教育出版社1998年版。

③　同上。

转型时期社会一样,充满着扮演丑角的旧权力和旧真理的代表者。鲁迅曾得出一个"做戏的虚无党"的概念:"中国的一些人,至少是上等人,他们的对于神,宗教,传统的权威……是什么也不信从的,但总要摆出和内心两样的架子来……虽然这么想,却是那么说,在后台这么做,到前台又那么做……将这种特别人物,另称为'做戏的虚无党'。"[①]事实上,中国现代史就是一幅"变戏法"。那一批又一批"你方唱罢我登场"的人物,多是这种"做戏的虚无党"。而要看清这一面目,就需要有一种站在戏场外的视野,即一种边沿性的视点,就需要有一种超越性的眼光。安徒生童话中那个在窗口俯视街上游行队伍,然后脱口而出"皇帝没有穿衣服"的孩子,正是人类智慧与真理的象征。因此,从某种意义上说,鲁迅的"理趣"是一种参悟了历史秘密和人生真理的智者和战斗者的笑,是现代中国人所达到的智慧高度的标志。这一切在他那数量众多的杂文中,都有一种酣畅淋漓的表现。所以,他的杂文既是一部保存现代社会无穷无尽的众生相的现实史诗,也是一部主体不断批判、战斗的心灵史诗,更是一部不断发现真理和创造智慧的思想史诗。

叙事从根本意义上说,是一种人类对自我经验的"书写"。按照现代叙事学理论,叙事形式、结构是与人类如何来感知、整理和表现世界这样的一整套"语法"、"句法"相对应的。因此,我们从鲁迅小说的叙事形式来看,这种边沿意识所带来的潜在影响也是很深刻的。在我的阅读中,曾经有两个叙事特征,引起了我的注意:一是,鲁迅小说在叙事结构上经常呈现出"闭—开—合—冲"这种"折扇"式结构。也就是说,鲁迅往往是在小说一开始就点出了一个终局,接着,展开情节的叙述,然后又回到终局,最后又以一种不肯定的、迟疑的或挣扎的方式,冲宕开原有叙事的闭合性。我以为,《狂人日记》、《故乡》、《祝福》、《在酒楼上》、《孤独者》、《伤逝》,这些小说文本都比较明显地体现了这种结构特征。比如,《孤独者》一开头就是一句:"我和魏连殳相识一场,回想起来倒也别致,竟是以送殓始,以送殓终。"接着,作者叙述"我"与魏连殳的交往过程,然后,又回到"我"给魏连殳送殓这一终局来,最后,作者以这样的一段话结尾:"我快步走着,仿佛要从一种沉重的

---

① 鲁迅:《华盖集续编·马上支日记》。

东西中冲出，但是不能够。耳朵中有什么挣扎着，久之，久之，终于挣扎出来了，隐约像是长嗥，像一匹受伤的狼，当深夜在旷野中嗥叫，惨伤里夹杂着愤怒和悲哀。我的心地就轻松起来，坦然地在潮湿的石路上走，月光底下。"比如，《在酒楼上》先是叙述"我"在酒楼上与吕纬甫的相遇，接着，是吕纬甫叙述自己这几年来的经历，然后，又回到"我"与吕纬甫在酒楼分别，结尾的一段与《孤独者》很相似："我独自向着自己的旅馆走，寒风和雪片扑在脸上，倒觉得很爽快。见天色已是黄昏，和屋宇和街道都织在密雪的纯白而不定的罗网里。"《伤逝》也是这样的：一开头，就是一句："如果我能够，我要写下我的悔恨和悲哀，为子君，为自己。"这样的话语应该是事情已经结束，又不可挽回时说的，但是，小说结构却突兀而起。接着，作者叙述自己一年来与子君从恋爱到同居再到分离。最后，又是一段话："我要向着新的生路跨进第一步去，我要将真实深深地藏在心的创伤中，默默地前行，用遗忘和说谎做我的前导……"在鲁迅小说中，相近的叙事结构还能找到不少，这里就不再一一列举。但是，这里要追问的是，这种"折扇"式的叙事结构具有怎样的意义呢？我以为，这首先是鲁迅小说内在的一种叙事策略，他把一个人物的精神和心理变化放在一面扇形的结构之中，其目的不仅要展示这种精神和心理形成或发展的过程性，而且要力图更丰富，更多样地展现造成这种心理和精神变化的社会、历史、文化的诸多因素，及其主人公与它们之间内在矛盾性、联系性。这既是由鲁迅创作的时代语境所决定的，因为在那个转型时代，对于一个主体来说，首先面临的是多重社会关系和社会矛盾对他精神的牵制。这又是由鲁迅的边沿意识所决定的，因为，边沿意识使得鲁迅获得一种在同时共存和相互作用的空间性的观察范畴中思考、表现问题的能力。其次，在小说叙述结构中，那临近结尾的一"合"，就如那打开的折扇最后"刷刷"地合上，成了一个多层次的立体。这对于小说文本来说，则构成了一个独立的世界，它的人物就生活在其中。文学史上，只有极少数的作家，可以说创造了自己的世界。然而，特别值得指出的是，鲁迅小说叙事结构的最后，总存在突如其来的对原有闭合叙事结构的冲宕。我以为，这种冲宕，一方面赋予小说叙事以更强烈的动态感，叙述的流程由此而转了个弯，但不知又流向何方……另一方面，这一冲宕也是作者主体精神意识的闪光，正是由于边沿性的位置,为作家主体创造了一个可以面对面直观的"它者"世界。如果说,小说前面的闭合型叙事是对这一"它者"世界的再现和再叙述。那么,这最后的冲宕一笔是主体对"它者"世界的一种"照亮"。就在这一瞬间,他仿佛看见了自己的命运,看见了自己的过去与未来,也看见了自己的突围希望。

在鲁迅小说中"叙述人"的问题,也引起我很大兴趣,在鲁迅小说中,叙述人,无论是第一人称"我"的叙述,还是第三人称的他者叙述,"叙述人"常常表现出一种迟疑,困惑,犹豫不决的特征,比如《孔乙己》中的"我",《祝福》中的"我",《伤逝》中的"我"等,这些"叙述人"看起来在他们的生活世界中都有些不自在、有些别扭。这其中的独特意味,已经引起研究者的兴趣。这里,我想从边沿性意识的角度来做一些分析:由于作家的边沿意识,他就获得了一种相对于他的世界的外位性。所谓的外位性,就是指作者极力处于他所创造世界的外在位置,包括空间上的,时间上的,价值上的以及涵义上的。[①] 这样,借助于这种外位性,一方面,作者能够通过叙述人的视点,来描绘主人公的外表、形象,身后背景。虽然,作者自觉地身处在主人公的生活天地之外,但又能够自由地创造主人公的合理性的生活情节。另一方面,这种外位性,从更高的一层上看,作者又在叙述人之外创造了第二重视野,即叙述人本身又成了作者观察的对象,作者可以与他展开对话、交往,或质疑他的价值立场或支持他。这样就使得叙述人处在了主人公与作者之间的尴尬位置,处于了一种不得不与作者的价值立场进行对话的过程性位置。叙述人的迟疑、困惑,反映了作家自身的思想与价值的对话性。叙述人不是作者的替身,他有自己的立场、视点,但他又不是与作者毫无联系的,而是积极地参与作者主体世界和价值立场的建构,这样,叙述人可能就获得一种反观作者的第三重视野。[②] 正是这种多重性、流动性的视野,带给鲁迅小说叙述人的复杂内涵。我以为,由于这种作者的边沿意识和由此而形成的在叙事中的外位性,丰富了鲁迅小说中的叙述人的内涵和意义。

----

① 《巴赫金全集》第一卷,河北教育出版社 1998 年版,第 108 页。

② 同上。

## 三、从"边沿"看"中间"：一种观察角度的变换

直接从时间和空间的知觉形式这一维度，来切入鲁迅思想和创作研究，尽管目前学术界有关这方面的成果并不多，但我以为，这将是一个新的研究生长点。事实上，为学术界所重视的"历史中间物"意识这一概念，就"暗合"着时间知觉这一维度。这一概念一提出，就表现出强劲的阐释功能。但同时，也遭到不少的质疑和挑战。因此，如何在反思这一概念的基础上，建构起一个空间—时间的分析模式，是我接下去所要做的理论工作中，一个比较重要的思维关注点。应该说，最早提出鲁迅的"历史中间物"意识的研究者是钱理群。钱先生是在历史—自我的关系框架内，阐述了这一概念的内涵："无论是在 20 世纪古老中国向现代中国（过渡）的历史纵坐标上，还是在由国别文化的封闭体系向世界文化开放体系过度的历史横坐标上，鲁迅都处于'历史中间物'的位置。"[①] 后来，汪晖则进一步地深化，丰富和发展了这一概念的内涵，并以此作为他的鲁迅研究的重要的理论基石。他曾在《无地彷徨·自序》中这样说道：

> 《历史的"中间物"与鲁迅小说的精神特征》一文，试图在鲁迅小说世界的复杂的精神特征与鲁迅内心世界之间找到关联的纽带。从方法上说，我的意图在于把理解鲁迅小说的重心从客体方面转到主体方面，从而展现作品的心理内容。但这篇文章的主要贡献却是提出了"中间物"意识这一概念，并用以解释鲁迅对世界的感知方式……在我看来，"中间物"这一概念标示的不仅是鲁迅个人所处的历史位置，而且是一种深刻的自我意识，一种把握世界的具体感受世界观。[②]

汪晖的这一创造性的成果，为中国鲁迅研究开辟了一个全新的境界。[③] 但是，必须指出的是，由于这一研究框架是建立在时间——历史性这样纵向轴上。

---

①　钱理群：《心灵的探寻》，上海文艺出版社 1988 年版，第 16 页。
②　汪晖：《无地彷徨》，浙江文艺出版社 1994 年版，第 7 页。
③　王富仁：《中国鲁迅研究的历史与现状》，浙江人民出版社 1999 年版，第 212 页。

所以,它较多地讨论的是鲁迅与传统文化内在的矛盾性,鲁迅自身道德感的矛盾性与悖论性。

就像"洞见"就在"不见"之旁一样,我以为,这套阐释概念,还有许多值得质疑与反思的地方。

第一,汪晖对"历史中间物"这一概念的阐释,并没有具体复杂地提示出鲁迅对传统的时间知觉方式突破的本体性意义。而我以为,正是这一内在本体性与"边沿意识",才真正体现了鲁迅作为一个现代思想家的"现代性"。传统的时间知觉强调的是一种持续性和延绵性。这种时间知觉,最具象化的自然是《论语》中的那句话:"子在川上曰:'逝者如斯夫!不舍昼夜!'"在这种永恒流逝的时间知觉之中,中国人又常常渗入了自己种种的生命体验。陆机在《叹逝赋》中就感慨道:"川阅水以成川,水滔滔而日度,世阅人而为世,人冉冉而行暮。人何世而弗新,世何人之能故。"诗人张九龄在《登荆州城望江》中,更是把这种感情抒发得悲怆万分:"滔滔大江水,天地相终始,经阅几世人,复叹谁家子。"当然,我们更熟悉的当数苏东坡《前赤壁赋》中那段含义隽永、玄机四伏的对话。

> 客曰:……"固一世之雄也,而今安在哉!况吾与子渔樵于江渚之上,侣鱼虾而友麋鹿,驾一叶之扁舟,举匏樽以相属。寄蜉蝣于天地,渺沧海之一粟。哀吾之须臾,美长江之无穷。挟飞仙以遨游,抱明月而长终。知不可乎骤得,托遗响于悲风。"
>
> 苏子曰:"客亦知夫水与月乎?逝者如斯,而未尝往也;盈虚者如彼,而卒莫消长也。盖将自其变者而观之,则天地曾不能以一瞬;自其不变者而观之,则物与我皆无尽也。而又何羡乎!……"

时间如流水,这是中国传统时间知觉的一个典型的意象。在这种传统的时间知觉中,时间具有强大的消融性,个体在时间面前,常常萌生无常感、空虚感。这正如王勃在《滕王阁序》中所说的:"天高地迥,觉宇宙之无穷;兴尽悲来,识盈虚之有数。"也就是说,在传统的时间知觉中,个体常常是被时间之流侵蚀着,被时间之流裹挟着,而没有自己的位置。然在,在我看来,鲁迅意识到自己是"中间物",从根本上说,就突破了这种传统时间知觉的对主体的消融性,从而为主体的存在找到"位置",并由此展开了对历史的否定、反思的力量和角度。更进一步说,"中间物"意识,由于在时间知觉的框架内确立和突出了主体存在的清醒而明确的"位置"意识,所以,传统时间进程的特征,在这里,就变得完全不可能是弥合无间的,永恒流逝的。主体在意识到他的"位置"的那一瞬间,他就创造了自我的形象,就创造了反思过去,前瞻未来的能力,就获得了对于短暂的自我生命的突围。这就有如帕斯卡曾说过的:"人不过是一株芦苇,自然界中最脆弱的东西,可是,他是会思想的芦苇,要压倒他,世界万物不需要武装起来,一缕水汽,一滴水,就能置人于死,可是,即使世界万物将人压倒了,人还是比压倒他的世界万物高出一等,因为他知道他会死,知道世界万物在哪些地方胜过他。世界万物却一无所知。"① 同样,当主体一经意识到自己是一个无穷链条上的一个环节时,实际上,他就让这一个环节握在了自己的手中,他就让时间不能像过去那样不留痕地过去,于是,他就以瞬间超越了永恒的流逝。所以,我以为,"历史中间物"意识,并非单一指示着鲁迅主体精神结构与传统的内在的深刻联系,更重要的是,它标志着一种超越性。也就是说,在其"此在"的瞬间,他能够回忆,反思,前瞻和观照,而就是这样,他同时获得了一种对时间的超越。我以为,如果我们看不到"历史中间物"意识这一概念中所内在的超越性力量的话,那么,我们就不能说是全面、深刻地理解和阐释了鲁迅的这一概念的内在丰富性。

　　第二,我以为,"中间物"意识除了包含着自我——历史这一个纵向的时间轴,还内含着自我——社会这样一个横向的空间轴。汪晖曾借用了汤因比的一段话:"这一个联络官阶级具有杂交品种的天生不幸,因为他们天生就是不属于他的父母的任何一方面","他们不但是'在'而不'属于'一个社会,而是还'在'而'不属于'两个社会"。接着,他论述道:"鲁迅不幸正隶属于这'联络官阶级',而更其不幸的是,鲁迅虽然'不属于'其中任何一种文明或社会,无论是传统中国还是现代西方,他恰恰又无法摆脱与这两者之间的内在关联。因此,他反传统,又在传统之中;他既倡导西方

---

① 帕斯卡:《思想录》,何兆武等译,商务印书馆 1997 年版。

的价值,又对西方的野心保持警惕。"① 由于坚持在纵向的时间轴上思考问题,所以,汪晖在揭示鲁迅精神的悖论性时候,却恰恰没有看到,这种"在"而"不属于"两个社会的主体存在方式,事实上,是一种空间上的"边沿性"。我以为,这种空间的边沿性带来的不仅仅是一种把过去的社会——文化——政治秩序视为一个整体并予以否定的"整体观"的思维模式,更主要的是一种把崇高"抹平"化,把神圣俯就化,使中心的界限与距离不再存在的解构性的思维方式。对于立在边沿的主体来说,世界就如一个虚拟的广场,时间在这里加冕、脱冕,神圣性在这里被戴上假面,崇高却由小丑来扮演。② 在这里,整个中国现代社会和历史就成了一个交替与变更、死亡与新生的狂欢节。

　　第三,汪晖在"历史中间物"意识的概念中,虽然揭示了鲁迅精神结构中反抗绝望的伟大的悲剧感,但是正像"不幸的家庭各有各的不幸"一样,这种悲剧感也有着它极其不同的内涵,而这一点恰恰为汪晖所忽视。我以为,如果说,这种立足于边沿的意识也同样具有一种与强烈自我否定与自我反观的相伴随的悲剧感的话。那么,在我看来,这种悲剧感,更接近于加缪笔下的西西弗的悲剧感:风尘仆仆的西西弗受诸神的惩罚把巨石推上山顶,而石头由于自身的重量,重新又滚下山去,西西弗只好重新下山,再一次地推上石头,如此无限反复。诸神以为没有什么比这更让西西弗痛苦了,但是,西西弗却坚定地走向那无穷无尽的苦难的山底与山顶的往返途程,他意识到了自己每一次劳作的悲剧,他意识到了自己劳作方式的荒谬。然而,他接受了命运所加于他的痛苦与荒谬。正是他意识到了这种荒谬,同时,他就成为自己的主人。"他超出了他自己的命运,他比他搬动的巨石还要坚硬。""应该认为,西西弗是幸福的。"③ 我以为,正是由于边沿性的位置,使得鲁迅整个地照见了世界,正如纪德所说的"流动的水不是一面好镜子,只有它停下来,才能照见自己"一样,他在对象世界中也照见了自己,并因此而获得心灵的超越

---

① 　汪晖:《反抗绝望》,上海人民出版社 1991 年版。
② 　参阅巴赫金:《拉伯雷的创作与中世纪和文艺复兴时期的民间文化》,《巴赫金全集》第六卷,河北教育出版社 1998 年版。
③ 　加缪:《西西弗神话》,杜小真译,三联书店 1998 年版。

与审美的宁静。

第四，虽然"中间物"意识这一概念，由于过分地强调一种"悲观主义"的认识观，使得它对鲁迅的某一种文本如《野草》具有很强大的阐释力，但是，它又失去了对更多文本阐释的功能。在我看来，鲁迅的所有文本（包括小说、杂文、散文和翻译、古籍整理）都是他心灵的产物，应该把它们作为一种整体性的思想存在和审美存在来看待，这正像我们在上面所分析的那样，如果从边沿意识的角度切入，也许就能获得一种整体性把握和探讨。

由于边沿意识，使得主体自觉地独立于时代思想、文化空间，所以，这就使鲁迅能够获得一种对现代文化的同时性批判的敏感性和深刻性。以中国现代思想文化状况来看，真正构成了对现代文化自身深刻的批判、反思力量，并不是那些处于主流思想的人物，而是那些处于主流思想的边沿性人物，如王国维、陈寅恪等人，而鲁迅正是其中一位典范。我以为，边沿意识所内在的对现代文化的同时性批判、反思的理论意义，在研究界还没有引起足够的关注。关于这一问题，将牵涉到一个更大的思想史的叙述架构，因此是另一个研究课题的内容了，那么，本文就暂时到此结束吧。

# 戏拟
## ——《故事新编》的语言问题

鲁迅曾说《故事新编》是"神话、传说和史实的演义"。现有的研究成果几乎把所依据的神话、传说和史实以及穿插进去的现代生活的细节都能一一考证出来。在这里,为了论述的方便,我把所依据的这些神话、传说和史实界定为旧文本,把这些旧文本的语言称为"他者"语言。"演义"说明了作者在创作时是与旧文本始终保持着一种特殊的关系。因此,我们在《故事新编》中总能感受到一种"他者"语言或隐或现的存在。问题的关键就在于:我们必须深入探讨这些"他者"语言是按照一种怎样的方式被组织进这部小说的文本之中? 在这语言的再创造过程中,作家主体的心灵又是如何地赋予文本语言以一种新的意味? 这又在文本语言形式内部构成一个怎样的富有张力性的空间? 这里,我们便接触到《故事新编》创作语言的一个很重要的特征:戏拟。

每一种语言都是一个置身于具体语境的存在,并且与这一语境保持着特定的逻辑关系和指物述事的语义关系。① 但是,当把一种语言从一种语境转移到另一种语境时,不仅语言形式而且语言背后的"客体"和"意义"都可能发生变异。② 比如,"作家"一词肯定只能出现在现代语境之中,但是,如

---

① 巴赫金:《巴赫金全集》第五卷,河北教育出版社 1998 年版,第 242 页。
② 同上。

果把这个词移到一个古人之口,那么,它就脱离了特定的"上下文",它原来的含义就会发生变化,其结果,就使得它的语境变得不真实。如果这种不真实是作家有意为之的,那就可能成为一种戏拟。比如,在《出关》中,让"提拔新作家"这一话语出自几千年前的老子时代的一个"账房先生"之口,这显然是一种有意为之的不真实,是鲁迅故意让文本中的"账房先生"模拟30年代出版商的口吻。除了这种有意为之的不真实外,语言要成为戏拟,还需要一个前提条件就是:在这模拟语言中,必须能够听出一种新的立场、新的意向,并且,这种新的意向往往是否定性的、讽刺性的。[1] 比如,我们刚才所举的《出关》中的这一例,就明显带有一种对出版商的讽刺的意味。

　　语言戏拟的种类是纷繁复杂的。不仅一个完整的话语,可以对之进行戏拟,任何文本中有意义的片断,甚至一个单词,也都可以对之进行戏拟,只要我们在戏拟所生成的新文本空间中能够听出作家所赋予的一种新意向。另一方面,不同语体之间,不同社会阶层的语言之间,也都可以进行戏拟。[2] 比如,让一个古人说英语,让一个乡下人讲述一个充满文学性想象的故事。还有,同一语境中的语言相互之间也可以进行戏拟。比如,让一句相同的话在文本中重复一遍,就会产生新的意向,它们之间就可能构成戏拟的关系。

　　由于语言的戏拟,形成《故事新编》文本的一个重要特点:即一个文本同时存在着多层意向——人物的意向、旧文本的意向与作家的新意向,这构成一种你中有我、我中有你,新旧交叉、重叠、冲突、变异的众声喧哗的语言空间。就像要进入一座房子,先得找对门一样,如果不理解文本的这些特点,或者仅仅是用普通的词汇学、语义学和修辞学去分析它们,就可能把《故事新编》语言创造性的地方指责为一种语法上的错误,或者把这种语言形式内部的丰富的意味理解成一种简单的修辞。——如果是这样的话,那么,对文本的解读,就只能是四处碰壁,遑论登堂入室。

---

① 巴赫金:《巴赫金全集》第五卷,河北教育出版社 1998 年版,第 242 页。

② 同上。

# 上篇　戏拟的类型分析 ①

## 一

　　从文本语言内部的意向关系的角度来看,《故事新编》中语言戏拟的形态可以分成两种类型:一种是单一指向的戏拟。也就是说,作家在对"他者"语言进行虚拟时,其目的是重在拟,从表层上看,作者所赋予的新意向与它在旧文本中的意向基本上是一致的。比如,《非攻》中语言几乎就是《墨子·公输》语言的现代汉语版,作者用平静的叙述语言对《墨子》中有关的部分进行再创作,在这一再创作的过程中,虽然作者并没有赋予这些语言以一种强烈、鲜明的讽刺意味,但是,在深层的审美再创造上,语言的戏拟在这里承担的是一个审美化功能:墨子在《墨子·公输》的文本语境中只不过作为墨家思想的代表,一个思想的符号,而不是一个艺术形象。从《墨子·公输》到《非攻》,语言戏拟的具体表现,首先是创造了一个小说的文本语境,即把文本从一种哲学典籍转化为一种具有充分审美内涵的小说文体形式。其次,使墨子从一种符号化的存在转化为一个具有血肉和生命力的审美形象。更重要的是,在这一虚拟过程中,语言内部已经渗透着作家主体丰富的感受、个性和精神力度。在《非攻》中,此时的墨子是活动、行走在一个被鲁迅心灵和审美之光照亮的文本世界中。如果没有这种心灵和审美之光的照亮,那么,这种戏拟可能就落入一种单纯、平凡、呆板的模仿性的语言窠臼中。应该指出,在这一类型的戏拟中,《故事新编》文本中所特有的否定性、讽刺性的意味并不突出。

---

　　①　这一节的写作,我很大程度上得益于巴赫金对陀思妥耶夫斯基小说语言的研究。可参阅巴赫金:《陀思妥耶夫斯基诗学问题》,三联书店 1988 年版;《巴赫金全集》第五卷,河北教育出版社 1998 年版。

<h1 style="text-align:center">二</h1>

　　《故事新编》的创作语言中另一种更大量、也更重要的戏拟类型,是一种具有双重指向的戏拟。即作者在模拟或虚拟"他者"语言时,赋予了"他者"语言以一种新的意向,并且这种新意向同"他者"语言中原来的意向完全相反。其结果是,一种语言形式的内部竟含有两种不同的语意指向,含有两种声音。这两种不同意向在同一个语言形式结构内部的矛盾冲突,就使得这种语言形式的意味、层次和表现力更加丰富。[①] 这是《故事新编》创作语言中最值得分析、探讨的语言形式。

　　这一类型的戏拟《故事新编》中,可以分成下面几种细类:

## （一）模拟他人话语而改变其意向 [②]

　　每一种语言虽然是由词汇、语法等因素结构而成的,但它同时又具有其自身的语体特征 [③]:或典重,或娴雅,或飘逸,或艰涩。而这种语体特征的生成和确定,需要一种大家所共同约定的对语言的认识、接受、判断的标准来支撑着。如果这些共同约定的前提被有意加以置换的话,那么,它的语体特征就可能发生变异。"典重"可能就变为一种虚假的空洞,"娴雅"就可能会成为一种滥俗。比如,《补天》中有这样的一段语言:

> 　　"呜呼,天降丧。"那一个便凄凉可怜的说,"颛顼不道,抗我后,我后躬行天讨,战于郊,天不祐德,我师反走,……"
>
> 　　"什么?"伊向来没有听过这类话,非常诧异了。
>
> 　　"我师反走,我后爰以厥首触不周之山,折天柱,绝地维,我后亦殂落。呜呼,是实惟……"
>
> 　　"够了,够了,我不懂你的意思。"伊转过脸去了,却又看见一个高兴

---

①　参阅巴赫金:《陀思妥耶夫斯基诗学问题》第五章,三联书店1988年版。
②　巴赫金:《巴赫金全集》第五卷,河北教育出版社1998年版,第265页。
③　同上。

而且骄傲的脸,也多用铁片包了全身的。

"那是怎么一回事呢?"伊到此时才知道这些小东西竟会变这么花样不同的脸,所以也想问出别样的可懂的答话来。

"人心不古,康回实有豕心,觊天位,我后躬行天讨,战于郊,天实祐德,我师攻战无敌,殛康回于不周之山。"

"什么?"伊大约仍然没有懂。

"人心不古,……"

这段话中的几处文言是模拟《尚书》语言。《尚书》意即"上古帝王之书",《史记·孔子世家》中就说到孔子修《书》。自汉以降,《尚书》一直被视为中国封建社会的政治哲学经典,既是帝王的教科书,又是贵族子弟及其士大夫必遵的"大经大法",在历史上影响颇深。[①] 其语言充满着古奥、典重、尊严之风。但是,我们在《补天》中的这段模拟的语言里,却分明能感受到一种油滑、嘲讽的意味。

现在,我们必须来分析一下这种油滑、嘲讽的意味是如何产生的? 作者在创作中对所模拟的语言的内在形式又做了怎样的改造? 我以为,首先是作者有意突出说话者的神情、语态,如文本中分别写道:"那一个便凄凉可怜的说"、"又看见一个高兴而且骄傲的脸"。这样就在无形之中衬托出说话者在语气中所流露出来的怀疑、愤慨、讽刺、嘲笑、挖苦的不同意味。其次,作者有意夸大女娲与"他者"在对话时的隔膜,比如,文本中写道:"'什么?'伊大约仍然没有懂。"就在这种有意夸大的语言创作中,表示出一种笑谑和讽刺的意味。再次,作者有意把两段针锋相对,相互驳难的话语放置在同一语境,让它们互相指涉、互相对立。比如,从这两段话语中可以发现,两方都指责对方"无道",都标榜自己是替天行道和合法性,这样把它们放在同一语境中,就让它们自身构成一种相互质疑的矛盾性,从而达到一种自我反讽的效果。——就是通过这三种形式的操作,所模拟的语言形式的典重、尊严、古奥的外衣渐渐剥落,显露出一种斑驳、古怪的特征来。这样,作家所有意要在字里行间渗透的"油滑"、"嘲讽"的意味,就在不知不觉中得以生成,使

① 参阅《中国大百科全书·中国文学卷》"尚书"条目,中国大百科全书出版社1986年版。

得整个文本充满耐人寻味的语言魅力。

## （二）转述他人语言而改变其意向 [①]

这种语言形式在《故事新编》中有诸多的表现。当把一个人口中说的话移用到另一个人口中，虽然内容依旧，但其中的语调和潜台词可能却变了。比如，《奔月》中"去年，就有四十五岁了"以及下文的"若以老人自居，是思想的堕落"等语，都是引自高长虹的一篇文章《1925 北京出版界形势指掌图》："须知年龄尊卑，是乃祖乃父们的因袭思想，在新的时代是最大的阻碍物。鲁迅去年不过四十五岁……如自谓老人，是精神的堕落！"又如下文"你真是白来了一百多回"，也是针对高长虹在这篇《1925 北京出版界形势指掌图》中自称与鲁迅"会面不只百次"的话而说的。"即以其人之道，反诸其人之身"，是引自高长虹的《公理与正义的谈话》："正义，我深望彼等觉悟，但恐不容易吧！公理：我即以其人之道反诸其人之身。"还有，"你打了丧钟"，是引自高长虹的《时代的命运》："鲁迅先生已不着言语而敲了旧时代的丧钟。""有人说老爷还是一个战士"，"有时看去简直好像艺术家"，也是从《1925 北京出版界形势指掌图》中引来："他（按，指鲁迅）所给与我的印象，实以此一短促的时期（按，指 1924 年末）为最清新，彼此时实为一真正的艺术家的面目，过此以往，则递降而至一不很高明而却奋勇的战士的面目。" [②] 鲁迅在 1927 年 1 月 11 日致许广平的信中提到《奔月》时，说道："那时就作了一篇小说和他（指高长虹）开了一些小玩笑。"从这些考证出来的材料可以看出，小说中有许多地方是转述高长虹当年诽谤鲁迅的语言。在这里，鲁迅对这些语言进行了一个微妙的戏拟：在《奔月》中，让这些语言分别出自老太太、逢蒙、嫦娥、女乙之口，而这些人物在《奔月》中又都是扮演着喜剧性的角色，充满着欺骗、背信、怯懦的性格特征。同时，在语境的创造上，作者又有意让这些言语都在一种尴尬、失败的困境中说出，语调中带着强词夺理、无事生非的意味。于是，就是通过这样的一种微妙的语言戏拟，

① 巴赫金：《巴赫金全集》第五卷，河北教育出版社 1998 年版，第 265 页。
② 转引自《奔月》注释⑧，《鲁迅全集》第二卷，人民文学出版社 1981 年版，第 369—370 页。

鲁迅既生动地完成了对笔下的喜剧性人物的勾画,同时,在充满着戏谑、滑稽的语言模拟中,也把高长虹的恶意攻击的行径含蓄地漫画化了。

这里,必须指出的是,与上述的第一种类型相比较,虽然,这也是一种有意错移言语的承担者、指称者和时空形式的戏拟。但是,《奔月》中这种戏拟并非单纯地依靠语境的变化,而是直接以语言形式的扭曲、怪异来对我们的阅读产生冲击力。它打破了语言叙述的一般表现形式,使语言变得陌生化。因为每一个话语都在一定的句法规范和语义水准上结合起来,一旦偏离这些格式,动摇了这些语言所置身的特定的上下文的逻辑关系,这些语言就会变得陌生起来。① 比如,我们在阅读《奔月》时,我们会一下子被这些戏拟的语言弄得莫名其妙,总感觉到小说中这几句话有些别扭、怪异,这就造成阅读障碍,迫使我们不得不停下来追问:这种怪异、别扭的语言感觉从哪里来?就是在这种对语言的体味、追问中,加深了我们对文本意味的感悟和解读。

## (三)讽拟性的讲述体 ②

讲述体语言是小说中塑造和表现人物性格一个重要的方式。讲述体语言的特征与讲述者的身份、个性等主体性因素是密切相关的。如果,一个讲述者在使用自己的语言时,表现出与自我主体性相背离的特征,那么,这其中就会有一种新的意味在悄然生成。③

比如,《采薇》中阿金讲述伯夷、叔齐之死的一段话:

"老天爷的心肠是顶好的",她说。"他看见他们的撒赖,快要饿死了,就吩咐母鹿,用它的奶去喂他们。您瞧,这不是顶好的福气吗?用不着种地,用不着砍柴,只要坐着,就天天有鹿奶自己送到你嘴里来。可是贱骨头不识抬举,那老三,他叫什么呀,得步进步,喝鹿奶还不够了。他喝着鹿奶,心里想,'这鹿有这么胖,杀它来吃,味道一定是不坏的。'一面就慢慢的伸开臂膊,要去拿石片。可不知道鹿是通灵的东西,它已经

---

① 参阅巴赫金:《陀思妥耶夫斯基诗学问题》第五章,三联书店 1988 年版。
② 巴赫金:《巴赫金全集》第五卷,河北教育出版社 1998 年版,第 265 页。
③ 同上。

知道了人的心思,立刻一溜烟逃走了。老天爷也讨厌他们的贪嘴,叫母鹿从此不要去。您瞧,他们还不只好饿死吗?那里是为了我的话,倒是为了自己贪心,贪嘴呵! ……"

这段语言逼真、生动地模拟了粗俗女仆阿金的口吻。现在,我们有必要来分析一下这段讲述体语言的讽刺意味又是如何产生的? ——通过下面的解读,我们将不得不惊叹鲁迅在语言创作上的惊人的创造力。

第一,从文本中可以看出,阿金是个粗俗的乡下女人,然而,她在讲述伯夷、叔齐之死时,却充满着一种只有文学家才会有的想象力和文采,这显然是作者有意赋予她的,就在这种与其想象力极不相称的讲述中,勾画出阿金的幸灾乐祸的丑态。在对这一段文本语言的解读中,我们眼前仿佛跃出一位乡下女子,她生动地比划着,而且唾沫四溅。

第二,阿金是极其迷信,在她的语调中不是充满着对上天的虔诚吗?然而,我们细细一读,就会发现,在阿金的想象中,上天的赐福,不过就是"用不着种地,用不着砍柴……"这些安逸、享乐的事而已。阿金试图假借上天的名义来诽谤伯夷、叔齐之死,为自己开脱。

第三,在阿金的讲述中,一个人的死亡仿佛是毫不可怕的,伯夷、叔齐的"殉节",在阿金看来,只不过是一种"恶趣"。阿金是按照自己心中的欲望来想象伯夷、叔齐之死。关于"叔齐想杀鹿吃"的说法和想象,也只不过是阿金自己心中所想的美事罢了。

第四,就是这样一个粗俗、迷信的乡下女人,在她讲述伯夷、叔齐的死亡时,仿佛有一种比这二者更高的精神和道义上的优越感,对自己的诽谤、污蔑的行径却毫不知耻。这使我不禁想起鲁迅的另两篇文章《阿金》和《琐忆》中的"阿金"和"衍太太"。现实生活中,类似的人,类似的语调、口吻、神态,我们不是时常都能见到、听到吗?不是有许多人往往把自己最丑恶、滥俗的欲望、贪求假借着正统、严肃的旗号而横行吗?在生活中,我们不是时常能遇到像阿金式的捕风捉影、栽赃、污蔑吗?这是一种多么可怕的精神缺陷,它几乎充斥着生活的每一个场合,甚至我们自己的灵魂,冷静一想,不禁让人不寒而栗。

### （四）人物作为讽拟的对象时的语言 ①

当作者描述一个人物的语言时,若有意夸大人物的神态、口吻,那就会形成戏拟。② 这种戏拟的语言形式最典型的莫过于《理水》中的描写文化山上学者们的一段语言了:

"禹来治水,一定不成功,如果他是鲧的儿子的话",一个拿柱杖的学者说。"我曾经搜集了许多王公大臣和豪富人家的家谱,很下过一番研究功夫,得到一个结论:阔人的子孙都是阔人,坏人的子孙都是坏人——这就叫作'遗传'。所以,鲧不成功,他的儿子禹也一定不会成功,因为愚人是生不出聪明人来的!"

"O·K!"一个不拿拄杖的学者说。

"不过您要想想咱们的太上皇",别一个不拿拄杖的学者说。

"他先前虽然有些'顽',现在可是改好了。倘是愚人,就永远也不会改好……"

"O·K!"

"这这些些都是废话",又一个学者吃吃的说,立刻把鼻尖胀得通红。"你们是受了谣言的骗的。其实并没有所谓禹,'禹'是一条虫,虫虫会治水的吗?我看鲧也没有的,'鲧'是一条鱼,鱼鱼会治水水水的吗?"他说到这里,把两脚一蹬,显得非常用劲。

"不过鲧却的确是有的,七年以前,我还亲眼看见他到昆仑山脚下去赏梅花的。"

"那么,他的名字弄错了,他大概不叫'鲧',他的名字应该叫'人'!至于禹,那可一定是一条虫,我有许多证据,可以证明他的乌有,叫大家来公评……"

这里,作家对那些自诩为学者的人物的语气、声像、神态都进行了惟妙惟肖的

---

① 巴赫金:《巴赫金全集》第五卷,河北教育出版社 1998 年版,第 266 页。
② 同上。

戏拟。如果进一步来解读这种微妙的戏拟,那是相当有意思的。

作者首先有意使文本中的语言成色混杂。比如,出现了像"Ｏ·Ｋ"这样的英语单词,这种语言成色的有意混杂,一方面暗示了文本中的语言使用者是具有某种特定的身份、背景的知识者,另一方面含蓄地讽刺了说话者的一种洋化的媚态。其次,作者故意把文本中的语义逻辑简单化:比如,文中说"阔人的子孙都是阔人,坏人的子孙都是坏人——这就是叫作'遗传'"。"遗传"作为一种科学术语是有其特定的内涵、外延和理论表述方式。然而,在这里却是以一种最简单、直接的逻辑关系表述出来。显然,这种简单的表达方式与这些学者自诩为"很下过功夫研究"是极不相称。这就使我们顿生一种恍然大悟之感:原来这些自诩为很下过功夫研究的学问家们,也不过得出一个"老掉牙"的歪理罢了。第三,有意夸大语言形式内部的亲近感。比如,"咱们的太上皇",他先前有些"顽"。"顽"是大人对小孩所用的口吻,然而,这里说的却是"太上皇",况且又是"咱们的",在故作亲近的语气里透出一种献媚、卑怯的神态。文本中的这种有意对人物语言的夸张、变形,就使得语言本身充满肖像感,人们只要一读到这些语言,就能油然而生一种对这语言主体的想象、勾画。因此,单纯的模拟,可能只会使文本陷入一种平实、沉闷的氛围,而只有这种独特的戏拟,才可能使文本焕发出形象和生命的艺术魅力,才可能使文本从简单、低下的逗乐打趣,升华为审美创造。

## (五)语言形式的重复而达到自身的戏拟 [①]

相同的语言形式重复出现在同一语境中,就可能产生一种戏拟关系。[②]比如,《出关》中有这样一段语言:

老子毫无动静地坐着,好像一段呆木头。
"先生,孔丘又来了!"他的学生庚桑楚,不耐烦似的走进来,轻轻的说。
"请……"
"先生,您好吗?"孔子极恭敬的行着礼,一面说。

---

① 巴赫金:《巴赫金全集》第五卷,河北教育出版社 1998 年版,第 266 页。
② 同上。

……

　　老子也并不挽留他，站起来扶着拄杖，一直送他到图书馆的大门外。孔子就要上车了，他才留声机似的说道：

　　"您走了？您不喝点儿茶去吗？……"

　　孔子答应着"是是"，上了车，拱着两只手极恭敬的靠在横板上，冉有把鞭子在空中一挥，嘴里喊一声"都"，车子就走动了。待到车子离开了大门十几步，老子才回进自己的屋里去。

这段描写老子接见和送走孔子的语言在《出关》中原封不动地重复了两遍。这显然是一种有意为之的语言表现方式，这种重复所产生的新的意味，是很值得我们仔细加以揣摩、回味的。虽然在表层上，这两段语言形式毫无任何变化的痕迹，这一前一后，讲的都是同样的话，但是，话语中所含的情感、态度是截然不同的，所以，越是这样一种近乎木讷、不动声色的重复，越是暗示着其中必定有更丰富的意味在生成。这样，就促使我们努力穿透表层的语言形式，去捕捉、把握其内在的意义。这种有意为之的重复，就是通过语言形式内部的情感在不同语境中的变化、反差，来构成一种对自身的反讽。这是一种十分微妙的审美把握，我们在解读过程中，经常是很轻易就忽略文本中的这样一些语言片断。事实上，一个文本，就像一张完美的构图，其中每一个色块都是这种完美的一部分。同时，也共同创造了这种完美感。所以，对一个伟大作家的文本的解读，如果仅仅是拘泥于语言形式的表层，似乎是不够的，还必须有回味，有联想。也就是说，既要有高峰远望、意气浩然的想象力境界，又要有曲涧寻幽、精微隽永的感受力。这就是我在对《故事新编》文本解读过程中所获得的切身感受。

## （六）语言的象声戏拟 [①]

　　这在《故事新编》中相当常见，比如，《补天》中出现了"Nga! Nga"、"Akon, Agon"、"Uvu, Ahaha"，《理水》中有"好杜有图"、"古貌林"等莫名其妙的象声词。这些象声戏拟表现出一种共同的特征：故意通过语义

---

①　巴赫金：《巴赫金全集》第五卷，河北教育出版社 1998 年版，第 267 页。

的含混、消解,使说话者的表达沦为一种无意义的纯音响形式,从而构成对说话者精神存在的嘲弄。试想,如果一个人的说话仅仅是为了发出一连串毫无意义的声响,那么,这种表达就可能是纯粹的生理的需要。而语言是我们思维的直接现实,是一种人的主体性的重要表征,这些空洞的声音,只能是出于空洞的心灵。这里,我着重解读了《起死》中的一段象声戏拟:

> 天地玄黄,宇宙洪荒。日月盈昃,辰宿列张。
>
> 赵钱孙李,周吴郑王。冯秦褚卫,姜沈韩杨。
>
> 太上老君急急如律令!敕!敕!敕!

显然,这里的语言形式表层上是一种对道教咒语的戏拟,对于咒语来说,语言的声调、节奏是仪式中最重要的形式构成,语义是无关紧要的。但是,有意思的是,这一咒语的语言全是引自《千字文》、《百家姓》,而这两本书则是儒家教育的开蒙读本。这种把这两本书有意地糅进咒语中,并戏拟了咒语的声调,就潜在地构成了对儒家教育经典的一种含蓄而又深刻的反讽。

　　以上我们所分析的《故事新编》文本语言的戏拟类型,仅仅是为了研究的方便而加以区分开来的。事实上,只要仔细地解读,就会发现,在《故事新编》的文本中,这些戏拟的语言类型经常是在同一语境中或者同时出现,或者相互结合、交叉、重叠,从而组成更大型的戏拟,表现出更活跃的活动能力、变化能力和渗透能力,它们共同创造了《故事新编》文本语言的独特的风格和韵味。

## 三

　　随着戏拟的类型的不同,《故事新编》语言戏拟的深度也有不同:一种是把"他者"语言作为一种特殊的风格来加以戏拟。[①] 对于这种类型的戏拟语言,我们一眼就能看出它是在效仿或师法某个人或某一特殊风格类型的语言。比如,《补天》中"小东西"背诵如流地说道:"裸裎淫佚,失德蔑礼

---

① 巴赫金:《巴赫金全集》第五卷,河北教育出版社1998年版,第268页。

败度,禽兽行。国有常刑,惟禁!"这是戏拟《尚书》"训"中的那种"佶屈聱牙"、古奥难懂的语言风格。然而,其讽刺的意味则是通过对这种语言风格的折射而呈现出来的:"训"在《尚书》中多指臣劝导、进谏君主的话,其语气总是迟缓、拘谨的。而《补天》中"小东西"说它时,却是"背诵如流",这说明对言语者来说,这段话仅仅是掩饰性的,他根本就不关注说话的对象是谁,他之所以要如此堂而皇之地说道,仅仅是为了掩饰自己心灵的丑态,这就对语言自身的风格构成一个反讽。另一方面,从语义的角度来看,这段话说明的是自己对礼教的维护,然而说这段话的人却是一个裸体而带有肉欲的形象,这样,语义自身也构成一个反讽。随着我们解读的深入,就会发现,文本中的反讽笔触也随之从语言形式、风格掘进到背后、深层的潜意识活动中去,带给我们的是一种从"此言"悟到"此人"、"此心"的审美的纵深感。

在文本中,戏拟的另一种深度就是戏拟人物观察、思考和说话的方式、格调。① 比如《理水》有这样的一段对话:

> "吓,使我的研究不能精密,就是你们这些东西可恶!"
>
> "不过这这也用不着家谱,我的学说是不会错的。"鸟头先生更加愤愤地说。"先前,许多学者都写信来赞成我的学说,那些信我都带在这里……"
>
> "不不,那可应该查家谱……"
>
> "但是我竟没有家谱",那"愚人"说。"现在又是这么的人荒马乱,交通不方便,要等您的朋友们来信赞成,当作证据,真也比螺蛳壳里做道场还难。证据就在眼前:您叫鸟头先生,莫非真的是一个鸟儿的头,并不是人吗?"
>
> "哼!"鸟头先生气忿到连耳轮都发紫了。"你竟这样的侮辱我!说我不是人!我要和你到皋陶大人那里去法律解决!如果我真的不是人,我情愿大辟——就是杀头呀,你懂了没有?要不然,你是应该反坐的。你等着罢,不要动,等我吃完了炒面。"

鸟头先生作为一个"学者",他说话的内容、方式、格调,总是"三句不离本行",语言中不断夹杂着诸如"家谱"、"学说"等字眼。并且,总喜欢列举

---

① 巴赫金:《巴赫金全集》第五卷,河北教育出版社 1998 年版,第 270 页。

证据来说明自己所说的正确性、严密性,比如,"先前……";总喜欢运用解释性的句子,如,"就是杀头呀! 你懂了没有?!"并且,多用复合句式,"如果……"、"要不然",这样的说话方式只能出自有知识和文化的人们之口,并且,说话中总是表现出相应的思维方式和表达情绪的方式,比如,在乡下人面前,鸟头先生自觉自己是上等人,所以,在气急败坏时,总是运用威逼、命令的言语,如"你等着罢"。然而,对乡下人来说,他说话的内容和方式,又总是从自己的一种相当简单、朴素的生活经验出发,比如"比螺蛳壳里做道场还难"。并且,他运用的也多是一种直接、简单的逻辑推理。这段简短的对话,就把鸟头先生和乡下人各自的说话方式、思维方式相当传神地勾勒出来。除此之外,《出关》中有一段"方言"戏拟,也很能说明《故事新编》文本语言的这种戏拟的深度。

　　"来笃话啥西,俺实直头听弗懂!"账房说。
　　"还是耐自家写子出来末哉。写子出来末,总算弗白嚼蛆一场哉口宛。阿是?"书记先生道。

这是对吴方言的戏拟:一方面,活脱脱地把账房先生和书记先生那种企图与老子拉近乎、故作亲密的神态勾勒出来。从我们日常的生活经验,就可以知道,如果对一个陌生的对象说方言,其意味就表示把别人作为同乡或自家人来看待。另一方面,账房和书记先生这时心理是既想请求老子把所讲的内容写出,但又有点儿看不起他。但是,此时老子毕竟还是上司的客人,还是不可轻易怠慢的。所以,他就用方言的方式来达到自己那种既想发泄又能掩饰的意图。鲁迅就是借助这样微妙的戏拟,使读者读到此处,会有一种会心一笑的愉悦。所以,我在对《故事新编》文本语言的解读过程中,常常会独自发笑,为这些语言的妙处、创造性而击掌称绝。

## 四

　　在我看来,任何一种文本的语言分析,都不能仅仅停留在技术性的剖析层面,而是应该由此进入对作家艺术创造性的阐释和说明。可以看出,在

《故事新编》的语言创造过程中,那些旧文本的"他者"语言,对鲁迅来说,既是一种丰富的源泉,同时也是一种挑战。虽然,鲁迅对语言的感受总是具体、生动的,总是富有自己的方式。但是,在《故事新编》的创作过程中,他却不得不处于旧文本语言和新文本语言的交相辉映的语言空间中。对于他来说,这种创作的语言空间是双重的:一方面,新旧文本语言的交互层累,相互激活,可能会为作家的创作提供一种丰富的语言资源。然而,另一方面,他也可能遭遇到更大的挑战。即他很可能会在这种相互摄入的镜像式的语言空间中,变得头晕目眩,而丧失了自己的语言个性。可以说,选择戏拟的方式,就成为鲁迅此时创作的最成功的途径:一方面,保持"拟"于"戏"之中,使得自己与旧文本语言保持着适当的、可调节的位置,即在"新"编中没有丧失"故"事的意味。另一方面,借助于"戏",即作家主体思想、情感、态度的积极投射、渗透,使"拟"变得生动起来,使得"故"事中充满"新"的气息、新的意味和新的生命。正是这样,在《故事新编》的创作中,鲁迅作为诗人的感受力、想象力,学者的广博,思想家的精深得到最为完美的结合。如果失去其中的任何一方面,那么,《故事新编》就可能变成另外的模样。

# 下篇　戏拟与鲁迅晚年的思想、心灵

## 一

巴赫金曾指出:每一位作家对于语言都有自己独特的感受方式,都有自己特殊的采撷语言的手段和范围。然而,并非仅此而已,更重要的是,一个作家的语言表达方式是根源于他所独特的思考和感受方式,他观察和理解自己和周围世界的方式。在他的语言形式的背后,我们能触知到那活生生的具体跳动着的心灵节拍。完整圆满、从容镇定的语言是最难于同那种混乱恐怖、惶惑不定的心灵合拍的。而在那扭曲、分裂的叙述语言中,挣扎的一定是个阴沉、痛苦、绝望的灵魂。① 维特根斯坦曾把语言看作是在每一点上与我们

---

① 巴赫金:《巴赫金全集》第五卷,河北教育出版社 1998 年版,第 269—270 页。

的生活,与我们活动相互渗透的东西。因此,当我们研究语言时,实际上是在研究一个作家主体的经验结构。① 我以为,如果我们从《故事新编》语言形式的戏拟这一角度切入,那么,将会对鲁迅晚年的思想、心灵获得一种更丰富、更复杂的解读。

张承志曾以一个作家的敏感把握到了"读《故事新编》会有一种生理的感觉,它决不是愉快的"②。是的,在那种戏拟的语言形式中,我们分明能体味到一种作家对世界和人的存在的苦涩、无奈的荒诞感。尽管这是我们在每一个文本中都能清晰地感受到的,但是,当我把《故事新编》中的 8 个文本串接起来,进行连续性解读时,有一个现象渐渐地引起了我的注意:我曾把《故事新编》中创作于晚年的五篇小说按创作时间顺序重新排列了一下:《非攻》(1934 年 8 月)——《理水》(1935 年 11 月)——《采薇》、《出关》和《起死》(1935 年 12 月)。我突然发现,从《非攻》到《起死》,文本中语言戏拟的类型、方式在不断地强化,到了《起死》,语言的戏拟则达到最张扬。这时,不仅语言形式是戏拟的,甚至体裁形式本身也走向戏拟,它不得不采用了戏剧形式。在《非攻》中,戏拟语言是间歇性地出现在文本平静的叙事语式中。到了《理水》,则一扫那种平淡叙事的语调,戏拟语言从头到尾包围着主人公大禹的语言,并且表现出一种毫不掩饰的夸张、喧哗,但是,这时表现主人公大禹的语言,在文本中还是保持着相当的清醒和理智的格调。到了《采薇》、《出关》、《起死》,表现主人公的语言就完全戏拟化了。从《非攻》到《起死》,在语言形式的戏拟不断强化的深层,我们仿佛触知到作家的越来越急躁不安的心灵节拍,我们仿佛看到了作家的心灵在努力而绝望地力图冲破戏拟语言的荒诞感的包围。然而,我们越是在全面的戏拟中,越是看到作家在这种痛苦的挣扎中陷得越深。这里,我们就接触到了鲁迅晚年创作的一个隐秘的心理动因:为什么在停止小说创作近十年之后,鲁迅又提起笔来创作小说呢? 同时,值得注意的是,后四篇小说是在一个很短的时间内创作出来的。鲁迅在谈自己创作时,曾说过:"人感到寂寞时,会创作。"所

---

① 　维特根斯坦:《美学讲演录》,《二十世纪西方美学经典文本》第二卷,复旦大学出版社 2000 年版。

② 　张承志:《与先生书》。

以,在这个意义上说,《故事新编》的创作显示了鲁迅晚年的一次独特的生命体验和文学要求。在现实的种种境遇中,使得鲁迅感受到生存的荒诞,于是,他试图通过写作的方式和一种价值认同来排遣这种不可重负的感受。写作本身就如一面镜子,使他能够从现实生活的不可逆转的流逝中抽身出来,获得瞬间的观照,以便能够更清晰地照见自己的面容,使自己内心深处的一些混乱的情绪、朦胧的感受得以比较清晰、完整的浮现,并从中获得一种自我认同的价值立场,但是,如果这种写作的观照,使他更清楚地看到的却是一种更实在的荒诞和虚无,那么,这将是多么可怕的体验。仿佛一个在汹涌的波涛中努力挣扎的落水者,他在绝望中抓到一根树枝,却发现是空心的,枯萎的,这时,他肯定会丧失最后一丝力气。因为,没有什么比在绝望中看到绝望更为可怕和令人寒心了——《故事新编》的创作再一次显示了鲁迅晚年内在心灵的这种不可克服、排遣的矛盾性。鲁迅晚年曾对冯雪峰说道,他将不可能作像《野草》式的文章了。在我看来,虽然,鲁迅放弃《野草》式的艺术表现方式,实际上,他并没有摆脱《野草》式的"鬼气"和"冷气"。《故事新编》所呈现出来的那副末世相的怪诞、狰狞,不就是这一股"鬼气"和"冷气"纠结、缠绕的化身吗?

我以为,要对《故事新编》获得富有深度的解读,把它与《狂人日记》、《野草》中的《墓碣文》放在一起阐释是相当必要的。《墓碣文》一向被认为是《野草》乃至鲁迅全部作品中最为难懂的一篇。在这篇作品中,鲁迅最尖锐、彻底地把自己"生命存在的虚无哲学"展现出来,这是一个已被普遍接受的观点。我以为,这种阐释仅仅是读通了文中的前半段:"……于浩歌狂热之际中寒;于天上看见深渊;于一切眼中看见无所有;于无所希望中得救。……"然而,文中的后半段话:"……抉心自食,欲知本味。创痛酷烈,本味何能知?……痛定之后,徐徐食之。然其心已陈旧,本味又何由知?……"其含义在许多研究文章中,要么被笼罩在前半段的意义之下,要么就被含含糊糊地蒙混过去。若从文本的内在语义的转折来看,文本中的后半段话的含义是对前半段话的否定。更重要的是,这里的否定并非辩证发展的一个中间环节。在这里,虚无和虚无是坚硬地对峙着,敌视着,没有留下任何得救的余地。没有什么比在虚无中看到更大、更彻底的虚无,更令人可怕的了。这就如,没有什么比感受到病毒就流淌在血液中,正爬过自己的神经末梢,合着心律在动,更能摧毁一个人的生存意志了。同样的,《狂人日记》也应该做如此的解读:《狂人日记》的杰出之处就在于他写出了一个人的热情、意志和生命如何地被摧毁的过程。周围人的怀疑的眼光,对"仁义道德"吃人本质的发现,知道兄弟也在合伙想吃自己,这些都不能摧毁"狂人"的意志和勇气,反而激起他改造、疗救的信心。只有当他以自己的方式认识到自己也是吃人的人时,才最后使他从病理的疯狂陷入心理、意志的疯狂。可以说,究其鲁迅的一生都抗拒着这"疯狂"以及它的种种变体的可怕的追逐和诱惑。他不是时常希望着自己能够"竦身一摇",将一切"摆脱",给自己轻松一下吗? 然而,他真的能够吗? 每一次的"竦身一摇",每一次的"摆脱",还不是使他更清晰地看到自己所寻找、所追求的东西的真面目吗?! 矛盾和超脱、危机和认同亲近得就如一个一体两面的"怪物",盘桓在他的灵魂深处。这就如张承志所说:"宛如魔圈,宛如鬼墙,先生孤身一人,自责自苦,没有答案。他没有找到一个巨大的参照物……1936 年先生辞世留下了费解的《故事新编》勉作答案,但更留下了《狂人日记》为自己不死的灵魂呐喊……先生只差一步没有疯狂。"[①]

## 二

惟其这种心理的荒诞感、危机感是如此的沉重,所以,对鲁迅的晚年来说,他更渴望着能寻求一种文化认同的价值立场。正如汤因比所指出的那样: 对于个体而言,文化是一种先在的"存在",它在根本上塑造了个体,并决定了他们怎样来构想自身世界,怎样看待别人,怎样介入相互之间的责任网络,以及怎样在日常生活世界里作出选择,文化具有安身立命的功能,个人要想寻找精神归宿,乃舍文化莫属。[②] 因此,对于像鲁迅这样与传统文化保持如此深刻的精神联系的伟大思想家来说,寻求文化认同是他必然的思路,

① 张承志:《与先生书》。
② 汤因比:《历史研究》(修订插图本),上海人民出版社 2000 年版。

就像无数中国知识分子曾经所做的那样。然而,也就是在这种寻求的过程中,鲁迅显示了比中国现代其他知识分子更为清醒、痛苦、分裂和悲剧性的心灵特征。① 比如,鲁迅在晚年创作的《非攻》、《理水》、《采薇》、《出关》、《起死》中,有意选择了先秦文化中的儒、道、墨三家作为自己的创作对象,也就隐秘地暗示了他的这种寻找文化认同的渴求。

　　然而,我还是情不自禁地怀疑道:他真的能够为自己的心灵找到一处真正的安身立命之地吗?他真的相信自己能够最终逃脱痛苦和绝望的纠缠吗?带着这些疑惑、问题,我进入了《故事新编》的文化层面的解读,语言形式依然是我解读的切入口。因为,任何的语言形式都并非是单纯的存在,而是都带有自己的一整套客体和意义。现代语言学家甚至认为,一种文化体系的形态是由该种文化的语言的“形态”所决定的。按照萨丕尔的说法:“‘真实的世界’在很大程度上建基于群体的语言习惯之上……我们群体的语言习惯决定着我们怎样解释。”② 这里,引起我注意的是这样一个特殊的现象:在《故事新编》戏拟的语言形式中,先秦文化呈现给我们的却是一幅衰败、逃亡的末世图景。在中国知识分子的精神想象中,文化史上的春秋战国时代,是一幅“百家争鸣”,充满创造力、思辨力和自由精神的历史图景。可以说,这几乎已成为中国知识分子一种历史文化“情结”,一种精神的“伊甸园”。然而,在《故事新编》中,鲁迅在对这一历史文化的表现中,挖掘出来的却是阴暗、腐败的内核。这显然是一种全新的、独特的文化解读。但是,我要追问的是,鲁迅为什么会有这样独特的解读?它究竟是源于一种怎样的心理驱迫?这里,我集中以《故事新编》中创作于晚年的五篇小说《非攻》、《理水》、《采薇》、《出关》、《起死》为例,来加以讨论。

　　在过去的研究中,一般是把《非攻》、《理水》放在一起来加以解读的,认为:“以《非攻》和《理水》为开端的鲁迅后期写的五篇历史小说都表现了作家在自觉地运用历史唯物主义的观点来处理古代题材,致力于真实地反映历史的本质。而且洋溢着乐观主义的精神。”③ 持这一论点最有力的证据

---

① 汪晖:《汪晖自选集·自序》,广西师范大学出版社1996年版。
② 萨丕尔:《语言与文化文选》,加州大学出版社1949年版,第162页。
③ 王瑶:《〈故事新编〉散论》,《鲁迅作品论集》,人民文学出版社1984年版。

就是鲁迅写在《非攻》之后一个月的杂文《中国人失掉自信力了吗》。暂且不说这种论证、推导的方式是否合理。虽然，鲁迅常常是用两副笔墨来写作的，但是，他在杂文和小说这两种不同的创作方式中所流露出来的思想感情又经常是有其内在的一致性。即使在这篇杂文中，他不也按捺不住地透露出一种被压抑着的悲凉吗？——"他们在前仆后继的战斗，不过一面总在被摧残、被抹杀，消灭于黑暗中。"然而，为什么长期以来，我们会如此执著地认定上述的乐观主义的观点呢？问题的关键就在于，我们一直未能把握到《故事新编》在思想和艺术结合方面所达到的创造性高度：那就是使小说有了一种"境界"。这是对《故事新编》文本解读的又一个关键的方式。茅盾曾以一个作家的审美感悟力说道："至于境界，八篇各不相同。例如，《补天》诡奇，《奔月》雄浑，《铸剑》悲壮，而《采薇》诙谐。"① 茅盾在此运用了"境界"一词，显然是基于他对《故事新编》艺术特征的更深层、更整体性的感悟。王国维在《人间词话》开章明义："词以境界为最上，有境界则自成高格，自有名句。五代北宋之词所以独绝者在此。"他还举例说："'红杏枝头春意闹'著一'闹'字，而境界全出，'云破月来花弄影'著一'弄'字，而境界全出矣。"② 由此可见；能把"境界"全盘托出者，一定是那真感情和真景物强烈而又充满生命力的遇合点。在文本中，只要有了这个遇合点，就可能焕发出诗性和智慧的光彩。我以为，《非攻》中的最后一段，就是这样的一个遇合点，也是我们解读文本的"关节"所在，它把这篇小说的"境界"全盘托出。遗憾的是，在过去的研究中，对这一结尾的解读，一直是不够充分，甚至没有引起我们的注意。请看，文中是这样写道：

> 墨子在归途上，是走得慢了，一则力乏，二则脚痛，三则干粮已经吃完，难免觉得肚子饿，四则事情已经办妥，不像来时的匆忙。然而比来时更晦气：一进宋国界，就被搜检了两回；走近都城，又遇到募捐救国队，募去了破包袱；到得南关外，又遭着大雨，到城门下想避避雨，被两个执戈的巡兵赶开了，淋得一身湿，从此鼻子塞了十多天。

---

① 茅盾：《联系实际，学习鲁迅》，《茅盾评论集》（上册），人民文学出版社 1978 年版。

② 王国维：《人间词话》，《王国维文集》第一卷，中国文史出版社 1997 年版。

在这里,构成文本荒诞情绪的是,人与其生活的割裂,行动者与其环境的分离:墨子为解救宋国而四处奔波,但是,当他为此而饱尝艰辛之后,不仅没有得到相应的回报,反而被宋人榨取了自己身上最后一丝利益和力量。没有什么比在自己的土地上,自己却沦落为陌生人更让人感到孤独、痛苦和荒诞了。这就如鲁迅在 1935 年 4 月 23 日致萧军、萧红的信中曾说的:"最令人寒心而且灰心的是友军中的从背后来的暗箭,受伤之后,同一营垒中的快意的笑脸,……我以为这境遇,是可怕的,我倒没有什么灰心,大抵休息一会,就仍然站起来,然而好像也终究也有影响,不但显示文章上,连自己也觉得近来还是'冷'的时候多了。"我想,这是非经历深沉的创伤的人所不能写的。显然,鲁迅在《非攻》中的最后一段,所要表达的也就是这种情感。这是一种由于无数次创伤的经验,而沉淀、蓄积已久,忽然迸发的情感。正是这种情感使得一整个小说的感情格调发生了一个大转折,正是有了这种转折,它"照亮"、升华了文本前面叙述的全部意义。可以说,如果没有这最后一段,《非攻》充其量只不过是一篇平凡、沉闷之作,根本不可能使我们的阅读有了一种"境界"之感。

对于《理水》的解读,长期以来,我们也还是沿着《中国人失掉自信力了吗》的思路进入文本。鲁迅对大禹的传说是相当熟悉,这是没有异议的。青少年时期,鲁迅经常探访的故乡名胜古迹中就有禹陵。1912 年在《〈越铎〉出世辞》中,他热烈称颂故乡人民复有大禹"卓苦勤劳之风"。1917 年作《会稽禹庙窆石考》,对窆石的由来,文字刻凿的年代以及前人的种种说法做了谨严的考证。几乎所有的研究文章都是依靠这些材料来说明、引导人们对《理水》的解读。然而,这种文本的解读方式,恰好忽略了《理水》中两个微妙却又是关键性的文本表现特征:一是从文本中可以看出,大禹治水的事迹在整个的叙述中是被"虚写化"了,而把大禹如何地被身边的小人们包围、纠缠这一困境最大限度地在文本的叙述中"前置化",这从文本的语言上可以看出:关于大禹的叙述语言是在文本戏拟语言的众声喧哗中,断断续续、若隐若现地飘浮着。并且,在真正叙述大禹出场之前,文本的前半部分,就有意地进行了大量的喜剧化的场景叙述。语言形式的戏拟是这些叙事的显著特征,也就是说,在大禹出场之前,文本就已经弥漫着一种浓郁的讽刺、嘲弄的意味,这对我们解读大禹这一形象内涵,不可能不会留下敏感的暗示。我以为,这种充分的戏拟化是作家有意暗示给我们的一种解读立场和向度。二是在文本的最后,作者有意用戏拟的语言形式写了禹回京以后,管理了国家大事,在衣食上,态度也改变了一点:

> 吃喝不考究,但做起祭祀和法事来,是阔绰的;衣服很随便,但上朝和拜客时候的穿著,是要漂亮的。所以市面仍旧不很受影响,不多久,商人们就又说禹爷的行为真该学,皋爷的新法令也很不错;终于太平到连百兽都会跳舞,凤凰也飞来凑热闹了。

这里,必须指出的是,这一结尾与文本中的后半段叙述大禹如何艰辛、劳顿构成一个大转折。与《非攻》的结尾一样,这一大转折,使得小说的"境界"全盘托出。这一转折在文本的叙述结构之中具有举重若轻的意义,这就如一个人拼命地向前奔跑着,突然,他站住了,因为他发现前面就是万仞深渊。这时,他将会是如何的沮丧、颓废。《理水》中的这一结尾,就是这样一种临渊回首,使得人们对文本中关于大禹的英雄主义的叙述,产生一种嘲讽、消解的意味。

# 三

鲁迅最后写作的三篇小说《采薇》、《出关》、《起死》的深刻性、丰富性,也是一直没有得到相应的解读。我以为,这是鲁迅晚年对中国知识分子精神世界的一次最深刻的逼视、反省和拷问。《采薇》、《出关》、《起死》所描写的主人公是中国知识分子中两类最主要、最典型的精神原型:出世与入世。这三篇小说都表现出一种"精神逃亡"的寓言式结构。在文本中,鲁迅有意把他们放在种种万难忍受的境界里,来试炼他们,剥去了他们表层的面目,拷问出藏在底下的灵魂的真实内涵来。①

对《采薇》的解读,《史记·伯夷叔齐列传》将是一个相当重要的前结构的文本。在《史记》中,司马迁对伯夷、叔齐的死,而喟叹于天地之无情。

---

① 《且介亭杂文二集·陀思妥耶夫斯基的事》。

当然,司马迁在这里是借他人之酒浇自己胸中之块垒。《采薇》的创作从某种意义上说,是接过《史记》中这一话题的。与司马迁不同的是,鲁迅在伯夷、叔齐的身上却拷问出了他们灵魂自身的缺陷。在伯夷、叔齐逃亡的路途中,鲁迅有意虚构了两个困境:一是,当伯夷、叔齐正惊惶失措地想逃往首阳山的时候,不料被自称华山大王的强盗"小穷奇"拦住,在"小穷奇"的淫威之下,伯夷、叔齐受尽屈辱、嘲讽,而他们却毫无一点反抗之心,只有唯唯诺诺,低声下气之神情。殊不知,古训早有"士可杀而不可辱"、"杀身以成仁"。虽然,伯夷、叔齐宣称自己恪守先王之规矩,然而,当自己的尊严被侵犯、侮辱时,却又毫无勇气反抗,这就使人们不禁对他们的精神世界投以质疑的眼光,当一个人连捍卫自己的勇气和力量都没有时,那就可想而知,他那遵守先王之规矩的精神道路将走多远?! 二是,当伯夷、叔齐落脚于首阳山之后,表面上,他们似乎完成了某种恪守先王规矩的精神仪式。然而,他们却又陷入了另一种困境,那就是,被饥饿感和生存欲望所紧紧追逐。当阿金姐告诉他们说:"'普天之下,莫非王土',你们吃的薇,难道不是我们圣上的吗"时,这无异于宣告他们的精神上所谓的操守,却是另一种道德的虚伪、堕落的证据。鲁迅在与《采薇》写作时间相距不远的《陀思妥耶夫斯基的事》一文中,说道:"不过作为中国的读者的我,却还不能熟悉陀思妥耶夫斯基式的忍从——对于横逆之来的真正的忍从。在中国,没有俄国的基督。在中国,君临的是'礼',不是神。百分之百的忍从,在未嫁就死了定婚的丈夫,坚苦的一直硬活到八十岁的所谓节妇身上,也许偶然可以发见罢,但在一般的人们,却没有。忍从的形式,是有的,然而陀思妥耶夫斯基式的掘下去,我以为,恐怕也还是虚伪。……只有中庸的人,固然并无堕入地狱的危险,但也恐怕进不了天国的罢。"① 可以说,在《采薇》中,鲁迅对伯夷、叔齐的精神批判,就是这样一种陀思妥耶夫斯基式的深掘和拷问。这确实是一种相当深刻、无情的解剖,在这里,没有一个人被告知是坚贞、清白的。

　　对《出关》的解读,最关键之处就在于:要读通"关"的意义,这是文本叙述的焦点。"关"从某种意义上说,也是中国传统知识分子现实命运的

---

① 《且介亭杂文二集·陀思妥耶夫斯基的事》。

一个象征。"关"是王权控制的界限。老子的西出函谷关，就是试图逃离王权的控制，然而，出了"关"又会怎样呢？这就如关尹喜所预言的："看他走得到，外面不但没有盐，面，连水也难得。肚子饿起来，我看是后来还要回到我们这里来的。"可见，即使暂时逃离了王权的控制，但仍然逃离不了生存的种种困扰。这就是一种摆在传统知识分子人生关口的尴尬。或许，这种尴尬也十分近似于鲁迅晚年的处境。晚年的鲁迅是相当孤独的，1933 年 10 月 21 日，他在致郑振铎的信中说道："上海……非读书之地，我居此五年，亦自觉心粗气浮，颇难救药。"1934 年 4 月 9 日，在致姚克的信中，他又说道："上海真是是非蜂起之乡，混迹其间，如在烘炉上面，能躁而不能静，颇欲易地，静养若干时……"1935 年 9 月 12 日，在致胡风的信中，他将"左联"中的某些领导人比喻成"在背后用鞭子打我"的"工头"。此后不久（1936 年 2 月 29 日），他在致曹靖华的信中，明确表示了对于"左联"解散的不满，并表示了不愿加入新成立的"文艺家协会"，"似有人说我破坏统一，亦随其便"。5 月 14 日，在致同一人的信中更是感慨至极地说道："近来时常想歇歇。"甚至，有一次，当一位朋友劝他换地方疗养时，他竟声调激越地反问："什么地方好去疗养？！"① 所以，从某种意义上说，《出关》是鲁迅对他自己的现实处境和即将做出的人生选择的一次最清醒、深刻的思考。而当一个人把自己所有的道路都想绝时，他又将怎样迈出新的一步呢？所以，我有时也不免要怀疑鲁迅自己所说的："走'人生'的长途，最易遇到的有两大难关。其一是'歧路'，倘是墨翟先生，相传是恸哭而返的，但我不哭也不返，先在歧路头坐下，歇一会，或者睡一觉，于是选一条似乎可走的路再走，……其二便是'穷途'了，听说阮籍先生也大哭而回，我却也像在歧路上的办法一样，还是跨进去，在刺丛里姑且走走。"② 也许，这只不过是给自己打气，安慰旁人的话而已。这正如张承志所看到的："《故事新编》恰出版于他的卒年，这不可思议——先生很久以前就已经向'古代'求索，尤其向春秋战国那样中国的大时代强求，于是，只要把痛苦的同感加上些许艺术气力，

---

① 郑伯奇：《最后的会面》，《鲁迅生平史料汇编》第五辑，天津人民出版社 1983 年版，第 1099 页。此处参阅王晓明：《鲁迅传》，上海文艺出版社 1993 年版。

② 1925 年 3 月 31 日致许广平信，见《两地书》。

便篇篇令人不寒而栗。……它们的问世本身就意味着作家已经无心再写下去。"①

四

当我第一次读到托马斯·曼的小说《浮士德博士》中的这段话:"确实,此前的种种噩梦在这不寻常的童声合唱中,进行了彻底的新的结构;这个合唱中已完全是另一种乐队总谱,另外的节奏。然而,在这音响朗朗、美妙和谐的天籁中,没有一个乐音是在地狱的笑声中不非常准确地出现过的。"②当时,我一直感到费解:美妙的天籁如何会说是源于地狱的笑声呢? 直到今天,当我从《故事新编》极富创造性的语言戏拟中把握到鲁迅充满荒诞感的心灵时,我才终于明白: 在这里,天才的完美与天才的深刻是一致的。他把自己心灵中最不可承担的重负,最黑暗的感受,却是最完美地表现、流淌在自己的语言形式之中,这就是一位伟大诗人的创造力。

---

① 张承志:《与先生书》。
② 此处参阅巴赫金:《巴赫金全集》第五卷,河北教育出版社 1998 年版,第 300 页脚注②。

# 仰看流云

## ——《朝花夕拾》的诗学阐释

### 引　论

　　俄国著名作家康·帕乌斯托夫斯基在其经典之作《金蔷薇》一书中,讲述了一个关于"金蔷薇"的朴实而悲伤的故事:故事的主人公夏米,原是法国殖民军团的一个普通列兵,复员之后,始终过着一贫如洗的生活,最后当上了巴黎的一名清扫工。尽管许多年过去了,但是,这个卑微的清扫工的内心始终无法忘却曾经的一段经历。墨西哥战争期间,夏米在韦拉克鲁斯得了严重的疟疾,于是他不得不被遣送回国。团长借此机会托夏米把他的八岁女儿苏珊娜带回法国。在返国途中,为了安抚郁郁寡欢的苏珊娜,夏米绞尽脑汁为她讲了一个又一个的故事,这其中有一个故事打动了小姑娘的心,那是发生在夏米家乡的往事。有一个年老的渔妇,"在她那座耶稣受极刑的十字架上,挂着一朵用金子打成的,做工粗糙的,已经发黑的蔷薇花",尽管如此贫困,老渔妇始终不愿意把这件宝物卖掉,据说,这朵金蔷薇是老渔妇年轻的时候,她的未婚夫为了祝愿她幸福而馈赠给她的,并且,关于这个罕见的金蔷薇还流传着这样的一个说法:"谁家有金蔷薇,谁家就有福气。不光是这家子人有福气,连用手碰到过这朵金蔷薇的人,也都能沾光。"这种说法终于应验了,老渔妇的儿子,一位画家,出人意料地从巴黎回来了,从此,"老妇人的小屋完全变了个样,不但充满了欢笑,而且十分富足"。当夏米讲完这个故事时,小姑娘忽然问道:将来是否也会有人送她一朵金蔷薇呢?夏米机智地回答说,世上什么事都可能发生。到了鲁昂后,夏米就把小姑娘交给了她的姑妈,而他自己却流落到巴黎当了一名清扫工。就这样,许多年过去了,在一次夜阑人静时分,身为清扫工的夏米在塞纳河边的一座桥栏上,不期然地遇上了因与男友不合而伤心欲绝的苏珊娜,此时的苏珊娜已出落成一个大姑娘了,因同情她的处境,夏米就让苏珊娜在自己的家中暂住下来。五六天后,苏珊娜又与男友重归于好,离开夏米在巴黎郊外破败的小屋,但这短暂的相聚彻底改变了夏米的内心世界,也彻底改变了夏米此后的人生。自从送别苏珊娜之后,他就不再把手饰作坊里的尘土倒掉了,而是全都偷偷地倒进一个麻袋,背回家去。他决定把手饰作坊的尘土里的金粉筛出来,铸成一小块金锭,然后用这块金锭打一小朵金蔷薇送给苏珊娜,祝愿她幸福。就这样,日复一日,年复一年,筛出的金粉终于足够铸成一小块金锭了。夏米就请一位老工匠打了一朵极其精致的蔷薇花,此时,夏米的生命之火业已到了忽明忽灭、摇曳不定的瞬间。可怜的夏米,因为苏珊娜远渡美国终于没有送出那朵凝结他一生的幻想、激情与爱的金蔷薇。[①] 在讲完这个凄婉的故事之后,康·帕乌斯托夫斯基深情地写道:"每一分钟,每一个在无意中说出来的字眼,每一个无心的流盼,每一个深刻的或者戏谑的想法,人的心脏的每一次觉察不到的搏动,一如杨树的飞絮或者夜间映在水洼中的星光——无不都是一粒粒金粉。我们,文学家们,以数十年的时间筛取着数以百万计的这种微尘,不知不觉地把它们聚集拢来,熔成合金,然后将其锻造成我们的'金蔷薇'——中篇小说、长篇小说或者长诗。夏米的金蔷薇!我认为这朵金蔷薇在某种程度上是我们的创作活动的榜样。奇怪的是没有一个人花过力气去探究怎样从这些珍贵的微尘中产生出生气勃勃的文字的洪流。然而,一如老清扫工旨在祝愿苏珊娜幸福而铸就了金蔷薇那样,我们的创作旨在让大地的美丽,让号召人们为幸福、欢乐和自由斗争的呼声,让人类广阔的心灵和理性的力量去战胜黑暗,像不落的太阳一样光华四射。"[②]——在这个意义上说,作家每一

---

① 　[俄]康·帕乌斯托夫斯基:《金蔷薇》,戴骢译,上海译文出版社 2012 年版,第 1—12 页。
② 　同上书,第 11—13 页。

次真诚的、源于内心的创作,犹如夏米执著而艰苦的劳作,在簸扬之间,喧嚣与浮华随风飘散,而作家一直要到沉甸甸的记忆、情感与思想犹如金粉般隐隐出现了,才能安下心来。① 因此,每一部优秀的作品,都是一朵金蔷薇,不论它旨在送给自己,还是他人。夏米是幸福的,他终于在有生之年铸就了那朵金蔷薇;但夏米又是不幸的,因为这朵金蔷薇还没来得及优雅而热烈地绽放,就痛苦地凋萎在死亡记忆之中。然而,作为文学经典的"金蔷薇",却能摆脱夏米式的命运之厄,尽管也将承受四季无穷的变幻,风雨无情的打击,但它总能在春暖花开之际,绽放依然。《朝花夕拾》就如这样一朵熠熠闪光的"金蔷薇",它也是由鲁迅内心世界无限飞扬的记忆金粉铸就而成。如今,在经受岁月磨砺之后,它仍旧如此绰约而隽永地开放在中国现代散文盛坛之上。

全面检读已有的《朝花夕拾》的研究文献,我们不得不遗憾地看到,迄今为止,关于《朝花夕拾》的研究,仍以王瑶在 1983 年发表的《论〈朝花夕拾〉》为最高水平。高远东曾在 1990 年的一篇评论中感慨地说道:"如果说新时期的鲁迅作品研究的学术'记录'大多由中青年学者所创造(如《呐喊》、《彷徨》研究之于王富仁、汪晖,《野草》研究之于孙玉石、钱理群),那么关于《故事新编》和《朝花夕拾》研究的最高'记录'则仍由王先生这样的前辈学者保持着。个中原因颇耐人寻味。"② 二十余年过去了,《呐喊》、《彷徨》、《野草》与《故事新编》的研究又有了很大的进展,唯独面对《朝花夕拾》的研究现状,我们的感慨一仍如旧,此时,个中原因已不是"颇耐人寻味"一词所能敷衍的了。当然,要找到差距并试图超越,首先必须公正而谦逊地分析和继承前人的研究成果。王瑶的《论〈朝花夕拾〉》,我们认为,有以下几个方面的重大贡献。其一,他指出,"《朝花夕拾》各篇虽然也可以各自独立成文,但作为一本书却是有机的整体。"③ 论文写道:"在鲁迅诸多创作集中,《朝花夕拾》这一特点是不容忽视的。因此,研究《朝花夕拾》,不能只把它看做是片段的回忆录,也不能满足于只就各篇作细致

① [俄]康·帕乌斯托夫斯基:《金蔷薇》,戴骢译,上海译文出版社 2012 年版,第 11 页。
② 高远东:《现代如何"拿来"——鲁迅的思想与文学论集》,复旦大学出版社 2009 年版,第242 页。
③ 王瑶:《鲁迅作品论集》,人民文学出版社 1984 年版,第 147 页。

地分析,还要注意把全书作为一个统一的机体来考察,了解作者写这一组文章的总的意图和心境,从总体上把握此书的意义、价值和特色,认识它在中国现代散文创作和鲁迅作品中的地位。"① 王瑶的这一论断,具有方法论的意义,它确定了《朝花夕拾》研究所必要的整体性视野和架构。其二,王瑶对《朝花夕拾》的艺术特点分析精当,并敏锐地看到《朝花夕拾》这些艺术特点与日本厨川白村《出了象牙之塔》一书中关于 Essay(随笔)的论述之关系。他说:"这些艺术特点很容易使我们联想到在写《朝花夕拾》的前一年,鲁迅翻译的日本厨川白村《出了象牙之塔》一书中关于 Essay(随笔)的论述。"② 王瑶对这一内在关系的揭示,有助于我们更深入地探讨《朝花夕拾》对外来文学资源的借鉴与创新,也有助于我们更准确地阐释《朝花夕拾》艺术特点的生成过程。在论文中,王瑶对这一问题作出独到的分析,他写道:"厨川白村对散文随笔的特点所作的这些理论性的阐述,对中国曾有过很大的影响;郁达夫说:'至如鲁迅先生所翻的厨川白村氏在《出了象牙之塔》里介绍英国 Essay 的文章,更为弄文墨的人,大家所读过的妙文。'值得注意的是,不仅他所阐述的这些特点与《朝花夕拾》的写法有所契合,而且这也是得到鲁迅自己的首肯的。据当时刊登《朝花夕拾》文章的《莽原》负责人之一李霁野回忆:'鲁迅先生在同我们谈到《出了象牙之塔》的时候,劝我多读点英国的 Essay,并教导我勉力写这种体裁的文章。'接着就说他们(指李霁野等人)同鲁迅谈过如'《狗·猫·鼠》这样别开生面的回忆文,似乎都受了一点本书的影响,但思想意义的深度和广度,总结革命经验的科学性,坚持韧性斗争的激情,都不是《出了象牙之塔》所能比拟,先生倒是也不否认的'。鲁迅并且给他们(指李霁野等人)谈过这类文章的写法:'要锻炼着撒开手,只要抓紧缰头,就不怕放野马;过于拘谨,要防止走上'小摆设'的绝路。'"③ 王瑶的这番阐述,不仅对探讨《朝花夕拾》之"幽默和雍容"的艺术特点是如何形成有重要作用,而且对探讨鲁迅杂文的艺术特点是如何形成,也有重要的启示。遗憾的是,迄今为止,在这条探索的路上,后人向前迈进的步伐仍然十分

---

① 王瑶:《鲁迅作品论集》,人民文学出版社 1984 年版,第 147 页。
② 同上书,第 166 页。
③ 同上书,第 167 页。

有限。其三，《论〈朝花夕拾〉》是王瑶生前所写的最后一篇关于鲁迅研究的论文，对其个体生命历程而言，"不能不说另有一种意义"①。在论文的字里行间，我们隐约地体会到，王瑶透过对鲁迅回忆之解读，曲折地流露出某种属于他自己内心世界的情绪，不知不觉之中就与鲁迅在回忆之中所流淌的情感交相辉映。总之，《论〈朝花夕拾〉》一文既有对鲁迅创作心境的独特解读，又有对《朝花夕拾》艺术之美的独特揭示，也有王瑶对自己晚年心境的独特观照，这一切，都使得这篇论文成为《朝花夕拾》研究史上的经典之作。

这就是摆在新一代《朝花夕拾》研究者面前令人敬畏的高度和无声的挑战。

在王瑶这些洞见的启发下，我们或许能够开辟出无数条通向《朝花夕拾》艺术世界的探索新路。在这里，我们选择的是诗学阐释的研究方法。所谓诗学阐释，就是将现代文本学理论付诸作品解读、分析的话语批评实践。在方法论上，诗学阐释首先强调文本作为一个独立自足的艺术世界，有着独特的语言、意象、意境和意蕴，这就必然涉及对文本的叙述技巧、修辞方式、文体风格等审美机制的分析。其次强调文本的生成性，认为，文本中不仅有作家经验的再现，而且有情感、个性的融入与价值关怀，因此，诗学阐释必须把对文本的解读与分析放置于"论世"与"知人"的网络交错之中，方可参透"文义"与"文心"。第三，诗学阐释必然要觉察文本与作家所置身的历史的、当下的精神主潮、审美风尚之间的复杂互动。基于上述的理论规定性，诗学阐释在具体的操作实践中，既要注意汲取西方现代文本学理论强调语言、结构、文体和修辞分析之长处，又要继承中国传统文本学关注文本与作家个性、文学传统、时代风貌的多重融合性的理论智慧。综观而言，文本的诗学阐释，既要求有针对文本内部的叙述、结构、风格的具体而微的揭示，又要求辩证地看待文本与外部的时代精神、文学传统和作家个性之间多重的对话性与互文性。②

在这一研究方法的指引下，我们的研究思路拟向两个维度展开。

一是，在对文本的纵向生成的解读中，阐释文本的艺术之美。从纵剖面看，《朝花夕拾》的文本生成结构，是一种从"所忆"→"所感"→"所思"

---

① 高远东：《现代如何"拿来"——鲁迅的思想与文学论集》，复旦大学出版社2009年版，第213页。

② 郑家建：《东张西望——中国现代文学论集》，海峡文艺出版社2008年版，第150—157页。

这样一个从感性经验到情感观照再到智性审视的过程,这也是一种从审美到审智的过程。在这样一个过程,文本的任何一个层面,无论是"所忆"、"所感"还是深藏着的"所思",都需要借助语言的技巧与经营才能得以实现。换句话说,都必须落实在文本的叙述结构、抒情方式、修辞特点、文体风格等多重有机的审美创造上。只有对这一复杂的审美创造过程进行细致解读与精当剖析,才能揭示出《朝花夕拾》作为经典的艺术奥妙。

二是,在对文本内与外的横向关系的解读中,阐释文本意义结构的丰富性与复杂性。作家的精神主体、生命体验、现实处境、文学传统、思想脉络以及创作道路等要素,对《朝花夕拾》而言,既在文本之内,又在文本之外,都与《朝花夕拾》存在着或隐或显、或深或浅、似断实连、似非而是的复杂关系。面对这种复杂关系,只有具备开阔的视野和足够的细致与耐心,才可能揭示《朝花夕拾》在"旧事"与"重提"、"朝"与"夕"的时空错位之间所孕育着的心灵与思想的深邃性。

《朝花夕拾》作为中国现代散文的经典之作,对它进行诗学阐释将有助于我们探索现代散文的阐释路径。因此,我们的研究目标是,借助《朝花夕拾》研究个案,试图建立一种关于现代散文的阐释方法,或者说解读路径。众所周知,在中西方文学史上,散文创作在数量上浩如烟海。与此类似,在中西方文学理论史、文学批评史上,散文理论也是繁茂如林,并尤为芜杂丛生。在这种情况下,若要选择一种具有可操作性的解读与分析的理论方法,则不免举步维艰、四顾茫然,让人几乎无所措手。因此,如何像小说研究在理论方法上有叙事学那样,建立一种散文之解读与分析的方法论,哪怕是初步的,也将是一个十分诱人的学术课题。《朝花夕拾》的诗学阐释,或许可以成为一次有益的尝试。

## 上篇　说吧,记忆
### ——《朝花夕拾》"回忆"的叙述学分析

著名作家纳博科夫把他的自传题为《说吧,记忆》,我一直很迷恋这一书名。每一次阅读这本书时,总有一种说不清的情绪,我总在想,当一个人的记忆之门打开之时,究竟会有怎样的人与事随之而汩汩流出呢? 一个人又是怎样做到让这些汩汩流出的人与事,能够有声有色地活在话语的世界之中呢? 令人欣慰的是,在西方文学史上有许多作家做到了,如歌德、巴尔扎克、普鲁斯特、乔伊斯、福克纳、海明威、茨威格、卡内蒂、格拉斯等人,他们都为世人奉献了凝结着各自记忆与生命的经典之作。而在中国,堪与之媲美之作又有几多? 答案诚然是见仁见智,但无论如何,鲁迅的《朝花夕拾》必居其一。

鲁迅在《朝花夕拾·小引》中曾别有深意地说了这样的一番话:"我有一时,曾经屡次忆起儿时在故乡所吃的蔬果:菱角、罗汉豆、茭白、香瓜。凡这些,都是极其鲜美可口的;都曾是使我思乡的蛊惑。后来,我在久别之后尝到了,也不过如此;唯独在记忆上,还有旧来的意味存留。他们也许要哄骗我一生,使我时时反顾。这十篇就是从记忆中抄出来的,与实际内容或有些不同,然而我现在只记得是这样。"[1] 可以说,《朝花夕拾》的创作,是鲁迅在重拾那些早已飘零在记忆深处的"旧来意味"。那些曾经葱郁的"朝花",如今或许早已斑斓。因此,对这一记忆世界的反顾,是我们研究的出发点。

在我们的阐释视野之中,反顾的路径有两条:一是,按照鲁迅的写作顺序逐篇阐释;二是,先对《朝花夕拾》的记忆世界进行整体性的观照,而后按照叙述形态的不同加以类型分析。显然,第二种路径更符合整体性视野与架构,这也是本文所选取的反顾之路。

当你进入《朝花夕拾》的记忆世界,就会发现,这里的记忆井然有序,这里的记忆有隐有显,这里的记忆有详有略。更令人惊叹的是,记忆之中的人和事,并没有因为时光的流逝而变得模糊不清,反而显得栩栩如生、历历在目。那么,鲁迅如何做到这一点? 这不仅是心理学问题,也是一个叙述学的问题。因此,对鲁迅记忆世界的叙述学分析,就成为打开《朝花夕拾》文本世界第一道大门的关键所在。

# 一、被唤醒的灵魂

《朝花夕拾》的不少篇章,对中国读者来说,确实是耳熟能详。毫无疑问,

---

① 　鲁迅:《鲁迅全集》第二卷,人民文学出版社 2005 年版,第 236 页。

印象最深刻的当属其中的一系列人物形象。就让我们再一次从那文字世界里唤醒阿长、藤野先生、范爱农等人吧，且看看他们是如何从鲁迅的记忆深处缓缓地走出，又是如何清晰地伫立在一代又一代读者的眼前——恍若与我们迎面相逢。

在《阿长与〈山海经〉》一文中，鲁迅深情地回忆了一个连属于自己的名字也没有的小人物，即"我"的保姆长妈妈。他写道："我们那里没有姓长的；她生得黄胖而矮，'长'也不是形容词。又不是她的名字……记得她也曾告诉过我这个名称的来历：先前的先前，我家有一个女工，身材生得很高大，这就是真阿长。后来她回去了，我那什么姑娘才来补她的缺，然而大家因为叫惯了，没有再改口，于是她从此也就成为长妈妈了。"开头的这一番叙述，似乎在唤起读者的同情。然而，不，鲁迅随即把笔锋一转，写道："虽然背地里说人长短不是好事情，但倘使要我说句真心话，我只得说：我实在不佩服她。"是的！你看，在这个乡下女人身上有着不少让人讨厌的"毛病"："常喜欢切切察察，向人们低声絮说些什么事。还竖起第二个手指，在空中上下摇动，或者点着对手或自己的鼻尖。我的家里一有些小风波，不知怎的我总疑心和这'切切察察'有些关系。"在这里，鲁迅勾画了两个极具小说化的细节："低声絮说"和"竖起第二个手指，在空中上下摇动……"——简练而生动地写出长妈妈喜欢搬弄是非的缺点。但是，又不全然如此，阿长也有其细心的一面，如，"又不许我走动，拔一株草，翻一块石头，就说我顽皮，要告诉我的母亲去了"。这些管教对生性喜欢无拘无束的孩子来说，显然都是一种束缚。白昼时，阿长的管束尽管细心但又让人讨厌，然而，睡着的时候，却是另一番情景："一到夏天，睡觉时她又伸开两脚两手，在床中间摆成一个'大'字，挤得我没有余地翻身，久睡在一角的席子上，又已经烤得那么热。推她呢，不动；叫她呢，也不闻。"写到这里，阿长给人的印象差不多成为一个大大咧咧、不守规矩的粗俗女人。但是，不，"她懂得许多规矩；这些规矩，也大概是我所不耐烦的"。若果真如此，阿长又有什么值得"我"深情回忆呢？显然，这是作者有意要把读者引向情感判断的歧路口，其目的是为了出乎意料地展示阿长性格的另一面：正当"我"对绘图的《山海经》念念不忘却又一筹莫展之际，唯有她做到了："过了十多天，或者一个月罢，我还很记得，是她告假回家以后的四五天，她穿着新的蓝布衫回来了，一见面，就将一包书递给我,高兴地说道:'哥儿,有画儿的'三哼经',我给你买来了!'我似乎遇着了一个霹雳,全体都震悚起来;赶紧去接过来,打开纸包,是四本小小的书,略略一翻,人面的兽,九头的蛇……果然都在内。"这是文本叙述的重大转折点,但在这一叙述之中,鲁迅有意略去了许多细节,如,阿长是如何买到"三哼经"的? 这个过程对于一个不识字的女人来说,究竟是历尽艰辛,还是得来全不费工夫? 阿长买到"三哼经"时的心理状态又是如何? 其动机是出于对"我"单纯的爱,还是功利性地对"我"这个小少爷的讨好? 书价或许是一笔不小的开支,阿长有过犹豫吗? 这些看起来是基于人性的正常追问,鲁迅都避而不语。文本只是集中笔墨极力突出"我"得到"三哼经"的激动心情,从而通过"我"的情感反应来折射阿长性格中所隐藏着的淳朴、善良的一面。文本叙述推进到这里,也就完全翻转了此前对阿长"不大佩服"、"无法可想"、"不耐烦"的感受。阿长,这个劳苦的乡下女人就是这样在鲁迅的峰回路转的叙述流变中,生动而鲜明地展示了她个性的多样性和丰富性。就是这样,时隔三十多年之后,在鲁迅的记忆世界中,她再次复活了。值得注意的是,在刻画阿长这一人物形象时,鲁迅主要选取最能突出人物个性的细节、语言和神态,并且通过多个极富戏剧性的场景,展示人物细微的心理过程,使得人物性格更加生动、丰满,这其中也展现了鲁迅杰出的小说家天赋。

　　日本仙台的一个名不见经传的医学教授,因《藤野先生》一文而在中国变得家喻户晓。在这篇散文中,鲁迅回忆了在仙台医学专门学校短暂的一年求学中与藤野先生之间的独特友谊。和《阿长与〈山海经〉》中借助"我"与阿长的情感关系之曲折变化来推进叙述发展有所不同,对于藤野先生的回忆,鲁迅侧重于场景化叙述。这样的叙述形态,并不要求叙述过程的完整性、曲折性,而看重的是有效的叙述聚焦,聚焦点越明确,人物性格的展示就越鲜明有力。《藤野先生》一文,作者对藤野先生的正面着笔并不多,主要集中在关于"我"与"藤野先生"几次交往场景的叙述:第一次是他担心"我"能否抄下他上课的讲义,希望"我"拿给他看一看,于是,"我交出所抄的讲义去,他收下了,第二三天便还我,并且说,此后每一星期要送给他看一回。我拿下来打开看时,很吃了一惊,同时也感到一种不安和感激。原来我的讲义已经从头到末,都用红笔添改过了,不但增加了许多脱漏的地方,连文法的错误,也都一一订正。这样一直继续到教完了他所担任的功课:骨学,血管学,神经学"。第二次是藤野先生修改我讲义上的下臂血管的解剖图,文中写道:"还记得有一回藤野先生将我叫到他的研究室里去,翻出我那讲义上的一个图来,是下臂的血管,指着,向我和蔼地说道:'你看,你将这条血管移了一点位置了——自然,这样一移,的确比较的好看些,然而解剖图不是美术,实物是那么样的,我们没法改换它。现在我给你改好了,以后你要全照着黑板上那样的画。'但是我不服气,口头答应着,心里却想道:'图还是我画的不错;至于实在的情形,我心里自然记得的。'"叙述之中,作者有意突出了"我"与藤野先生的"冲突",从而产生了文本叙述的错层感:"我"越是不以为然,反而越能突出藤野先生在治学上的严谨与求真的态度,也就越能充分地把"我"在回忆之时所感到的愧疚感表达出来,其产生的审美效果是,在叙述过程中,这一切表面上看起来是波澜不惊,但内在之间却暗流涌动。尽管此处的叙述并非对藤野先生性格的正面刻画,但特意聚焦他对解剖图的较真态度,目的是要从侧面刻画他性格中方正严谨的一面。在叙"事"之中刻画人物性格,是这篇散文重要的创作方法之一。文本关于"我"与藤野先生第三次与第四次的交往的叙述,就相对简略些,这种详略得当的叙述使得文本的结构更加富有节奏。当然,在这种简略之中,作者并没有放过对人物性格的有力刻画,如,第三次叙述藤野先生对"我"是否肯解剖尸体的担心,文中写道:"解剖实习了大概一星期,他又叫我去了,很高兴地,仍用了极有抑扬的声调对我说道:'我因为听说中国人是很敬重鬼的,所以很担心,怕你不肯解剖尸体。现在总算放心了,没有这回事。'"作者用了"极有抑扬的声调"来形容,写出藤野先生的内心从担心到释然再到欣喜的复杂过程。值得注意的是,在文本中鲁迅特别叙述了藤野先生试图向"我"了解中国女人裹脚的裹法,进而了解足骨怎样变成畸形。二十多年后,这一细节再现于鲁迅的脑海,肯定别有深意。裹脚作为中国传统文明的野蛮性表征之一,曾引起新文化运动的思想家们猛烈的抨击,其中尤以周作人、鲁迅的批判最为激烈、深刻。藤野先生作为一个医学工作者,从医学的角度关注裹脚对足骨畸形的伤害,这一幕往日的情景,一定给了鲁迅许多的批判勇气与力量。在对第三次、第四次交往的简略叙述之后,作者的笔致由"弛"转入"张"。关于"我"与藤野先生的第五次交往的叙述,文本极显详尽之所能,不仅描绘了人物在交往之中的语言、神态,而且尽可能突出人物的心理活动,如,文中写道,"到第二学年的终结,我便去寻藤野先生,告诉他我将不学医学,并且离开这仙台。他的脸色仿佛有些悲哀,似乎想说话,但竟没有说。""将走的前几天,他叫我到他家里去,交给我一张照相,后面写着两个字道:'惜别',还说希望将我的也送他。但我这时适值没有照相了;他便叮嘱我将来照了寄给他,并且时时通信告诉他此后的状况。"在这段叙述之中,作者再一次有意强调"我"与藤野先生之间的情感错位:"其实我并没有决意要学生物学,因为看得他有些凄然,便说了一个慰安他的谎话。"对此,藤野先生不仅没有识破,反而表示惋惜,这就无声地突出了他性格中真诚的一面。在离别之际,藤野先生对"我"有许多"惜别"之举,而"我"因生活状况之无聊,无以回应。文本越是强化这种情感错位,就越能突出人物的性格特征,也就越能突出人物之间的无法割舍的情感联结。值得一提的是,对于众所周知的鲁迅离开仙台的原因,在《藤野先生》一文中,鲁迅并没有像在《呐喊·自序》中那样着力渲染,从这点的区别也可以看出,鲁迅在《藤野先生》一文中为了达到对人物性格的刻画,而对叙述节奏和叙述聚焦所作的有意调控。

与《藤野先生》一样,《范爱农》一文也是鲁迅对青年时代友人的回忆。但在对回忆的叙述方式上,两者却截然不同。《范爱农》一文,作者强调的是叙述的时间性与历史感,在叙述之中着眼于人物的外貌、语言、神态的前后不同,以此来展示人物的心理变化,刻画人物性格。鲁迅选取了四个时期的范爱农来写,突出不同时期范爱农不同的性格特征。也可以说,《范爱农》一文写了四个不同的"范爱农"。一是日本时期的范爱农:"这是一个高大身材,长头发,眼球白多黑少的人,看人总像在渺视。他蹲在席子上,我发言大抵就反对;我早觉得奇怪,注意着他的了,到这时才打听别人:说这话的是谁呢,有那么冷? 认识的人告诉我说:'他叫范爱农。'"很显然,作者有意借助人物的外貌、神态、语言和动作,突出的是范爱农的愤慨。这种"愤慨"的情绪,体现了19世纪末的中国有志青年一方面对清王朝充满痛恨而另一方面又找不到有力反抗手段的内在冲突。范爱农的"愤慨"是一代人的"愤慨",也是一个时代的"愤慨",在这里,可以看出鲁迅叙述的高度历史概括力。二是革命前的范爱农:"他眼睛还是那样,然而奇怪,只这几年,头上却有了白发了,但也许本来就有,我先前没有留心到。他穿着很旧的布马褂,破布鞋,显得很寒素。谈起自己的经历来,他说他后来没有了学费,不能再留学,便回来了。回到故乡之后,又受着轻蔑、排斥、迫害,几乎无地可容。现在是躲在乡下,教着几个小学生糊口。但因为有时觉得很气闷,所以也趁了航船进城来。他又告诉我现在爱喝酒,于是我们便喝酒。从此他每一进城,必定来访我,非常相熟了。我们醉后常谈些愚不可及的疯话,连母亲偶然听到了也发笑。"需要指出的是,关于回国之后至辛亥革命之前这段时间范爱农的具体情形,作者是转述范爱农自己的说法。我认为,鲁迅巧妙地运用间接叙述的方式,既符合"限知视角"的内在要求,又把自己对革命前范爱农的处境与心境的同情,深深地埋藏起来。这很容易使我们想起鲁迅在《呐喊·自序》中对自己情形的一段叙述:"如置身毫无边际的荒原,无可措手的了,这是怎样的悲哀呵,我于是以我所感到者为寂寞。这寂寞又一天一天的长大起来,如大毒蛇,缠住了我的灵魂。"① 这一时期的范爱农与这一时期的鲁迅一样,内心充满着"寂寞"与"苦闷",这种寂寞与苦闷有它特定的时代内涵。然而,与《自序》中对"寂寞"的"无端的悲哀"② 不同,鲁迅关于范爱农的"寂寞"与"苦闷"的叙述,则透出一股"笑声",恰是这一点,让我看到鲁迅性格的另一面,即他在痛苦之中的"跌宕自喜"。三是革命中的范爱农:"到冬初,我们的景况更拮据了,然而还喝酒,讲笑话。忽然是武昌起义,接着是绍兴光复。第二天爱农就上城来,戴着农夫常用的毡帽,那笑容是从来没有见过的。""爱农做监学,还是那件布袍子,但不大喝酒了,也很少有工夫谈闲天。他办事,兼教书,实在勤快得可以。"关于革命中的范爱农,作者叙述的重点是"范爱农的欢欣",这种欢欣源于辛亥革命所带来的解放感,源于对共和的信仰。作者尽管着墨不多,但还是写出了辛亥革命带给20世纪之初中国知识分子的精神力量与精神变化,还是生动地再现了那个时代的精神气氛。悲哀的是,这种"欢欣"之心情很快就消失殆尽,因为,辛亥革命并没有带来根本性的深刻变化,于是当"季茀写信催我往南京"时,范爱农

---

① 鲁迅:《鲁迅全集》第一卷,人民文学出版社2005年版,第439页。

② 同上。

"也很赞成,但颇凄凉,说:'这里又是那样,住不得,你快去罢……'我懂得他无声的话,决计往南京"。此后,范爱农不得不又回到旧的精神轨道上来。鲁迅对范爱农的这种精神变化的叙述,深刻地融入了自己的历史体验,他曾说过:"见过辛亥革命,见过二次革命,见过袁世凯称帝,张勋复辟,看来看去,就看得怀疑起来,于是失望,颓唐得很了。"① 毋庸置疑,在对革命期间范爱农精神变化的叙述之中,包含着鲁迅自身的诸多历史观感,正如他自己所说,"后来也亲历旁观过几样更寂寞更悲哀的事,都为我所不愿追怀,甘心使他们和我的脑一同消灭在泥土里的。"② 四是革命后的范爱农,当"我从南京移到北京的时候,爱农的学监也被孔教会会长的校长设法去掉了。他又成了革命前的爱农。我想为他在北京寻一点小事做,这是他非常希望的,然而没有机会。他后来便到一个熟人的家里去寄食,也时时给我信,景况愈困穷,言辞也愈凄苦。终于又非走出这熟人的家不可,便在各处飘浮。不久,忽然从同乡那里得到一个消息,说他已经掉在水里,淹死了"。在这一叙述中,鲁迅有一个特别的提示:"他又成了革命前的范爱农",强调范爱农的精神立场和精神处境与革命之前仍有内在的一致性,但另一方面作者在叙述时又连续用了两个"愈",突出范爱农在物质与精神方面更加的困苦。这种革命之后知识分子日益严重的困苦,鲁迅在其小说《在酒楼上》、《孤独者》、《故乡》、《祝福》之中均有深刻的揭示,在杂文关于俄国十月革命前与后的知识分子选择、出路与命运的论述之中,也有深刻的阐释。可以说,范爱农的困苦,是一个时代之困苦的缩影,范爱农之死,是一个时代的精神之死。文本能获得如此强烈的表现力,显然得益于鲁迅在叙述之中把自己的经历和体验深刻地投注其中。因此可以说,范爱农是鲁迅精神家族的同胞兄弟,是鲁迅的第二"自我"。

## 二、镌刻的时光

《阿长与〈山海经〉》、《藤野先生》和《范爱农》三文,叙事的目的在于写人,三篇散文在写人方面各具特色。与此不同,《五猖会》、《从百草园

---

① 鲁迅:《鲁迅全集》第四卷,人民文学出版社 2005 年版,第 468 页。

② 鲁迅:《鲁迅全集》第一卷,人民文学出版社 2005 年版,第 440 页。

到三味书屋》、《父亲的病》、《琐记》四篇散文,则重在叙事,当然,其间也写到人物,如,"我"的父亲、书塾先生、衍太太、S城名医等,但都不是叙述的重点之所在。仅就叙事而言,若仔细分析,则会发现,这四篇散文的叙事方式、叙事角度和叙事结构也颇有差异,这充分体现了鲁迅高超的叙述才能。

《五猖会》一文,鲁迅回忆了自己在童年时代的一次尴尬而又困惑的经历。这篇散文初看起来,叙述重点应该放在关于五猖会方面,但是,鲁迅并没有顺从读者的这种预期,文本中关于五猖会的叙述是简略而快速的,文本的前半部分,在叙述之中尽力保持着一个基调,那就是孩子们对五猖会的欢快而期盼的心情,其目的是在结构上为后文情感的转折埋下伏笔。文本叙述的重点则放在转折的关口:当"我"正在为即将去东关看五猖会而兴高采烈之际,父亲却有了一个出乎意料的举动。文中写道:"要到东关看五猖会去了。这是我儿时所罕逢的一件盛事。""因为东关离城远,大清早大家就起来。昨夜预定好的三道明瓦窗的大船,已经泊在河埠头,船椅、饭菜、茶炊、点心盒子,都在陆续搬下去了。我笑着跳着,催他们要搬得快。忽然,工人的脸色很谨肃了,我知道有些蹊跷,四面一看,父亲就站在我背后。""'去拿你的书来。'他慢慢地说。我忐忑着,拿了书来了。他使我同坐在堂中央的桌子前,教我一句一句地读下去。我担着心,一句一句地读下去。两句一行,大约读了二三十行罢,他说:'给我读熟。背不出,就不准去看会。'他说完,便站起来,走进房里去了。我似乎从头上浇了一盆冷水。但是,有什么法子呢? 自然是读着,读着,强记着——"这样的时刻,让"我"终生难忘。值得注意的是,这里的叙述非常之翔实:船、船椅、饭菜、茶饮、点心等,一应俱全,足见此行之隆重,然而,越是这种叙述的渲染,就越为文本接下来的情感逆转增加一层叙述张力。且看作者又是如何叙述接下来的情感变化:"我"先是从蹊跷变成忐忑着,而后是"担着心",最后是"似乎从头上浇了一盆冷水",人物的心理经历着从疑惑到紧张再到绝望的过程,这一过程仿佛是一步一步地逼近人物的心坎。然而,在这里的叙述之中,作者对父亲的刻画始终只停留在简要的几句言语上,读者根本无法看到此时父亲的神态和心理活动,但是,对父亲的叙述越是如此的简洁,读者却越能感受到父亲此时的威严,也越能感受到"我"此时的紧张。这种对潜在的心理落差的巧妙设置,更增加文本叙述的张力和饱和度。

　　《从百草园到三味书屋》是一篇脍炙人口的名文,一段童年的快乐时光随着鲁迅的回忆而神采奕奕。与《五猖会》强调自己难以忘怀的一段磨难不同,《从百草园到三味书屋》始终洋溢着轻松、活泼和童趣的氛围。作者并没有刻意去营造这种氛围,而是娓娓道来,在轻松的笔调之中,时光仿佛在倒流。与《五猖会》有意在叙述之中设置心理落差不同,《从百草园到三味书屋》则淡化叙述的戏剧性和冲突结构,让叙述沿着线性的进程而缓缓展开,就像一个人在不知不觉之中慢慢成长,快乐或者痛苦,有的依然记得,有的早已随风飘散,这其间没有遗憾,也没有痛惜,只有一个个或深或浅的印痕镌刻着时光悄悄流逝。但是,在《从百草园到三味书屋》看似平淡的叙述之中,也隐含着隽永的意味,这种意味是随着文本叙述的徐徐展开而渐渐浮现出来,就如一颗含在口中的青橄榄。且让我们从文本的开头说起:“我家的后面有一个很大的园,相传叫作百草园……不必说碧绿的菜畦,光滑的石井栏,高大的皂荚树,紫红的桑椹;也不必说鸣蝉在树叶里长吟,肥胖的黄蜂伏在菜花上,轻捷的叫天子(云雀)忽然从草间直窜向云霄里去了。单是周围的短短的泥墙根一带,就有无限趣味,油蛉在这里低唱,蟋蟀们在这里弹琴,翻开断砖来,有时会遇见蜈蚣;还有斑蝥,倘若用手指按住它的脊梁,便会拍的一声,从后窍喷出一阵烟雾。何首乌藤和木莲藤缠络着,木莲有莲房一般的果实,何首乌有臃肿的根。有人说,何首乌根是有像人形的,吃了便可以成仙,我于是常常拔它起来,牵连不断地拔起来,也曾因此弄坏了泥墙,却从来没有见过有一块根像人样。如果不怕刺,还可以摘到覆盆子,像小珊瑚珠攒成的小球,又酸又甜,色味都比桑椹要好得远。”如此的叙述,真是精彩之极,毫不夸张地说,仅仅举出这一例,就足以证明现代散文风格的“幽默、雍容、漂亮、缜密”。叙述之中不仅充分展示了鲁迅丰富的自然知识和对自然细致的观察力,而且也充分展示了鲁迅独特的语言表现力:不仅准确地写出百草园中不同动植物的形态、特征,而且还能让它们各具特性、各有风姿。同时,为了展示百草园中童趣的多样性,作者还有意选择冬季时的百草园来加以描绘:“冬天的百草园比较的无味;雪一下,可就两样了。拍雪人(将自己的全形印在雪上)和塑雪罗汉需要人们鉴赏,这是荒园,人迹罕至,所以不相宜,只好来捕鸟。薄薄的雪,是不行的;总须积雪盖了地面一两天,鸟雀们久已无处觅食的时候才好。扫开一块雪，露出地面，用一支短棒支起一面大的竹筛来，下面撒些秕谷，棒上系一条长绳，人远远地牵着，看鸟雀下来啄食，走到竹筛底下的时候，将绳子一拉，便罩住了。但所得的是麻雀居多，也有白颊的'张飞鸟'，性子很躁，养不过夜的。"与前面对百草园动植物的细致描绘不同，作者在这里突出冬季时分百草园的另一番景象：尽管已成为人迹罕至的荒园，但童年的"我"仍然能在雪天从"无味"之中找到属于自己的乐趣——捕鸟。文本对捕鸟的过程有一个非常细致的描述，从中可以看出鲁迅对这一活动之记忆的鲜活感，也使得这一场景充满着电影特写镜头的画面感。总之，文本虽然仅有两处写到百草园，但又各有不同的侧重点，展现了童趣的不同方面，使得文本的叙述显得摇曳多姿、各呈异彩。"从百草园到三味书屋"，按理说，文本对如何"到"、为什么要"到"，应有详细叙述，但是，作者对此只是一笔带过，并没有详加叙述，这样就在无形之中加快了叙述节奏，相应的，也增强了文本连续性的画面感。对百草园的描写，作者重在外部生态，而对三味书屋的描写，则主要借助人物来映衬。这种在叙述方面有意识的差别，使文本的叙述方式、叙述风格有了多样性的展示。且看作者是如何描绘三味书屋及其学习生活："出门向东，不上半里，走过一道石桥，便是我的先生的家了"，"他是一个高而瘦的老人，须发都花白了，还戴着大眼镜。我对他很恭敬，因为我早听到，他是本城中极方正、质朴、博学的人"。"先生读书入神的时候，于我们是很相宜的。有几个便用纸糊的盔甲套在指甲上做戏。我是画画儿，用一种叫作'荆川纸'的，蒙在小说的绣像上一个个描下来，像习字时候的影写一样。读的书多起来，画的画也多起来；书没有读成，画的成绩却不少了。"对于三味书屋的读书生活，可写的方面很多，可选择的写法也很多，但鲁迅有意选择一种从侧面写来的方法。从侧面写来的方法在中国古文写作传统中则是十分常见，这种写法一般不正面描写所要叙述的重点，而是通过对与此有关的人物及其活动的叙述，来映衬所要叙述的重点之所在。关于三味书屋的叙述，鲁迅就借鉴了这一写法，生动地再现这一段读书生活中几件记忆犹新的事：一是，当"我"问先生"怪哉"这虫怎么一回事时，他似乎很不高兴，脸上还有怒色。然而，先生为什么不高兴呢？童年的"我"不得而知，当"我"重新忆起此事时，对先生不高兴的原因，或许能略加推测,但也仅仅止于推测而已。二是,先生读书时陶醉的情形:"读到这里,他总是微笑起来,而且将头仰起,摇着,向后面拗过去,拗过去。"通过如此极富画面感的描写,一个私塾老先生迂执而又可笑的神态,跃然纸上。

　　鲁迅在《呐喊·自序》中曾写过这样的一段话:"有谁从小康人家而坠入困顿的么,我以为在这途中,大概可以看见世人的真面目。"[①]"父亲的病"显然是这途中一个关键的事件。对这一事件的记忆,也是鲁迅心灵的一个痛苦的纠结点。他曾说道:"我有四年多,曾经常常,——几乎是每天,出入于质铺和药店里,年纪可是忘却了,总之是药店的柜台正和我一样高,质铺的是比我高一倍,我从一倍高的柜台外送上衣服或首饰去,在侮蔑里接了钱,再到一样高的柜台上给我久病父亲去买药。回家之后,又须忙别的事了,因为开方的医生是最有名的,以此所用的药引也奇特:冬天的芦根,经霜三年的甘蔗,蟋蟀要原对的,结子的平地木……多不是容易办到的东西。然而我的父亲终于日重一日的亡故了。"[②]柜台和质铺的高度、别人侮蔑的眼神,至今想起仍然刻骨铭心,可见这一番磨难在鲁迅心灵上所烙下的创伤印痕是多么的难以抚平,以至于"病"与"药"成为鲁迅创作中一个具有原型意义的母题:从躯体之伤痛扩展深化到对精神之伤痛的省思。值得注意的是,在小说和杂文中,鲁迅关于痛与病的叙述,字里行间总是流淌着一种悲伤乃至愤激的情绪,总是直接强调疾病体验对身心、人格与思想成长的复杂影响,但在《父亲的病》中,鲁迅则选择了一种看似轻松的喜剧性的笔法。然而,文本的叙述之中越是洋溢着喜剧性,读者却越感到一种沉重的悲剧性,越能品味出一种浓郁的悲伤与失望,文本内在的这种巨大的审美情感的落差,正是这篇散文叙述的关键之所在。这种叙述方式在写于此前的小说《阿Q正传》中,鲁迅对此已有淋漓尽致的发挥。当然,由于《父亲的病》触及自己的"至亲至痛",因此,这种喜剧性的叙述方式必然会有所克制,且看下列的叙述过程:作者先是叙述如何请来S城中所谓的"名医":"我曾经和这名医周旋过两整年,因为他隔日一回,来诊我父亲的病。那时虽然已经很有名,但还不至于阔得这样不耐烦;可是诊金却已经是一元四角。现在的都市上,诊

---

①　鲁迅:《鲁迅全集》第一卷,人民文学出版社2005年版,第437页。

②　同上。

金一次十元并不算奇,可是那时是一元四角已是巨款,很不容易张罗的了;又何况是隔日一次。他大概的确有些特别,据舆论说,用药就与众不同。我不知道药品,所觉得的,就是'药引'的难得,新方一换,就得忙一大场。先买药,再寻药引。'生姜'两片,竹叶十片去尖,他是不用的了。起码是芦根,须到河边去掘;一到经霜三年的甘蔗,便至少也得搜寻两三天。可是说也奇怪,大约后来总没有购求不到的。"和《呐喊·自序》中的有关叙述相比,这里的叙述更加详细,也更有意突出这位名医在"药引"方面的与众不同,越是写出其"与众不同",就越能造成一种心理假象:这位"名医"的医术越高明,也就越增加亲人对治愈父亲的期待。然而,实际的治疗效果却恰恰相反,这就造成期待的落空,从而产生了一种深刻的喜剧感。"这样有两年,渐渐地熟识,几乎是朋友了。父亲的水肿是逐日利害,将要不能起床;我对于经霜三年的甘蔗之流也逐渐失了信仰,采办药引似乎再没有先前一般踊跃了。"这是"我"在父亲生病过程中与 S 城的所谓"名医"第一回合的交往。虽然,"我"对那些"药引"逐渐失去信仰,但还没有滑入无望的深渊。而接着,请到的是另一位"名医",其药引之莫名其妙有过之而无不及,关于这次交往的叙述,鲁迅有意放松先前的克制,渐渐地对喜剧性笔法有所张扬:"陈莲河的诊金也是一元四角。但前回的名医的脸是圆而胖的,他却长而胖了:这一点颇不同。还有用药也不同。前回的名医是一个人还可以办的,这一回却是一个人有些办不妥帖了,因为他一张药方上,总兼有一种特别的丸散和一种奇特的药引。芦根和经霜三年的甘蔗,他就从来没有用过。最平常的是'蟋蟀一对',旁注小字道:'要原配,即本在一窠中者。'似乎昆虫也要贞节,续弦或再醮,连做药资格也丧失了。但这差使在我并不为难,走进百草园,十对也容易得,将它们用线一缚,活活地掷入沸汤中完事。然而还有'平地木十株'呢,这可谁也不知道是什么东西了,问药店,问乡下人,问卖草药的,问老年人,问读书人,问木匠,都只是摇摇头,临末才记起了那远房的叔祖,爱种一点花木的老人,跑去一问,他果然知道。"文本紧紧抓住这位"名医"的"药引"之奇特,并对这种"奇特"性进行有意的张扬,其目的是为了造成一种落差:药引越是奇特,越让人期待有独特的药效,然而,父亲的病还是终于没有办法挽救了。文本的情感至此从无望落入了绝望之中。用这种喜剧性的笔法写出这种绝望的心境,这需要一种多么高超的叙述技巧。细心的读者会发现,在《父亲的病》中,作者很少用笔去触及在父亲生病与治病期间,"我"和家人的内心世界,但是,读者就在作者关于寻找药引的叙述之中,仍能读出"我"和家人心情的焦虑与期盼。如,文中一连串的"问药店,问……"就婉转地暗示着内心的焦虑与慌乱。借助对一连串动作的描写来衬托人物的内心世界,这一写法不仅在这篇散文中有精彩的体现,而且在《肥皂》、《离婚》等小说中已有"圆熟"与"深切"的展示。①

　　无论是《五猖会》、《从百草园到三味书屋》还是《父亲的病》,鲁迅对回忆的叙述都相对集中在若干有限的人与事之上,叙述技巧的关键在于通过叙述视角和叙述节奏的有效调控,形成有效聚焦,从而使这些有限的"人"与"事"能够鲜明而生动地浮现出来。然而,在《琐记》一文中,作者对回忆的叙述,由于时空的跨度更大了,因此,对叙述技巧的要求也更复杂了。首先,如何做到"琐记"不"琐",是这篇散文的第一重挑战。为此,作者有意选取若干片段来写,并且这些片段都是处在自己成长历程关键性的转折点。如,文本对"我"为何要离开 S 城的叙述:由于"我听到一种流言,说我已经偷了家里的东西去变卖了,这实在使我觉得如掉在冷水里"。"S 城人的脸早经看熟,如此而已,连心肝也似乎有些了然。总得寻别一类人们去,去寻为 S 城人所诟病的人们,无论其为畜生或魔鬼。"同样是这一经历,《呐喊·自序》的叙述则相当的简略:"我要 N 进 K 学堂去了,仿佛是想走异路,逃异地,去寻找别样的人们。"② 叙述的重点也有所不同,《琐记》更强调"离开"的原因及其心情,从而显得具体而又深切。"记"是一种最常见的文体,也正是因为其文体之"熟",相应的,文体之"匠气"与"板滞"的危机也容易发作,因此,如何做到"记"而不枯燥、不呆板,是这篇散文的第二重挑战。为此,作者通过有意渲染一些似乎无关紧要的"小事",从而高度智慧地把笔致放在环境与氛围的描写上,借此营造出一系列独特的记忆氛围,使"琐记"之中充满着时代真实感与历史逼真性。如,"我"对学校的记忆,除了"桅杆"之外,就是早已填平的游泳池了。作者是这样描写的:"原先还有一个

---

①　鲁迅:《鲁迅全集》第六卷,人民文学出版社 2005 年版,第 238 页。
②　鲁迅:《鲁迅全集》第一卷,人民文学出版社 2005 年版,第 437 页。

池,给学生学游泳的,这里面却淹死了两个年幼的学生。当我进去时,早填平了,不但填平,上面还造了一所小小的关帝庙。庙旁是一座焚化字纸的砖炉,炉口上方横写着四个大字道:'敬惜字纸'。只可惜那两个淹死鬼失了池子,难讨替代,总在左近徘徊,虽然已有'伏魔大帝关圣帝君'镇压着。办学的人大概是好心肠的,所以每年七月十五,总请一群和尚到雨天操场来放焰口,一个红鼻而胖的大和尚戴上毗卢帽,捏诀,念咒:'回资罗,普弥耶吽,唵吽!唵!耶!吽!!!'"这就是19世纪末中国所谓新式学堂的缩影,表面上是新学新气象,骨子里仍是古旧与迷信的。历史的气氛在鲁迅关于和尚如何做道场的充满幽默的叙述之中,不仅变得真切可感,而且在悄然之间所有关于这段历史的宏大叙事都被解构了,展现为"草根中的历史"、"民间中的历史"。当然,这样气氛对一位有志于追求新学的知识分子来说,"总觉得不大合适,可是无法形容出这不合适来。现在是发现了大致相近的字眼了,'乌烟瘴气',庶几乎其可也。只得走开","于是毫无问题,去考矿路学堂去了"。如何在对"琐记"的叙述之中,不忘却"我"的主体性存在,是这篇散文的第三重挑战。只有始终记住"我"的主体性存在,才能在"琐记"之中抓住一条回忆的主线,从而形成叙述的主脉。关于这一点,在《琐记》之中,作者不断强调"我"在环境变化之中所做的不同选择,不断突出"我"在新环境之中所获得的新体会,目的都是为了突显"我"的存在。如,叙述"我"对"新学"的阅读:"看新书的风气便流行起来,我也知道了中国有一部书叫《天演论》。星期日跑到城南去买了来,白纸石印的一厚本,价五百文正。翻开一看,是写得很好的字,开首便道:'赫胥黎独处一室之中……'哦,原来世界上竟还有一个赫胥黎坐在书房里那么想,而且想得那么新鲜?一口气读下去,'物竞''天择'也出来了,苏格拉第、柏拉图也出来了,斯多葛也出来了。"尽管有长辈的反对,但"仍然自己不觉得有什么'不对',一有闲空,就照例地吃侉饼、花生米、辣椒,看《天演论》"。"我"的感受在叙述之中仍然那么新鲜、亲切,这种独特的在场感,生动地再现了那段历史氛围。《琐记》回忆的是自己的一段经历,然而透过一个人的经历,折射的是一段宏阔的历史。在《琐记》之中,只要记忆在场,"我"就一定在场,随之我们就能听到历史渐行渐近的足音。

## 三、"现在"与"过去"的交错

《朝花夕拾》中写人叙事的篇章,较少地杂入对现实社会的批判,以上的分析充分说明这一点。然而,《狗·猫·鼠》、《二十四孝图》这两篇散文则不同,在这两篇文本中,有关回忆均是由于现实的激发,因此,这两篇散文对回忆的叙述,必然存在两重叙述视角、两种叙述语调。叙述的挑战性就在于,在文本之中,鲁迅必须做到这两重叙述视角之间的转换是自然的,而不是相互割裂;这两种叙述语调的衔接是顺畅的,而不是突兀的。这一叙述的挑战性也是我们要分析的关键之所在。先来看一看《狗·猫·鼠》一文,鲁迅在这篇散文中回忆了在童年时代对"隐鼠"的喜爱:"这类小鼠大抵在地上走动,只有拇指那么大,也不很畏惧人,我们那里叫它'隐鼠',与专住在屋上的伟大者是两种。我的床前就帖着两张花纸,一是'八戒招赘',满纸长嘴大耳,我以为不甚雅观;别的一张'老鼠成亲'却可爱,自新郎、新妇以至傧相、宾客、执事,没有一个不是尖腮细腿,像煞读书人的,但穿的都是红衫绿裤。我想,能举办这样大仪式的,一定只有我所喜欢的那些隐鼠。……但那时的想看'老鼠成亲'的仪式,却极其神往……正月十四的夜,是我不肯轻易便睡,等候它们的仪仗从床下出来的夜。然而仍然只看见几个光着身子的隐鼠在地面游行,不像正在办着喜事。直到我熬不住了,快快睡去,一睁眼却已经天明,到了灯节了。"事实上,作者在如此满怀深情地回忆起童年时代对隐鼠的喜爱之前,已经用了很多的笔墨叙述自己为什么仇猫,那是因为猫对强者的媚态,对弱者的凶残。在字里行间影射的是当时鲁迅正与之论战的"现代评论派"的"正人君子"们。在审美接受中,读者之所以会产生这样的阅读反应,主要是由于鲁迅在叙述之中很巧妙地引述"正人君子"们当下的一些言论,这看似断章取义,却又顺理成章;看似莫名其妙,却又浑然天成。比如,在文中有这样的一段话:"虫蛆也许是不干净的,但它们并没有自鸣清高;鸷禽猛兽以较弱的动物为饵,不妨说是凶残的罢,但它们从来就没有竖过'公理''正义'的旗子,使牺牲者直到被吃的时候为止,还是一味佩服赞叹它们。"这里所指涉的"公理""正义"是陈西滢等人最常用的字眼,甚至在 1925 年 11 月北京女子师范大学复校后,陈西滢等人还在宴会席上组织所谓的"教育界公理维持会",支持北洋政府迫害学生和教育界进步人士,鲁迅在杂文《"公理"的把戏》中对此则有全面的揭露。[①] 但是,从文体的内在规定性来看,如果让类似的现实指涉在文本中无限制地扩展,那么,《狗·猫·鼠》在文体上就会蜕变成为一篇杂文。这时,鲁迅就必须从此前叙述的信马由缰转而赶紧抓住辔头,实现从"现实"回望"过去",在这转换的节点上,作者巧妙地写下这样一段话:"但是,这都是近时的话。再一回忆,我的仇猫却远在能够说出这些理由之前,也许是还在十岁上下的时候了。至今还分明记得,那原因是极其简单:只因为它吃老鼠——吃了我饲养的可爱的小小的隐鼠。"从叙述结构的功能上看,这段话真正起到起承转合的作用,使文本顺畅地完成从"现在"折向"过去",从今天的"我"向过去的"我"的过渡。文本接下来就沿着有关"隐鼠"的视角而展开,叙述自己如何最终如愿以偿了:"有一回,我就听得一间空屋里有着这种'数钱'的声音,推门进去,一条蛇伏在横梁上,看地上,躺着一匹隐鼠,口角流血,但两肋还是一起一落的。取来给躺在一个纸盒子里,大半天,竟醒过来了,渐渐地能够饮食,行走,到第二日,似乎就复了原,但是不逃走。放在地上,也时时跑到人面前来,而且缘腿而上,一直爬到膝髁。给放在饭桌上,便捡吃些菜渣,舔舔碗沿;放我的书桌上,则从容地游行,看见砚台便舔吃了研着的墨汁。这使我非常惊喜了。我听父亲说过的,中国有一种墨猴,只有拇指一般大,全身的毛是漆黑而且发亮的。它睡在笔筒里,一听到磨墨,便跳出来,等着,等到人写完字,套上笔,就舔尽了砚上的余墨,仍旧跳进笔筒里去了。我就极愿意有这样的一个墨猴,可是得不到;……'慰情聊胜无',这隐鼠总可以算是我的墨猴了罢,虽然它舔吃墨汁,并不一定肯等到我写完字。"劫后余生的隐鼠在作者的叙述之中显得活灵活现,生趣盎然。这里的叙述视角与叙述语调均保持在童年的记忆图景之中,这就是《狗·猫·鼠》在现实激发下所忆起的童年经验之一。必须看到的是,这篇散文正是由于在现实的种种言论和处境的刺激之下起笔的,因此,在叙述之中必然潜存着一个现实性的召唤结构

---

① 　吴中杰:《鲁迅传》,复旦大学出版社 2008 年版,第 207 页。

与意义指向,这样就使得文本的叙述视角不得不频繁地往返于过去与现实之间。"童年的经验"也就在视角的不断过渡与转换之中,渐渐地成长、成熟,犹如一颗种子在岁月雨水的浸润之下,在吸足水分之后,慢慢地膨胀、苏醒,而后开始萌发抽芽。当"我"叙述到隐鼠被踏死之后,叙述的视角与语调又自然地回到"现在":"这确实是先前所没有料到的。现在我已经记不清当时是怎样一个感想,但和猫的感情却终于没有融和;到了北京,还因为它伤害了兔的儿女们,便旧隙夹新嫌,使出更辣的辣手。'仇猫'的话柄,也从此传扬开来。"这在结构上巧妙地照应了文章的开头,作者所要表达的批判性的情感也在看似平和的语调之中悄然地荡漾开来。

　　如果说《狗·猫·鼠》叙述的智慧在于作者通过叙述视角和叙述语调的调控技巧,很自然地完成从现实情境回望童年经验,再从童年经验回到现实情境的过渡与转换,那么,对于《二十四孝图》来说,如何处理"过去"的叙述立场与"今天"的叙述立场之间的联系与差异,则是至关重要的。《二十四孝图》是"我"在童年时代的阅读物之一,那么,在童年时阅读《二十四孝图》的经验与感受是什么? 这种经验与感受在"我"今天的内心世界留下什么样的印象呢? 这其中的联系与差异又是怎样呢? 今天的"我"对此又是如何评判呢? "过去"的我与"今天"的我,就在这些疑问之中相互缠绕。因此,如何将"他们"有序地解开与连接,确实需要作者的心灵手巧。且看作者在这里所展现的不凡身手。文本一开始就用了很长的篇幅来鞭挞所谓的"反对白话,妨害白话"者,而后才转入对有关《二十四孝图》的叙述:"这虽然不过薄薄的一本书,但是下图上说,鬼少人多,又为我一个所独有,使我高兴极了。那里面的故事,似乎是谁都知道的;便是不识字的人,例如阿长,也只要一看图画便能够滔滔地讲出这一段的事迹。但是,我于高兴之余,接着就是扫兴,因为我请人讲完了二十四个故事之后,才知道'孝'有如此之难,对于先前痴心妄想,想做孝子的计划,完全绝望了。"这里的叙述,强调的是"我"在童年时阅读《二十四孝图》的整体感受,叙述立场控制在童年的"我"经验感受之内。为了使这种叙述立场更加明确,作者进而集中选择了自己阅读"老莱娱亲"与"郭巨埋儿"两幅图时的经验与体会,这样就把叙述立场从整体性向个体化聚焦。在《二十四孝图》中,"其中

最使我不解,甚至于发生反感的,是'老莱娱亲'和'郭巨埋儿'两件事",
"我至今还记得,一个躺在父母跟前的老头子,一个抱在母亲手上的小孩子,
是怎样地使我发生不同的感想呵。他们一手都拿着'摇咕咚'。这玩意儿
确是可爱的……然而这东西是不该拿在老莱子手里的,他应该扶一枝拐杖。
现在这模样,简直是装佯,侮辱了孩子。我没有再看第二回,一到这一叶,便
急速地翻过去了"。只要细心的阅读,读者就会发现,在这段叙述之中交
错着两个立场,一是"我至今还记得",这显然指的是童年经验;二是"然
而……现在这模样,简直是装佯,侮辱了孩子",这显然是成人的判断。这两
种叙述立场的过渡,此处只用"然而"就完成了。但是,对于"郭巨埋儿"
的叙述,显然要复杂得多,其中尤为典型的是,作者运用了"佯谬法",即表
面上是故作不解,实际上是一目了然。文本是这样叙述的:"至于玩着'摇咕
咚'的郭巨的儿子,却实在值得同情。他被抱在他母亲的臂膊上,高高兴兴
地笑着;他的父亲却正在掘窟窿,要将他埋掉了……我最初实在替这孩子捏
一把汗,待到掘出黄金一釜,这才觉得轻松。然而我已经不但自己不敢再想
做孝子,并且怕我父亲去做孝子了。家境正在坏下去,常听到父母愁柴米;
祖母又老了,倘使我的父亲竟学了郭巨,那么,该埋的不正是我么?如果一丝
不走样,也掘出一釜黄金来,那自然是如天之福,但是,那时我虽然年纪小,似
乎也明白天下未必有这样的巧事。"借助"佯谬",作者细致入微地刻画了
"我"在童年阅读"郭巨埋儿"故事时的心理活动:先是"捏一把汗",而后
"才觉得轻松",然而一想到自己的家境则又感到恐惧,一波三折地写出儿童
由于对人情世故还十分不解而产生的充满困惑与忧惧的心理变化过程。接
着,作者又很自然地过渡到"现在"的立场:"现在想起来,实在很觉得傻气。
这是因为现在已经知道了这些老玩意,本来谁也不实行",这是"我"久经
历练、洞悉世故之后的自嘲与解脱,也让读者会心一笑。

## 四、黑暗之舞

在《朝花夕拾》中,《无常》是一个异数,也是一篇奇文。如果非要
在《朝花夕拾》之中选择一篇"经典中的经典",我会毫不犹豫地选择《无

常》。这篇散文与《女吊》，堪称鲁迅散文的双璧。无论是构思的奇妙、叙述的奇崛，还是想象的奇幻，《无常》均有无可超越的独到之处。先来看构思的奇妙。《无常》一文始终存在着双重结构：生／死、阳间／阴间、冤抑／反抗、可怖／可爱、鬼／人，这种双重结构的存在，一方面使得关于无常的叙述有着很明确的现实指向，另一方面也让文本从阴郁可怖的氛围之中，透露出一股生命与反抗的乐趣。"无常"是鲁迅故乡的民间迎神赛会上的一个特别的角色，对于"无常"，在文本中作者是把"他"放在不同的语境加以展示，这充分体现了这篇散文叙述的奇崛。先是迎神赛会上的"无常"："至于我们——我相信：我和许多人——所愿意看的，却在活无常。他不但活泼而诙谐，单是那浑身雪白这一点，在红红绿绿中就有'鹤立鸡群'之概。只要望见一顶白纸的高帽子和他手里的破芭蕉扇的影子，大家就都有些紧张，而且高兴起来了。"然后是城隍庙或东岳庙里的"无常"："城隍庙或东岳庙中，大殿后面就有一间暗室……在才可辨色的昏暗中，塑造着各种鬼……而一进门口所看见的长而白的东西就是他。"接着，则是《玉历钞传》上的"无常"："身上穿的是斩衰凶服，腰间束的是草绳，脚穿草鞋，项挂纸锭；手上是破芭蕉扇，铁索，算盘；肩膀是耸起的，头发却披下来；眉眼的外梢都向下，像一个'八'字。头上一顶长方帽，下大顶小，按比例一算，该有二尺来高罢；在正面……直写着四个字道：'一见有喜。'"最后才是目连戏中的"无常"："不过这惩罚，却给了我们的活无常以不可磨灭的冤苦的印象，一提起，就使他更加蹙紧双眉，捏定破芭蕉扇，脸向着地，鸭子浮水似的跳舞起来。"这四个不同语境中的"无常"形象有着不同的特征：或可爱，或可怖，或洒脱，或冤苦。最后，再来看一看这篇散文想象的奇幻，这一特点在作者叙述目连戏的戏台上的"无常"时体现得最为充分："在许多人期待着恶人的没落的凝望中，他出来了，服饰比画上还简单，不拿铁索，也不带算盘，就是雪白的一条莽汉，粉面朱唇，眉黑如漆，蹙着，不知道是在笑还是在哭。但他一出台就须打一百零八个嚏，同时也放一百零八个屁，这才自述他的履历。""我至今还确凿记得，在故乡时候，和'下等人'一同，常常这样高兴地正视过这鬼而人，理而情，可怖而可爱的无常；而且欣赏他脸上的哭或笑，口头的硬语与谐谈……"在这个想象的世界中，作者彰显了"无常"人性与人情的一面,而去掉了阴森恐怖的另一面。从此,"无常"从黑暗的魂灵之舞,升华成一个亲切、可爱的文学经典形象,就像"女吊"那样。此后,这两个鬼魂成为了"比一切鬼魂更美、更强的鬼魂"。

茅盾曾说:"在中国新文坛上,鲁迅君常常是创造'新形式'的先锋;《呐喊》里的十多篇小说几乎一篇有一篇形式。"① 综上所述,我认为,这一评价若移用到《朝花夕拾》上来,也是颇为贴切的。

# 中篇　悲欣交集
## ——《朝花夕拾》的情感结构

三月的泉州,柔细的刺桐花絮满城飘飞。在这个季节,日暮时分,有一次我登上清源山,在途中,看到岩石上刻着弘一法师的一行字:悲欣交集。苍劲的线条之中透露悲凉、洒脱,刹那间,我的内心有一种说不出的感慨。四近是渐渐黯淡的雾霭,连绵的清源山像一只疲惫蹒跚的怪兽,在雾霭之中隐隐约约。春雨渐渐地下得淅淅沥沥,行人也渐渐稀少下来,独自一人,在这行文字面前,我伫立了很久,我知道,这是弘一法师的绝笔,他把一生的悲欢离合、把对生命的眷恋与洞悉、把人性的羁绊与洒脱、把今生与来世、把恐惧与超然,都淋漓尽致地挥洒在这四个字的书写之中。线条尚且如此,何况文字。古往今来,无论是自传,还是回忆录乃至自传体文学,其中最重要同时也最复杂的主人公,无疑是"自我"。然而,自我在不同文本之中有不同的存在方式:或者深藏不露,或者飘忽不定,或者乔装打扮,或者跃然纸上。比如,茨威格在《昨日的世界》里就宣称,讲述自己就是讲述一个时代,他说道:"我从未把个人看得如此重要,以致醉心于非把自己的生平历史向旁人讲述不可。只是因为在我鼓起勇气开始写这本以我为主角——或者确切地说以我为中心的书以前,所曾发生过的许多事,远远超过以往一代人所经历的事件、灾难和考察。我之所以让自己站到前边,只是作为一个幻灯报告的解说员;是时代提供了画面,我无非是为这些画面作些解释,因此我所讲的根本

---

① 雁冰:《读〈呐喊〉》,《时事新报·学刊》第九十一期,1923 年。

不是我的遭遇,而是当时整整一代人的遭遇。"① 或许茨威格有些谦虚吧！在
《昨日的世界》中,我们分明看到了 20 世纪前半叶一个欧洲犹太知识分子的
理想、激情与挫折;在一个剧烈变动的时代中,一个人文知识分子肩负着困
惑与悲伤而渐渐远去的背影。赫尔岑或许更有俄国知识分子的坦率,所以他
在《往事与随想》中明确宣称自己的写作更关注 "自我" 的内心,他说道:
"本书与其名为见闻录,不如说是自白书。正因为这个缘故,来自往事的片
段回忆与出自内心的随想,交替出现,混杂难分。"② 然而,即使在自己的回忆之
中,"自我" 真的能言听计从,万般驯服吗? 显然不是的。君特·格拉斯在其
自传《剥洋葱》中就说:"回忆像孩子一样,也爱玩捉迷藏的游戏。它会躲藏
起来。它爱献媚奉承,爱梳妆打扮,而且常常并非迫不得已。它与记忆相悖,
与举止迂腐、老爱争个是非曲直的记忆相悖。你若是追问它,向它提问,回忆
就像一颗要剥皮的洋葱。"③ 的确如此,洋葱每剥一层,似乎离 "核心" 更进
一层。但是,剥着剥着,你会发现,最后的 "核心" 是没有的,每层都可能是
"核心":"第一层洋葱皮是干巴巴的,一碰就沙沙作响。下面一层刚剥开,便
露出湿漉漉的第三层,接着就是第四、第五层在窃窃私语,等待上场。每一层
洋葱皮都出汗似的渗出长期回避的词语……层层何其多,剥掉重又生。"④ 君
特·格拉斯在面对回忆之时的感慨与无奈,鲁迅在《朝花夕拾·小引》中也
有相似的说法:"我常想在纷扰中寻出一点闲静来,然而委实不容易。目前是
这么离奇,心里是这么芜杂。带露折花,色香自然要好得多,但是我不能够。
便是现在心目中的离奇和芜杂,我也还不能使他即刻幻化,转成离奇和芜杂
的文章。或者,他日仰看流云时,会在我的眼前一闪烁罢。"⑤ 正是这样的两
难困境,使得每一次的回忆都需要连接 "今天" 与 "昨天" 的桥梁。正如萨
义德在自传《格格不入》中所说的那样:"写这本回忆录的主要理由,当然还
是我今日生活的时空与我昔日生活的时空相距太远,需要连接的桥梁,这距
离的结果之一,是在我重建一个遥远时空与经验时,态度与语调上带着某种

---

①　[奥]斯蒂芬·茨威格:《昨日的世界——一个欧洲人的回忆》,三联书店 1991 年版,第 1 页。
②　[俄]赫尔岑:《往事与随想》,人民文学出版社 1993 年版,第 1 页。
③　[德]君特·格拉斯:《剥洋葱》,译林出版社 2008 年版,第 4 页。
④　同上书,第 5 页。
⑤　鲁迅:《鲁迅全集》第二卷,人民文学出版社 2005 年版,第 235 页。

超脱与反讽。"① 那么,鲁迅在《朝花夕拾》中所找到的连接"今日"与"昨日"的桥梁是什么呢? 我认为,就是流露在文本之中渐渐成长变化、渐渐变得清晰可鉴的自我情感。正是自我情感的作用,才使得记忆中的人与事从沉默之中浮现出来,变得熠熠生辉。反过来说,也正是有了这些记忆中的人与事,才使得自我情感有所附着,变得日益成熟与饱满,就如米(记忆)在糯(自我情感)的作用下发酵成酒。鲁迅就曾表述过相似的心情:"我靠了石栏远眺,听得自己的心音,四远还仿佛有无量悲哀,苦恼,零落,死灭,都杂入这寂静中,使它变成药酒,加色,加味,加香。"② 那么,在《朝花夕拾》之中,鲁迅究竟表达了怎样不同的自我情感呢? 这些不同的自我情感在不同的文本中又有着怎样不同的表达方式呢? 在审美创造中,作家的所感与所忆又是如何相互点醒呢?

毫无疑问,在《朝花夕拾》中,鲁迅所表达的自我情感是丰富多样甚至是错综复杂的。为了阐释的方便,我们按照这些自我情感的性质与构成,把它们划分为:复杂、单纯和混合三种类型。通过对这三种类型的解读,我们可以借此感知与把握鲁迅内心丰富性的不同特征和不同表现形态。就像一个艰辛跋涉的旅人,有时因久经沧桑而对人世间充满怀疑,有时因多历磨难而内心积聚愤怒,有时因人生的挫败而力抑悲愤,有时因友人的亡故而痛苦不安;然而,有时又会单纯如赤子之心,渴望着受人爱护的温暖,渴望着沉睡天性的苏醒,渴望着无拘无束的童趣,渴望着繁华如梦的迎神赛会。这一切都使得《朝花夕拾》情感之河低回曲折,犹如因四季变化而不同的河流——或汩汩流淌,或竞相奔流,或迷雾笼罩,或清澈见底。面对《朝花夕拾》这些复杂丰富的自我情感,我们在阐释视野上应联系鲁迅其他文类的创作,特别是杂文,方可透析;同时,在分析方法上,既要注意《朝花夕拾》情感世界的整体性,又要关注这种整体性在不同篇章的具体特点。

---

① [美]爱德华·W.萨义德:《格格不入:萨义德回忆录》,彭淮栋译,三联书店2004年版,第5页。

② 鲁迅:《鲁迅全集》第四卷,人民文学出版社2005年版,第18页。

# 一、现实的指向

我将其纳入自我情感复杂类型的文本,有《狗·猫·鼠》、《二十四孝图》和《无常》。在这三篇散文中,都有一个明确的现实的价值立场,童年的经验与感受均在这现实的价值立场中得到折射,有时相互剥离、有时彼此变异、有时又互相映照。

在《狗·猫·鼠》一文中,鲁迅表达了两重的情感,一是对"猫"的痛恨,他说道:"现在说起我仇猫的原因来,自己觉得是理由充足,而且光明正大的。一、它的性情就和别的猛兽不同,凡捕食雀鼠,总不肯一口咬死,定要尽情玩弄,放走,又捉住,捉住,又放走,直待自己玩厌了,这才吃下去,颇与人们的幸灾乐祸,慢慢地折磨弱者的坏脾气相同。二、它不是和狮虎同族的么?可是有这么一副媚态!但这也许是限于天分之故罢,假使它的身材比现在大十倍,那就真不知道它所取的是怎么一种态度。"上文已指出,《狗·猫·鼠》一文是在现实问题直接激发下写成的,这里的"猫"以及关于"仇猫"的原因,均是有所指涉,为此有必要对相关的历史语境做些简要回顾。1924年年底,"女师大"风潮一起,鲁迅就站在学生这一方。他第一次公开表示对此次学潮的意见,是1925年5月12日发表在《京报副刊》上的《忽然想到》(七)[1],他写道:"我还记得中国的女人是怎样的被压制,有时简直牛羊而不如,现在托了洋鬼子学说的福,似乎有些解放了。但她一得到可以逞威的地位如校长之类,不就雇佣了'掠袖擦掌'的打手似的男人,米威吓毫无武力的同性的学生们么?不是利用了外面正有别的学潮的时候,和一些狐群狗党趁势来开除她私意所不喜的学生们么?而几个在'男尊女卑'的社会生长的男人们,此时却在异性的饭碗化身的面前摇尾,简直牛羊而不如。"[2]随着"女师大"事件的扩大,随即引发了当时北京教育界的分化。在这种情势之下,鲁迅对"现代评论派"的"正人君子"们玩弄所谓

---

① 朱正:《一个人的呐喊:鲁迅(1881—1936)》,北京十月出版社2007年版,第161页。
② 鲁迅:《鲁迅全集》第三卷,人民文学出版社2005年版,第64页。

"公理"的把戏,及时地予以迎头痛击,这些在《华盖集》及《华盖集续编》中均有精彩的呈现。① 可以说,在《狗·猫·鼠》中所宣称的"仇猫"的原因,就是鲁迅在论战中间所积累的愤怒情感的曲折体现,也使得这篇散文在回忆之中充满着时代感和论辩性。与"猫"的隐喻义相对立,"鼠"在文本中所隐喻的则是另一重含义,文本中反复强调,在动物世界的残酷而血腥的竞争之中,"鼠"时刻处于弱势的地位。如果读者能像对"猫"的隐喻解读那样联系该文本的写作语境,那么,就会对"鼠"的隐喻意义有所会心。1925 年 5 月 21 日,鲁迅写了杂文《"碰壁"之后》,尖锐地抨击那些所谓教育家们对学生的迫害,他把无限的同情与正义给予了受迫害的学生,文中说道:"此刻太平湖饭店之宴已近阑珊,大家都已经吃到冰淇淋,在那里'冷一冷'了罢……我于是仿佛看见雪白的桌布已经沾了许多酱油渍,男男女女转着桌子都吃冰淇淋,而许多媳妇儿,就如中国历来的大多数媳妇儿在苦节的婆婆脚下似的,都决定了暗淡的运命。""我吸了两枝烟,眼前也光明起来,幻出饭店里电灯的光彩,看见教育家在杯酒间谋害学生,看见杀人者于微笑后屠戮百姓,看见死尸在粪土中舞蹈,看见污秽洒满了风籁琴,我想取作画图,竟不能画成一线。"② 在《狗·猫·鼠》中,"鼠"的处境不就是这些弱势学生的写照吗? 只有正视在这一历史阶段鲁迅与"正人君子"们艰苦的论战,才能找到解读《狗·猫·鼠》情感内涵的切入点。鲁迅曾感慨地说道:"现在是一年的尽头的深夜,深得这夜将尽了,我的生命,至少是一部分的生命,已经耗费在写这些无聊的东西中,而我所获得的,乃是我自己灵魂的荒凉和粗糙,但是我并不惧怕这些,也不想遮盖这些,而且实在有些爱他们了,因为这是我转辗而生活于风沙中的瘢痕。凡有自己也觉得在风沙中转辗而生活着的,会知道这意思。"③ 两个月后,鲁迅写成了《狗·猫·鼠》,于是,内心的爱与恨、悲痛与愤激再一次得以宣泄与书写。

在《二十四孝图》一文中,鲁迅表达的同样是双重情感体验:一是对传统教育扼杀天性、扭曲人性的鞭挞,他激烈而又语带嘲讽地抨击道:"正如将

① 吴中杰:《鲁迅传》,复旦大学出版社 2008 年版,第 207 页。
② 鲁迅:《鲁迅全集》第三卷,人民文学出版社 2005 年版,第 76—77 页。
③ 同上书,第 4—5 页。

'肉麻当作有趣'一般,以不情为伦纪,诬蔑了古人,教坏了后人。老莱子即是一例,道学先生以为他白璧无瑕时,他却已在孩子的心中死掉了。""彼时我委实有点害怕:掘好深坑,不见黄金,连'摇咕咚'一同埋下去,盖上土,踏得实实的,又有什么法子可想呢。我想,事情虽然未必实现,但我从此总怕听到我的父母愁穷,怕看见我的白发的祖母,总觉得她是和我不两立,至少,也是和我的生命有些妨碍的人。后来这印象日见其淡了,但总有一些留遗,一直到她去世——这大概是送给我《二十四孝图》的儒者所万料不到的罢。"众所周知,"人的发现"是五四思想的伟大与深刻之处,其中"儿童的发现"与"妇女的发现"又是驱动"人的发现"这驾思想马车的坚实的两翼。以幼者为本位,对传统礼教束缚、扼杀儿童天性的批判,在《新青年·随感录》中已有十分激烈的表达,如,鲁迅在《随感录·二十五》中写道:"中国娶妻早是福气,儿子多也是福气,所有小孩,只是他父母福气的材料,并非将来'人'的萌芽,所以随便辗转,没人管他,因为无论如何,数目和材料的资格,总还存在,即使偶尔送进学堂,然而社会和家庭的习惯,尊长和伴侣的脾气,却多与教育反背,仍然使他与新时代不合。大了以后,幸而生存,也不过'仍旧贯如之何',照例是制造孩子的家伙,不是'人'的父亲,他生了孩子,便仍然不是'人'的萌芽。"① 在《随感录·四十》中,鲁迅更是大声疾呼:"可是东方发白,人类向各民族所要的是'人'——自然也是'人之子'。"②对"人之子"的呼唤,是鲁迅五四思想启蒙的主线之一,也是鲁迅立人思想的核心内容之一,它贯穿鲁迅一生的思想探索和思想追求。二是对儿童天性的同情与发现:"回忆起我和我的同窗小友的童年,却不能不以为他幸福,给我们的永逝的韶光一个悲哀的吊唁。我们那时有什么可看呢,只要略有图画的本子,就要被塾师,就是当时的'引导青年的前辈'禁止、呵斥,甚而至于打手心。我的小同学因为专读'人之初性本善'读得要枯燥而死了,只好偷偷地翻开第一叶,看那题着'文星高照'四个字的恶鬼一般的魁星像,来满足他幼稚的爱美的天性。昨天看这个,今天也看这个,然而他们的眼睛里还闪出苏醒和欢喜的光辉来。"为了让儿童的天性从传统文化束缚之中解放出来,

---

① 鲁迅:《鲁迅全集》第一卷,人民文学出版社 2005 年版,第 312 页。
② 同上书,第 338 页。

五四时期的思想家们提出了不同的方案和不同的解放道路。除鲁迅之外，周作人、胡适、陈独秀、李大钊、钱玄同、刘半农等人，对此均有自己的言说。毫不夸张地说，在五四思想中弥漫着一种"儿童崇拜"的风气。因此，当我们重新审视这些言论时，就会发现，在这其中，有些不免刻意追求"语不惊人死不休"，有些不免"剑走偏锋"。当然，如果我们要充分汲取这种沉淀在历史之中的思想资源，则需要有一番披沙拣金的功夫。在诸多言论之中，鲁迅的思想则显出难得的理性与辩证。在这方面，最为经典的思想文献就是《我们现在怎样做父亲》一文，从某种意义说，这是鲁迅的"人"学论纲，它理性、深刻地阐释了以幼者为本位的"人"学思想。这是古旧的东方民族为了从已承受两千多年的家庭制度束缚之中解放出来所发出的一篇人性解放的宣言，它警醒了现代中国人重新审视自己的文化历史，重新审视自己所遵从的规范伦理，重新审视自己所承担的责任伦理。文中写道："我现在以为然的道理，极其简单。便是依据生物界的现象，一，要保存生命，二，要延续这生命，三，要发展这生命（就是进化）。生物都这样做，父亲也就是这样做……自然界的安排，虽不免也有缺点，但结合长幼的方法，却并无错误……人类也不外此，欧美家庭大抵以幼者弱者为本位，便是最合于这生物学的真理的方法……所以我现在心以为然的，便只是爱……这样，便是父母对于子女，应该健全的产生，尽力的教育，完全的解放……中国觉醒的人，为想随顺长者解放幼者，便须一面清结旧账，一面开辟新路。就是开首所说'自己背着因袭的重担，肩住了黑暗的闸门，放他们到宽阔光明的地方去，此后幸福的度日，合理的做人'。这是一件极伟大的要紧的事，也是一件极困苦艰难的事。"[①] 在今天的父母看来，这样的言论不仅并非惊世骇俗，恰恰是通情达理的"常识"。但在当时，这样的思考犹如瞬间闪烁的思想火光，点亮了五四人性解放与苏醒的天空，给予了刚刚走出黑暗与寒冷的五四新人们，一线黎明的曙光和初春的温暖。

《无常》一文所抒发的感情也是双重的。表层上看，鲁迅试图借"无常"来倾诉自己内心的愤激之情，读者对文中的许多"愤言"自然会产生"同情之了解"，如文中说道："他们——敝同乡'下等人'——的许多，活着，苦着，

<hr>

① 鲁迅:《鲁迅全集》第一卷，人民文学出版社 2005 年版，第 135—145 页。

被流言,被反噬,因了积久的经验,知道阳间维持'公理'的只有一个会,而且这会的本身就是'遥遥茫茫',于是乎势不得不发生对于阴间的神往。人是大抵自以为衔些冤抑的;活的'正人君子'们只能骗鸟,若问愚民,他就可以不假思索地回答你:公正的裁判是在阴间!想到生的乐趣,生固然可以留恋;但想到生的苦趣,无常也不一定是恶客。"正如在《狗·猫·鼠》一文中已分析过的那样,这段话中的"正人君子"、"公理"等词汇都是有所指涉。鲁迅与"现代评论派"的"正人君子"们的论战和"三一八"惨案发生后的悲愤心境,直接影响了这篇散文的抒情内容与抒情方式,且让我们还原历史语境。在"女师大"事件中,鲁迅针对"现代评论派"打着"公理"旗号的言论,进行了有力的还击,这就使得陈西滢有点招架不住。这时,同一阵营的徐志摩就故作公允的样子出来说话了,"大学的教授们","负有指导青年重责的前辈",是不应该这样"混斗",所以他要"对着混斗的双方猛喝一声,带住"。① 然而,鲁迅并没有被这虚假的公允所迷惑,誓言彻底揭穿"正人君子"们所玩弄的"流言"与"公理"的把戏,他随即写了《我还不能"带住"》,予以坚决回应。他说道:"'负有指导青年重责的前辈',有这么多的丑可丢,有那么多的丑怕丢吗?用绅士服将'丑'层层包裹,装着好面孔,就是教授,就是青年的导师么?中国的青年不要高帽皮袍,装腔作势的导师;要并无伪饰,——倘没有,也得少有伪饰的导师。倘有戴着假面,以导师自居的,就得叫他除下来,否则,便将他撕下来,互相撕下来。撕得鲜血淋漓,臭架子打得粉碎,然后可以说后话。这时候,即使只值半文钱,却是真价值;即使丑得要使人'恶心',却是真面目。略一揭开,便又赶忙装进缎子盒里去,虽然可以使人疑是钻石,也可以猜作粪土,纵使外面满贴着好招牌……毫不中用的!"② 此番言论,真可谓"正对论敌之要害,仅以一击给与致命的重伤"③。也正如他自己所言:"我自己也知道,在中国,我的笔要较为尖刻的,说话有时也不留情面。但我又知道人们怎样地用了公理,行私利己,使无刀无笔的弱者不得喘息,倘使我没有这笔,也就是被欺侮到赴诉无门的一个,我觉悟,所以要常用,尤其是

---

① 　吴中杰:《鲁迅传》,复旦大学出版社 2008 年版,第 230 页。

② 　鲁迅:《鲁迅全集》第三卷,人民文学出版社 2005 年版,第 258—259 页。

③ 　鲁迅:《鲁迅全集》第十一卷,人民文学出版社 2005 年版,第 41 页。

用于使麒麟皮下露出马脚。"① 如果不是在严峻的现实之中承受着无穷无尽的身心创伤与痛苦,如果不是时常在夜阑人静之际不得不独自舔尽流血的伤口,如果不是在人生的历程中无数次身陷空无而又无所不在的"无物之阵",鲁迅不可能对"流言",对"反噬"会如此的深恶痛绝,对"下等人"的"活着""苦着"会如此的感同身受。对于鲁迅来说,"华盖"之运,真是没完没了。"三一八"惨案发生后,陈西滢又在《闲话》里无端指责"民众领袖",说他们"犯了故意引人去死地的嫌疑",这种阴险的论调,让鲁迅"已经出离愤怒了",于是,接连写了《"死地"》、《可惨与可笑》、《"空谈"》等文予以驳斥,有力地伸张了正义与勇气。② 我认为,正是长期处在这样险恶的历史环境,才使得鲁迅对在"一切鬼众中,就是他有点人情"的"活无常",产生了特殊的亲近感。当然,在对"无常"与众不同的亲近感背后,还有一重隐秘的情感体验,也就是说,在鲁迅深邃的情感世界中始终存在着一个鲜为人知的角落,那就是他对黑暗世界的凝视甚至眷恋,这在小说中、在《野草》中、在《女吊》中、在他终生所搜集的汉画像砖的拓片中,都有幽深的体现。在鲁迅的作品即使是相对明亮的文本之中,读者总能看到一种黑暗底色,总能感觉到一种幽暗的影子在飘忽。或许正是不断对黑暗的凝视,使鲁迅磨砺了锐利的目光,使他能清醒地看到现实的另一面,并让自己从与现实的紧张而压抑的对峙之中解放出来。对"无常"的亲近与欣赏,何尝不是这样一次心路历程!

## 二、寂寞与温暖

从情感的复杂性来看,《藤野先生》颇似《狗·猫·鼠》、《二十四孝图》和《无常》,但这篇散文的情感广度却又有所不同:一是深刻地表达了中国知识分子的"日本体验",尤其是作为弱国子民的屈辱感:"中国是弱国,所以中国人当然是低能儿,分数在六十分以上,便不是自己的能力了:无怪他们疑惑。"中国近现代知识分子的"日本体验",不仅对中国近现代文学

---

① 鲁迅:《鲁迅全集》第三卷,人民文学出版社 2005 年版,第 260 页。
② 吴中杰:《鲁迅传》,复旦大学出版社 2008 年版,第 233 页。

史、文化史、思想史、政治史、学术史均产生了深广的影响，而且，对中国近现代知识分子精神与人格的形成也具有独特的作用。关于这一课题，尽管学术界已有所展开，但仍有许多未竟的领域有待开掘。① 二是"幻灯片事件"所给予鲁迅情感的刺激："我接着便有参观枪毙中国人的命运了。第二年添教霉菌学，细菌的形状是全用电影来显示的，一段落已完而还没有到下课的时候，便影几片时事的片子，自然都是日本战胜俄国的情形。但偏有中国人夹在里边：给俄国人做侦探，被日本军捕获，要枪毙了，围着看的也是一群中国人；在讲堂里的还有一个我。'万岁！'他们都拍掌欢呼起来。这种欢呼，是每看一片都有的，但在我，这一声却特别听得刺耳。此后回到中国来，我看见那些闲看枪毙犯人的人们，他们也何尝不酒醉似的喝彩，——呜呼，无法可想！但在那时那地，我的意见却变化了。"鲁迅在创作生涯中曾多次提到这一事件，可见它对其思想变化的重要性，其中有两次关于这一事件的叙述，相对比较完整，其一是《藤野先生》，其二是《呐喊·自序》。然而，同样是叙述这一事件所给予"我"的刺激，与《呐喊·自序》相比，《藤野先生》则有所克制，对"我的意见的变化"之原因，并未作更深入的剖析。这其中的缘由，我认为，除了因为此前在《呐喊·自序》中已经有所叙述之外，《藤野先生》一文如此处理，还有审美表现上的考量：鲁迅尽力压抑自己受伤情感的抒发，不让它淹没了对藤野先生的感激之情。如果不是这样，那么，文本的情感结构就会失衡，并将破坏逐渐变得浓厚的抒情氛围。《藤野先生》一文在抒情上的有意调适，不仅没有让文本的情感慢慢消解，反而使得整个文本随着叙述进程展开，抒情也在平稳之中渐渐达到饱和度。三是表达对藤野先生的怀念："不知怎地，我总还时时记起他，在我所认为我师的之中，他是最使我感激，给我鼓励的一个。有时我常常想：他的对于我的热心的希望，不倦的教诲，小而言之，是为中国，就是希望中国有新的医学；大而言之，是为学术，就是希望新的医学传到中国去。他的性格，在我的眼里和心里是伟大的，虽然他的姓名并不为许多人所知道。""他所改正的讲义，我曾经订成三厚本，收藏着的，将作为永久的纪念。""他的照相至今还挂在我北京寓居的东

① 李怡：《日本体验与中国现代文学的发生》，北京大学出版社 2009 年版。

墙上，书桌对面。每当夜间疲倦，正想偷懒时，仰面在灯光中瞥见他黑瘦的面貌，似乎正要说出抑扬顿挫的话来，便使我忽又良心发现，而且增加勇气了，于是点上一枝烟，再继续写些为'正人君子'之流所深恶痛疾的文字。"这么一大段沉郁的直抒感情的笔墨，在鲁迅的文字世界中并不多见，足以见出藤野先生在他的内心世界的独特地位。然而，在另一方面，我们也可以从中读出鲁迅写下这段文字时内心的寂寞与孤独。此时的鲁迅正只身处在荒凉的厦门岛，正像他所描述的那样："记得还是去年躲在厦门岛上的时候，因为太讨厌了，终于得到'敬鬼神而远之'式的待遇，被供在图书馆楼上的一间屋子里。白天还有馆员、钉书匠、阅书的学生，夜九时后，一切星散，一所很大的洋楼里，除我之外，没有别人。我沉静下去了，寂静浓到如酒，令人微醺。望后窗外骨立的乱山中许多白点，是丛冢；一粒深黄色火，是南普陀寺的琉璃灯。前面则海天茫茫，黑絮一般的夜色简直似乎要扑到心坎里。"① 是的，远在黑暗的北平的家，暂时是回不去了；痛在内心的兄弟失和，永远无法弥缝；情意初萌的爱，则又前途未卜……这一切都使得鲁迅深陷寂寞与孤独的漩涡而急于自拔。然而，哪里才能找到抗争的精神资源？显然，不是在自己周围人们之中，也不是在"当下"的现实之中。此时，四顾茫然，只能投向遥远的回忆世界。从某种意义上说，鲁迅与藤野先生的友谊，是灰暗的中日现代关系史上的一抹亮丽的玫瑰色。② 有意思的是，对这一抹"玫瑰色"不同的解读，曾影响了日本学者对鲁迅形象的不同塑造，典型的事例就是，在竹内好的《鲁迅》出版第二年，太宰治出版了题为《惜别》的小说，其中关于鲁迅这段经历的叙述，就呈现出与竹内好的《鲁迅》完全不同的生活场景和精神历程。无论其中如何分歧，这一切都将丰富我们对《藤野先生》的阐释。

在《范爱农》一文中，作者的感情发展波澜起伏，但最为集中也最为强烈的流露，是在他得知范爱农落水死亡的时候："夜间独坐在会馆里，十分悲凉，又疑心这消息并不确，但无端又觉得这是极其可靠的，虽然并无证据。一点法子都没有，只做了四首诗，后来曾在一种日报上发表，现在是将要忘记完了。"在这看似平静的叙述之中，包含对老友范爱农无限的同情与怀念，对命运的多

① 鲁迅：《鲁迅全集》第四卷，人民文学出版社 2005 年版，第 18 页。
② 董炳月：《惜别·序》，新星出版社 2006 年版，第 15 页。

舛无限的感慨与忧伤。但是,这篇散文在获得这一极具力度的情感表达之前,作者早已有意地进行了多次的情感抑制与回旋,从而形成《范爱农》一文独特的抒情方式与抒情风格。一开始,"我"和范爱农的情感,彼此是极不融洽的,文中写道,在认识范爱农之初,由于在发电报上的争执,使"我"对他的感情极恶:"从此我总觉得这范爱农离奇,而且很可恶。天下可恶的人,当初以为是满人,这时才知道还在其次,第一倒是范爱农。中国不革命则已,要革命,首先就必须将范爱农除去。"这些故作夸张的笔调,其目的是要强调"我"对范爱农的恶感,并把读者和范爱农的情感关系强烈推开,引向疏远、冷淡的边缘。接着,作者叙述了自己对范爱农恶感如何从淡忘到和缓的过程:"然而这意见后来似乎逐渐淡薄,到底忘却了,我们从此也没有再见面。"文本的抒情形态在此完成一个小转换,从冷淡、疏远的冰点渐渐升温。当"我们"在一次偶然的场合再见面时,"互相熟视了不过两三秒钟",就认出彼此来,"不知怎地我们便都笑了起来,是互相的嘲笑和悲哀"。尽管作者在这里并没有明确而详细地叙述互相嘲笑什么、悲哀什么。但是,正是如此,给读者留下无限的思考空间。有一点是明确的,是相同的经历与处境,使彼此相互理解、相互接近。此后,"我"和范爱农时常来往,绍兴光复之后,两人还一起在师范学校共事过,面对"内骨子依旧"的所谓"光复",只有范爱农理解"我"的处境与心情,所以,当季茀来信让"我"去南京时,也只有范爱农赞成。"我"离开后,范爱农又成为"革命前的爱农",但他对"我"仍寄托着期待。文本正是通过对"我"和范爱农之间的情感关系,如何从对立逐渐变得密切起来这一过程性的叙述,才能够将最后的抒情推升到情感饱和的"爆破点"。为了实现抒情方式的回旋,《范爱农》一文还大量使用倒叙和间接叙述的方式,比如,关于范爱农在日本时为什么要故意反对"我"的解释,文本就使用了倒叙的方式;关于在"我"离开后范爱农的生活情形,用的则是间接叙述方式。这样,不仅增加文本结构的弹性,而且也使得文本的抒情方式显得虚实相生、张弛有度。

与《藤野先生》、《范爱农》一样,《阿长与〈山海经〉》所要表达的也是对"他者"的感情。然而,更内在的相似之处,则在于三者都是在文章即将结束之际,才把抒情推向高峰,这一抒情特征在《阿长与〈山海经〉》一文中尤为突出。在文章的最后,鲁迅运用传统悼文的文体和语言形式,直抒胸臆道："……我的保姆,长妈妈即阿长,辞了这人世,大概也有了三十年了罢。我终于不知道她的姓名,她的经历;仅知道有一个过继的儿子,她大约是青年守寡的孤孀。仁厚黑暗的地母呵,愿在你怀里永安她的魂灵!"这里的情感喷发,其效果,犹如巨浪拍击海岸所绽放的冲天浪花和澎湃涛声。事实上,为取得这种抒情效果,在文本的前面部分,抒情已有过多次反复与回旋,犹如海浪一层一层的叠加,每一次叠加之中都有前行与退后的交错,最后才积累成更大的能量。一开始,"我"对阿长的搬弄是非深为不满;对她的睡相,也实在无法可想;对她教给"我"的道理,感到烦琐之至。然而,对她的感情有了明显的变化,是在她告诉"我"有关"长毛"的故事之后:"这实在出于我意想之外的,不能不惊异。我一向只以为她满肚子是麻烦的礼节罢了,却不料她还有这样伟大的神力。从此对于她就有了特别的敬意,似乎实在深不可测。"但"这种敬意"在得知她谋害了"我"的隐鼠之后,又完全消失了——情感又再次回到低点,犹如人为了跳得更高,必须有一段助跑,有一个向下力蹬的动作一样,此前的抑制和回旋,都是为了文本在最后能抒发出更强有力的情感。《阿长与〈山海经〉》中这种波浪式上升的复杂的抒情方式,形成这篇散文独特的内敛与舒展并存的抒情风格。

## 三、悲伤的旅程

关于《五猖会》,我们应该关注鲁迅所表达的两种情感。一是对童心的再发现。"我常存着这样的一个希望:这一次所见的赛会,比前一次繁盛一些。""记得有一回,也亲见过较盛的赛会。开首是一个孩子骑马先来,称为'塘报';过了许久,'高照'到了,长竹竿揭起一条很长的旗,一个汗流浃背的胖大汉用两手托着;他高兴的时候,就肯将竿头放在头顶或牙齿上,甚而至于鼻尖。其次是所谓'高跷','抬阁','马头'了;还有扮犯人的,红衣枷锁,内中也有孩子。我那时觉得这些都是有光荣的事业,与闻其事的即全是大有运气的人,——大概羡慕他们的出风头罢。"童趣盎然的文字写出了对迎神赛会的好奇、期待和参与的冲动,在文字之间流淌着一股欢欣雀跃的热情,一种生动活泼的感性。可以想象,一个久经沧桑的中年人在回忆之时是多么神往于那个已经逝去的充满欢乐的世界。二是内心的寂寞与悲哀。在这段关于迎神赛会的描述之中，我们体会到了鲁迅情感世界的丰富性和复杂性。这些文字越是生机蓬勃、欢声笑语，我们越能感受到他的寂寞与悲哀。也就是说，这种欢乐的情感并不是文本要表达的终极诉求。果不其然，文本的情感结构随即急转直下，正当"我"为能去看五猖会而兴高采烈之际，父亲却要"我"把书背下来。尽管最终在父亲的监督下，"我"把书背了下来，可以去看会了，但"我却并没有他们那么高兴。开船以后，水路中的风景，盒子里的点心，以及到了东关的五猖会的热闹，对于我似乎都没有什么大意思"。情感在这里有一个巨大的落差，仿佛一道河流从百米之高的悬崖飞流而下，形成了强劲的瀑布。这种情感的落差越大，转变得越急，就越能体味出作者内心的失落。值得注意的是，关于这段经历的叙述是与"父亲"联系在一起，必然使得文本对传统教育批判的锋芒内敛了许多了，但又没有失去其应有的力度。文本如何做到了这一点呢？我认为，在这里，作者非常智慧地以视角的转换来兼顾思想与审美的齐头并进。他在最后写道："直到现在，别的完全忘却，不留一点痕迹了，只有背诵《鉴略》这一段，却还分明如昨日事。我至今一想起，还诧异我的父亲何以要在那时候叫我来背书。"难道作者真的不解"父亲何以要在那时候叫我来背书"吗？显然不是，这是作者在故作困惑，从而能够把矛盾交织的内心感情深藏起来。

　　在《朝花夕拾》之中，《从百草园到三味书屋》最为广大青少年读者所熟悉，其原因除了它被选入中学课文之外，还有一个更内在的原因，那就是这篇散文情感的欢乐、单纯和明亮，仿佛是一枝开放在清晨还带着露水的玫瑰，扑面而来的是阳光的气息，是自然的生机。在文本之中，鲁迅充分敞开了他对童年生活的欢乐之体验：百草园"其中似乎确凿只有一些野草，但那时却是我的乐园"。然而，正像鲁迅在《秋夜》中运用象征主义的创作方法所表达的那样，枣树"知道小粉红花的梦，秋后要有春；他也知道落叶的梦，春后还是秋"[①]。在《从百草园到三味书屋》中，我们也能够隐隐约约发现鲁迅在这种欢乐、单纯与明亮的书写之中所潜藏的寂寞和孤独。长期以来，研究界

---

①　鲁迅：《鲁迅全集》第二卷，人民文学出版社 2005 年版，第 166 页。

关于《从百草园到三味书屋》的阐释,对于文本中潜在的这种寂寞和孤独的情绪,在有意或无意之间加以忽略了。为了对此有更具体的解读,必须回到《从百草园到三味书屋》的创作语境和在这期间鲁迅的内心感受。这篇散文写在厦门时期,鲁迅在给友人的书信中,对这期间的生活常常感慨系之:"无人可谈,寂寞极矣。""为求生活之费,仆仆奔波,在北京固无费,尚有生活,今乃有费而失却了生活,亦殊无聊。"① "这里就是不愁薪水不发。别的呢,交通不便宜,消息不灵,上海信的来往也需两星期,书是无论新旧,无处可买,我到此来仅两月,似乎住了一年了,文字是一点也写不出。这样下去是不行的,所以我在这里能多久,也不一定。"② 事实上,这些情感在《从百草园到三味书屋》之中也有着细微而曲折的流露:文本在充分敞开欢乐之后,并没有忘却随之而来的遗憾,就像风和日丽之时,突然发现远处的地平线上正悄然升起一抹乌云。他写道:"我不知道为什么家里的人要将我送进书塾里去了,而且全城中称为最严厉的书塾。也许是因为拔何首乌毁了泥墙罢,也许是因为将砖头抛到间壁的梁家去了罢,也许是因为站在石井栏上跳了下来罢……都无从知道。总而言之:我将不能常到百草园了。Ade,我的蟋蟀们! Ade,我的覆盆子们和木莲们!"这不是简单地向百草园的告别,而是向欢乐的时光告别,作者也并非真的不知道"为什么家里的人要将我送进书塾里去了",从审美效果上看,作者越是对原因故作种种推测,就越能表达出在告别百草园时的遗憾与忧伤。与《五猖会》一样,这种事后对原因佯做不知的曲笔,形成了《朝花夕拾》中别具一格的抒情方式。

在《父亲的病》一文中,鲁迅所表达的情感,表层上看似乎比较明确,如,对传统中医的批判,对传统礼教的批判。其中对传统中医的批判,由于时代的差异而形成认识上的不同,需要做一些分析。今天的医学发展,使人们对传统中医的认识有了巨大的变化,我们不能由此而指责鲁迅的偏激。因为对传统中医的批判,在五四一代思想家们的论述中,主要是把矛头指向传统中医背后的天人感应的思维方式和巫医不分的方法论,这一套思维方式和方法论与中国传统社会的世界观与价值观之间具有同构性。对于这一内在陷

---

① 鲁迅:《鲁迅全集》第十一卷,人民文学出版社 2005 年版,第 563 页。
② 同上书,第 595 页。

阱,五四一代知识分子具有足够的敏感与警惕,如陈独秀、胡适、周作人、钱玄同、刘半农、林语堂等人在当时都发表过许多看似过激但不失锐利的言论。所以,我们也要在这样的思想史背景中思考与理解鲁迅对中医的批判性。在这批判性的言辞背后,我们能体会到鲁迅从无奈到绝望的情绪:父亲的病在不同的"名医"的诊治下,却日重一日地变得更加无望,并且这种无望的体验是如此可怕地纠结在每一天的日常生活之中。值得注意的是,在文本之中,鲁迅对这种情感的表达,使用的是一种近乎"黑色幽默"的方式。他放笔叙述了两个"名医"是如何开出种种奇特而又难办的药方与药引,自己又是如何经受一番千辛万苦的磨难才找到药引,但其疗效并没有让父亲的病有所好转,反而越来越重,这就造成过程与结果的错位。文本没有直接抒发这种错位所带来的绝望感,而是反其道而行之,有意渲染"名医"们的药引如何奇特,似乎给人以一线希望,语言之中也充满着戏谑性的意味,文本对这种戏谑性的意味越是有意加以渲染,就越能反衬出"我"的内心的焦虑与无望。如果更进一层来看,那么,在这种绝望的情绪背后,还存在着一种更深刻的体验,即对生存和生命的荒诞之感。《父亲的病》始终在叙述着一种悖谬性的存在形态:家人越是努力救治,而父亲的病越是无望的严重起来;临终的父亲越是痛苦,而家人却越是关注外在的习俗——此时此刻,没有人耐心、冷静地理解他临终的心情。所以,在最后,作者说道:"我现在还听到那时的自己的这声音,每听到时,就觉得这都是我对于父亲的最大的错处。"这种自嘲式的幽默包含着对人生荒诞的无限感慨——作者越是敢于自嘲,就越能看清他对人生体验的深度。

　　和《父亲的病》一样,《琐记》一文的情感看似简单,实则复杂。在一篇文章之中相对完整地展现自己的经历与情感的变化过程,这在鲁迅作品中实属少见,仅有《呐喊·自序》是如此。《琐记》中,首先表达的是一种夹杂着愤怒却又不知如何反抗的屈辱感:"大约此后不到一月,就听到一种流言,说我已经偷了家里的东西去变卖了,这实在使我觉得有如掉在冷水里。流言的来源,我是明白的,倘是现在,只要有地方发表,我总要骂出流言家的狐狸尾巴来,但那时太年青,一遇流言,便连自己也仿佛觉得真是犯了罪,怕遇见人们的眼睛,怕受到母亲的爱抚。"鲁迅的这番感叹,写出了许多人在成长中或许都有过的类似体验。其次是对新式学堂风气的厌恶之感。他形象而幽默地写道:"初进去当然只能做三班生,卧室里是一桌一凳一床,床板只有两块。头二班学生就不同了,二桌二凳或三凳一床,床板多至三块。不但上讲堂时挟着一堆厚而且大的洋书,气昂昂地走着,决非只有一本'泼赖妈'和四本《左传》的三班生所敢正视;便是空着手,也一定将肘弯撑开,像一只螃蟹,低一班的在后面总不能走出他之前。"幽默形象的笔致之中充满着辛辣的反讽意味。再次是漂泊之感:"毕业,自然大家都盼望的,但一到毕业,却又有些爽然若失。爬了几次桅,不消说不配做半个水兵;听了几年讲,下了几回矿洞,就能掘出金银铜铁锡来么? 实在连自己也茫无把握,没有做《工欲善其事必先利其器论》的那么容易。爬上天空二十丈和钻下地面二十丈,结果还是一无所能,学问是'上穷碧落下黄泉,两处茫茫皆不见'了。所余的还只有一条路:到外国去。"上述的三种体验分别镌刻在鲁迅不同的人生阶段,表面上看起来彼此之间似乎较少联系,但是,若加以深层的分析,就会发现,贯穿于这三种体验之中有一条共同的情感主线:那就是与周围环境的"格格不入"。无论是"S城",还是"矿路学堂","总觉得不合适",这种"格格不入"的情感体验,可以说是现代中国最先觉醒的一代知识分子的情感写照。这一点,鲁迅在《故乡》、《祝福》、《在酒楼上》、《孤独者》等小说中,均有深刻的表达。正是这种的"格格不入",使得这一代知识分子不停地流荡、漂泊,背负着"走"的命运。在1923年12月所做的题为《娜拉走后怎样》的演讲中,鲁迅特别讲述了一个来自欧洲的传说:"耶稣去钉十字架时,休息在Ahasvar(阿哈斯瓦尔)的檐下,Ahasvar不准他,于是被了诅咒,使他永世不得休息,直到末日裁判的时候。Ahasvar从此歇不下,只是走,现在还在走。走是苦的,安息是乐的,他何以不安息呢? 虽说背着咒诅,可是大约总该是觉得走比安息还适意,所以始终狂走的罢。"[①]Ahasvar是传说中的一个补鞋匠,被称为"流浪的犹太人",我们无从揣测,当鲁迅讲述这个传说时,他的内心感受是如何。然而,《琐记》之中所表达的这种因"格格不入"而造成的流宕与漂泊,不就是传说中"走"的最好诠释吗? 就像我们在《朝花夕拾》其他篇章中所看到的

① 鲁迅:《鲁迅全集》第一卷,人民文学出版社2005年版,第170页。

那样,在《琐记》一文中,鲁迅也是用一种幽默、轻松的笔致来写这种漂泊、流宕的感受,正是这种幽默的方式使得压在心头的漂泊之沉重与疲惫得以缓解。如,在文本的最后,作者写道:"留学的事,官僚也许可了,派定五名到日本去。日本是同中国很两样的,我们应该如何准备呢? 有一个前辈同学在,比我们早一年毕业,曾经游历过日本,应该知道这些情形。跑去请教之后,他郑重地说:'日本的袜是万不能穿的,要多带些中国袜,我看纸票也不好,你们带去的钱不如都换了他们的现银。'四个人都说遵命。别人不知其详,我是将钱都在上海换了日本的银元,还带了十双中国袜——白袜,后来呢? 后来,要穿制服和皮鞋,中国袜完全无用;一元的银圆日本早已废置不用了,又赔钱换了半元的银圆和纸票。"正是在这种自我调侃、自我嘲讽之中,把初到异国他乡的艰难与寂寞超越了,就像卡尔维诺所说的那样——用"轻"表达"重"。①

　　鲁迅在《汉文学史纲要》中给予司马迁的《史记》以高度的评价:"史家之绝唱,无韵之《离骚》。"② 这一评价,不仅蕴涵着鲁迅对于《史记》思想与艺术成就的高度赞赏,也蕴涵着鲁迅对司马迁"发奋著书"的心领神会。鲁迅自己的创作何尝不是如此。他曾说道:"我以为如果艺术之宫里有这么麻烦的禁令,倒不如不进去吧;还是站在沙漠上,看飞沙走石,乐则大笑,愤则大骂,即使被沙砾打得遍身粗糙,头破血流……"③ "这里面所讲的仍然并没有宇宙的奥义和人生的真谛。不过,将我所遇到的,所想到的,所要说的,一任它怎样浅薄,怎样偏激,有时便都用笔写了下来。说得自夸一点,就如悲喜时节的歌哭一般,那时无非借此来释愤抒情。"④ "世上如果还有真要活下来的人们,就先该敢说,敢笑,敢哭,敢怒,敢骂,敢打,在这可诅咒的地方击退了可诅咒的时代!"⑤ "在现在这'可怜'的时代,能杀才能生,能憎才能爱,能生与爱,才能文。"⑥ 尽管上述言论是针对杂文创作而言,但也提示我们,鲁迅散文创作中的情感也是如此这般的息息相通。

　　① 〔意〕卡尔维诺:《新千年文学备忘录》,黄灿然译,译林出版社 2009 年版,第 1—31 页。
　　② 鲁迅:《鲁迅全集》第九卷,人民文学出版社 2005 年版,第 435 页。
　　③ 鲁迅:《鲁迅全集》第三卷,人民文学出版社 2005 年版,第 4 页。
　　④ 同上书,第 195 页。
　　⑤ 同上书,第 45 页。
　　⑥ 鲁迅:《鲁迅全集》第六卷,人民文学出版社 2005 年版,第 405 页。

## 下篇　知性之美
### ——《朝花夕拾》的审智意义

鲁迅曾对《朝花夕拾》在创作过程中所经历的环境变迁有过一个生动的描述:"文体大概很杂乱,因为是或作或辍,经了九个月之多。环境也不一:前两篇写于北京寓所的东壁下;中三篇是流离中所作,地方是医院和木匠房;后五篇却在厦门大学的图书馆的楼上,已经是被学者挤出集团之后了。"[1] 身处流离的创作环境,必然会激发作者对人生、对社会、对历史、对生命作出更透彻、更复杂的反思与凝视。从审美创造的高度来看,如果《朝花夕拾》仅有上述所分析的"叙事"与"抒情"两个层次,它还不可能成为中国现代散文的经典之作。值得玩味的是,在这个文本之中,还存在着更内在的、更不易捕捉的"所思"层,这就是《朝花夕拾》的"审智意义"。有学者把散文之中的"审智"形态称之为散文的"知性",并认为,"所谓'知性',当然有相对于理性和感性而言之意,但在此我无意强调它的哲学意义如老黑格尔所言。其实我所说的'知性',乃指融合在此类散文中的一种不离经验而又深化了经验的感受力、理解力,因为它既不同于理论论述的理性化,抒情叙事的感性化,甚至与激情意气有余而常常欠缺理性的节制及'有同情的理解'的论战性杂文也迥然有别,所以姑且借用现代诗学中的知性来指称它。……知性散文表达的则是经过反省和玩味,获得理解和深化的人生经验与人生体验。正因为所表达的不离经验和体验,所以知性散文仍保持着生动可感的魅力,又因为所表达的经验与体验业已经过了作者的反复玩味和深化开掘,所以知性散文往往富有思想的魅力或智慧的风度。"[2] 事实上,中国现代散文的审智问题或者说知性问题[3],很早就有学者注意到了。如,胡适在 1922 年即指出:"这几年来,散文最可注意的发展乃是周作人等人提倡的'小品'散文。这一类作品,用平淡的谈话,包含着深刻的意味;有时却

---

①　鲁迅:《鲁迅全集》第二卷,人民文学出版社 2005 年版,第 236 页。

②　解志熙:《摩登与现代——中国现代文学的实存分析》,清华大学出版社 2006 年版,第 399 页。

③　孙绍振:《中国散文 60 年选·导言》,海峡文艺出版社 2010 年版。

很像笨拙,其实却是滑稽。"① 很显然,这里所谓的内含于平淡的谈话之中的
"深刻的意味",就有一层思想与智慧的含义。1927 年钟敬文在《试谈小品
文》中则提出散文有两个主要元素,便是情绪与智慧,情绪是湛醇的情绪,而
智慧是"超越的智慧"。② 郁达夫也强调说,散文是偏重在智的方面的,"智
的价值是和情感的价值和道德的价值等总和起来"③。当然,关于散文的知性
或者说审智的论述,当属周氏兄弟最为丰富、深刻。两者相比之下,学术界对
周作人理论的误读也最多,根源恰恰就出在其最著名的散文理论文献之一
《美文》。在《美文》中,周作人这样写道:"外国文学里有一种所谓论文,其
中大约可以分作两类。一、批评的,是学术性的。二、记述的,是艺术性的,又
称作美文,这里边又可以分出叙事与抒情,但也有很多两者夹杂的。这种美
文似乎在英语国民里最为发达,如中国所熟知的爱迭生、阑姆、欧文、霍桑诸
人都作有很好的美文,近时高尔斯威西、吉欣、契斯透顿也是美文的好手。读
好的论文,如读散文诗,因为他实在是诗与散文中间的桥。""他的条件,同
一切文学作品一样,只是真实简明便好。"④ 这篇散文理论文献由于影响太大
了,导致的结果是,人们对周作人散文理论创造性的认知始终停留在《美文》
所提出的叙事与抒情范畴上。事实上,周作人在《美文》之后的一系列文章
中,不仅在审美认知上已经大大超越了这种"叙事与抒情"的范畴,而且对
现代散文的内涵有了更加丰富、深刻的阐述,只有把这些后续的论述与《美
文》相联系,才能完整看出周作人的散文理论发展与特点。如,1930 年周
作人在《近代散文抄·序》中说道:"小品文则又在个人的文学之尖端,是言
志的散文,他集合叙事说理抒情的分子,都浸在自己的性情里。"⑤1932 年,他
在《杂拌儿之二·序》中又写道:"平伯那本集子里所收的文章大旨仍旧是
杂的,有些是考据的,其文词气味的雅致与前编无异,有些是抒情说理的,如
《中年》等,这里边兼有思想之美,是一般文士之文所万不能及的。此外有几
篇讲两性或亲子问题的文章,这个倾向尤为显著。这是以科学常识为本,加

①　胡适:《胡适学术文集·新文学运动》,中华书局 1993 年版,第 160 页。
②　钟敬文:《试谈小品文》,《文学月报》(合订本)第七卷,1927 年。
③　郁达夫:《文学上的智的价值》,《现代学生》第二卷第九期,1933 年。
④　周作人:《周作人散文全集》(2),广西师范大学出版社 2009 年版,第 356 页。
⑤　周作人:《周作人散文全集》(5),广西师范大学出版社 2009 年版,第 695 页。

上明净的感情与清澈的理智,调和成功的一种人生观,以此为志,言志固佳,以此为道,载道亦复何碍。"① 在 1935 年的《中国新文学散文一集·导言》中,周作人更明确地写道:"我相信新散文的发达成功有两重的因缘,一是外援,一是内应,外援即是西洋的科学哲学与文学上的新思想之影响,内应即是历史的言志派文艺运动之复兴。假如没有历史的基础,这成功不会这样容易,但假如没有外来思想的加入,即使成功了也没有新生命,不会站得住。"② 从以上简要的梳理可以看出,周作人在《美文》之后始终都在强调散文中要有说理、思想等智性范畴。在中国现代散文史上,除了这些对散文知性的论述之外,更可贵的是,也出现了不少具有审智意义或者说充满知性之美的优秀之作。正如解志熙所指出的那样,梁遇春的《春醪集》,朱光潜的《给青年的十二封信》,温源宁的《不够知己》,钱锺书的《写在人生边上》,冯至的《决断》、《认真》诸文以及李霁野的《给少男少女》等,与周氏兄弟散文一道,共同绘就了中国现代散文史开阔而且开明的人文精神景观。③ 然而,长期以来,研究界对《朝花夕拾》的审智意义始终关注、阐释得不够。

　　王瑶在《论〈朝花夕拾〉》中曾发出这样的疑问:"为什么在斗争特殊困难的时候鲁迅要写这么一本以回忆往事为内容的散文集呢?"他自己的回答是:"原因恐怕是多方面的。如前所述,现实斗争的'刺激',应该还是一个直接的诱因……更重要的原因,是鲁迅觉得把这些自己感受最深的经历写出来,不仅是个人的事情,而且对青年人有重大的现实意义。……我们知道《莽原》主要是由鲁迅寄以期望的一些青年人办的刊物,鲁迅全力支持他们,并把这组文章题名为《旧事重提》。'旧事'之所以值得'重提'者,不仅因为它对现实仍有重要的借鉴或启示作用,而且正因为是'重提',说明经过时间的考验,作者对它的认识和理解也已经深化了,它就更应该引起人们的思考和重视。"④ 我认为,正是鲁迅对自己所"历"、所"阅"、所"感"的"所思",即智性的观照、省思、升华,才成就《朝花夕拾》简劲而深沉的审智高度。

---

　　① 周作人:《周作人散文全集》(6),广西师范大学出版社 2009 年版,第 122—123 页。

　　② 同上书,第 729 页。

　　③ 解志熙:《摩登与现代——中国现代文学的实存分析》,清华大学出版社 2006 年版,第 398—400 页。

　　④ 王瑶:《鲁迅作品论集》,人民文学出版社 1984 年版,第 151—154 页。

# 一、成长的困惑

在《朝花夕拾》中,《二十四孝图》对传统教育扼杀天性的批判最为严厉;但在另一方面,对儿童天性的信仰也最为坚固——这两种思想立场在文本之中如一枚硬币的两面,彼此照应,彼此共生。鲁迅在《二十四孝图》之中反复提醒人们:不论传统教育如何给儿童天性设下种种的陷阱和枷锁,儿童爱美的天性,即使还很幼稚,但总会苏醒,也总有自己的生命力,总能像大石重压之下的小草那般,曲曲折折地生长。这一思想与鲁迅在《随感录》以及《我们应该怎样做父亲》等杂文中的思考一道汇成了鲁迅人学的思想激流,并和周作人的"儿童的发现"等论述,构成了五四新文化中的一股清澈而又有力涌动的思想洪流,不断冲击着旧思想旧文化的岸堤,使之日渐崩塌。

《五猖会》与《二十四孝图》都有一个共同的主题,那就是对传统教育的批判。但是,正像上面所做过的分析那样,《五猖会》的思想也并非如此单纯。我认为,鲁迅在文中所要思考的是"成长的困惑和代际的隔膜"。鲁迅充分同情儿童的天性,因为儿童的天性总是表现出如此强烈的渴望和好奇心,正是这种渴望与好奇,使得儿童对外在世界始终保持着生机勃勃的兴趣与爱好。童年时"我"对五猖会的渴念即是其一。但这种渴念是属于"我这一代",而"我"的父辈或许也曾经历过这种渴念,而如今则忘却了,所以"他"无法理解"我"的这种渴念。"他"有着与"我"完全不同的仅仅属于他们自己的价值关怀,有着与"我"完全不同的仅仅属于他们自己的责任伦理,正是这种代际的隔阂才造成一代又一代人的成长困惑。所以,在文章的最后,鲁迅感慨地说道:"我至今一想起,还诧异我的父亲何以要在那时候叫我来背书。"这种成长的困惑和代际的隔膜将是永恒而轮回的,鲁迅在《野草·颓败线的颤动》,小说《故乡》、《孤独者》中都曾思考过这一精神困境,在他的杂文中更是感慨万千。如,在《杂忆》中就写道:"我常常欣慕现在的青年,虽然生于清末,而大抵长于民国,吐纳共和的空气,该不至于再有什么异族轭下的不平之气,和被压迫民族的合辙之悲罢。果然,连大学教授,也已经不解何以小说要描写下等社会的缘故了,我和现代人相距一世纪的话,似乎有些确凿。"① 在写于 1935 年的《病后杂谈之余》中鲁迅则生动地说道:"假如有人要我说革命功能,以'舒愤懑',那么,我首先要说的是剪辫子……想起来也难怪,现在的二十岁上下的青年,他生下来已是民国,就是三十岁的,在辫子时代也不过四五岁,当然不会深知道辫子的底细的了。那么,我的'舒愤懑',恐怕也很难传给别人,令人一样的愤激、感慨、欢喜、忧愁的罢。"② 在临终绝笔《因太炎先生而想起的二三事》中,鲁迅也表达过类似的想法。也就是说,鲁迅对这一精神困境的省思已经超越成长与代际的层面,深化到对文化、历史和民族之间隔膜的反思。

与《五猖会》相比,《从百草园到三味书屋》关于成长的思考则是亮丽、绚烂的一篇。但是,正像我们已指出的那样,仍然能看到"阴影"在文本的背后悄然升起,渐渐地融入绚烂亮丽的氛围,让人不禁感慨快乐时光的短暂,美好事物的易逝。尽管百草园是"我"的童年乐园,但这一乐园很快就不再属于"我","我"不得不告别心爱的一切,走进全城最严厉的书塾,去面对枯燥的习字与对课。尽管趁先生陶醉之际,"我"可以做自己想做的事:画画儿,但作为"我"快乐时光见证者的一大本《荡寇志》和《西游记》的绣像,最后也不得不"因为要钱用,卖给一个有钱的同窗了"。一切曾经快乐的时光,最终都彻底地离散而去。值得注意的是,在《阿长与〈山海经〉》和《藤野先生》中,同样写过一个鲜为人所关注的"遗失"的细节。在前文,鲁迅写道:"阿长送给我的木刻的《山海经》,都已经记不清是什么时候失掉了。"在后文,藤野先生曾改正过的讲义,"不幸七年前迁居的时候,中途毁坏了一口书箱,失去半箱书,恰巧这讲义也遗失在内了"。因"遗失"而带来了缺憾,永远是成长中一个难以追回的美好的缺憾,任何一个人生都是如此。

## 二、对人性的洞察

在中国现代文学史上,还没有一位作家像鲁迅这样受到那么多的误解、

---

① 鲁迅:《鲁迅全集》第一卷,人民文学出版社 2005 年版,第 236 页。
② 鲁迅:《鲁迅全集》第六卷,人民文学出版社 2005 年版,第 189—190 页。

误读乃至污蔑。在纷扰之中，说他"尖刻"，就是历来泼向鲁迅的"脏水"之一。是的，鲁迅曾经在《死》之中说过："欧洲人临死时，往往有一种仪式，是请别人宽恕，自己也宽恕了别人。我的怨敌可谓多矣，倘有新式的人问起我来，怎么回答呢？我想了一想，决定的是：让他们怨恨去，我一个都不宽恕。"① 然而，有哪一个人敢于把话说得如此堂堂正正，如此彻头彻尾呢？这正是鲁迅人性中光明磊落的一面。其实，他是一个真正充满人情味的人性之子，在他的笔下有着太多对人性无限丰富的体察与宽容。比如，在他对阿长的感情与理解之中，就看得很分明：阿长是一个卑微的乡下女人，她喜欢搬弄是非，但她也有狡黠而朴素的智慧，比如，当"母亲听到我多回诉苦之后，曾经这样地问过她。我也知道这意思是要她多给我一些空席。她不开口"。我很长一段时间都在揣摩，阿长为什么不开口？难道是确实愚钝而无法理会"我"母亲的话中之义？还是因愧疚而沉默？抑或装傻试图掩饰而过？我想，后者的可能性会更大些。值得一提的是，文本之中特别叙述了一个元旦的戏剧性情景，阿长在元旦清晨惶急的那一幕确实让人感动不已，尽管长年劳作，但她也有对自己幸福的渴望。我想，只有对生活充满爱、对人性充满温情的心灵，才能理解并同情一个卑微的底层劳动妇女对幸福的微不足道的祈盼。这种理解与同情正是源于鲁迅对人性的温暖而又柔软的拥抱。值得注意的是，作者在文本中花费大幅笔墨，叙述了阿长对"我"讲长毛的故事，尽管由此见出阿长的迷信，但在这可笑的迷信之中却迸发出一种令人敬畏的勇气和自我意识，如，阿长就对长毛故事中的女性作用深信不疑："城外有兵来攻的时候，长毛就叫我们脱下裤子；一排一排地站在城墙上，外面的大炮就放不出来；再要放，就炸了！"尽管这里有可笑的夸张，也有可悯的愚昧，但她的勇气与自我意识确实让人"不能不惊异"。当然，这其中还包含着鲁迅多重的历史与文化的反思：其一，在阿长式的民间想象中，她对所谓"起义""革命"之类的理解是混乱的，"她所谓'长毛'者，不但洪秀全军，似乎连后一切土匪强盗都在内"。其二，突显了农民战争的"暴力性"——轻易地杀人与任意地掠夺。其三，中国底层民众对野蛮的压迫的萨满教式的反

---

① 　鲁迅：《鲁迅全集》第六卷，人民文学出版社 2005 年版，第 612 页。

抗。这一切都使得这个文本增加了丰富而复杂的历史洞见。阿长是个不识字的女人,但她在心中却默默记住了"三哼经",买到"三哼经"的过程,或许历经辛苦,或许轻而易举。重要的是,她粗粝的心灵出乎意料地始终保存着对"我"的渴盼的敏感与体贴。正是这一点,使她成功地做成"别人不肯做,或不能做的事"。鲁迅正是通过对一个底层劳动妇女性格的丰富而个性化的展示,表达了自己对人性的多样化理解,尽管这其中有批判有讽刺,但更有宽容和敬意。这种对人性的多样化理解,贯穿鲁迅一生的创作历程。如,写于晚年的两篇散文《我的第一个师父》和《"这也是生活"……》,读来意味隽永。"我"的师父是一个和尚,但他有一个"我的师母","在恋爱故事上,却有些不平常"。"我所熟识的,都是有女人,或声明想女人,吃荤,或声明想吃荤的和尚。"① 文中对"我"师父师母和师兄们的言行举止的评价,不仅毫无道学式的苛酷,而且充满人情的温润。在《"这也是生活"……》一文中,作者深有感触地写到自己在病中的深夜醒来:"街灯的光穿窗而入,屋子里显出微明,我大略一看,熟识的墙壁,壁端的棱线,熟识的书堆,堆边的未订的画集,外面的进行着的夜,无穷的远方,无数的人们,都和我有关。我存在着,我在生活,我将生活下去……"② 正是对生活的无限关联感和深情注视,才使得人们的内心变得日益丰富,才使得人们在深夜敏锐听到黎明的足音渐渐走近,才使得人们有勇气在无尽的等待与磨难之中抵抗广阔无边的寒冷,这就是每一位读者在阅读这篇散文时所沛然而生的内心感动。

关于《父亲的病》,似乎要说的话已经不多了。然而,敏感的读者一定会对文本中的这样一段叙述,颇感疑惑和不安。无数次的阅读,我都会产生这种心理反应。鲁迅在文本中写道:"父亲的喘气颇长久,连我也听得很吃力,然而谁也不能帮助他。我有时竟至于电光一闪似的想道:'还是快一点喘完了罢……'立刻觉得这思想就不该,就是犯了罪;但同时又觉得这思想实在是正当的,我很爱我的父亲。便是现在,也还是这样想。"文中的语气似乎在辩解,又似乎在忏悔,这正是这个文本思想的复杂之处。有的论者将它解读成鲁迅的原罪意识,有的论者甚至由此探讨鲁迅个体心理与人格之中的

---

① 鲁迅:《鲁迅全集》第六卷,人民文学出版社 2005 年版,第 579 页。
② 同上书,第 601 页。

弑父情结。我认为,这段文字之中体现的则是鲁迅对人性中幽暗面的认识,"所谓幽暗意识是发自对人性中与宇宙中与始俱来的种种黑暗势力的正视与省悟:因为这些黑暗势力根深蒂固,这个世界才有缺陷,才不能圆满,而人的生命才会有种种的丑恶,种种的遗憾"①。对人性幽暗面的认识,是人类伟大的思想文化的重要组成部分。"我们知道,西方传统文化有两个源头,希腊罗马的古典文明和古希伯来的宗教文明。希腊罗马思想中虽然有幽暗意识,但是后者在西方文化中的主要根源却是古希伯来的宗教。这宗教的中心思想是:上帝以他自己的形象造人,因此每个人的天性中都有基本的一点'灵明',但这'灵明'却因人对上帝的叛离而汩没,由此而黑暗势力在人世间伸展,造成人性与人世的堕落。在古希伯来宗教里,这份幽暗意识是以神话语言表述出来的,因此,如果我们只一味拘泥执著地去了解它,它是相当荒诞无稽的。但是我们若深一层地去看它的象征意义,却会发现这些神话所反映出的对人性的一种'双面性'了解——一种对人性的正负两面都正视的了解。一方面它承认,每个人,都是上帝所造,都有灵魂,故都有其不可侵犯的尊严。另一方面,人又有与始俱来的一种堕落趋势和罪恶潜能,因为人性这种双面性,人变成一种可上可下,'居间性'的动物,但是所谓'可上',却有着限度,人可以得救,却永远不能变得像神那么完美无缺。这也就是说,人永远不能神化。而另一方面,人的堕落性却是无限的,随时可能的。这种'双面性'、'居间性'的人性观后来为基督教所承袭,对西方自由主义的发展曾有着极重要的影响。"②在中国,对人性幽暗面的认识最深刻、最彻底也最丰富的思想流派当属法家,这是众所周知的。事实上,儒家文化在这方面也有它独特的思想洞察力和思想贡献,"儒家思想与基督教传统对人性的看法,从开始的着眼点就有不同。基督教是以人性的沉沦与陷溺为出发点,而着眼于生命的赎救。儒家思想是以成德的需要为其基点,而对人性作正面的肯定。不可忽略的是,儒家这种人性论也有其两面性。从正面看去,它肯定人性成德的可能,从反面看去,它强调生命有成德的需要就蕴涵着现实生命缺乏德性的意识,意味着现实生命是昏暗的,是陷溺的,需要净化,需要提升。

---

①　张灏:《张灏自选集》,上海教育出版社 2002 年版,第 2 页。

②　同上书,第 3 页。

没有反面这层意思,儒家思想强调成德和修身之努力将完全失去意义。"① 我认为,对人性幽暗面的自我体认,是鲁迅一生最深邃最锐利的思想武器,它不仅是鲁迅对国民性批判的怒火与利剑,也是鲁迅自我解剖的不竭动力。关于鲁迅幽暗意识的思想资源及其形成过程,在研究界还没有引起足够重视。我认为,这是解读鲁迅思想世界的又一把关键性的钥匙。②

潜存在《琐记》有关回忆片段连缀的深层结构之中,有一个深邃的主题值得思考,那就是对乔装成温情与善良的"虚伪之恶"的体察,这在鲁迅关于衍太太的刻画之中看得尤其透彻。对"虚伪之恶"所衍生出"瞒和骗"与"做戏的虚无党",是鲁迅对传统文化和国民劣根性的一个深刻的诊断。他曾在《论睁了眼看》一文中写道:"中国人的不敢正视各方面,用瞒和骗,造出奇妙的逃路来,而自以为正路。在这路上,就证明着国民性的怯弱,懒惰,而又巧滑。一天一天的满足着,即一天一天的堕落着,但却又觉得日其见光荣。"③ "中国人向来因为不敢正视人生,只好瞒和骗,由此也生出瞒和骗的文艺来,由这文艺,更令中国人更深地陷入瞒和骗的大泽中,甚而至于自己不觉得。世界日日改变,我们的作家取下假面,真诚地,深入地,大胆地看取人生并且写出他的血和肉来的时候早到了;早就应该有一片崭新的文场,早就应该有几个凶猛的闯将!"④ 在这慷慨激昂的疾呼之中,鲁迅渴望着坦率与诚实的文学精神,渴望着能激浊以扬清的文化创造力,渴望着堆积在民族灵魂深处的历史积垢,能彻底地被涤荡。鲁迅在《马上支日记》中还形象地把那些"虽然这么想,却是那么说,在后台这么做,到前台又那么做……"的人,称为"做戏的虚无党"或"体面的虚无党"⑤,"衍太太"形象或许是这一称号最具体生动的注释。

## 三、存在之思

《狗·猫·鼠》一文,内含着作者对生命存在的思考,尤其是对处于复杂

① 张灏:《张灏自选集》,上海教育出版社 2002 年版,第 11 页。
② 郑家建:《思想的力量》,《文艺报》2010 年 9 月 22 日。
③ 鲁迅:《鲁迅全集》第一卷,人民文学出版社 2005 年版,第 254 页。
④ 同上书,第 251—255 页。
⑤ 鲁迅:《鲁迅全集》第三卷,人民文学出版社 2005 年版,第 346 页。

激烈竞争之中的弱者生命之脆弱性的思考。且看鲁迅是如何思考在动物界的生存逻辑链中，作为弱者的老鼠的生存状态："老鼠的大敌其实并不是猫。春后，你听到它'咋！咋咋咋咋！'地叫着，大家称为'老鼠数铜钱'的，便知道它的可怕的屠伯已经降临了。这声音是表现绝望的惊恐的，虽然遇见猫，还不至于这样叫。猫自然也可怕，但老鼠只要窜进一个小洞去，它也就奈何不得，逃命的机会还很多。独有那可怕的屠伯——蛇，身体是细长的，圆径和鼠子差不多，凡鼠子能到的地方，它也能到，追逐的时间也格外长，而且万难幸免，当'数钱'的时候，大概是已经没有第二步办法的了。"我认为，鲁迅之所以在这里要如此细致地描述老鼠在逃命过程中的惊恐、绝望和最终无可逃脱的劫难，目的是为了要强烈地传达出弱者的脆弱与无辜，弱者的无可反抗的命运。事实上，对生命尤其是弱者生命状态的独特关怀，是鲁迅一生思考的主题。如，1933 年他在《为了忘却的记念》中悲愤地回顾道："在这三十年中，却使我目睹许多青年的血，层层淤积起来，将我埋得不能呼吸，我只能用这样的笔墨，写几句文章，算是从泥土中挖一个小孔，自己延口残喘，这是怎样的世界呢？"[1] 是的！在他的生命历程中经历了太多无辜的杀戮与血腥的事件，他的文字触目惊心地记述着这一切：看过清王朝杀人（《药》、《虐杀》、《隔膜》、《买〈小学大全〉记》），看过袁世凯的杀人（《"杀错了人"异议》），看过帝国主义残杀中国平民〔《忽然想到》（十）、（十一）〕，看过段祺瑞政府残杀手无寸铁的青年学生（《无花的蔷薇之二》、《"死地"》、《"空谈"》、《为了忘却的记念》），看过恐怖的"清党"运动（《答有恒先生》、《而已集·题辞》），看过国民党反动政府残杀进步人士（《中国无产阶级革命文学和前驱的血》、《写于深夜里》）……正是不断目睹这种种或公开或秘密的残酷而血腥的事实，幼时记忆中的这个景象，才会被反复勾起，并与现实的情景互相叠加，互相印证。[2]

　　《范爱农》一文既有反思历史的沉重之感，又有感叹一代知识分子命运的苍凉之感。虽然辛亥革命成功了，但并没有给中国社会带来根本性的变化，正如文中所说："我们便到街上去走了一通，满眼是白旗。然而貌虽如此，

① 　鲁迅：《鲁迅全集》第五卷，人民文学出版社 2005 年版，第 502 页。
② 　陈丹青：《鲁迅与死亡》，《笑谈大先生》，广西师范大学出版社 2011 年版。

内骨子是依旧的,因为还是几个旧乡绅所组织的军政府,什么铁路股东是行政司长,钱店掌柜是军械司长……"这种历史的循环和停滞之感,鲁迅在《阿Q正传》和一系列杂文中均有深刻的论述。如,他曾说道:"可以知道我们现在的情形,和那时的何其神似,而现在的昏妄举动,胡涂思想,那时也早已有过,并且都闹糟了。""试将记五代、南宋、明末的事情的,和现今的状况一比较,就当心惊动魄于何其相似之甚,仿佛时间的流驶,独与我们中国无关,现在的中华民国也还是五代,是宋末,是明季。"① 无论是改朝换代,还是革命光复;无论是专制,还是共和……知识分子总是处于政治的歧途上,总是不得不在历史的洪峰之中沉浮漂流。在范爱农身上,我们可以看到魏连殳、吕纬甫的身影,也可以看到鲁迅对处在历史变革中知识分子命运的思考。因此,在《范爱农》一文中,鲁迅所表达的历史思考是深沉的:处于变革之中的知识分子,总是痛苦地承担着"在而不属于两个社会"② 尴尬的命运。

对《藤野先生》思想寓意的解读,长期以来人们较多地停留在直观的层面,认为,藤野先生由于对学术的热爱而超越国界和种族的隔阂。但是,在我看来,《藤野先生》仿佛打开了一扇窗,让我们窥见鲁迅的自我与思想形成过程中所存在的另一种形态的精神源泉。当我们分析鲁迅的自我与思想形成的精神资源时,一般地说,倾向于从以下几个方面来阐释:一是中国古代文化与精神传统,尤其是魏晋传统;二是西方文化中的"摩罗诗人"传统,尤其是19世纪末以尼采为代表的"新神思宗"的现代性批判的思想传统;三是近代以来以章太炎思想为主脉的师承传统。但是,《藤野先生》则告诉我们:还有一个感性的、记忆的传统,这个传统虽然不是以深厚的文化脉络为底蕴,但它却以活生生的经验与情谊,浸润与影响着"我"的精神成长。我认为,正视鲁迅的自我与思想中的这个具体而生动的感性传统,将有助于更具个性化地理解与阐释鲁迅的自我与思想成长过程和价值资源的多元性和复杂性。

《无常》中的"活无常"是一个民间文化的形象,当我们欣赏、亲近这一

---

① 鲁迅:《鲁迅全集》第三卷,人民文学出版社2005年版,第17页。
② 汪晖:《反抗绝望》(增订版),三联书店2008年版,第112页。

独特的民间文化形象时,不能忘却鲁迅在这一形象之中所投入的复杂的思想意蕴。首先是鲁迅与众不同的审美观。那就是对阴郁之美的爱好,这种审美趣味,在中国现代审美文化史上绝对是一种"异数",他《朝花夕拾》中的《死》、《女吊》和《野草》中的《墓碣文》、《死后》诸文以及对汉画像砖拓片的鉴赏,都是这种别具一格而又迥异流俗的审美观的确证。其次,在这种审美观背后,深藏着鲁迅对死亡与生命的双重性理解:生命之重总是与死亡之轻相生相伴。正如《野草·题辞》所说的那样:"过去的生命已经死亡。我对于这死亡有大欢喜,因为我借此知道它曾经存活。死亡的生命已经朽腐。我对于这朽腐有大欢喜,因为我借此知道它还非空虚。"[1] 再次,这种独特的审美观是鲁迅用于反抗现实的秘密武器之一,海内外学者夏济安[2]、李欧梵[3]和丸尾常喜[4]、陈丹青[5]对这一问题均有精彩的论述,此处就不再展开。

　　卢那察尔斯基曾在"纯粹艺术家"和"纯粹思想家"之间做过一个极富创见的比较,他说:"所谓的'纯粹艺术家',看起来仿佛是凭着感情冲动而进行的创作,事实上这不过说明:在这种艺术家身上,具体形象的思维,是起着支配作用的。普列汉诺夫正确地认为,艺术工作不能排除概念的思维。然而,我们也可以假定有这么一个人,在他逻辑概念领域内完成的过程超过了情感形象思维。在头一种情况下,可能为艺术家兼思想家;后一种,则是思想家兼艺术家。然而如果我们发现有这么个人,他的思维几乎完全缺乏形象性(这正如完全欠缺使用概念的思维一样,是很少可能有的情况),那么我们就可以认为,这就是近乎'纯粹思想家'的类型。"[6] 鲁迅究竟属于哪一种类型呢?我想,关于《朝花夕拾》的知性阐释,或许能给你提供一条思考的线索。

---

　　① 　鲁迅:《鲁迅全集》第二卷,人民文学出版社 2005 年版,第 163 页。

　　② 　[美]夏济安:《鲁迅作品的黑暗面》,乐黛云编《国外鲁迅研究论集》,北京大学出版社 1981 年版。

　　③ 　[美]李欧梵:《铁屋中的呐喊》,河北教育出版社 2000 年版。

　　④ 　[日]丸尾常喜:《"人"与"鬼"的纠葛——鲁迅小说论析》,人民文学出版社 2006 年版。

　　⑤ 　陈丹青:《笑谈大先生》,广西师范大学出版社 2011 年版。

　　⑥ 　[俄]卢那察尔斯基:《海涅——思想家》,《外国理论家作家论形象思维》,中国社会科学出版社 1979 年版。

# 结语　"变动中的秩序"

　　小时候,生活在乡下,晚上只能就着一盏小小的煤油灯,读书写字。当大人们不在身边的时候,我就趁机走神。其中有一个情节至今记忆犹新。那时,我常常会出神地盯住煤油灯,紧紧地看着,那根细细的蜿蜒曲折的灯芯线的顶端,燃着一团小小的火焰,火舌总在不停地向上闯腾而又微微地摇摆着。在火焰的中央有一粒深蓝的火心,静静燃烧着,似乎凝固了,又似乎有一点虚空——那时,我不知该怎样形容这番景象。直到有一天,我读到卡尔维诺在《新千年文学备忘录》中的一个说法——火焰的原则即"变动中的秩序"时,才似乎有所领悟。这一种动中有静的内在结构,这种外部表现为有形、变动、实在,而内核稳定、凝结却又虚空的形态,不正是散文的美学原则吗?

　　优秀的散文,总像是一团燃烧的火焰。作家所历、所闻、所见、所阅,构成了作家无限丰富多彩的经验和知识,这些经验和知识在作家的内心世界不断地累积、碰撞、挤压、沉淀、酝酿,急切地等待某个契机的出现,正如那源源不断地输向灯芯的煤油;契机终于来了,那可能是一句话,一个细节,一个擦肩而过的脸庞,一种莫名其妙的情绪,一次不期然的相遇,一次轻微的心伤,这时,创作的冲动就像一点火星落入油盏之中,于是,经验和知识就在瞬间被点燃了,内心情感像火舌一般升腾,发出"呲呲"的声音,舔破四周的黑暗。这犹如散文之中汩汩流淌的自我情感——或悲伤、或愤激、或欢欣、或渴望。然而,有经验的人都知道,观察、判断这团火焰能燃烧多久,它的火力猛不猛,关键还在于其火心是否深蓝,是否稳定。对于散文的最高要求也是如此,即作家能否在对"所感"的抒发之后,再深化一步:有所思,有所沉思,有所深思,有所哲思,如果能达到这一深度,那么,这团火焰就将永远燃烧在读者的心中,并照亮整个世界。于是,这样的散文也就可能成为文学性经典。这就是《朝花夕拾》从回忆到文学经典的创造之路。

下

# 清华国学研究院述论

## 小　引

著名史学家傅斯年在《历史语言研究所工作之旨趣》中曾说:"历史学和语言学发展到现在,已经不容易由个人作孤立的研究了,他既靠图书馆或学会借给他材料,靠团体为他寻材料,并且须得在一个研究的环境中,才能大家互相补其所不能,互相引会,互相订正,于是乎孤立的制作渐渐的难,渐渐的无意谓,集众的工作渐渐的成一切工作的样式了。"正是基于新的学术体制的内在要求,20 世纪上半叶,中国学术界成立了众多的人文学术研究机构,其中尤以北京大学研究所国学门、清华学校国学研究院①、厦门大学国学研究院、中山大学语言历史学研究所、中央研究院历史语言研究所等最为著名。这些人文研究机构的创立与发展是中国现代学术史上的一个重要现象,它既是现代学术的创造中心,又是现代学术思想、学术方法的教育中心;它既是中国现代学术体制化进程的产物,但它的创立与发展又进一步推动这一学术体制化的进程。现代人文学术机构的发展使中国现代学术研究在短时间内改变了落后于西方汉学的局面,创造了中国现代学术发展史的一个"奇迹"。因此,把现代人文学术研究机构作为一个独立的学术文化现象来加以全面深

---

① 　以下简称清华国学研究院或清华国学院。

入的研究是有意义的。

具体研究内容：一是现代人文学术研究机构的沿革、类型和内部运行机制。二是现代人文学术机构之间有着怎样相同或相近的学术理念、学术方法？这些学术理念与学术方法对中国现代学术发展具有怎样的意义？三是它的学术教育方式、教育经验有哪些值得我们总结、借鉴？这些学术教育方式、学术教育经验与中国传统的书院教育又有哪些区别或联系？四是以史为鉴。以现代人文学术机构的学术教育理念、方式、实效来反思当代中国的学术教育现状。

在某种意义上说，清华学校国学研究院是探讨这些问题的最典型的范例和个案。

## 梁　启　超

## 上篇　梁启超与清华国学研究院之关系述论

张荫麟在《近代中国学术史上之梁任公先生》一文中，将梁启超一生的智力活动分为四个时期，并认为："每时期各有特殊之贡献与影响。第一期自撇弃辞章考据，就学万木草堂，以至戊戌政变以前止，是为'通经致用'之时期；第二期自戊戌政变以后至辛亥革命成功时止，是为介绍西方思想，并以新观点批评中国学术之时期，而仍以'致用'为鹄的；第三期自辛亥革命成功后至先生欧游以前止，是为纯粹政论家之时期；第四期自先生欧游归后至病殁，是为专力治史之时期。此时期渐有为学问而学问之倾向，然终不忘情国艰民瘼。"[1] 张荫麟的"四期说"一出就得到学术界的广泛认同。浦江清曾评价说："荫麟纪念梁任公之文……甚佳，颇能概括梁先生晚年思想上及学术上之贡献。"[2] 在已成显学的梁启超研究中，关于第一、二、三期的论述，堪称成果坚实、名作纷呈。相比之下，关于"第四期"的研究，则相对薄弱。而

① 素痴（张荫麟）：《近代中国学术史上之梁任公》，《大公报》1929年2月21日。

② 浦江清：《清华园日记》，1929年2月6日。此处转引自张荫麟：《素痴集》，百花文艺出版社2005年版，第192页。

在薄弱之中,关于梁启超与清华国学研究院关系之研究尤为如此。尽管在绝大多数的梁启超传记中,都会提及梁启超在"第四期"与清华国学研究院的特殊关系及其讲学情形,但均语焉不详。常见的叙述一般如此:"年四十六,漫游欧洲。翌年东归,萃精力于讲学著述。"①"戊午冬出游欧洲一年,庚申春归国。自是主讲清华、南开、东南诸校,专事著述。"②"庚申春归国,专以著述讲论为业。"③ 然而,反观梁启超一生的生命与思想历程,就会发现,梁启超"第四期"的讲学与著述不仅在时间上占据了很大比重,而且对青年学子亦影响深远。在时空相交错而成的坐标轴上,梁启超与清华国学研究院之关系恰好可以成为"第四期"研究的凝结点。因此,我们认为,深入研究梁启超与清华国学研究院之关系,不仅能较为全面反映梁启超在"第四期"的实际作为和贡献,而且还能建立一个观察中国现代早期人文学术教育生态的有效"视窗"。

必须加以注意的是,与清华国学研究院其他几位导师相比,梁启超与清华国学研究院的关系更具曲折性和特殊性。造成这种状况的内在原因有两个:一是梁启超在中国近现代政治史上显赫的政治声名以及备受非议的"善变"、"屡变"的政治选择、思想立场和学术取向;二是梁启超比其他人更深入参与和推动了19世纪末到20世纪初的中国早期人文学术教育的转型过程,而清华国学研究院正是这一转型过程的新生事物之一。因此,梁启超与清华国学研究院的关系,更显示出其复杂性与多重性,从这个意义上说,研究梁启超与清华国学研究院的历史关系及其内在过程,是一个极具学术价值的课题,从中可以透视中国现代早期人文学术教育的特点、理念、运作及其存在的问题,并试图以此为镜鉴,反思当下中国的人文学术教育体制、生态及其弊端。

本文的研究方法主要采取实证的立场,以时间演变为"述"之经,以意义阐释为"论"之纬,"述"与"论"相交织,力求在对史料的爬梳与阐析之中,呈现那一段历史的复杂性、丰富性和人文内涵。

---

① 梁启勋:《梁启超小传》,夏晓虹编《追忆梁启超》(增订本),三联书店2009年版,第2页。

② 伍庄:《梁任公先生行状》,夏晓虹编《追忆梁启超》(增订本),三联书店2009年版,第4页。

③ 刘盼遂:《梁任公先生传》,《图书馆学季刊》第三卷第一、二期,1929年。

一

　　1925 年 9 月 13 日,梁启超在致女儿梁令娴的信中提到:"我搬到清华已经五日了(住北院教员住宅第二号)。"这不是梁启超第一次来清华园。事实上,梁启超与清华学校的关系由来已久,他的内心对清华园这块土地并不陌生。在此之前,他不仅多次与清华园有过紧密接触,而且每次都留下不少具有纪念意义的印记。虽然,这些印记和梁启超波澜壮阔的一生相比,显得点滴而又琐屑,但它们清晰地记录着梁启超对清华园乃至中国现代早期人文学术教育的思考与期待,已成为中国现代教育史上一段弥足珍贵的思想史料。因此,不仅需要仔细挖掘、梳理,也值得重新解读与阐释。

　　早在 1914 年 11 月 10 日,梁启超就曾应邀来到刚创办三年的清华学校演讲,他在题为《君子》的演说中,先借用《易经》乾卦与坤卦的大象象,指出"自强不息"、"厚德载物","推本乎此,君子之条件庶几近之矣"。并以之勉励清华学子说:"清华学子,荟中西之鸿儒,集四方之俊秀,为师为友,相蹉相磨,他年邀游海外,吸收新文明,改良我社会,促进我政治,所谓君子人者,非清华学子,行将焉属?"① 在梁启超一生无数次慷慨激昂的演讲之中,这或许只是一次再平常不过的演讲,但在清华园则激荡成响彻历史时空的黄钟大吕——因为清华学校后来便把"自强不息、厚德载物"作为校训。梁启超生命与学术中的清华园大门也由此渐渐开启。在此次演讲后不久,"是年冬(1914)先生(指梁启超)假馆于北京西郊清华学校,著《欧洲战役史论》一书成"②。梁启超在该书的"第二自序"中叙述了这段短暂而充实的清华园生活经历:"吾初发意著此书,当战事初起之旬日后耳……而都中人事冗沓,每日欲求二三小时伏案操觚,竟不可得,于是仍假馆于西郊之清华学校……阅十日脱稿。盖十日间笔未尝停缀矣……其校地在西山之麓,爽垲静穆,其校风严整活泼,为国中所希见,吾兹爱焉。故假一室著书其间,亦尝

<hr>

①　梁启超:《在清华学校演说词》,夏晓虹编《〈饮冰室合集〉集外文》(中册),北京大学出版社 2005 年版。

②　丁文江、赵丰田编:《梁启超年谱长编》,上海人民出版社 2009 年版,第 442 页。

以此书梗概为诸生讲演,听者娓娓不倦。"① 从中可以遥想当年梁启超心情惬意且师生之间其乐融融的情形。书成后,梁启超余兴未尽,并为赋示该校校员及诸生诗一篇,其中有几句颇值玩味,亦能概见此时梁启超心态之一斑:"在昔吾居夷,希与尘客接。箱根山一月,归装稿盈箧。(吾居东所著述多在箱根山中)虽匪周世用,乃实与心惬,如何归乎来,两载投牢筴,愧俸每颡泚,畏讥动魂慑,冗材惮享牺,遐想醒梦蝶。推理悟今吾,乘愿理夙业。郊园美风物,昔游记攸玔,愿言赁一庑,庶以客孤笈。"② 从诗中看来,僻静清幽的清华园,或许能让梁启超那颗奔竞躁动的心灵获得暂时的栖息,使他在这里有机会重新思考人生的进与退、沉与浮、绚丽与寂寞。也是在这一年(1914)的 12 月 3 日,梁启超在与清华学校教职员及各级长、各室长的座谈会上,还就所谓"国学"问题,发表了自己见解,他说:"清华学生除研究西学外,当研究国学;盖国学为立国之本,建功立业,尤非国学不为功,苟日专心于西学,而荒废国学,虽留美数十百年,返国后仍不足以有为也。"③ 梁启超对"国学"的高调宣扬,从一个侧面反映出晚清民初的学术界,由于西学的强势冲击而引发的学人们对国学的价值焦虑与强劲反弹。学之"中""西",既是贯穿 20 世纪中国学术史的一个敏感话题,也是考量 20 世纪中国知识分子的文化立场与价值取向的重要坐标。诚然,"国学"之功是否如此之巨,见仁见智,亦不应以任公之论为定谳。1914 年间这一系列密切的言行,预示着梁启超与清华园之关系已找到一个良好的契合点,并透露出梁启超在这一时期的思想与情感世界的新关注点:学术和教育,而这两个关注点也渐渐成为他在"第四期"的思想关怀的主导面。

时隔不到三年即 1917 年 1 月 10 日,梁启超又一次应邀来清华学校演讲,在开场白中,他愉快地回忆起两年多前假馆清华的情形:"鄙人于两年前,吾尝居此月余,与诸君日夕相见。虽年来奔走四方,席不暇暖,所经危难,不知凡几,然与诸君之感情,既深且厚,未尝一日忘。故在此百忙中,亦不能不一来与诸君相见。"言语之中虽不免流露出沉痛的人生感慨,但也表达了对清华诸君念念不忘之情怀。此次演讲题为《学生自修之三大要义》,梁启超就

① 梁启超:《饮冰室合集》《专集》之三十,中华书局 1936 年版,第 1 页。
② 梁启超:《饮冰室合集》《文集》之四十五(下),中华书局 1936 年版,第 71 页。
③ 此处转引自黄延复:《清华传统精神》,清华大学出版社 2006 年版,第 317 页。

"为人之要义；做事之要义；学问之要义"，与清华学子"以相切磋"。① 演讲之中不仅充满长者与幼者、两个不同年龄层次、两种完全不同的人生经验之间的对话，而且也充满着梁启超期待融入年轻生命群体的内心诉求。1920年冬，梁启超又应邀来清华学校作题为《国学小史》的讲演，此次讲演的累计时间之长，为历次之最。② 他在《墨子学案·自叙》中对此次演讲过程有较为详细的叙述："去年冬，应清华学校之招，为课外讲演，讲国学小史。初本拟讲十次，既乃赓续至五十次以上。讲义草藁盈尺矣。诸生屡以印行为请，顾兹稿皆每日上堂前临时信笔所写，多不自惬意。全书校定，既所未能，乃先取讲墨子之一部分，略删订以成此书。"③ 在梁启超研究中，人们常常困惑于梁启超著述体例之芜杂，这也是梁启超著述常为时人所诟病的"缺点"之一。指责固然容易，同情之了解尤为必要。因此，如果我们把梁启超煌煌数千万言的著述，按照体例的不同，分成不同文体的话，那么上述的自叙就在不经意间透露了造成其著述"演讲体"与"著述体"不同的根本原因之所在。事实上，《饮冰室合集》中的不少著述，未经校定就汇集成书，"信笔所写"的痕迹犹宛然在目，难免有芜杂、粗疏之处。

1921 年间，梁启超比往年更经常应邀来清华学校讲演，与清华学校之关系有了进一步的发展。这期间的讲演有记载的仅两次，一次是题为《五千年史势鸟瞰》，特别值得一提的是另一次题为《中国韵文里头所表现的情感》的讲演，此系梁启超在清华学校讲国史时为该校文学社诸生所做的文学讲演。④ 关于这次演讲，当时就读于清华学校的梁实秋，曾有一段深情的回忆："我记得清清楚楚，在一个风和日丽的下午，高等科楼上大教堂里坐满了听众，随后走进了一位短小精悍亮头顶宽下巴的人物，穿着肥大的长袍，步履稳健，风神潇洒，左右顾盼，光芒四射，这就是梁任公先生……先生的讲演，到紧张处，便成为表演。他真是手之舞之足之蹈之，有时掩面，有时顿足，有时狂笑，有时叹息……这一篇讲演分三次讲完，每次讲过，先生大汗淋漓，状极

① 梁启超：《在清华学校之演说〈学生自修之三大要义〉》，收入夏晓虹编《〈饮冰室合集〉集外文》（中册），北京大学出版社 2005 年版。
② 此处转引自黄延复：《清华传统精神》，清华大学出版社 2006 年版，第 317 页。
③ 梁启超：《饮冰室合集》《专集》之三十九，中华书局 1936 年版，第 1 页。
④ 李国俊编：《梁启超著述系年》，复旦大学出版社 1986 年版，第 197 页。

愉快。听过这讲演的人,除当时所受的感动之外,不少人从此对于中国文学发生强烈的爱好。先生尝自谓'笔锋常带情感',其实先生在言谈讲演之中所带的情感不知要强烈多少倍。"① 或许,沉浸在演讲的酣畅淋漓之中的梁启超,根本不会想到自己的话语会如此有效催生着一个年轻人心中文学梦想的种子,使之而后在岁月中花开花落。值得注意的是,这期间梁启超除了学术讲演外,对清华学校之校政也有所评议,在某种意义上说,这种评议的冲动也是他一贯思想作风的体现,即思想的活力时刻处在一种对现实的敏锐观察与深度判断的精神张力之中。如,他在《彻底翻腾的清华革命·序》中写道:"我与清华学校,因屡次讲演的关系,对于学生及学校,情感皆日益深挚。关于本校改革发展诸问题,颇有所蕴积,原预定作一次讲演,题目'清华学校之前途'。因搜集材料未备,且讲课太忙,迄未能发表,今因《彻底翻腾的清华革命》出版之便,述吾希望之要点如下。"文中提出五点建议:1.改组董事会;2.组建一实务性的校友会;3.经费完全独立,由董事会管理,不必再经外交机关之手;4.缩减留美经费,腾出财力,办成一完备之大学;5.希望积极地预筹资金,为18年后赔偿终了时维持学校生命之预备。② 暂且不论梁启超这番话是否为一厢情愿,但从这段序言中可以看出,此时的梁启超在内心对于清华学校的关注,已经从"客座"的身份感转变为"局内人"的角色意识,前瞻性地着眼于清华学校长远的可持续性的发展,以及追求独立自主的办学体制。角色意识的内在转换,催生了梁启超更强烈地寄望于清华教育能形成特色之路,也促使他更明确地对清华的人文教育提出自己鲜明的主张。如,1923年2月,在一次与清华学校记者谈话中,梁启超先是批评美国教育是"实利主义",认为"这种实利主义的又一结果就是将人做成一个部分的人"。而后,当谈到自己关于教育的理念时,则毫无保留地表达了人文主义的教育关怀与理想,他说:"我们中国教人做人向来是做一个整个的人的,他固然有混混沦沦的毛病,然而只做一个部分的人,未免辜负上帝赐给我们所人

① 梁实秋:《记梁任公先生的一次演讲》,《梁实秋文集》第二卷,鹭江出版社2002年版,第430—432页。
② 梁启超:《彻底翻腾的清华革命·序》,收入夏晓虹编《〈饮冰室合集〉集外文》(中册),北京大学出版社2005年版。

人应享的'一个人'的生活了。我以为清华学生应当谋这些极端的贯通融洽,应当融和东西文化,不要只代一面做宣传者。"① 梁启超这一人文主义教育理念对清华学校与清华国学院乃至后来形成的清华大学之大学文化与大学精神,究竟有着怎样深远的影响,由于没有足够的史料支撑,无法判断,但在今天,这段话仍然有着意味深长的启发性。

　　1923年9月以后,梁启超在致友人信中就直接宣称:"下半年在清华讲学,通信请寄彼处。"② 《清华周刊》也把梁著归入"清华作品介绍"一栏予以介绍,至此,梁启超作为"局内人"的角色定位日渐强固。这一年秋,梁启超以讲师的身份在清华学校讲授《最近三百年学术史》(每周三晚七点半至九点半)和《群学要籍》(隔周四晚七点半至九点半),同时做一些普通演讲,这些讲授和演讲均反响热烈,学生会特地通过议案,请梁启超赓续讲学。③ 尽管其时还非常年住校,活动内容亦纷杂不一,但梁启超上述这些在清华学校的讲演和学术活动则有两条线索隐匿其中:一是,梁启超与清华学校关系的变化过程,从游移的、客座式向相对明确的、稳定的状态逐步深化;二是,每一步的深化,其主导面均围绕学术与教育而展开。

　　一段崭新的历史似乎呼之欲出。

# 二

　　如上所述,从1914年到1925年的十余年间,梁启超与清华学校之关系日益密切。与此偕行,梁启超在这十余年间的人生经历也可谓是栉风沐雨、几经危难。相比之下,梁启超与清华学校的关系,则是这期间难得的风和日丽。尽管断断续续,但这种美好的情缘毕竟润物无声,关系的种子在这种短暂与和谐的氛围中正酝酿着破土而出。但是,在这关键的时刻,仍有待于梁启超自身生命与思想土壤的深耕与培育,只有这样,才能最终促使这颗关系

---

① 转引自齐家莹编撰:《清华人文学科年谱》,清华大学出版社1999年版,第1—2页。

② 丁文江、赵丰田编:《梁启超年谱长编》,上海人民出版社2009年版,第645页。

③ 刘晓琴:《梁启超与清华》,李喜所主编《梁启超与近代中国社会文化》,天津古籍出版社2005年版。

的种子在春寒料峭之际初绽新芽。在这个意义上说,我们认为,真正触动梁启超就聘清华国学院导师一职,还有更深层的原因,那就是他欧游归来后在思想与心态上所发生的一系列深刻变化及其重新作出的价值选择,这犹如那因深耕而日渐肥沃的土壤,加速了种子的生根发芽。从心理学角度来说,这种心理变化与价值选择的寻找、确立和最终实现的过程,必然会诉诸一个既新鲜又熟识且较为稳定具体的诉求对象,那么,对梁启超而言,重拾学术与教育之旧业就顺理成章了。因此,有必要对这一"重拾"过程,做一番仔细考量。为此,我们若能对梁启超年谱中的一些史料做一个简要的钩稽,那就会看得相对明晰些。据《梁启超年谱长编》记载,"上年(1916)护国运动成功以后,先生原有放弃政治生活的意向和从事社会教育事业的计划",但是自1916年以来,"宪法问题、对德外交问题、内阁问题、复辟问题等,都与梁氏有不可解的关系,所以最后又不期然而然地卷入旋涡里面了"。[1] 果然不出时人之所料,1917年7月17日段祺瑞内阁成立时,梁启超受任为财政总长。对于此次就任财政总长职,梁启超"原抱有很大的希望,他最大的目的,就是想利用缓付的庚子赔款和币制借款来彻底改革币制,整顿金融,可惜结果事与愿违,就是消极方面的维持现状,也没有得到很好的成绩"[2]。因此,他于12月30日不得不请辞,在任仅5个月。这样的结局,对于始终交织着入世之自觉和用世之抱负的梁启超精神诉求而言,无疑又是一次"饮冰之旅"。他在辞职呈文中感慨万端:"受任以来,竭智尽力,以谋挽救,虽规划略具,而实行维艰。"[3] 从此,梁启超再也没有踏入仕途,真可谓"成也萧何! 败也萧何"。在这种情况下,梁启超内心的诉求对象必然随之发生重大的转移。从人格心理学的角度来看,诉求对象的转移过程,也是个体重新建立新的心理补偿机制的过程,在这一过程中,个体必须找到新的意义关注点以填充诉求转移而留下的心里空虚。如果个体不能较快实现这一心理过程,那么就会使个体人格陷入焦虑不安的心理状态,严重的情形,甚至会导致人格分裂或精神出现危机。幸运的是,梁启超很快就找到了新的精神出路:重拾学术与教育之旧业,并借此有效建立起

---

① 丁文江、赵丰田编:《梁启超年谱长编》,上海人民出版社2009年版,第517页。

② 同上书,第540页。

③ 同上书,第550页。

自我调适的心理补偿机制。在这个意义上说，1918 年，对梁启超而言，是一个特殊的年份，因为这是他此后真正致力于教育事业与专力治学的起点年份，也是彻底实现诉求转移的心理年份。年初，他曾有发起松社的计划 ①，关于此举之目的和功用，其友人张君劢在致梁启超的信中这样写道："晨间唐规严来谈松社发起事，以读书、养性、敦品、励行为宗旨。规严之意，欲以此社为讲学之业，而以罗罗山、曾文正之业责先生也。闻百里前在津曾亦为先生道及此举，今日提倡风气舍吾党外，更有何人？盖政治固不可为，社会事业亦谓不可为，可也？苟疑吾自身亦为不可为，则吾身已失其存在，复何他事可言。笛卡儿所谓'我思，故我存'。唯有我思，故有是非。哲学之第一义谛如是，道德之第一义谛亦复如是。规严之意既为方今救世良药，而又为吾党对于社会对于自身处于无可逃之地位，故力赞其说，而敢以就正于先生也。"② 这是在混乱而黑暗的现实之中，有良知的知识分子勇于承担、勇于自救的精神之路。面对政治不可为的情势，知识分子立身于社会之中可选择的为数不多的作为，只能也只有学术与教育之事业。张君劢信中的这一番痛心之辞，梁启超读来必定会"于吾心有戚戚焉"。因为这其中深切地触及中国知识分子对精神价值的最后认同，每当政统崩坏、道统飘摇之际，学统就成为中国知识分子最后的意义据持，并可能由此而激发出更加执著的精神热力来张扬学统的价值关怀，以实现安身立命。虽然在今天我们已看不到梁启超回信的具体内容，但仅从后来他对松社事务的关心，就足以见出他对发起松社的目的与功用的赞同。

　　然而，在梁启超这一时期的学术生涯中，更具表征性的事件，则是他重燃通史之撰的热情。我们知道，历史写作通常作为中国知识分子的精神传统和知识传统中最重大的事业之一，也往往是学统重建中最具活力的方式之一。正如司马迁在《报任安书》中所言："网罗天下放失旧闻，略考其事，综其终始，稽其成败兴坏之纪……亦欲以究天人之际，通古今之变，成一家之言。"诚哉斯言！这一年春夏间，梁启超摒弃百事，开始专心致力于通史之作，数月间成十余万言。③ 据年谱记载，这期间在致友人的信中，他多次谈到正在

---

　　①　丁文江、赵丰田编：《梁启超年谱长编》，上海人民出版社 2009 年版，第 553 页。
　　②　同上。
　　③　同上。

著述通史的情形。如，5 月初，他在致陈叔通的信中写道："所著已成十二万言（前稿须复改者颇多），自珍敝帚，每日不知其手足之舞蹈也。体例实无余暇作详书告公，弟自信前无古人耳。宰平曾以半日读四万言之稿两遍，谓不忍释，吾计凡读者或皆如是也。"① 自负之情，溢于言表。由于梁启超在中国近现代思想文化史上的重要地位，他的通史之撰，已不仅仅是其个人学术新取向的表征，而成为一个令时人期待的文化与学术事件，因为在这其中表达着那些与梁启超思想文化立场相同或相近的部分知识分子的共同文化想象和价值诉求。在开始著述不久，友人们就对其著述太勤，颇为忧心。如，陈叔通在 3 月 30 日的信中写道："通史但日以为程，似不可求速……"② 4 月 19 日的信中又写道："久未接书，静生来，询悉著作太猛，未免稍疲，甚以为念。"③ 由此可见，其时梁启超的著述生活不仅引发大家的期待，也牵动着友人的心。当然，如果站在精神史的视角来解读这种牵动，那么就会发现，除了友情之外，这种牵动之中还关切着这些知识分子对新的历史想象与精神共同体建构之期待。正是这种彼此心灵的默会与相通，使得报告自己著述的进展，也每每成为梁启超这一时期致亲友信中必会谈及的内容之一。如，5 月 5 日在致籍亮侪书中写道："……每日著书能成二千言以上，三四月后当有以餍公心目也。"④ 5 月 7 日在致蹇季常书中写道："献岁以来，覃思述作，彼玩物之习，亦大减矣。"⑤ 5 月 10 日再致蹇季常，书中写道："所著书日必成二千言以上，比已哀然巨帙，公来时可供数日消遣也。"⑥ 夏秋间，梁启超在致其弟仲策的信中，更是把著史之时的得意心情淋漓尽致地表达出来，他写道："今日《春秋载记》已脱稿，都百有四页，其得意可想，夕当倍饮以自劳，弟亦宜遥浮大白以庆我也。拟于《战国载记》后，别为《秦以前文物制度志略》一卷，以后则两汉、三国为一卷，南北朝、唐为一卷，宋、元、明为一卷，清为一卷，皆不以属于《载记》，弟所编资料可从容也。明日校改前稿一过，即从事《战

---

① 丁文江、赵丰田编：《梁启超年谱长编》，上海人民出版社 2009 年版，第 554 页。

② 同上。

③ 同上。

④ 同上书，第 555 页。

⑤ 同上。

⑥ 同上。

国》,知念奉闻。"① 在这期间,关于通史之撰的进展,成为梁启超与友人共享的知识话语和联结的精神纽带。这种知识话语的高度共享,正是 20 世纪初期中国知识分子表达共同诉求的可靠通道,也是内在精神的联结方式之一。由于在这期间梁启超著述太勤,致使其患呕血病甚久,由此可见梁启超著史之深切,其情可感,其思也深。但若从更深一层来追问,或许从中可以解读出梁启超此时内心的另一番意味:当诉求对象发生转移之后,必然会刺激个体产生对于重建心理补偿机制的急迫感,正是这种急迫感才能促使个体焕发出如此巨大的意志力。就如司马迁在《史记·太史公自序》中所言:"于是论次其文。七年而太史公遭李陵之祸,幽于缧绁。乃喟然而叹曰:'是余之罪也夫? 是余之罪也夫! 身毁不用矣。'退而深惟曰:'夫《诗》、《书》隐约者,欲遂其志之思也。昔西伯拘羑里,演《周易》;孔子厄陈蔡,作《春秋》;屈原放逐,著《离骚》;左丘失明,厥有《国语》;孙子膑脚,而论兵法;不韦迁蜀,世传《吕览》;韩非囚秦,《说难》、《孤愤》;诗三百篇,大抵贤圣发愤之所为作也。此人皆意有所郁结,不得通其道也,故述往事,思来者。'" 这是一种精神意义之间,跨越历史时空的遥相呼应,构成了中国知识分子精神传统之中历久弥新的共同想象。后来由于梁启超病情未见好转,通史之作也就半途而废。② 对此,梁启超在致友人的信中写道:"……盖蓄病已旬日,而不自知,每日仍为长时间讲演,余暇即搁笔著述,颇觉惫而不肯休息,盖发热殆经旬矣……"③ 值得注意的是,通史之作暂时中断后,梁启超转而耽读佛书④,患病之中的这种阅读转向,也可以看作梁启超人格矛盾的表现之一。从个体人格心理学来看,梁启超是一个入世与用世之心思均很深、很重的知识分子,但恰恰就是如此一个人,又常常充满着对佛家出世之心的向往,言谈与著述间也不乏对佛教教理、教义的精微之理解。这种人格矛盾现象,在 20 世纪中国知识分子的精神史上,仅仅是个例,抑或具有普遍性? 这或许是一个值得追问的文化史和精神史课题。

---

① 丁文江、赵丰田编:《梁启超年谱长编》,上海人民出版社 2009 年版,第 556 页。
② 同上书,第 557 页。
③ 同上。
④ 同上书,第 558 页。

# 三

1918 年年底，梁启超酝酿近一年的欧游计划终于成行。10 月 28 日，梁启超偕蒋百里、刘子楷、丁在君、张君劢、徐振飞、杨鼎甫等 6 人由上海乘日本邮船横滨丸放洋。[①] 尽管此行之目的很复杂，但有一点可以肯定，即全面了解西方社会和文化思想，并以此为参考架构重建中国现代思想文化，是梁启超最为期待的目的之一。在临行前晚，梁启超与友人对此有过深入交流，他在《欧游心影录节录》一书中，曾这样写道："是晚我们和张东荪、黄溯初谈了一个通宵，着实将从前迷梦的政治活动忏悔一番，相约以后决然舍弃，要从思想界尽些微力，这一席话要算我们朋辈中换了一个新生命了。"[②] 欧游途中，梁启超随时随地对自己的经历、观察和感想都有所记述，住在巴黎的时候，曾整理出一部分，后题作《欧游心影录节录》，其中《中国人之自觉》一文，尤能见出梁启超在欧游过程中所发生的思想见解转变之轨迹。[③] 身处"一战"之后满目疮痍的老欧洲，此时的梁启超产生的不是对西方文化的崇拜，而是反思与批判，并以此为契机，力促其重新审视中国传统思想文化的现代性价值和现实生命力。对其个人而言，这在梁启超思想发展历程之中是一次深刻的大转型。但放在当时的时代文化大语境中，由于是对西方社会的感性体察，因此，由此而产生的对西方文化的反思与批判，必然是有所偏执。同时，建立在这种偏执的理解基础上而对中国传统文化的单向考量，也就不可避免地有其缺失之处，即遮蔽了对中国传统思想文化在向现代性转换过程中所内在的复杂性、局限性，进行更全面、更清醒的评估与反省。因此，在新文化运动正当蓬勃兴起的大语境之中，梁启超的相关话语与思考就显得有些落寞与孤鸣。1920 年 3 月 5 日，梁启超抵达上海，宣告历时一年三个月的欧游历程结束。据年谱记述，这次归来后，梁启超对于国家问题和个人事业完全改变旧日的方针和态度，所以此后绝对放弃上层的政治活动，重新开始唯用

---

① 丁文江、赵丰田编：《梁启超年谱长编》，上海人民出版社 2009 年版，第 553 页。
② 梁启超：《饮冰室合集》《专集》之二十三，中华书局 1936 年版，第 39 页。
③ 同 ①，第 575—576 页。

全力从事培植国民实际基础的教育事业和学术著述。① 梁启超此番所下决心,从他后来的教育与学术作为来看,并没有食言,有年谱之记载为证:1920年,仅其所着手的教育与学术事业就有:承办中国公学,组织共学社,发起讲学社,整顿《改造杂志》,著作《墨经校释》和《清代学术概论》书成。② 在20世纪中国学术史上,《清代学术概论》已是清学研究的经典之作③,但学术界对这一时期的梁启超的墨学研究则关注不够,从某种意义上说,这一时期的梁启超对中国传统墨学的研究,不仅是20世纪墨学史上重要的组成部分,而且从中还可以读出梁启超的人生价值取向:在万木草堂之时,梁启超就"好墨子,诵说兼爱、非攻之论";年龄渐长,仍不改初衷,也曾夫子自道云:"启超幼而好墨,二十年来于兹。"梁启超之所以如此倾心于墨家之学,不仅是因为墨学之"精深博大"、"俊伟而深挚"远非先秦其他学派所能比拟,更重要的是,墨家的"靡顶放踵利天下为之"的精神,对梁启超具有强烈的人格感召力,其自号"任公"、"兼士",亦可见其对这种精神与人格的期许。④ 无独有偶,鲁迅对墨家也是推崇有加。20世纪初,在激烈的反传统声浪中,墨家悄然成为一门显学,许多知识分子都把目光投注于此,潜在地传递着一种共同的精神想象。对墨家精神之追随,梁启超与鲁迅乃至20世纪中国众多知识分子之间有着深刻的精神相通性,这也是20世纪中国知识分子精神史中值得探究的现象之一。

1921年是梁启超著述较勤的一年,在5月16日致女儿梁令娴的信中,他写道:"吾自汝行后,未尝入京,且除就餐外,未尝离书案一步,偶欲治他事,辄为著书之念所夺,故并汝处亦未通书也。"⑤ 在7月22日致女儿梁令娴的信中,他又写道:"吾返家已一年多,又从事著述生涯,自觉其乐无量。"⑥ 看起来梁启超对这期间自己的学术生涯,颇有志得意满、乐此不疲的心境。是年秋,

---

①　丁文江、赵丰田编:《梁启超年谱长编》,上海人民出版社2009年版,第576页。

②　同上。

③　朱维铮:《〈清代学术概论〉导读》,上海古籍出版社1998年版。

④　马克锋:《梁启超与传统墨学》,李喜所主编《梁启超与近代中国社会文化》,天津古籍出版社2005年版。

⑤　同①,第597页。

⑥　同上书,第598页。

梁启超应天津南开大学之聘,在该校主讲中国文化史,后合集而成《中国历史研究法》一书。在该书的自序中,梁启超对《中国历史研究法》的撰述缘起及经过均有所叙述:"客岁在天津南开大学任课外讲演,乃裒理旧业,益以新知,以与同学商榷,一学期终,得《中国历史研究法》一卷,凡十万言,孔子曰'工欲善其事,必先利其器',吾治史所持之器,大略在是。吾发心殚三四年之力,用此方法以创造一新史。"① 撰史的意向,仍然念念不忘,它成为梁启超自我鞭策的动力之一。《中国历史研究法》一书,在学术思想上充分体现了梁启超治史的自觉的方法论意识,在 20 世纪中国史学史上具有重要的开创性。

　　1922 年,是梁启超在"第四期"中参与教育事业最多的年份之一,我们可以根据年谱勾画出一份简要的日程表:1922 年春,梁启超在清华学校讲学;4 月起,应各学校与团体之请为学术讲演二十余次。8 月初,游济南,讲演于中华教育改进社,是月上旬赴南京,中旬至上海,下旬至南通讲演于中国科学社年会,8 月 31 日赴武昌,并讲演于长沙,讲演毕,经河南返天津。10 月,《大乘起信论考证》一书成,同月,赴南京东南大学讲学。② 梁启超在这十个月之内由北而南,再由东而西,在当时交通条件十分不便的情况下,水陆兼程,可谓是风尘仆仆。同年 10 月,《梁任公近著第一辑》编定成书,他在该书的自序中,对自己两年来的著述与讲学生涯有所叙述:"民国九年(1920)春,归自欧洲,重理旧业,除在清华、南开诸校担任功课,及在各地巡回讲演外,以全力从事著述。有《清代学术概论》约五万言,《墨子学案》约六万言,《墨经校释》约四万言,《中国历史研究法》约十万言,《大乘起信论考证》约三万言,又三次所辑讲演集约十余万言。其余未成或待改之稿有《中国韵文里头所表示的情感》约五万言,《国文教学法》约三万言,《孔子学案》约四万言,又《国学小史稿》及《中国佛学史稿》全部弃却者各约四万言,其余曾经登载各日报及杂志之文,约三十余万言,辄辑为此编,都合不满百万言,两年半来之精力,尽在是矣。"③ 从这段自叙中可以较为清晰地看到,

---

① 梁启超:《饮冰室合集》《专集》之七十三,中华书局 1936 年版,第 2 页。

② 丁文江、赵丰田编:《梁启超年谱长编》,上海人民出版社 2009 年版,第 611 页。

③ 梁启超:《饮冰室合集》《文集》之三十九,中华书局 1936 年版,第 48 页。

这两年半来,梁启超不仅著述甚勤,而且斩获颇丰。11月,《梁任公学术讲演集》辑成,盖辑梁启超一年来在各地所作学术讲演而成者,书分一、二、三辑(第一辑、二辑1922年11月出版,第三辑1923年9月出版)。由于讲演具有感性、随兴的特点,所以在讲演集中,我们更能看到梁启超人格中坦诚率性的另一面。比如,他在一篇题为《趣味教育与教育趣味》的讲演中,就说道:"假如有人问我,你信仰的什么主义?我答道:我信仰的是趣味主义。有人问我,你的人生观拿什么做根底?我便答道:拿趣味做根底。我生平对于自己所做的事,总是做得津津有味,而且兴致淋漓,什么悲观咧,厌世咧,这种东西,我所用的字典里头可以说完全没有。我所做的事常常失败——严格的可以说没有一件不失败——然而我总是一面失败一面做,因为我不但在成功里头感觉趣味,就在失败里头也感觉趣味。"① 或许这里头的话有些夸张,但颇能读出梁启超学术个性的生机勃勃的另一面。1922年冬,梁启超将在东南大学所讲原题为《中国政治思想史》的讲义,"经整理后,成《先秦政治思想史》一书"。在该书的自序中,梁启超详述成书过程:"启超治中国政治思想,盖在二十年前,于所为《新民丛报》、《国风报》等,常做断片的发表,虽大致无以甚异于今日之所怀,然粗疏偏宕,恒所弗免。今春承北京法政专门学校之招,讲先秦政治思想,四次而毕,略赓前绪而已。秋冬间,讲席移秣陵,为东南大学及法政专门讲此本讲义,且讲且编,起十月二十三日,讫十二月二十日,凡两阅月成。初题为《中国政治思想史》,分绪论、前论、本论、后论之四部,其后论则自汉迄今也。"② 值得注意的是:"梁启超在阐发先秦政治哲学之余,深赞中国古代哲学之精深博大,并殷殷然以如何发挥而光大之之业期待于将来,并以结论一章专讨论此点,及与西洋现代政治思想之比较问题,他写道:'读以上诸章可知先秦诸哲之学术,其精深博大为何如?夫此所语者,政治思想之一部分耳,他多未及,而其足以牖发吾侪者已如此。今之少年,喜谤前辈,或撷拾欧美学说之一鳞一爪,以为抨击之资,动则诬其祖,曰昔之人无闻知。嘻!何其伤于日月乎,多见其不知量也。'"③ 事实上,梁启超这

---

① 丁文江、赵丰田编:《梁启超年谱长编》,上海人民出版社2009年版,第613页。
② 同上书,第626页。
③ 同上书,第627页。

番感慨是有所指涉,在话语的背后存在着一种潜对话的指向,回望当时的文化语境,很显然,此番话语中的潜对话结构,主要是指向当时的新文化运动一种倾向,即对外来文化的全盘肯定和对传统文化的全盘否定。

1923 年的梁启超,已不满足于在文化与教育事业方面仅仅扮演着讲演者的角色,仅仅发挥传道授业解惑的作用,而是试图有一番更大的作为。首先,他开始寻求建立更坚实的文化创造的物质基础和文化传播基地,1 月,他发起创办文化学院于天津,并在《为创设文化学院求助于国中同志》一文中,以不容置疑的语气,强调创设文化学院的重要性,文中这样写道:"启超确信我国儒家之人生哲学,为陶养人格至善之鹄,全世界无论何国,无论何学派何学说,未见其比,在今日有发挥光大之必要。启超确信先秦诸子及宋、明理学,皆能在世界学术上占重要位置,亟宜爬罗其宗列,磨洗其面目。启超确信佛教为最崇贵最圆满之宗教,其大乘教理尤为人类最高文化之产物,而现代阐明传播之责任,全在我中国人。启超确信我国文学、美术在人类文化中有绝大价值,与泰西作品接触后当发生异彩,今日则蜕变猛进之机进渐将成熟。启超确信中国历史在人类文化中有绝大意义,其资料之丰,世界罕匹,实亘古未辟之无尽宝藏,今日已到不容局锱镥之时代,而开采之须用极大劳费。启超确信欲创造新中国,非赋予国民以新元气不可,而新元气决非枝枝节节吸受外国物质文明所能养成,必须有内发的心力以为之主。"① 在这段文字之中,不仅蕴涵着梁启超所一贯具有的激情、理想与鼓动性的力量,而且也体现出梁启超开阔宏大的文化视野。它已超越一则启事的意义,是一篇全新的文化宣言,它全面阐述了这一时期梁启超的文化理念,对了解梁启超在这一时期的学术思想与文化思想,具有纲领性的意义。有意义的是,梁启超对中国传统文化价值与意义的考量,是把它放在"今"与"外"的交织坐标上,这不仅具有方法论的意义,而且超越了 20 世纪初常见的要么激进的西化、要么保守的本土化,这一困扰着许多人的悖论性的文化心态。同年 3 月,梁启超著《陶渊明》一书成,4 月 1 日为该书做短序一篇,并述成书经过,他说道:"客冬养病家居,诵陶集自娱,辄成论陶一篇,陶年谱一篇,陶集考证一篇。更

---

① 梁启超:《为创设文化学院事求助于国中同志》,收入夏晓虹编《〈饮冰室合集〉集外文》(中册),北京大学出版社 2005 年版。

有陶集和定本,以吾所推证者重次其年月,其诗之有史迹可稽者为之解题。但未敢自信,仅将彼三篇布之云尔。"① 读陶渊明以自遣,不仅读出悠然的心境,更读出梁启超在现实与政治的急风骤雨的间歇,对宁静与安详生活的想象与期待。四五月间,梁启超养病于北京西郊之翠微山,其时曾应《清华周刊》记者之请,为该刊撰《国学入门书要目及其读法》一文②,对于这一时期山居生活之心旷神怡,他曾有一段动人的描写:"癸亥长夏,独居翠微山之秘魔岩,每晨尽开轩窗纳山气,在时鸟繁声中作书课一小时许以为常。"③ 7月,主讲南开大学暑期学校,自称"日日编讲义也(正甚得意)"④。10月,发起戴东原200周年生日纪念会并撰缘起文一篇⑤,实际上,梁启超从这一年的8月起就投入戴东原研究,这有书信为证:"书样寄上,有书复云博请告以我满脑里都是顾亭林、戴东原,更无余裕管闲事也。"⑥ 也是在这一年,梁启超做成了一件既关乎学术又颇有纪念性意义的事,那就是,创办了松坡图书馆。他在《馆记》中写道:"民国五年(1916)十一月七日蔡公薨,国人谋所以永其念者,则有松坡图书馆之议。顾以时事多故,集资不易,久而未成,仅在上海置松社,以时搜购图籍作先备。十二年(1923)春,所储中外书既逾十万卷,大总统黄陂黎公命拨北海快雨堂为馆址。于是以后庀奉祀蔡公及护国之役死事诸君子,扩前楹藏书,且供阅览。诗曰:'高山仰止,景行行止。'入斯室者万世之后犹当想见蔡公为人也。"⑦ 众所周知,蔡锷(字松坡)是梁启超早年主长沙时务学堂时的门生,与梁启超有着深厚的师弟子之谊。后来,民国四年(1915)秋,洪宪帝制问题发生,梁启超辞去参政院,主张绝对反对帝制,由天津至上海,与蔡锷策划入滇,发起护国军,于云南大张讨袁之义旗。⑧ 在这场反对帝制的运动中,梁启超与蔡锷生死与共,在这种历史背景之下,梁启超对蔡锷的纪念,已超越彼此之间的师生之情,升华为一种对政治理念的尊重与坚持。

① 丁文江、赵丰田编:《梁启超年谱长编》,上海人民出版社2009年版,第638页。
② 同上。
③ 同上书,第642页。
④ 同上书,第643页。
⑤ 同上书,第645页。
⑥ 同上书,第644页。
⑦ 同上书,第647页。
⑧ 同上书,第454—472页。

## 四

1924 年是梁启超生命历程中情感起伏最大,也是最受折磨的一个年份。在春季,梁启超的学者生活还能一仍如旧,讲学、著述依然是他生活的主要内容,这从他致亲友的信中可以略见一二。如,4 月 16 日他在致女儿梁令娴的信中写道:"我每日埋头埋脑著书,平均每日五六千字,甚得意。"① 4 月 23 日他在致张东荪等人的信中又写道:"日来因赶编讲义,每日埋头脑于其间,百事俱废,得来书,日日欲复,日日搁置。"② 这两封信中所提到的著述一事,当指《清代学者整理旧学之总成绩》一文③,关于这一著述,他在 4 月 23 日致张元济的信中做了详细记述:"顷著有《清代学者整理旧学之总成绩》一篇,本清华讲义中一部分,现在欲在《东方杂志》先行登出(因全书总须一年后方能出版)。但原文太长,大约全篇在十万以外,不审与东方编辑体例相符否?此文所分门类(一、经学,二、小学及音韵学,三、校注古字,四、辩伪书,五、辑佚书,六、史学,七、方志,八、谱牒,九、目录学,十、地理,十一、天算,十二、音乐,十三、金石,十四、佛学,十五、编类书,十六、刻丛书,十七、笔记,十八、文集,十九、官书,二十、译书)。每类首述清以前状况,中间举其成绩,末自述此后加工整理意见。搜集资料所费工夫真不少。我个人对于各门学术的意见,大概都发表在里头,或可以引起青年治学兴味,颇思在杂志上先发表,征求海内识者之批驳及补正,再渐为成书。"④《清代学者整理旧学之总成绩》后收入《中国近三百年学术史》,作为其中第 13—16 章,由民志书局印行出版⑤,在刊物上先发表而后收入著作之中,文字的物质载体变化了,这表面上看来似乎无关紧要,但恰恰是梁启超某些著述成书过程的典型方式与途径。借助这一典型个案,或许可以进一步揭示为什么梁氏著述常有结构松

① 丁文江、赵丰田编:《梁启超年谱长编》,上海人民出版社 2009 年版,第 652 页。
② 同上书,第 653 页。
③ 同上。
④ 同上。
⑤ 李国俊编:《梁启超著述系年》,复旦大学出版社 1986 年版,第 225 页。

散甚至前后矛盾之弊,这也为学术界更深入探讨梁启超学术著述的体例与结构,提供一个更加文本化的内在视角。值得一提的是,这年七八月间,作为中国现代历史教育的最早倡导者之一,梁启超对中等学校的历史教育问题开始有所关注,他曾致信师范大学史地学会商国史教本问题,信中写道:"顷拟有国史教本,预备在改进社年会提出。唯鄙人于中学教授一无经验,本案不过臆述梗概,深盼本会同人一为研究,再提对案,共同讨论……果能得一定篇可行之案,则于将来之史学运动,当有补也。"① 此举看似平常,但其启蒙之功甚巨,对于 20 世纪初期中国学人的诸如此类的智识启蒙之用心,周作人曾经说过这样的一段话:"弄学问的人精进不懈,自修胜业,到得铁杵磨针,功行已满,豁然贯通,便是证了声闻缘觉地位,可以站得住了,假如就此躲在书斋里,那就是小乘的自了汉……理想的学者乃是在他自己修成胜业之后,再来帮助别人,古人所云,以先知觉后知,以先觉觉后觉就是这个意思,以法施人,在布施度中正是很重要的一种方法。近代中国学者之中也曾有过这样的人,他们不但竭尽心力著成专书,预备藏之名山,传之其人,还要分出好些工夫来,写启蒙用的入门书……此皆是大乘菩萨之用心,至可佩服者也。"② 这里所说的 "近代中国学者之中也曾有过这样的人",虽然周作人未曾列名一二,但必然包括梁启超在内。当然,在今天近乎苛酷的学术评价体系与学术生产体制之中,这种"善举"实为两难,但无论如何,能如大乘菩萨般的启蒙书之用心,确是难能之可贵。对于当今学人而言,这种学术良知的召唤,常常激起的是一种有心无力的尴尬与焦虑。

好景不长,从这年 4 月起,梁启超就因为夫人的病状,情绪时常陷入焦灼之中,影响所及,常常 "心绪不宁,不能执笔"③。9 月 13 日,梁启超夫人去世,这给他的精神生活造成巨大的痛苦,这种苦痛之情形,他在 12 月 3 日为北京《晨报》纪念增刊所写的《苦痛中的小玩意儿》一文中有较为具体之流露:《晨报》每年纪念增刊,我照例有篇文字,今年真要交白卷了。因为我今年受环境的酷待,情绪十分无俚,我的夫人从灯节起卧病半年,到中秋日奄然

---

① 丁文江、赵丰田编:《梁启超年谱长编》,上海人民出版社 2009 年版,第 655 页。

② 周作人:《大乘的启蒙书》,《周作人散文全编》第九卷,广西师范大学出版社 2009 年版。

③ 同①。

化去,她的病极人间未有之痛苦,自初发时医生便已宣告不治,半年以来,耳所触的只有病人的呻吟,目所接的只有儿女的涕泪。丧事初了,爱子远行,中间还夹着群盗相噬,变乱如麻,风雪蔽天,生人道尽,块然独坐,几不知人间何世。哎,哀乐之感,凡在有情,其谁能免? 平日意态活泼兴会淋漓的我,这回也嗒然气尽了。提笔属文,非等几个月后心上的创痕平复,不敢作此想。”①创伤的体验需要一种宁静氛围来平复,恰在此时,曾经的清华园,正打开沉重的大门,静静迎候这位久经沧桑的“旧识”。

## 五

回顾了上述的思想与生命历程,我们有把握地说,正是家事国事、内忧外患等各种因素的综合作用,且个人处在身心俱惫之际,才促使梁启超最终选择清华国学研究院作为他一生志业的归宿地。我们认为,这样的分析与解读,与学术界长期以来对梁启超就聘清华国学研究院原因的推测,相比之下,更显得合情合理,也更具有过程性的阐释。

长期以来学术界关于梁启超为何同意就聘以及如何就聘国学研究院导师一职,有多种不同的说法,归纳起来,不外乎三种。一种说法是胡适推荐。如清华国学研究院毕业生、史学家周传儒就持这一观点,他在《史学大师梁启超与王国维》一文中写道:“一九二三年,北大成立国学研究所,胡适主其事……越二年,清华亦成立研究院国学门。胡适推荐王海宁、梁任公为导师,继又增聘陈寅恪、赵元任、李济,五星聚奎,盛比鹅湖。”②周传儒的这一说法,在学术界广为流传并为许多研究论著所吸纳。第二种说法,可以隐喻为移花接木之说,认为,梁启超与其他人本来打算在天津筹设“文化学院”,与“崇拜列宁偶像的团体相对立”,后因经费拼凑不齐没有办成。而当时的清华学校正急于要聘到国学教授,于是清华教授庄泽宣就与梁启超商量,“何不将

① 丁文江、赵丰田编:《梁启超年谱长编》,上海人民出版社 2009 年版,第 657—658 页。
② 周传儒:《史学大师梁启超与王国维》,夏晓虹编《追忆梁启超》(增订本),三联书店 2009年版,第 320 页。

此院设于清华",双方几经磋商,"此议逐渐变化,便成立了今之国学院"。①
对于这种说法,学术界质疑较多。第三种说法,则是折中上述两种说法,认
为,梁启超应是清华国学研究院的倡议者,只是在清华国学研究院确立导师
时,梁任公也得到胡适的推荐。② 以上三种说法均有旁证、外证,亦均有其道
理,从逻辑上也都能从一个角度合理地推导出其存在的可能性。但我们认
为,在历史研究中,更应强调本证、内证,同时在论述的视野上,与其缠绕于某
些说法而莫名所以,不如建立一个较长时段的视野。也就是说,如果我们能
从梁启超与清华学校之间由来已久的关系以及在此期间他的思想与心态之
变化来加以阐析,那么,不仅可以展示事件前因后果及其发展线索,而且哪怕
蛛丝马迹也可以编织成意义之网。由此,从一个较具历史纵深感的视野,我
们看到了梁启超怎样走向清华园的心路历程。

## 中篇　一样的清华园,不一样的梁启超

如前所述,1925 年 9 月 8 日,梁启超开始入住清华园北院教员住宅第二
号,由此正式开启了清华国学研究院导师之生涯。此时,梁启超的内心世界
是复杂的:一方面,在现实政治的旋涡之中,几经沉浮之后,他已彻底失望;
另一方面,他又期待着能借助学术与教育,重建他理想中的学统,从而赓续中
国学术精神与文化脉络,这是梁启超作为一位中国近代杰出的知识分子所始
终秉持的责任伦理。正如我们所知道的那样,在入住清华园的前一年(1924
年 9 月),梁启超遭遇了一场家庭变故(即梁夫人病丧),这更加剧了他的内
心的困扰与痛苦,也促使他迫切地找寻一个新的心灵栖居之处和价值关怀的
"安身立命"之所。于是,地处北京西郊的清华园,在风尘仆仆的视线之中渐
渐地变得清晰、敞亮,这一刻的清华园,退去了世俗生活的喧嚣与混乱,拂去
了岁月的尘埃与暗淡,依然凝重而庄严地伫立着,热切地召唤着年轻而充满
求知欲的眼神投向这里。在这其间,我们仿佛与充满历史沧桑感的目光不期

---

① 　庄泽宣:《我们的清华改革潮论》,转引自刘晓琴《梁启超与清华》,李喜所主编《梁启超
与近代中国社会文化》,天津古籍出版社 2005 年版,第 481 页。

② 　闻奇、周晓云编著:《清华精神九十年》,民族出版社 2001 年版,第 29 页。

然而遇,从中可以读出了他对年轻一代学子的信心与期待,读出了他对学术精神的尊重与信仰。是的,但愿清华园这一片幽静的土地,能给已过天命之年的梁启超,带来些许的安慰与栖息;能给予他足够的时间,让许多未竟的著述画上完满的句号;能给予他祥和的氛围,有机会与年轻而富有朝气的一代新人,共同创造一段中国现代人文学术教育史的传奇。

# 一、梁启超在清华国学研究院时期的学术年表

清华国学研究院创办伊始,社会各界就对它充满期待。李济之曾追忆说:"民国十四年(1925),为清华学堂开办国学研究院的第一年,这在中国教育界,可以说是一件创举。国学研究院的基本观念,是想利用现代科学的方法整理国故……那时华北的学术界的确是很活跃的,不但是纯粹的近代科学,如生物学、地质学、医学等均有积极的研究工作表现,受人重视,就是以近代科学方法整理国故为号召,也得到社会上热烈的支持。"① 正是这种学术大氛围,更加强烈地激发了梁启超对清华国学研究院的厚望,为了全身心投入国学研究院事务,他明确拒绝了当局所发出的参与宪法起草之邀。从他1925 年 5 月 8 日复蹇季常信中可以见出,梁启超这时已把清华国学研究院的事业放在自己生涯中优先筹划的地位,他说道:"研究院事属草创,开学前有种种布置,一到七月非长川住院不可……院事由我提倡,初次成立,我稍松懈,全局立散,我为自己信用计,为良心命令计,断不能舍此就彼,此事实上无可如何,实辜负盛意。"② 1925 年 9 月 17 日,梁启超在入住清华园不久,就在《清华周刊》第 350 期上发表了《学问独立与清华第二期事业》,文中写道:"凡一独立国家,其学问皆有独立之可能与必要。""一国之学问独立,须全国各部分人共同努力,并不望清华以独占。但为事势便利计,吾希望清华最少以下三学问之独立自任:一、自然科学——尤注重者生物学与矿物学。二、工学。三、史学与考古学。""若能办到此者,便是清华第二期事业成功。一

---

① 李济之:《回忆中的蒋廷黻先生》,《传记文学》1966 年第 8 卷第 1 期。
② 丁文江、赵丰田编:《梁启超年谱长编》,上海人民出版社 2009 年版,第 622 页。

国之政治独立及社会生活独立,但以学问为之基础。吾侪今努力从事于学问独立,即为他日一切独立之准备。如此乃可语于清华第三期事业。"① 话语之中流淌着对清华未来的殷切期望。在清华国学研究院期间,梁启超所参与的学术与教学活动繁多,这在他此间致亲友的信中时有谈及:"校课甚忙——大半也是我自己找着忙——我很觉忙得有兴会。新编得讲义极繁难,费得脑力真不少。"② "吾日来之忙,乃出情理外……但此乃研究院初办,百事须计划,又加以他事,故致如此耳。十日半个月后当逐渐清简,汝等不必以我过劳为虑也。"③ "每星期大抵须在城中两日,余日皆在清华。"④ 为了对梁启超在清华国学研究院时期的学术活动情况,能获得比较全面深入的历史呈现,我们认为,有必要做一种"史表"式的钩稽。"史表"是中国古代历史著述中十分重要也较为常见的体例之一,中国史学发展史上就有不少运用史表进行历史表述的典范之作,其中也不乏深得史家之推崇的史学经典。比如,在清初,与顾祖禹、顾炎武合称"无锡三顾"的顾栋高,其"所著书曰《春秋大事表》,系将《左传》之全部,分写若干标题,综集一题之事实,列而为表,盖与《通鉴纪事本末》之作法相同,不过易纪事而为表耳。梁任公极称是,亦善抄书可以成创作之一例。清代史家如万斯同,以善制表名,近人吴先生廷燮所撰《历代方镇年表》,裒然巨帙,可与万氏之《历代史表》先后辉映。至如清代官撰之《历代职官表》,陈芳绩之《历代地理沿革表》,杨丕复之《舆地沿革表》,段长基之《疆域沿革二表》,皆总考诸史以为一书,非一枝一节之比,极有裨于治史"⑤。由此可见,史表之功用颇为宏卓。清代史家章学诚十分推崇"史表"作为一种述史体例的独特性,他明确说道:"表取年经事纬,封建与地理,参稽则著,援引书名于下。"⑥ 他在《湖北通志·族望表·序例》和《人物表·序例》中对"表"的好处,则尤加推崇:"今仿《周官》遗意,

① 梁启超:《学问独立与清华第二期事业》,收入夏晓虹编《〈饮冰室合集〉集外文》(中册),北京大学出版社 2005 年版。

② 丁文江、赵丰田编:《梁启超年谱长编》,上海人民出版社 2009 年版,第 681 页。

③ 同上。

④ 同上。

⑤ 金毓黻:《中国史学史》,商务印书馆 1999 年版,第 287 页。

⑥ 章学诚:《文史通义·外篇六》。

特表氏族，有十便焉……""表则取其囊括无遗，传则取其发明有自。意冀该而不伤于芜，约而不致漏，庶几经纬相资，以备一方之记载也哉"。① 历代史家对史表之发明与推重，为我们打开了可资借鉴之门。下面，我们通过参考齐家莹编撰的《清华人文学科年谱》②，孙敦恒编撰的《清华国学研究院纪事》③，丁文江、赵丰田编撰的《梁启超年谱长编》，李国俊编撰的《梁启超著述系年》④、林志钧编辑的《饮冰室合集》，夏晓虹编辑的《饮冰室合集·集外文》⑤，吴学昭整理的《吴宓日记》及袁英光、刘寅生编撰的《王国维年谱长编》⑥ 等著作，并结合自己的搜检资料所得，钩稽梁启超在清华国学研究院时期所从事的学术与教育活动，并在此基础上，有所选择有所侧重地编撰梁启超在清华国学院时期的学术年表如下（年表所引用的上述诸书，尤以齐著、孙著为主，在此特加说明。同时，为了行文的方便，对引用之出处一律简注）：

## （一）1925 年

2 月 22 日，吴宓在日记中记道："是夕赴津谒梁，即夕归。"（见《吴宓日记》Ⅲ，第 6 页）吴宓此行之目的，是持清华曹云祥校长聘书，谒梁启超先生，"梁先生极乐意前来"。（见《吴宓自编年谱》，第 260 页）

3 月 13 日，梁启超到清华商议相关事宜。（见《吴宓日记》Ⅲ，第 8 页）

3 月，梁启超作《致王国维书》，请王国维"将所拟清华研究院招生试题抄示一二，俾拟题参考"（见齐家莹编撰的《清华人文学科年谱》，第 10 页，下文简称齐著）。原函无月份，据函内"先生不日移居校中……弟因家中有人远行……四月半间当来校就教一切"等语，并查知王国维是年 3 月住进清华学校，4 月 15 日，梁启超的女儿出国。故推断该函作于 3 月。（见李国俊编：《梁启超著述系年》，第 238 页，下文简称李著）

4 月 7 日，梁启超作《致王国维书》，将新拟考生试题寄王国维，并建议

① 章学诚：《文史通义·外篇六》。

② 齐家莹编撰：《清华人文学科年谱》，清华大学出版社 1999 年版。

③ 孙敦恒：《清华国学研究院纪事》，《清华汉学研究》第一辑，清华大学出版社 1995 年版。

④ 李国俊：《梁启超著述系年》，复旦大学出版社 1986 年版，第 225 页。

⑤ 夏晓虹编：《〈饮冰室合集〉集外文》（上中下），北京大学出版社 2005 年版。

⑥ 袁英光、刘寅生编著：《王国维年谱长编》，天津人民出版社 1996 年版。

改变广泛命题考试的办法。(见李著,第239页)

4月23日,梁启超来校,与王国维一同商定研究院招生试题。(见孙敦恒编撰的《清华国学研究院纪事》,载《清华汉学研究》,第277页,下文简称孙著)

7月30日,梁启超作《致王国维书》,告阅考生试卷情况。(见齐著,第15页)

9月8日,国学院举行第一次教务会议,梁启超等人到会。会上宣布了各教授指导研究学科的范围和普通演讲的讲题及时间。梁启超的指导范围是:诸子、中国佛学史、宋元明学术史、清代学术史、中国文学。普通演讲的讲题是:中国通史。(见齐著,第17—18页)

9月9日下午,梁启超在研究院召开的茶话会上做了题为《旧日书院之情形》的讲演。(见齐著,第19页)

9月11日,《学问独立与清华第二期事业》,刊载于《清华周刊》第350期。同日,《为美国同学捐款致学生会函》,刊载于《清华周刊》第350期。(见夏晓虹编辑的《〈饮冰室合集〉集外文》中册,第959、962页,以下简称夏编)

9月11日,梁启超在研究院向全体学生做如何选择研究题目和进行研究的谈话(后以《梁任公教授谈话记》为题,发表在《清华周刊》第352期)(见孙著,第285页)。他说:"设研究院之本意,非欲诸君在此一年中即研究出莫大之成果也;目的乃专欲诸君在此得若干治学方法耳。治学方法举一反三,能善读一书,即能用其法以读他书,能善治一学,即能用其法以治他学。诸君若能以专精一书为研究,而因以学得最精密最经济的读书法,吾以为所得,固已多矣。""本院主张于论文或研究之外,更兼取专书研究之一途径也。"还说道:"研究似以先有客观材料,而以无成见地判断出之为佳,故太宽泛而专靠推论者少选。""总之,本院目的,在养成诸君研究学问的方法,以长期见面机会,而加以指导。""至于研究指导,即不在个人范围之下者,亦可尽襄助。教授方面,以王静安先生为最难得,其专精之学,在今日几称绝学。而其所谦称为未尝研究者亦高我十倍。我于学问未尝有一精深之研究,盖门类过多,时间又少故也,王先生则不然……(王先生)脑筋灵敏,精神忠实,方法精明,而一方面自己又极谦虚,此诚国内有数之学者。故我个人亦深

以得与先生共处为幸。"（见夏编，第 963—966 页）

9 月 13 日，梁启超与研究院学生谈《指导之方针及选择研究题目之商榷》，谈话由周传儒记录（后连载于《清华周刊》第 353、354 期）（见齐著，第 20 页）。他说道："研究院的目的，是在养成大学者，但是大学者不是很快很短的时间能养成的。""至于大学者，不单靠天才，还要靠修养，如果用科学的方法来研究，并且要得精深结论，必须有相当的时间，并受种种磨炼，使其治学方法与治学兴趣都经种种的训练陶冶，才可以使学问有所成就。"又说："在研究中，必须做到的，有两件事：一、养成做学问的能力。二、养成做学问的良好习惯。""能力方面"，包括"明敏、密察、别裁、通方"，这四种能力，"可以说是做学问必需的能力，而且是万不可少的。但此种能力，在短时间中不易得，尤非经严格训练以后不可得。""习惯方面"，则包括"忠实、深切、敬慎、不倦"，"这四种良好习惯，非养成不可，反方面的坏习惯，非去掉不可。养成能力，即是磨炼材智，养成习惯，即是陶冶德性"。关于"选择研究题目之商榷"，梁启超所拟的原则是："一、有范围，而且范围不宜太大。""二、须有相当丰富材料。""三、材料虽有，要用相当劳力，始能搜集。""四、材料要比较的容易寻求。""五、题目须前人所未做，或前人做得不满意，亟须改做。""六、题目须能照顾各方面。"并特意拈出"重订《诗谱》"等 15 个课题，进行了指导研究题目示例。（见夏编，第 966—972 页）

9 月 23 日，梁启超开始讲授"中国历史"（见齐著，第 22 页）。关于讲授的情形，学生姚名达在为《中国历史研究法补编》所写的跋中追忆道："忆民国十四年（1925）九月二十三日，名达初受教于先生，问先生近日患学问欲太多，而欲集中精力于一点，此一点为何？先生曰'史也！史也！'是年秋冬即讲中国文化史社会组织篇，口敷笔著，昼夜弗辍，入春而病，遂未完成。"

9 月 26 日，研究院为指导学生进行专题研究，设定了 5 个研究室，梁启超负责其中一室。（见齐著，第 23 页）

9 月 30 日，梁启超在《晨报》上发表了一篇十分有趣的启事，这从另一侧面反映出他在清华园的生活情形，启事说："鄙人在清华学校每日上午皆有讲课，城内亲友乞勿以其时见访，致徒劳远涉不克拱逻。又下午亦忙于著述，见访者如非有特别事故，请以坐谈十五分钟为度。"（见夏编，第 975 页）

　　10月16日,梁启超出席国学院第二次教务会议。会议议决:本院暂不发行刊物。理由是:①杂志按期出版,内容材料难得精粹,若以照片祝词等充塞敷衍,于本院名声有损无益;②学生研究期限,暂定一年,研究时间已苦无多,若再分心于杂志之著述及编辑,必荒学业;③佳作可刊入丛书,短篇可于周刊及学报中分别刊登;同时决定编印"国学研究院丛书",第一本为王国维的《蒙古史料四种校注》。(见孙著,第289页)

　　10月25日,大学部历史教授刘崇鋐讲"世界史",讲到印度部分,则请梁启超代讲"印度之佛教"一章(后讲稿以《佛陀时代及原始佛教教理纲要》为题,连载于《清华周刊》第358至362期)(见齐著,第24页)。文前简短的"引言"写道:"刘先生为诸君讲史,正讲到印度部分,因为我喜欢研究佛教,请我代讲'印度佛教'一章,可惜我所有关于佛教的参考书都没有带来,而且为别的功课所牵,没有时间来做较完密的讲义,现在所讲很粗略,而且还有不少错误,只好待将来改正罢。"(见《饮冰室合集·专集之五十四》,第1页)

　　11月2日,梁启超在校讲演《研究院之目的及我对本院前途之志愿》。(见齐著,第24页)

　　11月6日,梁启超向研究院学生讲演"读书法",由吴其昌记录(分两次刊载于《清华周刊》第358、359期)。他说,求知目的有二:一是求智,二是致用。即"知行合一",二者兼备方称得上学问。(见孙著,第290—291页)

　　11月12日,梁启超出席国学院第三次教务会议。议决:设古物史陈列室,举行外出考查,与外界协同进行考古事业等。(见齐著,第25页)

　　11月20日,梁启超在校讲演"读书示例——荀子",由吴其昌记录(后刊载于《清华周刊》第360、362、370、372期)(见孙著,第292页)。文中写道:"吾人读书,当分所读之书为两种。一'涉猎的',二'专精的'。读书示例,其所举当然为专精的。然专精的书,亦不限于古书,如近人著作,有专精的价值者,亦可取而专精之,而欲举例以讲,则所举当然必属于古书一类。"并指出读古书的五个要点:"(一)欲读古书,当先明选择之标准;(二)研究一书,必须先将此书之宗旨、纲领,完全了解,其关于此书之序文、凡例、目录等,必须一一细读;(三)研究一书,必须将明白著书之人历史环境,学问渊源,等,及此书之解题、流传、源委等;(四)后世名人之批评;(五)须求善本。古书流传愈久,讹读愈多,故必须求善本。"(见《饮冰室合集·专集之一百三》,第 103—105 页)

12 月 25 日,梁启超在清华政治学研究会做题为"政治家之修养"的讲演,由张锐、吴其昌记录(后刊载于《清华周刊》第 365 期)(见齐著,第 26 页)。文中写道:"政治家之修养,此题在现今状况之下,颇有讲之必要。然'政治家'一名词,在现代为最不时宜之名词。现今合时宜者在做'官',不在做'政治家'。故有志于'做官'者,此等问题,正可不必一顾。近年来中国之状态,概无政治可言,亦无所谓政治家。但有'暴民'与'军阀',互相勾结而活动。故此处此情况之下,颇为悲观。唯因前途陷于极悲观之境,故我人有志研究政治学者,愈不得不讲修养,以为将来运用之预备,以期一洗从前之积弊,而造成政治界上的一新纪元。"并强调了政治家的三大修养:学识之修养,才能之修养,德操之修养。(见夏编,第 984—991 页)

## (二)1926 年

1 月 7 日,梁启超出席了国学院召开的第六次教务会议。在会上,吴宓报告了校务会议决议,即"此后研究院应改变性质,明定宗旨,缩小范围,只作高深之研究,而不教授普通国学,教授概不添聘,学生甄取从严,或用津贴之法,冀得合格之专门研究生",请教授们发表意见,赵元任与李济表示同意校务会议决议,王国维未置可否,梁启超表示反对(见孙著,第 293 页)。后与张彭春教务长谈话后,梁启超提出:普通讲演不可废,但不妨改为选科;宜与大学专门部国文系有联络关系;津贴生易招学生间相互误会,若一定要设则宜另立名目;学生考取可较去年严些,但名额仍不妨以 50 名为限。王国维极赞同梁启超后一项提议。(见齐著,第 27 页)

1 月 11 日,梁启超与王国维、赵元任共同接待荷兰汉学家戴同达来清华国学院参观,并进行了学术交流。(见孙著,第 295 页)

1 月 13 日,梁启超致吴宓书,强调:"若校中维持一月五日决议原案,则自愿辞去研究院教授一职,若仍留学校,则情愿在大学部任职而已。"(见夏编,第 991 页)

1月21日，梁启超出席国学院第七次教务会议，会上吴宓报告了校务会议临时会议的情形及所议决诸条。梁启超表示对校务会议此次之决议无异议。并表示愿担任指导中国文学。（见孙著，第295页）

2月，梁启超致曹云祥校长书，表示对张彭春辞去教务长的挽留（此函发表在1926年2月《清华周刊》）。（见夏编，第993页）

2月21日，梁启超因病请假一月，入协和医院治疗。（见孙著，第296页）

3月27日，梁启超与王国维、赵元任三教授拟就"本年招生各科命题及阅卷名单"，由研究院办公室主任呈校长批准。（见齐著，第30页）

5月7日，梁启超在清华学生举行的"国耻纪念会"上发表讲演，由梁思忠记录（后载于《清华周刊》第379期）（见齐著，第34页）。大意是，十一年来之爱国运动，皆不得谓为真正的国民运动。盖其缺点有三：一是今之所谓爱国运动，仅限于学生，又不得国民之同情；二是运动常常依赖军阀；三是爱国运动每含有政治流毒。他号召同学"在这种消沉悲惨国无一是的环境下，咬牙吞泪拼着性命向前干"。（见夏编，第997—999页）

5月12日，梁启超出席了由梅贻琦主持的国学院第九次教务会议。（见孙著，第298页）

6月2日，梁启超出席了由梅贻琦主持的国学院第十次教务会议。（见孙著，第299页）

6月21日，梁启超出席了由梅贻琦主持的国学院第十一次教务会议。（见孙著，第300页）

8月27日，研究院举行本学年第二次教务会议，梁启超未到会。议决之一，本学年多增临时演讲，题目及时间随时宣布；学生每人至少要选四门普通演讲。梁启超本学年担任的普通演讲是：（1）儒家哲学；（2）历史研究法。指导研究学科范围是：（1）中国文学史，（2）中国哲学史，（3）宋元明学术史，（4）清代学术史，（5）中国史，（6）史学研究法，（7）儒家哲学，（8）东西交通史，（9）中国文学。（见孙著，第306页）

9月8日，清华国学研究院举行新学年开学典礼，由梁启超讲演（见齐著，第40页）。关于此次讲演及这一时期生活之情形，他在致女儿梁令娴的信中详述道："我本月六日入京，七日到清华，八日应开学典礼讲演，当日入城,在城中住五日,十三日返清华。""此后严定节制,每星期上堂讲授仅两小时,接见学生仅八小时,平均每日费在学校的时刻,不过一小时多点。又拟不编讲义,且暂时不执笔属文,决意过半年后再作道理。"(见丁文江、赵丰田编:《梁启超年谱长编》,第700页)

9月14日,梁启超出席了由梅贻琦主持的研究院本学年第三次教务会议。会议讨论了学生补考问题,购置藏文藏经问题和创办季刊问题。所谓的"季刊"即后来创办的《国学论丛》。《国学论丛》为本院定期出版品之一,内容除各教授著外,凡本院毕业生成绩之佳者,均可连载。由梁任公先生主撰。"(见孙著,第309页)

9月中旬,研究院开始授课。梁启超讲授"儒家哲学"与"历史研究法"。两课均由周传儒笔记(《儒家哲学》连载于《清华周刊》第384期至第402期,《历史研究法》连载于《清华周刊》第384期至394期。后《儒家哲学》辑为一书,收入《专集之一〇三》)。关于这段经历,周传儒回忆道:"梁在清华研究院讲《儒家哲学》、古书真伪及其年代、历史研究法、历史研究法补编等,大多是我记录的,我离开后由姚名达等记录。梁每星期三上课,讲儒家哲学。当时校中有人制了一条灯谜:梁任公先生每星期三讲哲学。打一人名,谜底是:周传儒。大家为之失笑。"(见周传儒:《回忆梁启超先生》,载《广东文史资料》第38辑,1983年6月)

10月7日,梁启超出席了由梅贻琦主持的研究院本学年第四次教务会议。在会上,梁启超提出,《实学》月刊不能作为本院之代表出版品,且本院季刊即将出版,尤易相混。议决,由办公室通知该社,如继续出版则须取消"清华国学研究院"字样。(见孙著,第310—311页)

10月底,梁启超在研究院举行的本学年首次茶话会上做长篇讲演,他从研究院的宗旨,谈到树立"智仁勇三者并重"新学风的问题。这次讲演由陆侃如、刘节记录(后以《梁任公先生在清华研究院茶话会演说辞》为题,刊载于《清华周刊》第389期)(见齐著,第42页)。文中写道:"我们研究院宗旨,诸君当已知道,我们觉得校中呆板的教育不能满足我们的要求。想参照原来书院的办法——高一点说,参照从前大师讲学的办法——更加以最新的教育精神。各教授及我自己所以在此服务,实因感觉从前的办法有输入教育界的必要。故本院前途的希望当然是很大的,但希望能否实现,却不全在学校当局,还在诸位同学身上。我所最希望的,是能创造一个新学风。对于学校的缺点加以改正,固然不希望全国跟了我们的走。但我们自己总想办出一点成绩让人家看看,使人知道这是值得提倡的,至少总可说,我们的精神可以调和现在的教育界,使将来教育可得一新生命,换一新面目。"(见《饮冰室合集·文集之四十三》,第 5 页)

11 月 9 日,梁启超出席国学院本学年第五次教务会议。(见齐著,第 42 页)

12 月 1 日,梁启超出席国学院本学年第六次教务会议。(见孙著,第 313 页)

12 月 17 日,梁启超在大学部经济系讲演"民国初年之币制改革"。(由孙碧奇笔记,刊于《清华周刊》第 394 期)(见齐著,第 43 页)

12 月,梁启超在北京学术讲演会及清华讲演"王阳明知行合一之教"(后发表于《国学论丛》第 1 卷第 1 号和第 2 号)。在清华讲演时,不但研究院学生前往听讲,大学部和旧制部学生亦积极前往。内容分为:"一、引证;二、知行合一说之内容;三、知行合一说在哲学上之根据;四、知行合一与致良知;五、阳明学说与现代青年。"(见孙著,第 314 页)

## (三)1927 年

1 月 18 日,梁启超出席梅贻琦主持的国学院本学年第七次教务会议,在会上,梁启超提议,请对于儒家哲学研究颇深,现正研究"人心与人生"问题的梁漱溟来校做长期演讲。(见齐著,第 45 页)

2 月 16 日,新学期开始授业。研究院的课程略有改动,梁启超的"历史研究法"暂时停止,改讲"从历史到现实问题"(第一讲)至"经济制度改革新问题"(第五讲),此一讲演对于现时情形极为重要,故性质公开,除本院学生必须听讲外,大学部及旧制部学生均可旁听,此题讲完后仍续讲"历史研究法"。(见齐著,第 45 页)

2 月 24 日,梁启超出席国学院本学年第八次教务会议。(见孙著,第 315 页)

3 月 29 日,梁启超出席国学院本学年第九次教务会议。(见孙著,第 317 页)

4 月 19 日,梁启超出席国学院本学年第十次教务会议。(见孙著,第 318 页)

5 月 12 日,梁启超与王国维、陈寅恪等人出席清华史学会成立会,据姚名达在《哀余断忆之三》中回忆说:"5 月 12 日史学会之成立亦足以纪述者焉……是日也,梁任公先生、陈寅恪先生与王静安先生皆出席,而各致己见于众。"(见孙著,第 319 页)

6 月 1 日,在第二届学生毕业典礼会后,清华国学院举行了师生叙别会。梁启超在即将散会之际致辞,历述同学们之研究成绩,并说:"吾院苟继续努力,必成国学重镇无疑。"(见齐著,第 53 页)

6 月 2 日,王国维自沉颐和园昆明湖。关于此事及其影响,梁启超在致女儿梁令娴信中谈道:"我本月初三离开清华,本想立刻回津,第二天得着王静安先生自杀的噩耗,又复奔回清华,料理他的后事及研究院未完的首尾,直至初八才返到津寓……静安先生自杀的动机,如他遗嘱上所说:'五十之年,只欠一死,遭此世变,义无再辱。'他平日对于时局的悲观,本极深刻……故效屈子沉渊,一暝不复视。此公治学方法,极新极密,今年仅五十一岁,若再延寿十年,为中国学界发明,当不可限量。今竟为恶社会所杀,海内外识与不识莫不痛悼。研究院学生皆痛哭无声,我之受刺激更不待言。"(见丁文江、赵丰田《梁启超年谱长编》,第 738 页)

6 月 30 日,梁启超偕研究院学生为北海之游,并发表了谈话,讲话大半都是劝勉学生如何在道德和知识方面之修养的话,读这篇谈话,可以看出梁启超不满于现代学校制度和社会风俗,并谋如何改造之法。此外关于梁启超施教的情形和对于清华的期望,在讲话中也可概见一二(见丁文江、赵丰田《梁启超年谱长编》,第 733 页)。在演讲的最后,梁启超说:"归纳起来罢,以上主要所讲的有两点:(一)是做人的方法——在社会上造成一种不逐时流的新人。(二)是做学问的方法——在学术界上造成一种适应新潮的国学。我在清华的目的如此。虽不敢说我的目的已经满足达到,而终得了几个很好的朋友。这也是我自己可以安慰自己的一点。今天是一年快满的日子,趁天气晴和时候,约诸同学在此相聚。我希望在座的同学,能完全明了了解这两点——做人做学问——而努力向前干下去呀。"(这次讲演由周传儒、吴其昌记录,后以《梁先生北海谈话记》为题,载《清华学校研究院同学录》)。(见夏编,第 1039 页)

9 月 20 日,梁启超率领清华国学院新旧生,前往王国维墓地悼念,祭毕向诸生发表了墓前悼词（见孙著，第 326 页）。在演说中，梁启超对王国维自杀的意义，王国维复杂而矛盾的个性以及王国维治学特点与成就，做了准确扼要的评述。最后勉励道："近两年来，王先生在我们研究院和我们朝夕相处，令我们领受莫大的感化，渐渐成为一种学风。这种学风，若再扩充下去，可以成为中国学界的重镇。"（夏编，第 1074 页）

　　9 月 20 日，梁启超出席由梅贻琦主持的研究院本学期第二次教务会议，在会上，梁启超提出，因自己有病不能常住校内，《国学论丛》事请陈寅恪代为主持，请赵万里担任部分编辑工作。（见齐著，第 57 页）至此，梁启超与清华国学院的关系开始渐行渐远，由渐远而渐疏。1928 年 2 月 17 日，他来函辞职，学校方面表示挽留。5 月 5 日经学校方面的挽留，梁启超表示愿为通信导师。① 尽管此时的病情变化无常，梁启超的内心还是无法割舍与清华园的这一段情缘，如，5 月 8 日，他在致女儿梁令娴的信中还说道："我清华事到底不能摆脱，我觉得日来体子已渐复元，虽不能摆脱，亦无妨，因为我极舍不得清华研究院。"② 但是，随着世事日益变得"极混乱极危急"，"可忧正多"，再加上自身的病状反反复复，莫名所以，最后，迫使梁启超于 6 月 19 日辞去清华国学研究院的一切职务。尽管他在致女儿梁令娴的信中一改以往的口吻，说道："近日最痛快的一件事，是清华完全摆脱。""在这种形势之下……虽十年不到北京，也不发生什么责任问题，精神上很是愉快。"③ 但我们相信，能身处"水木清华"的清华园，毕竟是他生活在自己所称的"满地火药，待时而发，一旦爆烈，也许比南京更惨"的"绝地"北京城内一段相对宁静的时光，在他几经磨难的心灵深处，这或许是唯一可以实现精神漫游的学术空间。

## 二、置身清华园：不平静的生活

　　与清华国学研究院其他几位导师相比，梁启超确实非同一般。

　　首先，他与中国近现代政治史之关系最为密切，也由此而备受非议。造

---

①　齐家莹编撰：《清华人文学科年谱》，清华大学出版社 1999 年版，第 63 页。

②　丁文江、赵丰田编：《梁启超年谱长编》，上海人民出版社 2009 年版，第 758 页。

③　同上书，第 761 页。

成这种现象的原因是复杂而纠结的：一方面,是由于中国近现代政治史始终交错着变革与保守、内忧与外患、危机与生机等种种复杂矛盾。[①] 另一方面,也由于梁启超自身人格结构的多面性。诚如郑振铎所言："梁氏还有一个好处或缺点——大多数却以为这是他的最可诟病之缺点——便是急于'用世',换一句话,说得不好听一点,便是'热衷'。他在未受到政治上的种种大刺激之前,始终是一位政治家,虽然他晓得自己的短处,说是不适宜于做政治活动,然在七年十二月之前,哪一个时候不在做着政治的活动,不在过着政治家的生涯? 戊戌不必说,民元二年不必说,民五六七年不必说,即留居日本的时候,办《清议报》,办《新民丛报》,办《国风报》,还不都在做着政治活动么? 即民七的到欧洲去,还不带有一点政治的意味么?《新民丛报》时代,论学之作虽多,然其全力仍注意在政治上。"[②] 尽管,作为一位政治人物,梁启超始终在中国近现代政治的泥潭与旋涡之中的奋力搏击,结果仍是毁誉参半。然而,对自己与政治之间所存在的始终无法割舍的特殊关系,梁启超则颇为得意,他曾说道："吾二十年来之生涯,皆政治生涯也。吾自距今一年前,虽未尝一日立乎人之本朝。然与国中政治关系,殆未尝一日断。吾喜摇笔弄舌,有所论议,国人不知其不肖,往往有乐倾听之者。吾问学既谫薄,不能发为有统系的理想,为国民学术辟一蹊径;吾更事又浅,且去国久,而与实际之社会阂隔,更不能参稽引申,以供凡百社会事业之资料。唯好攘臂扼腕以谈政治。政治谭以外,虽非无言论,然匣剑帷灯,意固有所属,凡归于政治而已。吾亦尝欲借言论以造成一种人物,然所欲造成者,则吾理想中之政治人物也。"[③] 正如他自己所言的那样,借言论而鼓动政治思潮,是其得心应手的方式,也是他在中国近现代政治史上所产生的最深刻的影响方式之一。对于自己的这一长处,梁启超确然自信,事实亦是如此。但是,由于中国近现代政治生态的复杂多变,乱象丛生,必然会影响中国近现代政治人物在去就取舍之间摇摆不定,甚至不得不反复无常,这是历史的无奈。这种政治旋涡所

---

① 参阅李剑农:《中国近百年政治史》,湖南教育出版社2008年版。

② 郑振铎:《梁任公先生》,《小说月报》第二十卷第二十号,1929年。

③ 梁启超:《吾今后所以报国者》,此处转引自夏晓虹编《追忆梁启超》(增订本),三联书店2009年版,第75—76页。

产生的离心力,若与历史人物自身的心理及精神取向危机叠加在一起,就会在无意之中,造成了众多中国近现代政治思想人物深刻的人格危机,从而使历史悲剧与个体的人格悲剧相纠结。梁启超可以说是其中最为典型的个案之一。

在众多中国近现代政治人物中,梁启超因其"善变""屡变",而受到的指责也最为直接,最为尖锐,并最能引发后人研究的兴趣。不满者则斥责之,护之者则称赞之。造成这样两种截然不同的评价,必然是基于不同的政治立场、思想观念和价值诉求。平心而论,对梁启超的政治人格的解读和评价,无论是善意的褒扬,抑或恶意的误读,面对中国近现代如此特殊复杂的政治与文化语境,均有其不可避免的遮蔽之处。无论如何,我们认为,同情之了解,应成为这一阐释与评价的思想前提。① 当人们全面检读这些不同的言论时,可能会承认郑振铎的评价显得相对公允和透彻,他说:"梁任公最为人所恭维的——或者说,最为人所诟病的——一点是'善变'。学问上,在政治活动上,在文学的作风上都是如此……我们看他初而保皇,继而与袁世凯合作,继而又反抗袁氏,为拥护共和政体而战,继而又反抗张勋,反抗清室的复辟;由保皇而至于反对复辟,恰恰是一个对面,然而梁氏在六七年间,主张却已不同至此。这难道便是如许多人所诟病于他的'反复无常'么? 我们看他,在学问上初而沉浸于辞章训诂,继而从事于今文运动,说伪经,谈改制,继而又反对康有为氏的保教尊孔的主张,继而又从事于介绍的工作,继而又从事于旧有学说的整理,由主张孔子改制而至于反对孔教,又恰恰是一个对面。然而梁氏却不惜于十多年间一反其本来的见解。这不又是世人所讥诮他的'心无定见'么? 然而我们当明白他,他之所以'屡变,者,无不有他的最强固的理由,最透彻的见解,最不得已的苦衷。他如顽执不变,便早已落伍了,退化了,与一切的遗老遗少同科了;他如不变,则他对于中国的贡献与劳绩也许要等于零了。他的最伟大之处,最足以表示他的光明磊落的人格处便是他的'善变',他的'屡变'。他的'变',并不是变他的宗旨,变他的目的,他的宗旨他的目的是并不变动的,他所变者不过方法而已,不过'随时与境而

---

① 　张灏:《梁启超与中国思想的过渡（1890—1907）》,新星出版社 2006 年版。

变'，又随他'脑识之发达而变'其方法而已。"①郑振铎的这段分析不仅对于解读梁启超的思想与人格，甚至对于研究中国近现代思想与政治人物均有独特的方法论意义。值得注意的是，在这段分析之中包含两个重要范畴。一是价值论范畴："善变"，则相对于"恶变"，"善变"在广义上指的是一个主体适时改变的政治作为，将推动历史发展或在历史上产生积极向前的导向；"恶变"在广义上的指向则是相反，指的是一个主体适时改变的政治作为，不仅无助于改变现状，而且可能还会促使历史进程向反方向退化，并由此而陷入严重的倒退之境地。在这个意义上说，"善变"与"恶变"，可以看做是基于对中国近现代历史发展的作用与意义的考量，而提出的一对价值论范畴。二是方法论范畴：由于中国近现代政治生态的复杂性，在不同的历史时期，影响、制约乃至干扰中国政治生态与政治进程的因素都会有所改变，因此，历史运动的矛盾方式、矛盾结构必然会随着时与境等因素的变迁而变迁。在这种情形之下，一个有历史智慧的政治思想人物，必然要表现出更加灵活多样，更加自由开阔的判断力与视野，随时随地调整自己面向未来的姿态，介入历史的方式和推动发展的给力点，只有这样，才可能在历史的汹涌波涛之中，自如地驾驭着每一次迎面扑来的惊涛骇浪。因此，"屡变"必然是中国近现代政治史的一种常态，也是由于长期处在复杂历史情势之中而锻造出来的一种历史智慧形态。

其次，在被聘为清华国学院导师之后，虽然梁启超的主要精力从事于教育和学术活动，但是，他还是按捺不住不时发表一些政治性的言论，表达自己的政治关怀。正如缪凤林所言："欧游既归，讲学平津各校，壬戌秋复一度至东南，继乃专在清华。然梁氏学问之兴味，实不敌其政治兴味。讲学之余，常思组织一党以握政权，时或借讲学以散播种子，时不我与，及消磨岁月于笔舌生涯。世人多谓梁氏近年来自悟其短，忘情于政治活动者，非能知梁氏者也。"②缪凤林的这番话，确实看到了梁启超在清华国学院时期较不为人所知的生活另一面。根据已有的史料记述，可以充分说明缪凤林此番与众不同的说法，绝非空穴来风。如，梁启超在 1925 年 10 月 9 日致女儿梁令娴的信中

① 郑振铎：《梁任公先生》，《小说月报》第二十卷第二十号，1929 年。
② 缪凤林：《悼梁卓如先生（1873—1929）》，《史学杂志》第一卷第一期，1929 年。

就说道："我对于政治上责任固不敢放弃（近来愈感觉不容不引为己任），故虽以近来讲学，百忙中关于政治上的论文和演说也不少（你们在《晨报》和《清华周刊》上可以看见一部分），但时机总未到，现在只好切实预备功夫便了。"①1925 年 10 月 24、26、28 日，梁启超分 3 期在《晨报副刊》发表题为《如何才能完成"国庆"的意义》的长文，他先是对辛亥革命之后的中国社会政治文化种种乱象、怪象做了痛彻淋漓的揭批，最后说道："我们这位十四岁的小祖宗（借《红楼梦》称呼贾宝玉的名）——中华民国没有足月便出世，生下来千灾百难以至今日，前途还有多少魔星，谁也不敢说，但他是我们身家性命所托赖，不把他扶转出来，我们便没得日子过，扶转之法，头一步治病源，第二步养元气。治病源首在人人躬践道德的责任心，养元气首在人人增长实际能力率。"② 在此番话中，情真意切地透露出梁启超对年轻而脆弱的民国前程的忧患与焦虑。1925 年 12 月 11 日，梁启超开始在《清华周刊》上（第三六三至三六五期）发表了《国产之保护及奖励》，周刊记者特意加上编者按说："此文代表梁先生最近对于政治问题、社会问题和经济政策的主张，已刊《晨报副刊》。梁先生恐留美同学多未读到，特将原文略加修改，赐登本刊，希留美同学特注意。"③——可见其良苦之用心。1926 年 9 月 4 日，梁启超在致梁令娴信中又说道："国事局面大变，将来未知所届，我病全好之后，对于政治不能不痛发言论。"④ 这绝非一时的愤慨之言，事实上，在病好之后，他确实这样做了。1927 年 2 月，梁启超暂时停止《历史研究法》的普通演讲，而改以讲授《经济制度改革新问题》，因为他觉得这个问题对现时情形极为重要。对于这件事，梁启超在 2 月 28 日给家人的信中，还专门谈到："中国现在政治前途像我这样的一个人绝对的消极旁观，总不是一回事，非独良心所不许，事势亦不容如此。我已经立定主意，于最近期间发表我政治上全部的具体主张，现在先在清华讲堂上讲起，分经济制度问题、政治组织问题、社会组织问题、教育问题四项……以这两回听讲情形而论，像还很好。第

　　①　丁文江、赵丰田编：《梁启超年谱长编》，上海人民出版社 2009 年版，第 685 页。

　　②　梁启超：《如何才能完成"国庆"的意义》，《饮冰室合集》《文集》之四十二，中华书局 1936 年版，第 65 页。

　　③　孙敦恒：《清华国学研究院纪事》，《清华汉学研究》，清华大学出版社 1995 年版，第 292 页。

　　④　丁文江、赵丰田编：《梁启超年谱长编》，上海人民出版社 2009 年版，第 700 页。

二次比第一次听众增加,内中国民党员乃至共产党员听了,像都首肯。现在同学颇有人想自组织一精神最紧密之团体,一面讲学,一面做政治运动,我只好听他们做去再看。"① 值得注意的是,充分利用讲堂来播撒思想与言论的种子,以期收获政治改革的愿景,是梁启超在清华国学研究院时期与众不同的政治参与方式之一。1927 年 5 月 5 日,他在致女儿梁令娴的信中,更是把自己处于时局之中的矛盾心态充分地表露出来,他写道:"在这种状态之下,于是乎我个人的出处进退发生极大困难。这一个月以来,我天天被人包围,弄得我十分为难。简单说许多部分人⋯⋯觉得非有别的团体出来收拾不可,而这种团体不能不求首领,于是乎都想到我身上。我一个月以来,天天在内心交战苦痛中。我实在讨厌政党生活,一提起来便头痛⋯⋯若完全旁观思难躲懒,自己对于国家实在良心上过不去。所以一个月来我为这件事几乎天天睡不着,但现在我已决定自己的立场了⋯⋯我再过两礼拜,本学年功课便已结束,我便离开清华,用两个月做成我这项新工作。"② 此时,内心的交战苦痛在折磨着梁启超的良知,使他的思想与精神陷入了一种既焦虑又亢奋的状态之中,于是,又一次"攘臂扼腕以谈政治"的梁启超,呼之欲出。

从梁启超的这些所言所行,都可以看出,他在清华国学研究院期间并没有放弃对时事与政治的关切。事实上,学术与政治的纠结,一直是中国知识分子精神结构的交错点之一,甚至可以说是中国知识分子学统立场与政治权力的博弈的交汇点。对于这个纠结点的不同解读,由于解读者立场的相异,可能会得出截然不同的评价,这种情形对于中国近现代知识分子而言尤其如此:如果解读者立足于学术意义,那么,梁启超则难逃"其所述著,多模糊影响笼统之谈,甚者纯然错误"之苛责;若解读者着眼于政治史和思想史价值,那么,对梁启超在中国近现代政治文化中浓墨重彩的表现,则必然是另眼相看。常燕生在《悼梁任公先生》一文中,曾有过一段颇为耐人寻味的论述:"人们对'学者'与'思想家'的分野往往是分不清楚的,其实两者的界限显然不同。学者埋头做研究的人,思想家却是要指导群众的。达尔文是学者,不是思想家;赫胥黎、斯宾塞是思想家,却未必是学者。纯粹的学者看

① 丁文江、赵丰田编:《梁启超年谱长编》,上海人民出版社 2009 年版,第 721 页。
② 同上书,第 728—729 页。

不起思想家的浅薄,然而一般社会却需要思想家更甚于学者。在整理国学方面,梁先生的功力成绩未必胜于王国维、陈垣诸人,然而在社会所得的效益和影响方面讲,梁先生的成绩却非诸学者所可及。在一切未上轨道的国家里,社会需要思想家更甚于学者。一千个王国维的出现,抵不住一个梁启超的死亡的损失。"① 诚然,此处关于王国维与梁启超的不同评价,是否恰当可以另当别论。但是,常燕生此番评价之中,有一点是独具慧眼的,那就是,在中国近现代这样一个"一切未上轨道"的历史时期,思想启蒙、思想变革等命题,毫无疑问应该成为优先考虑的大事,这也是中国近现代政治文化的核心价值诉求之所在。因此,在中国近现代思想史研究中,常燕生这段论述之中所内在的先论世而后知人的论辩逻辑,颇有启发意义。

第三,与清华国学研究院其他几位导师所拥有的相对宁静的学者生活不同,在清华园期间,围绕在梁启超身边的气氛,表面上看起来似乎是平静、融洽,但内部却暗潮涌动。这里我们不得不提到曾经在清华园里所发生的一场"校长风波",尽管这场风波在已有的梁启超研究中常被一略而过。但它却是梁启超在清华园所经历的一件比较重大的事件。这一事件本身看似孤立,却牵动着许多力量团体的神经。从表面上看,这是一场因误会而引发的不必要的人事悲剧,但其实质,则根植于中国现代教育生态的深层结构中一个敏感地带,即学术独立与行政权力的博弈。事情的起因是这样的:1927年10月,外交总长颁布改组清华学校董事会章程,外交部聘梁启超等数人为庚款董事会董事,但不料却引发了一连串意想不到的动荡。② 对于这起事件的来龙去脉,梁启超在致女儿梁令娴的信中,有详细的叙述:"秋季开学,我到校住数天,将本年应做的事,大约定出规模,便到医院去。原是各方面十分相安的,不料我出院后几天,外交部有改组董事会之举,并且章程上规定校长由董事会中互选,内中头一位就聘了我,当部里征求我同意时,我原以不任校长为条件才应允(虽然王荫泰对我的条件没有明白答复认可),不料曹云祥怕我抢他的位子,便暗中运动教职员反对,结果只有教员朱某一人附和他。我听

① 燕生:《悼梁任公先生》,夏晓虹编《追忆梁启超》(增订本),三联书店 2009 年版,第 91 页。
② 刘晓琴:《梁启超与清华》,李喜所主编《梁启超与近代中国社会文化》,天津古籍出版社 2005 年版,第 493 页。

见这消息,便立刻离职,他也不知道,又想逼我并清华教授也辞去,好同清华断绝关系,于是由朱某运动一新来之学生(研究院,年轻受骗)上一封书说,院中教员旷职,请求易人。老曹便将怪信邮印寄给我,讽示我自动辞职。不料事为全体学生所闻,大动公愤,向那写匿名信的新生责问,于是种种卑劣阴谋尽行吐露,学生全体跑到天津求我万勿辞职(并勿辞董事),恰好那时老曹的信正到来,我只好顺学生公意,声明绝不自动辞教授,但董事辞函已发出,学生们又跑去外交部请求,勿许我辞。他们未到前,王部长的挽留函也早发出了。他们请求外部撤换校长及朱某,外部正在派员查办,大约数日后将有分晓。"① 可以见出,对于此事梁启超的最初反应是强烈而坚决,以至于事态发展的最终结果是,新来之学生(王省)被开除,朱某(朱君毅)辞职,曹云祥旋亦去任。② 时过境迁,当我们在今天重新解读这场风波时,则颇感困惑,或许这其中存在着需要探究的"盲点":一是为什么梁启超会给当时的清华校长曹云祥造成要来"抢位子"的"假象"?二是为什么曹云祥会采用"暗中运动"之下策?三是为什么又会引发学生如此的"公愤"?要深入探究这三个"盲点",就必须回到梁启超所身处的清华国学院语境。事实上,看似平和的清华园,就像不平静的中国大时局一样,这也是一个不平静的校园,也是一个各种诉求、力量纠缠交错、暗中博弈的校园。

先看第一个问题,曹云祥当时的敏感不无前因。1925 年 10 月 14 日,已掌清华校务三年的曹云祥,突然告诉教务长张彭春说,他计划于 11 月随颜惠庆去驻英公使馆任职,需要找人代理校务,由此引发起一场新的校长人选之争,表面上平静了数年的清华园,再度扰攘不安起来。③ 各种立场、诉求和势力就此纷纷涌现、相互激荡,在这期间,有传闻说梁启超也有意"校长一职",并已得到一些力量的支持。但是,出乎意料的是,这场扰攘了清华园半年之久的"校长风波",后因 1926 年四五月间,北京政局转变,张作霖和吴佩孚联合主持政府,以颜惠庆为内阁总理,颜与曹赴欧不成而暂告结束。尽管事

---

① 丁文江、赵丰田编:《梁启超年谱长编》,上海人民出版社 2009 年版,第 747 页。

② 苏云峰:《从清华学堂到清华大学(1911—1929)》,三联书店 2001 年版,第 85 页。

③ 刘晓琴:《梁启超与清华》,李喜所主编《梁启超与近代中国社会文化》,天津古籍出版社 2005 年版,第 478 页。

情平息了,但在曹云祥的内心则种下了误会的种子。事实上,事情还可以追溯到更远一些,据史料记载,1920年以后,梁启超开始在清华大学、南开大学担任功课,同时十分着力于清华大学、南开大学培植势力,其中对于清华大学的人事任命很留意。[①] 如,1921年十一二月间,他在致友人信中说道:"要之清华、南开两处必须收作吾辈之关中河内,吾一年费力于此,似尚不虚,深可喜也。"[②] 可见梁启超对清华的"野心"由来已久。在就聘清华国学研究院导师之后,梁启超因其政治声望与性格特点,对院务的介入也颇为深切,这一切言行都不免会引发外界联想。常言道,往事并不如烟。曹云祥绝不会如此快速地忘却梁启超曾有过的意愿和举动,因此,1927年10月这场所谓的"校长之争",看似源于曹云祥的误会,但冷静一想,这种误会也并非无中生有。

关于第二个问题,这就涉及当年清华园内部复杂的权力结构及其内部的暗中博弈,正如已有的研究所表明的那样,由于教育界一直视清华为"肥肉",有势力的社会团体或个人都想插手清华,遂与清华师生产生冲突。从时任教务长的张彭春的日记之中,就会发现,觊觎清华者,在北方,除了南开大学以外,有北京大学留法派的李石曾、留英派的"现代评论"陶孟和等人。在南方,有东南大学集团,包括东南大学校长郭秉文,和黄炎培、陶行知所领导的中华教育改进社。保卫清华者为外交部、美国大使馆和清华师生。在清华教师中,亦有派系倾轧问题,受清华长期教育出身者为主流派,直接考选留美、短期插班生和留美津贴生等均为非主流派。主流派"怕北大人或南开人得势,控制了清华每年六七十万元的经费",处处提高警觉。[③] 在如此错综复杂的权力结构与权力博弈过程之中,已在清华经营五年之久的曹云祥,不仅深谙此中"内幕",而且也有属于自己的一批利益追随者,一旦风吹草动,必然就会有人产生草木皆兵之敏感。因此,即使曹云祥自己不暗中指使,也会有人暗使手脚,以为羁绊。

关于第三个问题,那就更为复杂了。研究院学生的公愤,表面上是出于对梁启超的力挽,但在深层上,是为了借此争取自我生存的权力。关于这一

---

①　刘晓琴:《梁启超与清华》,李喜所主编《梁启超与近代中国社会文化》,天津古籍出版社2005年,第479页。

②　丁文江、赵丰田编:《梁启超年谱长编》,上海人民出版社2009年版,第605页。

③　苏云峰:《从清华学堂到清华大学(1911—1929)》,三联书店2001年版,第78页。

隐秘的生存诉求,回顾国学研究院创办史,就会有所明白:国学院在成立之
初就有反对意见,其中以钱端升最为激烈,如,1925 年年底,在国学院刚成立
不久,钱端升在《清华学校》一文中就说道,"研究国学本无须特别机关",
今设院研究国学,不过是多一机关,两分费用,使校内组织更趋于复杂难理罢
了。① 随后,1926 年 1 月 5 日的校务会议,不仅否决了吴宓的有关国学研究
院发展计划,反而通过张彭春所提出的"改变性质,明定宗旨,缩小范围,不
添教授"的提议。尽管这一提议遭到吴宓当场表示反对而暂时搁置。但在
19 日召开的校务会议临时会上,复议结果仍对研究院不利,该事件发展的直
接结果是,吴宓辞职,国学研究院学生因此而怪罪张彭春,随之发动攻击,也
迫使张彭春辞职②,但这一切激烈之言行,并不能挽救国学研究院最终的命
运,1926 年 3 月 8 日,清华改组委员会在讨论"清华学校组织大纲"时,接
受了六位委员之一的钱端升意见,说国学研究院是一"畸形发展组织",应
立即废除,将其教授和学生归并于各系,于是,国学研究院学生闻讯,群起反
对。③ 尽管如此,仍未能力挽狂澜于既倒,国学研究院的命运也只能摇摇坠
坠地悬于一线之间。在这紧张而敏感的气氛中,国学研究院学生心中所蓄积
已久的不满,就自然在曹云祥身上发泄出来。④ 如果不揭开这层面纱,今天
的人们仍不能看清事情的真相。虽然事件最终平息了,但事件的过程留给梁
启超的影响却是深刻的,从中可以看出梁启超在清华园表面显要而实质尴尬
的处境。这一事件也提供了一个小小的洞眼,让后人看到了世纪之初中国大
学校园内政治与教育的纠结及其所生成的复杂的生态。

　　第四,在清华国学研究院的导师中,梁启超与王国维年龄相仿,但其间的
关系也最具传奇性,透过对两者关系变化发展的解读,可以看出一代学人的
胸怀与风范。早年梁启超在《时务报》任主笔之时,王国维仅是时务报馆中
的一位默默无闻的书记员,这时的梁启超已是名满天下,而王国维还在度着
黯淡的生涯,由于地位的悬隔,彼此也难得接近。⑤ 晚年当他们会师于清华

①　苏云峰:《从清华学堂到清华大学（1911—1929）》,三联书店 2001 年版,第 326 页。
②　同上书,第 327 页。
③　同上。
④　同上书,第 328 页。
⑤　丁文江、赵丰田编:《梁启超年谱长编》,上海人民出版社 2009 年版,第 605 页。

国学研究院,尽管两者政治立场迥异,但梁启超对王国维则十分尊敬,据清华国学研究院毕业生回忆:"梁先生之齿,实长于观堂先师,哀然为全院祭酒,然事无巨细,悉自处于观堂先师之下。"① "梁先生为人很谦虚,他常说某个某个问题,自己不懂,王(国维)先生懂。"② "梁任公先生极服先生之学,凡有疑难,皆曰:'可问王先生。'"③ 从这些回忆之中,可以看出梁启超对王国维在学术上的心仪。除此之外,从《王静安先生墓前悼辞》和《〈王静安先生纪念号〉序》(《国学论丛》第 1 卷第 2 号)这两篇文章中,也能深切感受到梁启超对王国维学术与内心世界的理解与评价的真知灼见。梁启超的这两篇文章,有两个观察点值得关注与重新解读:一是对王国维自沉的分析,他首先异乎时论,对王国维自沉的原因与意义有着独特的理解,他说:"自杀这个事情,在道德上很是问题:依欧洲人的眼光看来,这是怯弱的行为;基督教且认做一种罪恶。在中国却不如此——除了小小的自经沟渎以外,许多伟大的人物有时以自杀表现他的勇气。孔子说:'不降其志,不辱其身,伯夷、叔齐欤!'宁可不生活,不肯降辱;本可不死,只因既不能屈服社会,亦不能屈服于社会,所以终究要自杀。伯夷、叔齐的志气,就是王静安先生的志气……这样的自杀,完全代表中国学者'不降其志,不辱其身,的精神;不可以欧洲人的眼光去苛评乱解。"④ 梁启超的这番解读,是把王国维的自杀,放在中国知识分子的精神史大背景之下,加以理解与评价,从而梳理出一段隐约可见的自杀行为之精神人文谱系,颇显其独到与深邃之处。其次,他从性格与情感等角度分析了王国维自沉的内在原因,他说道:"王先生的性格很复杂而且可以说很矛盾:他的头脑很冷静,脾气很和平,情感很浓厚,这是可从他的著述、谈话和文学作品看出来的。只因有此三种矛盾的性格合并在一起,所以结果可以至于自杀。他对于社会,因为有冷静的头脑,所以能看得很清楚;有和平的脾气,所以不能取激烈的反抗;有浓厚的情感,所以常常发生莫名

① 吴其昌:《王国维先生生平及其学说》,夏晓虹等编《清华同学与学术薪传》,三联书店 2009 年版,第 424 页。
② 戴家祥:《清华国学院·导师·治学》,《文艺理论研究》1997 年第 4 期。
③ 徐中舒:《追忆王静安先生》,陈平原编《追忆王国维》,三联书店 2009 年版。
④ 梁启超:《王静安先生墓前悼辞》,夏晓虹编《〈饮冰室合集〉集外文》(中册),北京大学出版社 2005 年版,第 1073—1074 页。

的悲愤。"①"先生之自杀也,时论纷纷非一。启超以为先生盖情感最丰富而情操最严正之人也,于何见之? 于其所为诗词及诸文学批评中见之,于其所以处朋友师弟间见之。充不屑不洁之量,不愿与虚伪恶浊之流同立于此世,一死焉而清冽之气乃永在天壤。"②若非对王国维的内心世界有着深刻的理解与把握,绝不可能有如此透彻醒悟之认识。这种认识,也可以说是一种心灵的对话,一种心灵的呼应。梁启超对王国维自沉原因的分析与陈寅恪在《王观堂先生挽词·序》中之所言,一样独具慧眼,但在后来的王国维研究中,人们对梁启超的这些分析则关注得不够。与陈寅恪一样,在梁启超的评价与阐释之中,同样隐藏着一种深刻的精神认同感,正是这种精神认同感,铸就了清华国学研究院在中国现代学术史上的一以贯之的价值关怀与意义取向。

对于王国维的学术成就及其研究方法,梁启超也有自己独特的体认:"先生贡献于学界之伟绩,其章章在人耳目者:若以今文创读殷墟书契,而因以是正商、周间史迹及发见当时社会制度之特点,使古史焕然改观。若创治《宋元戏曲史》,搜述《曲录》,使乐剧成为专门之学。斯二者实空前绝业,后人虽有补苴附益,度终无以度越其范围。若精校《水经注》,于赵、全、戴外别有发明。若校注蒙古史料,于漠北及西域史实多所悬解。此则续前贤之绪,而卓然自成一家言。其他单篇著录于《观堂集林》及本专号与夫罗氏、哈同氏诸丛刻者,其所讨论之问题虽洪纤繁简不一,然每对于一问题,搜集资料,殆无少遗失,其结论未或不餍心切理,骤视若新异,反复推较而卒莫之能易。学者徒歆其成绩之优异,而不知其所以能致此者,固别有大本大原在也。先生之学,从宏大处立足,而从精微处着力。具有科学的天才,而以极严正之学者的道德贯注而运用之。"③关于王国维的研究,在今天学术史上已蔚为大观,但许多洋洋洒洒的大文,并没有突破梁启超在此处所下的寥寥数语之精辟,可见梁启超的学术判断力之精到和学术视野之深邃。解读梁启超对王国维的评价,同样让人感慨的是梁启超宽阔的胸襟。常言道:文人相轻,古已

①　梁启超:《王静安先生墓前悼辞》,夏晓虹编《〈饮冰室合集〉集外文》(中册),北京大学出版社 2005 年版,第 1074 页。

②　同上书,第 1076 页。

③　同上书,第 1075 页。

有之,于今为烈。但在这段文字之中,我们看到的则是一个学者对另一位同行的崇敬,一代学人对学术、思想和智慧的倾心相护,这正是 20 世纪中国学术史不断传递与接力的精神与思想的火种。

## 三、结语:繁华与寂寞

孟子曰:"颂其诗,读其书,不知其人可乎? 是以知人论世也。"对于一个历史人物的研究不仅要知人,而且要论世。对梁启超的研究也应如此。从论世一面来说,我们必须紧紧抓住 20 世纪中国所独特的政治文化特征;从知人一面而言,我们不仅要解剖人物的人格结构,而且还要在比较分析的背景之下,呈现人物的复杂性、独特性及其内在成因。对于这一点,梁漱溟的分析则独具洞见,梁漱溟在《纪念梁任公先生》一文,曾选择蔡元培与梁启超做过一个有趣的比较,他说:"奇怪的是任公少于蔡先生八岁,论年辈应稍后,而其所发生之影响却在前。""当他的全盛时代,年长的蔡先生却默默无闻。"然而,"民国八九年后,他和他的一般朋友蒋百里、林长民、蓝志先、张东荪等,放弃政治活动,组织'新学会',出版《解放与改造》及共学社丛书,并在南北各大学中讲学,完全是受蔡先生在北京大学开出来的新风气所影响"。"我们由是可以明白诸位先生虽都是伟大的,然而其所以伟大却各异,不可马虎混同。任公的特异处,在感应敏速,而能发皇千外,传达给人。他对于各种不同的思想学术极能吸收,最善发挥,但缺乏含蓄深厚之致,因而亦不能绵历久远。像是当下不为人所了解,历时愈久而价值愈见者,就不是他所有的事了。这亦就是为何他三十岁左右便造成他的天下,而蔡先生却要待到五十多岁的理由。他给中国社会的影响,在空间上大过蔡先生,而在时间上将不及蔡先生,亦由此而定。"① 梁启超与蔡元培两者对中国社会的影响,在空间和时间上是否发生了像梁漱溟所言的那种错位现象,暂且不论。但梁漱溟在文中所做的比较分析,则极具方法论的启示。中国近现代学术与思想文化史的许多

① 梁漱溟:《纪念梁任公先生》,夏晓虹编《追忆梁启超》(增订本),三联书店 2009 年版,第 217—218 页。

人物,他们思想的产生、发展、变化和最后的不同命运,都不是孤立的因素所造就的。他们不仅处于一种复杂的人际关系网络,而且也处在一种多变而动荡的政治文化生态之中。他们的内心有不变的坚守,也有不得不变的困惑。他们的外在选择,常常会遭遇出处去就取舍的矛盾,但是,其最终所做的任何一种选择,又都承受着自身所无法把握的外驱力,都会留下深刻的心理刻痕,就像人不能抹去来路或深或浅的足迹一样,历史也不能抹掉这些蹒跚的前行甚至交错杂乱的步法。因此,苛责一个历史人物是容易的,但也是轻率的;理解一个历史人物的内心是艰难的,但却是必要的。鲁迅曾批评说:中国人明于知礼义而陋于知人心。悖论的是,人心常常是深隐于内而不如礼义那样呈现于外。可以说,"知人心"永远是一个多解但却无解的命题。在这种困境之中,比较研究的方法,或许能带来新的转机。因此,判断一个历史人物的作为、价值与意义,若能把他与同一历史语境中的他者进行对话、比较,那就有可能得到相对全面而合理的阐释。

## 下篇　清华国学院时期的梁启超学术研究述论

### 一

梁启超波澜壮阔的一生,充满激情、变化和传奇性。他和清末民初的许多重大历史事件息息相关,以"笔锋常带感情"而又舒展自如的崭新文字奏响了中国近代思想启蒙的最强音,他的言与行在中国近现代思想史、文化史、学术史和政治史上均留下了不可磨灭的深刻印记。就像郑振铎在其去世后不久所做的评价那样:"他(指梁启超,下同)在文艺上,鼓荡了一支像生力军似的散文作家,将所谓恹恹无生气的桐城文坛打得个粉碎。他在政治上,也造成了一种风气,引导了一大群的人同走。他在学问上,也有了很大的劳迹;他的劳迹未必由于深湛的研究,却是因为他的将学问通俗化了、普遍化了。他在新闻界上也创造了不少的模式;至少他还是中国近代最好的、最伟大的一位新闻记者。许多的学者们,其影响都是很短促的,廖平过去了,康有为过去了,章太炎过去了,然而梁任公先生的影响,我们则相信他尚未至十分的过去——虽然已经绵延了三十余年。许多的学者们,文艺家们,其影响与势力往往是狭窄的,限于一部分的人,一方面的社会,或某一个地方的,然而梁任公先生的影响与势力,却是普遍的,无远弗届的,无地不深入的,无人不受到的——虽然有人未免要讳言之。对于与近三十年来的政治、文艺、学术界有那么深切关系,而又有那么普遍,深切的影响与势力的梁任公先生,还不该有比较详细的研究么?"[①]郑振铎这篇题为《梁任公先生》的长文写于1929 年 2 月,距 1929 年 1 月 19 日梁启超的去世,相隔不到一个月,这是梁启超去世后,学术界较早一篇全面评价梁启超历史贡献的论文,也是较早呼吁学术界要开展梁启超研究的论文之一。尽管文中的一些具体论断值得商榷,如,认为康有为、章太炎的影响都是短促的,等等。但是,文中把梁启超的历史贡献,放在中国近现代思想文化大变革的大视野中加以评价,确能显示出郑振铎作为文化史家的学术敏锐性和判断力。从郑振铎提出"应该比较详细地研究梁启超"这一倡议至今的八十余年,梁启超研究在海内外汉学研究领域中不断受到关注,当今已成为一门显学,尤其在梁启超与近代政治、梁启超与近代思想变革、梁启超与新史学、梁启超与晚清学术、梁启超与近代文学等课题的研究上,近几年涌现了不少名家名著。[②]梁启超研究的长足进展,正有力推动和深化整个中国近现代思想史、文化史和学术史研究。

检读已有的梁启超研究成果,让人惊异的是,在梁启超研究领域中仍有不少的薄弱环节有待于充实和提升。比如,有关梁启超与清华国学研究院这一在其晚年思想与学术生活中占有重要地位的事件,学术界的关注与研究,则并不充分。我们认为,这一课题大有文章可做。从方法论上说,思想史研究在考虑如何建立自己的阐释架构时,往往会基于两个向度的考量:在时间纵轴上,一般会选取研究对象富有意义的时段;在空间横轴上,一般会优先确定研究对象的生命和精神表现相对活跃与密集的场域。截取梁启超在清

---

① 郑振铎:《梁任公先生》,夏晓虹编《追忆梁启超》,三联书店 2009 年版,第 54—55、77、81 页。

② 侯杰、李钊:《百年来梁启超研究的回顾与展望》,李喜所主编《梁启超与近代中国社会文化》,天津古籍出版社 2005 年版,第 834 页。

华国学研究院时期,并作为专题研究,比较切近这种思想史研究的时间性与空间性之考量。在研究历程具体展开之前,我们首先须将"梁启超在清华国学研究院时期"这一命题,还原到他一生思想发展变化的时间纵轴上,来确定其具体的意义坐标。关于梁启超思想发展变化的过程,学术界比较认同张荫麟的"四期"划分法。如前所述,张荫麟在《近代中国学术史上之梁任公先生》一文中写道:"任公先生一生之智力活动,盖可分为四时期,每时期各有特殊之贡献与影响。第一期自其撤弃辞章考据,就学万木草堂,以至戊戌政变以前止,是为'通经致用'之时期;第二期自戊戌政变以后至辛亥革命成功时止,是为介绍西方思想,并以新观点批评中国学术之时期,而仍以'致用'为鹄的;第三期自辛亥革命成功后至先生欧游以前止,是为纯粹政论家之时期;第四期自先生欧游归后以至病殁,是为专力治史之时期,此时期渐有为学问而学问之倾向,然终不忘情国艰民瘼。"[①] 张荫麟的"四期"划分法,为后来的梁启超研究确立了相对明确、稳定的时间架构,同时对梁启超在每个时期的主要思想活动及其特征,也做了扼要、准确的概括,很有启发性。在时间跨度上,梁启超从 1925 年 9 月就聘清华国学研究院导师,到 1928 年 6 月中旬因病完全辞去导师,这近三年在清华国学研究院的时期恰好处在张氏所划分的"第四期"的核心时段。其次,我们还须将"梁启超在清华国学研究院时期"的思想与精神活动,还原到他一生思想发展变化的空间横轴上,此时就会发现,梁启超在清华国学研究院时期的思想和学术取向,则最能体现"第四期"的"专力治史"、"有为学问而学问之倾向"等主要特征。因此,专题研究清华国学研究院时期的梁启超,具有两个方面的意义:第一,为受到学术界普遍关注的"第四期"梁启超研究,找到一种切实可行的方法论架构,这有助于将梁启超研究还原成一种历史化的阐释,而不是纠葛于脱离语境的观念史研究。第二,透过清华国学研究院时期的梁启超这一视角,反观梁启超一生学术发展的历程、特点及其内在复杂结构。

---

① 素痴(张荫麟):《近代中国学术史上之梁任公》,夏晓虹编《追忆梁启超》,三联书店 2009 年版,第 81、89 页。

## 二

　　梁启超在清华国学研究院时期最频繁的学术活动,最重要的学术创造和最具影响力的学术思想,均贯穿着史学这一基本主线,正如那个时代的学者所指出的那样,"庚申(1920年)以后,梁氏任各校史学讲座,益专力于史;诏人治学,亦以史为首图。尝谓史学为国学中心,故开列学生书目,特详乙部。较时人之浮慕国学虚名,而史籍阁束不观者,相去甚远"①。对于梁启超在中国近现代史学史上的地位,学术界早有共识。如,在其去世不久,张其昀就于《悼梁任公先生》一文中特别谈到梁启超在史学方面的重要贡献,他说:"梁先生学问兴趣极广,自言对于文哲史地诸学,均所爱好,而于史学兴味尤浓,其用力最勤,著作亦最为宏富。昔孔子论作史方法,分为其文其事其义三种,唐代史家刘子玄遂昌史家三长之说,即才学识三长,诚为千古不磨之论。由今日言之,凡欲成为伟大之史家,必须兼具文学之情操,科学之知识,哲学之思想。而一般史学,大都得此失彼,若兼具此三长,真旷世而一遇,难能而可贵者,此刘子玄所以有'史学之难其难甚矣'之叹也。梁先生以卓绝一世之天才,膺此一席,必能胜任而愉快,固为众望之所归矣。"②张其昀的这段评价,重点突出了梁启超作为一个伟大史家的所具备的素质与优异条件,这在当年众多悼念梁启超的文字中,独显理性、冷静,阐述也有据有节,奠定了学术界对梁启超史学贡献之评价的基调。20世纪80年代初,深知其师治学之堂奥的清华国学院毕业生周传儒,在《史学大师梁启超与王国维》一文中,对梁启超与王国维的史学特点做了精辟而独到的比较与分析:"这两位大师从文化继承、学术渊源而言,皆同出乾嘉之学,读经书,治小学,曾一度受科举之毒。然皆不久即毅然改途,另治新学。梁师侧重经世致用一面,王师侧重训诂考据一面。梁善综合,好作系统研究,所有著作,多洋洋洒洒,远瞩高瞻,不论总论分论,自成系统,自成一家之言。王师则点点滴滴,好为分析比

---

　　① 缪凤林:《悼梁卓如先生(1873—1929)》,夏晓虹编《追忆梁启超》,三联书店2009年版,第101页。

　　② 张其昀:《悼梁任公先生》,夏晓虹编《追忆梁启超》,三联书店2009年版,第106页。

较,作专篇,不著书,据材料之言,说明一事一物,不旁搜远绍,不求系统,不求完整,不为著作添枝叶。梁师贵通,王师贵专;梁师求渊博,王师求深入。一综合,一分析;一求系统完整,一求片言定案。鹅湖之会,朱讥陆之博大,陆讥朱之支离。朱熹说'旧学商量加邃密,新知培养转深沉';陆九渊说"博大功夫终简易,支离事业竞浮沉'。王师殆绍继晦庵方法,梁师殆承袭象山方法。"① 周传儒把王梁之异同比成朱陆之异同,这是一个十分令人玩味的比较。有关"朱陆之异同论"是学术思想史上一个公案,清代的章学诚在《文史通义·朱陆篇》中就感慨道:"宋儒有朱、陆,千古不可合之同异,亦千古不可无之同异也;末流无识,争相之诟詈,与夫勉为解纷,调停两可,皆多事也。"我们暂且不论周传儒在王梁与朱陆之间所做的比较是否准确,但是,周传儒把王、梁的史学特点放在中国学术思想史的源流与发展的大视野中加以分析、比较和评价,确有相当的独创性和启发性。

中国的历史写作源远流长,而建立在对历史写作不断反思的基础上而形成的中国史学传统,也是源远流长。金毓黻在《中国史学史》一书中,就开宗明义说道:"吾国先哲精研史学者,以刘知几、章学诚二氏为最著,刘氏《史通·外篇》,有《史官建置》、《历代正史》两篇,所论自上古迄唐初之史学源流演变,即中国史学史之滥觞也。章氏曾仿朱彝尊《经义考》之例,撰《史籍考》,寻其义例,盖欲藉乙部之典籍,明史学之源流,体大思精,信为杰作,惜其稿本,以未付刊而散佚,不然,亦史学史之具体而微者矣。"② 如果我们把梁启超的史学贡献放在这样一个源流演变的大视野中加以阐析,那么就会别开生面。20世纪初,梁启超对传统史学进行了·系列反思、批判,并开启了中国近代新史学对新理念、新方法的自觉性追求,为近代新史学的发展奠下了开拓之功。1902年,梁启超以"中国之新民"为署名,在《新民丛报》2—11月上,连载了题为《新史学》的长文〔关于《新史学》的内容、特点和意义,是中国史学史研究中不可绕开的话题。对此,谢保成主编的《中国史学史》(三)中有比较全面的概述与评价,可供研究者参阅〕。梁启超在文中大声疾呼:"今日欲提倡民族主义,使我四万万同胞强立于此优胜劣败之

① 周传儒:《史学大师梁启超与王国维》,《社会科学战线》1981年第1期。
② 金毓黻:《中国史学史》,商务印书馆1999年版,第1页。

世界乎,则本国史学一科,实为无老无幼无男无女无智无愚无贤无不肖皆当从事,视之如渴饮饥食一刻不容缓者也。然遍览乙库中数十万卷之著录,其资格可以养吾所欲给吾所求者,殆无一焉。呜呼!史界革命不起,则吾国遂不可救。悠悠万事,唯此为大!《新史学》之著,吾岂好异哉?吾不得已也。"文中对"史界革命"的激情倡导,前所未有,在近代启蒙思想家章太炎、严复等人共同推动下,从此掀起近代新史学的大波澜。《新史学》一文振聋发聩之处,首先在于对旧史学进行了尖锐的批评,聚焦点主要针对旧史学的"四弊二病一论三恶果"。所谓"四弊":即,一曰,知有朝廷而不知有国家。二曰,知有个人而不知有群体。三曰,知有陈迹而不知有今务。四曰,知有事实而不知有理想。总之,"是中国之史,非益民智之具,而耗民智之具也"。所谓"二病",即,其一能铺叙而不能别裁。其二能因袭而不能创作。所谓"一论",即,批评旧史学的正统论史观,梁启超一针见血地指斥"正统"之实质:"一言蔽之曰:自为奴隶根性所束缚,而复以煽后人之奴隶根性而已。是不可以不辩。"所谓"三恶果",即,一曰难读,二曰难别择,三曰无感触。如果说上述对旧史学内在缺陷所做的分析与批判是着眼于对旧史学的"大破"意义上,那么,关于新史学的"立",则是《新史学》一文更重要的思想建树。在《新史学》中,梁启超从史学的定义与对象、特点、功能等方面,对新史学的"立"提出明确而具体的认知。比如,关于新史学的定义与对象,他认为:"历史者,叙述人群进化之现象也……吾中国所以数千年无良史者,以其于进化之现象,见之未明也……历史者,叙述人群进化之现象也……历史所最当致意者,唯人群之事。苟其事不关系人群者,虽奇言异行,而必不足以入历史之范围也。历史者,叙述人群进化之现象,而求得其公理公例者也。"这里对新史学的定义与对象所做的界定,在逻辑结构上呈现出从表象到本质、从外延到内涵的逐步严密化的有机过程。关于新史学的特点,梁启超从主客观两面进行了阐发,他说:"凡学问必有客观、主观二界。和合二观,然后学问出焉。史学之客体,则过去现在之事实是也;其主体,则作史读史者心识中所怀之哲理是也。有客观而无主观,则其史有魄无魂,谓之非史焉可也(偏于主观而略于客观者,则虽有佳书,亦不过为一家言,不得谓之为史)。故善为史者,必研究人群进化之现象,而求其公理公例之所在。于是有所谓历史哲学者出焉。历史与历史哲学虽殊科，要之苟无哲学之理想者，必不能为良史，有断然也。"上述论断中所使用的一些名词，如"进化"、"主观"、"客观"，均是 20 世纪初风行一时的"新学"词汇，不论对这些"新学"词汇的内涵，是"正解"还是"误读"，在文中，梁启超均能自如地信手拈来，为我所用，让传统史学的概念系统和表述方式耳目一新。很显然，如果没有当时丰富的外来"思想资源"和"概念工具"，如果不具备对这些外来"思想资源"和"概念工具"的自觉性和敏锐性，那么，梁启超根本无法对新史学的特点做出如此具体而新颖的界说。[①] 关于新史学的功能，梁启超不无夸大其词地说道："史学者，学问之最博大而最切要者也，国民之明镜也，爱国心之源泉也。"尽管梁启超率先提出了有关新史学初步的概念系统，并在晚清史学界产生巨大的影响，但从学理层面来看，《新史学》典型地体现了晚清学术界的新史学观念在形成过程中对西学的附会与依傍。不容讳言，包括梁启超在内的新史学观念的倡导者在当时所依据凭借的西学知识确实过于肤浅。[②] 细读《新史学》一文，就会发现许多不可回避的"硬伤"，比如，已有研究者就指出，梁启超"新史学之界说"中的一些重要观点，如历史研究的内容是人类社会的进化及公理、公例，历史进化路线呈螺旋形以及研究是主体与客体的结合等，基本上都取自日本浮田和民的《史学原论》第一、二、三、七章，只不过没有采用浮田和民"历史之本质"、"历史之定义"、"历史之价值"这样的表述方式，而是以进化、社会进化、有规律的社会进化为脉络展开论述。另外，包括批判旧史"知有个人而不知有群体"、"能铺叙而不能别裁"等观点，也都能看出对浮田和民观点的吸收。[③] 这典型体现了 20 世纪初中国学术生态中"旧与新"、"本土与外来"、"传统与现代"等思想要素之间相互交错的复杂结构，正如史家汪荣祖所言："如果说梁启超的《新史学》是一篇宣言，显然是激情的革命宣言，而非理性的改良宣言，不仅言过其实，而且多有谬误。'家谱''相砍书'云云，实在言过其实。二十四史即使是家谱，并不属于二十四姓，他不经意出了基本的谬误，而此误贻患无穷……《新史学》

① 王汎森：《中国近代思想与学术的系语》，河北教育出版社 2001 年版，第 149 页。
② 桑兵：《晚清民国的学人与学术》，中华书局 2008 年版，第 22 页。
③ 谢保林主编：《中国史学史》（三），商务印书馆 2006 年版，第 1451 页。

显要破旧立新,然其影响,破远多于立……梁氏高唱'史界革命',呼吁民族主义史学,其精神实属 19 世纪之'浪漫',而非 18 世纪之'启蒙'。"① 此当为公允之论也。

# 三

治中国史学史的学者,一般都会认同这样的一个看法:最能代表梁启超晚年史学思想且堪与《新史学》的影响相提并论者,就是《中国历史研究法》一书及其补编。②《中国历史研究法》成书前是梁启超在南开大学的讲义,1922 年由商务印书馆初版发行。该书分为"史之意义及其范围"、"过去之中国史学界"、"史之改造"、"说史料"、"史料之搜集与鉴别"、"史迹之论次"六章,主要围绕:史的目的、范围和旧史的改造;历史的因果和动力;史料的搜集和考证等三个重要史学理论问题而展开。时隔二十年,《中国历史研究法》在上述三个重要史学理论问题的思考上,大大深化和发展了《新史学》的认识。关于史料的搜集和鉴别,则是该书中最具价值的部分,也最受后世史家之推崇。梁启超认为,搜集和考证史料,目的是达到"求真",而"求真"乃是传统学术"实事求是"的精神与方法的发展,求得史实的准确是史学发展的前提,否则,"其思想将为枉用,其批评将为虚发";书中还提出鉴别伪材料的十二条原则,这以后扩展成为《古书真伪及其年代》一书。③《中国历史研究法》出版不久,就引起海内外学术界的关注,日本学者桑原隲藏专门发表了一篇题为《读梁启超的〈中国历史研究法〉》的评论文章,文中论道:"今梁氏本欧美的史学研究法,倡革新中国史学的急务,而公此《中国历史研究法》于世,实与我的见解一致。所以,我不但为一己表示满意,还要广为中国学术界祝福;不但诚心诚意的怂恿有志于研究史学的中国人士去参考这部著作,并且还期望这部书的发行能够相当的影响于将来的中

---

① 汪荣祖:《学人丛说》,中华书局 2008 年版,第 175 页。

② 同上书,第 178 页。

③ 此处关于《中国历史研究法》内容之评述,参阅了《二十世纪中国史学名著叙录》,河北教育出版社 2002 年版,第 54—58 页。

国史界。"① 应该说，这部书"较为深刻而详细的，大都关涉史料与文献考订方面。"究其原因，一方面在于梁启超关于史料的概念或运思，有效依傍西方文献考订方法；一方面在于梁启超充分调动了其自身所具有的乾嘉考据之学问根底②，因此，在具体的阐发之中，两者相互发明，并相得益彰。

梁启超在清华国学院的史学讲义，后题作《中国历史研究法补编》刊世，学生姚名达回忆说，民国十四年（1925）秋冬开讲，"入春而病，遂未完成！十五年（1926）十月六日，讲座复开，每周二小时，绵延以至于十六年（1927）五月底。扶病登坛，无力撰稿，乃令周君速记，编为讲义，载于《清华周刊》"③。《中国历史研究法补编》"都十一万余言，所以补旧作《中国历史研究法》之不逮，阐其新解，以启发后学专精史学者也"。该书分为"总论"和"分论"两部分，主要是围绕"史家修养"和"专史的做法"两个主题而展开。关于史家的修养，传统史家刘知几、章学诚均推崇史家应具之史学、史才、史识和史德，梁启超在《中国历史研究法补编》中专辟"史家四长"一章，表层上仍沿用刘、章的提法，但在"内核"上，已经按照近代学术的价值取向和理论范型，重新阐述史家应具有的修养。"论专史的做法"是《中国历史研究法补编》的重点，书中区分了五种专史：人的专史、事的专史、文物专史、地方的专史、断代的专史，并分别做了提纲挈领式的阐析。④ 当今的学术界，已经把《中国历史研究法》和《中国历史研究法补编》作为一个不可分离的整体来加以看待。随着当代史学思想、史学理论和史学方法的深入发展，这两部著作内在的缺陷，逐渐受到学术界的诟病。然而，我们认为，对于《中国历史研究法》和《中国历史研究法补编》在 20 世纪中国史学史上的意义和地位，应该持历史的、辨证的分析态度。不可否认，这两部著作留有20 世纪之初中国新史学尚处初创期的烙印，如，《中国历史研究法》一书的体例与内容在中国虽然可谓草创，但与当时西洋和日本已经流行的史学

---

① 桑原隲藏：《读梁启超的〈中国历史研究法〉》，桑兵等编《近代中国学术批评》，中华书局2008 年版，第 127 页。

② 汪荣祖：《学人丛说》，中华书局 2008 年版，第 183 页。

③ 姚名达：《中国历史研究法·跋》，东方出版社 1996 年版，第 346 页。

④ 此处关于《中国历史研究法补编》内容之评述，参阅了《二十世纪中国史学名著叙录》，河北教育出版社 2002 年版，第 58—61 页。

入门、历史研究法一类书极为相似。① 对此,台湾学者杜维运在探此书之源时,就发现梁氏的研究法"对史料的阐解,对史料的分类,对史迹的论次",虽"都有突破性的见解,都能言数千年中国史学家所未及言",但"其不能全出新创,而系接受了西方史学的影响",这是"极为明显"。② 杜氏曾将梁启超的《中国历史研究法》与法国史学家朗格诺瓦和瑟诺博司合著的《史学原论》细作比较,"深觉二者关系极为密切,梁氏突破性的见解,其原大半出于《史学原论》"③。事实上,冷暖自知,在被后人觉察个中奥秘之前,梁本人对自己在治学中存在的这种不足,也是有自觉而清醒的认识。以史为证,在写作时间稍迟于《中国历史研究法》的《先秦政治思想史》一书中,梁启超曾写过这样的一段话:"盖由我侪受外来学术之影响,采彼都治学方法以理吾故物,于是乎昔人绝未注意之资料,映吾眼而忽莹;昔人认为不可理之系统,经吾人而忽整;乃至昔人不甚了解之语句,旋吾脑而忽畅。质言之,则吾侪所持之利器,实'洋货'也。坐是之故,吾侪每喜以吾欧美现代名物训释古书;甚或以欧美现代思想衡量古人。"初读这段话,似乎觉得梁氏颇为赞同且以此"洋货"为自珍,但是,紧接这段话之后,梁启超则明确强调,"不宜以名不相副之解释致读者起幻蔽",并承认"吾少作犯此屡矣。今虽力自振拔,而结习殊不易尽",并告诫"同学勿吾效也"。④ 显然,面对这种"结习",梁启超虽有心力自振拔,但又颇感心有余而力不足。其深层原因就在于 20 世纪初中国学术生态的复杂性。当时是一个大过渡、大转型的时代,这样一个时代的思想结构,必然会是:一方面,外来的"新思潮"惊涛拍岸;另一方面,本土的传统思想暗流涌动。两者相互际会激荡,最后,相互融汇,蔚为大观。这种过渡性、错杂性的特质,无论是器物层面,还是形而上的"道"的层面;无论是知识系统,还是价值系统;无论是人文科学,还是社会科学,均概莫能外。仅"以'思想资源'这一点来看,宽泛一点来说,清末民初已经进入'世界在中国'的情形,西方及日本的思想、知识资源涌入中国,逐步

---

① 转引自汪荣祖:《学人丛说》,中华书局 2008 年版,第 179 页。
② 同上。
③ 同上。
④ 梁启超:《饮冰室合集》《专集》之五十,中华书局 1989 年版,第 13 页。

充填传统躯壳,或是处处与传统的思想资源相争持"。面对这种情形,谁都无法置身度外,但是,又"不能小看'思想资源'","人们靠着这些资源来思考、表现、构筑他的生活世界,同时也用它们来诠释过去,设计现在,想象未来。人们受益于思想资源,同时也受限于它们"。①处在这样的学术生态中,作为时代弄潮儿的梁启超更不可能置身其外,因此,《中国历史研究法》对当时流行的西方史学理论和史学方法的依傍,甚至是粗糙的移植,就不可避免。但我们也要看到,《中国历史研究法》和《中国历史研究法补编》这两部书毕竟是梁启超多年研究历史的治学积累,对20世纪初的中国史学界而言,"它们还是当时最好的史学方法教科书,不仅为他早年所提倡的新史学充实了内容,而且为中国现代史学奠定了一块重要的基石"②。尽管有诸多内在缺陷,但仍不失之为"后学立榜样指门径的典范之作"③。今天的学术界若不能看到这一特点且予以充分评价,那就不是一种历史主义态度了。

从《新史学》到《中国历史研究法》与《中国历史研究法补编》,梁启超始终在自觉地探索建立中国现代史学的新理念、新方法与新途径。同时,他也力求将这些新理念、新方法运用到自己的历史写作过程中。梁启超早年在万木草堂时,就以正史、《通考》为日课,史学已植其基。居东后尝"欲草一《中国通史》,以助爱国思想之发达"④。撰写一部《中国通史》,是梁启超一个"念兹在兹"的巨大心愿,在晚年偕清华国学研究院学生做北海之游时,他还专门谈及这一"夙愿":"我个人对于史学有特别兴趣,所以昔时曾经发过一个野心,要想发愤从新改造一部中国史。现在知道这是绝对不是一个人的力量所可以办到的,非分工合作,是断不能做成的。所以我在清华,也是这个目的,希望用我的方法,遇到和我有同等兴味的几位朋友,合起来工作,忠实地切实地努力一下。"⑤但遗憾的是,这一计划始终未能如愿,这一命运在梁启超庞

———————————

①　王汎森:《中国近代思想与学术的系谱》,河北教育出版社2001年版,第150页。

②　汪荣祖:《学人丛说》,中华书局2008年版,第188页。

③　许冠三:《新史学九十年》,岳麓书社2003年版,第1页。

④　缪凤林:《悼梁卓如先生(1873—1929)》,夏晓虹编《追忆梁启超》,三联书店2009年版,第100—102页。

⑤　梁启超:《北海谈话记》,夏晓虹编《〈饮冰室合集〉集外文》(中册),北京大学出版社2005年版,第1038—1039页。

大著述计划中,并不属于特例。如何看待梁启超著述的"未完成性"现象,一直是梁启超研究中比较敏感的问题,因为除了感慨"天不假之年"之外,对于这一"未完成性"现象的原因分析,必然触及对梁启超治学的深层心智结构及其局限性的剖析。关于前者,慨叹多多,如,梁启超的同代人缪凤林在其悼念文章中就曾写道:"近年来,梁氏屡欲裁其学问欲,专精于《三百年学术史》及《文化史》。吾人方谓以梁氏之魄力,及其数十年来所积之资格,其造福于史学界将无量,乃衰病侵寻,心力交瘁,年未六十,淹忽辞世。其遗著之导引后进,瀹人灵府,虽或将过于梁氏之所期;然以一代新史学巨子,不得志于时,委其心于书策,而犹不获尽其才,良足悲。"[1] 关于后一种情况,则议论纷纭,如,史家金毓黻先生就从学理层面对这一缺憾做过深入分析,他说:"余考梁氏自谓富于学问欲,尤擅长于史学,涉览既泛无涯际,而文笔又能达其胸中所欲言,刘知几所谓学识三长,梁氏实已备而有之。是故学如梁氏,才如梁氏,识如梁氏,始足以言修史,始足以言改造新史,吾于早岁甚期望梁氏撰成一完备之新史,以弥史界之匮乏,以慰学者之饥渴,然卒未见其有所造述,仅能得其所悬拟之目录,及片段之记载,如上文所举者而读之,其未能餍求者之望,又可知也。盖梁氏有所著作,皆造端宏大,非百余万言不能尽,久之不能卒业,乃弃去转而之他,如是者非一例,其意中所欲造之新史,迟之又久,不能成功,亦正如此,昔人有言,务博而业精,力分而功就,自古及今,未之见也,持此以论当代梁氏,可谓切中其病矣。"[2] 金氏的这一番论析,可谓鞭辟入里,入木三分,堪为知者之言。

## 四

在清华国学研究院时期,相对而言是梁启超晚年著述生涯中较少旁骛,也是专力于史最深的一个时段,可以说是梁启超后期学术生命的一个高峰,也是最后的一个高峰,对他绚烂多彩的一生来说,这一时期也是其积蕴了一生的学术能量的最后的绚丽绽放。对于梁启超的后期学术贡献,张荫麟曾有一个比

---

① 缪凤林:《悼梁卓如先生(1873—1929)》,夏晓虹编《追忆梁启超》,三联书店 2009 年版,第 101—102 页。

② 金毓黻:《中国史学史》,商务印书馆 1999 年版,第 405 页。

较全面的评述:"其已见之主要成绩可得言焉:(一)《中国历史研究法》一书,虽未达西洋史学方法,然实为中国此学之奠基石,其举例之精巧亲切而富于启发性,西方史法书中实罕甚匹。(二)关于学术史者,《先秦政治史》及《墨子学案》、《老子哲学》等书,推崇比附阐发及宣传之意味多,吾人未能以忠实正确许之。唯其关于中国佛学史及近三百年中国学术史之探讨,不独开辟新领土,抑且饶于新收获,此实为其不朽之盛业。(三)先生《中国文化史》之正文,仅成《社会组织》一篇,整裁犹未完善,然其体例及采裁,空依傍,亦一有价值之创作也。(四)关于文学史者,除零篇外,以《陶渊明》一书(内有年谱及批评)为最精绝。"① 这些后期著述,虽在其一生的著述中所占的数量比重并不大,但其质量均可视为梁启超个人在不同学术领域的扛鼎之作。

梁启超一生的著述煌煌数千万言,可谓琳琅满目,但又体例纷杂,其中颇有芜杂之病,梁启超则有自知之明,其在病中时曾存一个心愿:"吾年得六十,当删定生平所为文,使稍稍当意,即以自寿。"② 但天不遂人愿,念之徒增神伤。其友人林志钧在1932年8月"任公而在,盖六十岁"之际,编辑遗稿,并订定已印诸集,共40册,分为文集、专集两部分,其中文集16册,45卷;专集24册,104卷。仅就数量一面而言,在清华国学研究院的诸导师中,应该说,梁启超的著述绝对是最为高产的,但高产就不免失之芜杂,广博则难逃专精不足之弊,因此,也最受后人之诟议。比如,他曾拟了一个《中国文化史》的写作提纲,全书范围极为广大:共分三部分,包括朝代篇、种族篇(上下)、地理篇、政制篇(上下)、舆论及政党篇、法律篇、军政篇、财政篇、教育篇、交通篇、国际关系篇、社会组织篇、饮食篇、服饰篇、宅居篇、考工篇、通商篇、货币篇、农事及田制篇、言语文字篇、美术音乐篇、载籍篇等共29篇。③ 对于这样一个庞大的写作计划,郑振铎曾评价说:"中国文化史是不是这样的编著方法,我们且不去管它,即我们仅见此目,已知他著书的胆力之足以'吞全牛'了。"④ 若将此言细细品味,则弦外之音,犹在耳际。事实上,对于这一

①　素痴(张荫麟):《近代中国学术史上之梁任公》,夏晓虹编《追忆梁启超》,三联书店2009年版,第89页。

②　林志钧:《饮冰室合集·序》,中华书局1989年版,第3、4页。

③　金毓黻:《中国史学史》,商务印书馆1999年版,第400—404页。

④　郑振铎:《梁任公先生》,夏晓虹编《追忆梁启超》,三联书店2009年版,第77页。

点,梁启超早有一个比较明智、理性的自我认识,他在《清代学术概论》中就有一段相当严厉的自我批评:"启超务广而荒,每一学,稍涉其樊,便加以论列;故其所述著,多模糊影响笼统之谈;甚者纯然错误。及其自发现而自谋矫正,则已前后矛盾。"① 他把这种弊病归结为自己生性之特点:"启超学问欲极炽,其所嗜之种类亦繁杂。每治一业,则沉溺焉,集中精力,能抛其他;历若干时日,移于他业,则又抛其前所治者。以集中精力故,故尝有所得;以移时而抛故,故入焉而不深。"② 诚然,20 世纪中国学术史上,像梁启超这样"款挚而坦易,胸中豁然"③ 的学术心态,并不多见。尽管亲历时代的风云际会,身经历史的几多磨难,但梁启超仍不失"赤子之心"。和善于掩饰、藏拙、示人以机巧的胡适等新潮学人相比,这正是梁启超的可爱可敬之处。他在逝世前不久写给女儿梁令娴的信中,还从学问趣味的角度,谈到自己治学的长处与短处,他说:"我是学问趣味极多的人,我之所以不能专精有成者以此。然而我的生活内容异常丰富,能够永远保持不厌不倦的精神,亦未始不在此。我每历若干时候,趣味转个新方向,便觉得像换个新生命,如朝旭升天,如新荷出水,我感觉这种生活是极可爱的,极有价值的。我虽不愿你们学我泛滥无归的短处,但最少也想你们参采我烂漫向荣的长处(这封信你们留着,也算我自我的小小的一个称赞)。"④ 这一番自赞自许之辞,在人文学科分际越来越狭窄化的今天,或许听起来会有那么一点警醒的意义。

## 五

在中国近代政治史上,梁启超的"善变"与"屡变",颇引人注意,也备受非议,这是一种值得探究的政治人格现象,学术界对此已有许多合理的解析(由于篇幅的原因,此处不再展开论述)。但我们必须看到,这一政治人格现象在梁启超的学术人格中也有所折射,就如他自己所云:吾学"病在无

---

① 梁启超:《清代学术概论》,上海古籍出版社 1998 年版,第 89 页。
② 同上书,第 90 页。
③ 林志钧:《饮冰室合集·序》,中华书局 1989 年版,第 3 页。
④ 丁文江、赵丰田编:《梁启超年谱长编》,上海人民出版社 2009 年版,第 774 页。

恒,有获旋失诸"①,尽管这一特征不可避免地制约着他的学术创造的精深,但就其对中国近代思想文化的影响来看,梁启超虽未必有精湛不磨的成功,然他的筚路蓝缕,以开荒棘的功绩则已不小了②,这个独特的意义毕竟是无人能取代的,也不容否定的。周予同在《五十年来中国之新史学》中就说道:"就全部思想界说,梁氏是否是'陈涉',尚有商榷的余地;但就四十年前的史学界说,梁氏却确是揭竿而起、登高而呼的草莽英雄陈涉呢!"③

把梁启超比成史学界的"陈涉"! 这是 60 年前学术界对梁启超学术人格的一个粗糙但不失形象的比拟。今天的学术界,对一个思想家或作家的学术人格或创作人格的研究已经深化到一个更科学的层次。在这里,我们不妨借用余英时的一段妙趣横生的分析:古希腊诗人 Archilochus 有残句云:"狐狸知道很多的事,但是刺猬则只知道一件大事。"关于此语自来解者不一。英国思想家伯林则借用这句话来分别一切思想家与作家为两大类型。一是刺猬型,这一类型的人喜欢把所有的东西都贯穿在一个单一的中心见解之内,他们的所知、所思、所想最后全都归结到一个一贯而明确的系统。总之,他们的一切都唯有通过这样一个单一的、普遍的组织原则才发生意义。另一方面则是狐狸型的人物。这种人与前一类型相反,从事于多方面的追逐,而不必有一个一贯的中心系统。他们的生活、行为以及所持的观念大抵是离心的而非向心的;他们的思想向多方面拓展,并在不同层面上移动。因之他们对于各式各样的经验和外在对象,仅采取一种严肃的就事论事的认识态度,而并不企图把它们纳入一个无所不包的统一的论点之中。④ 我想,毫无疑义,梁启超属于狐狸型的思想家类型。在当今高高耸立的学院围墙内,静悄悄地蛰伏着无数的"刺猬",然而,在僵硬而粗暴的学术体制的围追堵截之中,"狐狸"正在渐渐地销声匿迹。

这或许是我们今天重读梁启超的另一番含义吧!

---

① 丁文江、赵丰田编:《梁启超年谱长编》,上海人民出版社 2009 年版,第 742—743 页。

② 郑振铎:《梁任公先生》,夏晓虹编《追忆梁启超》,三联书店 2009 年版,第 81 页。

③ 周予同:《五十年来中国之新史学》,桑兵等编《近代中国学术思想》,中华书局 2003 年版,第 360 页。

④ 余英时:《中国知识人之史的考察》,广西师范大学出版社 2004 年版,第 425 页。

# 王　国　维

　　清华园地处北京西北郊,毗邻疮痍满目的圆明园遗址。往昔的清华园一
派寂静,错落有致的大礼堂、科学馆、图书馆,清幽古朴的工字厅,微波中荡漾
着"水木清华"横匾的倒影,这无声的一切交织着传统与现代,历史与现实,
忧患与梦想。这里曾是现代中国学人的精神"圣地",风雨中日益消褪的这
一切,都在默默地见证着中国现代学术的发展历程。矗立在校园内的"海宁
王静安先生纪念牌"不仅镌刻着人们对一代大师的永恒纪念,而且也镌刻着
现代学术最核心的价值——"独立之精神、自由之思想"。

　　从时间上看,王国维在清华园仅生活了两年多,但他生命的最后岁月在
这里度过;尽管他仍然拖着那条具有意味的长辫子,但他的学术研究给国学
研究院带来的是 20 世纪最具现代性的学术方法和学术思想;他以自沉的方
式平静地结束了自己 51 岁的生命,但他的死激起了深沉的情感波涛,泛开了
说不尽的文化涟漪。这些矛盾性的现象,就使得研究清华国学研究院时期的
王国维具有独特的学术意义。

## 一、就聘国学院始末

　　历史研究强调"追本溯源",但历史中"本"与"源"常常是多重面向
的,尽可能具体地呈现这种丰富性,是历史叙述的基本要求。这里的研究也
将努力遵循这种学术逻辑。关于王国维与清华国学研究院关系的第一件大
事就是王国维如何就聘国学研究院。这其中疑窦丛生:为什么他会先拒后
就? 是什么原因促使他做出最后的就聘决定? 在这"拒"与"就"的时间
差中,他的内心状况又是如何? 透过事件把握历史中的人心真相是这里研究
的兴趣之所在。关于王国维之就聘国学研究院,目前学术界有三种不同的说
法,在某种意义上说,这三种说法均有可能性,它反映了王国维与 20 世纪中
国学术界关系的不同面向,也体现了后人对中国现代学术关系的不同想象与
期待。第一种说法来自吴宓。吴宓在晚年编定的《自编年谱》中曾有这样

的一段记述："宓持清华曹云祥校长聘书,恭谒王国维(静安)先生,在厅堂向上行三鞠躬礼。王先生事后语人,彼以为来者必系西装革履、握手对坐之少年,至是乃知不同,乃决就聘。"① 这种叙述充满戏剧性:吴宓秉礼恭谒,王国维为情所动,事情的结局似乎转瞬即变。由于这是吴宓晚年的追述,其中就难免有"诗"与"真"的错杂。在这里,我不禁有一个小小的疑问:既然吴宓是持校长的聘书,那么关于此事,王国维与校长之间可能已达成相对明确的意向,吴宓不过履行着某种落实意向的功能。否则,一向冷静过人的王国维难免有过于轻信之嫌。但是,为什么这种说法能广为流传呢? 我想,也许这其中戏剧性的场景比真相更具有文化象征意味,更让文化人有一种心心相印之感。这在某种意义上说,人们在这种戏剧性的叙述之中,更希望看到的是一种基于传统价值理念的心灵互通。第二种说法来自王国维学生赵万里。赵万里在《王静安先生年谱》中曾经这样写道:"正月,先生被召至使馆,面奉谕旨命就清华研究院之聘。"② 这一说法在民间流传广泛,后人不加考辨却又加以多方渲染。例如,有人说"溥仪在天津关起门来做皇帝,便命师傅代写了一道诏书,静安先生不好再谢绝,就答应了"③;有人甚至煞有介事地说,溥仪的这道圣旨曾在"王先生家看到了,很工整,红字"④。这些说法留下的致命硬伤就是它的时间与事实不合。有学者在深入考证之后,就提出严肃的驳论:"事实是,已被褫夺了'皇帝'尊号的溥仪告别日本公使芳泽,并在罗氏父子'扈从'下出京潜入天津张园的时间为 1925 年 2 月 23 日,而王国维'决'就聘则在此之前。"⑤ 在这里,更深层的问题是,为什么后人总是喜欢把属于个人的文化事件解说为充满政治性意味的隐喻呢? 似乎只有经过某种政治特权的认可,个人的文化事件才显得特别庄重,这其中是否有一种"权力崇拜"心理在作祟呢? 第三种说法是认为王国维的就聘是由于胡适的邀请和力劝。这一说法因胡适私人信件的发表日益受到学术界的认

---

① 吴宓:《吴宓自编年谱》,三联书店 1995 年版,第 260 页。

② 此处转引自孙敦恒:《王国维年谱新编》,中国文史出版社 1991 年版,第 140 页。

③ 此处转引自陈鸿祥:《王国维传》,人民出版社 2004 年版,第 564 页。

④ 陈哲三:《陈寅恪先生轶事及其著作》,《谈陈寅恪》,台北传记文学出版社 1978 年版。此处转引自陈鸿祥:《王国维传》,人民出版社 2004 年版,第 564 页。

⑤ 同③,第 54 页。

可。在现有发现的胡适致王国维的 13 封信中,最早的一封写于 1924 年 4 月
17 日,内容是胡适约请王国维将《论戴东原〈水经注〉》一文在《国学季刊》
登载。[①] 与聘请有关的两封信分别写于 1925 年 1 月和 2 月 13 日,1 月胡适
致王国维信(原件无日期)的内容是:"清华学校曹君已将聘约送来,今特转
呈,以供参考。约中谓'授课拾时',系指谈话式的研究,不必是讲演考试式
的上课。"[②] 由于这封信原件无日期,所以我们无法推断写作的具体日期。同
时,对于胡适在信中所转达的清华国学研究院约请之事,王国维回信的具体
内容如今也不得而知。但据胡适紧接着写于 2 月 13 日的另一封信,我们则
可以推断出一二。信的内容是:"手示敬悉。顷已打电话给曹君,转达尊意
了。一星期考虑的话,自当敬尊先生之命。但曹君说,先生到校后,一切行动
均极自由;先生所虑(据吴雨僧君说)不能时常往来清室一层,殊为过虑。
鄙意亦以为先生宜为学术计,不宜拘泥小节,甚盼先生早日决定,以慰一班学
子的期望。"[③] 从胡适的这封信中至少可以解读出如下的含义:其一,王国维
对清华国学研究院的聘约并没有断然拒绝,只是认为需考虑一星期后才能回
复;其二,王国维担心就聘国学研究院后不能与清室往来;其三,对于王国维
的这层担心,胡适在信中承诺将予以充分的自由;其四,聪明的胡适正力图
从学术的角度打动王国维,信中所谓"小节"与"大节"之分,是基于学术
的分野而非政治立场之差异。那么,在这一星期内王国维究竟考虑了什么?
最终又是什么原因催促他做出就聘的决定呢? 针对这些疑问,在这里,我提
出第四种说法,即"心理归宿说"。我认为,要解读王国维就聘的深层原因,
就必须探寻王国维决定就聘前的内心状况。对此,王国维在给友人蒋孟蘋的
信中有一段比较具体的透露,他在信中说道:"数月以来,忧惶忙迫,殆无可
语,直到上月,始得休息。现主人在津,进退绰绰,所不足者钱耳。然困穷至
此,而中间派别意见排挤倾轧,乃与承平时无异。故弟于上月已决就清华学
校之聘,全家亦拟迁往清华园,离此人海,计亦良得。数月不亲书卷,直觉心

① 胡适:《胡适书信集》,北京大学出版社 1996 年版,第 328—329 页。
② 同上书,第 353—354 页。
③ 同上书,第 356 页。

思散漫,会须收召魂魄,重理旧业耳。"① 从信的内容来看,王国维向友人报告了近况,主要是倾诉了内心的感受。显然,王国维此时的内心世界已有一种强烈的对世事纷扰忙迫的厌倦,对人事之间意气相争、排挤倾轧的激愤,以及寻找解脱的心情。但是,这封信中也有许多事情语焉不详,值得细细回溯其内在隐曲:一是王国维为何而忧惶忙迫?二是中间派别的排挤倾轧对王国维构成怎样伤害与影响?三是这种伤害和影响与王国维最终决定就聘国学研究院之间有何直接关系?回到当时的历史语境,我们可以作这样的历史叙述:在决定就聘国学研究院之前,发生在王国维身边的大事莫过于冯玉祥的"逼宫",因此,信中所指的"忧惶忙迫"盖指此事。对于自己在"逼宫"中的情形与感受,王国维在给日本友人狩野直喜的信中曾有描述:"一月以来,日在惊涛骇浪间,十月九日之变,维等随车驾出宫,白刃炸弹,夹车而行。比至潜邸,守以兵卒。近段、张入都,始行撤去,而革命大憝行且入都,冯氏军队尚居禁御,赤化之祸,旦夕不测,幸车驾已于前日安抵贵国公使馆,蒙芳泽公使特遇殊等,保卫周密,臣工忧危,始得喘息。"② 此时的王国维,一方面惶惶然,另一方面又不忘"圣上"安危。我认为,这种内心的无力感与无助感对他是一种深刻的精神和思想的刺激。当时溥仪的小朝廷尽管处境狼狈不堪,但小朝廷内部的钩心斗角却愈演愈烈,这更让正派、耿直的王国维深感厌倦。这种情绪在他 1924 年 6 月 6 日给罗振玉的信中表达得十分充分。他写道:"观之欲请假者,一则因前文未遂,愧对师友;二则因此恶浊界中,机械太多,一切公心,在彼视之,尽变为私意,亦无从言报称,譬如禁御设馆一事,近亦不能言,言之又变为公之设计矣。得请之后,拟仍居葦毂,闭门授徒以自给,亦不应学校之请,则心安理得矣。"③ 在信中王国维明确表示不再应学校之请,这原因显然与他对当时的大学认识有关。他曾在致蒋孟苹信中写道:"东人所办文化事业,彼邦友人颇欲弟为之帮助,此间大学诸人,亦希其意,推荐弟为此间研究所主任(此说闻之日人)。但弟以绝无党派之人,与此事则可不

---

①  《王国维全集·书信》,中华书局 1984 年版,第 412 页。此处转引自袁英光等:《王国维年谱长编》,天津人民出版社 1996 年版,第 439 页。

②  此信《王国维全集·书信》失收。此处转引自陈鸿祥:《王国维传》,人民出版社 2004 年版,第 556 页。

③  《罗振玉、王国维往来书信》,东方出版社 2000 年版,第 626 页。

愿有所濡染,故一切置诸不问。大学询弟此事办法意见,弟亦不复措一词,观北大与研究系均有包揽之意,亦互相恶,弟不欲与任何方面有所接近……弟去年于大学已辞其脩,而尚挂一空名,即以远近之间处之最妥也。"① 从信中可以看出,此时刚从溥仪小朝廷内部争斗的漩涡之中脱身出来的王国维,内心绝不愿自己陷入大学中的另一种"相恶"。而当时正处于草创之初的清华国学研究院可能还没有滋生这种"相恶"的弊端,加上清华园地处僻静的西直门外,这对身心处于焦虑、惶惑与疲惫之中的王国维来说,不失为一个可以心安理得之所。所以,我认为,正是这些内因与外因的互相作用,才使得王国维最后决定就聘清华国学研究院。可以说,如果没有王国维自身内在心理的变化作为根本之因,外力是很难促使他作出最后的决定。

## 二、清华园生活:平静之下的旋涡

1925年4月17日,王国维和家人从地安门织染局10号迁入清华园西院,开始他宁静的学者生活。据赵万里《王静安先生年谱》中说,开始时"清华学校有意请他担任研究院院长,但王国维以'院长须总理院中大小事宜','辞不就,专任教授'",因此"主其事者改聘吴雨僧先生(宓)为主任。又聘新会梁任公先生(启超)、武进赵元任先生、义宁陈寅恪先生为教授"。由于"院务革创,梁陈诸先生均未在校,一切规划均请示先生而后定"。② 很显然,在国学院的草创期,王国维的到来确实发挥了重要而积极的作用。对于在清华园期间的日常生活,王国维的女公子王东明有过生动的描述,这段描述在质朴中不乏谐趣。她说:"父亲的辫子,是大家所争论的,清华园中有两个人,只要一看背影,就知道他是谁,一个是父亲,辫子是他最好的标志。另一个是梁启超,他的两边肩膀,似乎略有高低,也许是曾割去了一个肾脏的缘故。""每天早晨漱洗完毕,母亲就替他梳头,有次母亲事情忘了,或有什么事烦心,就嘀咕他说:人家的辫子全都剪了,你留着做什么? 他的回答很值得

---

① 《王国维全集·书信》,中华书局1984年版,第394页。
② 此处转引自袁英光等:《王国维年谱长编》,天津人民出版社1996年版,第441页。

玩味,他说:'既然留了,又何必剪呢?'"　"当时有不少人被北大学生剪了辫子,父亲又常出入北大,却是安然无恙。原因是他有一种不怒而威的外貌,学生们认识他的也不少,大部分都仰慕他、爱戴他。"① 我们似乎可以在这不失机智的回答之中看出王国维内心与外表之间的矛盾性:不剪辫子并非因为他标新立异或坚持所谓的政治立场正统性。更准确地说,只是他对自己过去所做事情的尊重,也仅是对自己内心所持信念与立场的尊重而已。我认为,这并非像一般人所认为的那样,是其有意显示政治态度的一种方式。清华园的生活,除了丧子之痛与挚友之绝外,王国维的学者生活基本上是平静的,但这两件事对王国维晚年生活的打击却是重大的,其影响也是深远的,值得深入探讨。第一件事是丧子之痛。1926 年 9 月,长子潜明在上海病情危重,王国维闻讯即乘车南下,到了上海,发现对于潜明的病情,药石已回天无力。1926 年 9 月 26 日,年仅 28 岁的潜明病逝于上海。② 长子的病逝对王国维来说,是其至死都无法愈合的创痛。据赵万里的《王静安先生年谱》说,先生"久历世变,境况寥落,至是复有丧明之痛,乃益复寡欢,自此情绪郁闷"③。此事在他的心灵上所刻下了的巨大创伤,他在后来的生活中则屡次触及,可见刻骨铭心,如,12 月 1 日,他在致马衡的信中谈及此事时,就表现出一种无奈的情绪。他说:"……亡儿之病,中西二医并有贻误,亦不能专咎西医,即病者自身亦枪法错乱。总之,运数如此无可说也。"④ 然而,随之而来的是又一件痛心之事——他与挚友罗振玉的关系破裂。此事一直为罗王两家后人所困惑,直到今天,由于有了罗振玉与王国维往来书信的发表,才可能将它的来龙去脉说个清楚。

关于此事的第一封信是 1926 年 10 月 21 日罗振玉写给王国维的:

静公有道:

冯友来,交到由沪运来小女家具,照单收到。索茶房酒资运送力

---

① 王东明:《怀念我的父亲王国维先生》,陈平原、王枫编《追忆王国维》,中国广播电视出版社 1997 年版。

② 参看袁英光等:《王国维年谱长编》,天津人民出版社 1996 年版,第 483 页。

③ 此处转引自孙敦恒:《王国维年谱新编》,中国文史出版社 1991 年版,第 158 页。

④ 《王国维全集·书信》,中华书局 1984 年版,第 448 页。

十二元,已交冯矣。顷又由颂清寄到(原函奉览)大札,并汇来伯深恤金等二千四百廿三元,虽已遵来示告小女,而小女屡次声明不用一钱,义不可更强,汇条暂存敝处(须取保乃可付,亦未敢交冯友,恐有遗失),千万请公处置。应汇都中何银行,示遵为荷,弟迩来事事了首尾,不欲多事,祈鉴宥。①

从当时的情况看,儿媳妇拒绝收下其夫潜明抚恤金是整个事件的导火线。从信中语气来看,罗振玉似乎是在为女儿的态度辩解,但友谊的裂痕开始出现了。

王国维随即的回信(1926 年 10 月 24 日),语气中就带有几分怨气:

雪堂先生亲家有道:

维以不德,天降鞠凶,遂有上月之变。于维为家子,于公为爱婿,哀死宁生,父母之心彼此所同。不图中间乃生误会,然此误会久之自释,故维初十日晚过津,亦遂不复相诣,留为异日相见之地,言之惘惘!

初八日在沪,曾托颂清兄以亡儿遗款汇公处,求公代为令媛经理。今得其来函,已将银数改作洋银二千四百二十三元汇津,日下当可收到。而令媛前交来收用之款共五百七十六元,今由大陆银行汇上,此款五百七十六元与前款共得洋三千元正,请公为之全权处理……因维于此等事向不熟悉,且京师亦非善地,须置之轻妥之地,亡男在地下当为感激也。

此次北上旅费,数月后再当奉还。令媛零用,亦请暂垫。维负债无几,今年与明春夏间当可全楚也。②

从信中可以看出,王国维此时经济上虽然有些困窘,但他还是执意要将抚恤金全数交付儿媳妇,个中必有缘由,或许是担心若不这样做,会留下什么话柄。果然,在接下来的这封信中,王国维就多少说出了家庭内部的一些不和:

雪堂先生亲家有道:

昨奉手书,敬悉种切。亡儿遗款,自当以令媛之名存放。否则,照旧

---

① 《罗振玉、王国维往来书信》,东方出版社 2000 年版,第 659 页。
② 同上。

时钱庄之例,用"王在记",亦无不可,此款在道理、法律,当然是令媛之物,不容有他种议论。亡儿与令媛结婚,已逾八年,其间恩义未尝不笃,即令不满于舅姑,当无不满于其所夫之理,何以于其遗款如此之拒绝!若云退让,则正让所不当让。以当受者不受,又何以处不当受者? 是蔑视他人人格也。蔑视他人人格,于自己人格亦复有损。总之,此事于情于理皆说不去,求公再以大义谕之。①

从信中的用词来看,王国维已将儿媳妇的这种拒不受款的态度提升到对家庭伦理和人格蔑视的严重性程度来加以评判,并表达了自己的愤怒。但是,恰恰在信中,王国维又轻描淡写地滑过了儿媳这一态度与家庭内部不和的深刻关系。是王国维在有意回避? 这其中的过节又错在何人? 显然,对于这些疑问,信中均轻轻地掩饰过去。可以预料,这种掩饰必然会激起罗振玉的愤怒,随之,事情就渐渐地滑向不可调和的矛盾边缘:11 月 3 日,罗振玉立即给王国维回了一封长信,这封信不仅超乎寻常的详细,而且,罗振玉心中的怒气也流溢纸面。

　　静公惠鉴:
　　　　晨奉手书,敬悉一是。书中所言,有钝根所不能解者,公言愈明,而弟之不解愈甚……
　　　　来书谓小女拒绝伯深遗款,为让人所不当让,以当受者而不受,又何以处不当者? 是蔑视他人人格也;蔑视他人人格,于自己人格亦复有损。又云即不满于舅姑,当无不满于所夫之理。此节公斩钉截铁,如老吏断狱,以为言之至明矣,而即弟之至不能解。
　　　　弟亦常稍读圣贤之书矣,于取与之义,古人言之本明。如孟子所谓"可以取,可以无取,取,伤廉。可以与,可以无与,与,伤惠",平生所知,如是而已。今以让为拒,谓让为损他人人格,亦复伤及自己人格,则晚近或有他理,弟未尝闻之也。
　　　　至谓不满于舅姑一节,更为公缕缕言之。小女自归尊府近十年,依

①　此信写于 1926 年 10 月 31 日。《罗振玉、王国维往来书信》,东方出版社 2000 年版,第 660 页。

弟之日多而侍舅姑之日少,即伯深亦依弟之日多而侍公之日少,亦诚有之。非避两亲而就妇翁也,因伯深海关一席在津,弟亦在津,伯深所入,不足为立门户,弟宅幸宽,故主弟家,饮食一切,自应由弟任之;嗣伯深不安而移居,弟亦不强者,伯深所为盖惟恐累弟故也。及移居而女病,所入不足,仍由弟助之,伯深更不安,乃送眷到京,居数月而女殇,乃复徙津,仍主弟家;已而次女亦殇,又值移沪,乃一人到沪,留眷在弟家,欲稍有积蓄,为接眷之费;而小女因连丧两女,因而致疾,医者诳人,所费不少,致伯深仍无所蓄,乃由弟备资送女至沪,为之凭屋,为之置器。合计数年所费,亦非甚少,然此之与,非孟子所谓伤惠之与也,朋友尚有通财之义,况戚属乎!且弟不仅于伯深然,于季缨亦然,弟平生恒急人之急,从未视财货为至宝,非蔑视财货也,以有重于财货者也。至弟此次到沪,小女言老爷没钱,此次川资历所费已不少,卒遭大故,女固异常伤心,而老爷亦财力不及,故以奁中金器变价,以充丧用,以减堂上负担(于此可见其能体亲心,何有于不爱舅姑),弟颇嘉为知礼。至海关恤款,迟早皆可取出,而公急于领款,小女亦遂仰体尊意,脱衰丧服而至海关(此亦足见其仰体亲心,何得谓之不满),而复申明,绝不用此钱,其存心亦未为不当。惟弟则觉死者尸骨未寒,此款迟早均可往取,何必亟亟?轻礼重财,是诚有之。此事乃弟与公绝对所见不合处,与小女无与也。前公书来,以示小女,小女矢守前语,不敢失信,故仍申前有信而可失,岂得为人,然公即以此加之罪矣。

弟交公垂三十年,方公在沪上,混豫章于凡材之中,弟独重公才秀,亦曾有一日披荆去棘之劳。此三十年中,大半所至必偕,论学无间,而根本实有不同之点。圣人之道,贵乎中庸,然在圣人已叹为不可能,故非偏于彼,即偏于此。弟为人偏于博爱,近墨,公偏于自爱,近杨。此不能讳者也。

至小女则完全立于无过之地。不仅无过,弟尚喜其知义守信,合圣人所谓夫妇所能,与尊见恰得其反。至此款,即承公始终见寄,弟即结存入银行,而熟筹所以处之之策。但弟偏于博爱,或不免不得尊旨耳。[1]

---

① 此信写于 1926 年 11 月 3 日。《罗振玉、王国维往来书信》,东方出版社 2000 年版,第661—662 页。

这封信在罗振玉和王国维研究中都具有重要的历史价值,信中除了罗振玉对女儿的行动作出辩护之外,最要紧的内容是罗振玉对自己与王国维三十年友谊的认识以及对自己与王国维性格差异的分析。不必为贤者讳,在这场家庭内部的纷争之中,我个人认为,似乎也暴露了王国维性格的某些致命伤——固执与褊狭,这种性格往往会趋于偏激行为。很显然,罗振玉的这封信对王国维是有所触动的,虽然如今无法知晓王国维看完信之后的具体心理反应,但我们从罗振玉的另一封信(1926 年 11 月 11 日)中似乎能推测出一二来:

静公惠鉴:

奉手书敬悉,亦拳拳以旧谊为言,甚善甚善。弟平日作书不逾百字,赋性简拙,从不欲与人争是非,矧在今日尚有是非可言耶?以来书严峻,故尔云云,殊非我心所欲也。[①]

从信中的内容看,两人似乎已释旧嫌,但感情伤痕的出现却永远不可抹去。此后两人的通讯,不仅次数越来越少,而且似乎都在回避着什么。三十年友谊所留下竟是冰冷的灰烬,任凭岁月风吹雨打,流散四方。

## 三、教师的形象:静默与严谨

清华国学研究院当时的课程设置分为两类,一是分组指导、专题研究;二是普通演讲。在清华园两年多时间里,王国维的指导范围主要在经学——书、诗、礼;小学——训诂、古文字学、古韵;上古史;中国文学。[②] 受业弟子徐中舒对王国维当年学术指导的情形有过生动的描述:"研究院于公共课堂之外,每教授各设一研究室,各教授所指导范围以内之重要书籍皆置其中,俾同学辈得随时入室参考,且可随时与教授接谈问难。先生研究室中所置皆经学、小学及考古学书籍。此类书籍,其值甚昂,多余在沪时所不能见者,余以

---

① 《罗振玉、王国维往来书信》,东方出版社 2000 年版,第 662 页。
② 参阅齐家莹编撰:《清华人文学科年谱》,清华大学出版社 1999 年版。

研究考古学故,与先生接谈问难之时尤多,先生谈话雅尚质朴,毫无华饰。非有所问,不轻发言;有时或至默坐相对,爇卷烟以自遣,片刻可尽数枝;有时或欲有所发挥,亦仅略举大意,数言而止;遇有疑难问题不能解决者,先生即称不知,故先生谈话,除与学术有关系者外,可记者绝少也。"① 试想当初师生默默对坐之情景,不免有些尴尬与沉闷。从现代教育理念来看,这种授业方法或许过于古板,但王国维对学术指导工作则是十分严谨的,据姚名达回忆说:"孔子适周之年,静安先生盖未深考,故偶赞名达之说,过后思之,知非定论,自审于考证之术尚无所长,而是时方究心史学理法,遂弃此就彼。当一九二五年之秋冬,实未尝亲炙先生而深叩方术也。翌年三月一日,颇欲研究《史记》,先生谓:'规模太大,须时过多奈何?'对曰:'姑就其一部分以理董之。'先生忽作而言曰:'六国年表,来历不明。可因本纪、列传、世家及《战国策》互相磨勘,各注出处于表内作为笺注,亦一法也。'如命而为之半月,并参考先生所著之书,始领会先生治史,无往不为穷源旁搜之工作,故有发明,皆至准确。十七日,问:'六国年表,每多年差事误如何?'先生曰:'勿管,但作笺注可也。吾人宗旨,为辑《秦记》。司马迁明言因《秦记》……表六国时事,《秦记》不载月日,此篇亦无月日。自秦襄公元年至秦二世三年,依《秦本纪》、《始皇本纪》及此篇,皆系五百六十九年,必出一本。别篇与此篇有异同者,殆另有所本。故此篇除去与《左传》、《战国策》及此书诸篇相同者,皆司马迁取诸《秦记》者也。又《战国策》不纪年,诸侯《史记》又亡,则此篇所纪年载,亦出《秦记》无疑。'名达遵命,改《六国年表笺注》为《六国年表寻源》,又旬日而告成。统计所辑《秦记》,将及百条,以示先生,先生欣然无语,不测其意何若也。六月十一日请益之余,先生谓曰:'治《史记》仍可用寻源工夫,或无目的精读,俟有心得,然后自拟题目,亦一法也。大抵学问常不悬目的,而自生目的,有大志者,未必成功,而慢慢努力者,反有意外之创获。'名达因陈所欲努力之方径,且谓毕业后仍当留院。承先生垂询家况,并勉以读《诗》、《礼》,厚根柢,勿为空疏之学。……当一九二六年九月二十二日,名达复见静安先生于清华园。翌日再问研究

① 徐中舒:《追忆王静安先生》,《文学周报》第二十七卷第六、七期合刊。此处转引自孙敦恒:《王国维年谱新编》,中国文史出版社 1991 年版,第 147 页。

《史记》之法,仍谓寻源工夫,必有所获。然名达方编次章实斋遗著,谢弗能也。由今思之,愧无及矣。"① 很显然,姚名达回忆中师生之间一问一答的论学情景与徐中舒回忆中的沉闷之情形,确有天壤之别,可以看成是王国维另一种性格面的呈现,这其中体现着一个有着长期研究心得的学者对后学治学方径之指导。

在清华国学研究院的两年间,王国维所开设的"普通演讲",其讲题多有变化:1925—1926 年的讲题是"古史新证"、"说文练习"②;1926—1927 年的讲题是"仪礼"、"说文练习"。关于王国维普通演讲的情形,在这里我们不妨选录三段回忆来重现当年的情景。据徐中舒回忆:"时先生方讲《古史新证》,以钟鼎款识及甲骨文字中之有关古代史迹者,疏通而证明之,使古史得有地下材料为之根据,此为先生平生最著名之研究。盖取旧作《殷卜辞中所见先公先王考》、《续考》、《殷周制度论》诸篇,增定而成。先生口操浙江音之普通话,声调虽低而清晰简明可辨。当先生每向黑板上指示殷墟文字时,其脑后所垂纤细之辫发,完全映于吾人视线之前,令人感不可磨灭之印象焉。"③

如果说徐中舒上述的回忆侧重于王国维的外貌神情,那么刘盼遂的回忆则侧重于学习体会。他说:"先师海宁王先生,学综内外,卓然儒宗。而于甲部之书,尤邃《书》、《礼》。比岁都讲清华园,初为诸生说《尚书》二十八篇,盼遂既疏剃之,成《观堂学书记》矣。大抵服其树义恢郭甄微,而能阙疑阙殆,以不知为不知。力剗向壁回穴之习,此则马、郑、江、段之所未谕。询称鸿宝。""先师所讲诸书,盼遂别有《观堂学书记》、《说文》练习笔语,《古史新证》笔语、《金文举例》笔语数种,待校理清楚,即当载入本刊(指《国学论丛》),期以扬先师之轶业,扇末年之游尘也。"④ 又据吴其昌的回忆:"《仪礼》贾疏最详明精覈,先生所讲,有即申说'郑注贾疏'之义者;则不烦记,

① 姚名达:《哀余断忆》。此处转引自袁英光等:《王国维年谱长编》,天津人民出版社 1996 年版,第 497—498 页。

② 参阅齐家莹编撰:《清华人文学科年谱》,清华大学出版社 1999 年版。

③ 此处转引自袁英光等:《王国维年谱长编》,天津人民出版社 1996 年版,第 455 页。

④ 刘盼遂:《观堂学礼记》。此处转引自袁英光等:《王国维年谱长编》,天津人民出版社 1996 年版,第 457 页。

若此篇所记,仅择先生深造自得之言,为先儒之所未发,出于'注疏'范围之外者,故语甚篇略。"① 从这些回忆中可以看出王国维的普通演讲课对于弟子们具有十分重要的学术启发意义,可以看成是一种现代学术教育的途径,其中所潜藏的学术教育方式、理念和评价体系,值得我们今天加以汲取和发扬。

尽管天性古拙,王国维还是尽可能地参加国学院师生活动,在这些活动之中王国维展示了其性格的另一面。比如:"五十初度之辰,亲友及门弟子均称觞致贺。……出汉魏唐宋石经墨本多种以示诸同学,并讲述石经历史及其源流。"② "同人啧啧嗟赏,竞提问语。先生辩答如流,欣悦异昔。始知先生冷静之中有热烈也。自是吾院师生,屡有宴会,先生无不与。"③

除了参与上述的学术教育活动外,王国维对清华国学研究院的发展也作出自己的贡献,尤其在文献、文物等研究资料的建设方面,用心颇多。比如,1925 年 9 月中旬,他偕同研究院主任吴宓、助教赵万里进城,在琉璃厂各书肆中访寻中国书籍,游观多家,为校中图书馆选购若干种,皆研究院目前开课所必需读者,十三经、二十四史皆在内。④ 据国学院教务会议记录,王国维多次被委任主持有关资料建设的任务,如 1926 年 6 月 21 日的教务会通过专请王国维主持审查决定图书购置及批价审定;主持历史古物陈列室所须拓本之审查取舍。又如,在 1926 年 8 月 27 日的教务会议上,王国维向与会者报告了北大马衡教授代作大斗量(王莽时代)模型一件;在 1926 年 11 月 9 日的教务会议上,王国维报告:"藻玉堂书店有宋本二十四史一部,甚佳,已还价至三百元。又商务印馆亦将出古本二十一史一部。此种基本书版本不同,各有长处,可以互相参校,似宜购置。"⑤ 此外,王国维还多次参加校外的学术活动,这在客观上扩大了国学研究院的学术影响。如,1925 年 7 月为燕京华文学校演讲《中国历史之尺度》,11 月又为北京历史学会作题为《宋代

① 吴其昌:《王静安先生之〈仪礼〉讲授记》。此处转引自孙敦恒:《王国维年谱新编》,中国文史出版社 1991 年版,第 161 页。

② 参见赵万里:《王国维年谱》。此处转引自袁英光等:《王国维年谱长编》,天津人民出版社 1996 年版,第 497 页。

③ 姚名达:《哀余断忆》。此处转引自袁英光等:《王国维年谱长编》,天津人民出版社 1996 年版,第 497 页。

④ 参见孙敦恒:《王国维年谱新编》,中国文史出版社 1991 年版,第 145 页。

⑤ 同上书,第 155—160 页。

之金石学》的讲演,这些演讲具有很高的学术价值,有的甚至由此开辟出一门重大的学科领域。

## 四、学术转向：西北地理与元史研究

王国维到清华园之后,学术研究的重点有所转向,开始致力于西北地理及元代历史研究。据赵万里编撰的年谱说:"五月,从《通典》中抄出杜环《径行记》,而以《太平寰宇记》所引者校之。又从《五代史》中抄出高居诲《使于阗记》,从《宋史·外国传》抄出王延德《使高昌记》,并以王明清《挥麈前录》所引校之,又从《吴船录》抄出继业《三藏行记》。从《庶斋老学丛谈》抄出耶律楚材《西游录》,从陶宗仪《游志继编》抄出刘祁《北使记》,又从明刊《秋涧大全文集》卷九十四《玉堂嘉话》中抄出刘郁《西使记》,以四库本校之,共得古行记七种,装为一册,以备参阅。"[①] 可见王国维对自己新的学术转向有意识地进行了充分的准备。1925 年 11 月 15 日,他在致罗振玉的信中谈及自己近况时就说:"近颇致力于元史,而功效不多,将来或为考异一书,校之凤老之《新史》,或当便于学者。"[②] 据陈鸿祥的研究,王国维关于西北地理与元史研究的著述,可概括为三大系列:一是辑校(这方面,赵万里的《王静安先生年谱》中已有详细记述,此处从略)。二是笺注。1926 年 4 月,王国维编定《蒙古史料校注四种》(附《鞑靼考》、《辽金时蒙古考》,系"清华研究院丛书"之一)。据"实任校刊之役"的赵万里说,观堂师原拟印《圣武亲征录校注》、《长春真人西游记校注》,"嗣见师案头有《蒙鞑备录》、《黑鞑事略》二书,师笺识其上,蝇头细书,殆逾万字,因假录之"。以上四种,乃是王国维研究蒙元史的奠基性著作。三是考论。自 1925 年至 1927 年 4 月,王国维陆续考定的著述有《黑车子室韦考》、《西辽都城虎思斡耳朵考》、《鞑靼考》、《萌古考》、《金界壕考》、《南宋人所传蒙古史料考》、《元朝秘书之主因亦儿坚考》(附《致藤田博士书》二通)、《蒙古札记》以及《耶律文正

---

①　此处转引自袁英光等:《王国维年谱长编》,天津人民出版社 1996 年版,第 442 页。

②　《罗振玉、王国维往来书信》,东方出版社 2000 年版,第 649 页。

公年谱》（一卷，余录一卷）等，这是王国维在大量占用材料，进行认真辑录和校注的基础上写成的，皆蒙元史研究方面的力作。①

对于自己开始转向蒙元史研究，王国维在给友人的信中也曾不时谈及。如，1925 年 6 月 23 日，他在致蒋孟蘋的信中就写道："弟自郊居后，进城极少，每月不过一二次，近作《长春真人西游记注》大略可以脱稿，唯尚有书须查，定稿尚须数日。"② 7 月 17 日，他在致罗振玉的信中说："《耶律年谱》其中人物与事迹考出者已不少，所难者在集中所见最要数人姓名无从考，又各诗年代大略可定，不能确指为某年，将来只可于数年中录一次耳。文正墓在万寿山，今尚存，又以玉泉自号，稍凉后当往访其墓也。"③ 此后不久即 1925 年 8 月 23 日，他在致马衡信中又说道："今年夏间为《长春真人西游记》做注，又做《耶律文正公年谱》，均未定稿。元史素未留意，乃作小学生一次，亦有味也。"④ 尽管王国维把自己的蒙元史和西北地理研究自谦为"作小学生"，但是他所取得的学术成就却是卓然成家，不可替代的。对于王国维在西北地理和元史研究方面的重要成就，梁启超曾有一段评价："若校注蒙古史料，于漠北及西域史实多所悬解。此则续前贤之绪，而卓然自成一家言……其所讨论之问题，虽洪纤繁简不一，然每对于一问题，搜集材料，殆无少遗失，其结论未或不餍心切理，骤视若新异，反复推较而卒莫之能易。"⑤ 尽管梁启超的这段评价未可视为历史定论，但其中推崇之义清晰可见。

西北地理和元史研究被称为"绝域与绝学"，但又是近代学术中的一门显学。⑥ 沈曾植、柯邵忞等人在这一领域中均有开拓性的建树，而王国维于短时间内能在这一领域脱颖而出，必有其独特的方法与视野。

### （一）国际化的学术视野

王国维避难日本期间就和日本汉学界建立起比较密切的学术联系，这种

---

① 以上论述参见陈鸿祥：《王国维传》，人民出版社 2004 年版，第 594—595 页。
② 《王国维全集·书信》，中华书局 1984 年版，第 414 页。
③ 《罗振玉、王国维往来书信》，东方出版社 2000 年版，第 641 页。
④ 《王国维全集·书信》，中华书局 1984 年版。
⑤ 此信转引自孙敦恒：《王国维年谱新编》，中国文史出版社 1991 年版，第 177 页。
⑥ 可参阅郭丽萍：《绝域与绝学——清代中叶西北史地学研究》，三联书店 2007 年版。

学术联系在后来又得到不断加强与巩固。在清华国学研究院期间,王国维在致日本友人的信中,经常报告自己学术研究近况,或与他们切磋讨论相关的学术问题,这样做就使得他一方面能及时了解国际学术界(特别是日本汉学界)对某一问题研究的进展,另一方面又能及时地将自己的研究心得对外发布,这种开放的学术视野在今天对我们依然有重要的启发性。我认为,在当今的人文学术研究中,文献与资料可以是本土化,但研究的方法与视野则应该是国际化;问题可以是本土性的,但学术交流应该是国际性的。

对于这一问题,这里我仅以王国维与日本友人神田喜一郎的书信交往为例,来加以说明。

1926 年 3 月间,王国维在致神田喜一郎信中说道:"弟近作《鞑靼考》一书,证明唐五代之鞑靼于辽金史为阻卜、阻鞑,并言元人所以讳言鞑靼之故,三四月后可以印出,当呈教也。"① 在 6 月 29 日的信中,他又说道:"近日将敝撰《皇元圣武亲征录校注》一卷,《长春真人西游记注》二卷,《蒙鞑备录》、《黑鞑事略笺证》各一卷,并《鞑靼考》、《辽金时蒙古考》诸种,共为小丛书,付诸排印,大约两月中可成。"② 据孙敦恒的研究:这年夏间,日本汉学家内藤虎次郎博士 60 寿辰,作为纪念,其友人集资刊行《支那学论丛》,王国维乃以新著《西辽都城虎思斡耳朵考》付之。9 月间他致神田的信中说道:"顷接手书,敬承一切。《西游录》足本已在印刷中,闻之至为快慰。弟所撰《亲征录校注》甚为草率,但意在介绍一《说郛》本耳,故不独不知有那珂博士校注本,即知服斋本亦未得见(因弟所见《知服斋丛书》系初印本,故无此种)。此书印刷垂成,已发现当增订之处尤多。顷见沈乙庵先生校本,释《事略》中醮字为站之异译,此条甚佳。不知箭内博士本将来能印行否?""乣军之乣,亦或作紏。《辽史》及《蒙鞑备录》乣讹为纪,当本作乣。此紏字本是纠之别体,见于《集韵》,则乣或又紏之省欤?此事不敢遽定,故以字体说之。"③ 这些信件的内容很单纯,极少涉及旁事,多集中于蒙元史及西北地理之讨论,且多是王国维正在研究之课题。在这些信件中,王国

---

① 此信转引自孙敦恒:《王国维年谱新编》,中国文史出版社 1991 年版,第 153 页。
② 同上书,第 155 页。
③ 同上书,第 158 页。

维常常提出与当时日本汉学界不同的新见,这可以说是 20 世纪中日学术交流史上的一段佳话。①

对于自己的学术创获,王国维充满自信,这种自信在某种意义上说体现着一位 20 世纪中国学人对自己文化传统的某种信念。比如,王国维曾在《元朝秘史之主因亦儿坚考》的"前言"说道:"十数年来,日本箭内亘、羽田亨、藤田丰八三博士及松井等,鸟山喜一二学士,各就辽金二史之乣军发表其新说。余所得见者仅箭内亘《再就辽金时代之乣军》、鸟山学士《就乣军之疑》、藤内博士《问题之二语乣与泊》三篇。于是乣军之事为史学上一大问题。余于契丹、女真、蒙古文字曾无所知,对此问题自不能赞一词。然近读《元朝秘史》,就史实上发现与金末乣军相当之名称,此名称与向来乣军之音读略有不同,于史实上之同一及言语上之歧互,殊不能得其解。适《史学杂志》编者介藤田博士征余近业,因提出此史实,并余个人之见解,以就正于博士,并乞羽田鸟山诸君之教。"②王国维的这番话,谦逊之中含着自信,读来使人颇感其治学之坚实与态度之平和。对于和王国维的学术交往,神田喜一郎也曾有过这样的回忆:"先生在学问方面的兴趣,渐渐转移于西北地理。屡屡寄信向我索取那珂、白鸟诸博士关于这方面的著作……大正十五年春,我在宫内省图书寮书库中,偶然发现的《西游录》足本,我将此发现报告先生,先生很高兴,寄了一封长信,劝我尽速将全文付梓。"③这种鸿雁传书、隔海相问的论学问难之情形,确实令人向往,它从一个侧面反映出 20 世纪中国学术发展的国际化姿态。

## (二)现代的学术方法

在 20 世纪 20 年代,还留着前清的辫子,不免让人把这种形象与迂腐、保守之类的含义联系在一起。但是,无论是在学术思想还是在学术方法上,王国维的学术研究都是现代的、科学的。梁启超曾称赞王国维的学术方法说:"我们看王先生的《观堂集林》,几乎篇篇都有新发明,只因他能用最科学而

① 可参阅李庆:《日本汉学史》,上海外语教育出版社 2004 年版。
② 《观堂集林》卷十六,河北教育出版社 2001 年版。
③ 参见袁英光等:《王国维年谱长编》,天津人民出版社 1996 年版,第 516 页。

合理的方法，所以，他的成就极大。"① 在王国维关于西北地理和元史的研究论著中，我们处处能见到科学方法所焕发出来的学术生机。关于这一点，王国维研究专家孙敦恒先生在《王国维年谱新编》中记载过这样一件事：王国维在读《金史》时就发现多处出现"阻䪁"字样，《元史》中并无关于这一部族的记载，王国维对此开始产生怀疑，在一次阅读《元秘史》的过程中，他发现该书卷四载有如下的一段话："大金因塔塔儿不从，王京丞相领军来剿，于浯泐河破之。"于是，王国维就把这段话与《金史·完颜襄传》相对照，发现两书中所出现的地望、人名完全相合。他从中就得出结论，认为，《金史》之"阻䪁"即《元秘史》之"塔塔儿"，而"塔塔儿"一语亦即唐宋间鞑靼之对音，于是，他就摘录史籍中所言关于"鞑靼"、"阻卜"、"阻䪁"之事，草成《鞑靼年表》及《鞑靼考》。② 不久后，他读到日本汉学家箭内亘博士的《鞑靼考》，其中部分意见与之相同，也认为"阻卜"、"阻䪁"为"鞑靼"。但是，箭内亘又认为，兴安岭以西的"鞑靼"是蒙古种，而阴山的"鞑靼"则出于沙陀，是土耳其人种，因震于漠北鞑靼之威名而窃以自号。对于箭内亘的这一结论，王国维并不同意，他提出了自己的观点：即当唐之季世，兴安岭左右诸部族，如室韦、蒙古、鞑靼都有迁徙之事。盖唐德既衰，回鹘也被黠戛斯所攻，去其故都，而汉塞下只有沙陀、退浑等部族，所以室韦、蒙古、鞑靼三部族，乃各有一支部侵入阴山附近。这一历史情况，前人均未发现，王国维即草成《鞑靼后考》，对这一问题进行了富有说服力的疏通和证明。又摘出室韦南徙一章，写成《黑车子室韦考》。③ 对于王国维运用现代的学术方法所得出的一系列有关西北地理与蒙元史的研究结论，罗振玉惊叹不已，他曾说："吾友王忠悫公曩撰《南宋人所传蒙古史料考》，斥王大观《行程录》、李大谅《征蒙记》及宇文懋昭《大金国志》为伪书，谓所记蒙古事多虚诬不实。复申论之日：'凡研究史学者，于某民族史不得不依据他民族之记载，如中国塞外民族，若匈奴，若鲜卑，若西域诸国，除中国正史中之列传载记外，殆无所信史也，其次者若契

---

① 梁启超：《王静安先生纪念专号序》，《国学论丛》第一卷第三号，1927年。

② 《观堂集林》卷十四《史林六》，河北教育出版社2001年版。又参阅袁英光等：《王国维年谱长编》，天津人民出版社1996年版，第459页。

③ 参阅孙敦恒：《王国维年谱新编》，中国文史出版社1991年版，第166页。

丹,若女真,其文化较近,记述亦较多,然因其文字已废,除汉人所编之辽金二史外,亦几无所谓信史也!'予深韪其言,而于宋人诸书所记辽事,盖征公所言之确当不易。"① 梁启超把王国维的这种治学方法称为"通方知类"。顾颉刚则称之为"细针密缕"。从现代学术方法论来看,王国维所运用的其实正是现代意义上的分析与综合相结合的方法。王国维曾在《论新学语之输入》中说:"我国人之特质,实际的也,通俗的也;西洋人的特质,思辨的也,科学的也。""西洋人长于抽象,而精于分类,对世界一切有切无形的事务,无往而不用综括及分析之二法。"② 我认为,正是这种对现代的分析与综合方法的自觉意识与合理运用,才使得王国维的学术研究能取得如此重大的成就。

## (三)深沉的学术创造动因

王国维在外表与神态上常给人一种静默的压力,但事实上,他的内心世界却是很丰富的——"先生冷静之中固有热烈也"。这种"冷静之中固有热烈",对他的学术研究具有十分重要的意义,使他常常能发前人所未发。如,1925 年 8 月王国维在《耶律文正公年谱》中写道:"元遗山以金源遗臣,金亡后,上耶律中书书,荐士数十人,昔人恒以为诟病,然观其书则云,以阁下之力,使脱指使之辱,息奔走之役,聚养之分处之,学馆之奉不必尽具。饘粥足以糊口,布絮足以蔽体,无甚大费云云,此数十人中皆蒙古之驱口也,不但求免为民,而必求聚养之、分处之者,则金亡之后,河朔为墟,即使免驱(口)为良,亦无所得食,终必馁死故也。遗山此书,诚仁人之用心,是知论人者,不可不论其世。"③ 正统史学均认为元遗山是历史上有争议的人物,但是,在这里,王国维则联系具体的历史情境,对其仁人之心进行了深切而细微的体察。

1926 年 2 月 2 日,王国维在其所撰的《黑鞑事略跋》中说道:"彭大雅守重庆时,蜀已残破,大雅披荆棘,冒矢石,竞筑重庆城,以御利阆蔽夔峡,为蜀之根柢,自此支吾二十五年,大雅之功也。然取办迫促,人多怨之。其筑

---

① 罗振玉:《贞松老人外集》卷一。此处转引自孙敦恒:《王国维年谱新编》,中国文史出版社 1991 年版,第 163 页。

② 王国维:《论新学语之输入》,《教育世界》第九十六号, 1905 年 4 月。

③ 《耶律文正公年谱余记》,《海宁王静安先生遗书》第三十二册,商务印书馆 1940 年版。

重庆也,委幕僚为记,不惬意,乃自作之曰:'某年月日守臣彭大雅筑此,为国西门。谒武侯祠,自为祝文,云云。'其文老成简健,闻者莫不服之。后不幸遭败而卒。蜀人怀其思,为之立庙,故其为此书,叙述简赅,足征觇国之识……蒙古开创时,史料最少。此书所贡献,当不在《秘史》、《亲征录》之下也。"① 在这里,王国维对彭大雅在困难与残破之局中支持、开拓的遭际之同情和称赞,多少透露了他在清朝灭亡之后作为遗民的内心隐衷。同年的7月22日,他在致蒋孟蘋信中更是感慨万千地说道:"天道剥而必复,人事愤而后发,实有此理,非漫为慰藉也,弟半年中鼙鼓声中成《皇元圣武亲征录校注》一卷,《长春真人西游记》二卷,《蒙鞑备录》、《黑鞑事略笺证》各一卷,又有《鞑靼考》、《辽金时蒙古考》两篇,共六种,合印一小丛书,于月内可以印成。"② 我认为,信中特意提到"鼙鼓声中"是富有深意的,这可以看是一种春秋笔法,其中隐约表达了王国维对当时历史情形的态度。

王国维所处的时代,正是内外危机日益深重的年代,历史的相似性很容易引发有良知与责任感的知识分子的精神共鸣,而这种精神共鸣又往往成为他们对历史认识的深刻推动力,也使他们往往能在历史相似性中找到一种同情性的理解和判断,并赋予历史认识以一种深沉的个人情怀。如,1927年3月,王国维在所撰的《金界壕考》中说道:"《金史·内族襄传》赞论北边筑壕事,以元魏北齐之筑长城拟之。后世记金界壕者……曰界壕、曰边堡。界壕者,据地为沟堑,以限戎马之足。边堡者,于要害处筑城堡,以居戍人。二者于防边各有短长。边堡之设,得择水草便利处置之,而参差不齐,无以御敌人之侵轶。壕堑足以御侵轶矣,而工役绝大,又塞外多风沙,以湮塞为患。故世宗朝屡遣使经画,卒不能决。章宗时边患益亟,乃决开壕之策,卒于承安三年成之。共壕堑起东北迄西南,几三千里,此实近古史上之大工役。今遗迹虽湮没,而见于载籍者,尚可参稽而得其概略……虽壕堑之成甫十余年,而蒙古人寇中原,如入无人之境,然使金之国力常如正隆大定之时,又非有强敌如成吉思汗,庸将如独吉思忠完颜承裕,则界壕之筑,仍不

---

① 《观堂集林》卷十六《史林八》,河北教育出版社 2001 年版。
② 《王国维全集·书信》,中华书局 1984 年版,第 433 页。

失为边备之中下策,未可遽以成败论之也。"① 这种在历史评价之中充分考虑多重人事的互动关联,尤其是考虑国力之强弱与边塞之固虚之间的辩证关系,某种意义上可以读出王国维对当时中国国际处境的一种忧患之思。

## (四)严谨的治学态度

梁启超曾评价王国维说:"先生古貌古饰,望者辄疑为竺旧自封畛,顾其头脑乃纯然为现代的,对于现代文化原动力之科学精神,全部默契,无所抵拒。而每治一业,恒以极忠实敬慎之态度行之,有丝毫不自信,则不以著诸竹帛;有一语为前人所尝道者,辄弃去,惧蹈剿说之嫌以自玷污。盖其治学之道术所蕴藉者如是,故以治任何专门之业,无施不可,而每有所致力,未尝不深造而致其极也。"② 梁启超的这段话一方面点出王国维治学方法的现代性,另一方面又点出其治学态度的严谨性。王国维曾在一篇校注序中详细地描述自己从事校注的过程,其治学之严谨,从中可以略窥一斑。他写道:"余前在海上嘉兴沈先生座上,见其所校《说郛》本《亲征录》,为明弘治旧钞,与何本异同甚多。先生晚岁不甚谈元史事,然于《说郛》本犹郑重手校。未几,先生归道山,其校本遂不可见。比来京师,胶州柯凤孙学士为余言,元太祖初起时之十三翼,今本《亲征录》不具。《说郛》本独多一翼,乃益梦想《说郛》本。旋知其本藏江安傅君沅叔所。乙丑季冬,乃从沅叔借校。沅叔并言尚有万历抄《说郛》本在武进陶氏。丙寅正月,赴天津,复从陶氏假之,其佳处与傅本略同,又江南图书馆有汪鱼亭家钞本,亦移书影抄得之,合三本互校,知汪本与何氏祖本同出一源,而字句较胜,夺误亦较少;《说郛》本尤胜,实为今日最古最备之本。因思具录其异同,为校记以饷学者。顾是书有今本之误,有明钞本之误,有原本之误,三者非一一理董,犹未易遽读也。幸而此书之祖祢之《秘史》,与其兄弟之拉施特书、其子姓之《元史》及当时文献尚可参验。因复取以比勘,存其异同,并略疏其事实,为校注一卷。昔吴县洪文卿侍郎译拉施特书,并为《秘史》及此《录》作注,而遗稿不传,其说

① 《观堂集林》卷十五《史林七》,河北教育出版社2001年版。
② 梁启超:《王静安先生纪念专号序》,《国学论丛》第一卷第三号,1927年。

略见《元史译文证补》中。武进屠敬山撰《蒙兀儿史记》,于是《录》探索尤勤。近复有仁和丁益甫考证地理,亦非无一二可采。滋复剟取其说,其有瑕颣,间加辨正,虽不敢视为定本,然视何氏校本,则差可读矣。"① 这种几经修订的现象在王国维的著作中屡见不鲜。如,他在《长春真人西游记校注》序中说道:"国维于乙丑夏日始治此书,时以所见疏于书眉,于其中地理人物亦复偶有创获,积一年许,共得若干条,遂尽一月之力,补缀以成此注。"② 这种严谨的治学态度还表现在对自己近乎苛责的学术追求中。如,有一次他在致友人的信中说:"《蒙鞑备录》与《黑鞑事略》两笺,近来增补甚多,《辽金时蒙古考》亦须改作,亦深悔当时出版之早。"③ 对已经面世的著作,他仍有一种精益求精、不断增订的态度,可见其在治学之中严谨的态度。

# 五、学术史意义：视野、材料与方法

在清华国学研究院的两年,王国维留在现代学术方法史上最重大的贡献就是在普通演讲《古史新证》中提出的"二重证据法"。《古史新证》是改订旧作《殷卜辞中所见先公先王考》、《续考》、《三代地理小记》、《殷周制度论》等文而成,全书共分五章:(一)总论;(二)禹;(三)殷之先公先王;(四)商诸臣;(五)商之都邑及诸侯。王国维在《古史新证·总论》中说:"研究中国古史,为最纠纷之问题,上古之事,传说与史实混而不分,史实之中,固不免有所缘饰,与传说无异,而传说之中,亦往往有史实为素地,二者不易区别,此世界各国之所同也。在中国古代已注意此事。……至于近世,乃知孔安国本《尚书》之伪,《纪年》之不可信,而疑古之过,乃并尧、舜、禹之人物而亦疑之。其于怀疑之态度及批评之精神,不无可取。然昔于古史材料,未尝为充分之处理也。吾辈生于今日,幸于纸上之材料外,更得地下之新材料。由此种材料,我辈固得据以补正纸上之材料,亦得证明古书之某部分全为实录,即百家不雅驯之言,亦不无表示一面之事实,此二重证据法,唯在

---

① 《观堂集林》卷十六《史林八》,河北教育出版社 2001 年版。

② 同上。

③ 此信转引自孙敦恒:《王国维年谱新编》,中国文史出版社 1991 年版,第 164 页。

今日始得为之。虽古书之未得证明者,不能加以否定。而其已得证明者,不能不加以肯定,可断言也。"关于"二重证据法",学术界历来十分重视。郭沫若曾说:"在当初,我第一次接触甲骨文字,那一样一片墨黑的东西,但一找到门径,差不多只有一两天工夫,便完全解决了它的秘密。这倒不是我一个人有什么了不起的本领,而我是应该向一位替我们把门径开辟出来的大师,表示虔诚的谢意的。这位大师是谁呢?就是 1927 年当北伐军进展到河南的时候,在北平跳水死了的那位王国维了。"这里所说的"门径"即是王国维在《古史新证》中所大量运用的"二重证据法",这种方法至今依然在学术界具有重要的影响。① 著名学者李学勤先生曾说道:"我想大家都知道,把考古学的东西和历史学的东西放在一起来研究,特别是把地下的东西和地上的传世文献放在一起来研究,从方法上讲,是我们大家尊重的王国维先生提出来的。王国维先生提出来的二重证据法,即地下的与地上的相互印证。这是很有名的。它为中国现代考古学的建立奠定了基础。"②

纵观王国维一生的学术研究,我认为,有三个方面的经验值得总结:

## (一)"预流"而又不为"流"所"预"

陈寅恪曾对现代学者与学术思潮之间的关系,提出著名的"预流说",他认为:"一时代之学术,必有新材料与新问题,取用此材料,以研求问题,则为此时代学术新潮流。治学之士,得预于此潮流者,谓之预流(借用佛教初果之名)。其未得预者,谓之未入流,此古今学术史之通义。"③ 应该说,王国维一生的学术活动都与当时的"显学"紧密相关,但同时又能以自己独特的创造为这一"显学"的深化或转向开辟了新空间。对于这种情形,罗振玉曾有一段详尽的评述:"初公治古文辞,自以所学根柢未深,读江子屏《国朝汉学师承记》,欲于此求修学途径。予谓江氏说多偏驳,国朝学术实导源于顾亭林处士,厥后作者辈出,而造诣最深者,为戴氏震、程氏易畴、钱氏大昕、汪

① 郭沫若:《革命春秋》。此处转引自孙敦恒:《王国维年谱新编》,中国文史出版社 1991 年版,第 146 页。
② 李学勤:《走出疑古时代》,辽宁大学出版社 1997 年版,第 3 页。
③ 陈寅恪:《陈垣敦煌劫余录序》,《金明馆丛稿二编》,三联书店 2001 年版。

氏中、段氏玉裁及高邮二王,因以诸家书赠之。公虽加浏览,然方治东西洋学
术,未遑专力于此,课余复从藤田博士治欧文及西洋哲学、文学、美术,尤喜韩
图(康德)、叔本华、尼采诸家之说,发挥其旨趣,为《静安文集》。在吴刻
所为诗词,在都门攻治戏曲,著书甚多,并为艺林所推重。至是予乃劝公专
研国学,而先于小学、训诂植其基。并与论学术得失,谓尼山之学在信古,今
人则信今而疑古,国朝学者疑《古文尚书》,疑《尚书孔注》,疑《家语》,所
疑固未尝不当,及大名崔氏著《考信录》则多疑所不必疑矣。至于晚近变本
加厉,至谓诸经皆出伪造。至欧西哲学,其立论多似周秦诸子,若尼采诸家学
说,贱仁义,薄谦逊,非节制,欲创新文化以代旧文化,则流弊滋多,方今世论
益歧,三千年之教泽不绝如线,非矫枉不能反经。土生今日,万事无可为,欲
拯此横流,舍反经信古莫由也。"对于罗振玉这番话语,王国维"闻而懔然,自
怼以前所学末醇,乃取行箧《静安文集》百余册悉摧烧之,欲北面称弟子"。
对于王国维的转变,罗振玉给予了大力的支持,"尽出大云书库藏书五十万
卷,古器物铭识拓本数千通,古彝器及其他古器物千余品,恣公搜讨。复与海
内外学者移书论学……每著一书,必就予商体例,衡得失。如是者数年,所造
乃益深且醇"①。王国维从西方哲学转向国学的过程也正反映了 20 世纪初
期中国近代学术转向的历程,因此这种转向既是个人的又是时代性的。

## (二)善于利用新材料

王国维曾应清华大学学生会之请,做过一场题为《最近二三十年中国
新发现之学问》的演讲。在演讲中,王国维对近二三十年来的新材料、新发
现及其如何充分利用这批新材料做了精辟的论述,这也可以说是对自己治学
经验的总结。他说:"古来新学问起,大都由于新发见。有孔子壁中书出,而
后有汉以来古文字之学;有赵宋古器出,而后有宋以来古器物古文字之学。
唯晋时汲冢竹简出土后即继以永嘉之乱,故其结果不甚著。然同时杜元凯注
《左传》,稍后郭璞注《山海经》,已用其说;而《纪年》所记禹、益、伊尹事,
至今成为历史上之问题。然而中国纸上之学问赖于地下之学问者,固不自今

---

① 罗振玉:《海宁王忠悫公传》,傅杰编校《王国维论学集》,中国社会科学出版社 1997 年版。

日始矣。自汉以来,中国学问上之最大发现有三:一为孔子壁中书、二为汲冢古书、三则今之殷墟甲骨文字。敦煌塞上及西域各处之汉晋木简,敦煌千佛洞之六朝及唐人写本书卷、内阁大库之元明以来书籍档册。此四者之一已足当孔壁汲冢所出,而各地零星发见之金石书籍,于学术有大关系者,尚不与焉。故今日之时代可谓之'发见时代',自来未有能比者也。"① 在演讲中,王国维对自己如何运用这些新材料也做了自我评述:如关于殷墟甲骨文字,"余复拓此种材料作《殷卜辞中所见先公先王考》,以证《世本》、《史记》之为实录;作《殷周制度论》以比较二代之文化";关于敦煌塞上及汉西域各地之简牍,"癸丑冬月,沙畹教授寄其校订未印成之本于罗叔言参事,罗氏与余重加考订,并斯氏在和阗所得者景印于世,所谓《流沙坠简》是也"。在中国现代学术史上,王国维对"敦煌千佛洞之六朝唐人所书卷轴"、"内阁大库之书籍档案"和"中国境内之古外族遗文"等领域的研究,均有其独到之建树,他所得出的许多结论为这些研究领域的进一步发展奠定了坚实的基础。

## (三)博约相生

张舜徽曾说:"王氏在考古学上的伟大成就,不决定于他有丰富的材料,而决定于他有雄厚的学养,能处理材料,分析材料。"② 王国维在学术研究中往往能够在对大量复杂的材料排比、联系之中,找到一些简约而深刻的结论,并且这种结论常常是不能移易的。他曾说:"文无古今,未有不文从字顺者。今日通行文字,人人能读之,能解之。《诗》、《书》彝器亦古之通行文字,今日所以难读者,由今人之知古代不如知现代之深故也。苟考之史事与制度文物以知其时代之情状,本之《诗》、《书》以求其文之义例,考之古音以通其义之假借,参之彝器以验其文字之变化,由此而之彼,即甲以推乙,则于字之不可释、义不可通者,必间有获焉。"③ 在这方面,最著名范例的是《殷周制度论》。在《观堂集林·序》中,王国维对该文做了充分的自我肯定:"于周代立制之源及成

① 王国维:《最近二三十年中中国新发现之学问》,《静安文集续编》。
② 张舜徽:《讱庵学术讲论集》,华中师范大学出版社 2008 年版,第 382 页。
③ 王国维:《〈毛公鼎考释〉序》,《观堂集林》卷六。

王周公所以治天下之意,言之尤为真切。自来说诸经大义未有如此之贯串者。"① 又如《中国历代之尺度》一文,其论证的思路就典型地体现由博到约的思维途径。王国维据刘歆铜斛尺,汉牙尺,后汉建初铜尺,无款识铜尺,唐镂牙尺,唐红牙尺甲、乙,唐绿牙尺甲、乙,唐白牙尺甲、乙,无款识铜尺,宋木尺甲、乙、丙,明嘉靖牙尺,清工部营造尺等凡十七种,作比较之研究,由此,王国维得出一个重大结论:"尺度之制,由短而长,殆成定例。然其增率之速,莫剧于东晋、后魏之间,三百年间,几增十分之三。……而自唐朝迄今,则所增甚微,宋后尤微。求其原因,实由魏晋以降,以绢布为调,而绢布之制,率以二尺二寸为幅,四丈为匹。官吏惧其短耗,为欲多取于尺,故尺度代有增益,北朝尤甚。自金、元以降,不课绢布,故八百年来,尺度犹仍唐宋之旧。"② 另外,王国维应北京历史学会所做的学术讲演《宋代之金石学》,也是一篇颇能说明其治学上博约相生的范例。王国维说:"宋代学术,方面最多,进步亦最著,其在哲学,始则确刘敞、欧阳修等,脱汉唐旧注之桎梏,以新意说经;后乃有周敦颐、程颢、程颐、张载、邵雍、朱熹诸大家,蔚为有宋一代之哲学。其在科学,则有沈括、李诫等,于历数物理工艺,均有发明。在史学,则有司马光、洪迈、袁枢等,各有庞大之著述。在绘画,则董源以降,始变唐人画工之画而为士大夫之画。在诗歌,则兼尚技术之美,与唐人尚自然之美者,蹊径迥殊。考证之学,亦自宋而大盛。故天水一朝人智之活动,与文化之多方面,前之汉唐,后之元明,皆所不逮也。近世学术多发端于宋人。如金石学,亦宋人所创学术之一。"王国维通过大量的史实,从古器物的搜集、传拓及著录、考订和应用等三方面对宋代金石学的成就做了评价,得出的结论是:"金石之学,并自宋代,不及百年,已达完成之域。原其进步所以如是速者,缘宋自仁宗以后,海内无事,士大夫政事之暇,得以肆力学问,其时哲学、科学、史学、美术,各有相当之进步,士大夫亦各有相当之素养,赏鉴之趣味,与研究之趣味,思古之情与求新之念,互相错综,此种精神,于当时人物苏轼、沈括、黄庭坚、黄伯思诸人著述中,在可以遇之,其对古金石之兴味,亦如其对书画之兴味,一面赏鉴的,一面研究的也。汉唐元明时人之于古器物,绝不能有宋人之兴味,故宋人于金石书画之

---

① 王国维:《观堂集林·序》。

② 以上论述参阅袁英光等:《王国维年谱长编》,天津人民出版社1996年版,第480页。

学,乃陵跨百代,在清中叶以后,金石之学复兴,然于著录考订,皆本宋人成法,而于宋人多方面之兴味,反有所不逮,故虽谓金石学为有宋一代之学,无不可也。"① 这篇讲演规模视野之宏大、论述之缜密也可称得上其在《观堂集林·序》中所称赏的"其术皆由博以返约,由疑而得信,务在不悖不惑,当予理而止"。

## (四)自觉的方法论意识

陈寅恪在《王静安先生遗书·序》中对王国维学术研究的方法论意识,曾做过充分的评价:"自昔大师巨子,其关系于民族盛衰学术兴废者,不仅在能承续先哲将坠之业,为其托命之人;而尤在能开拓学术之区宇,补前修所未逮。故其著作可以转移一时之风气,而示来者以轨则也。先生之学博矣、精矣。几若无涯岸之可望,辙迹之可寻。然详绎遗书,其学术内容及治学方法,殆可举三目以概括之者:一曰取地下之实物与纸上之遗文互相释证。凡属于考古学及上古史之作,如《殷卜辞中所见先公先王考》及《鬼方昆夷獫狁考》等是也。二曰取异族之故书与吾国之旧籍互相补正。凡属于辽金元史事及边疆地理之作,如《萌古考》及《元朝秘史之主因亦儿坚考》是也。三曰取外来之观念与固有之材料互相参证。凡属于文艺批评及小说戏曲之作,如《红楼梦评论》及《宋元戏曲考》、《唐宋大曲考》等是也。此三类著作,其学术性质,固有异同,所用方法亦不尽符会,要皆足以转移一时之风气,而示来者以轨则。吾国他日文史考据之学,范围纵广,途径纵多,恐料无以远出三类之外。此先生之遗书所以为吾国近代学术最重要之产物也。"② 有意思的是,王国维在评价沈曾植的学术研究时,所看重的也是沈氏学术研究的方法论,他说:"世所得而窥见者,其为学之方法而已。夫学问之品类不同,而其方法则一。国初诸老,用之以治经世之学,乾、嘉诸老用之以治经史之学,先生复广之以治一切诸学。趣博而旨约,识高而议平。"③ 王国维这种高度自觉的方法论意识是日益成熟的现代学术精神的体现,也使得中国学术能够从传统的方法论形态,真正迈上现代性的方法论轨道。

---

① 以上论述参阅袁英光等:《王国维年谱长编》,天津人民出版社 1996 年版,第 494—496 页。
② 陈寅恪:《王静安先生遗书序》,《金明馆丛稿二编》,三联书店 2001 年版。
③ 王国维:《沈乙庵先生七十寿序》,《观堂集林》卷二十三。

## 六、说不尽的王国维之死：一种文化分析

1927年6月2日上午，王国维别了清华园，来到颐和园内，自沉于昆明湖，结束了自己的生命。对王国维的自沉一事，吴宓在其日记中做了详细的记述，并写下了自己的解读。据1927年6月2日的《雨僧日记》：

> 晚饭后，陈寅恪在此闲谈。赵万里来，寻觅王静安先生，以王先生晨出，至今未归。家人惊疑故也。宓以王先生独赴颐和园，恐即效屈灵均故事。已而侯厚培来报，知王先生已于今日上午十时至十一时之间，投颐和园之昆明湖中自尽。痛哉！
>
> 晚，赴陈寅恪宅。而研究院学生纷纷来见，谈王先生事。晚九时，偕寅恪及校长、教务长、研究院教授、学生三十余人，共乘二汽车，至颐和园，欲抚视王先生尸。而守门者承驻军某连长之命，坚不肯开门。再四交涉，候一小时余，始允校长、教务长及乌守卫长三人入内。宓乃偕余众乘汽车归校。电灯犹未熄，已夜十二时矣。
>
> 王先生此次舍身，其为殉清室无疑。大节孤忠，与梁公巨川同一旨趣。若谓虑一身安危，惧为党军或学生所辱，犹未能知王先生者。盖旬日前，王先生与寅恪在宓室中商避难事。宓劝其暑假中独游日本。寅恪劝其移家入京居住，己身亦不必出京。王先生言"我不能走"。一身旅资，才数百元。区区之数，友朋与学校，均可凑集。其云我不能走者，必非缘于经费无着可知也。今王先生既尽节矣，悠悠之口，讥诋责难，或妄相推测，亦只可任之而已。若夫我辈素主维持中国礼教，对于王先生之弃世，只有敬服哀悼已耳。[①]

又据1927年6月3日的《雨僧日记》：

> 晨起料理杂务。……又至寅恪宅中，遇梁任公等，谈王静安先生之事。知其昨日就义，至为从容。故家人友朋，事前毫无疑虑。旋同梁任公等同见校长，为王先生请恤金事。宓未就座，独先出。遇研究院学生吴其昌等二十

---

余人于校门外,遂同步行至颐和园,在门外久坐,候众均到,乃入。至排云殿西之鱼藻轩。此即先生投湖水尽节之所。王先生遗体卧砖地上,覆以破污之芦席。揭席瞻视,衣裳面色如生,至为凄惨。已而清华研究院及大学部学生三四十人,及家庭友好,均来集。如是直待至下午四时半后,北京检察厅某检察官始至,仍须解认检验,并一一询问证人。时天阴欲雨,屡闻雷声。王先生遗体渐胀大,众殊急虑也。五时许,舁遗体至清晏舫后,园西北隅小门外三间空室内,以前清冠服入殓。而候至晚八时半,柩始运到。……乃随众送殡。研究院学生执素纸灯以随,直至清华园南二三里之刚果寺。停放既妥,即设祭。宓随同陈寅恪行拜跪礼。学生等亦踵效之。①

对于王国维的自沉,人们众说纷纭,莫衷一是。概括起来,有以下的几种说法:

## (一) 殉清说

清华校长曹云祥在公布王国维死讯时就说:"王静安先生自沉颐和园昆明池盖先生与清室室关系甚深也。"这一说法影响很广,前清的遗民们多相信王国维的自沉为殉清。不过,这种说法也遭到不少的驳斥,其中尤以郭沫若的批驳最为有力。郭沫若说:"真正受了清朝深恩厚泽的大遗老们,在清朝灭亡时不曾有人死节,就连身居太师太傅之职的徐世昌,后来不是都做过民国的总统吗? 而一个小小的亡国后的五品官,到了民国十六年却还要'殉节',不真是愚而不可救吗? ……他临死前写好了的遗书,重要的几句是'五十之年,只欠一死,经此世变,义无再辱',绝没有一字一名提到了前朝或者逊帝来。这样要说他是'殉节',实在是有点说不过去。况且当时时局即使危迫,而逊帝溥仪还安然无恙,他假如真是一味愚忠,也应该等溥仪有了三长两短之后,再来死难不迟,他为什么那样着急? 所以他的自杀,我倒也同意不能把它作为'殉节'看待。"②

## (二) 时局所迫说

坚持王国维的自沉为时局所迫的说法,多为王国维的身边学生,如赵万

---

① 《吴宓日记》第三册,三联书店 1998 年版,第 345—346 页。
② 郭沫若:《鲁迅与王国维》,《文艺复兴》第三卷第三期。

里、戴家祥等人。戴家祥就说:"虽然,先生之死,自有宿因;而世乱日迫,实有以促其自杀之念。方五月二日,某承教在侧时,先生云:'闻冯玉祥将入京,张作霖欲率兵总退却,保山海关以东地,北京日内有大变。'呜呼!先生致死之速,不能谓时局无关也。"①

## (三)精神矛盾苦闷说

同时也不乏有人从精神困境的层面来解读王国维的自沉,在这方面,梁启超和周作人的说法,尤有代表性。梁启超说:"王先生的性格很复杂而且可以说很矛盾,他的头脑很冷静,脾气很和平,情感很深厚,这是可从他的著述、谈话、文学作品看出来的。只因有此三种矛盾的性格合并在一起,所以结果可以至于自杀。他对社会,因为不能取激烈的反抗,有深厚的情感,所以常常发生莫名的悲愤,积日既久,只有自杀一途。我们若以中国古代道德观念去观察,王先生的自杀是有意义的,和一般无聊的行为不同。"②周作人也认为,王国维"以头脑清晰的学者而去做遗老弄经学,结果是思想的冲突与精神的苦闷,这或者是自杀——至少也是悲观的主因"③。

## (四)哲学上之解脱说

浦江清在众说之中,独抒己见,认为,王国维自沉是基于一种哲学上的解脱之理念。他在《论王静安先生之自沉》一文中说:"抑余谓先生之自沉,其根本之意旨,为哲学上之解脱。三纲六纪之说,亦不过其解脱所寄者耳。先生抱悲天悯人之思,其早年精研哲学,受叔本华之影响尤深……虽然晚年绝口天人之语,然吾知其必已建设一哲学之系统。"

以上诸说,对王国维的自沉所内含的精神和文化的意义做了不同程度的诠释,都不失为仁智之见。但是,在所有对王国维死因的讨论中,尤以陈寅恪的理解最为深刻,也最具有深广之意义。陈寅恪在《王观堂先生挽词》前面的长序中写道:

---

①　此处转引自孙敦恒:《王国维年谱新编》,中国文史出版社 1991 年版,第 183 页。

②　同上书,第 175 页。

③　周作人:《伤感之二》,《文学周报》第二十六卷。

凡一种文化值衰落之时,为此文化所化之人,必感苦痛,其表现上文化之程量愈宏,则其所受之苦痕亦愈甚。迨既达极深之度,殆非出于自杀无以示一己之心安而义尽也。其所殉之道,所成之仁,均为抽象理想之通性,而非具体之一人一事。……盖今日之赤县神州,值数千年未有之巨劫奇变;劫竟变穷,则此文化精神所凝聚之人,安得不与之共命运而同尽,此观堂先生所以不得不死。遂为天下后世所极哀而深惜者也。

七年之后,即 1934 年,陈寅恪又在《王静安先生遗书·序》中申论道:

古今中外志士仁人,往往憔悴忧伤,继之以死。其所伤之事,所死之故,不止局于一时间一地域而已。盖另有超越时间地域之理性存焉。而此超越时间地域之理性,必非同时地域之众人所能共喻。然则先生之志事,多为世人所不解,因而有是非之论者,又何足怪也?

在序中,陈寅恪对王国维的精神世界进行了深刻的文化诠释。19 世纪末,中国社会政治、经济和文化危机日益加重,延续了几千年的传统思想文化也面临着千年未有之巨变,因此,王国维精神之痛苦,从文化的意义上来说,是对传统文化危机的反省与承担。他犹如希腊传说中的西绪福斯,努力把这块不断滚下山坡的传统文化巨石向上推进,但无奈的是,他无法抗拒那不可挽救的命运,因此,在他内心世界的深处,必然会感到惘然、痛苦。王国维就是这样以他全部的精神力量和痛苦的精神磨难,承担着传统文化的命运。在陈寅恪的序中,另一个发人深省的地方,就是他把王国维的死上升到一种文化哲学的高度来诠释,认为,中国文化中的纲纪仁道,皆为抽象理想之通性,如柏拉图所谓 Eidios 者,而非具体之一人一事,因此,王国维的自沉就是一种对终极价值的关怀,是一种具有宗教情感式的文化殉道。总之,陈寅恪从文化兴废和一代学人的命运的角度,对王国维的自沉给予了深刻的探讨,也有力地驳斥了那些"流俗恩怨荣辱委琐龌龊之说"[1]。

王国维的死对清华学人来说,具有一种"文化托命"的寓意。吴宓就在日记中充满深情地写道:"宓又思宓年已及王先生之三分之二,而学不及先生十分

---

[1] 参阅刘梦溪:《学术思想与人物》,河北教育出版社 2004 年版。

之一。先生忠事清室，宓之身世境遇不同。然宓固愿以维持中国文化道德礼教之精神为己任者。今敢誓于王先生之灵，他年苟不能实行所志，而泯忍以殁；或为中国文化道德礼教之敌所逼迫，义无苟全者，则必当效先生之行事，从容就死，惟王先生实冥鉴之。"[1] 梁启超也勉励研究院的学子们说："顾我同学受先生之教，少者一年，多者两年，旦夕捧手，饫闻负剑辟咡之诏，其蒙先生治学精神之濡染者至深且厚，薪尽火传，述先生之志事，赓续其业而光大之，非我同学之责而谁责也。"[2] 殷殷之意，语重心长，从中可以读出一代学人共同的文化关怀和文化忧思。

　　王国维的自沉所昭示的文化意义一直深刻地影响了清华学人的学术传统，在中国现代学术史上，一代又一代的清华学人以具体的学术创获，实践着文化托命之旨义，并且，以现代的科学方法，对传统思想文化进行创造性的转化，从而为现代学术的发展产生了积极推进的作用。当然，这一切或许都超越王国维自沉的原初意义，历史就是这样以痛苦而悲壮的方式蹒跚前进。

## 陈　寅　恪

　　关于陈寅恪，人们已经谈论很多了，内容涉及历史、哲学、宗教、文学、中外文化交流等诸多领域。[3] 这其中既有学理性的探究、辨正，也有充满感情

---

[1]　《吴宓日记》第三册，三联书店 1998 年版，第 346 页。

[2]　梁启超：《王静安先生纪念专号序》，《国学论丛》第一卷第三号，1927 年。此处转引自孙敦恒：《王国维年谱新编》，中国文史出版社 1991 年版，第 177 页。

[3]　2000 年 12 月，三联书店出版了十三卷本的《陈寅恪集》，这是目前国内最为齐全的陈寅恪著述结集，为陈寅恪研究的进一步深入提供了翔实的文献基础。据笔者所见，有关陈寅恪的传记有：蒋天枢撰《陈寅恪先生编年事辑》（增订本，上海古籍出版社 1997 年版）；汪荣祖著《陈寅恪评传》（百花洲文艺出版社 1992 年版）；吴定宇著《学人魂——陈寅恪传》（上海文艺出版社 1996 年版）；刘以焕著《国学大师——陈寅恪》（重庆出版社 1996 年版）；张求会著《陈寅恪的家族史》（广东教育出版社 2000 年版）。有关学术讨论会的论文集有：北京大学中古史研究中心编《纪念陈寅恪先生诞辰百年学术论文集》（北京大学出版社 1989 年版）；王永兴编《纪念陈寅恪先生百年诞辰学术论文集》（江西教育出版社 1994 年版）；纪念陈寅恪教授国际学术讨论会秘书组编《纪念陈寅恪教授国际学术讨论会文集》（中山大学出版社 1989 年版）；中山大学历史系编《〈柳如是别传〉与国学研究》（浙江人民出版社 1995 年版）；中山大学历史系《陈寅恪与二十世纪中国学术》（浙江人民出版社 2000 年版）。有关专题性的资料集有：钱文忠编《陈寅恪印象》（学林出版社 1997 年版）；张杰、杨燕丽选编《追忆陈寅恪》和《解析陈寅恪》（社会科学文献出版社 1999 年版）。至于单篇论文由于数量太多，此处不再一一罗列。

色彩的推崇、景仰,也难免有个人式的心解、附会乃至道听途说与以讹传讹。因此,形成了一个又一个虚实相间、摇曳多姿的关于陈寅恪的传奇。基于论者自身的学术积累和学术兴趣,这里的探讨主要集中在已有研究中相对薄弱的环节 ①: 清华国学研究院(以下简称国学院)时期的陈寅恪,以期通过对这时期的几个比较重要问题的探讨,来展示陈寅恪早期的学术准备、学术创造以及文化理念。在研究方法上,我们强调对相关历史文献的整理、考辨与分析,力图做到"以事实决事实"(王国维语),从而使陈寅恪从令人眩晕的神话般的天才光芒之中走进客观、冷静和清明的学术审视视野。

# 一、"预西方之东方学之流"与早期的学术准备

开设清华国学研究院的目的就是"以研究高深学术,造成专门人才为宗旨"②,当年的国学研究院对于导师的选聘是十分严格并期以厚望。聘任资格则明确规定三点:一是通知中国学术文化之全体;二是具正确精密之科学的治学方法;三是稔悉欧美日本研究东方语言及中国文化之成绩。③ 实事求是地说,在当时国内学术界中要找到同时符合这三个条件的学者,大概也是屈指可数的,尤其是第三个条件,显然是悬之过高,且不说像严复、康有为、章太炎等这样的国学名家对当时的东方学并不深知,就是像沈曾植、屠敬山、柯凤荪、王国维等对西北边疆史地卓有研究的"大儒",也因"语言文字"能力的限制,只能"或是利用我国原有资料互校,或利用日人转译欧洲学者著述,未能用直接史料也"④。今天看来,在当时的中国学者中能同时具备这三项条件者,似乎也只有陈寅恪等少数人而已。正是凭借着自身独特的家学、资历和学术准备,陈寅恪才可能与已是名满天下的学术大师如王国维、梁启超等人在清华园比肩共事。当然,这都是我们事后"以果溯因"而作出的

---

① 陈寅恪是 1926 年秋到国学研究院,至 1929 年秋国学研究院停办,前后共计四年。关于专题讨论陈寅恪与清华国学院关系的学术论文,就笔者所见,目前只有桑兵:《陈寅恪与清华研究院》,《历史研究》1997 年第 4 期。

② 《研究院章程》,《清华周刊》第三六〇期,1925 年。

③ 齐家莹编撰:《清华人文学科年谱》,清华大学出版社 1999 年版,第 19 页。

④ 俞大维:《怀念陈寅恪先生》,香港《大成》第 49 期,1970 年。

解释。事实上,当时的学者对此不可能有这样全面的判断,以至于学术界对于陈寅恪如何受聘到清华国学研究院来,一开始的版本就有多种,其中孰是孰非,殊难考定,因与本文主旨关系不大,此处暂且不论。无论这些说法多么歧异,但有一个共同点是这些版本都涉及的,那就是,早在来清华国学研究院之前,陈寅恪就以"学识渊博"在海外留学生中传颂一时。这里略举几例以见一斑:陈氏的哈佛同学吴宓"于民国八年在哈佛大学得识陈寅恪,当时即惊其博学而服其卓识。驰书国内友人,谓'合中西新旧各种学问而统论之,吾必以寅恪为全中国最博学之人'"①。毛子水则回忆说:"我于民国十二年二月到德国柏林,那年夏天傅孟真也从英国来柏林,我见到他时他便告诉我,在柏林有两位中国留学生是我国最有希望的读者种子:一是陈寅恪,一是俞大维。……寅恪、元任、大维、孟真,都是我生平在学问上最心服的朋友,在国外能晤言一室,自是至乐。"②亦可见毛子水对陈寅恪的推崇。当然,上述两则文献均是当事人的事后追忆,难免也有"诗与真"相交融的成分。为了尽可能接近当时的人们对陈寅恪的真实看法,我们来引述一则当时的信函:1924年3月12日,时在德国留学的北大毕业生姚士鳌写信回母校汇报情况时,在信中就"对陈寅恪尤为推崇③,称其"能畅读英法德文,并通希伯来、拉丁、土耳其、西夏、蒙古、满洲等十余国文字,近专攻毗邻中国各民族之语言,尤致力于西藏文。印度古经典,中土未全译或未译者,西藏文多已译出。印度经典散亡,西洋学者治印度学者,多依据中国人之记载,实在重要部分,多存西藏文书中,就中关涉文学美术者亦甚多。陈君欲依据西人最近编著之西藏文书目录,从事翻译,此实学术界之伟业。陈先生志趣纯洁,强识多闻,他日之成就当不可限量也。又陈先生博学多识,于援庵先生所著之《元也里可温考》、《摩尼教入中国考》、《火祆教考》,张亮丞先生新译之《马可孛罗游记》均有极中肯之批评"④。这一番话之所以重要,不仅仅在于它"是当时国内公开见到关于陈寅恪的重要信息"⑤,更重要的是在于它立足于当时西方之东

①　吴宓:《吴宓诗集》,上海中华书局 1935 年版,第 146 页。

②　毛子水:《记陈寅恪先生》,台湾《传记文学》第 17 卷第 2 期,1970 年。

③　参见桑兵:《陈寅恪与清华研究院》,《历史研究》1997 年第 4 期。

④　同上。

⑤　同上。

方学的学术语境,对陈寅恪留学期间的学术特点和学术格局做了一个扼要而准确的勾勒,从中可以见出陈寅恪早期的学术背景。

很显然,在陈寅恪的身上存在着同时期国内许多学术名流所没有的"看家绝活",也正是这种"看家绝活"使得他能够在强手如林的清华园游刃有余。那么,这一"看家绝活"究竟是什么呢? 我们认为,要回答这一提问,就必须回到 20 世纪初陈寅恪所置身的西方之东方学语境。正如陈寅恪所说:"一时代之学术,必有其新材料与新问题。取用此材料,以研求问题,则为此时代学术之新潮流。治学之士,得预于此潮流者;谓之预流(借用佛教初果之名)。其未得预者,谓之未入流,此古今学术史之通义,非彼闭门造车之徒,所能同喻者也。"① 这就提示我们,如果不考虑陈寅恪当时的"所预之流",就很难对陈寅恪早期的学术准备做一番真切而中肯的评价。为此,我们必须更具体地回到 20 世纪初陈寅恪的留学语境。1921 年,陈寅恪离开美国,重赴德国,进柏林大学研究院,研究梵文及东方古文字学等②,开始在欧洲长达四年的求学经历,也从此开始了其亲炙西方之东方学的知识历程。且看这期间的柏林大学研究院和陈寅恪所师事的导师情况,就可见他对西方之东方学的"所预之深"。关于这方面的研究,张国刚在《陈寅恪留德时期柏林的汉学与印度学——关于陈寅恪先生治学道路的若干背景知识》一文中,已有详细的论述。我在这里主要是引述张先生的研究成果,以作为进一步展开论述的基础。"柏林大学的印度学专业是 1821 年建立的,著名语言家和梵文学者、曾任普鲁士政府教育部长并兼任柏林大学校长的威廉·洪堡,聘请在巴黎执教的鲍勃(Franz Bopp)出任这个学科的首任教授(1821—1856)。鲍勃以他五年前出版的《论梵文的连词体系:与希腊语、拉丁语、波斯语、日耳曼语连词体系的比较》知名于世,是比较历史语言学的重要奠基人之一。接替鲍勃的是魏伯(Albrecht Weber,任职时间为 1856—1902)。魏伯的继承人是皮舍尔(Richard Pischel, 1849—1908,任职时间为 1902—1908)。此后几十年间,德国许多著名的印度学家如季羡林的吐火罗语老师西克(Emil Sieg)和哥尔纳(Karl. F. Geldner)等蜚声世界的梵文学者都出身于柏林。从这里

① 陈寅恪:《陈垣敦煌劫余录序》,《金明馆丛稿二编》,三联书店 2000 年版。
② 蒋天枢:《陈寅恪先生编年事辑》(增订本),上海古籍出版社 1997 年版,第 44 页。

走出一个个梵文学教授,担任哈勃大学、基尔大学和格廷根大学等印度学重镇的教席。"① 可见,无论从学科承传和延续的角度,还是从人才济济的状况来看,当时的柏林大学已成为欧洲最重要的东方学研究中心之一,留学柏林期间的陈寅恪就是浸染在这样浓郁的东方学氛围之中。20 世纪 30 年代中期,当季羡林到德国留学时,在柏林、哥廷根等地,这种浓郁的东方学氛围依然保存得十分完整。下面,我们再来看看陈寅恪所亲炙的导师的情况,以便进一步了解其学术训练、学术研究的承传之所自。这些老师中最重要的要数吕德斯了,"吕德斯在格廷根大学博士毕业,并跟著名的埃及学和语法学家基尔霍恩(F. Kielhom)完成教授论文,曾在牛津大学短期进修,移帐柏林以前,他是罗斯托克大学和基尔大学的教授,柏林印度学界后来评论说:吕德斯在柏林大学 33 年非凡的成绩表明,当初请这位年仅 40 岁的学者来柏林执掌世界一流的印度学教座,是哲学学院多么英明的决策"。对于吕德斯的治学特点,他的及门弟子阿尔斯多夫(Ludwig Alsdorf)这样评论:"吕德斯也许是那个时代最后一位难以用'印度学家,来概括的学者,人们无法说出他的研究重点是什么,也无法说出他专攻什么领域。他是吠陀语文学(Vedische Philologie)最伟大的导师之一,他始终把吠陀研究作为印度学研究的中心内容;他也是最有成就的碑铭学家和古文字学家,而巴利文和梵文佛教文献又是他最致力和成就卓著的领域之一。吕德斯还主编出版了德藏吐鲁番文书,他还留下了数不清的未出版的文稿。"② 陈寅恪留学柏林期间,正是吕德斯学术创造力最丰沛、最辉煌的历史时期。当然,氛围有了,导师有了,但也只能说明一个学术大师的产生有了外部的条件,更重要的是,还需要陈寅恪自己在这方面进行了长时期主观上的努力和准备。且看陈寅恪当时学习的具体情况,有幸的是,陈寅恪曾留下 64 本留学笔记,使我们今天有机会窥见其冰山一角。陈寅恪所留下的 64 本留学笔记,据季羡林的解读,笔记可分 21 大类:1. 藏文(13 本),2. 蒙文(6 本),3. 突厥回鹘文(14 本),4. 吐贷罗文(1 本),5. 西夏文(2 本),6. 满文(1 本),7. 朝鲜文(1 本),8. 中亚、

---

① 张国刚:《陈寅恪留德时期柏林的汉学与印度学——关于陈寅恪先生治学道路的若干背景知识》,《陈寅恪与二十世纪中国学术》,浙江人民出版社 2000 年版。

② 同上。

新疆（2本），9. 佉卢文（2本），10. 梵文、巴利文、耆那教（10本），11. 摩尼教（1本），12. 印地文（2本），13. 俄文、伊朗（1本），14. 希伯来文（1本），15. 算学（1本），16. 柏拉图（实为东土耳其文）（1本），17. 亚力斯多德（实为数学）（1本），18.《金瓶梅》（1本），19.《法华经》（1本），20. 天台梵文（1本），21.《佛所行赞》（1本）。① 从语言文字学上看，笔记本"涉及藏文、蒙文、梵文、巴利文等多种文字，这些语言和文字，在当时的柏林大学都有课程开设"②。更具体地分析，"笔记本中属于'梵文、巴利文、耆那教'共10本，其中第3本封面题梵文大训（大疏），内容是印度古代大语法家 Patanjali 所著的 Mahābhāsya，里面是英文译本。而吕德斯正是这部经典的权威学者。第5、6、7本是石刻碑铭，这正是吕德斯科研的强项。第4、8、9、10本是巴利文词汇本，而巴利文正是吕德斯最重要的研究领域。笔记本'突厥回鹘文一类'第14本中有几位教授的名字，其中就有吕德斯的名字。"③ 从这些实例中可以看出陈寅恪对当时西方之东方学的熟稔和对这一学术研究所做的长时间艰苦的钻研。我们认为，正是上述的主客观两个方面条件的相互作用，才可能使得陈寅恪在西方之东方学潮流之中从容优游，也使得他有了自己的"看家绝学"。

季羡林在解读完全部笔记后得出了三个结论："（一）陈先生治学范围广。从这些学习笔记中也可以看出，先生治学之广是非常惊人的。专就外族和外国语言而论，数目就大得可观。英文、德文、法文、俄文等等，算是工具语言，梵文、巴利文、印度古代俗语、藏文、蒙文、西夏文、满文，新疆现代语言，新疆古代语言，伊朗古代语言，古希伯来语等等，算是研究对象语言。陈先生对于这些语言都下过深浅不同的工夫。还有一些语言，他也涉猎过，或至少注意到了，比如印地语、尼泊尔语等等。专从笔记本的数量和内容来看，先生致力最勤的是中亚、新疆一带历史、语言和文化的研究，以及藏文研究和蒙文研究。这在他以后写的论文中完全可以表现出来。（二）陈先生治学深

---

① 季羡林：《从学习笔记本看陈寅恪先生的治学范围和途径》，《追忆陈寅恪》，社会科学文献出版社1999年版。

② 张国刚：《陈寅恪留德时期柏林的汉学与印度学——关于陈寅恪先生治学道路的若干背景知识》，《陈寅恪与二十世纪中国学术》，浙江人民出版社2000年版。

③ 同上。

度深。在中世纪印度诸俗语方言中，西北方言占重要的地位。因此，国外有不少杰出的梵文学者从事这方面的研究，写出了不少的专著和论文。但是在（20世纪）20年代的中国，却从来没有听说什么学者注意到了这个问题。有之当以陈先生为第一人。他在笔记本九、佉卢文第一本里面详细地抄录了佉卢字母《法句经》的经文，札记了不少的中世西北方言的特点。他也注意到ahu=aham这样的音变现象。他虽然以后没有这方面的文章，工夫是下过了，而且下得很深。（三）陈先生重视书目。研究一门学问，或者研究一个专题，第一步工作就是了解过去研究的情况和已经达到的水平。要做到这一步，必须精通这一学问或这一专题书目。他（陈寅恪）非常重视书目，在他的笔记本中，我发现了大量的书目，比如笔记本八第二本中有中亚书目170种，西藏书目200种，此外，在好多笔记本中都抄有书目。从（20世纪）20年代的水平来看，这些书目可以说非常完全了，就是到了今天，它们仍有参考价值。"①

正是基于这样的学术准备和学术视野，陈寅恪在回国前写给妹妹的信即著名的《与妹书》中，针对国内学者对西方之东方学研究状况隔膜的情形，婉转地提出批评，同时表达了自己的治学之旨趣，因此，这封信也常常被学术界誉为陈寅恪一生治学之纲领。他说："我所注意者有二：一历史，（唐史西夏）西藏即吐蕃，藏文之关系不待言。一佛教，大乘经典，印度极少，新疆出土者亦零碎。及小乘律之类，与佛教史有关者多。中国所译，又颇难解。我偶取金刚经勘过，其注解自晋唐起至俞曲园止，其间数十百家，误解不知其数。我以为除印度西域外国人外，中国人则晋朝唐朝和尚能通梵文，当能得正确之解，其余多是望文生义，不足道也。隋智者大师天台宗之祖师，其解悉檀二字，错得可笑。（见法华玄义）好在台宗乃儒家五经正义二疏之体。说佛经，与禅宗之自成一派。与印度无关者相同。亦不要紧也。（禅宗自谓由迦叶传心，系据护法因缘传。现此书已证明为伪造。达摩之说我甚疑之。）"② 回望20世纪20年代的中国学术界，人们正热衷于争论学术之"中"

① 季羡林：《从学习笔记本看陈寅恪先生的治学范围和途径》，《追忆陈寅恪》，社会科学文献出版社1999年版。

② 陈寅恪：《与妹书》，《金明馆丛稿二编》。

与"西","新"与"旧","有用"与"无用"这些问题①,而关于东方学的研究几乎是一片空白。然而,东方学又是20世纪国际人文学术的一个重要的潮流,这就给陈寅恪提供了回国后大展身手的机会。学术史的机缘与个人的学术准备终于凑合在一起了。我想,这就是为什么不是别人而是年纪轻轻且没有什么著述的陈寅恪,会被清华国学研究院所看重的关键之所在。

# 二、寂寞与苦心

1926年7月8日,陈寅恪到国学研究院任教,从此开始了在清华园的生活。当时吴宓就赠诗曰:"灿灿池荷开正好,名园合与寄吟身。"在宁静的清华园,以年龄、资历而言,陈寅恪应该更容易与当年的国学研究院学生相接近,但却有一个很奇怪的现象,那就是:在国学研究院的四年间,真正随其专修的弟子却很少,严格地说是没有。有人这样描述道:"另一位导师陈寅恪,刚从国外回来,名气不高,学生根本不知道他学贯中西,也不去注意他。陈在清华大学讲书,专讲个人心得,繁复的考据,细密的分析,也使人昏昏欲睡,兴味索然。所以真正能接受他的学问的人,寥寥可数。"②与另外一些回忆性的描述过分地凸显陈寅恪在清华园声望之卓著的情形相比,我们认为,这里的描述大致可信。当然,出现这种寂寞而尴尬的情形,在某种意义上,则与清华国学研究院开办之旨趣即导师"与学生以个人接触,亲近讲习之机会,期于短时间内获益至多"多少有些相矛盾。要分析个中的原因,我们认为,应回到当时清华国学研究院的课程设置上。清华国学研究院的课程设置分成两类:一是分组指导、专题研究,二是普通演讲。先来看所谓的"专题研究"究竟有哪些具体的规定:"(一) 本院略仿旧日书院及英国大学制度:研究方法,注理个人自修,教授专任指导,其分组不以学科,而以教授个人为主,期使学员与教授关系异常密切,而学员在此短时期中,于国学根底及治学方法,均

---

① 有关这方面的讨论可参见罗志田:《国家与学术:清季民初关于"国学"的思想论争》,三联书店2003年版;桑兵:《晚清民初的国学研究》,上海古籍出版社2001年版。
② 牟润孙:《清华国学研究院》,香港《大公报》1997年2月23日。此处转引自桑兵:《陈寅恪与清华研究院》,《历史研究》1997年第4期。

能确有所获。（二）本院开学之日，各教授应将其所担任指导之学科范围公布，各学员应与各教授自由谈话，就一己去向兴趣学力之所近，择定研究之题目，限于开学后两星期内，呈报讲师，由其核定备案。核定后，应即随时受教授指导，就此题切实研究，大体不得更改，以免旷时杂骛之弊。（三）教授所担任指导之学科范围，由各教授自定。俾可出其平生治学之心得，就所最专精之科目，自由划分，不嫌重复；同一科目，尽可有教授数位并任指导，各为主张。学员须自由择定教授一位，专从请业，其因题目性质，须同时兼受数位教授指导者亦可为之，但既择定之后，不得更换，以免纷乱。（四）教授于专从本人之请业之学员，应订定时间，常与接谈，考询成绩，指示方法及应读书籍。其学员数人所研究之题目全部或一部相同者，教授可将该学员等同时接见，或在教室举行演讲，均由自定。"① 虽然每年都会有些小变动，小调整，但陈寅恪在国学院所任的专题研究的学科，大致不出以下的范围："（一）年历学（中国古代闰朔日月食之类）。（二）古代碑志与外族有关系者之比较研究。（三）摩尼教经典与回纥文及译本之研究。（四）佛教经典各种文字译本之比较研究（梵文、巴利文、藏文、回纥文及中亚细亚文诸文字译本与中文译本之比较研究）。（五）蒙古、满洲之书籍碑志与历史有关系者之研究。"② 很显然，这些指导的学科范围对受业学生的语言能力有着巨大的要求，加之研究领域的冷僻，其结果是，请业者往往很少，对于这种不尴不尬之情形，年长的梁启超曾不无苦心地为之做了一番婉转的辩护："陈先生寅恪所示古代碑志与外族有关系者之类，此种题目虽小，但对内容非完全了解，将其种种隐僻材料搜检靡遗，固不易下手也。"③ 既然专题研究的情形是如此，那么陈寅恪这期间在国学研究院的教学指导情形又是如何？对此，有人曾这样总结道："总起来看，梁（启超）、王（国维）都在研究院中有影响，而陈（寅恪）几乎可以说没有。概想起来，大约由于那时陈讲的是年代学（历法），边疆民族历史语言（蒙文、藏文）以及西夏文、梵文的研究，太冷僻了，很少人能

① 《研究院章程》，《清华周刊》第三六〇期，1925年。
② 见齐家莹编撰：《清华人文学科年谱》，清华大学出版社1999年版，第18页。
③ 《梁任公教授谈话记》，《清华周刊》第三五二期，1925年。此处转引自孙敦恒编著：《清华国学研究院史话》，清华大学出版社2002年版，第68页。

接受。"① 没有专从请业的学生也就罢了,因为这与导师自身是否有能力及是否具备敬业精神等问题无关。但普通演讲却不一样,这是硬性规定,是每一位导师必须履行的职责之一部分。可以想见,当年的陈寅恪面对充满求知欲但大脑中对老师所讲内容又是"空空如也"的学生时,会是一种怎样复杂的心情。按《研究院章程》规定:"除分组指导、专题研究以外,各教授均须为普通演讲,每星期至少一个小时,所讲或为国学根底之经史小学,或治学方法,或本人专门研究之心得。此种普通演讲,凡本院学员均须到场听受。"② 陈寅恪于第二学年(因其是第二学年才到校任教)第一学期担任的普通演讲课为(一)西人之东方学之目录学,(二)《梵文——金刚经》之研究。第二学期陈寅恪除原有演讲之外,于每星期二加授"梵文"一课,即以《金刚经》为课本。第三学年担任"梵文文法"。第四学年除原有的"梵文文法"外,加授"唯识二十论校读"。③ 对于陈寅恪的普通演讲,当时的国学院学生普遍认为听不懂,据陈哲三回忆说:"陈先生演讲,同学显得程度很不够。他所会业已死了的文字,拉丁文不必讲,如梵文、巴利文、满文、蒙文、藏文、突厥文、西夏文及中波斯文非常之多,至于英法德俄日希腊诸国文更不用说,甚至于连匈牙利的马扎儿文也懂。上课时,我们常常听不懂,他一写,哦! 才知道,那是德文,那是梵文,但要问其音,叩其义方始完全了解。"④ 姜亮夫也有一个"现场"说法:"寅恪先生讲《金刚经》,他用十几种语言,用比较法来讲,来看中国翻译的《金刚经》中的话对不对,譬如《金刚经》这个名称,到底应该怎么讲法,那种语言是怎么说的,这种语法是怎么讲的,另一种又是怎样,一说就说了近十种。……因此寅恪先生的课我最多听得懂三分之一(而且包括课后再找有关书来看弄懂的),除此之外,我就不懂了。"⑤ 在这里,我们不妨把这一情形与胡适当年在北大讲堂上的"盛况"做些对照。据顾颉

---

① 牟润孙:《清华国学研究院》,香港《大公报》1997 年 2 月 23 日。此处转引自桑兵:《陈寅恪与清华研究院》,《历史研究》1997 年第 4 期。

② 《研究院章程》,《清华周刊》第三六〇期,1925 年。

③ 参见孙敦恒编著:《清华国史研究院史话》,清华大学出版社 2002 年版。

④ 陈哲三:《陈寅恪先生轶事及其著作》,台湾《传记文学》第 16 卷第 3 期,1970 年 3 月。此处见《追忆陈寅恪》。

⑤ 姜亮夫:《忆清华国学研究院》,《学术集林》第一卷。此处见《追忆陈寅恪》。

刚对胡适的"中国哲学史"课的回忆:"胡先生讲得的确不差,他有眼光,有胆量,有断别,确是一个有能力的历史学家。他的议论处处合于我的理性,都是我想说而不知道怎样说才好的。"①可见当年的胡适与青年学生之间有一种默契而生动的思想与精神的交流,然而,陈寅恪的情形却是相反的。假如今天我们能够回到当时的课堂(现场),我想,许多人的头脑中都会有一个疑问浮现起来,和王国维、梁启超所讲授的经史小学等传统国学相对照,陈寅恪所指导的专业和所承担的普通演讲课就显得十分的特异:既然学生普遍反应是"听不懂",那又为什么要坚持讲授下去呢? 这其中是否有陈寅恪的另一番用心呢? 我认为,要回答这个问题,就必须涉及当时中国学术界对西方之东方学研究的反应与态度。比如,20世纪20年代初北京大学研究所国学门主任沈兼士在《筹划北京大学研究所国学门经费建议书》中就说道:"窃惟东方文化自古以中国为中心,所以整理东方学以贡献于世界,实为中国人今日一种责无旁贷之任务。吾人对于从外国输入之新学,因我固不如人,犹可说也;此等自己家业,不但无人整理之,研究之,并保存而不能,一听其流转散佚,不知顾惜,如敦煌石室之秘籍发见于外人后,法、英、日本均极重视,搜藏甚多,且大都整理就绪;中国京师图书馆虽亦存储若干,然仅外人与私家割弃余剩之物耳;又如英人莫利逊文库,就中收藏中国史学上贵重之材料极多,中国亦以无相当机关主持收买,遂为日人岩崎氏所得;近闻已嘱托东京帝国大学文学部整理研究,不久当有报告公布。以中国古物典籍如此之宏富,国人实不能发挥光大,于世界学术界中争一立脚地,此非极为痛心之事耶!"②沈兼士的这种面对西人之东方学蓬勃发展而国人却毫无建树的情形而产生的焦虑之情,充溢于当时许多学者的心间。傅斯年在1928年的《历史语言研究所工作之旨趣》一文中,更是说得痛心疾首:"本来语言即是思想,一个民族的语言即是这一个民族精神上的富有,所以语言学总是一个大题目,而直到现在的语言学的成就也很能副这一个大题目。在历史学和语言学发达甚后的欧洲是如此,难道在这些学问发达甚早的中国,必须看着他荒废,我们不能制造别人的原料,便是自己的原料也让别人制造吗? ……我们

---

① 顾颉刚:《古史辨·自序》。

② 沈兼士:《沈兼士学术论文集》,中华书局1986年版,第362页。

中国人多是不会解决史籍上的四裔问题的,丁谦君的诸史外国传考证,远不如沙万君之译《外国传》,玉连之解《大唐西域记》,高几耶之注《马哥博罗游记》,米勒之发读《回纥文书》,这都不是中国人现在已经办到的。凡中国人所忽略,如匈奴、鲜卑、突厥、回纥、契丹、女真、蒙古、满洲等问题,在欧洲人却是格外的注意。说句笑话,假如中国学是汉学,为此学者是汉学家,则西洋人治这些匈奴以来的问题岂不是虏学,治这学者岂不是虏学家吗? 然而也许汉学之发达有些地方正借重虏学呢! 又如最有趣的一些材料,如神祇崇拜,歌谣,民俗,各地各时雕刻文式之差别,中国人把他忽略了千百年,还是欧洲人开头为有规模的注意。……整理自己的物事的工具尚不够,更不说上整理别人的物事,如希腊艺术如何影响中国佛教艺术,中央亚细亚的文化成分如何影响到中国的物事,中国文化成分如何由安西西去,等等,西洋的东方学者之拿手好戏,日本近年来也有竟敢去干的,中国人目前只好拱手谢之而已……我们着实不满这个状态,着实不服气就是物质的原料以外,即便学问的原料,也被欧洲人搬了去乃至偷了去。"[1] 在傅斯年之后接掌中央研究院的著名学者李济后来诠释说:"文中所说的'不满'与不服气的情绪,在当时的学术界已有很长的历史……"[2] 据陈垣的弟子回忆说,陈垣在 20 世纪 20 年代也曾多次说道:"现在中外学者谈汉学,不是说巴黎如何,就是说日本如何,没有提中国的。我们应当把汉学中心夺回中国,夺回北京。"[3] 显然的,要实现这一学术上的"雄心壮志",单纯依靠个人的力量是远远不够的,它必须有一种新型的具有规模的"分工合作"机制,就如傅斯年所说:"历史学和语言学发展到现在,已经不容易由个人作孤立的研究了,他既靠图书馆或学会供给他材料,靠团体为他寻材料,并且须得在一个研究的环境中,才能大家互相补其所不能,互相引会,互相订正,于是乎孤立的制作渐渐的难,渐渐的无意谓,集众的工作渐渐的成一切工作的样式了。"[4] 也就是说,需要培养出大量的专业人才,而当时的国力和教育环境都不可能派出大批的留学生到西方

① 傅斯年:《民族与古代中国史》,河北教育出版社 2002 年版,第 467—476 页。
② 此处参见陈以爱:《中国现代学术研究机构的兴起》,江西教育出版社 2002 年版,第 115 页。
③ 同上。
④ 同①。

学习有关东方学的学问,这些难题必须由像清华国学研究院、北京大学研究所国学门和中央研究院史语所这样名家汇集的研究机构来解决。通过这些机构,尽快地培养出大批急需人才,以期改变国内东方学研究落后的尴尬情形。陈寅恪面对这种令人尴尬的学术情形,也曾痛心地表达过自己的焦虑:"敦煌者,我国学术之伤心史也。""自发现以来,二十余年间,东起日本,西迄法英,诸国学人,各就其治学范围,先后咸有所贡献。吾国学者,其撰述得列于世界敦煌学著作之林者,仅三数人而已。"[①] 推而广之,我认为,这种对东方学研究落后的学术状况的焦虑,事实上隐含着陈寅恪对中国学术独立乃至民族精神独立之企盼。他曾在《吾国学术之现状及清华之职责》一文说道:"今日全国大学未必有人焉,能授本国通史,或一代专史,而胜任愉快者。东洲邻国以三十年来学术锐进之故,其关于吾国历史之著作,非国人所能追步。昔元裕之、危太朴、钱受之、万季野诸人,其品格之隆污,学术之歧异,不可以一概论;然其心意中有一共同观念,即国可亡,而史不可灭。今日国虽幸存,而国史已失其正统,若起先民于地下,其感慨如何? 今日与支那语同系诸语言,犹无精密之调查研究,故难以测定国语之地位,及辨别其源流,治国语学者又多无暇为历史之探讨,及方言之调查……盖今世治学以世界为范围,重在知彼,绝非闭户造车之比。夫吾国学术现状如此,全国大学皆有责焉,而清华为全国所最属望,此谓大有可为之大学,故其职责尤独重,因于其二十周年纪念时,直质不讳,拈出此重公案,实系吾民族精神上生死一大事者。"[②] 在这个崇高而重大的意义上,也许能理解在寂寞之中陈寅恪"念兹在兹"的精神原动力!

　　陈寅恪曾反复强调:"对于古人之学说,应具了解之同情……必须具备艺术家欣赏古代绘画雕刻之眼光及精神,然后古人立说之用意与对象,始可以真了解。所谓真了解者,必神游冥想,与立说之古人,处于同一境界,而对于其持论所以不得不如是之苦心孤诣,表一种之同情。"[③] 联想当时的寂寞情形和压在陈寅恪心头的职责感,我们就能真切地理解那回荡在清华园里,近乎

　　① 陈寅恪:《陈垣敦煌劫余录序》,《金明馆丛稿二编》。
　　② 陈寅恪:《吾国学术之现状及清华之职责》,《金明馆丛稿二编》。
　　③ 陈寅恪:《冯友兰中国哲学史上册审查报告》,《金明馆丛稿二编》。

"独语"的讲课声中所包含着的一个学者的学术坚守、学术期望和学术苦心。今天,我们已不可能起陈先生于地下而询之,但我们可以扪心自问,这一期望实现了吗?

# 三、较乾嘉诸老更上一层

早在留学期间,陈寅恪就曾自信地说道:"如以西洋语言科学之法,为中藏文比较之学,则成效当较乾嘉诸老,更上一层。"史学家汪荣祖在《陈寅恪评传》一书中就曾用"较乾嘉诸老更上一层"标识陈寅恪的治学特征。① 我认为,这段话若移用来概括陈寅恪在国学研究院期间的学术创造,则尤为准确。在清华国学研究院期间,陈寅恪主要致力于"中古佛教史研究"。代表性论文有《大乘稻芉经随听疏跋》、《有相夫人生天因缘曲跋》、《童受喻鬘论梵文残本跋》、《忏悔灭罪金光明经冥报传跋》、《须达起精舍因缘曲跋》、《敦煌本十诵比丘尼波罗提木叉跋》② 等。据其弟子蒋天枢回忆说:"是时先生授课之余,精研群籍,史、集部外,并及佛典。早年居金陵,与'支那内学院'邻近,已泛涉佛典,至是更进而为译本佛经之研究,并以高丽本藏本校梁慧皎《高僧传》,眉间细字密行,间注梵文巴利文,盖欲为之笺证而未成也。"③ 尽管国学研究院时期陈寅恪的著述在数量上并不多,但每一篇都有"证发旧籍之功"④,具有独特的方法论和学术史的意义。

第一,以多种语言相互考证,如以巴利文、梵文、藏文等考证古代译语。"吾国学者自佛教输入中土后,研治者不少;晚清学者治者尤多,但因语文的限制,常不能与原本或其他语文的译本对勘,以至不能纠正错误,常常以讹传讹,导致误解。"⑤ 这种现象在晚清民国的学术界是比较普遍的,实际的情形是,当时的许多学者根本不可能具有通识多种语言的能力,有关外族典籍的

---

① 汪荣祖:《陈寅恪评传》,百花洲文艺出版社1992年版。
② 论文均收入《金明馆文稿二编》。
③ 蒋天枢:《陈寅恪先生编年事辑》(增订本),上海古籍出版社1997年版,第220—221页。
④ 同上。
⑤ 参阅汪荣祖:《陈寅恪评传》,百花洲文艺出版社1992年版,第84—85页。

研究也只能是从日本学者手中辗转得之，这样，谬误就自然难以避免。然而，陈寅恪却能"通晓多种语文，能够取译文与原文对勘，犹如取烛照幽，立见谬误所在及其来源"①。如在《忏悔灭罪金光明经冥报传跋》一文，作者说道："金光明经诸本，予所知者，梵文本之外，其余他种文字译本，尚存于今日者，中文则有北凉昙无谶译之四卷本，隋宝贵之合部八卷本，唐义净之八卷本。西藏文则有三本，其一为法成重译之中文义净本。蒙古文及 Kalmuk 文（予曾钞一本）均有译本。满文大藏经译自中文当有金光明经，但予未得见。突厥系文则有德意志吐鲁番考察团所获之残本及俄国科学院佛教丛书本。东伊兰文亦有残阙之本。"作者在参证了这些不同文字的译本之后，得出结论说："据此诸种文字译本之数，即知此经于佛教大乘经典中流通为独广，以其义主忏悔者，最易动人故也。"在《童受喻鬘论梵文残本跋》一文中，陈寅恪把梵文大庄严论残本与中文原译加以校核，进而提出两个疑问："然有不同解者二。一，此书既为童受之喻鬘论，何以鸠摩罗什译为马鸣之大庄严论……二，元时此论之西藏文译本，何以有庄严经论数字之梵文音译？"对于这两个疑问，陈寅恪的回答是："寅恪以为庆吉祥等当时校勘中藏佛典，确见此论藏文译本，理不应疑。唯此蕃文，当是自中文原译本重译为藏文，而庄严经论数字之梵文音译，则藏文译主，据后来中文原名，译为梵音也。"著名史学家严耕望曾以陈垣、陈寅恪为例，谈及考证学的述证与辨证两类别、两层次："述证的论著只要历举具体史料，加以贯串，使史事真相适当的显露出来。此法最重史料搜集之详赡，与史料比次之缜密，再加以精心组织，能于纷繁中见条理，得出前所未知的新结论。辨证的论著，重在运用史料，作曲折委蛇的辨析，以达到自己所透视理解的新结论。此种论文较深刻，亦较难写。考证方法虽有此两类别、两层次，但名家论著通常皆兼备此两方面，唯亦各有所侧重。寅恪先生的历史考证侧重后者，往往分析入微，证成新解。"② 正是这种丰富惊人的语文能力和考证方法的独特性，才可能使他在中古佛教研究方面取得"光辉灿然，令人叹不可及的成就"③。胡适把陈寅恪与汤用彤并称为研

---

①　参阅汪荣祖：《陈寅恪评传》，百花洲文艺出版社 1992 年版，第 84—85 页。

②　此处转引自桑兵：《晚清民国的国学研究》，上海古籍出版社 2001 年版，第 190 页。

③　同上。

佛"最勤的,是最有成绩的"专家,吴宓则称他为"全中国此学(佛学)之翘楚"。

第二,"尺幅千里"。萧公权称陈寅恪的考证学境界为"此种尺幅千里之妙境乃陈君夙所擅长,殆足以凌驾乾嘉诸公"①。按我们的理解,所谓的"尺幅千里"就是陈寅恪在考证之中常常能"以小见大"。②尽管他的佛学研究论文都很短小,但最后得出的结论都十分重大。例如在《大乘稻芊经随听疏跋》一文中,作者先是根据现存佛教典籍,"综合推计,知其(法成)为吐蕃沙门,生当唐文宗太和之世,译经于沙州、甘州"。而后对法成撰述的不同文字如中文、藏文做了考证,最后作者得出这样的结论:"予因此并疑今日之所见中文经论注疏凡号为法成所撰集者,实皆译自藏文,但以当时所据原书,今多亡逸,故不易详究其所从出耳。昔玄奘为西土诸僧译中文大乘起信论为梵文。道宣记述其事,赞之曰:'法化之缘,东西互举',夫成公之于吐蕃,亦犹慈恩之于震旦;今天下莫不知有玄奘,法成则名字湮没者且千载,迄至今日,钩索故籍,仅乃得之。同为沟通东西学术,一代文化所托命之人,而其后世声闻之显晦,殊异若此,殆有幸有不幸欤!"在这不足1500字的短文中,陈寅恪既显示了他广博渊深的佛教文献功底、缜密的考辨功力,又寄托了他深广的历史文化命运感。在这里,人们不禁会把这段话中的感慨与他在《杨树达积微居小学金石论丛续稿序》中的一段话相联系,在该序中,陈寅恪说道:"先生少时即肄业于时务学堂,后复游学外国,其同时辈流,颇有遭际世变,以功名显者,独先生讲授于南北诸学校,寂寞勤苦,逾三十年,不少间辍。持短笔,照孤灯,先后著书高数尺,传诵于海内外学术之林,始终未尝一藉时会毫末之助,自致力于立言不朽之域。与彼假手功名,因得表见者,肥瘠荣悴,固不相同,而孰难孰易,孰得孰失,天下后世当有能辩之者。"③我想,这序中多少也有着陈寅恪自身的感慨。在《忏悔灭罪金光明经冥报传跋》中,作者通过考证不同版本的金光明经卷首均有冥报传这一特征,而后加以引申、概括说:"是佛经之首冠以感应冥报传记,实为西北昔年一时风尚。今则世代

---

① 此处转引自汪荣祖:《陈寅恪评传》,百花洲文艺出版社1992年版,第87页。

② 此处转引自桑兵:《晚清民国的国学研究》,上海古籍出版社2001年版,第190页。

③ 陈寅恪:《杨树达积微居小学金石论丛续稿序》,《金明馆丛稿二编》。

迁移,当时旧俗,渺不可稽,而其迹象,仍留于外族重翻之本。……至灭罪冥报传之作,意在显扬物感应,劝奖流通,远托法句譬喻经之体裁,近启太上感应篇之注释,本为佛教经典之附庸,渐成小说文学之大国,盖中国小说虽号称富于鸿篇巨制,然一察其内容结构,往往为数种感应冥报传记杂糅而成。若能取此类果报文学详稽而广证之,或亦可为治中国小说史者之一助欤!"请别小觑这仅百余字的文字,它可谓是"四两拨千斤",清晰地揭示了中国小说文体变迁之中的一个秘密。治小说史的学者如胡适、孙楷第、郑振铎等人的研究结论和陈寅恪所揭示的规律,相得益彰。在《敦煌本十诵比丘尼波罗提木叉跋》一文中,作者说道:"西本君校刊此书,附以原写本之音写写误及异体文字表,虽其中颇有可见之体,不烦标列者,然此为考古学文字学重要事业,前人鲜注意及之者。若能搜集敦煌写本中六朝唐代之异文俗字,编为一书,于吾国古籍之校订,必有裨益。"清朝遗老且有"大儒"之称的沈曾植曾称赞王国维的治学方法说:"君为学乃善自命题。"[1] 陈寅恪何尝不是如此!他在这些论文中所提出的无论是文化史的、思想史的,还是学术史的命题,都足以让后学穷尽一生的时间来钻研。从某种意义上说,陈寅恪这些研究具有库恩所说的狭义的"范式"意义,即它一方面开创新的治学门径,而另一方面,又留下了许多待解决的新问题。[2] 也正是这种"尺幅千里"之妙境,使我们阅读陈寅恪的著作时,常有含英咀华之感。蒋天枢曾感慨地说道:"先生治学方法,用思之细密极之毫芒,虽沿袭清人治经途术,实汇中西治学方法而一之。"[3]

# 四、"在史中求史识"

　　俞大维在《怀念陈寅恪先生》一文中曾说:"他(陈寅恪)研究的重点是历史。目的是在历史中寻找历史的教训。他常说'在史中求史识'。因是中国历代兴亡的原因,中国与边疆民族的关系,历代典章制度的嬗变,社会

---

①　转引自陈鸿祥:《王国维传》,人民出版社2004年版,第434页。

②　余英时:《重寻胡适历程》,广西师范大学出版社2004年版,第172页。

③　蒋天枢:《陈寅恪先生编年事辑》(增订本),上海古籍出版社1997年版,第89页。

风俗、国计民生，与一般经济变动的互为因果，及中国的文化能存在这么久，原因何在？这些都是他研究的题目。"① 也就是说，在陈寅恪的学术研究中始终存在着自己的价值关怀，只有这样，我们才能理解陈寅恪晚年为什么会用了近十年的时间，燃脂暝写，撰成《柳如是别传》，也许是担心时人的不解，他在《缘起》中明确写道："披寻钱柳之篇什于残阙毁禁之余，往往窥见其孤怀遗恨，有可以令人想往不能自己者焉。夫三户亡秦之志，九章哀郢之辞，即发自当日之士大夫，尤应珍惜引申，以表彰我民族独立之精神，自由之思想。何况出于婉娈倚门之少女，绸缪鼓瑟之小妇，而又为当时迂腐者深诋、后世轻薄者所厚诬之人哉。"② 显然，这段文字与其前不久撰述的《论再生缘》中的一段话有许多相似之处："端生此等自由及自尊即独立之思想，在当时及其后百余年间，俱是惊世骇俗，自为一般人所非议……抱如是之理想，生若彼之时代，其遭逢困厄，声名湮没，又何足异哉，又何足异哉！"③ 可见，陈寅恪的治学从来都是有深情寄焉。同样的，我们在 20 世纪 20 年代的陈寅恪之撰述中也可以读到相似的感慨，这就提醒我们，必须在缜密、清晰的考证文字背后，寻找更多的弦外之音。20 世纪 20 年代末，陈寅恪对自己的佛经校勘工作，曾有过这样一段感慨："六百卷之大经，译之者固甚难，而读之者复不易也。寅恪初察此残本内容，颇类玄奘译大般若波罗蜜多经。因取六百卷之大经，反复检阅，幸而得其与西夏译本相应之处。此经意义既有重复，文句复多近似。当时王君拟译之西夏文残本，仍有西夏原字未能确定及无从推知者，故比勘异同印证文句之际，常有因一字之羡余，或一言之缺少，亦须竟置此篇，别寻他品。往往掩卷踌躇，废书叹息。故即此区区检阅之机械工作，虽绝难与昔贤翻译诵读之勤苦精诚相比并，然此中甘苦，如人饮水，冷暖自知，亦有未易为外人道者也。"④ 正是有了这种"冷暖自知的感慨"，所以，在他的校勘佛经的文字之中经常能读到肺腑之言，如在《童受喻鬘论梵文残本跋》一文的结尾，陈寅恪写道："凡此诸端，若非获兹贝多残阙之本，而读之者兼通仓颉

① 俞大雄：《怀念陈寅恪先生》，香港《大成》第 49 期，1970 年。
② 陈寅恪：《柳如是别传》（上册），三联书店 2001 年版，第 4 页。
③ 陈寅恪：《论再生缘》，《寒柳堂集》，三联书店 2001 年版。
④ 陈寅恪：《金明馆丛稿二编》，三联书店 2001 年版，第 213—214 页。

之大梵之文,则千载而下,转译之余,何以知哲匠之用心,见译者之能事。斯什公所以平居凄怆,兴叹于折翻,临终愤慨,发誓于焦舌欤?"很显然,陈寅恪在佛经研究中,绝不是简单地为考证而考证,为校勘而校勘,其背后有着他独立的文化理念、文化坚守和文化理想,据俞大维回忆说:"他的梵文和巴利文都特精,但他的兴趣是研究佛教对我国一般影响。至于印度的因明学及辩证学,他的兴趣就比较淡薄了。本人(俞大维)还记得在抗战胜利后(陈寅恪)回清华,路过南京,曾在我(俞大维)家小住。我曾将 Stcherbasky 所著书内关于法称 Dharmakirti 的因明学之部及 Tucci 因藏文所译龙树回净论(梵文本现已发现)念给他听,他都不特感觉兴趣。"[1] 那么,又是什么动力支持着他长年累月地在枯黄的阙本残卷之中,从事着繁重的考证呢? 他在佛经校勘、考证的背后,感兴趣的问题有哪些呢? 我们认为,有以下几个方面。

## (一)文化交流问题

陈寅恪曾在《大乘义章书后》一文中这样写道:"中国六朝之世,其中神州政治,虽为纷争之局,而思想自由,才智之士亦众。佛教输入,各方面皆备,不同后来之据守一宗一家之说者。尝论支那佛教史,要以鸠摩罗什之时为最盛时代。中国自创之佛宗,如天台宗等,追稽其原始,莫不导源泉于罗什,盖非偶然也。当六朝之季,综贯包罗数百年间南北两朝诸家宗派学说异同之人,实为慧远……慧远之书,皆本之六朝旧说。可知佛典中,‘道’之一名,六朝时已有疑义,固不待慈恩之译老子,始成问题也。盖佛教初入中国,名词翻译,不得不依托较为近似之老庄,以期易解。后知其意义不切当,而教义学说,亦渐普及,乃专用对音之‘菩提’,而舍置义译之‘道’。"佛教传入东土,是中国文化史上的一件大事,其影响之深远,怎么估计都不为过,为此,历代学者均有论述。到了晚清、民国,由于面对一个强势的西方文化的侵入,中国文化的处境就变得很微妙,也很尴尬,使得许多有识之士都想从中国文化与佛教交流史中寻找成功的途径及资源,以应对当下的处境。比如,汤用彤精研中国佛教史,其终极目的也在为解答中西"文化思想之冲突与调和"这

---

① 俞大维:《怀念陈寅恪先生》,香港《大成》第 49 期,1970 年。

一大问题提供历史的线索。① 当时的人们对此提出的方案有许多,然而,不是偏于西方文化就是偏于传统文化。由于陈寅恪既能直探传统文化的深层价值又能通晓西方文化发展之路向,因此,他所提出的解决文化冲突的方略,尤其具有历史的深度和睿智,比如,陈寅恪指出:"窃疑中国自今日以后,即使能忠实输入北美或东欧之思想,其结局亦等于玄奘唯识之学,在吾国思想史上,既不能居最高之地位,亦终归于歇绝者。其真能于思想上自成系统,有所创获者,必须一方面吸收输入外来之学说,一方面不忘本来民族之地位,此二种相反而适相成之态度,乃道教之真精神,新儒家之旧途径,而二千年来吾民族与他民族思想接触史之所昭示者也。"② 陈寅恪始终十分关注这一文化交流问题,除了上述的宏观卓识外,他还曾以佛经翻译为例,细致地分析文化传播的两种类型,一是直接传播,二是间接传播,尤其是对间接传播的"利"与"害"做了深刻的分析,"间接传播文化,有利亦有害:利者,如植物移植,因易环境之故,转可发挥其特性而为本土所不能者,如基督教移植欧洲,与希腊哲学接触,而成欧洲中世纪之神学、哲学及文艺是也。其害,则辗转间接,致失原来精意,如吾国向日本、美国贩运文化中之不良部分,皆其近例。然其所以致此不良之果者,皆在不能直接研究其文化本原。研究本原首在通达其言语,中亚语言与天竺同源。虽方言小异而大致可解,如近世意语之于拉丁,按《出三藏记集》卷八僧叡大品经序谓'胡音失音,正之以天竺'。盖古译音中如弥勒、沙弥之类,皆中亚语,今日方知。因此可知中亚人能直接通习梵文,故能直接研究天竺之学术本源,此则间接之害虽有亦不甚深也。"③ 陈寅恪关于文化传播中的"利"与"害"、"间接"与"直接"的分析,今天读起来,仍然发人深省。

## (二)佛经与文学之关系

我们在上文中曾指出陈寅恪在佛教文献考证、研究中,常常独具慧眼,发现佛经与中国文学的特殊关系,尤其是佛经对各种文体的体制生成、变迁都

---

① 余英时:《现代危机与思想人物》,三联书店 2004 年版,第 378 页。
② 陈寅恪:《冯友兰中国哲学史下册审查报告》,《金明馆丛稿二编》。
③ 蒋天枢:《陈寅恪先生编年事辑》(增订本),上海古籍出版社 1997 年版,第 220—221 页。

有巨大而积极的影响,如他在《有相夫人生天因缘曲跋》一文中写道:"有相夫人生天因缘,为西北当日民间盛行之故事,歌曲画图,莫不于斯取材。今观佛曲体裁,殆童受喻鬘论,即所谓马鸣大庄严经论之流,近世弹词一体,或由是演绎而成。此亦治文化史者,所不可不知者也。"在《须达起精舍因缘曲跋》一文中,他写道:"今取此佛典与贤愚经原文较,已足见演经者之匠心,及文学艺术渐进之痕迹,而今世通行之西游记小说,载唐三藏车迟国斗法事,因与舍利佛降伏六师事同,又所述三藏弟子孙行者猪八戒等,各矜智能诸事,与舍利佛日犍较力事,亦不无类似之处,因并附记之,以供治小说考证者采觅焉。"尽管陈寅恪所下结论均十分谨慎,但这里所提到的有关问题,实际上是中国各体文体变迁的一大关键,后来许多治学这一领域的学者,均在陈寅恪的结论上,建立其学术再出发的起点。

# 五、结束语:史学的转变

国学研究院停办之后,陈寅恪尽管还写有一些佛教史的研究论述,但他的研究重点基本上转向魏晋至隋唐的政治史、文化史的研究领域。[①] 正如他所说:"寅恪不敢观三代两汉之书,而喜谈中古以降民族文化之史"[②],"寅恪频岁衰病,于塞外之史,殊族之文,久不敢有所论述"[③]。史学家余英时曾把这种学术转向称为陈寅恪一生史学三变的"第二变"[④],那么,陈寅恪为什么要放弃其所独擅的"塞外之史,殊族之文"呢? 个中的因由又是什么呢? 从中能读出 20 世纪中国学术史转向的哪些重要信息呢? 这些疑问越来越引起了学术界的兴趣,对它的回答,需另题论述。

---

①　余英时:《试述陈寅恪的史学三变》,《现代危机与思想人物》,三联书店 2004 年版。

②　陈寅恪:《陈垣西域人华化考序》,《金明馆丛稿二编》。

③　陈寅恪:《陈述辽史补注序》,《金明馆丛稿二编》。

④　同①。

# 吴　宓

　　关于吴宓,是 20 世纪 90 年代文化语境中一个比较受关注的话题,并且学术界一反过去的批评基调,给予较高的评价。[①] 比如,有的文章以吴宓与学衡派关系为个案,集中探讨了中国现代文化保守主义的观念、立场[②];有的文章以吴宓矛盾、痛苦而又浪漫的情感生活为背景,剖析了中国现代某一特定类型知识分子的人格缺陷与精神困境[③];有的文章则透过吴宓与白璧德的师承关系,分析了中国现代知识分子对西方新人文主义的接受、理解乃至误读的历史过程。[④] 总之,这些研究文章都力图把吴宓放在一个多维的文化视野中加以描述、分析,这对我们重新认识这位被尘封已久的思想人物,具有十分重要的学术意义。当然,这些研究文章中的某些褒扬或判断也存在着过甚或"溢美"之不当。

　　纵观已有的研究成果,人们对清华国学研究院时期的吴宓——他的事功和学术——却涉及得很少。究其原因,可能有两个方面:其一,吴宓从 1925 年 2 月 12 日被委任为国学研究院筹备处主任到 1926 年 3 月坚辞国学研究院主任,这期间只有短暂的 13 个月,时间短,因而容易被研究者所忽略;其二,在这短暂的 13 个月间,吴宓除了为筹备国学研究院而卷入许多具体、繁杂事务外,几乎没有留下多少独立的学术创获。而我们则认为,这短暂的 13 个月,对于吴宓漫长的一生来说,却有着特殊的意义,即他通过筹建国学研究院的一系列作为与事功,使自己接续上现代学术脉络。同时,他通过对国学研究院各项章程的草拟与阐释,间接地表达了自己对现代学术文化的理念、

---

　　① 1990、1992 和 1994 年,陕西省比较文学学会等学术机构曾分别举办过三届的吴宓学术讨论会,前两届均有《吴宓学术讨论会论文选集》出版。1998 年 6 月,西南师范大学等单位发起并承办了"吴宓先生逝世二十周年纪念大会暨吴宓学术研讨会",以上这些都可以说明 20 世纪 90 年代以来学术界对吴宓研究的重视。

　　②③④ 这些方面的研究可参见王泉根主编的《多维视野中的吴宓》(重庆出版社 2001 年版)、李继凯、刘福春选编的《解析吴宓》(社会科学文献出版社 2001 年版)和《追忆吴宓》(社会科学文献出版社 2001 年版)等著作中相关研究论文,以及沈卫威的《回眸"学衡派"》(人民文学出版社 1999 年版)与《吴宓与〈学衡〉》(河南大学出版社 2000 年版)等著作的相关章节。

立场和价值关怀。在这期间,吴宓对自己因陷入事务而学业荒疏,内心有着焦虑、自责。作为一介书生,他不懂政治,但现实一次又一次迫使他陷入越来越深的校园"小政潮",最后被碰得心灰意懒。他的这些内心经历,是我们探讨 20 世纪 20 年代中国现代知识分子现实处境的一扇隐秘的"窗口"。

吴宓的同事和朋友温源宁曾说吴宓是"一个孤独的悲剧角色","一个矛盾"。① 这 13 个月国学研究院的经历,不仅仅是吴宓一生"孤独"与"矛盾"的片断,更是缩影。我认为,通过对国学研究院时期的吴宓之研究将有助于我们把这种"孤独"、"矛盾"放在一个具体的思想文化语境中加以"同情性的了解"与"同情性的分析",并进而重塑吴宓的学术形象。

1998 年 3 月,三联书店出版了由其女儿吴学昭整理注释的 10 卷本的《吴宓日记》②,这使得学术界关于吴宓的研究,有了可靠而翔实的文献基础。这里的研究,主要是借助于对这些日记的细致解读并征引同时代的相关文献加以参照,力图对国学研究院时期的吴宓能有一个具体、清晰而又不失公允的呈现。

一

蔡元培曾说"大学者,囊括大典,网罗众家之学府也"③,"大学者,研究高深学问者也"④。在今天,我们很难想象没有蔡元培,没有陈独秀、李大钊,没有胡适、鲁迅等人的北京大学,会是什么样子? 同样的,我们也很难想象如果当初没有王国维、梁启超、陈寅恪、赵元任等所谓的"四大导师"⑤,清华国

---

① 温源宁:《不够知己》,岳麓书社 2004 年版,第 290 页。
② 《吴宓日记》共 10 册,整理发表吴宓从 1910 至 1948 年间所写的日记(中缺 1913、1916、1932、1934、1935 年日记),由吴学昭整理注释,三联书店 1998 年版。本文中有关日记材料均引自《吴宓日记》,为了节省篇幅,不再一一注出。
③ 《〈北京大学月刊〉发刊词》,《蔡元培选集》,浙江教育出版社 1992 年版,第 529 页。
④ 《就任北京大学校长之演说》,《蔡元培选集》,浙江教育出版社 1992 年版,第 490 页。
⑤ 有关"四大导师"的说法,据赵元任夫人杨步伟回忆说,四大教授"这个称呼,不是我们自诩的,这实是张仲述找元任时信上如此说,第一次见面时也是如此说,而校长曹云祥开会时也是如此称呼的。……其实正式名称是四位导师。"参见孙敦恒编著:《清华国学研究院史话》,清华大学出版社 2002 年版,第 38、39 页。

学研究院又将会是什么样子？清华国学研究院之所以能够成为 20 世纪 20 年代中国学术史上的一个"重镇"，这首先应当归功于吴宓对王国维、陈寅恪、梁启超三位导师的聘请，聘请的过程和其中所遇到的周折，在现代学术史上留下了一段广为流传的佳话。

先看聘请王国维一事。

对于此事，吴宓在日记中记得较为简略："2 月 13 日，星期五。入城，谒王国维（初见）。"而在晚年编定的《吴宓自编年谱》中则有较详细的记述："宓持清华曹云祥校长的聘书，恭谒王国维（静安）先生，在厅堂向上行三鞠躬礼。王先生事后语人，彼以为来者必系西服革履、握手对坐之少年，至是乃知不同，乃决就聘。"① 当然，这些都是事后之论。事实上，真正促使王国维就聘的原因并不像吴宓所说的这么简单，此前不久，王国维刚刚辞去北京大学国学门通讯导师一职，起因是不满北京大学考古学会的《保存大宫山古迹宣言》中有"亡清遗孽，拢将历代相传之古器物据为己有"等斥责之词，因而愤然辞职。② 他在给沈兼士、马衡的信中写道："弟近来身体屡弱，又心绪甚为恶劣，所以二兄前所属研究生至敝寓咨询一事，乞饬知停止。又研究所国学门导师名义，亦乞取消。"③ 甚至要求将原定刊载于《国学季刊》的论文也一并收回："又前胡君适之索取弟所做《书戴校水经注后》一篇，又容君希白抄去金石文跋尾若干篇，均拟登大学《国学季刊》，此数文尚拟修正，乞饬主者停止排印，至为感荷。"④ 从这些强烈的措词中，可见王国维态度之决绝。然而，为什么不到半年，王国维又能接受清华国学研究院的聘请呢？我认为，个中因由有两方面：其一，尽管王国维对新式学校的新派学人的思想、作风有抵触情绪，但是，吴宓的恭谒和"执礼甚恭"的模样，在王国维看来，这不仅是对自己人格的尊重，更是对整个文化传统的尊重，正是这一点，王国维深引以为知己，并把吴宓目为自己可以"文化托命之人"。其二，这一时期正值王国维的内心充满了对政治的失望情绪，他试图寻找一个能够慰藉自己的处

---

① 《吴宓自编年谱》，三联书店 1995 年版，第 260 页。
② 袁英光、刘寅生编著：《王国维年谱长编》，天津人民出版社 1996 年版，第 431—433 页。同时可参见钱剑平：《一代学人王国维》，上海人民出版社 2002 年版。
③ 同上。
④ 同上。

所,如,他在 1925 年 3 月 25 日致蒋孟蘋的信中曾有这样的倾心之语:"数月以来,忧惶忙迫,殆无可语。直至上月,始得休息。现主人在津,进退绰绰,所不足者钱耳。然困穷至此,而中间派别以排挤倾轧,乃与承平时无异,故弟于上月中旬已决就清华学校之聘,全家亦拟迁往清华园,离此人海,计亦良得。数月不亲书卷,直觉心思散漫,会须收召魂魄,重理旧业耳。"① 王国维在清华园所成就的学术业绩和所获的人格尊重,都证明了清华国学研究院和吴宓最终没有辜负王国维的这种生命和文化理想的寄托。

吴宓在聘请王国维的同时,也在聘请梁启超。据《吴宓日记》记述:"2月 22 日,赴津谒梁。"在其晚年编定的《吴宓自编年谱》中,对此事也曾忆及道:"谒梁启超先生。梁先生极乐意前来,宓曾提及陈伯澜姑丈,系梁先生之老友。"② 因为梁启超与清华学校在之前就关系十分密切,因此,这次聘请并没有太多的悬念与费什么周折。但是,聘请陈寅恪就不一样了。

如果说吴宓聘请王国维时的那一幕情景,颇有些戏剧性的话,那么,聘请陈寅恪则确如他在日记中所称的那样:"颇费尽气力与周折。"吴宓与陈寅恪曾同游哈佛,两人与汤用彤号称"哈佛三杰"。吴宓对陈寅恪的道德文章是极为敬佩的,他曾在日记中说道:"陈君学问渊博,识力精到,远非侪辈所能及,而又性气和爽,志行高洁,深为倾倒,新得此友,殊自得也。"正是基于这种的深知,吴宓认为陈寅恪是一位理想的国学研究院导师人选,出乎意料的是,吴宓在最初向校方提出聘请陈寅恪一事却经历了一波三折:据《吴宓日记》记载:2 月 14 日,"与 Y·S 及 P·C 谈寅恪事。已允。"2 月 15 日,"晨 P·C 来,寅恪事有变化,议薪未决。"2 月 16 日,"是日 H·H 来,同见 Y·S,谈寅恪事,即发电聘之。"事实上,陈寅恪最初对吴宓的聘请也有过犹豫与迟疑。设想一下,如果当初陈寅恪与清华园真的失之交臂,那么,清华国学研究院的学术史将是另一番景象。据《吴宓日记》中称:"陈寅恪复信来。(一)须多购书;(二)家务,不即就聘。"但吴宓并没有放弃努力,功夫不负有心人,两个月后陈寅恪终于同意就聘。据 1925 年 6 月 25 日的《吴宓日记》称:"晨接陈寅恪函,就本校之聘,但明春到校。"这期间,吴宓担心陈寅恪有

① 袁英光、刘寅生编著:《王国维年谱长编》,天津人民出版社 1996 年版,第 439 页。
② 《吴宓自编年谱》,三联书店 1995 年版,第 260 页。

所变卦,始终保持着与陈寅恪的密切联系,有关此事的记述,在这时期的《吴宓日记》中频频出现,现略取几则,以见一斑:8 月 25 日,"谒校长,(1)陈寅恪,准预支薪金二千元,又给予购书公款二千元,即日汇往"。8 月 28 日,"见瑞光,为寅恪支四千元事"。9 月 1 日,"下午,作函复陈寅恪"。9 月 3 日,"陈寅恪预支薪金千元,按 1.76 合美金 568.12 元,花旗银行支票一纸,由会计处取来,寄柏林寅恪收。NO.25/7587"。9 月 10 日,"请校长以英文证明函与陈寅恪"。9 月 16 日,"下午,见瑞光,示以《研究院经费大纲》。催陈寅恪款,并约定加给陈寅恪为研究院购书之款(二千元),于十月十日以前支领汇出"。10 月 8 日,"下午领到会计处交来汇陈寅恪购书款二千元,按 1.78 合,得美金 1123.59 元,花旗银行支票一纸 NO.25/7790。由本处附函中挂号寄去"。11 月 9 日,"陈寅恪函,十二月十八日,由马赛起程"。11 月 12 日,"询悉庶务处为陈寅恪所留之住室,为学务处二百零二号"。从预支薪水、邮汇购书公款到回国后的住宿安排,吴宓对陈寅恪的就聘,可谓事无巨细均亲力亲为。对比聘请王国维的情形,在聘请陈寅恪的过程中,吴宓在日记所感慨的"难哉"之叹,是发自肺腑的。但知者又何其之少!

"大学者,大师之谓也。""四大导师"的相继到职,为清华国学研究院的发展奠定深厚的人文基础,迅速提升了国学研究院的学术品位和学术声誉,拥有"四大导师"时期的国学研究院是清华人文学科年谱中最为光辉的一页,也是中国现代学术史上一段华彩之章。对吴宓而言,通过在聘请过程之中与这几位导师所建立起的亲密的个人关系,也使自己的学术思想和学术取向与王国维、陈寅恪等人的现代学术脉络相接续。陈寅恪曾对学人与学术潮流关系有过"预流"之说:"一时代之学术,必有其新材料与新问题。取用此材料,以研求问题,则为此时代学术之新潮流。治学之士,得预于此潮流者,谓之预流(借用佛教初果之名),其未得预者,谓之未入流,此古今学术史之通义,非彼闭门造车之徒,所能同喻者也。"[①] 按道理,身处清华国学研究院这一学术氛围中,吴宓也可以算是"预流"了,但吴宓却没能做出什么创造性的研究来。这其中的原因,不能不引起我们的深思。我想,烦琐的事务与

---

① 陈寅恪:《陈垣敦煌劫余录序》,《金明馆丛稿二编》,三联书店 2001 年版,第 266 页。

个人迂直的性格,使得吴宓不得不深陷"事务主义"的泥潭而无法自拔,遑论有余力从事研究。这绝非指责之言,回到历史情境,也许我们就会多一些"同情之了解"。中国的学术生态总是与政治的清、浊,社会治、乱,经济的强、弱等非学术因素紧密相关,而这一特点到了现代,尤为突出。因此,一个学术组织者往往需要投入大量的时间、精力与非学术的制约性力量相周旋。事实上,中国现代学术史上那些优秀"学术组织者"如蔡元培、胡适、梅贻琦、傅斯年等人,都有过相似的处境与感叹。

二

国学研究院创办伊始,千头万绪,作为"主任",吴宓几乎是事必躬亲。对于此事,冯友兰曾有一段公允的评价:"雨僧一生,一大贡献是负责筹备建立清华国学研究院,并难得地把王、梁、陈、赵四个人都请到清华任导师,他本可以自任院长的,但只承认是'执行秘书'。这种情况是很少有的,很难得的。"① 而这"执行秘书"确实是在为国学研究院的发展而兢兢业业,尽着自己最大的心力,不仅有"执行"之名,更有"执行"之实。查阅1925年3月起的日记,我们就能具体真实地看到吴宓在这时期忙碌而辛劳的情景:

> 3月7日。晨访王国维(催《缘起》),未遇。
>
> 3月12日。王国维来,观房舍。
>
> 3月21日。晨入城,谒王国维(出题事)。
>
> 4月14日。催办王国维住宅事,就绪。
>
> 4月21日。上午,王静安来,陪导见各部要人。
>
> 4月25日。上午,作研究院下半年教职员及薪金一览表,上校长。
>
> 5月5日。编《办事记录》(研究院筹备处)。又办审查考生事。
>
> 6月24日。上午赵元任君来,补购书收条,所出《普遍语音学》考题。即由宓自行缮写油印。
>
> 7月7日。撰成致庶务处长函,详述研究院房屋内容之布置,及应

---

① 此处转引自孙敦恒:《清华国学研究院史话》,清华大学出版社2002年版,第47页。

制作之木器件数、式样等。即日送交。又另缮一份,呈校长,候批准。

7月8日。宓及卫君监研究院考生(第六考场),是日病尚未愈,以职务所在,勉往监考,步立终日,极为困惫也。

8月3日。晨,草拟研究院学生《入学志愿书》及《保证书》,即由招考处交印。上午,见李仲华:(一)发赵元任致 C. F. Palmer 仪器改由法国船运来之电。(二)议定研究生需交衣袋费一元五角。(三)赵君研究室中用之工作器具,交其购办。又访徐志诚,谈研究生管理事。又草拟研究生取录通告及缴费表,即交招考处付印,并告会计处。

8月20日。宓前于七月初,力疾草定研究院室中设备装置。乃庶务处延宕久之。及今方始着手,致开学之日,未能齐备。哀哉!又庶务处遇事驳回,或延宕,殊感不便。

8月31日。晨,徐志诚来谈,草定《研究院学生管理规则》。

9月4日。晨作书,上校长。请购王国维先生所开研究甲骨文字及敦煌古物应用书目。均天津贻安堂发售,共价三百元十四元八角。宓面谒校长谈此事,允交图书馆购办。

9月8日。下午一时至五时,在宓室,开研究院第一次教务会议,议决各事,以第二、三号布告发表。

9月9日。八时至十时,赴主任室,督视卫君等布置一切,又办理杂事多件。十时,至大礼堂行开学典礼,宓以研究院主任资格演说。

9月14日。徐志诚来,为罗伦十二日不请假,强行出校事。宓下午招罗伦来谈,仍倔强。

9月15日。下午,与王、梁诸先生会谈。三时至五时,偕王、梁、赵三教授谒校长。提出研究院购书特别办法数条,待核准。

10月16日。开本院第二次教务会议。

11月12日。开研究院第三次教务会议。

11月13日。开研究院第四次教务会议。

11月17日。与王静安先生议明年招考选考科目。

11月19日。下午,学监徐志诚来,谈:(一)罗伦又擅自出校。(二)研究生仍不服请假规则,欲纠众违抗事。即同往见校长,并与张仲述同集议。议决：（一）由校长警戒罗伦，并行惩罚。（二）学校先事通融让步，改用门证，准学生（研究生）无课时自由出入。

11月23日。招罗伦来，告以记过一次，并晓谕百端，而罗态度倔强，无悔改意，且谓任学校开除。

12月5日。晨九时，偕王国维、赵万里乘人力车入城。至琉璃厂在文德堂、述古堂、文友堂，为校中检定书籍十余种。

12月11日。连日撰编：（一）研究院明年发展计划。（二）招考办法。（三）预算。提交校务会议。

日记中相似内容的记述有许多，上面只是抄录要略而已，从这里就足见吴宓对国学研究院的"苦心"经营。

经过一番紧锣密鼓的筹备，至此国学研究院终于开学了，也开始步入正常的教学与研究的轨道。然而，在这过程中，吴宓的艰辛、寂寞又谁知？又有谁能理解、记住呢？吴宓曾有诗云："登高未见众山应，螳臂当车只自矜。成事艰于蚁转石，向人终类炭投冰。时衰学敝真才少，国乱群癫戾气增。不宦已婚行独苦，相知唯有夜窗镫。"[1]1926年7月（此时吴宓已辞国学研究院主任一职），当他在清华园见到回国就聘的陈寅恪时，曾赠诗一首："经年瀛海盼音尘，握手犹思异国春。独步羡君成绝学，低头愧我逐庸人。冲天逸鹤依云表，堕溷残英怨水滨。"[2]尽管这些诗句的字里行间有不平之气，有愧疚之情，有牢骚之语，但吴宓仍然在一丝不苟地操持着国学研究院的事务。然而，等待吴宓的道路并不平坦。在日常，他不仅要处理众多繁杂的教务工作，面对个性各异的学生，而且还不得不卷入或明或暗的人事纷争。而尤其后一点，是中国知识分子最不擅长的，也是最容易受到伤害，但是又是最躲避不了的。鲁迅曾感慨地说道："人们灭亡于英雄的特别的悲剧者少，消磨于极平常的，或者简直近于没有事情的悲剧者却多。"[3]吴宓接下来所上演的悲剧，正能说明这一点。

---

① 诗见《吴宓日记》第三册，三联书店1993年版，第42页。
② 诗见吴学昭：《吴宓与陈寅恪》，清华大学出版社1992年版，第35页。
③ 鲁迅：《几乎无事的悲剧》，《鲁迅全集》第六卷，人民文学出版社1981年版，第371页。

# 三

正当吴宓对国学研究院的未来做着百般筹划的时候,清华园内开始出现对国学研究院的发展方向的另一种不同的声音。

事情的起因在于吴宓与时任清华学校旧制部及大学普通部教务长张彭春两人对国学研究院未来发展的定位的分歧上,张彭春主张国学研究院应办成多科性的科学研究院并能够与大学部相衔接,而吴宓则主张国学研究院应是"国学"的研究院,强调它的独立性、纯粹性。[①] 在中国的现实逻辑中,所谓的"人事",就是"人"与"事"须臾不可分离,往往是简单的一件事,在讨论、交锋中,就会渐渐地蜕变成意气之争,门户之争,派别之争,最终酿成不可收拾的人事风波。即使是作为教育与学术机构的清华园,也不可能是这一具有中国伦理文化特点的现实逻辑的"世外桃源"。吴宓的最终结局也证明了难逃此例。事实上,张彭春的观点代表了当时清华学校部分新派学者对"国学研究院"的看法。[②] 比如,留美的政治学者钱端升就曾明确地对国学研究院的独立存在的必要性,表示自己委婉的疑问,他说:"曹校长任事已三年余,虽种种积弊,未能尽除,然其宽大之气,有足多者。年来学风安静,士子得以安心问学,其功非小。且延致通儒,若梁任公,若王静安,皆足以振清华之门楣,而减美化之讥评。"[③] 但又说:"至于研究院之应否特设机关更堪疑问。现时研究院所开之学科,仅国学一门,国学之为重要,无待繁言,而在偏重西学之清华犹然。现时研究院教授,若海宁王静安先生,新会梁任公先生,皆当代名师,允宜罗致。然注重国学罗致名师为一事,而特设研究院又为一事。清华学生之受益于王梁诸先生者,初不限于研究院教授乎?岂大学之尊不足以容先生乎?即云研究院已有学生三十人,然此三十人者,固皆可为大

---

① 参见孙敦恒编著:《清华国学研究院史话》,清华大学出版社 2002 年版;沈卫威:《吴宓传》,东方出版社 2000 年版。
② 同上。
③ 钱端升:《清华学校》。此处转引自孙敦恒编著:《清华国学研究院史话》,清华大学出版社 2002 年版,第56—57 页。

学特别生,而今其专攻国学者也。盖特置研究院,即多一个机关,亦即多一份费用,而益陷校内组织于复杂难理之境。"①钱端升的观点显然不是个别、孤立的,加之复杂的人事纠葛,有关国学研究院的存废问题就愈演愈烈,最终以两败俱伤而收场。这正如吴宓在日记中所感慨的那样:"自去年到此以来,局势所驱,情事所积,宓之卷入与张氏为敌之党,实亦不得不然者也。中立而不倚,强哉矫。宓庸碌,愧未能。直至此时,则更不能完全置身事外,而不与敌张氏者敷衍。语云,在山泉水清,出山泉水浊。盖若出身任事,卷入政治,则局势复杂,不能完全独立自主。其结果,不得不负结党之名,亦不得不为违心之事。近一年中,在清华办事,所得之经验,殆如此而已。"而吴宓得出这一经验,是经历了复杂多端的纷争后而悟出的,只可惜"事到如今,为时已晚矣"。据《吴宓日记》,我们可以粗略勾勒出事情的来龙去脉:"1926 年 1 月 5 日,校务会议开会,议研究院各提案,而张仲述(彭春)一力推翻,其结果,通过。此后研究院只做高深专门研究,教授概不增聘,普通国学亦不兼授。于是宓所提出之计划尽遭摈弃。而研究院之设,仅成二三教授潜修供养之地矣。张君之意,是否欲将研究院取归己之掌握,将宓排去,固不敢言,而其一力扶助赵(元任),李(济)二君,不顾大局,不按正道,则殊难为之解也。""1 月 7 日,上午召开研究院教授会议,赵、李力赞校务会议之法案。王默不发言,独梁侃侃而谈,寡不敌众。宓亦无多主张。其结果,即拟遵照校务会议之办法,并将旧有之中国文学指导范围删去,专做高深窄小之研究。难哉!"

至此,吴宓深感自己力单势薄,决心奋力一争。据《吴宓日记》记载:"1 月 8 日,决撰意见书,以宓之所主张,提出校务会议。不行,即辞职。庶几光明磊落,否则人将不解,以宓为毫无宗旨办法者。且仳仳倪倪,寄人篱下,欲全身读书而不得。故决采取积极之态度。无所惬怯,无所谦逊,以与张、赵辈周旋矣。"此后,尽管吴宓几谒校长,多方周旋,然难免势孤力弱,最后不得不因"校务决定与宓所持之国学研究院之说完全反背"而坚辞研究院主任一职。就这样,吴宓对于国学研究院的事功黯然地落下帷幕。在这里,我们暂且撇开其中的人事纠葛不论(在吴宓与张彭春闹矛盾的同时,张彭春也正与校长

---

① 钱端升:《清华学校》。此处转引自孙敦恒编著:《清华国学研究院史话》,清华大学出版社2002 年版,第 56—57 页。

曹云祥意见不合,并因此而辞职)。客观地说,在关于国学研究院的未来发展问题上,不难看出吴宓性格中固执、褊狭的一面。从现代大学的体制来看,不可能存在着某种缺乏延伸性、封闭的像国学研究院这样"校中校"的办学机制;从现代学科发展的趋势来看,"国学"作为学科,它不仅在内部要进行自我渗透、自我整合,而且它的生长也必须要与别的学科相交融、相对话。纯粹的、单性的学科存在,必然会丧失生命力的。应该说,张彭春等人强调衔接、整合的主张,有其内在的合理性,而这正是吴宓所没有充分意识到的。

## 四

在内心追求上,吴宓始终在努力使自己在学术上有所创获的。从日记中可以看出,他经常去听讲,比如,王国维的《说文学习》,他几乎每课必听。[①]日记曾有这样一则记载:"9月20日,是日在图书馆,翻阅《通报》等,作王国维《中国近二三十年中新发见之学问》篇注解,费二三日之力云。"

担任国学研究院主任一职后,吴宓对自己的学术研究常常感到焦虑与不安,也时常自我反省。他对学术研究本质上是热爱的,但无奈事务性的工作太多,在日记中时见他对自己在学术方面一无所获而倍感自责。如,以下的记载:"1925年10月22日。下午,在旧礼堂,为普通科学生演讲《文学研究法》。空疏虚浮,毫无预备,殊自愧惭,宓深自悲苦。缘宓近兼理事务,大妨读书作文,学问日荒,实为大忧。即无外界之刺激,亦决当努力用功为学。勉之勉之,勿忘此日之苦痛也。"在1926年1月6日拟呈校长的信中,更是把这种自责的心情充分地表达出来:"一年以来,承命办理研究院之事,以至诚之心,将就各方,屈己求全,幸无陨越。唯自念学业日荒,著述中辍,殊觉无以对己。亟应改辙,还我初衷。"公正地说,吴宓在此期间也并非没有学术创获,只不过这一创获不像王国维那样体现在对学术史上某个问题的新发现,新阐释,从而推动学术研究的深入发展,而是体现为一系列有关创办国学研究院的学术宗旨、学术观念。我认为,这一点是我们应该给予充分评价的。他曾在题为《清华开办研究院之旨趣及经过》的演讲中说道:"学问者

---

① 参见吴学昭:《吴宓与陈寅恪》,清华大学出版社1992年版,第33页。

一无穷之事业也。其在人类,则与人类相终始;在国民,则与一国相终始;在个人,则与其一身相终始……良以中国经籍,自汉迄今,注释略具,然因材料之未备与方法之未密,不能不有待于后人之补正,又近世所出古代史料,至为夥颐,亦尚待会通细密之研究。其他人事方面,如历代生活之情状,言语之变迁,风俗之沿革,道德、政治、宗教、学艺之盛衰;自然方面,如川河之迁徙,动植物名实之繁赜,前人虽有记录,无不需专门分类之研究。"而此种事业,终非个人及寻常学校之力所能成就,故今即开办研究院,而专修国学。唯兹所谓国学者,乃指中国学术文化之全体而言。"正是吴宓心中有如此明确的学术理念,使得他对自己荒于学术念兹在兹,然而,也正是这种"耿耿于怀"的学术情感,使得他对自己的选择有着痛苦的体认。他在1927年6月14日的日记中曾记下这样的一段话:

> 晚,楼光午来,同出散步。又同访陈寅恪,谈久。宓设二马之喻。言处今之时也,不从理想,但计功利。入世积极活动,以图事功。此一道也。又或怀抱理想,则目睹事势之艰难,恬然退隐,但顾一身。寄情于文章艺术,以自娱悦,而有专门之成就,或佳妙之著作。此又一道也。而宓不幸,则欲二者兼之,心爱中国旧日礼教道德之理想,而又思以西方积极活动之新方法,维持并发展此理想,遂不得不重效率,不得不计成绩,不得不谋事功。此二者常互背驰而相冲突,强欲以己之力量兼顾之,则譬如二马并驰,宓以左右二足分踏马背而縶之,又以二手紧握二马之僵于一处,强二马比肩同进。然使吾力不继,握僵不紧,二马分道而奔,则宓将受车裂之刑矣。此宓生之悲剧也。而以宓之性情及境遇,则欲不并踏此二马之背而不能,我其奈之何哉?(重点号为原文所有)

在这里,吴宓对自我命运的一种近乎悲壮感的文化剖析,不可不说是十分剀切的。然而,这也正是他一生悲剧之所在。事功与道义、事功与学术的矛盾一直是纠缠于中国知识分子的内心世界,这一对矛盾,从古至今,中国知识分子都未能处理好。比如,周作人在20世纪40年代曾明确地提倡"中国须有两大改革,一是伦理之自然化,二是道义之事功化"。对于第二点,他干脆认为:"道义必须见诸事功,才有价值,所谓为治不在多言,在实行如何耳。这是儒家的要义。"①但周氏的事功,结局又如何呢? 吴宓毕竟是一个书生,在中国现代社会现实环境中,对他而言,可为的只有学术。充满悖论的是,他一次又一次地卷入各种纷争之中,如,五四时期,主持《学衡》时与新文化论争,在国学研究院时期与张彭春的分歧。作为"一位白璧德式人文主义者",他只接受自己的理念指引,而很少去认真对待现实;他只听从自己内心理念的召唤,而从未听到这种召唤的现实回应;他对自己的君子之风十分固执,而从未反省这种君子之风在别人眼中又是如何的"格格不入"。他常常搅混了理想与现实,伦理与艺术,自我与他人,纯粹的价值与现实的取舍。这一切都使他成为一个迂直而又有点可笑,热诚而又有些无奈的"异数"。但无论如何,吴宓自始至终都是一位学者和君子。②

　　吴宓短暂的国学研究院生涯,可以给后人的启发是深刻的:一个知识分子如何处理事功与学术,如何处理人事纠葛与人格坚守,如何处理理想与现实的矛盾。在这些问题上,吴宓最终被碰得头破血流,足以给我们一种深刻的教训。然而,作为研究者,如果不体谅吴宓的这种困境、苦境和矛盾,你就无法真正地解读他,也无法给予他一种同情的理解,给予他一种相对客观的评价。事实上,在现代学术史上像吴宓这样类型的知识分子有许多,他们或尘封于历史,或永远被人们所遗忘,或一再被人们所曲解、误解。然而,吴宓在八十年后重新又被学术界所关注,并且在吴宓身上,人们发现了许多感同身受的情景,这是吴宓的幸运,抑或是中国知识分子的无可逃脱的历史循环呢?

①　周作人:《道义之事功化》,《知堂乙酉文编》,河北教育出版社 2002 年版,第 70 页。
②　温源宁:《吴宓先生:一位学者和君子》,《不够知己》,岳麓书社 2004 年版。

# 后 记

　　收在这个集子中的论文,写于不同的时间,发表在不同的刊物上,其中几篇还有不同的合作者,在这里,依序做个说明。《论中国现代文学研究的再出发》,发表在《文艺理论研究》2005年第3期,合作者,汪文顶。《论20世纪中国小说研究的几个生长点》,发表在《福建论坛》2005年第11期,合作者,吴金喜。《中国现代性问题的起源语境》,发表在《东南学术》2001年第3期。《置身于思想史背景的"五四"》,分别发表在《文艺理论研究》2000年第4期、2001年第1、3期。《文学史的叙述问题》,发表在《中国现代研究丛刊》2001年第1期。《知识之美》,分别发表在《鲁迅研究月刊》2007年第11、12期,合作者,林秀明。《鲁迅:边沿的世界》发表在《鲁迅研究月刊》2000年第11期。《戏拟:〈故事新编〉的语言问题》,发表在《鲁迅研究月刊》1998年第12期。《仰看流云:〈朝花夕拾〉的诗学阐释》,分别发表在《中国现代文学研究丛刊》2011年第10期、2012年第9期、《东南学术》2011年第6期,合作者,赖建玲。《清华国学研究院述论》分别发表在《文艺理论研究》2004年第5期、2006年第1期、2008年第2期、《东南学术》2011年第2期、《福建师大学报》2008年第3期,合作者,吴金喜、舒畅、陈林男。感谢这些刊物的责编和论文的合作者,你们的真诚与智慧,给予这些文字以无言的力量与美感。

蓦然回首,如梦初醒,这个集子中论文的写作历程,从我生命的青春飞扬,不知不觉跨越到中年沧桑,这期间的悲欣交集,栉风沐雨,一如逝水年华,早已无可如何。今夜重读,在我的内心深处,总有一种旧雨之感,仿佛在寂寞之间,推门忽见,灯火阑珊的远处,老友正风尘仆仆地如约而至,可谓是——

昔别是何处?流水十年间。

郑家建

2014 年 3 月 8 日夜